新潮日本古典集成

古今和歌集

奥村恆哉 校注

新潮社版

目次

凡　例

本書は、現代の読者に、『古今和歌集』の美しさを、読みやすく親しみやすい形で伝えようという意図により編集したものである。およそ次の方針に基づいて通読と鑑賞の便宜を図った。

〔本　文〕

一、本文は、江戸時代に刊行された北村季吟『八代集抄』の『古今集』を底本とした。八代集抄本の性格、およびこれを底本とした理由については、「解説」を参照されたい。

一、校訂にあたっては、なるべく底本の表現形態を残す方向で臨み、明らかな誤脱や、『古今集』本来の姿から大きく逸脱すると認められる個所のみ、他本によって整えた。底本改訂個所のうち、『古今集』理解の手掛りとして有効と思われるものを頭注に記したほかは、巻末に「校訂付記」の頁を設けて注記した。

一、表記の整斉にあたっては読みやすさを第一に考え、底本の表記法まで忠実に再現することは避けた。すなわち、漢字は新字体を用い、仮名づかいは歴史的仮名づかいに統一し、歌の句間を各一字分あけ、漢字と仮名の使いわけは現代一般の傾向に従った。

一、真名序は元来漢文表記であるが、訓《よ》み下し文を優先して示し、原文はその後に添える形式をとった。
一、各歌に付したアラビア数字は、『国歌大観』の歌番号である。

〔注　解〕

一、本文鑑賞の手引きとなる事柄は頭注として掲げ、『古今集』の文学的魅力を、可能な限り掘り起すように心掛けた。
一、仮名序・真名序では、頭注の他に傍注（色刷り）を施し、難解な表現を、随時、部分的に口語訳した。
一、歌についての注解は、アラビア数字による歌番号で本文と対応させ、各歌ごとに次のように構成した。

＊口語訳（色刷り）
＊釈　注
＊語　釈

一、口語訳は、原歌の言葉づかいや言い廻しを尊重し、一首の意味を厳密に解釈するより、基本的な作意をまず感じとってもらうことに重点をおいた。一度口語訳を通読したうえは、再び原歌そのものを読んでほしいと思う。
一、釈注では、作歌事情、趣向の妙味、時代背景、他作品との関連、編者の意図などに言及し、和歌が日常生活のなかで重要な位置を占めていた当時の感覚と、『古今集』が一千年にわたって読みつがれてきた所以《ゆえん》を理解するための一助とした。

一、語釈は、枕詞《まくらことば》、序詞《じょことば》、掛詞《かけことば》、縁語《えんご》など、主として技巧面の分析と、口語訳では消化しきれない語意の詳説を旨とした。これらが口語訳によって充分汲みとれると思われる場合は、必ずしも、語釈に重ねて取り上げることはしなかった。

一、部立《ぶだて》、詞書《ことばがき》、作者、左注についての注解は、各語句、もしくは各文章ごとに、漢数字の注番号をつけて示した。作者に関しては、当面の歌を理解するうえで必要最少限の事柄に留めた。

一、参照歌や関連歌の歌番号を示す場合は平体漢数字を用い、頁数、年号などの数字と区別した。

（例）三七参照

三〇頁注一参照

延喜五年（九〇五）

一、参考文献等の書名を掲げる際、略称を用いた場合がある。例えば、契沖『古今余材抄』は『余材抄』、香川景樹《かげき》『古今和歌集正義』は『正義』と略し、その他、『日本書紀』允恭天皇の巻を「允恭紀」などと略した。

一、漢籍を引用する際は、原則として訓み下し文に改めた。

〔その他〕

一、付録として、巻末に「校訂付記」「作者別索引」「初句索引」を添えた。作成要領の詳細はそれぞれの冒頭に記した。

一、「校訂付記」は、底本の改訂個所を列挙するとともに、本文では底本の形態をそのまま残したものの、『古今集』本来の理想としては、さらに改訂が望ましいと思われる個所を指摘したものである。

古今和歌集

一やまと歌は、人の心を種として、よろづの言《こと》の葉とぞなれりける。世の中にある人、ことわざ繁きものなれば、心に思ふことを、見るもの聞くものにつけて、言《い》ひ出だせるなり。二花に鳴く鶯《うぐひす》、水にすむ蛙《かはづ》の声を聞けば、生きとし生けるもの、いづれか歌をよまざりける。力をも入れずして三天地《あめつち》を動かし、目に見えぬ四鬼神《おにがみ》をもあはれと思はせ、男女《をとこをむな》の中をもやはらげ、猛《たけ》きもののふの心をも慰むるは歌なり。

和歌は　いわば人間の心を種として生い繁った　とりどりの　言語の葉だといえよう
この現世に生きている人間は　様々の出来事にかかわるものなので　その折々の心情を
ありとあらゆる生きもののうち　何か歌を詠まないものがあるだろうか
感慨にふけらせ　勇猛な武人の心をも

この歌、天地《あめつち》ひらけ初《はじ》まりける時より出《い》できにけり。

天地開闢と同時に　発生したものである

五天《あま》の浮橋《うきはし》の下《した》にて、六女神《めがみ》男神《をがみ》となりたまへることを言へる歌なり。

しかあれども、世に伝はることは、七ひさかたの天《あめ》にしては、八下照《したてる》姫《ひめ》にはじまり、

そうではあるが　後世に残されている歌としては　天上では

＊この一文は仮名序。撰者の一人、紀貫之《きのつらゆき》が、和歌の本質、起源、技法、歴史、および『古今集』編《へん》纂《さん》の経緯等について論述したもの。以後の古典文学における序文の規範となったのみならず、評論文学の先駆としても大きな意味をもっている。解説四〇三頁以下参照。

一 和歌の本質を植物にたとえて説く。

二 鶯は春、蛙（今の河鹿）は秋。四季の代表として春と秋をとりあげている。

三 天神地祇《ちぎ》。天や地を守る神々のこと。

四 もろもろの精霊たち。解説四〇六頁参照。

五 以下、三字下げて示す部分は、「古注」と呼ばれ、後人の施した注記と見られている。「天の浮橋」は、天地の間にかかっていた、神話上の橋。伊奘諾《いざなき》・伊奘冉《いざなみ》二尊が、この橋からオノゴロ島に降り立って、大八洲《おおやしま》国《くに》（日本の国土）を生みなしたという（『古事記』上巻、『日本書紀』神代上）。

六 伊奘諾・伊奘冉二尊が夫婦になり、国生みをするに際して唱和をかわしたことが「神代紀」上に見える（『古事記』上巻にも見える）。ただし、仮名序の本文では、和歌伝来の始発を下照姫・素戔嗚尊《すさのおのみこと》にすえており（下文参照）、この注は、本文の論旨にそぐわない。

七 「天」の枕詞《まくらことば》。

八 葦原中国《あしはらのなかつくに》（地上）の支配者大国主命《おおくにぬしのみこと》の女《むすめ》。地上の女だが、天上で歌を詠《よ》んだと伝えられるので、天上における和歌の始祖としたもの。次頁注一〜三参照。

[一]下照姫とは、[二]天稚御子《あめわかみこ》の妻《め》なり。[三]兄《せうと》の神の形《お姿が》、丘、谷に映りてかがやくをよめるえびすうたなるべし。これらは、文字《〔和歌としての〕》の数《かず》も定まらず、歌の様《やう》にもあらぬことどもなり。

[四]あらがねの地《つち》《地上では》にしては、[五]素戔鳴尊《すさのをのみこと》よりぞおこりける。[六]ちはやぶる神世には、歌の文字《文字数も》も定まらず、素直《すなほ》にして、言《こと》の心《歌意も理解しにくかったよう》わきがたかりけらし《である》。[七]人の世となりて、素戔鳴尊《素戔鳴尊以後》よりぞ、三十文字《みそもじ》《五七五七七》あまり一文字《ひともじ》はよみける《の歌は詠まれた》。

[八]素戔鳴尊は、天照大神《あまてるおほんかみ》のこのかみなり、[九]女と住みたまはむとて、出雲《いづも》の国に宮づくりしたまふ時に、その所に[一〇]八色《やいろ》の雲のたつを見てよみたまへるなり。

[一一]八雲《やくも》たつ　出雲八重垣《いづもやへがき》　妻ごめに　八重垣つくる　その八重垣を

かくてぞ、花を賞《め》で、鳥をうらやみ、霞《かすみ》をあはれび、露をかなしぶ心、言葉《とりどりの言の葉として歌に詠まれるようになった》多くさまざまになりにける。[一二]遠き所も、出《い》でたつ足《踏み出す第一歩から始》もとよ

一　以下三行、古注。下照姫とその歌を説明している。
二　『日本書紀』には「天稚彦《あめのわかひこ》」、『古事記』には「天若日子」とある。天照大神より葦原中国平定の命を受けて地上に降《くだ》ったが、下照姫をめとってそのまま天上に帰らず、逆に問責の使者を射殺、天上から同じ矢を射返されて死んだという神。
三　下照姫の兄、味耜高彦根神《あじすきたかひこねのかみ》。天稚彦の葬儀に参列したところ、容貌相似のために故人ととり違えられた。そこで、妹の下照姫が味耜高彦根神であることを示すために歌を詠んだという（記紀歌謡）。その歌を『日本書紀』では「夷曲《ひなぶり》」と伝える。（『古事記』には「夷振《ひなぶり》」とある）。ここで「えびすうた」と称するのは、「夷曲」を後世風に翻読したもの。
四　「地」の枕詞。
五　伊奘諾・伊奘冉二尊の子。天照大神の弟。
六　「神世」の枕詞。
七　「神世」に対して言う。天照大神以降の世。
八　以下古注。「このかみ」は「兄」の意。素戔鳴尊を天照大神の兄とする伝承は他にない。
九　素戔鳴尊が八岐大蛇《やまたのおろち》を退治して助けた奇稲田《くしいなだ》姫《ひめ》を指す。
一〇　次に引く歌の「八雲」を、「八色の雲」と解した。
一一　見事な雲がわき出てきて、幾重もの垣のように見える、私は妻を住まわせる邸を造って、幾重もの垣をめぐらせている、あの雲のように立派な垣を、の意。記紀歌謡に見える。

り《まって》はじまりて年月《としつき》《年月を重ねて到り着き》をわたり、高き山も、ふもとの塵土《ちりひぢ》より成りて、天雲たなびくまで生《お》ひ上《のぼ》れるがごとくに《高く成長するといわれるとおり》、この歌もかくのごとくなるべし《和歌も同様の発展をとげたのである》。

一三難波津《なにはづ》の歌は、帝の御初《おほんはじ》めなり。一四大鷦鷯《おほさざき》の帝《みかど》の、難波津にて皇子《みこ》ときこえける時《〔まだ〕皇子と申し上げていた時》、一五東宮をたがひにゆづりて、位《くらゐ》に即《つ》きたまはで三年《みとせ》になりにければ、一六王仁《わに》といふ人の訝《いぶか》り思ひてよみてたてまつりける歌なり。「この花」《〔難波津の歌の〕》は、梅の花をいふなるべし。

一七安積香山《あさかやま》のことばは、一八采女《うねめ》のたはぶれよりよみて《采女が戯れながら詠んだ歌であり》、一九葛城王《かづらきのおほきみ》を陸奥《みちのおく》へつかはしたりけるに《派遣した時に》、国の司《つかさ》《〔王は〕国司の》、事おろそかなりとて《接待がなっていないと言われ》、まうけなどしたりけれど《宴飲のしつらえはあったものの》、すさまじかりければ《少しもお楽しみにならなかったので》、采女なりける女の《かつて采女であった女性が》、土器《かはらけ》とりてよめるなり《杯を捧げもって詠んだ歌である》。これにぞ王《おほきみ》の心とけにける《気持がなごやかになった》。

この二歌《ふたうた》は、歌の父母《ちちはは》のやうにてぞ、手習ふ人の初めにもしける《手習いをする人がまず最初に習う歌でもある》。

そもそも二〇歌のさま、六《む》つなり。二一漢詩《からのうた》にも、かくぞあるべき《〔和歌と〕同様のことがあるはずだ》。

一二 以下、白楽天座右銘に「千里は足下より始まり、高山は微塵より起る、吾が道もまた此《かく》の如し」云々《うんぬん》とあるのを踏まえて、和歌のめざましい発展を述べる。

一三 難波津の歌は、天皇を位にお即《つ》かせする端緒になった歌である、の意か。難波津の歌は次頁二～三行参照。

一四 仁徳天皇。以下「難波津の歌」を説明した古注。

一五 応神天皇の没後、大鷦鷯尊と弟の菟道稚郎子《うじのわきいらつこ》とが、どちらが皇太子として皇位を継ぐかを譲りあったことをいう。

一六 応神朝に百済《くだら》から帰化した学者。「難波津の歌」を奉ったことは、記紀等、古代の文献には見えない。

一七『萬葉集』「安積香山影さへ見ゆる山の井の浅き心を我が思はなくに」(三八〇七)を指す。

一八 地方豪族の子女から選ばれ、宮中の雑事に奉仕した女官。二三一頁注一参照。

一九 古注。『萬葉集』三八〇七左注に記すところと酷似している。「葛城王」は橘諸兄《たちばなのもろえ》のことらしい。

二〇 卜子夏《ぼくしか》の「毛詩《もうし》(詩経《しきょう》)大序」が、中国における詩の技法を風《ふう》・賦《ふ》・比《ひ》・興《きょう》・雅《が》・頌《しょう》の六義《りくぎ》に分類したことにヒントを得ながら、和歌にも本来六つの技法が備わっているように説いている。

二一 和歌の技法六つは、普遍的なものであって、漢詩にもそのまま通用するはずだ、の意。注二〇参照。

その六種《むくさ》の一つには、[一]そへ歌。大鷦鷯の帝をそへたてまつれる歌、
仁徳天皇の即位を春の開花によそえてお勧めした歌

[二]難波津《なにはづ》に　咲くやこの花　冬ごもり　今は春べと　咲くやこの花

といへるなるべし。
というふうな歌であろう

二つには、[三]かぞへ歌。

[四]咲く花に　思ひつく身の　あぢきなさ　身にいたつきの　入《い》るも知らずて

といへるなるべし。

[五]これは、直言《ただごと》にいひて、ものに譬《たと》へなどもせぬものなり。この歌、いかにいへるにかあらむ。その心、得がたし。五つにただごと歌といへるなむ、これにはかなふべき。
かぞえ歌はありのままに歌って　比喩など用いないものである　右の歌は　どういう意図で例示したのであろうか　その気持がわからない　五番目にただごと歌の例としている歌のほうが　ここの例歌としてはふさわしいであろう

三《み》つには、[六]なずらへ歌。

[七]君に今朝《けさ》　朝《あした》の霜の　おきて去《い》なば　恋しきごとに　消えやわたらむ

一　ものによそえて詠《よ》んだ歌。六義の「風」に対応する。「風」は、譬《たと》えでそれと推察させる諷喩《ふうゆ》の表現法を言う。

二　難波津に咲くこの花よ、今はもう春になったと美しく咲きにおっている、この花よ、の意。裏に、この花のように大鷦鷯尊も早く即位の春を迎えて下さい、の意をこめたものと解して、「そへ歌」の例にあげている。「難波津」は難波（今の大阪府）の船着場一帯の地。大鷦鷯尊が住まわれ、即位後に難波高津宮《なにわのたかつのみや》を造営された。「冬ごもり」は「春べ」の枕詞。

三　いくつかの景物を詠みこんだ歌。「賦」に対応する。

四　咲く花にすっかり愛着しきっている私は、馬鹿なものだ。身体に病気が入ってくるのも知らないのだから。歌意不明確で諸説あるが、『拾遺集』四〇五には、「つぐみ」を隠す物名歌（一六四頁注一参照）として採られている。「思ひつく身」に「鶫《つぐみ》」を詠みこんでいる。また、「いたつき」に病気の意と練習用の鏃《やじり》の意を、「いる」に「入る」「射る」両意を、それぞれ掛けている。

五　以下三行、本文の例歌を不審とした古注。

六　比喩《ひゆ》をおりこみながら詠む歌。六義の「比」に対応する。

七　あなたが、霜の置いた今朝、私を家におきざりにして行ってしまわれたら、恋しく思うたびに、消え入るほど嘆き続けることでしょう、の意。初句「君に今

朝」は難解。伝俊頼巻子《としよりかんす》本《ぼん》には「君が今朝」とある。「朝の霜の」は「（私を）おきて」を起す序詞《じょことば》。第五句「消え」は「霜」の縁語。
八 以下五行、「なずらへ歌」の例歌を不審とした古注。
九『萬葉集』「たらちねの母が養《か》ふ蚕《こ》の繭《まゆ》ごもりいぶせくもあるか妹《いも》にあはずて」（二九九一）の異伝。母の飼っている蚕が繭にこもっているように、私はずっと家にひきこもって気持が晴れない、いとしい女《ひと》に、まったく逢うことができないのだから、の意。「たらちめの」は、「親」の枕詞。上三句は「いぶせくもあるか」を起す比喩の序詞。
一〇 草木鳥獣などに託して所感を述べる歌。「興」に対応する。
一一 私の恋は、いくら数えあげても尽きることはあるまい、たとえ荒磯の海の浜の砂を、数え尽すことがあったとしても、の意。
一二 以下六行、「たとへ歌」の例歌を不審とした古注。
一三 巻十四、七〇八参照。

といへるなるべし。

八これは《なずらえ歌は》、ものにもなずらへて、それがやうになむあるとやう《あたかもそのもののごとくであると詠む歌》にいふなり《である》。この歌、よくかなへりとも見えず《必ずしも好例とは思えない》。

九たらちめの　親の養《か》ふ蚕《こ》の　繭《まゆ》ごもり　いぶせくもある
か　妹《いも》に逢はずて

かやうなるや《こういう歌が》、これにはかなふべからむ《なずらえ歌の例としてはふさわしかろう》。

四《よ》つには、一〇たとへ歌。

一一わが恋は　よむとも尽きじ　荒磯海《ありそうみ》の　浜の真砂《まさご》は　よみ尽く
すとも

といへるなるべし。

一二これは《たとえ歌は》、よろづの草木、鳥、けだものにつけて《託して》、心を見する《所感を述べる歌で》なり《ある》。この歌は隠れたる所なむなき《この例歌には裏の意味が全然ない》。されど《だが》、初めのそへ歌《〔たとえ歌は一見〕》と同じやうなれば、すこしさまを変へたるなるべし《目先を変えて例歌を求めたのであろう》。

一三須磨《すま》の海人《あま》の　塩やく煙《けぶり》　風をいたみ　おもはぬかた

に　たなびきにけり

この歌などや、かなふべからむ。

五つには、[一]ただごと歌。

[二]いつはりの　なき世なりせば　いかばかり　人の言《こと》の葉《は》　嬉《うれ》しからまし

といへるなるべし。

[三]これは《ただごと歌は》、ことの斉《ととのほ》り、正しきをいふなり。この歌の心《右の例歌の》、さら《少しも》にかなはず《その条件にあわない》。[四]とめ歌とやいふべからむ。

[五]山ざくら　飽《あ》くまで色を　見つるかな　花散るべくも　風吹かぬ世に

六《む》つには、[六]いはひ歌。

[七]この殿《との》は　むべも富みけり　さき草の　みつばよつばに　殿つくりせり

といへるなるべし。

一　六義の「雅」に対応する。「雅」は「正」の意。したがって、修辞法上の意味としては「ありのまま」ということであるが、中国文化における役割・機能としては、「政教を正しくする」というのが「雅」の意味であった。この「ただごと歌」も、修辞法上の意味では「正しい言《こと》の歌」、機能の面からは「正しい事の歌」。

二　巻十四、七一二参照。

三　以下四行、「ただごと歌」の例歌を不審とした古注。

四　諸説あるが、語義不詳。

五　山桜の色を、満足するまで見ることができた、花が開ききって、まさに散りそうな状態なのに、風が吹かないで花が枝に残っている、そんなよい時世に見ることができた、の意。「風吹かぬ世」は、泰平の世を意味する。天皇の善政を讃《たた》えた歌として、「正しい事の歌」（注一参照）の例に引いた。なおこの歌は『続古今集』一〇四、『兼盛集』一七〇九に見え、作者は平兼盛。兼盛は天暦《てんりやく》時代（九四七〜五七）の人で、ここから、仮名序の古注は天暦以後に施されたものと見られる。

六　祝いことほぐ歌。六義の「頌」に対応する。

七　このお邸は、いかにも富んでいらっしゃる、三重にも四重にも軒をしつらえた、立派な家普請《いえぶしん》がしてある、の意。「さき草」は、実体不明。「三枝」の字があてられ（『萬葉集』一八九五など）、先端《せんたん》が三つに分かれているものらしい。そのことから「みつば」にかかる枕

[八]これは《いわい歌は》、世をほめて神に告ぐるなり。この歌《右の例歌は》、いはひ歌とは見えずなむある。

　[九]春日野《かすがの》に　若菜つみつつ　万代《よろづよ》を　いはふ心は　神ぞ知るらむ

これらや《このような歌のほうが》、すこしかなふべからむ。おほよそ《だいたい〔和歌が〕》、六種《むくさ》に分かれむことは《六種に分類されることは》、えあるまじきことになむ《ありうべからざることである》。

いまの世の中、[一〇]色につき、人の心、花に《派手に》なりにけるより、あだなる歌《あだっぽい歌や》、はかなき言《こと》のみ《その場限りの歌》出《い》でくれば、《〔和歌は〕》[一一]色ごのみの家に《好色者の間に埋れ》埋《むも》れ木の[一二]人知れぬこととなりて《しかるべき人々の顧みないものになりはてて》、[一三]まめなる所には《改まったところでは》、[一四]花すすきほに[一五]出《い》だすべきことにもあらずなりにたり《表だって人前に出せるものではなくなってしまった》。

そのはじめを思へば《和歌の起源を思い起せば》、かかるべくなむあらぬ《こんな状態であってよいはずはない》。[一六]いにしへの代々《よよ》の帝、春の花の朝《あした》、秋の月の夜ごとに、さぶらふ《伺候する》人々を召して、事につけつつ《何かにつけて》歌をたてまつらしめ給ふ。あるは《ある者は》、[一七]花をそふとて《思うところを花によそえて詠もうと》たよりなきところにまどひ《不案内な所へ迷い歩き》、あるは、月を思ふとてしるべなき闇にたどれる《手引きもない闇の中をさまよった各人》

詞。「みつばよつば」は軒端が幾重にも重ねられているさま。なお、この歌は催馬楽《さいばら》としても歌われている。

八 以下六行、「いはひ歌」の例歌を不審とした古注。

九 巻七、三五七参照。

一〇 表面的な美しさばかりを重んずる風潮を言う。

一一 恋の情趣を解すること、またはその人。ここでは否定的に言及されている。

一二「埋れ木の」は、上文からは「色ごのみの家に埋れ」と言い掛けられ、下文へは「人知れぬ」にかかる枕詞として展開する。

一三 真名序では、「大夫の前」と言う（三八一頁）。身分の高い人々の前、ひいては公《おおやけ》の場。

一四「ほに出だす」の枕詞。

一五「ほ」は、「穂」または「秀」で、外に現れ出るさま。

一六 以下に述べられる事柄は、必ずしも歴史的事実ではない。和歌の理想的なあり方を、その起源・本質に徴して、虚構に借りつつ主張したくだり。

一七「そふ」は、「そへ歌」（一四頁注一参照）の「そふ」と同じく、花に託して経世の意見を述べることをいう。

心こころを見給ひ、賢《さか》し愚《おろ》かなりと知ろしめしけむ。しかあるのみにあらず、一さざれ石にたとへ、二筑波《つくは》山にかけて君をねがひ、三よろこび身に過ぎ、たのしみ心にあまり、四富士の煙《けぶり》によそへて人を恋ひ、五松虫の音《ね》に友をしのび、六高砂《たかさご》、七住の江の松も、相生《あひおひ》のやうにおぼえ、八男山《をとこやま》の昔を思ひ出《い》でて、九女郎花《をみなへし》のひとときをくねるにも、歌を言ひてぞ慰めける。また、春の朝《あした》に花の散るを見、秋の夕暮れに木の葉の落つるを聞き、あるは、年ごとに一〇鏡の影に見ゆる雪と波とをなげき、一一草の露、一二水の泡を見てわが身をおどろき、あるは、一三昨日《きのふ》は栄えおごりて、時を失ひ、世にわび、一四親しかりしも疎《うと》くなり、あるは、一五松山の波をかけ、一六野中の水をくみ、一七秋萩の下葉をながめ、一八暁の鴫《しぎ》の羽掻《はねが》きをかぞへ、あるは、一九くれ竹のうきふしを人にいひ、二〇吉野川をひきて世の中を恨みきつるに、今は富士の山の煙もたたずなり、二一長柄《ながら》の橋もつくるなりと聞く人は、歌にのみぞ心を慰めける。

各様の人の心を　〔帝は〕　識別なさったのであろう
無論それだけではない　小石に譬えて長寿を祈り　託しつつ主君の
恩顧を願い　なぞらえて
幼な馴染の親しさを感じ　つかの間のなまめかしさを
皮肉るにも
あるいは　鏡に映る白髪と
顔の皺とを見て老いを嘆き　わが身のはかなさを思い知り
〔今日はたちまち〕失脚してわびしい境涯に落ち　親しかった友も
離れてゆき
数えつつ恋人を待ち　くれ竹の節に掛けて憂き節を
訴え　吉野川を引合いに出して世の中を恨んできたが　今では恋の情熱を託した富
士の煙も立たなくなり　新しく造り替えるのだと聞く人は　古歌を誦することによっ
てのみ心を慰めている

一 以下、名歌を踏まえ和歌の種々相を述べる。「さざれ石にたとへ」は、「わがきみは千代にましませさざれ石の巌《いはほ》となりて苔《こけ》のむすまで」（三四三）を踏まえた。

二「筑波嶺《つくはね》のこのもかのもに陰《かげ》はあれど君がみかげにますかげはなし」（一〇九五）、および九六六。

三「嬉《うれ》しきをなにに包まむ…」（八六五）。

四「人知れぬ思ひをつねに駿河《するが》なる富士の山こそわが身なりけれ」（五三四）、および一〇二八。

五「きみしのぶ草にやつるるふるさとはまつ虫の音《ね》ぞかなしかりける」（二〇〇）、および二〇一～三。

六「誰《たれ》をかも知る人にせむ高砂の松もむかしの友ならなくに」（九〇九）、および九〇八。

七「われ見ても久しくなりぬ住《すみ》の江《え》の岸の姫松いく世経《へ》ぬらむ」（九〇五）、および九〇六。

八「今こそあれわれも昔はをとこ山さかゆく時もあり来しものを」（八八九）。

九「秋の野になまめきたてる女郎花あなかしがまし花もひと時」（一〇一六）。

一〇「うば玉のわが黒髪やかはるらむ鏡のかげに降れる白雪」（四六〇）。

一一「露をなどあだなるものとおもひけむ…」（八六〇）。

一二「浮きながら消《け》ぬる泡ともなりななむ…」（八二七）。

一三「いにしへの倭文《しづ》のをだまき賤《いや》しきもよきも盛りはありしものなり」（八八八）。

一四 八九二など歌意は似るが、確実な典拠は不明。

一五「きみをおきてあだし心をわがもたば末の松山波

いにしへよりかく伝はるうちにも《昔から以上のようにして和歌を作り伝えてきたが》、二二 ならの御時よりぞひろまりに《特に奈良に都が営まれた御代から普及》ける《した》。かの御世《おほんよ》や歌の心を知ろしめしたりけむ《本質を理解していらっしゃったからなのだろう》。かの御時に、二三 正《おほき》三位《みつのくらゐ》柿本人麿《かきのもとのひとまろ》なむ、歌の仙《ひじり》《歌聖》なりける《であった》。これは、二四 君も人も《帝も人々も》、身を合はせたりと《よく協力しあった結果と》いふなるべし。秋の夕べ、二五 龍田川《たつたがは》に流るる紅葉《もみぢ》をば、帝《みかど》の御目《おほんめ》には錦《にしき》と見たまひ、春の朝《あした》、二六 吉野の山の桜は、人麿が心には雲かとのみなむおぼえける《思われた》。また、山辺赤人《やまのべのあかひと》といふ人あり。歌にあやしく《霊妙なまで》妙《たへ》なりけり《すぐれていた》。人麿は、赤人が《赤人の》上《かみ》に立たむことかたく《優位に立つことはむずかしく》、赤人は人麿が《人麿に》下《しも》に立たむことかたく《一歩譲るということもむずかしい》なむありける。

二七 ならの帝の御歌

二八 龍田川　もみぢみだれて　流るめり　わたらば錦　なか
やたえなむ

人麿

二九 梅の花　それとも見えず　ひさかたの　あまぎる雪の
なべて降れれば

も越えなむ」（一〇九三）。愛の誓い。
一六「いにしへの野中の清水《しみづ》ぬるけれどもとの心を知る人ぞ汲む」（八八七）。老人へのいたわり。
一七「秋萩の下葉《したば》いろづく今よりやひとりある人の寝《い》ねがてにする」（二二〇）。独り寝の嘆き。
一八「暁の鴫の羽搔《はねが》き百羽搔《ももはが》き…」（七六一）。
一九「世に経れば言の葉しげき呉竹《くれたけ》の憂《う》き節《ふし》ごとに鶯ぞ鳴く」（九五八）。
二〇「流れては妹背《いもせ》の山の中に落つる吉野の川のよしや世の中」（八二八）。
二一「難波《なには》なる長柄の橋もつくるなり…」（一〇五一）。
二二 平城京、およびそれ以前の藤原京・明日香京などを含めて言う。
二三 人麿は微官であったらしく（一〇〇三参照）、「おほきみつのくらゐ」とあることをめぐって、古来議論が多い。あるいは、『古今集』撰進にあたって、正三位を追贈されたものかともいうが、「おほきみつのくらゐ」の本文をもつ古写本もあり、なお後考を要する。
二四 漢語「君臣合体」を翻案した表現と考えられる。
二五 次の古注に見える「龍田川…」の歌を踏まえた。
二六 諸説あるが、どの歌を踏まえたか不詳。
二七 以下、本文に出た三者の歌を例示した古注。本文の「帝」は何天皇と限定しない普通名詞だが、古注の「ならの帝」は平城《へいぜい》天皇を意識しているか。
二八 巻五、二八三参照。
二九 巻六、三三四参照。

一 巻九、四〇九参照。
二 春の野原に、すみれを摘みにきた私だが、あんまり気持がいいので、そのまま一晩、そこで眠ってしまった、の意。『萬葉集』一四二四。
三 和歌の浦に潮が満ちてきて干潟《ひがた》がなくなったので、葦の生えた水辺の方へと、鶴が鳴いて飛んでゆく、の意。『萬葉集』九一九。
四 「世々」の枕詞。竹の節と節の間を意味する「よ」に、「世」をきかせてかかる。
五 その名が聞え、の意。
六 「よりよりに」の枕詞。「片糸」は、まだ縒《よ》り合せてない糸。
七 『萬葉集』を、奈良に都のあった時代を総括する歌の集と認識した上での論述である。九九七の歌の述べるところとも符号する。
八 「ここに」は、『萬葉集』編纂以後、今日まで、の意。
九 「かの御時」は『萬葉集』が編纂された御代を指し、主として平城天皇朝が意識されているらしい。三八二頁注七参照。平城天皇は、平安遷都後二代目の天皇であるが、古京奈良への思慕に明け暮れたことで有名であり、漠然《ばくぜん》とこの天皇あたりに「ならの御時」の下限がおかれているようである。
一〇 平城天皇は第五一代天皇で、在位は八〇六〜九年。貫之が仮名序を記している第六〇代醍醐《だいご》天皇の延喜五年（九〇五）までは、十代、およそ百年である。

一 ほのぼのと　明石《あかし》の浦の　朝霧《あさぎり》に　島隠れゆく　船をしぞ思ふ

赤人

二 春の野に　すみれ摘《つ》みにと　来《こ》し我ぞ　野をなつかしみ　一夜寝にける

三 和歌の浦に　潮《しほ》満ちくれば　潟《かた》をなみ　葦べをさして　鶴《たづ》鳴きわたる

この人々をおきて（この歌人たち以外にも）、またすぐれたる人も四くれ竹の世々に五きこえ、六片糸《かたいと》のよりよりに（その時その時につけて）絶えずぞありける。［そこで］これよりさきの歌を集めて（それ以前の歌々を編集して）なむ、七萬葉集と名づけられたりける。

八ここに、いにしへのことをも、歌の心をも知れる人、わづかにひとりふたりなりき。しかあれど、これかれ（彼らもまた）得たる所、得ぬ所、たがひになむある（各人それぞれに長所もあれば短所もある）。九かの御時よりこのかた、一〇歳《とし》は百年《ももとせ》あまり、世は十《と》つぎになむなりにける（御歴代は十代）。［その間］いにしへのことをも歌をも知れる人、よむ人多からず。今このことを言ふに、[一一]官位《つかさくらゐ》高き人をばたやすきやうなれば入れず。

そのほかに、近き世[一二]にその名きこゆる人は、すなはち、[一三]僧正遍昭《そうじやうへんぜう》は、[一四]歌のさまは得たれども、まことすくなし。たとへば、絵にかける女《をうな》を見て、いたづらに心を動かすがごとし。

高位高官以外に
歌の形式は整っているが　真情の発露という点ではものたりない
無意味に

[一五]あさみどり　糸よりかけて　白露を　玉にもぬける　春の柳か

[一六]蓮葉《はちすば》の　にごりにしまぬ　心もて　なにかは露を　玉とあざむく

嵯峨野《さがの》にて馬より落ちてよめる

[一七]名にめでて　折れるばかりぞ　女郎花《をみなへし》　われ落ちにきと　人にかたるな

在原業平《ありはらのなりひら》は、その心あまりて、ことば足らず。しぼめる花の色なくて、匂《にほ》ひ残れるがごとし。

情感があふれすぎ〔それを表現する〕
しぼんだ花の
色はあせたのに
香りだけが残っているようなものだ

一一 身分の高い人々の歌を論評するのは、軽率なことだからさしひかえる、の意。事実、次に続く批評の中には、高位の歌人は出ていない。

一二 平安時代初期を意識している。

一三 僧正遍昭、在原業平、文屋康秀、喜撰法師、小野小町、大伴黒主を「六歌仙」と称し、いずれも平安初期の和歌の名手。この六人について逐一論評する。真名序三八一～二頁参照。

一四「歌のさま」は、言葉の言いまわしなど、歌の形式的方面をいう。真名序には「歌体」とある。

一五 巻一、二七参照。以下三首、遍昭の代表歌を例示した古注。

一六 巻三、一六五参照。

一七 巻四、二二六参照。ただし、その詞書には「題しらず」とある。古注が施されたころには、「われ落ちにきと」という歌詞などから、「馬より落ちて」というような附会の説が行われていたのであろう。

[一]月やあらぬ　春やむかしの　春ならぬ　わが身ひとつは　もとの身にして

[二]おほかたは　月をも賞《め》でじ　これぞこの　つもれば人の　老《お》いとなるもの

[三]寝ぬる夜《よ》の　夢をはかなみ　まどろめば　いやはかなにもなりまさるかな

文屋康秀《ふんやのやすひで》は、ことばたくみにて、そのさま身におはず《身についていない》。いはば、商人《あきひと》のよき衣《きぬ》着たらむがごとし。

[四]吹くからに　野辺の草木の　しをるれば　むべ山風を　嵐《あらし》といふらむ

　[五]深草帝《ふかくさのみかど》の御国忌《こき》に

[六]草ふかき　霞《かすみ》の谷に　かげかくし　照る日の暮れし　今日《けふ》にやはあらぬ

[七]宇治山の僧喜撰《きせん》は、[八]ことばかすかにして《言葉づかいが微妙すぎて》、初め終りたしかならず《首尾がすらりと一貫していない》。

一 巻十五、七四七参照。以下三首、業平の代表歌を例示した古注。

二 巻十七、八七九参照。

三 巻十三、六四四参照。

四 以下二首、康秀の代表歌を例示した古注。「吹くからに…」の歌は、巻五、二四九参照。本来、文屋朝康の作らしいが、古くから康秀作とする伝えもあり、この古注はそれによったものである。なお、二四九では、第二句が「秋の草木の」となっている。

五 仁明天皇の一周忌に際して、の意。二八六頁注一参照。

六 巻十六、八四六参照。

七 宇治山は、京都府宇治市笠取にある山。喜撰法師が住んだと伝える。九八三参照。

八 「かすか」は、「幽」または「微」の意。「たしかならず」は、はっきりしない意。

九 秋の月を見る場合にたとえれば、月が出た直後は鮮やかに見えるものの、暁方になって雲にさえぎられいはば、秋の月を見るに、[九]暁の雲にあへるがごとし。

[一〇]わがいほは　京《みやこ》の辰巳《たつみ》　しかぞ住む　世を宇治山《うぢやま》と　人はい
ふなり

[一一]よめる歌多くきこえねば《多くは伝わっていないから》、これかれかよはしてよく知らず《あれこれ見通して批評することができない》。
小野小町《をののこまち》は、いにしへの[一二]衣通姫《そとほりひめ》の[一三]流《りう》なり。あはれなるやうにて《しみじみとした情趣をそなえ》、つよからず。いはば、[一四]よき女《をうな》の[一五]なやめるところあるに似たり。つよからぬは、女《をうな》の歌なればなるべし。

[一六]おもひつつ　寝《ぬ》ればや人の　見えつらむ　夢と知りせば　覚《さ》
めざらましを

[一七]色みえで　うつろふものは　世の中の　人の心の　花にぞあ
りける

[一八]わびぬれば　身を浮き草の　根をたえて　誘ふ水あらば　い
なむとぞ思ふ

[一九]衣通姫の歌

るようなものだ。すなわち、喜撰の歌は、初めのほうはよくわかるが、後のほうがよくわからない、と言う。
一〇 喜撰の代表歌を示した古注。巻十八、九八三参照。
一一 喜撰の作品は、当時からすでに伝わるものが少なかったのである。このほかに勅撰集では、『玉葉集』四〇〇に、「題しらず　喜撰法師」として、「樹《こ》の間より見ゆるは谷の螢かもいさりに海人《あま》の海へ行くかも」の一首があるのみ。これとても、伝説的な色彩が濃い。他に『樹下集』の一首、「けがれたるたふさはふれじ極楽の西の風ふく秋のはつ花」を加えた三首が、喜撰の歌として伝わるもののすべてである。
一二 第一九代允恭《いんぎよう》天皇の妃。本名は弟姫《おとひめ》。容姿秀で、麗色が衣を通して照り輝いたところから「衣通姫」と呼ばれ、和歌にも長じていたと伝えられる。一一二〇参照。
一三「流」は、古来「りう」と読んでいる。同じ流派に属する人、…の流れを汲《く》む人、の意。
一四 身分の高い、高貴な女性、の意。
一五「なやめる」は、病んでいる、の意。真名序の該当部分には、「病婦」とある。
一六 巻十二、五五二参照。以下四首、小町の代表歌、および参考歌を例示した古注。
一七 巻十五、七九七参照。
一八 巻十八、九三八参照。
一九 小町の歌が流れを汲むという衣通姫の歌を例示した。

一 わが背子《せこ》が　来《く》べきよひなり　ささがにの　蜘蛛《くも》の振舞《ふるま》ひ
かねてしるしも

大伴黒主《おほとものくろぬし》は、そのさまいやし《みすぼらしい》。いはば、薪《たきぎ》をおへる《背負った木樵りが》山人の、花の陰《かげ》に休めるがごとし。

二 思ひ出《い》でて　恋しきときは　初雁《はつかり》の　泣きてわたると　人は
知らずや

三 鏡山《かがみやま》　いざ立ち寄りて　見てゆかむ　年へぬる身は　老いや
しぬると

このほかの人々、その名きこゆる《歌人として知られた者は》、四 野辺に生《お》ふる葛《かづら》の這《は》ひひろごり、林に繁き木の葉のごとく多かれど、歌とのみ思ひて〔恰好さえ整えば〕、そのさま《真の歌のあり方は》知らぬなるべし。

かかるに、五 今すべらぎ《今上陛下が》の天《あめ》の下《した》しろしめすこと《国をお治めになってから》、六 四つのとき《四季のめぐりは》、九《ここ》のかへりになむなりぬる《九回繰り返された》。あまねき御《おほん》うつくしみの波《広く行き渡った いつくしみの波は》、七 八島のほか《日本以外の国》まで流れ《にまでおよび》、ひろき御めぐみの陰、八 筑波《つくは》山の麓《ふもと》よりも繁くおはしまし

一 墨滅歌、一一一〇参照。
二 巻十四、七三五参照。七三五では、第五句「人知るらめや」。以下二首、黒主の代表歌を例示した古注。
三 巻十七、八九九参照。
四 野辺に生えている蔓草《つるくさ》のように、世間に広く存在し、の意。「葛」は、蔓のある植物の総称。
五 当代の帝、醍醐天皇を指す。
六 「四つのとき」は、春夏秋冬、つまり一年。「九のかへり」は、九度繰り返すこと。醍醐天皇が即位されてから、九年の歳月が流れた、の意。
七 日本の古称。
八 筑波山の山陰は慈悲深いものの代表。九六六参照。帝の庇護《ひご》が、その筑波山の陰よりも深く、くまぐまに行きわたっていると言った。一〇九五を踏まえている。
九 「延喜五年四月十八日」は、『古今集』撰進の勅命が下された日。
一〇 内記は、中務省《なかつかさ》の官人。そのうち上位の者を「大内記」と言う。能筆、能文の者が選任され、詔勅、宣命《せんみやう》を起草し、宮中一切の記録にあたった。
一一 宇多・醍醐両天皇に仕え、延喜五年以後間もなく没。八三八〜九〇参照。享年六十歳前後。家集に『友則集』がある。
一三 「御書所」は、宮中の書籍を保管した役所。「預」

て、よろづの政《まつりごと》をきこしめすいとま〔数々の政務にお携わりになるあいまに〕、もろもろのことを捨てたまはぬあまりに〔あらゆる分野のことを疎略にすまいという御配慮の一つとして〕、いにしへのことをも忘れじ、古《ふ》りにしことをも〔古びてしまったことも〕興《おこ》したまふとて、今もみそなはし〔御自身でも御覧になり〕、後《のち》の世にも伝はれとて、[九]延喜五年四月十八日に、[一〇]大内記《だいないき》[一一]紀友則《きのとものり》、[一二]御書所預《ごしよのところのあづかり》[一三]紀貫之《きのつらゆき》、[一四]前甲斐少官《さきのかひのさうくわん》[一五]凡河内躬恒《おほしかふちのみつね》、[一六]右衛門府生《うゑもんのふしやう》[一七]壬生忠岑《みぶのただみね》らにおほせられて、萬葉集に入《い》らぬ[一八]古き歌、みづからのをも〔撰者と同時代の歌をも〕奉《たてまつ》らしめたまひてなむ、それがなかにも、[一九]梅をかざすよりはじめて（春歌）、時鳥《ほととぎす》を聞き（夏歌）、紅葉《もみぢ》を折り（秋歌）、雪を見るにいたるまで（冬歌）、また鶴亀につけて君を思ひ〔託して帝の長寿を祈り〕、人をも祝ひ（賀歌）、秋萩夏草を見て妻を恋ひ（恋歌）、[二〇]逢坂《あふさか》山にいたりて手向《たむ》けを祈り（羇旅）、あるは〔あるいは〕、春夏秋冬にも入《い》らぬくさぐさの〔さまざまの〕歌をなむ（雑歌）、撰《えら》ばせたまひける。すべて千歌《ちうた》[二一]二十巻《はたまき》、名づけて古今和歌集といふ。

かくこのたび〔こうして〕集め撰ばれて、[二二]山下水の絶えず、浜の真砂の〔浜辺の砂のように〕数多く〔数多くの作品が集まったので〕つもりぬれば、いまは[二三]明日香《あすか》川の瀬になる恨みもきこえず〔「和歌が」瀬のように変り衰える恨み言も聞かれず〕、[二四]さざれ石の〔小石が〕巌《いはほ》となるよろこびのみぞあるべき〔大岩石となる末代までも栄え続ける喜びに満ちている〕。

は、一所の長。

一三 仮名序の筆者。歌学者としても聞えた。醍醐・朱《す》雀《ざく》両天皇に仕え、家集『貫之集』がある。『土佐日記』の著者としても有名。一〇〇二に原古今集の目録を兼ねる長歌がある。

一四「甲斐少官」は、甲斐（今の山梨県）の国の四等官。

一五 家集に『躬恒集』がある。

一六 右衛門府の下僚。衛門府は、宮城諸門の警護・出入の管理にあたった役所。

一七 著書に『和歌体十種』『忠岑集』がある。一〇〇三〜四に、撰者を拝命した喜びと決意を述懐した長歌と反歌が収められている。

一八「古き」は底本にない。古写本をもって補う。

一九 以下、収録歌の分類を述べる。本文の部立《ぶだて》と呼応している。

二〇 逢坂山は、都と近江《おうみ》（滋賀県）との境にある山。「手向け」は、ここは「手向けの神」の意。旅人が行路の安全を祈るために幣物を捧げる道祖神。

二一『古今集』は全二十巻、収録歌数一一一一首。

二二「山下水」は、山の草木の陰を流れる清流。山下水が絶えないように、和歌の伝統は絶えず、の意。

二三 明日香川は、奈良県明日香村を流れる。淵と瀬の移り変りが激しいところから、無常の象徴としてしばしば歌に詠まれた。三四一、六八七、九三三、九九〇参照。

二四 永劫《えいごう》の未来まで栄える意。三四三参照。

それ、まくら[一]、ことば、春の花にほひ少なくして、むなしき名のみ秋の夜の長きをかこてれば、かつは人の耳に恐り、かつは歌の心に恥ぢ思へど、たなびく[二]雲の立ち居《ゐ》、鳴く鹿の起き伏しは、貫之らがこの世に同じく生《む》まれて、このことの時にあへるをなむよろこびぬる。

人麿亡くなりにたれど、歌の事とどまれるかな。たとひ、時移り、事去り、たのしび、かなしび、ゆきかふとも、この歌の文字あるをや。青柳《あをやぎ》[三]の糸絶えず、松[四]の葉の散り失《う》せずして、正木《まさき》[五]の葛《かづら》長く伝はり、鳥[六]の跡久しくとどまれらば、歌のさまをも知り、ことの心を得たらむ人は、おほぞらの月を見るがごとくに、いにしへを仰ぎていまを恋ひ[七]ざらめかも。

自らの歌は　春の花のような美しさに乏しく　虚名ばかりが秋の夜のように長く残ることを思いわびているので　一方では世間への聞えを気にかけ　和歌の本質に照らして恥ずかしいが　撰者一同　古今集勅撰の　聖代にあうことができた僥倖をうれしく思っている
ここに記しとどめられた歌は存在をやめはしない　物事の真意を　歌の興った昔を仰ぎ見て　延喜時代を　恋しく思うにちがいない

一 誤写説まで含めて諸説あるが、定説を見ない。「臣等」と記す真名序に準じて解すれば、「まろら」の誤写で、「私たちは」の意。

二 「たなびく雲の」は「立ち居」の序詞《じよことば》、「鳴く鹿の」は「起き伏し」の枕詞。立ち居につけ起き伏しにつけ、の意。

三 「青柳の糸」は「絶えず」を起す序詞。

四 「松の葉の」は「散り失せず」の枕詞。

五 「正木の葛」は「長く伝はり」の序詞。「正木の葛」は、定家葛の古名とも、蔓正木の古称とも言う。

六 「鳥の跡」は、文字のこと。中国古代の黄帝の時、蒼頡《そうきつ》が鳥の足跡を見て文字を作ったという故事（『説文解字』序）に基づく。二行前の「文字」と響きあい、ここも暗に『古今集』をにおわせている。

七 反語表現。「め」は推量の助動詞「む」の已然形、「か」は反語の助詞、「も」は詠嘆の助詞。

古今和歌集 巻第一

春歌上

八 ふる年に春立ちける日よめる　在《あり》原《はらの》元《もと》方《かた》

1 年のうちに　春は来にけり　一《ひと》とせを　去年《こぞ》とやいはむ
今年とやいはむ

春立ちける日よめる　紀《きの》貫《つら》之《ゆき》

2 袖ひちて　むすびし水の　凍《こほ》れるを　春たつ今日《けふ》の　風や
とくらむ

八 古年《ふるとし》、すなわち、まだ改まらぬ年の内に立春を迎えた日に詠《よ》んだ歌、の意。陰暦では、立春は新年の訪れを意味するが、数年ごとに年が改まらないうちに立春のくることがあった。「年内立春」という主題の歌は、『萬葉集』「十二月十八日に大監物三形王《だいけんもつみかたのおほきみ》の宅にして宴する歌　み雪ふる冬は今日のみ鶯《うぐひす》の鳴かむ春へは明日にしあるらし」（四四八八）が初出。

1　正月がこないうちに、はや立春がきてしまった。これから大晦日《おおみそか》までの残りの日は、去年と呼ぶべきなのか、それとも今年と呼ぶべきだろうか。『礼記《らいき》』（月令《がつりよう》）に「立春の日、天子親《みづか》ら三公九卿諸侯《さんこうきうけいしよこう》大夫《たいふ》を帥《ひき》ゐて、以て春を東郊《とうかう》に迎《むか》へ」云々《うんぬん》とあるように、天子の招来によって春が立つというのが、古代王朝にとってのあるべき姿であった。天象のめぐりと暦日のくいちがいに当惑を表出するのはそのためである。正岡子規は「理屈をこねただけ」（『歌詠《よ》みに与ふる書』）と評したが、古代の思考には遠い理解である。

2　袖の濡れるのもいとわず手で掬《すく》った、あの水は、冬の間は凍ってしまっていた。しかしそれも、立春の今日の風が解かしてくれているだろう。『正義』は「よどみなくゆく月日を、年立ちかはる今日しも、立ちかへりてつらつら感じたるなり」と言う。◇ひちて　「ひつ」は、ぐっしょり濡れる意の四段活用動詞。後に「ひづ」と発音され、上二段活用に変化した。◇春たつ今日の…　「孟春（春のはじめ）の日、東風凍《こほり》を解く」（『礼記』月令）を踏まえた表現。

3

題しらず　よみ人しらず

春がすみ　立てるやいづこ　みよしのの　吉野の山に　雪は降りつつ

4

一 二条后《にでうのきさき》の春のはじめの御歌《おほんうた》

雪のうちに　春は来にけり　鶯《うぐひす》の　こほれる涙　今やとくらむ

5

題しらず　よみ人しらず

梅が枝《え》に　来《き》ゐる鶯　春かけて　鳴けどもいまだ　雪は降りつつ

雪の、木に降りかかれるをよめる　素《そ》性《せい》法《ほふ》師《し》

3 もう立春もすんで、春になったというのに、春《はる》霞《がすみ》はどこに立っているのだろう。ここ吉野山では雪が降りつづいて、まったく冬とかわりない。

吉野山（奈良県中部）がもっぱら桜の名所となるのは『新古今集』以降。『古今集』では雪深い所としての取り扱いが多い。三一七参照。

◇みよしのの「み」は接頭語。幽邃《ゆうすい》な感じを表す。なお、次句「吉野の」との同音反覆の効果をねらった。

一 清和天皇の后、陽成天皇の母。『古今集』が編まれた延喜時代には后位を停止されていた。ここに「二条后」とするのは『古今集』勅撰にあたって特別のはからいがあったものか。なお、天皇・皇后の場合は、必ず作者名が詞書《ことばがき》中に記される。二、九〇、三四七等参照。

4 雪が残って景色はまだ冬のままなのに、暦の上では春になった。山深く冬に堪えていた鶯の涙は寒さに凍っていたが、今はそれもとけて、まもなく美しい声で鳴きはじめることだろう。

『余材抄』に「鶯に涙あるにもあらず、こほるべきにもあらねど、啼《な》く物なれば涙といひ、涙あればこほるといふは歌の習ひなり」という。

5 梅の枝にやって来た鶯よ。おまえは春を待ちかねて鳴くけれど、まだ雪が降りつづいている。

◇春かけて「鳴けども」を修飾する。『古今集』では、修飾語は被修飾語のすぐ前におかれるのが通例。

6 春になったので、白雪が花と思えるのだろうか。雪の降りかかった枝で、鶯が鳴いている。

◇見らむ　「見るらむ」の古い形。

7　花の咲くことを、心待ちにしていたものだから、消え残っている雪が、花に見えてしまうのだろうか。

早春の光景。冷たい雪に華麗な梅の幻影を見る。◇こころざし　深く期待する気持。◇そめてし　「そむ」は執着すること。「し」は強意の助詞。◇をりければ　古来「居り」「折り」二様の解釈がある。『古今集』では、解釈に必要な具体的状況を几帳面《きちやうめん》に詞書の中に記しておくのが常であるから、この歌の場合「折り」と取るのは無理。

二　ここは藤原良房《よしふさ》を指す。

三　二条の后が、まだ「東宮の御息所」と申し上げていた時。「東宮の御息所」とは、東宮（皇太子のこと。ここではのちの陽成天皇）を産み奉った妃、の意。五九頁注三参照。

8　春の日の光を浴び、皇太子殿下のご庇護《ひご》を蒙《こうむ》っている私ですが、今、雪が降ってきて私の頭にかかります。私の髪はこの雪と同じほど白くなってしまいました。それがたいへん情けない思いです。

「東宮」を「春宮」とも書くところから、「春の日」は皇太子の比喩《ひゆ》になる。東宮の殊遇を感謝しつつ、大して立身もせず年老いて、ご庇護をうける時間も残り少ないのが情けない、という気持の歌。しかし裏面では、老い先短い私ですから一層のお引き立てを、と言っている。眼前の光景をとらえた、嫌味のない督促。

6 春たてば　花とや見らむ　白雪の　かかれるえだに　鶯の鳴く

題しらず　　よみ人しらず

7 こころざし　深くそめてし　をりければ　消えあへぬ雪の　花と見ゆらむ

ある人のいはく、二前太政大臣《さきのおほきおほいまうちぎみ》の歌なり。

三二條后の、東宮の御息所《みやすむどころ》ときこえける時、正月三日《むつきみか》、御前《おまへ》に召しておほせごとある間に、日は照りながら雪のかしらに降りかかりけるをよませ給ひける

文《ふん》屋《やの》康《やす》秀《ひで》

8 春の日の　光にあたる　我なれど　かしらの雪と　なるぞ

わびしき

雪の降りけるをよめる　　紀　貫　之

9 霞《かすみ》たち　木《こ》の芽《め》も春の　雪ふれば　花なき里も　花ぞ散り
ける

春のはじめによめる　　藤《ふぢ》原《はらの》言《こと》直《なほ》

10 春やとき　花や遅きと　聞きわかむ　鶯だにも　鳴かずも
あるかな

春のはじめの歌　　壬《み》生《ぶの》忠《ただ》岑《みね》

11 春来《き》ぬと　人は言へども　鶯の　鳴かぬかぎりは　あらじ
とぞ思ふ

9　霞がたち、木々の新芽もようよう張るきょうこのごろ、春の雪が降ると、まだ花の咲かないこの里にも、花が散っているように見える。不安定な早春の季節感。◇木の芽も春の「春」に「張る」を掛ける。

10　春になったのに、花がまだ咲かない。春が早くきすぎたのだろうか。それとも花の咲くのが遅すぎるのだろうか。鶯に尋ねて確かめてみたいのだけれど、その鶯さえもまだ鳴かない。春の訪れを確かめる実景を見出せない、早春の焦燥。鶯は春の到来をまっさきに告げる鳥とされていた。◇とき　早い意の形容詞「とし」の連体形。

11　春がきたと世間では言っているが、肝心の鶯が鳴かないかぎり、そんなはずはないと思う。立春を過ぎたが、本当の暖かい春はなかなかこない。春を告げる鶯が鳴かないと、なお画龍点睛《てんせい》を欠く。

一「寛平」は、宇多・醍醐《だいご》天皇の御代の年号（八八九〜九八年）。寛平年間に后位にあった人は光孝天皇の后、宇多天皇の御生母、班子《はんし》である。「歌合」とは、歌人を左右の二方に分け、詠歌を一首ずつ出して幾番かの組合せごとに優劣を判定してゆく遊戯。平安初期以来、宮廷や貴族の間に流行した。この時の歌合は、春・夏・秋・冬・恋の各二十番、計二百首。寛平五年（八九三）ごろに催され、かなりの作品が『古今集』にも採られている。

12 山から吹く春風に解けた氷のすき間から、ほとばしる波。これをこそ、春いちばんに咲く花というべきなのだろうか。

波を花に見立てる手法は、『萬葉集』にも「近江《あふみ》の海白木綿花《しらゆふばな》に波立ちわたる」（三三八）などの先例があるが、氷を割ってほとばしる波を「春の初花」と捉《とら》えたところが新味。

◇山風　底本には「谷風《たにかぜ》」とあるが、古写本はすべて「やま風」。底本を改めた。

13 風の手紙に花の香を添えて、まだ山にひそんでいる鶯を誘いだす、案内としよう。

暖風にほのかな花の香。いよいよ鶯が待たれる。

◇たぐへてぞ　伴わせて、添えて。「ぞ」は助詞。

◇しるべには遣る　道案内になるように送ってやる、の意。風が運んだ花の香をたどれば、鶯はたやすく里へおりて来れるのである。

14 鶯が冬ごもりの谷から出て、梢《こずえ》で鳴く声が聞えてこなければ、春の到来を誰が知ることができようか。

新芽の緑の視覚、花の香の嗅覚《きゅうかく》、そのうえに鶯の鳴き声の聴覚が加わって、はじめて春は完全になる。

15 待ちわびた春はきたものの、花も咲かないこの山里では、せっかくの鶯も、うかぬ声で鳴くばかりだ。

春がようやく訪れた山里で鳴く鶯を、「もの憂《う》かる音《ね》」と聞いたところに作者の感情移入がある。

一 寛平御時《くわんぴやうのおほんとき》の后宮《きさいのみや》の歌合《うたあはせ》の歌　源《みなもとの》当《まさ》純《ずみ》

12 山風に　とくる氷の　ひまごとに　うち出《い》づる波や　春の初花《はつはな》

紀《きの》友《とも》則《のり》

13 花の香を　風のたよりに　たぐへてぞ　鶯さそふ　しるべには遣《や》る

大《おほ》江《えの》千《ち》里《さと》

14 鶯の　谷より出《い》づる　こゑなくは　春くることを　たれか知らまし

在《あり》原《はらの》棟《むね》梁《やな》

15 春たてど　花もにほはぬ　山里は　もの憂《う》かる音《ね》に　鶯ぞ

鳴く

題しらず　　よみ人しらず

16 野辺ちかく　家居しせれば　鶯の　鳴くなるこゑは　朝な朝な聞く

17 春日野《かすがの》は　今日《けふ》はな焼きそ　わか草の　つまもこもれり　我もこもれり

18 春日野の　飛火《とぶひ》の野守《のもり》　出《い》でて見よ　いまいく日《か》ありて　若菜《わかな》つみてむ

19 み山には　松の雪だに　消えなくに　都は野辺の　わかなつみけり

16 人里離れた野辺に住んでいると、都では自由に聞けない鶯の声が、毎朝毎朝聞えてくる。
野辺に侘《わ》び住いせねばならぬ不遇を悲しんでいる。
◇せれば　底本「をれば」。古写本により改めた。

17 春日野を今日は焼かないでほしい。そこには愛する人もこもっているし、この私だってこもっているのだから。
五七調、二句切れで、古い歌謡形式。『伊勢物語』十二段には、初句「武蔵野《むさしの》は」として見える。
◇春日野　今の奈良市街東郊。◇な焼きそ　「な…そ」で禁止を表す。早春に野を焼くのは、冬の枯草を焼き払って耕作の支度をするため。◇わか草の　「つま」の枕詞。同時に早春の春日野の印象を写す。◇つま　当時は、夫・妻ともに「つま」と呼んだので、ここはいずれとも判定できない。『伊勢物語』では、歌の作者が女性になっているので、「夫《つま》」である。

18 春日にある飛火野の番人よ、外に出て春の様子を見てみなさい。いったい、あと何日すれば、若菜を摘《つ》めるようになるだろうかと。
◇飛火　春日野には、軍事的な合図の狼煙《のろし》をあげるための施設、烽《とぶひ》が置かれており（七一二年設置）、そのあたりを飛火野と言った。

19 私が籠居《ろうきょ》する山里では、松の枝の雪さえ消えないというのに、都では春の野遊びに、もう若菜を摘んでいる。
表面は春を待望する意であるが、裏面には不遇な自分

20 あづさゆみ　おして春雨《はるさめ》　今日《けふ》降りぬ　明日さへ降らば
若菜つみてむ

[一]仁和帝《にんなのみかど》、親王《みこ》におましましける時に、
人に[二]若菜たまひける御歌

21 君がため　春の野に出でて　若菜摘む　わがころもでに
雪は降りつつ

[三]「歌たてまつれ」とおほせられし時、
よみて奉れる　　　　　　　　　貫　之

22 春日野の　若菜摘みにや　白妙《しろたへ》の　袖ふりはへて　人のゆ
くらむ

にも春がめぐってくることを期待する意をこめる。
◇み山　この場合は「深山《みやま》」。三〇、九六、一〇七参照。
　20　梓弓《あずさゆみ》をしなやかにたわめて弦《つる》を張るという、春雨がやっと今日野辺をうるおした。明日もう一日降ったら、若菜が摘めることだろう。
◇あづさゆみおして　梓の弓を押して張るの意から、「春」を起す序詞《じょことば》。
一　光孝天皇（在位八八四〜七年）。「仁和」はその治世の年号。二　若菜を賜る時に添えられた御歌、の意。
　21　あなたのために春の野に出て若菜を摘む私の袖に、冷たい雪がさかんに降りしきっている。
『萬葉集』「君がため山田の沢にゑぐ摘むと雪消《ゆきげ》の水に裳《も》の裾ぬれぬ」（一八三九）以来の類型に沿う歌で、実景ではない。『正義』に「御自ら出て摘みたまひしに非ず。贈り給ふ日しも雪の降りぬればなり。さるをかく詠みなし給へるが却《かへ》りて情をつくすの雅《みや》びなり」と評している。百人一首に採られている。
三　命令者が記されていない場合は、当代の帝（『古今集』では醍醐《だいご》天皇）の命とするのが勅撰集の書式。
　22　春日野の若菜を摘みに行くのだろうか。白い袖を振りながら、人々がせっせと出かけるのは。
◇白妙の袖　袖を「振る」ところから、次句「ふりはへて」を起す序詞。人々の服装をも匂わせる。◇ふりはへて　わざわざ、特別に。四一参照。

23
題しらず　在原行平朝臣《ありはらのゆきひらのあそむ》

春のきる　霞のころも　ぬきをうすみ　山風にこそ　乱るべらなれ

24
寛平御時《くわんぴやうのおほんとき》の后宮《きさいのみや》の歌合によめる　源宗于朝臣《みなもとのむねゆきのあそむ》

常磐《ときは》なる　松の緑も　春来れば　いまひとしほの　色まさりけり

「歌たてまつれ」とおほせられし時、よみて奉れる　貫之

25
わがせこが　衣春雨《ころもはるさめ》　降るごとに　野辺の緑ぞ　色まさりける

26
青柳《あをやぎ》の　糸よりかくる　春しもぞ　乱れて花の　ほころび

23　春の女神が身に纏《まと》っている霞《かすみ》の衣は、横糸が弱いので、山風に吹かれて今にも乱れそうだ。

春霞が濃淡さまざまにたなびくさまを春の女神の衣に見立てた。艶なる情景。◇春のきる　「の」は主格。◇ぬきをうすみ　「ぬき」は織物の横糸。「…を…み」は、原因・理由を示す語法。◇乱るべらなれ　「べらなれ」（終止形「べらなり」）は、…ようだ、…しそうだ、の意。歌語としては『古今集』前後にのみ用いられた。

24　一年を通じて色を変えないはずの松の緑も、春になると、いっそう鮮やかに冴えわたる。

松は常緑樹だが、その緑は決して無表情なものではない。春になると、潑剌《はつらつ》としてくる。

25　冬が過ぎて、今しも夫の冬着の洗い張りをする季節。時々春雨が降る、そのたびごとに野辺の緑が、色をひときわ深めてゆく。

洗い張りをする女のイメージと萌《も》える若草のイメージとが、うららかな春の気分をかもしだしている。◇わがせこが衣　衣を「張る」を同音の「春」に通わせて「春雨」を起す序詞。冬着は春に洗い張りをし、夏に仕立て直しをする。女の春のいとなみに着目した有心の序詞である。「せこ」は女性から男性に対する愛称。「せこが」の「が」は所有格。

26　あざやかに芽ぶいた柳の枝が、糸のように見える春には、ちょうど蕾《つぼみ》がわれて花がひらく。

柳の新芽の緑と、咲きそめた花の紅との色彩の対比。

にける

西大寺《にしのおほてら》[一]のほとりの柳[二]をよめる　　僧正遍昭《そうじやうへんぜう》

27 あさみどり　糸よりかけて　白露を　玉にもぬける　春の柳か

題しらず　　よみ人しらず

28 百千鳥《ももちどり》　さへづる春は　ものごとに　あらたまれども　我ぞふりゆく

29 をちこちの　たづきも知らぬ　山中に　おぼつかなくも　喚子鳥《よぶこどり》かな

雁《かり》の声を聞きて、越《こし》[三]へまかりける人を

◇糸よりかくる　糸を縒《よ》る。「か（懸）くる」には、特に意味はない。二七、三四、四八三参照。柳を糸にたとえる発想は漢語「柳糸」にもとづく。「糸よる」「乱る」「ほころぶ」は縁語。◇ほころびにける　花が咲くこと。『萬葉集』にはない新しい言い方。

一　西寺《さいじ》。左京の東寺《とうじ》に対し、右京にあった。九条大路に面し、規模結構は東寺に等しい。延暦十五年（七九六）に成ったが、今はない。現在の洛陽高校付近。

二　街路樹の柳（『延喜式』「左京職《しき》」）。

27　新芽をつけた緑の糸を垂らして、まるで玉を貫いたように白露をちりばめている、そんな春の柳である。

大陸風に構築された大伽藍《がらん》を背景にしての、自然の小さな営み。巨大な人工美と対照してこの歌は生きる。

28　たくさんの鳥たちが囀《さえず》る春は、すべてのものが若やいでくるが、この私だけは年老いてゆく。

すべてが若やぐ春には特に老いが痛切に感じられる。

◇百千鳥　各種の鳥。「古今伝授」では鳥の名と解し、「三鳥」（他に呼子鳥《よぶこどり》、稲負鳥《いなおおせどり》）の一つとして、神秘的な解を施したが、根拠はない。

29　どこがどこだか見当もつかない深い山の中で、たよりなげに人を呼ぶ呼子鳥が鳴いている。

◇をちこち　遠近。◇たづき　区別。◇おぼつかなく　も喚子鳥かな　「おぼつかなくも呼ぶ喚子鳥かな」の意。「喚子鳥」は、郭公《かっこう》ほか諸説あるが、未詳。

三　北陸地方の一般的呼称。行政区画ではない。

思ひてよめる　　凡河内躬恒《おほしかふちのみつね》

30 春来れば　雁《かり》かへるなり　白雲の　道行きぶりに　ことや
つてまし

一 帰雁《かへるかり》をよめる　　伊勢《いせ》

31 春がすみ　立つを見すてて　ゆく雁《かり》は　花なき里に　住み
やならへる

題しらず　　よみ人しらず

32 折りつれば　袖《そで》こそ匂へ　梅《むめ》の花　ありとやここに　鶯の
鳴く

33 色よりも　香《か》こそあはれと　おもほゆれ　誰《た》が袖ふれし
やどの梅ぞも

30 春になったので、雁が北の故郷へ帰ってゆく。天道《あまじ》を翔《か》ける道すがら、はるか北のかなた、越の国にいるわが友に、伝言をしてくれるだろうか。雁に手紙を託すのは、前漢の蘇武《そぶ》の故事（『史記』等）による。◇白雲の道行きぶり　「白雲の道」（雁が飛ぶ空の通い路）と「道行きぶり」（道を行くついで）とを重ねた言い方。◇ことやつてまし　「言《こと》や伝《つ》てまし」。「…や…まし」は疑問を含んだ推量。

一 「帰雁《かへるかり》」は前歌と同じ主題。春に北方へ帰る雁を詠むことは『萬葉集』にはない。漢詩に多い主題で、『古今集』以後、積極的に採り入れられた。『和漢朗詠集』に「帰雁」の項があり、この歌も入っている。

31 春霞が立って、よい季節になったのに、それを見捨てて北国へ帰ってしまう雁は、花の咲かない里に住むくせがついているのだろうか。

32 梅の花を折ってきた私の袖は、梅の香が馥郁《ふくいく》と漂う。そのあまりの香り高さに、鶯は花があると思うのだろうか、私の傍《かたわ》らまで来て鳴いている。梅の香の高さを、鶯が身近まで来て鳴く光景によってさらに強調した。春も闌《た》けてきたのである。

33 この家《や》の庭では、まっ盛りの梅の香りが、その花の色よりもずっと見事なものに思われます。どんな美青年が袖の香りを移していったのでしょうね。女をからかいつつも、その家の梅をほめるのが本意。

◇誰が袖ふれし　当時は男女とも衣服に薫物《たきもの》をした。その香りが梅の花に移ったと言いなしたもの。◇やどの梅ぞも　「やど」は、家のある所、家処《やど》。「ぞも」は疑問詞「誰」と呼応する。詠嘆をこめた疑問。

34　家の近くに梅の花など植えまい。あまりにも香りがよいので、訪れを待っているあの人の袖の香りかと、うっかり間違えてしまう。

◇あぢきなく　いたずらに、理由もないのに。恋人の香りと間違えるほどの香り高さを賞《め》でた。

35　梅の花の傍らにちょっと立ち寄ろうとしただけなのに、もう恋人に誰の移り香かととがめられるほど、花の香りが着物に移ってしまった。

◇立ち寄るばかりありしより　立ち寄ろうとした束の間に、の意で、まだ立ち寄ってはいない状態。

36　鶯が柳の糸で縫って笠に作るという梅の花を、さあ折って頭の飾りにしよう。老醜が隠れることを願って。

◇鶯の…　鶯は柳の糸で梅の花笠を縫うものとされた。一〇八一参照。◇老い　作者（源《みなもとの》　常《ときわ》）は斉衡《さいこう》元年（八五四）薨《こう》。四十三歳。したがってこの「老い」は初老で、四十〜四十三歳の作。

37　今までは遠くから見て美しいと思っていたのだが、梅の花の見飽きることのない色と香りは、手に折り取ってみて、初めてわかるものなのだ。

梅花を女性に見立てたとする解釈もあるが、不当。そういう場合には必ず詞書がある。解説三九八頁参照。

34
やど近く　梅の花植ゑじ　あぢきなく　待つ人の香に　あ
やまたれけり

35
梅の花　立ち寄るばかり　ありしより　人のとがむる　香
にぞしみける

梅の花を折りてよめる　　東三條左大臣《とうさんでうのひだりのおほいまうちぎみ》

36
鶯の　笠に縫ふてふ　梅の花　折りてかざさむ　老い隠る
やと

題しらず　　素性法師

37
よそにのみ　あはれとぞ見し　梅の花　あかぬ色香《いろか》は　折
りてなりけり

梅の花を折りて人におくりける　友則

38 君ならで　誰にか見せむ　梅の花　いろをも香《か》をも　知る人ぞ知る

一くらぶ山にてよめる　貫之

39 梅の花　にほふ春べは　くらぶ山　闇に越ゆれど　しるくぞありける

月夜に、二「梅の花を折りて」と人のいひければ、折るとてよめる　躬恒

40 月夜には　それとも見えず　梅の花　香をたづねてぞ　知るべかりける

38 あなた以外の誰に見せましょうか、一枝の梅の花を。この色のよさ、香りのよさは、わかる人だけが、本当にわかるものなのですから。

梅をほめると同時に、その美しさを解する相手の風雅を称揚している。

一 所在不明。鞍馬《くらま》山（京都市左京区）とする説が多い。多く「暗《くら》し」と掛けて用いられる。一九五、二九五参照。

39 梅の花が美しく咲く春の頃は、名前からして暗いくらぶ山を闇夜に越えても、高い香りで梅が咲いているなとはっきりわかる。

闇を持ち出すことによって、梅花の香りが高いことを強調した。

◇しるくぞありける　顕著であった、の意。

二 折って私に下さい。「て」は完了の助動詞「つ」の命令形。「てよ」と言うのが普通。口語か。

40 こんなにいい月夜には、白い月の光と白い梅の花とがまぎれて、はっきり見わけがつきません。でも、香りを目あてに、梅の花がどこにあるかを知ることができます。

◇それ　梅花を指す。◇たづねて　探し求めて。

41 闇のとばりは何もかもすっぽり包み隠してしまうものだが、春の夜の闇は、どうも中途半端だ。盛りの梅の花の、姿ばかりは見えないが、香りは隠れはしないのだ。

暗中での梅の香り。漢詩によく詠まれる主題。

◇あやなし　「文《あや》（模様）なし」が原義。筋道がたたな

い意。転じて、甲斐《かい》がない、の意。同じ作者に「香を尋《と》めて誰折らざらむ梅の花あやなし霞たちな隠しそ」(『拾遺集』一六)がある。◇色こそ見えね　「ね」は否定の助動詞「ず」の已然形。「こそ…已然形」は、逆接の意で下文に続くことが多い。ここもその例。

三　長谷寺《はせでら》のこと。奈良県桜井市初瀬《はせ》にある。新義真言宗豊山《ぶざん》派の本山。平安時代には貴賤の尊崇あつく、文学作品にもしばしば登場する(『蜻蛉日記』『源氏物語』など)。四　このように昔どおりちゃんと家がある、の意。私のあなたに対する気持も変らない、なのにあなたは疎遠になさる、という恨み言である。

42　そうはおっしゃるが、さあ本当はどんなものか、お心のうちはよくわかりません。けれども、この家の梅は、私を疎遠にもしないで、昔ながらに美しく薫っています。

いちおう主人の皮肉を受けとめてから、私は昔どおりこの家に愛着している、と梅を通してなつかしさを披《ひ》瀝《れき》した歌。百人一首に採られている。

◇いさ　感動詞。さあ、どうだろうか、よくわからない、の意。「不知也《いさや》川不知《いさ》とを聞こせ」(『萬葉集』二七〇)。◇ふるさと　昔なじみの土地。

五　遣水《やりみず》のこと。庭園にしつらえた細流。底には白砂が敷きつめてある。以下四三、四四の二首は、水面の花影、または花影を宿す水面を詠んだもの。当時同様の発想は多く、一二四、二五五などとともに、『古今集』の美的特質を形造っている。解説四〇〇頁参照。

41

春の夜、梅の花をよめる

春の夜《よ》の　闇はあやなし　梅の花　色こそ見えね　香やはかくるる

初瀬《はつせ》[三]に詣《まう》づるごとにやどりける人の家に、久しくやどらで、程へて後にいたれりければ、かの家のあるじ、[四]「かくさだかになむやどりはある」といひ出《い》だして侍《はべ》りければ、そこに立てりける梅の花を折りてよめる　　貫之

42 人はいさ　心もしらず　ふるさとは　花ぞむかしの　香ににほひける

[五]水のほとりに梅の花の咲けりけるをよ

43　春がくるごとに、流れに映っている花を本当の花かと思って折り取ろうとするが、折ることはできず、その水に袖が濡れるばかりだ。
年々歳々、水面の花影に催す情愛。崩れやすいものの上を通り過ぎる時間の重さ。
◇ながるる川を花と見て　遣水に映った花影を本当の花だと思って。水の清らかさと花の色の鮮やかさ。

44　鏡は塵《ちり》が積って曇るものだが、毎年毎年、花を映す鏡となる澄んだ水面は、もし曇ることがあるとすれば、落花が散りかかるのを言うのだろうか。
少しの塵も曇りもない水の清らかさを詠じた。
◇散りかかる「塵かかる」を掛ける。

45　わが家の梅は、明け暮れ目を離さずに眺めているが、いつの間に散りがたになったのだろう。
気づかないうちに、梅が散りがたになってしまった、時間の推移の確実さへの驚きと嘆き。
◇めかれぬ「目離《か》れぬ」。「目離る」は、視線や興味をそらせる意。◇人ま　人が油断した隙《すき》。◇うつろひぬらむ「うつろふ」は盛から衰の方向へ変化する意。

46　梅の香りを袖に移して留めておくことができたなら、春が過ぎ去った後も、春の記念《かたみ》になるだろうに。
◇とどめてば「て」は完了の助動詞「つ」の未然形。「ば」は仮定条件。

47　花は時がくれば散ってしまうものだと、よそながら見ておればよかったものを、なまじ手折っ

める　　伊勢

43
春ごとに　ながるる川を　花と見て　折られぬ水に　袖や
ぬれなむ

44
年を経て　花の鏡と　なる水は　散りかかるをや　くもる
といふらむ

家にありける梅の花の散りけるをよめ
る　　貫之

45
暮《く》ると明《あ》くと　めかれぬものを　梅の花　いつの人まに
うつろひぬらむ

寛平御時《くわんびやうのおほんとき》の后宮《きさいのみや》の歌合の歌　　よみ人しらず

46
梅が香《か》を　袖にうつして　とどめてば　春は過ぐとも　か

たばっかりに、高い梅の香りがやたらと袖にしみついて消えやらぬ。
落梅への未練。
◇うたて　余計なことには。自然でない意の形容詞「うたてし」の語幹。語幹のみを用いるのは、感動的用法。

48 梅の花よ、散ってしまっても、せめて香りだけは枝に残しておきなさい。春が過ぎて、なつかしく思われる時に、おまえを思い出すよすがにしよう。
前歌とは逆の発想で、梅花への愛着の深さを歌った。

49 今年はじめて花をつける桜の若木よ。どうか咲くことだけを覚えて、散ることなどは覚えないでほしい。
いつまでも美しく咲いていていてほしい、の意。以下八九まで、桜の花の歌である。『古今集』では桜花を詠む歌の場合、歌の中に「桜」の語があるか、詞書に「桜」と断るか、いずれかである。九〇から一二九までは詞書に桜と言わず、歌の中にも「花」とだけ言っているから、それらは「よろづの花」（花一般）と解すべきであろう（『余材抄』）。「花」とだけ言って桜を意味するようになるのは、だいたい『新古今集』の頃からと考えられる。解説三九六頁参照。
◇春知りそむる　桜の若木がはじめて花をつけることをこう言った。◇ならはざらなむ　「ならはずあらなむ」。見習わないでほしい。「なむ」は願望の終助詞。

たみならまし

素性法師

47 散ると見て　あるべきものを　梅の花　うたてにほひの
袖にとまれる

題しらず　よみ人しらず

48 散りぬとも　香をだにのこせ　梅の花　こひしきときの
思《おも》ひ出《で》にせむ

人の家に植ゑたりける桜の、花咲きは
じめたりけるを見てよめる　貫之

49 今年より　春知りそむる　桜花　散るといふことは　なら
はざらなむ

題しらず　　よみ人しらず

50 山高み　人もすさめぬ　桜花　いたくなわびそ　我《われ》見はやさむ

一 または、里遠み　人もすさめぬ　山桜。

51 山ざくら　わが見にくれば　春霞　みねにも尾にも　立ちかくしつつ

二 染殿后《そめどののきさき》の御前《おまへ》に、花がめに桜の花を挿《さ》させたまへるを見てよめる　　三 前太政大臣《さきのおほきおほいまうちぎみ》

52 年ふれば　よはひは老いぬ　しかはあれど　花をし見れば　もの思ひもなし

50 山が高いので、誰ひとり賞《め》でる人とてない桜の花よ、そう悲嘆に沈むことはない。この私が、お前の美しさをもてはやしてあげるから。

桜を擬人的に表現した。深山に入って、思わぬ所で盛りの桜を見つけた感嘆。

◇山高み　山が高いので。「…を…み」（三参照）と同じ語法。◇すさめぬ　興じない、賞翫《しょうがん》しない。八九二参照。

一 これを「左注」と言う。編者が本文について注記したもの。ここは、五〇の上三句を「里遠み…」とする伝えもある、の意。

51 私が山の桜を見にきたところ、春霞が峰にも山裾にも、全山すっぽりおしくるんでたなびいているばかり。

峰に咲き、麓《ふもと》にも咲く桜が、おしなべてぼんやり霞んでいる。霞を通して見る桜、という最も春らしい光景を詠んだもの。

◇尾　尾根が延びて山裾に達している所。

二 文徳天皇の中宮、清和天皇の母。藤原良房《よしふさ》の娘。諱《いみな》は明子《あきらけいこ》。「染殿《そめどの》」は父良房の邸。三 藤原良房。

52 年月を重ねるままに、この身は老いてしまった。とは言うものの、この桜の花を見ていると、いっさいの苦労を忘れてしまう。

花瓶《かびん》にある桜の花を娘の后にたとえて詠んだ。

四 今の大阪府枚方《ひらかた》市渚《なぎさ》にあった惟喬《これたか》親王（一六一頁

53 [四]渚院《なぎさのゐん》にて桜を見てよめる　在原業平朝臣《ありはらのなりひらのあそむ》

世の中に　たえて桜の　なかりせば　春の心は　のどけからまし

54 題しらず　よみ人しらず

石《いし》ばしる　滝なくもがな　桜花　手折《たを》りても来《こ》む　見ぬ人のため

55 山の桜を見てよめる　素性法師

見てのみや　人に語らむ　桜花　手ごとに折りて　家づとにせむ

56 花ざかりに京を見やりてよめる

見わたせば　柳桜《やなぎさくら》を　こきまぜて　みやこぞ春の　錦なり

注八参照）の邸。京阪電車枚方市駅北東。淀川に接する。『土佐日記』承平五年二月九日の条に記事があり、この歌が引かれている。

53　世の中に、桜というものがまったくなかったなら、春はどんなにかのどかな気分でいられるだろうに。

桜を愛するあまり、雨や風が気がかりで落ちつかない気持を詠んだ。『伊勢物語』八十二段にも見える。

54　この急流がなかったらよいのに。そうすれば、向う岸に咲くあの美しい桜の枝を折って帰って、都の人に見せられるのだが。

急流に盛りの桜、というとりあわせの妙に感嘆して、行をともにしえなかった人々への土産《みやげ》にしたい、と思ったのである。

◇石ばしる　「滝」の枕詞。◇滝　ここは、急流。

55　ただ見て帰るだけでは、これほどの桜の美しさはとても人に語り尽せるものではない。めいめいが花を折って、さあ土産にするとしよう。

◇見てのみや　「や」は反語。◇家づと　土産。

56　見渡すところ、柳の緑と桜の紅とをとりまぜて、都はまさに、春の錦《にしき》さながらである。

都を俯瞰《ふかん》できる所に立っての作。『正義』は、「植ゑ連らなれる朱雀《すざく》大路の柳の中に、家々の桜咲き交《まじ》りたらん、げにもあやしく織《お》り出でたる錦なるべし」と評している。

◇柳　街路樹の柳。三五頁注二参照。

57 桜の花は、色も香りも変らぬ昔のままに咲いているようだが、老いたこの身は、すっかり昔と変ってしまった。
◇おなじ昔に　「に」は断定の助動詞「なり」の連用形。◇咲くらめど　咲いているようだが。婉曲《えんきょく》表現。「咲くら」に「桜」を詠みこんでいると見る説もある。

58 いったい誰が探し求めて折り取ってきたのだろう。春霞が立ちこめて、隠していたはずのこの山桜を。
桜の花の枝を見て、山にあった時の情景を想像した。◇誰しかも　「し」は強意、「かも」は疑問の助詞。◇とめて　「とめ」は下二段活用「とむ」（尋ね求める）の連用形。◇立ちかくす　霞を擬人化した表現。

59 桜がどうやら咲いたらしい。山の間に見える、あの白い雲は。
春の湿潤な大気を通して、遠い山の間に桜が見える。輪郭がはっきりしないので、白雲のように見える。深くなってきた春の感慨。
◇咲きにけらしな　「けらしな」は「ける・らし・な」の省略形。◇峡　山あい。◇白雲　ここは遠山の桜の比喩《ひゆ》。仮名序に「春の朝《あした》、吉野の山の桜は、人麿が心には雲かとのみなむおぼえける」とある。また、「山の峡《かひ》たなびきわたる白雲は遠き桜の見ゆるなりけり」（『貫之集』一七四七）などの類例がある。

60 吉野の山ほとりに咲く桜は、まるで雪かとばかり見間違えてしまう。

ける

桜の花のもとにて、年の老いぬることをなげきてよめる　紀友則

57 色も香《か》も　おなじ昔に　咲くらめど　年《とし》ふる人ぞ　あらたまりける

折れる桜をよめる　貫之

58 誰しかも　とめて折りつる　春霞　立ちかくすらむ　山の桜を

「歌たてまつれ」とおほせられし時に、よみて奉れる

59 桜花　咲きにけらしな　あしひきの　山の峡《かひ》より　見ゆる

吉野が桜の名所となるのは、『新古今集』以後。『古今集』当時は、雪の深い所としての認識が強い（三一七参照）。吉野の桜を雪に見立てるのは、そのためである。
◇み吉野　「み」は接頭語。◇あやまたれける　「れ」は自発の助動詞「る」の連用形。

一　当時の暦は太陰暦で、一カ月は月の運行を基準として決めたが、一カ年は太陽の運行が基準であった。この間に生じる誤差を調整するため、閏月を設けて同じ月を二度重ねた。作者伊勢の在世期間、および『古今集』の成立年代を考え合せて、三月に閏月があった年を『三正綜覧』により調べると、延喜四年（九〇四）ということになる。

61　桜の花は、春が一月《ひとつき》長くなった今年でさえも、人の心に飽かれるまで咲いていようとはしないのか。
咲くとすぐ散ってしまう桜を惜しんだ歌。
◇春くははれる　春は一・二・三の三カ月を言う。その三月が二度になったので「加はれる」と言った。

62　桜の花はすぐ散ってしまうので、薄情なものだ、との評判があります。けれどもその花が、年に何度もないあなたのおいでを、散りもせずに待っていたのです。
歓迎の気持を皮肉をこめて述べた歌。皮肉が、親愛の情の表現になっている。
◇あだなり　はかなくて、たのみ甲斐《がい》のないさま。

白雲

寛平御時《くわんぴやうのおほんとき》の后宮《きさいのみや》の歌合の歌　友　則

60　み吉野の　山辺に咲ける　桜花　雪かとのみぞ　あやまたれける

一三月《やよひ》に閏月《うるふ》ありける年よみける　伊　勢

61　桜花　春くははれる　年だにも　人のこころに　あかれやはせぬ

桜の花のさかりに、久しく訪《と》はざりける人の来たりける時によみける　よみ人しらず

62　あだなりと　名にこそ立てれ　桜花　年にまれなる　人も待ちけり

返し　業平朝臣

63 今日来ずは　明日は雪とぞ　降りなまし　消えずはありと
も　花と見ましや

題しらず　よみ人しらず

64 散りぬれば　恋ふれどしるし　なきものを　今日こそ桜
折らば折りてめ

65 折りとらば　惜しげにもあるか　桜花　いざやどかりて
散るまでは見む

紀《きの》有《あり》朋《とも》

66 桜色に　衣《ころも》はふかく　染めて着む　花の散りなむ　のちの

63　お訪ねした今日、桜はちょうどまっ盛りでした。でも、明日と言っていたら、もう雪のように散り失《う》せているでしょう。たとえ散らずに残っていたとしても、私には、今日と同じ暖かい花と思えるでしょうか。

前歌の皮肉に対して、さらに皮肉で応じた返歌。たまたま来合せたのが花盛りの時であなたも歓迎してくれたが、もし今日訪問しなかったら、あなたの気持も明日には雪のように冷えきっているだろう、の意。皮肉のやりとりをして、互いに楽しんでいるのである。贈歌・返歌ともに『伊勢物語』十七段に見える。

64　散ってしまったら、いくら恋しく思っても何の甲斐《かい》もない。折るなら、花盛りの今がちょうどよい時機、だから、今日こそ桜を折り取ろう。

この「桜」を女性の比喩《ひゆ》とする理解が平安時代にあった。いちおう面白い解釈であるが、もしそうなら「恋歌」の部にあるべきで、ここは「春歌」であるから、拡大解釈は不適当。

◇しるし　効果、甲斐、の意。◇折りてめ　「て」は完了の助動詞「つ」の未然形。「め」は意志の助動詞「む」の已然形。第四句の「こそ」を承《う》けて結ぶ。

65　折り取ってしまったのでは何とも惜しいと思われる。いっそ、それならこの近くに宿をとり、散り果てるまで眺めていよう。

◇惜しげにもあるか　「…も…か」は詠嘆の語法。

かたみに

一 桜の花の咲けりけるを見にまうで来たりける人に、よみておくりける　　躬恒

67 わがやどの　花見がてらに　来る人は　散りなむのちぞ　恋しかるべき

二 亭子院《ていじのゐん》の歌合の時よめる　　伊勢

68 見る人も　なき山里の　桜花　ほかの散りなむ　後《のち》ぞ咲かまし

66　着物を深く桜色に染めて着よう。花が散った後までも、花の記念《かたみ》になるように。

一　友人が桜を見にわが家へやってきた、その友人が帰ってから、詠んで送った歌、の意。

67　わが家の花を見るついでに、訪ねてくれるようなあなたです、散ってしまったその後は、もう来てはくれますまい。そういうふうになった時、あなたをなつかしく思うことでしょう。

花が散った後にその人をなつかしく思う時がくる、と実際に考えているのではない。花見が主で、その家の主人を訪れるのが従というような人は、花が散れば再び訪ねてきてくれることはあるまい、あなたの真情も所詮はそんな程度だ、という皮肉である。皮肉によって親愛の情を表現したもの。

◇恋しかるべき　「恋し」の対象は上三句に歌われた「来る人」。すなわち、友人。ただし、「来る人」が、散り果てたわが家の桜を恋しく思う、と解く説もある。

二　亭子院は宇多上皇の御所。『拾芥抄《しゅうがいしょう》』に「七条坊門北、西洞院西二町」とある。ここで催された歌合。延喜十三年（九一三）のことである。

68　見にくる人とてない山里の桜花よ、人里近くの桜が散ってしまってから咲いてはどうだ。そうすれば、春を惜しむ人々がこぞって見にきてくれるだろうから。

古今和歌集 巻第二

春歌下

題しらず　　　　よみ人しらず

69 春霞《はるがすみ》　たなびく山の　桜ばな　うつろはむとや　色かはりゆく

70 待てといふに　散らでしとまる　ものならば　何を桜に　思ひまさまし

69 春霞のたなびく山に咲きほこる桜の花は、そろそろ散る時に向おうというのか、花の色が変ってゆく。

主語は第三句の「桜ばな」で、第一・二句はその修飾語。述語は第五句の「色かはりゆく」で、第四句がその修飾語。いかにも『古今集』的な明快な構造の歌。◇うつろはむ　「うつろふ」は四五参照。「む」は意志。◇色かはりゆく　散りはじめる前兆。『後撰集』「白雲と見えつるものを桜花今日は散るとや色ことになる」(一一九)。

70 待てと命ずれば、素直に散らないでいてくれるものなら、桜より以上に愛すべきものがあるだろうか。いやいや、ありはしない。

桜は盛りが短くて、すぐに散ってしまう。何とも恨めしい限りだが、それゆえに、桜への愛情が一層つのる。

71 盛りがすむと、未練げもなく散ってしまう、それが桜のいいところだ。世の中の常として、いつまでも永らえていると、碌《ろく》なことにならないものだから。

前歌の逆の発想。やや老荘思想的な感慨。◇めでたき　「めでたし」は、上代には存在しない語。下二段活用の動詞「めづ」(愛する)が形容詞化したもの。すぐれている意。◇ありて　「あり」は存在する意。いつまでも命永らえていては。

72 今日はこの里に、旅寝することになりそうだ。桜の花が散り乱れ、家路がまるでわからなくなってしまって。

◇散りのまがひ　繽紛《ひんぷん》として散り乱れるさま。「まがひ」は、まざって区別しにくいこと。

73　無常の人の世に、まったくよく似ている。咲くと思う、そのしりから散ってゆく桜の花は……。

◇うつせみの　「世」の枕詞《まくらことば》。「うつせみ」は蟬《せみ》のぬけがらの意。四八、八三、一〇〇三参照。もとは「現世」の意であったが、すでに『萬葉集』に「虚蟬《うつせみ》の世は常無しと」（四六五）のような表現があり、「はかない世」の意として通用している。◇花桜　「桜花」と同じ。八重桜を指すとする解釈もある。◇かつ　副詞。片方で、一方から。

一　平安初期の代表的歌人。仮名序でも言及され、『古今集』には計十七首採られている。

74　桜の花よ、散りたかったら、勝手に散ってしまいなさい。美しく咲いて待ってはいても、昔なじみは訪ねてもくれまい。

今、私の家の桜はちょうど盛りです、散らないうちに、ぜひ見に来て下さい、というのが作者の真意。

◇ふるさと人　昔なじみ。四三参照。

二　今の大徳寺（京都市北区紫野）がその故地。南方に「雲林院《うんりんいん》」の町名が残る。初めは淳和《じゅんな》天皇の離宮。後に寺となり、貞観《じょうがん》十一年（八六九）、僧正遍昭に付嘱させられた。御願寺として寺格は高かったが、中世に荒廃。後醍醐《ごだいご》天皇の時、故地に大徳寺が建立された。ここの桜を詠じた歌は多い（七七など）。

71 残りなく　散るぞめでたき　桜花　ありて世の中　果《は》ての
憂《う》ければ

72 この里に　旅寝しぬべし　さくらばな　散りのまがひに
家路忘れて

73 うつせみの　世にも似たるか　花桜　咲くと見しまに　か
つ散りにけり

一僧正遍昭によみておくりける　惟《これ》喬《たかの》親《み》王《こ》

74 桜花　散らば散らなむ　散らずとて　ふるさと人の　来て
も見なくに

二雲林院《うりんゐん》にて桜の花の散りけるを見てよ

75 今、桜が散りつつある、この花の名所雲林院では、春だというのに雪が降って、消えそうにもない。
落花を雪にたとえた。◇春ながら　「ながら」は助詞。…の状況のままで、…なのに、の意。◇消えがてにする　消えにくそうにしている。

76 せっかくの桜を散らしながら、目の前を吹き過ぎる風が泊る所を、誰か知ってはいないだろうか。いたら教えてほしい。そこを訪ねて、恨み言を連ねよう。
非現実的な発想であるが、こういう発想そのものが春の気分。

77 さあ、桜よ。私もお前のように、あっさりと散ってしまおう。長生きして、もうひと盛りあったりしたら、かえってみじめな姿を、人にさらしかねないから。
自分もこのあたりでいさぎよく隠退したほうがよい、の意。

一 広い範囲に用いられる語。「しる」は「知る」で、親愛なる男女の仲にも用いられることが多いが、ここでは、作品が「春歌」であるから、「知人」「知己」の意。

める　　　　承均《そうく》法師《ほふし》

75 桜ちる　花のところは　春ながら　雪ぞ降りつつ　消えがてにする

桜の花の散り侍《はべ》りけるを見てよみける　　　　素《そ》性《せい》法《ほふ》師《し》

76 花ちらす　風のやどりは　誰か知る　我にをしへよ　行きてうらみむ

雲林院《うりんゐん》にて桜の花をよめる　　　　承均法師

77 いざ桜　われも散りなむ　ひとさかり　ありなば人に　憂《う》きめ見えなむ

[一]あひしれりける人のまうで来て帰りにける後に、よみて花に挿《さ》してつかはし

ける

貫《つら》之《ゆき》

78 ひとめ見し　君もや来ると　桜花　今日《けふ》は待ち見て　散らば散らなむ

山の桜を見てよめる

清原深養父《きよはらのふかやぶ》二

79 春霞　なに隠すらむ　桜花　散るまをだにも　見るべきものを

三心地《ここち》そこなひてわづらひける時に、風にあたらじとて降ろしこめてのみ侍りけるあひだに、折れる四桜の散りがたになれりけるを見てよめる

藤原因香朝臣《ふぢはらのよるかのあそむ》

80 垂《た》れこめて　春のゆくへも　知らぬまに　待ちし桜も　うつろひにけり

78　以前一度お目にかかったきりのあなたのおいでがあるのではと、楽しみにお待ちしていましたが、花盛りの今日、あなたは訪ねて下さいました。もうこれで、この桜はいつ散っても本望です。

二　この作者名は底本にはない。古写本、『古今和歌六帖』(三五〇四五)、その他によって補う。

79　春霞は、なぜ山の桜を隠してしまうのか。ただでさえ咲いている時期の短い桜は、その散りつつあるごく短い間だけでも、見ていたいものなのに。春霞につつまれた山に咲く桜の、落花の美を讃《たた》えた歌。

三　健康を害して、簾《すだれ》などを降ろして引き籠《こも》ってばかりいる間に。『源氏物語』(澪標《みおつくし》)「御精進《さうじ》にて、御簾《みす》おろしこめて行はせ給ふ」。「侍り」は「をり」の丁寧語。四　折って室内に活《い》けてある桜。

80　部屋に閉じこもっているばかりで、表の春の様子もわからない。そうこうしている間に、本復したら見ごろになっているだろうと待ち望んだ桜は、はや散りがたになってしまった。家人の心づかいで活けてくれた桜が、はや散りがたの一枝であった。もう春も終りかと病床にあって嘆いた歌。

東宮《とうぐう》[一]の雅院《がゐん》にて、桜の花の御溝水《みかはみづ》[二]に散りて流れけるを見てよめる

菅《すが》野《のの》高《たか》世《よ》

81 枝よりも　あだに散りにし　花なれば　落ちても水の　泡《あわ》とこそなれ

桜の花の散りけるをよめる

貫之

82 ことならば　咲かずやはあらぬ　桜花　見るわれさへに　しづ心なし

「桜のごと疾《と》く散るものはなし」[三]と人の言ひければ、よめる

83 桜花　疾《と》く散りぬとも　おもほえず　人の心ぞ　風も吹きあへぬ

一「東宮」は皇太子（保明親王）、「雅院」は儀式用の宮殿。二 内裏の殿舎の周りにめぐらされた溝《みぞ》。雨だれなどを受けて流す。東宮の宮殿にあることは異例。

81 枝から、いたずらに散ってしまった花だから、御溝水の流れに落ちても、はかない水の泡になってしまう。

◇あだ　浮薄な、はかない、の意。仮名序「いまの世の中、色につき、人の心、花になりにけるより、あだなる歌、はかなき言《こと》のみ出《い》でくれば」。また、六二、一〇一、八六〇参照。◇水の泡　しばしば、ものごとがはかないことにたとえて用いられる。七九二、八二七参照。

82 どうせ散ってしまうものなら、いっそ咲かずにいてくれたほうがよいのに。桜が散るのはあわただしいものだが、見ている自分まで、落ちついた気分でいられないから。

桜の咲いている期間が短く、早々と散ってしまうのを惜しんだ歌。

◇ことならば　同じことなら。◇しづ心　静かな心、落ちついた心。

三 桜のように速やかに散るものはない。「ごと」は、「如く」に同じ。

83 桜の花は、ことに速く散ってしまうとも思えない。桜は、風が吹くのを待って散るが、それにひきかえ人の心は、風が吹くまでもなく変ってしまう。

◇吹きあへぬ　「あへず」は、動詞に付いた場合、その動作が完了するまで保ちえない意を表す。

桜の花の散るをよめる　紀《きの》友《とも》則《のり》

84 ひさかたの　光のどけき　春の日に　しづ心なく　花の散るらむ

四 春宮《とうぐう》の帯刀《たちはき》の陣にて、桜の花の散るをよめる　藤《ふぢ》原《はらの》好《よし》風《かぜ》

85 春風は　花のあたりを　よきて吹け　こころづからや　うつろふと見む

桜の散るをよめる　凡《おほし》河内《かふちの》躬《み》恒《つね》

86 雪とのみ　降るだにあるを　桜花　いかに散れとか　風の吹くらむ

84 日の光がのどかに輝いている春の日に、なぜ、あわただしく花は散るのであろうか。

のどかな春の日ざしと、あわただしく散る落花とを対比させた趣向の歌。百人一首に採られている。◇ひさかたの　「光」の枕詞。◇しづ心　八三参照。◇散るらむ　「らむ」は上に疑問の意を表す語を伴うのが普通なので（七九、一〇九など参照）、それを伴わないここの用法には古来議論が多い。しかし当面の文脈では、「いかで散るらんの意は言外に聞え」（香川景樹《かげき》『百首異見』）ているから、特に例外ではない。

四 「春宮」は「東宮」に同じ。皇太子のこと。「帯刀」は東宮警護の武官。「陣」は詰所《つめしよ》。

85 春風よ、花のあたりを避けて吹きなさい。花は自分の意志で散るものかどうか、見定めようと思うから。

花が風で散るのなら諦《あきら》められないが、自発的に散るのなら諦めもつく、の意。◇よきて吹け　避ける意の動詞「よく」は、当時、四段にも活用した。◇こころづからや　「こころづから」は自分の心から、の意。「や」は疑問。この句は「うつろふ」を修飾する。

86 桜の花は、雪のように散るだけでも惜しくてたまらないのに、この上に、どんな激しい散り方をしろというので、風が吹くのであろうか。

ひたすらに散る落花の華麗さ。愛惜の念と感嘆とが交錯する。

比叡《ひえ》にのぼりて帰りまうで来てよめる　　貫之

87 山高み　見つつわがこし　桜花　風はこころに　まかすべらなり

題しらず　　大《おほ》伴《とも》黒《くろ》主《ぬし》

88 春雨の　降るは涙か　桜花　散るを惜しまぬ　人しなければ

亭子院《ていじのゐん》の歌合《うたあはせ》の歌　　貫之

89 桜花　散りぬる風の　なごりには　水なき空に　波ぞ立ちける

平城帝《ならのみかど》の御歌《おほんうた》

90 ふる里と　なりにし奈良《なら》の　都にも　色はかはらず　花は

一 比叡山。京都市東北方、滋賀県との境にそびえ、古来王城鎮護の霊山として知られる。東の中腹に天台宗の総本山、延暦寺がある。

87 山が高いので、私には遠くから眺めることしかできなかった桜の花を、風は心ゆくまでもてあそんでいることだろう。

◇山高み　五〇参照。◇べらなり　三参照。

88 春雨が降るのは、世の人々の涙なのだろうか。桜が散るのを惜しまない人は、誰一人としてないのだから。

落花を悲しむ人の涙が、春雨になったのだろう、の意。

二 亭子院は宇多上皇の御所。ここで催された歌合。延喜十三年（九一三）のことである。四七頁注二参照。

89 桜の花を吹き散らした風もおさまった。しかしなお私にはその名残りが残って、空に花びらがただよい、波のように立ちさわいでいたのが目に浮ぶのだ。

とうとう花の時も終り、花吹雪もおさまったが、その折の絢爛《けんらん》たる幻影が作者の目に残っている。第四・五句は心の中の風景。

三 平城《へいぜい》天皇（在位八〇六～九年）。旧都平城京を愛惜され、譲位後、八〇九年、旧都に遷幸。

90 今はさびれて片田舎となった奈良の都にも、花だけは昔と同じ色に、美しく咲いている。

咲きけり

春の歌とてよめる　良《よし》岑《みねの》宗《むね》貞《さだ》

91 花のいろは　霞にこめて　見せずとも　香《か》をだにぬすめ
春の山風

寛平御時《くわんぴやうのおほんとき》の后宮《きさいのみや》の歌合の歌 四　素性法師

92 花の木も　いまは掘り植ゑじ　春たてば　うつろふ色に
人ならひけり

題しらず　よみ人しらず

93 春の色の　いたり至らぬ　里はあらじ　咲ける咲かざる
花の見ゆらむ

この歌以下一二九まで、「よろづの花」(種々の花)を詠む歌である。四九参照。
◇ふる里　ふるびた人里。

91 花の色は霞で隠して見せてくれないまでも、せめて香りは盗んで来いよ、春の山風さん。

四 宇多天皇の寛平五年(八九三)ごろ、宇多天皇御生母班子《はんし》が主催された歌合。三〇頁注一参照。

92 花の咲く木なんか、もう掘り取ってきて植えるようなことはするまい。花は春がきて咲いたと思うと、たちまち、散り失《う》せてしまう。それに習って、人の心も変りやすくなるから。
◇うつろふ色　六九参照。

93 春の色が及んでいる里、及んでいない里などあるはずがない。なのに、なぜ、咲いている花や、咲いていない花が見えるのだろうか。
開花の時期に遅速があるのをいぶかしんだ歌。そう歌うことによって、さまざまの花が時を移して咲き進む春の多彩さを讃《たた》えている。
◇春の色　春の様子、春の気配。漢語「春色」の翻訳語。

春の歌とてよめる　　　　　　　　貫　之

94 三輪山《みわやま》を　しかも隠すか　春霞　人に知られぬ　花や咲くらむ

一雲林院親王《うりんゐんのみこ》のもとに、花見に二北山《きたやま》のほとりにまかれりける時によめる　　　　　　　　素　性

95 いざ今日《けふ》は　春の山辺に　まじりなむ　暮れなばなげの花のかげかは

春の歌とてよめる

96 いつまでか　野辺に心の　あくがれむ　花し散らずは　千《ち》代《よ》も経《へ》ぬべし

題しらず　　　　　　　　よみ人しらず

94 春霞は、三輪山をこんなにもすっぽりと隠している。霞の奥には、きっとまだ人目にふれぬ花が咲いていることだろう。

古来三輪山は、神聖な、世人にうかがいしれない山である。その三輪山を、さらにおおい隠す春霞の奥を想像してみた歌。

◇三輪山　神体山。奈良県桜井市三輪。大神《おおみわ》神社がある。◇しかも隠すか　「しか」は、「そのように」が原義だが、「このように」の意に用いる場合もある。第一・二句は、『萬葉集』「三輪山《みわやま》をしかも隠すか雲だにも情《こころ》あらなも隠さふべしや」(一八)による。

一 仁明《にんみょう》天皇の第七皇子、常康《つねやす》親王。二 広義にとれば平安京北辺の山々。狭義には衣笠山東麓《とうろく》の旧北山村付近。ここでは後者。雲林院は四九頁注二参照。

95 さあ今日は、春の野山に分け入り、時を忘れて歓を尽そう。宿りと頼む花陰は、夜陰にまぎれることもあるまいから。

今日はゆっくり遊ぼう、花の下で野宿するのもよかろう、と、ひたすらに春を楽しんでいる。

◇まじりなむ　『後撰集』「春雨のふらば野山にまじりなむ梅の花笠ありといふなり」(三)。◇暮れなばなげの…　日が暮れたらなくなりそうな、そんな程度の花の陰であるものか、の意。「かは」は反語。

96 私の心は、春の野山にいつまで執着してさまよっていることだろうか。もし花が散らなかったなら、千年でもさまよっていることだろう。

97 春ごとに　花のさかりは　ありなめど　あひ見むことは　いのちなりけり

98 花のごと　世の常ならば　過ぐしてし　昔はまたも　返りきなまし

99 吹く風に　あつらへつくる　ものならば　この一《ひと》もとは　よきよと言はまし

100 待つ人も　来《こ》ぬものゆゑに　鶯《うぐひす》の　鳴きつる花を　折りてけるかな

寛平御時《くわんぴやうのおほんとき》の后宮《きさいのみや》の歌合の歌　藤《ふぢ》原《はらの》興《おき》風《かぜ》

101 咲く花は　ちぐさながらに　あだなれど　たれかは春を

◇あくがれむ　「あくがる」は、漂泊する意。

97　春ごとに、必ず花盛りはあるはずのものだが、その花盛りに出会うことは、寿命があってのことだ。人の身のはかなさと対比して、四時《しいじ》のめぐりの確実さ、華やかさとの邂逅《かいこう》に催された感慨。

98　春の花が毎年必ず咲くように、この世が常住不変であるならば、私の過ぎ去った若き日も、また、帰ってくるであろうのに。劉廷芝《りゅうていし》作、白頭翁の詩に「年々歳々花あひ似たり、歳々年々人同じからず」とあるのに通じる感慨である。

99　吹く風に注文がつけられるものならば、この一《ひと》幹《もと》の花の木は避けて吹け、と言ってやりたい。◇ものならば　「ば」は第五句の「まし」と呼応する。反事実の仮想。◇よきよ　「よく」（八五参照）の命令形。

100　楽しみに待っていた人もきてくれないものだから、鶯がとまって鳴いていた、せっかくの花の枝を、もう咲いていても無駄だと、折ってしまった。いささかいらいらした所為。『後撰集』「ことならば折り尽してむ梅の花我が待つ人の来ても見なくに」（二四）もよく似た発想の歌。

101　春に咲く花は、どれもこれもとりどりに散りやすく移り気なものだが、それでもいったい誰が、春を本気で恨んだりしようか。◇ちぐさ　千種《ちぐさ》。多種多様なこと。◇あだなれど　「あだなり」は頼み甲斐《がい》のないさまを言う。

102　春霞が彩《いろど》りゆたかに見えたのは、たなびいている山に咲く、色とりどりの花の影が映ったからであろうか。
霞の奥に咲いている繚乱《りょうらん》たる花のさまを想像した歌。状況に応じて霞は濃淡さまざまに変化する、その実景を踏まえて発想した。三、九四参照。類想歌、二九〇。
◇ちぐさ　千種《ちぐさ》。種類の多いこと。種々様々。

103　霞が立っている春の山々は、遠くて定かには見えないが、その方角から吹いてくる風は、花の香りを運んでくる。
春山に咲き乱れる花を、香りをたよりに想像した歌。

一　衰えがたになった花。四五、六九参照。

104　咲き、かつ衰える花を見ていると、自分の心まで ついつい変ってしまった。心が変るのは軽薄なこと、だから、顔色には出すまい。出せば人々が、自分を軽薄な人間だと思うだろうから。

◇心さへにぞ　「さへに」は、加えて…までも、の意。花の色に加えて自分の心までも。

105　鶯の鳴く野に来てみると、どの野でも、散りがたになった花に、さらに風が吹きつけている。
鶯の鳴き声を、花が散るのを悲しんで泣いている、ととりなした。同様の発想の歌が以下に続く。
◇野辺ごとに来て見れば　鶯の鳴く野辺に来て見ると、その野辺ごとに、の意。

106　花を吹き散らす風を、泣いて恨みなさい、鶯よ。私は花に、手を触れてもいない。花を散ら

うらみはてたる

102 春がすみ　色のちぐさに　見えつるは　たなびく山の　花のかげかも

103 霞たつ　春の山辺は　遠けれど　吹きくる風は　花の香《か》ぞする

在《あり》原《はらの》元《もと》方《かた》

一うつろへる花を見てよめる

躬恒

104 花見れば　心さへにぞ　うつりける　色にはいでじ　人もこそ知れ

題しらず

よみ人しらず

したのは、まったく風の責任なのだから。

花が散っている木の陰に立ち寄った時、鶯が鳴いていた、そういう状況下で詠んだ歌か。
◇鶯は　第二句と倒置した言い方。鶯よ、と呼びかける気持をもこめている。
二「典侍」は後宮職員の次官。定員は二人。位は従四位相当。

107　花の散るのが、泣いて停まるものならば、私は鶯に、決して負けはしないほど嘆き悲しんでいる。

三「仁和」は光孝・宇多天皇の御代の年号（八八五〜九年）。その御代に「中将の御息所」（中将職を近親者に持つ御息所）と言われた方、の意。誰を指すかは不明。「御息所」は天皇の御寝《ぎょしん》に侍した宮女のほか、皇子・皇女を産んだ女御《にょうご》・更衣《こうい》、あるいは皇太子妃、親王妃にも言う。

108　花の散るのがわびしいのであろうか。春霞が立つ、龍田の山でしきりに鳴く、あの鶯の声は。

龍田山で鳴く鶯が、春を惜しんでいると作者には思われた。晩春の感慨。
◇春がすみ龍田の山　春霞が「立つ」と、龍田山とを言い掛けている。龍田は奈良県生駒《いこま》郡。大和《やまと》・河内《かわち》の国境に近く、交通の要衝であった。「龍田山」はその付近の山の総称。式内龍田神社がある。なお、龍田山と花の取り合せは次第に少なくなり、もっぱら紅葉と詠《よ》み合わされるようになる。

105 鶯の　鳴く野辺ごとに　来て見れば　うつろふ花に　風ぞ
吹きける

106 吹く風を　鳴きてうらみよ　鶯は　われやは花に　手だに
ふれたる

二 典侍《ないしのすけ》洽子《あまねいこ》朝臣《のあそむ》

107 散る花の　泣くにしとまる　ものならば　われ鶯に　おと
らましやは

三 仁和《にんな》の中将の御息所《みやすむどころ》の家に、歌合《うたあはせ》せむ
とてしける時によめる

藤《ふぢ》原《はらの》後《のち》蔭《かげ》

108 花の散る　ことやわびしき　春がすみ　龍田《たつた》の山の　鶯の
こゑ

鶯の鳴くをよめる　素性

109 木《こ》づたへば　おのが羽風《はかぜ》に　散る花を　たれにおほせて　ここら鳴くらむ

鶯の花の木にて鳴くをよめる　躬恒

110 しるしなき　音《ね》をも鳴くかな　鶯の　今年のみ散る　花ならなくに

題しらず　よみ人しらず

111 駒《こま》なめて　いざ見にゆかむ　ふるさとは　雪とのみこそ　花は散るらめ

112 散る花を　なにかうらみむ　世の中に　わが身もともに

---

109 枝を飛び伝うと、ほかならぬ自分の羽根のおこす風のために花が散る。なのに、誰のせいにして、鶯はこんなに恨めしげに鳴いているのだろうか。◇たれにおほせて　誰の責任にして。◇ここら　こんなに。量や程度の普通でない状態について言う。

110 何の甲斐《かい》もないのに、ひどく泣いている、あの鶯は。今年に限って散る花でもあるまいに。この鶯は作者の分身。花が散るのは毎年のことだから悲しむ要はないと言いつつ、実は落花を愛惜している。

111 馬を連ねて、さあ、見に行こう。今ごろ、あのなつかしい土地では、雪とばかりに花が散っているだろう。惜春の情と懐旧の情とが二重に表現されている。この「ふるさと」は、どこであるのか明らかではない。諸注釈に奈良と考えているが、それは九〇あたりからの連想であろう。◇ふるさと　昔なじみの土地。四二参照。

112 散る花を、なぜ恨むことがあろう。このわが身も、花とともに生き永らえることなどできぬ世の中なのだから。仏教的無常感の漂う作。◇わが身もともに…　花が散らなかったとしても、このわが身はその花とともに永らえる、などということができるか、いやできない、の意。

113 花は衰えて色あせてしまった。春の長雨が降りつづき、私は世を過すための空《むな》しい心づかいにかまけて、花を見る余裕もなかった、そのうちに。

つれづれなる暮春の、長雨に降りこめられた憂愁。百人一首にも採られている小野小町の代表歌。
◇花の色はうつりにけりな 「花の色」を作者の容色の比喩《ひゆ》と解する説が多いが、根拠がない。容色の比喩なら「雑歌」の部にあるべき内容でもある。ゆえに、ここでは言葉どおり理解せねばならない。◇世にふるながめ 「ふる」は「経る」と「降る」とを、「ながめ」は物思いにふける意の「詠《なが》め」と「長雨」とを、それぞれ掛ける。

一 五九頁注三参照。

114 願わくば、花が散るのを惜しいと思う気持に形があって、糸に縒《よ》られてほしい。そうすれば、散る花の一つ一つを貫いて、散るのをとどめもしようものを。
花と糸との連想は、二六参照。しかし、この歌の背後には、具体的な連想、例えば二六のようなことがあるか。
◇よられなむ 「れ」は受身の助動詞「る」の未然形。「なむ」は希求の終助詞。

二 京都の北白川から、大津市街北方の滋賀《しが》へ越える道。 三 逢った時に、の意。

115 暮春の山を越えてくると、道をよけることもできぬほど、さかんに花が散っていた。
「花」が女性の比喩であることは詞書《ことばがき》からわかる。
◇あづさ弓 梓弓《あずさゆみ》を張るところから、「春」にかかる枕詞。◇さりあへず よけることができないほど、の意。

あらむものかは

113 花の色は うつりにけりな いたづらに 我が身世にふる ながめせしまに

小《を》野《のの》小《こ》町《まち》

[一]仁和《にんな》の中将の御息所《みやすむどころ》の家に、歌合《うたあはせ》せむとてしける時によめる

素性

114 惜しと思ふ 心は糸に よられなむ 散る花ごとに 貫《ぬ》きてとどめむ

[二]志賀《しが》の山越《やまご》えに、女のおほくあへりけ[三]るに、よみてつかはしける

貫之

115 あづさ弓 春の山辺を 越えくれば 道もさりあへず 花

ぞ散りける

寛平御時《くわんぴやうのおほんとき》の后宮《きさいのみや》の歌合の歌

116 春の野に　わか菜つまむと　来《こ》しものを　散りかふ花に
道はまどひぬ

山寺にまうでたりけるによめる

117 やどりして　春の山辺に　寝たる夜は　夢のうちにも　花
ぞ散りける

寛平御時の后宮の歌合の時によめる

118 吹く風と　谷の水とし　なかりせば　深山《みやま》がくれの　花を
見ましや

116 春の野で若菜を摘もうと思ってやってきたのだが、散り交《か》う花のために、道がわからなくなってしまった。

道に迷ってしまうほどに落花の盛んな様。第一・二句は、『萬葉集』の「春の野にすみれ摘みにと来し我ぞ野をなつかしみ一夜寝にける」（一四二四）による。

117 一夜のやどりを乞い、春の山中に寝た夜は、夢の中でまで花が散っていた。

落花の盛んな様子を強調。

◇やどりして　山寺の宿坊に泊って。

118 花を吹き散らす風と、その花を浮べて流す谷川の水とがなかったならば、訪ねて見ることもできない深山の桜を、どうして見ることができようか。

谷川の水に無数の花びらが浮んでいる光景は晩春のもの。その光景から、深山の落花を想像した歌。

一　崇福寺《すうふくじ》参詣《さんけい》の帰途、女房たちが、作者の住持している花山寺に立ち寄ったが、藤の花を見ただけで挨拶もしないで京へ帰ったので、詠んで送った歌、の意。「志賀」は、滋賀県大津市の崇福寺のこと。天智天皇の勅願により建立《こんりゆう》。大津京の跡にある。平安時代の末

志賀《しが》[一]より帰りける女どもの、花山《くわさん》[二]に入《い》りて藤の花のもとに立ちよりて、帰りけるによみておくりける

僧《そう》正《じやう》遍《へん》昭《ぜう》

119 よそに見て　帰らむ人に　藤の花　這《は》ひまつはれよ　枝は折るとも

家に藤の花咲けりけるを、人の立ちとまりて見けるをよめる

躬恒

120 わが宿に　咲ける藤なみ　たちかへり　過ぎがてにのみ　人の見るらむ

題しらず

よみ人しらず

121 いまもかも　咲きにほふらむ　橘《たちばな》の　小島の崎の　山吹《やまぶき》の花

まで寺運隆盛であった。二 元慶寺《がんぎようじ》。貞観《じようがん》十年（八六八）清和天皇の勅願により建立。僧正遍昭の住坊。京都市山科《やましな》区花山。

119 私の寺までやってきて、私には会おうともせずに帰ろうとする人たちに、藤の花よ、その蔓《つる》をからませて引きとどめなさい、枝が折れてもいいから。

詞書に「藤の花のもとに立ちよりて」とあるから、訪問の目的は藤であって、作者ではない。それは怪《け》しからぬことだ、と言うのである。

◇よそに見て　作者、すなわち花山寺の住持である僧正遍昭をよそに見て。藤の花をよそに見て、と考える説が多いが、それでは詞書の「藤の花のもとに立ちよりて」を無視した解釈になる。

120 私の家に咲いている藤の花を、なぜ、立ちどまりひき返してまで人が見るのだろう。

それほどわが家の藤は立派なものだ、と自慢した歌。

◇藤なみ　藤の花。風にゆれる花房を波に見立てた呼称。◇たちかへり　「なみ」（波）の縁語。◇過ぎがてに　素通りすることができないで。

121 昔とかわらず、今も咲きほこっていることだろう。橘の小島の崎の、あの山吹の花は。

◇咲きにほふ　「にほふ」は、色が美しく映えること。

◇橘の小島の崎　京都府宇治市の宇治川にあった。『源平盛衰記』に「平等院の艮《うしとらのかた》方、橘の小島崎より武者二騎かけ出でたり」とある。

122 春雨に洗われて映《は》える色だけでも、尽きぬ趣をもつというのに、さらにその香りにまで心ひかれる、山吹の花だ。
雨に濡れた花の美をうたうのは、漢詩的発想。

123 山吹よ、同じ咲くのなら、無意味な咲き方をしてくれるな。お前を見ようと思って植えた人が、今夜訪れてくれるわけではないのだから。
恋人が来てくれる時に咲いてほしい、今咲いても、その人は来ないのだ、と山吹をさとすと見せて、実は恋人の訪れのないことを愚痴っている。
◇あやな咲きそ 「あやな」は形容詞「あやなし」(甲斐《かい》がない。四一参照)の語幹。「な…そ」は禁止。

一 奈良県吉野郡の山中に発し、吉野山の山麓《さんろく》を西流し、和歌山市で海に注ぐ。紀ノ川の上流。

124 吉野川の岸の山吹の花は、吹く風のせいで、水に映っている花の影までも、散ってしまった。
風に吹かれて山吹の花が散ると同時に、花影を映していた水面の静寂も破られたのである。

125 河鹿《かじか》の鳴いている井手の山吹が、はや散ってしまった。花盛りの時を見たかったのに。
◇かはづ 河鹿《かじか》のこと。◇井手 今の京都府綴喜《つづき》郡井手町。橘氏の別荘のあった地。当時「かはづ」と「山吹」の名所とされ、『貫之集』に「山吹の花を見よとて給へるに奉る　音に聞く井手の山吹見つれどもかはづの声は変らざりけり(一本「まじらざりけり」とあり)」(一八〇二) とも見える。歌枕として有名な井手の

122 春雨《はるさめ》に　にほへる色も　あかなくに　香《か》さへなつかし　山《やま》吹《ぶき》の花

123 やまぶきは　あやなな咲きそ　花見むと　植ゑけむ君が　こよひ来《こ》なくに

一吉野《よしの》川《がは》のほとりに山吹の咲けりけるをよめる　貫之

124 吉野川　岸の山吹　吹く風に　底のかげさへ　うつろひにけり

題しらず　よみ人しらず

125 かはづ鳴く　井手の山吹　散りにけり　花のさかりに　あ

玉川は、当地を西流して木津川に入る。
二　清友は、嵯峨《さが》天皇の皇后、嘉智子の父。
126　親しい仲間同志、春の山辺をつれだってさすらい、ここはどこだと知る者もない、そんな旅寝をしたいものだ。
◇おもふどち　心を同じくする者同志。◇旅寝してしが　「し」はサ変動詞「す」の連用形。「て」は完了の助動詞「つ」の連用形。「しが」は願望の終助詞。六九五、一〇二六、一〇三二、一〇九七参照。
三　早く、たちまち、あっという間に。
127　梓弓《あずさゆみ》を張るという、春になってから、年月がまるで矢を射るかと思われるほど速やかに過ぎ去り、もう暮春になった。
無常迅速の実感。「春」を新年と解する意見もあるが、『古今集』撰者がこの作を、「春歌」の部の終り近くに配置している限り、「春」は通常の意味の春。
◇あづさ弓　「春」の枕詞。二〇、一一五参照。下句の「射るがごとくも」と響きあう。
四　三月は季春、すなわち春の最終の月。
128　鶯は花が散るのをおしとどめようと鳴くが、その花もおおむね散ってしまった。ついに泣きくたびれたのであろうか、鳴き声も久しく聞えないようだ。
鶯は漂鳥で、暑くなる頃、山地に入り、都では鳴き声が聞えなくなる。その現象を「もの憂く」と捉《とら》えた。暮春における作者の心象風景。

はましものを

この歌は、ある人のいはく、橘清友《たちばなのきよとも》が歌なり。二

春の歌とてよめる　　素性

126　おもふどち　春の山辺に　うちむれて　そこともしらぬ
旅寝してしが

春の疾《と》く過ぐるをよめる　三　　躬恒

127　あづさ弓　春たちしより　年月の　射《い》るがごとくも　おも
ほゆるかな

四　三月《やよひ》に鶯の声の久しう聞えざりけるを
よめる　　貫之

128　鳴きとむる　花しなければ　鶯も　はてはもの憂《う》く　なり

ぬべらなり

[一]三月《やよひ》の晦日《つごもり》がたに、山を越えけるに、山川《やまがは》より花の流れけるをよめる　　深養父

129 花ちれる　水のまにまに　とめくれば　山にも春は　なくなりにけり

春を惜しみてよめる　　元方

130 惜しめども　とどまらなくに　春霞　帰る道にし　立ちぬと思へば

寛平御時《くわんぴやうのおほんとき》の后宮《きさいのみや》の歌合《うたあはせ》の歌　　興風

131 声たえず　鳴けや鶯　ひととせに　ふたたびとだに　来《く》べき春かは

一 三月の月末、すなわち春の終りごろに。

129 花びらが流れている川に沿って、その花が咲いている場所を訪ね求めてやってくると、花はすっかり散ってしまって青葉ばかり、山にはもう、春の気配はまったくなくなっていた。花の時期は過ぎて春は終った、その現実感。◇とめくれば 「とめ」は下二段活用「とむ」の連用形。探す、訪ねる。五六参照。

130 春が去るのをいくら惜しんでみても、所詮《しよせん》とどまるものではない。春霞の立っている空のかなたに向って、春はもう帰途についている。それを思うと、いよいよ今年の春も終りだという感慨がわく。二句切である。春霞が「立つ」と、春が帰途に「発《た》つ」とを掛けた趣向で、春が元来の住居へ帰ってゆく季節になったことを述べた。

131 鶯よ、声を絶やすことなく鳴きなさい。いちど過ぎてしまえば、一年に二度と来る春ではないのだから。春も末になって鶯の声もとぎれがちになってきたのである。着眼・発想は一二八と同じ。一二九に「三月《やよひ》の晦日《つごもり》がた」（四月から夏にはいる）とあるから、春もほとんど残りの日がない。

二 仏に供える花。四七九参照。

132 去りゆくものをとどめようとしても、とどめられるものではないのだが、散る花の一つ一つに、空《むな》しくひかれる心をどうしたものか。

春が今まさに暮れてゆく三月末日なるがゆえに、ひとしおせつない惜春の情。「散る花」は花摘みから帰る女性の比喩《ひゆ》でもある。

◇たぐふ 原義は、寄り添う、連れ立つ。ここでは心がついてゆく、の意。

133 雨に濡れることもいとわず、あなたのために折り取った藤の花です。年のうちに、もう春は幾日も残っていないのですから。

間もなく終る今春の記念として、あなたのために無理をしたのだ、その好意を受け取ってほしい、の意。『伊勢物語』八十段にも見える。「春は幾日もあらじ」は、「春」に幸運の意を託して、作者の境遇を意味すると解釈する説が多いが、それは『伊勢物語』の解釈で、『古今集』では採れない。

134 春の最後の日だと思わない時でさえ、花のもとを立ち去ることはなかなかできないものなのに、今日という今日は、花にいっそうの愛着が残って、そうやすやすと立ち去ることなどできそうにもない。

花への未練、ひいては春への未練。

132
三月《やよひ》の晦日《つごもり》の日、花摘み[二]より帰りける
女どもを見てよめる　　躬恒

停《とど》むべき　ものとはなしに　はかなくも　散る花ごとに
たぐふ心か

133
三月《やよひ》の晦日《つごもり》の日、雨の降りけるに藤の
花を折りて、人につかはしける　　業《なり》平《ひら》朝《のあ》臣《そむ》

ぬれつつぞ　強《し》ひて折りつる　年のうちに　春は幾日《いくか》も
あらじと思へば

134
亭子院《ていじのゐん》の歌合に、春の果《は》ての歌　　躬恒

今日《けふ》のみと　春をおもはぬ　時だにも　たつことやすき
花のかげかは

古今和歌集 巻第三

夏歌

題しらず　　　　よみ人しらず

135
わがやどの　池の藤波　咲きにけり　山時鳥《やまほととぎす》　いつか来《き》鳴《な》かむ

一この歌、ある人のいはく、柿本人麿《かきのもとのひとまろ》がなり。

136
二四月《うづき》に咲ける桜を見てよめる　　　　紀《きの》利《とし》貞《さだ》

あはれてふ　ことをあまたに　やらじとや　春におくれ

135　わが家の池のほとりの、藤の花が咲いた。山から時鳥《ほととぎす》が来て鳴いてくれるのは、いったいいつのことか、待ち遠しい。

藤は晩春から初夏にかけて咲くので、「春歌」（一二九、一三〇、一三三）「夏歌」の両部に出る。時鳥は夏のものであり、「夏歌」の部にのみ出る。藤が咲く季節は時鳥を待ち設ける季節。藤が咲いた、と表現することは、そのまま、時鳥を待つ気持につながる。

◇藤波　「藤」と同義であるが、池や川（六九九参照）のほとりに咲く場合に言うことが多い。歌語である。

◇山時鳥　山に棲《す》む、あるいは山から来た時鳥、の意。初夏に山を出て、里に移住してしまった時鳥は、山時鳥とは言わない。

一　この歌を、柿本人麿の作と言う伝えもある、の意。歴史的事実と認めることはできないが、『柿本集』にも出ており、『古今和歌六帖』（三五〇七九）にも作者を人麿としている。

二　太陰暦の四月は夏。したがって、たいへんに遅れて咲いた桜である。

136　ああ、いいなあというほめ言葉を、他の木にやるまいとして、この桜は、ひとり春を過ぎてから咲いたのであろうか。
◇あはれてふ「あはれといふ」の約。◇こと　言葉。
◇あまた　たくさん。ここは、たくさんの他の桜の木。

137　五月になったら里へ降りようと、待ちかまえている山時鳥《やまほととぎす》よ、羽ばたきもすがすがしく、さあ、今すぐに鳴いてくれ、去年の声のままでいいから。
◇五月待つ　五月になるのを待つ。この歌の時点は四月。時鳥は五月になって活動し、鳴くものとされていた(一四〇。また、『萬葉集』三九八三の題詞、三九八四の左注参照)。◇うち羽振き「うち」は接頭語。◇いまも鳴かなむ「なむ」は希求を表す終助詞。◇去年の古声　五月に鳴くのが今年の声。四月に鳴くのではまだ去年の声なのでこう言った。

138　五月が来てから鳴いたのでは、お前の声もありふれて、珍しい感じもしなくなろう。時節の来ない間の珍しい声を、ぜひ聞かせてほしいのだ。
この歌の時点も、前歌同様、四月。
◇ふりなむ　古ぼけてしまうだろう、の意。◇まだしきほど　時節が来ない間。◇聞かばや「ばや」は願望の終助詞。

139　五月を待って咲きはじめた花橘の香をかぐと、昔、親しんだ人の袖の香がして、その折のことが思い出される。
『伊勢物語』六十段にも見える。

て　ひとり咲くらむ

題しらず　　よみ人しらず

137 五月待《さつき》つ　山時鳥《やまほととぎす》　うち羽振《はぶ》き　いまも鳴かなむ　去年《こぞ》の古声《ふるこゑ》

伊《い》勢《せ》

138 さつき来《こ》ば　鳴きもふりなむ　時鳥《ほととぎす》　まだしきほどの　声を聞かばや

よみ人しらず

139 さつき待つ　花橘《はなたちばな》の　香《か》をかげば　むかしの人の　袖《そで》の香ぞする

140　いつの間に五月がきたのだろう。山時鳥が、やっと今、人里近くで鳴くのを聞いた。時鳥の鳴き声で、はじめて五月がきていたことに気づいた、と時間の推移の速さに驚いた歌。◇あしひきの　「山時鳥」の枕詞《まくらことば》。

141　今朝、山から里に来て鳴いたばかりで、まだ旅心地の時鳥よ。願わくば、咲きそめたこの花橘に宿を占めて、鳴き声を聞かせてほしい。◇借らなむ　「なむ」は希求の終助詞。

一　逢坂《おうさか》の関のすぐ南側にそびえる秀峰。山城《やましろ》（今の京都府）・近江《おうみ》（滋賀県）両国の境をなし、都から東方へ逢坂の関を通過する時によく見える。著名な歌枕。四七三、六六四参照。

142　音羽山を、朝早く越えてきたところ、たった今、青葉の繁った木高い梢で、時鳥が鳴いた。都を暗いうちに出発すると、明るくなる頃に音羽山近くに至る。その爽《さわや》かな気分。

143　時鳥が初めて鳴く声を聞くと、はてさてどういうわけか、誰とも相手の定まらない、恋心がやみくもに起ってくる。◇あぢきなく　古代では、「無道」「無端」の訓読語として使われた。理由がはっきりしない、の意。三四参照。◇はた　はてまあ。感動を表す。

140　いつのまに　さつき来《き》ぬらむ　あしひきの　山時鳥《やまほととぎす》　今ぞ
鳴くなる

141　けさ来《き》鳴き　いまだ旅なる　時鳥　花たちばなに　やどは
借らなむ

一音羽《おとは》山《やま》を越えける時に、時鳥の鳴くを
聞きてよめる
紀《きの》　友《とも》　則《のり》

142　音羽山　けさ越えくれば　時鳥　梢《こずゑ》はるかに　いまぞ鳴く
なる

時鳥のはじめて鳴きけるを聞きてよめ
る
素《そ》　性《せい》

143　時鳥　はつ声聞けば　あぢきなく　ぬしさだまらぬ　恋せ

らるはた

二奈良《なら》の石上寺《いそのかみでら》にて、時鳥の鳴くをよめる

144 いそのかみ　ふるき都の　ほととぎす　声ばかりこそ　昔なりけれ

題しらず　　　　　　よみ人しらず

145 夏山に　鳴く時鳥　こころあらば　もの思ふわれに　声な聞かせそ

146 時鳥　鳴く声聞けば　別れにし　ふるさとさへぞ　恋しかりける

二「石上寺」は素性が住持した良因院（今の天理市、石上神宮の付近）と解されるが、平城京《なら》は大和《やまと》の国添上郡《そうのかみ》（奈良市）、石上は山辺郡《やまのべ》（天理市）で、「奈良の石上寺」という記述は不審。諸説あるが定論はない。

144　石上の布留《ふる》というその名のとおり、古い都で鳴く時鳥の声は、昔と同じだけれど、都の様子はすっかり変ってしまった。

◇いそのかみ　元来は、大地名「石上《いそのかみ》」（『和名抄』に山辺郡石上とする）。その中に小地名「布留」があるところから同音の関係で「ふるき」の枕詞となる。◇ふるき都　平城京か。石上にあった安康《あんこう》天皇の石上穴穂《あなほ》宮、あるいは仁賢《にんけん》天皇の石上広高《ひろたか》宮と解する説もある。ただしこれでは、詞書《ことばがき》の「奈良の」と合わない。

145　夏山に鳴いている時鳥よ。もし思いやりの心があるのなら、ただでさえもの思いにふけりがちのこの私に、そんな悲しい声を聞かせないでほしい。本当に、鳴くのをやめろ、と言うのではない。時鳥の鳴き声の、悲しそうな様子を強調して表現したもの。

◇な聞かせそ　「な…そ」で禁止を表す。

146　初夏になって、時鳥の鳴く声を聞くと、今さらのように、別れた人といっしょに暮したあの土地までもが、恋しく思い出されてならない。

◇ふるさと　昔なじんだ土地。四三参照。

147 時鳥よ。お前の鳴く里が、あちこちにたくさんあるので、私にはやはりうとましく思われる。お前を愛してはいるのだが。

当時、類想の歌が多い（六〇など）。なおこの歌は、『伊勢物語』四十三段では比喩《ひゆ》歌として扱われ、「時鳥」を女、「里」を往来する男の譬《たと》えとして、女の浮気をなじった歌になっている。

◇ものから　確定の逆接を示す。…ではあるが。

148 私が昔を思い出す時は、常盤《ときわ》の山の時鳥も、あの韓紅《からくれない》のように声をふりしぼり、真っ赤な涙を流して鳴く。

◇ときはの山　京都市右京区常盤の一帯にある山。「思ひ出づる時は」を言い掛ける。◇からくれなゐの　「からくれなゐ」は、韓《から》（朝鮮）で染めた紅のこと。染色する時に布を振り動かすところから、第五句「ふり出て」の序詞《じょことば》となる。同時に「血涙」を連想させ、悲しみの意を表す。◇ふり出て　大声を出して。

149 悲しげな声は聞えるけれど、一向に涙を見せない時鳥よ。涙で濡れた私の袖を借りて、心ゆくまで鳴いてほしいものだ。

◇ひつを借らなむ　「ひつ」は、ぐっしょり濡れる意。三参照。「なむ」は希求の終助詞。

150 山から来た時鳥は、自分より深い悲しみを抱くものなどあるものか、とでも言うように、声をかぎりに鳴いている。

◇あしひきの　「山時鳥」の枕詞。◇をりはへて　し

147 時鳥《ほととぎす》　汝《な》が鳴く里の　あまたあれば　なほうとまれぬ　思ふものから

148 思ひいづる　ときはの山の　時鳥　からくれなゐの　ふり出《で》てぞ鳴く

149 声はして　涙は見えぬ　時鳥　わが衣手《ころもて》の　ひつを借らなむ

150 あしひきの　山時鳥　をりはへて　誰《たれ》かまさると　音《ね》をのみぞなく

151 今さらに　山へ帰るな　時鳥　声のかぎりは　わがやどに鳴け

きりに、長く続けて。

151　ここまで季節が進んだのだ、時鳥よ、今さら山に帰るでない。声が涸《か》れぬかぎり、私の家で鳴きなさい。

152　まあ待っておくれ、山へ飛んで行く時鳥よ。山に住む出家人に、こう伝言《ことづて》を頼みたい。私も現世《このよ》に住みづらく、山へ入りたいと思っている、と。
自分の厭世《えんせい》的な心境を時鳥に託して表現したもの。当時、時鳥は冥途《あのよ》と現世《このよ》を往来する鳥と考えられていた（八五、一〇三参照）。
◇山時鳥　一三五参照。この場合は、元来、時鳥が山を本拠にしていることを示すための表現。
一　一三〇頁注一参照。

153　梅雨のうっとうしいこのごろ、もの思いに沈んでいると、その夜更け、時鳥が、悲しい声で鳴いて飛ぶ。いったいどこへ行くのだろう。
『古今集』の中でも名品とされる歌。梅雨の夜の静寂と、それを破る時鳥の鋭い声。それが闇の中に尾を引いて消えると、闇は一層濃く、静寂はさらに深まる。

154　夜が暗いためか、道に迷ったためか。時鳥は、わが家を過ぎ去りがたい様子でしきりに鳴く。
前歌同様、五月の闇夜、時鳥の声。

155　栖《すみか》ときめている橘の花もまだ枯れないのに、なぜ時鳥よ、声が聞えなくなったのだろう。
時鳥は、藤や橘といっしょに詠まれることが多い。鶯《うぐいす》が梅の木に宿るのと同じ発想。

三《み》国《くにの》町《まち》

152　やよや待て　山時鳥　ことづてむ　われ世の中に　住みわびぬとよ

一 寛平御時《くわんぴやうのおほんとき》の后宮《きさいのみや》の歌合《うたあはせ》の歌　紀友則

153　五月雨《さみだれ》に　もの思ひをれば　時鳥　夜ふかく鳴きて　いづち行くらむ

154　夜やくらき　道やまどへる　時鳥　わがやどをしも　過ぎがてに鳴く

題しらず　大《おほ》江《えの》千《ち》里《さと》

155　やどりせし　花橘《はなたちばな》も　枯れなくに　など時鳥　こゑたえぬ

156 眠ろうとして横になったと思うと、一声、時鳥が鋭く鳴いて、たちまち夏の夜のとばりが明けはなたれる、もはや黎明《れいめい》。
◇夏の夜の　第五句「明くる」にかかる。◇臥すかとすれば　これも「明くる」にかかる。◇しののめ　暁《あかつき》、夜明け。

157 暮れるかと思うと、たちまち明けてしまう、そんな夏の短か夜を、もの足りなく思って鳴くのか、あの山時鳥は。
◇あかずとや「飽かず」で、充分満足していない、の意。「飽かず」に、夜が「明けず」を掛けたと考える説もあるが、「飽く」は四段動詞、「明く」は下二段動詞で、活用がちがうから無理である。

158 夏山に、恋人が入ってしまったからであろうか。時鳥が、声をふりしぼって鳴いているのは。
◇夏山に…入りにけむ「山に入る」とは入山を言う。夏の修行のために山に籠《こも》ること。いわゆる「夏安居《げあんご》」で、その間、余人に会うことは許されない。

159 去年の夏、堪能《たんのう》するまで鳴き続けてくれた時鳥よ。今年来て鳴いているのは、去年と同じ時鳥

らむ

紀《きの》貫《つら》之《ゆき》

156 夏の夜の　臥《ふ》すかとすれば　時鳥《ほととぎす》　鳴くひと声に　明《あ》くる
しののめ

壬《み》生《ぶの》忠《ただ》岑《みね》

157 暮るるかと　みれば明けぬる　夏の夜を　あかずとや鳴
く　山時鳥

紀《きの》秋《あき》岑《みね》

158 夏山に　恋しき人や　入《い》りにけむ　声ふりたてて　鳴く
時鳥

題しらず　　よみ人しらず

159 去年《こぞ》の夏　鳴きふるしてし　時鳥　それかあらぬか　声の
かはらぬ

時鳥の鳴くを聞きてよめる　　貫之

160 五月雨《さみだれ》の　空もとどろに　時鳥　なにを憂《う》しとか　夜《よ》ただ
鳴くらむ

一さぶらひにて、男《をのこ》二どもの酒三たうべける
に、召四して、「時鳥待つ歌よめ」とあ
りければよめる　　躬《み》恒《つね》

161 時鳥　声もきこえず　山びこは　ほかに鳴く音《ね》を　こたへ
やはせぬ

なのか、それとも別の時鳥なのか、声がまったくよく似ている。
時鳥が去年と同じように聞えると歌うのは、去年の夏をなつかしむ気持。
◇それかあらぬか　その時鳥か、そうではないのか。

160　梅雨の夜空をとどろかせるばかりに鳴く時鳥は、いったい何をそんなに憂《う》れわしく思って、あんなにひたすら夜を鳴くのであろうか。
『古今集』では、時鳥の声は一様に悲しいものとして扱われているが、夜空をとどろかせて鳴くとは、ただごとではない。おそらく作者自身の境涯を重ね合わせて、あの時鳥にも余人にわからぬ深い憂悶《ゆうもん》があるのだろうとおしはかったものか。
◇夜ただ　夜を通してひたすらに。
一 殿上《てんじょう》（宮中清涼殿の殿上の間）に出仕する人々の控えの間。二「さぶらひ」にいる人々。当然、殿上の間に昇殿することを許された殿上人ということになる。四位・五位以上の高官、および六位の蔵人《くろうど》。三 酒を飲んでいた時に。四「男ども」が、作者躬恒を召したのである。いつのことか不明であるが、『古今集』編《へん》纂《さん》当時の延喜五年（九〇五）でも躬恒の官は従八位下相当であるから、「男ども」に比べて、はるかに身分は低い。

161　ここでは時鳥の声も聞えません。せめて山彦が、他所《よそ》で鳴いている声を反響させて、ここまで届けてくれないものでしょうか。

162
山に時鳥《ほととぎす》の鳴きけるを聞きて　　貫之
時鳥　人まつ山に　鳴くなれば　われうちつけに　恋ひまさりけり

163
一はやく住みける所にて、時鳥の鳴きけるを聞きてよめる　　忠岑
むかしべや　今も恋しき　時鳥　ふるさとにしも　鳴きて来《き》つらむ

164
時鳥の鳴きけるを聞きてよめる　　躬恒
時鳥　我《われ》とはなしに　卯《う》の花の　憂《う》き世の中に　鳴きわたるらむ

二蓮《はちす》の露を見てよめる　　僧《そう》正《じやう》遍《へん》昭《ぜう》

162　時鳥が、人を待つという名の松山で鳴いている、と聞くがはやいか、私は、にわかに人恋しい気持を募《つの》らせてしまった。
◇人まつ山　「人待つ山」と「松山」とを掛ける。「まつ山」を普通名詞ととる説があるが、王朝語として普通名詞の「松山」はあり得ず、当時すでに名高い松山という所があったので歌に採り入れたと見るべきである。松山という地名は全国に散在するが、名所としての資格があるのは、『能因歌枕』『八雲御抄《やくもみしよう》』に「讃岐《さぬき》」とするものである（『和名抄』に讃岐国阿野郡松山が見える）。今の香川県綾歌《あやうた》郡。ここには菅原道真《すがわらみちざね》の別荘があり、また、崇徳院《すとくいん》遷幸の折に一時御所があった。
◇うちつけに　にわかに。
一　以前に自分が住んでいた所で。
163　今でも昔が恋しいのか、時鳥よ。なつかしいこの地に、お前も鳴きながらやってきたのか。旧住の地を訪れた自分を、折から鳴く時鳥に見立てた。
◇むかしべ　「べ」は接尾語。「むかし」と同じ。
164　時鳥は、私と同じ身の上でもないのに、どうして、この卯の花の咲く憂き世の中に、泣きつつ暮しているのだろうか。
◇卯の花の　同音「う」の反覆により第四句「憂き世」を引き出す枕詞。ただし、言葉だけでなく卯の花の咲く実景を匂わせている。
二　蓮の葉の表面に置いた露。玉のように見える。

165 蓮《はちす》葉《ば》の　にごりにしまぬ　心もて　なにかは露を　玉とあざむく

月のおもしろかりける夜、暁がたによめる

深《ふか》養《や》父《ぶ》

166 夏の夜は　まだよひながら　明けぬるを　雲のいづこに　月やどるらむ

隣《となり》より、常夏《とこなつ》三の花を乞《こ》四ひにおこせたりければ、惜しみてこの歌をよみてつかはしける

躬恒

167 塵《ちり》をだに　すゑじとぞ思ふ　咲きしより　妹《いも》とわが寝《ぬ》る　とこなつの花

---

165 蓮の葉は、泥の中から生い育ちながら少しも濁りに染まらない、そんな清らかな心を持っているのに、どうしてその上に置くただの水を玉のように見せて、人をあざむくのだろう。

『法華経』（涌出品《ゆじゆつぽん》）「世間の法に染まざること、蓮花の水に在るが如し」を典拠とするが、いわゆる道歌ではない。道歌なら「雑歌」の部に分類されるはず。

166 夏の夜は短くて、まだ宵と思っているうちに明け方になってしまったけれど、これでは月は、いったい雲のどのあたりに宿をとるのだろう。

意味上からも、「夏歌」の部の終りに近い配列（時期は旧暦六月下旬）からも、「月」は下弦の月と見られる。太陰暦では、十五日（満月）、月は日没とともに東に出、日の出とともに西に没する。十五日以後が下弦の月で、月の出は次第に遅くなり、日の出の時はまだ中天にあってやがて朝の陽光の中に姿を消してゆく。その情景を写実した。百人一首にも採られている。

◇雲のいづこに…　陽光のなかに姿を消した月の所在に思いを寄せた表現。

三 なでしこ。四 分けてほしいと使いをよこしたので。

167 咲きそめてよりこのかた、塵もつけまいと思うほど大切にしています。夜ごと妻と共寝する床《とこ》という名をもつ、いとしいわが家の常夏の花は。

婉曲《えんきよく》に隣家の申し出を拒絶している。

◇妹とわが寝る　「床」の縁から第五句を導く枕詞。

一六月《みなつき》の晦日《つごもり》の日よめる

168 夏と秋と　行きかふ　空のかよひ路は　かたへすずしき
風や吹くらむ

一 旧暦六月の終りの日。この日で夏が終る。

168 夏が去り、秋がやって来る空の道は、夏と秋とが行きちがって、道の片側には、涼しい風が吹いていることだろう。

◇かたへ　片一方。ここでは、夏と秋が行きちがう空の通路の、秋が通る側を言う。

古今和歌集　巻第四

秋歌上

二 秋立つ日よめる　　　藤原敏行朝臣《ふぢはらのとしゆきのあそむ》

169 秋来《き》ぬと　目にはさやかに　見えねども　風のおとにぞ
おどろかれぬる

秋立つ日、殿上《うへ》三の男《をのこ》ども、賀茂《かも》の河《か》原《はら》に川逍遙《せうえう》四しける供《とも》にまかり五てよめる　　　貫《つら》之《ゆき》

二 立秋の日。

169 景色を見ているだけでは、はっきりとわかりかねるが、風の音を聞くにつけ、ふと、秋が来ているのだな、と気づかされた。

属目《しよくもく》の光景は夏とまったく変化がないが、風の音が異質なことに気づいて、季節の推移が速やかで確実なことに改めて感銘をうけた。

◇さやかに　鮮やかに、はっきりと、の意。「さやかに」の語感は、秋の到来を感知することに対する修飾語としてふさわしい。視覚的には「さやかに」感知できないが、聴覚的には「さやかに」捉《とら》えられるようになったのである。◇おどろかれぬる　「おどろく」は、突然気がつく意。「れ」は自発の助動詞「る」の連用形。「ぬる」は、いわゆる完了の助動詞「ぬ」の連体形で、何らかの行為や事態が今しも発生したことを表す。

三 殿上人《てんじようびと》。宮中清涼殿の殿上の間に昇殿することを許された人。七五頁注二参照。四 河原で遊ぶこと。

五 「まかる」は、「行く」の謙譲語。

170 かは風の　涼しくもあるか　うち寄する　波とともにや
秋は立つらむ

171 題しらず　よみ人しらず
わがせこが　衣のすそを　吹きかへし　うらめづらしき
秋のはつ風

172 昨日《きのふ》こそ　早苗《さなへ》とりしか　いつのまに　稲葉《いなば》そよぎて　秋
風ぞ吹く

173 秋風の　吹きにし日より　ひさかたの　天《あま》のかはらに　立
たぬ日はなし

174 ひさかたの　天のかはらの　渡守《わたしもり》　君渡りなば　楫《かぢ》かくし

170 川を渡る風の、なんと涼しいことか。この風が吹くにつれて波が立ち、打ち寄せてくる、その波とともに、秋は立つのだろう。◇涼しくもあるか　「…も…か」は感動を表す。◇秋は立つらむ　秋が「立つ」に、波が「たつ」を響かせている。

171 夫の衣の裾をひるがえし、衣の裏を見せながら、何とも心ひかれる秋風が吹きそめた。湿潤な夏に変って秋の透明な大気の支配が始まると、突然、周囲が違った感触で眺められる。その感動。◇わがせこが　第三句まで序詞《じよことば》。「うらめづらしき」の「うら」に、衣の「裏」を掛けて第四句を起す。その実景を匂わせる有心《うしん》の序詞である。◇うらめづらしき　新鮮で心ひかれる意。「うら」は接頭語。

172 苗代《なわしろ》の早苗《さなえ》をとって田植えをしたのは、つい昨日だと思っているのに、いつのまにかもう、成長した稲葉をそよがせて秋風が吹いている。

173 秋風が吹きはじめた日から、私は天の川の河原にいで立って、あなたのおいでを待たぬ日とてありません。牽牛《けんぎゆう》の訪れを待ちかねている織女《しよくじよ》の立場の歌。類想歌、「秋風の吹きにし日より天の川瀬に出《い》で立ちて待つと告げこそ」(『萬葉集』二〇八三)。以下一八三まで、七夕《たなばた》歌《うた》。

174 天の川の渡し守よ、彦星様が渡りきってしまわれたら、帰れないように櫓《ろ》を隠してしまっておくれ。

織女の立場で、牽牛の逗留《とうりゆう》を願った。類想歌、「わが隠せる楫棹《かぢさを》なくて渡守《わたしもり》舟貸さめやもしましはあり待て」(『萬葉集』二〇八八)。

175 天の川に散りこんだ紅葉を橋にして、彦星が渡って訪ねて来てくれるからなのだろうか、織姫がひたすら秋になるのを待っているのは。
七夕が秋なのは、紅葉の季節ゆえかと忖度《そんたく》した。

176 ひたすら恋い慕って、やっと逢えるのがまさしく今夜。天の川には、一面に霧がたちこめて、夜が明けないでほしい。

一「寛平」は宇多・醍醐《だいご》天皇治政の年号(八八九～九八年)。三〇頁注一参照。二 七月七日、乞巧奠《きこうでん》(七夕の祭典)の夜。三 殿上人。七五頁注二参照。四「たてまつれ」は天皇の自称敬語。宇多天皇の命令。五 殿上人たちに代って。

177 天の川の浅瀬がわからず、白波の立つところを目あてに尋ね尋ねやってきたが、まだ渡りきらないうちに夜が明けてしまった。
七夕に逢えなかったという表現に疑問を持つ注もあるが、『萬葉集』に類想歌「天の川去年《こぞ》の渡りで移ろへば川瀬を踏むに夜ぞふけにける」(二〇一八、『拾遺集』一四五にも重出)があるので、特に奇妙ではない。
◇浅瀬しら波 「しら波」に「知らぬ」を掛ける。川は底が浅いところに波が立つ。したがって、浅瀬がわからない時は、波の立っているところをたどって渡る。

てよ

175 天の川 もみぢを橋に 渡せばや たなばたつめの 秋をしも待つ

176 恋ひ恋ひて 逢ふ夜はこよひ 天の川 霧たちわたり 明けずもあらなむ

寛平御時《くわんぴやうのおほんとき》[一]、七日《なぬか》[二]の夜、「殿上《うへ》[三]にさぶらふ男《をのこ》ども、歌たてまつれ[四]」とおほせられける時、人[五]にかはりてよめる

友《とも》則《のり》

177 天の川 浅瀬しら波 たどりつつ 渡りはてねば 明けぞしにける

一おなじ御時、后宮《きさいのみや》の歌合《うたあはせ》の歌　　藤原《ふぢはら》興《おき》風《かぜ》

178 ちぎりけむ　心ぞつらき　たなばたの　年にひとたび　逢
ふは逢ふかは

七日《なぬか》の日の夜よめる　　凡河内躬恒《おほしかふちのみつね》

179 年ごとに　逢ふとはすれど　たなばたの　寝《ぬ》る夜の数ぞ
すくなかりける

180 たなばたに　かしつる糸の　うちはへて　年の緒ながく
恋ひやわたらむ

題しらず　　素《そ》性《せい》

181 こよひ来《こ》む　人には逢はじ　たなばたの　久しきほどに
あえもこそすれ

一 前歌と同じ「寛平御時」。

178 一年に一度だけと約束した織姫の気性は、なんとも酷《きつ》いものだ。年に一度の逢瀬《おうせ》など、逢ったことにはなるまいに。

牽牛・織女の約束を不自然と受け取り、それは織女の気の強さに起因すると解釈した諧謔《かいぎゃく》的な感想。◇つらき　情の強《こわ》いこと。◇逢ふかは　「かは」は反語。逢ったことになるのか、いやならない、の意。

179 彦星と織姫とは、毎年、逢いはするのだけれど、共寝をかわす夜の数は、まことに少ない。

七夕の恋が永久に続くのは羨《うらや》ましいことだが、よく考えてみれば、気の毒に思われる、の意。

180 彦星と織姫とは、お供えした糸のように、長く年を経て恋い慕いつづけることだろう。

詞書《ことばがき》に示されているように、目前の乞巧奠《きこうでん》（七夕の祭典）の光景によせて詠《よ》んだ歌。

◇かしつる糸の　「かす」は、供える、の意（三六二、九二七参照）。「の」は、…の如く、の意で、上二句は、第三句「うちはへて」の序詞となる。◇うちはへて　「うち」は接頭語、「はへ」は「延《は》ふ」（下二段活用動詞）の連用形。長くのばして、ずっと、の意。◇年の緒　「年」と同意。糸の縁でこう言った。

181 今夜訪ねてくる人には逢うまい。あの人はまったく薄情なんだ。私は織姫のように、永遠につづく愛情にあやかりたいのだから。

◇ほど　期間。◇あえもこそすれ　あやかりたい。底

本は「まちもこそすれ」だが、意が通じがたい。元永本、筋切《すじぎれ》本、『新撰和歌』、『古今和歌六帖』によって改めた。

二 七月八日の朝のこと。

182 今はもう刻限だと別れる時には、天の川を渡らぬさきから、すでに、私の袖は、別れの涙で濡れている。

牽牛の立場で詠んだ。この先一年、また逢えない。

◇ひちぬる 「ひち」は「ひつ」(上二段活用動詞)の連用形。ぐっしょり濡れる意。三参照。

183 また今日からは、来年の昨日を、早く早くと思いながら、待ち続けねばならぬのか。

◇いま来む年の 「いま」は、近い将来。やがて、の意。ここでは来年のことについて言っている。

一七三以下ここまで、七夕歌。

184 木の間から地上にもれくる月の光を見ていると、さまざまにもの思いをさせる、悲しい秋の到来が身にしみてくる。

◇心づくし いろいろに心労すること。

185 地上を一色に染める秋が来るにつけ、この自分自身こそ悲しい存在であると、痛切に感じられる。

「悲秋」の語があるように、秋は一般的に悲しい季節。

◇おほかたの あたり全体の。「おほかたの秋の空だにわびしきに物思ひ添ふる君にもあるかな」(『後撰集』四三)。

二 七日《なぬか》の夜のあかつきによめる

源《みなもとの》宗《むね》于《ゆき》

182 今はとて わかるる時は 天の川 わたらぬさきに 袖ぞ ひちぬる

八日《やうか》の日よめる

壬《み》生《ぶの》忠《ただ》岑《みね》

183 今日《けふ》よりは いま来《こ》む年の 昨日《きのふ》をぞ いつしかとのみ 待ちわたるべき

題しらず

よみ人しらず

184 木《こ》の間《ま》より もりくる月の かげ見れば 心づくしの 秋は来《き》にけり

185 おほかたの 秋来《く》るからに 我が身こそ かなしきもの

186 私のところだけにやって来る秋でもないのに、虫の声を聞いていると、どうしようもない悲しさがこみあげてくる。
◇まづぞかなしき　「まづ」は、世間の人々にさきだって、の意。

187 何事につけても、秋は悲しい思いをさせる季節だ。草木が次第に色づいて衰えてゆくのを見ると、これで終りなのだな、と思われるから。
万物流転の寂しさを身にしみて感じた歌。
◇もみぢつつ　上二段活用の動詞「もみづ」の連用形に助詞「つつ」が接した形。「もみづ」は、草木が秋になって変色する意。◇うつろひ　「うつ（移）る」に継続を示す接尾語「ふ」がついて、連用形に活用したもの。変化してゆく、盛りの時が過ぎてゆく意。

188 独り寝をする私の床は草葉でもないのに、秋がくるという夜は寂しさがつのって、まるで露がおく草葉のように、涙でしっとり濡れている。
◇露けかりけり　露っぽい意の形容詞「露けし」に詠嘆の助動詞「けり」が接したもの。
一 是貞親王は、光孝天皇第二皇子。この歌合は「仁和御時二宮歌合」の名で二十巻本『類聚《るいじゆう》歌合』に断簡が残っている。勝負も判もなく、初期の歌合の素朴な形をとどめる。内容は、秋のみで、寛平（八八九～九八年）の末ごろのものである。

189 もの思うということは、特に、季節によって差があるわけでもないけれど、秋の夜こそ、もの

と　思ひ知りぬれ

186 わがために　来る秋にしも　あらなくに　虫の音《ね》聞けば
まづぞかなしき

187 ものごとに　秋ぞかなしき　もみぢつつ　うつろひゆく
を　かぎりとおもへば

188 ひとり寝《ぬ》る　床《とこ》は草葉に　あらねども　秋くるよひは　露
けかりけり

一 是貞親王《これさだのみこ》の家の歌合《うたあはせ》の歌

189 いつはとは　時はわかねど　秋の夜ぞ　もの思ふことの
かぎりなりける

思いが最高潮に達する時だ。
◇いつはとは…　いつといって特に時に区別はないが。いつでも等しくもの思いはあるものだが、の意。
二 神鳴壺。後宮五舎の一。襲芳舎《しほうしゃ》。三 秋の夜が明けるのを惜しむ歌。四 番外に詠んだ歌の意。躬恒は微官で、官位の高い人々と同席できなかったのである。

190　これほど明けるのが惜しい、すばらしい秋の夜を、無関心に寝て明かしてしまう人々は、まったくつまらない人だと思う。
◇をしと思ふ夜を　月の美しい夜か。◇人さへぞうき　「さへ」は、加えて…までも、の意。いつもなら、他人事《ひとごと》など気にならないが、今夜のようなよい夜には、他人が知らずに寝てすごすことまで気にかかって、「憂《う》き」と思うのである。

191　白雲の浮ぶ空をはばたいて飛んで行く雁の、その数まではっきりわかる、みごとに明るい秋の夜の月だ。

192　夜が更けて、もう真夜中になったようだ。雁の鳴く声がどこからか聞えてくる、その空に、明るい月のわたってゆくのが見える。
月が高く昇ったことで時刻がわかる。『萬葉集』「さ夜中と夜はふけぬらし雁が音の聞ゆる空に月渡るみゆ」(一七〇一) と同形の歌。
◇さ夜中と　「ふけぬらし」にかかる。「さ」は接頭語。◇かりがね　「雁《かり》が音《ね》」で、雁の鳴き声。

二かむなりの壺《つぼ》に人々集まりて、三秋の夜惜しむ歌よみける四ついでによめる

躬　恒

190　かくばかり　をしと思ふ夜を　いたづらに　寝《ね》て明かすらむ　人さへぞうき

題しらず

よみ人しらず

191　白雲に　羽《はね》うちかはし　飛ぶ雁《かり》の　かずさへ見ゆる　秋の夜の月

192　さ夜《よ》中《なか》と　夜はふけぬらし　かりがねの　きこゆる空に月わたる見ゆ

是貞親王《これさだのみこ》の家の歌合によめる

大《おほ》江《えの》千《ち》里《さと》

193　月を見ていると、さまざまに悲しい思いがつのってくる。なにも、自分一人だけの秋ではないのに。

諸注、『白氏文集』の「燕子《えんし》楼中霜月の夜、秋来りて唯一人の為に長し」の翻案かと言うが、類想歌が多く(一八五、一九六など)、そこまで断定することはできまい。百人一首に採られている。

194　月にあるという桂の木まで、秋になると紅葉するからなのだろうか、月の光が、特に明るくなってくる。

冴えた月光を讃美し、地上の秋色と対比した。◇ひさかたの　「月」の枕詞。◇月の桂　月世界に桂の木があるという中国の古伝承による。『萬葉集』「もみちする時になるらし月人《つきひと》の桂の枝の色づく見れば」(二二〇二)は、この歌と逆の発想である。

195　秋の夜の月の光は実に明るいので、暗いことで有名なくらぶの山も、月光をたよりに安心して越えられそうだ。

◇くらぶの山　鞍馬《くらま》山(京都市左京区)かともいう。「暗し」にかけて詠まれることが多い。三九参照。◇べらなり　二三参照。

196　こおろぎよ、そんなにひどく鳴いてくれるな。秋の夜と同じように長く果てしない心の嘆きは、この私のほうが、よっぽど深いのだから。

一　女友達と解される。二　今の蟋蟀《こおろぎ》。

相手の女性が嘆き悲しむのを見て、私のほうがもっと

193
月みれば　千々《ちぢ》にものこそ　かなしけれ　我が身ひとつの　秋にはあらねど

忠岑

194
ひさかたの　月の桂《かつら》も　秋はなほ　もみぢすればや　照りまさるらむ

月をよめる

在《あり》原《はらの》元《もと》方《かた》

195
秋の夜の　月の光し　明かければ　くらぶの山も　越えぬべらなり

[一]人のもとにまかれりける夜、[二]きりぎりすの鳴きけるを聞きてよめる

藤《ふぢ》原《はらの》忠《ただ》房《ふさ》

196
きりぎりす　いたくな鳴きそ　秋の夜の　ながき思ひは

つらいのですよ、と慰めた歌。折しも鳴いていた「きりぎりす」に「人」を寓した。
◇秋の夜の 「ながき」を起す枕詞。仮名序にも「むなしき名のみ秋の夜の長きをかこてれば」とある。ここは、歌が詠まれた時をも示している。

197 長い秋の夜が明けたのにも気づかずに鳴きしきる虫は、私と同じように、悲しいもの思いにふけっているのであろうか。

198 秋萩も色づいて、秋も深くなってきた。私の悲しみはいよいよ深く、夜も眠れない。同じようにこおろぎも、悲しみで夜も眠れず、こんなに鳴きしきっているのであろう。

199 秋の夜は寒いが、殊に露は冷たいのだろう。露のおいている叢《くさむら》ごとに、虫がつらそうに鳴いているのを思うと。

200 あなたを偲《しの》ぶ思い出の地、この忍ぶ草が繁って荒れ果てた里に立つと、人待ち顔に鳴いている松虫の声に、やたら悲しみをさそわれる。
◇きみしのぶ 「しのぶ」は、第二句に対しては「忍《しの》ぶ草」を言い掛けている。◇草にやつるる 「やつる」は、荒廃する意。◇ふるさと 昔なじみの土地。四三参照。◇まつ虫 「まつ」に「待つ」を掛けた。

われぞまされる

是貞親王《これさだのみこ》の家の歌合《うたあはせ》の歌　　敏行朝臣

197 秋の夜の　明くるも知らず　鳴く虫は　わがごとものや　かなしかるらむ

題しらず　　よみ人しらず

198 秋萩《あきはぎ》も　色づきぬれば　きりぎりす　わが寝《ね》ぬごとや　夜《よる》はかなしき

199 秋の夜は　露こそことに　寒からし　草むらごとに　虫のわぶれば

200 きみしのぶ　草にやつるる　ふるさとは　まつ虫の音《ね》ぞ

201　秋の野に遊んで、日が暮れ、道もわからなくなった。さいわい、おとずれを待つ松虫の声がする、それをたよりに一夜の宿を借りるとしようか。
◇まつ虫　「まつ」に、「待つ」を掛け、女性のおもかげをちらつかせている。

202　秋の野に出かけてみると、人を待つ松虫の声がする。私を待っていてくれるのか、とひとつ訪ねて行ってみよう。
この歌を下敷きにして作られた謡曲「松虫」に、「古き歌にも」として引かれている。

203　紅葉がいっぱい散り積り、埋もれるばかりのわが家で、松虫が鳴く。誰を待つというので、こんなに鳴いているのだろうか。
いくら鳴いても、誰も訪ねてくるあてがない。世間から完全に遠ざかった不遇の述懐。
◇ここら　こんなにさかんに。一〇九参照。

204　蜩《ひぐらし》が鳴きはじめるとともに、暗くなって日が暮れてきたな、と思ったら、ここまで歩いてきた私が、ちょうど山の陰に入っただけだった、それを夕暮れと錯覚したのだ。
蟬《せみ》の一種の蜩の名に、「日暮らし」、すなわち夕暮れを連想したのがこの歌の趣向。
◇なへに　…する、まさにその折しも、の意。

205　蜩が鳴く、私の住んでいる山里は、秋の夕暮れになると寂しいかぎり。風のほかには、誰も訪

かなしかりける

201
秋の野に　道もまどひぬ　まつ虫の　声する方に　やどや
からまし

202
秋の野に　人まつ虫の　声すなり　われかとゆきて　いざ
とぶらはむ

203
もみぢ葉の　散りてつもれる　わがやどに　誰《たれ》をまつ虫
ここら鳴くらむ

204
ひぐらしの　鳴きつるなへに　日は暮れぬと　おもふは山
の　かげにぞありける

ねてくれる人はない。
隠遁《いんとん》趣味ではない。不遇をかこっているのである。

一 秋になって初めて飛来する雁。『萬葉集』に「九月《ながつき》のその初雁の使ひにも思ふ心は聞えこぬかも」（一六一四）とあり、初雁は何かの消息を伝えてくれるもの、とする考えがある。

206 待つ人からの消息を伝えてくれたわけではないけれど、今朝鳴いた初雁は、なんとも心ひかれる声であった。
◇ものから …ではあるものの。◇めづらし 稀《まれ》に出会って、新鮮な喜びを感じる意。

207 秋風に乗って、初雁の鳴く声が聞えてくる。はるばると遠い国から、いったい誰の消息を伝えて来たのだろう。
漢の蘇武《そぶ》の故事を踏まえる。匈奴《きょうど》に捕えられて二十年を経た後、南へ渡る雁に手紙をつけて放した。それが天子の見るところとなり、帰ることができたという。
◇はつかりがね 初雁が音。◇玉梓 手紙。

208 わが家の門口《かどぐち》で、稲負鳥《いなおおせどり》が鳴いている折も折、めっきり涼しく吹いた今朝の風に乗って、雁がやってきた。そろそろ秋も本番になっている。
◇稲負鳥 秋の鳥であるが、実体は不明。「古今伝授」では三鳥の一とする（他の二鳥は、呼子鳥《よぶこどり》と百千鳥《ももちどり》）。二八参照。

205
ひぐらしの　鳴く山里の　夕暮れは　風よりほかに　とふ人もなし

一初雁《はつかり》をよめる　在原元方

206
待つ人に　あらぬものから　はつかりの　今朝《けさ》鳴く声の　めづらしきかな

是貞親王《これさだのみこ》の家の歌合《うたあはせ》の歌　友則

207
秋風に　はつかりがねぞ　聞ゆなる　誰《た》が玉梓《たまづさ》を　かけて来つらむ

題しらず　よみ人しらず

208
わがかどに　稲負鳥《いなおほせどり》の　鳴くなへに　今朝《けさ》ふく風に　雁《かり》は来にけり

209 思いがけずも早く雁が鳴いたものだ。紅葉に染めようと白露がおいている木々も、まだ充分に色をかえてはいないのに。

秋色はまだ地上に行きわたっていないのに、不意を襲うような雁の鳴き声とともに、秋が身近に迫ってきた。◇もみぢあへなくに　紅葉しきってもいないのに、の意。「あへなくに」は、充分に…してもいないのに、の意。

210 春霞に姿を消して、遠い故郷へ帰って行った雁が、今しも飛び来たって鳴いている、秋霧の上で。

春霞と秋霧とを対比して時の推移の速さに驚いた歌。◇かりがね　本来「雁が音」の意味だが、転じて、雁そのものを言う場合もある。ここは後者。

211 夜寒となり、衣を借りて重ね着をしたい今日このごろ、雁の声が聞えてくるとともに、もう萩の下葉が紅葉してきた。

たちまち秋も深くなった、の意。◇夜を寒みころも　序詞。夜が寒いので衣を「借りる」と言いなしつつ、同音で「かりがね」を起す。◇なへに　…とともに。二〇四参照。

一『拾遺集』二二九に「人まろ」。『古今和歌六帖』三四八五に「人麿」。群書類従本『柿本集』にも入っている。

212 秋風に声を帆のように高らかにあげて漕《こ》いで来る舟、あれは、天空の海を航行する、雁だ。

秋風の中を整然と飛んでくる雁の列を舟にたとえた。◇声をほにあげ　「ほにあげ」は、高くはりあげるこ

209 いとはやも　鳴きぬる雁か　しら露の　いろどる木々も　もみぢあへなくに

210 春がすみ　かすみて去《い》にし　かりがねは　今ぞ鳴くなる　秋霧のうへに

211 夜を寒《さむ》み　ころもかりがね　鳴くなへに　萩の下葉も　うつろひにけり

一この歌は、ある人のいはく、柿本人麿《かきのもとのひとまろ》がなりと。

寛平御時《くわんぴやうのおほんとき》の后宮《きさいのみや》の歌合《うたあはせ》の歌　藤原菅根朝臣《ふぢはらのすがねのあそむ》

212 秋風に　声をほにあげて　来る舟は　天《あま》のとわたる　雁に　ぞありける

雁の鳴きけるを聞きてよめる　　躬恒

213 憂《う》きことを　思ひつらねて　かりがねの　鳴きこそわたれ　秋の夜な夜な

是貞親王《これさだのみこ》の家の歌合の歌　　忠岑

214 山里は　秋こそことに　わびしけれ　鹿の鳴く音《ね》に　目をさましつつ

よみ人しらず

215 奥山に　もみぢふみわけ　鳴く鹿の　声きくときぞ　秋はかなしき

題しらず

と。「ほ」は「秀」の意。それを舟の「帆」に言い掛けた。◇天のと　天を海にたとえて言う。「と」は、「瀬戸」などの「と」と同じ。狭くなった所。六四八、六八三参照。

213　憂いごとを一つ一つ思い連ねて、雁は泣きながら、秋の夜空をわたってゆく、昨日も今日も。

「思ひつらねて」は悲しみを連ねる心象と、列をなして飛ぶ雁の視覚的印象の結合で、作者の悲しさを雁に移入して詠んだ歌。

214　山里というものは、秋は殊にわびしいものだ。夜になれば鹿が鳴いて、目を覚まさせられることもしばしばで…。

『萬葉集』「山近く家や居《を》るべきさを鹿の声を聞きつつ寝《い》ねかてぬかも」(二一四六)はこの歌の先蹤《せんしょう》。鹿は妻を求めて秋に鳴くもので、古来、おおむね、悲しみの象徴として取り扱われる。

215　山奥ふかく紅葉を踏み分けながら、鳴く鹿の声を聞く時こそ、秋は悲しい季節だとつくづく思い知らされる。

百人一首に作者「猿丸大夫」として採られている。『猿丸大夫集』に入っているためであるが、信憑《しんぴょう》度はきわめて低い。

◇もみぢ　歌の配列から推して、この「もみぢ」は萩の黄葉(『新撰萬葉集』)。◇ふみわけ　「ふみわけ」る主語は「人」か「鹿」か、古来議論があるが、人が踏み分けるのでなければ、「声きくときぞ」の主体が不明になって、一首の意が安定しない。

216　秋萩を見てはるかに妻を思い、わびしい気持に浸っているのだろうか、山の麓《ふもと》をひびかせるほど高い声で、鹿が鳴いている。

鹿が秋に鳴くのは妻を求めてのこと。それがちょうど萩の季節と重なるところから、萩を鹿の妻とみなす発想が『萬葉集』以来あり（一五四一「我が丘にさを鹿来鳴く初萩の花妻訪《と》ひに来鳴くさを鹿」。他に二〇九四、二〇九八）、この発想を前提として詠んでいる。

◇うらびれをれば　「うらびる」は、心中わびしく思う意。◇あしひきの　「山した」の枕詞。

217　秋萩を絡《から》み倒しながら鳴いている鹿、その姿は見えないけれども、声ははっきり聞えてくる。

218　秋萩の花が咲いた。高砂の山ほとりに棲《す》む鹿は、もう鳴いていることだろう。

秋の清澄と哀愁。

一　底本にはない。古写本により補う。

◇高砂　兵庫県高砂市・加古川市付近。加古川の河口で、砂丘が発達しているところからこの名がある。普通名詞と考えて、山の総名とする説もあるが、仮名序に「高砂、住の江の松も、相生《あひおひ》のやうにおぼえ」とあり、地名「住の江」と並列されているところから、固有名詞と理解される。◇をのへ　山の峰つづきの高所。

二「あひて」の主語。女友達と解される。　三　よもやま話。

216
秋萩《あきはぎ》に　うらびれをれば　あしひきの　山したとよみ　鹿
の鳴くらむ

217
秋萩を　しがらみふせて　鳴く鹿の　目には見えずて　音《おと》
のさやけさ

是貞親王《これさだのみこ》の家の歌合《うたあはせ》によめる　[一]藤原敏行朝臣

218
秋萩の　花咲きにけり　高砂《たかさご》の　をのへの鹿は　今や鳴く
らむ

[二]昔あひ知りて侍《はべ》りける人の、秋の野にてあひて、[三]ものがたりしけるついでによめる　躬恒

219
秋萩の　古枝《ふるえ》に咲ける　花見れば　もとの心は　忘れざり

219 秋萩の、古枝《ふるえだ》に咲いた花を見ると、心をもたぬはずの萩の花も、昔を忘れはしないようだ。
私も昔を忘れていません、の余意をこめている。
◇古枝　今年芽を出した枝でなく、昨年の枝。

220 秋萩の下葉が黄葉してゆく。秋も深くなった。これから、独り者は、寂しくて寝つけぬ夜を重ねるのか。
◇ひとりある人　独り寝をする者。自分をも含めて言っている。◇寝《い》ねがてにする　「がてに」は、動詞について、…しがたく、の意を表す。

221 鳴きながら空をわたってゆく雁の涙が、落ちて凝ったものなのだろうか。もの思いにふけっている私の家の萩に置いている、この白露は。
作者自身が悲しい思いに浸っているので、庭の萩の露を、同じように悲しんでいる雁の涙かと見た。

222 萩に置いている露があまりに美しいので、玉飾りのように貫こうとして手に取ると、たちまち消えてしまった。仕方がない、賞《め》でようと思う人は、枝についたままご覧なさい。
◇よし　副詞。ままよ、仕方がない。◇枝ながら　「ながら」は、…のままで、の意。二七〇参照。
四 平城《へいぜい》天皇。五四頁注三参照。

223 あまりに美しいからと言って、折って見るなら皆、落ちてしまうにちがいない。秋萩の枝もたわむほどに、たくさんおいている白露は。

けり

題しらず　　よみ人しらず

220 秋萩の　下葉《したば》いろづく　今よりや　ひとりある人の　寝《い》ねがてにする

221 鳴きわたる　雁の涙や　落ちつらむ　もの思ふやどの　萩の上の露

222 萩の露　玉にぬかむと　とれば消《け》ぬ　よし見む人は　枝ながら見よ

ある人のいはく、この歌は、[四]平城帝《ならのみかど》の御歌なりと。

223 折りて見ば　落ちぞしぬべき　秋はぎの　枝もたわわに

おける白露

224 萩が花　散るらむ小野《をの》の　露霜に　ぬれてをゆかむ　さ夜はふくとも

是貞親王《これさだのみこ》の家の歌合《うたあはせ》によめる　　文《ふん》屋《や》朝《あさ》康《やす》

225 秋の野に　おく白露は　玉なれや　つらぬきかくる　蜘蛛《くも》の糸すぢ

題しらず　　僧《そう》正《じやう》遍《へん》昭《ぜう》

226 名にめでて　折れるばかりぞ　女郎花《をみなへし》　われ落ちにきと　人にかたるな

僧正遍昭がもとに、奈良へまかりける

224 萩の花が散っているだろう、その野原の露や霜に濡れて出かけて行こう。たとえ夜がしめやかに更《ふ》けても。

恋人のもとへ通ってゆく男の歌。発想は古い。『萬葉集』「秋萩の咲き散る野辺の夕露に濡れつつ来ませ夜は更けぬとも」(二二五二)は女の立場から詠んだ歌。◇小野　「野」と同じ。「小」は接頭語。◇露霜　露と霜。◇ぬれてをゆかむ　「を」は詠嘆の間投助詞。

225 秋の野におく白露は、玉なのだろうか。蜘蛛の糸が貫きとおして、連ねているではないか。

同じ作者に「白露に風の吹きしく秋の野は貫きとめぬ玉ぞ散りける」(『後撰集』三〇八)がある。

226 名前が気に入って折っただけのことだよ。女郎花よ、この私が堕落したなどと、他人にしゃべってはいけないよ。

「をみなへし」の名が気に入って、ちょっと悪戯《いたずら》をしただけだ、女犯《にょぼん》に堕《お》ちたわけではない、と洒落《しゃれ》た。『萬葉集』では、漢字を宛てる場合にも「娘子部四」(六七五)、「姫押」(一三四六)、「佳人部為」(二一〇七)、「美人部師」(二一一五)など、いずれも女性になぞらえている。◇落ちにき　「落つ」は堕落する、破戒を犯す、の意。仮名序古注には「嵯峨《さが》野にて馬より落ちてよめる」と詞書をつけており、当時そういう解釈もあったことが知られる。

一　今の京都府南部、石清《いわし》水《みず》八幡宮のある山。都から大和《やまと》へは、宇治を通過する道(『更級《さらしな》日記』)と、淀《よど》で

時に、一男山《をとこやま》にて女郎花を見てよめる　布《ふ》留《るの》今《いま》道《みち》

227 女郎花　憂《う》しと見つつぞ　行きすぐる　男山にし　立てりと思へば

是貞親王《これさだのみこ》の家の歌合の歌　敏行朝臣

228 秋の野に　やどりはすべし　女郎花　名をむつまじみ　旅ならなくに

題しらず　小《を》野《のの》美《よし》材《き》

229 女郎花　おほかる野辺に　やどりせば　あやなくあだの　名をや立ちなむ

二朱雀院の三女郎花合《をみなへしあはせ》によみてたてまつりける　四左大臣《ひだりのおほいまうちぎみ》

淀川を渡り、巨椋《おぐら》池の西を南下する道（『枕草子』新潮日本古典集成本百九段）とがある。後者によるとき、男山の東麓《とうろく》を通過することになる。

227　女郎花を、なんだつまらないと、見すごして通り過ぎた。女郎花なのに、男山に立っているから…。実際には、女性が男山あたりにいたのを見かけて通り過ぎたのであろう。この女性には、すでに男《おとこ》がいるらしい、の意を匂わせる。

228　旅に出かけてきたわけではないのだけれど、今夜は、秋の野で泊るとしよう。そこには女郎花が咲いていて、その名が親しく感じられるので。「名をむつまじみ」を、「秋の野にやどりはすべし」と倒置されているとみるか、「旅ならなくに」の修飾とみるか、で解釈が変ってくる。句切れは、前者は二、四句、後者は二、五句。『古今集』としては前者が自然。女郎花への愛着の深さを軽快に詠じた歌。

229　女郎花の咲き乱れる野に宿をとったら、花の名にひかれて、実際には何事もないのに、私は浮《うき》名《な》を立ててしまうことだろう。

◇あやなく　理由もなく、訳もなく。四一参照。ここは、女の許《もと》で宿をとったのではないが、その事実に反して、の意。

二　宇多上皇の御所。三一四頁注二参照。三　女郎花に歌を添えて、その優劣を争った歌合。「亭子院女郎花合」ともいう。四　藤原時平。

230 をみなへし　秋の野風に　うちなびき　心ひとつを　誰《たれ》に
よすらむ

藤原定方朝臣《ふぢはらのさだかたのあそむ》

231 秋ならで　あふことかたき　女郎花《をみなへし》　天の河原に　生《お》ひぬ
ものゆゑ

貫之

232 誰《た》が秋に　あらぬものゆゑ　女郎花　なぞいろに出《い》でて
まだきうつろふ

躬恒

233 妻恋ふる　鹿ぞ鳴くなる　をみなへし　おのが住む野の
花と知らずや

230 女郎花は、秋の野を吹く風のまにまになびくばかりで、本当の心は、いったい誰によせているというのだろう。

女郎花が秋風になびいている光景の、婉麗《えんれい》な美しさを詠じた。

231 年に一度の秋でなければ会えない、おみなえしの花。天の川の河原に生えたものでもあるまいに…。

年に一度逢う七夕星《たなばた》になぞらえて、女郎花を愛惜した歌。

◇生ひぬ　上二段活用動詞「生ふ」の未然形に否定の助動詞「ず」の連体形「ぬ」がついた形。◇ものゆゑ　順接にも逆接にも用いる。ここは逆説。二三二、五二八参照。

232 秋は誰のものでもない、世間すべてに一様にくるものなのに、女郎花よ、なぜお前ひとりはやばやと、目にたって色あせるのか。

◇誰が秋　「秋」に「飽き」の意が匂わされている。

◇まだき　早くも。まだその時期ではないのに。

233 秋になって妻を恋う鹿が鳴いている。鹿は女郎花が、ほかならぬ、自分の棲《す》む野に生えているのを、知らないのだろうか。

鹿の妻は萩であるという発想（二一六参照）を踏まえつつ、ここでは女郎花の名にひかれて（二二六参照）、女郎花を鹿の妻にとりなした。

234　女郎花を吹きすぎてくる秋風は、目には見えないけれど、香りが高いので、すぐにそれとわかる。

女郎花に女のおもかげをこめている。

235　人に見られるのがつらいのだろうか。女郎花が秋霧に隠れてばかりいて、姿を見せてくれないのは。

女郎花を女に見立てて、隠れてばかりいて姿を見せない女のことを、折からの秋霧の深さに託して詠じた。

236　独りでもの思いにふけっているよりも、思いきって、女郎花を自分の家に移し植えてみたいのだが。

孤独に沈んでいるよりも、いっそのこと女をわが家に連れてこよう、の意を匂わす。

◇ながむる　孤独にじっともの思いにふけること。二三、六二七参照。

一　ある所へ行った時に。「もの」は、形式名詞で内容はない。「まかる」は「行く」の謙譲語。

237　あの女郎花が、いかにもこころもとなそうに見える。荒れ果てた家に、独りぽつんと咲いているから。

荒廃した家に、女性が独り住いをしている様子が不安気に見えるのを、ちょうどそこに咲いている女郎花に託して詠じた。

◇うしろめたくも　「うしろめたし」は、そばで見て不安感を抱かされるような状態を言う。

234 をみなへし　吹き過ぎてくる　秋風は　目には見えねど
香《か》こそしるけれ

忠　岑

235 人の見る　ことやくるしき　をみなへし　秋霧にのみ　立
ちかくるらむ

236 ひとりのみ　ながむるよりは　女郎花　わが住むやどに
植ゑてみましを

一ものへまかりけるに、人の家に女郎花
植ゑたりけるを見てよめる　兼《かね》覧《みの》王《おほきみ》

237 女郎花　うしろめたくも　見ゆるかな　荒れたるやどに

ひとり立てれば

[一]寛平御時《くわんびやうのおほんとき》、[二]蔵人所《くらうどどころ》の男《をのこ》ども、嵯峨《さが》野《の》に花見むとてまかりたりける時、帰るとてみな歌よみけるついでによめる　平貞文《たひらのさだふみ》

238
花にあかで　なに帰るらむ　女郎花　多かる野辺に　寝なましものを

是貞親王《これさだのみこ》の家の歌合《うたあはせ》の歌　敏行朝臣

239
なに人か　来てぬぎかけし　ふぢばかま　くる秋ごとに　野辺をにほはす

藤袴《ふぢばかま》をよみて人につかはしける　貫之

240
やどりせし　人のかたみか　ふぢばかま　忘られがたき

一 ここは宇多天皇の御代。三〇頁注一参照。二 蔵人所の男たちが集まって嵯峨野に花見に行き、歌を詠む催しをした時、誘われて詠んだ番外の歌、の意。「蔵人所の男」は、蔵人所に詰める男、すなわち天皇に近侍して宮中の雑事を掌《つかさど》った蔵人のこと。蔵人は殿《てん》上人《じょうびと》（七五頁注二参照）で、貞文は殿上していないから、蔵人の一行とは別である。歌でも「なに帰るらむ」と言ってそれを示している。一九〇、二三五は同様の例。

238 花を見に来て、まだ充分満足していないのに、どなたもどなたも、なぜ帰ろうとされるのでしょうか。このまま、女郎花が咲き乱れている野で、泊りたいものですのに。美しい女のいる所まで来たのだから、帰らないでここで泊ったらよいのに、というのが裏の意。

239 いったい誰が来て、脱いで掛けて行ったのか、この藤袴は。秋が来るごとに、たかい香りが野辺をにおわしている。「ふじばかま」という草の名を「袴」に言い掛けた。当時ひろくもてはやされた趣向。

◇ふぢばかま　菊科の植物。秋の七草の一つ。

240 泊って行った人が、残してくれた形見なのでしょうか。この藤袴は、忘れられないなつかしい

香りで匂いつづけています。

当時の習慣にしたがって、別れた後、藤袴に歌をつけて送ったもの。なつかしい香りで思い出しています、の意。「人」は、たぶん女性である。

241 主《ぬし》のわからない香りがゆかしく伝わってくる。いったいどなたが脱ぎかけて行った藤袴なのだろう。
以上三首、いずれも藤袴の香りを讃《たた》えた。
◇ふぢばかまぞも 「ぞも」は疑問詞「誰」と呼応する。詠嘆をこめた疑問。

242 これからは、花すすきを植えてまで見ることはするまい。穂が出てあらわになった秋の気配は、何ともわびしく感じられるから。
花すすきは嫌なものだ、と言うのではない。秋を感じさせる「めでたきもの」という前提があり、それを逆説的に述べたもの。
◇穂にいづる秋 「秋」には「飽き」の意が響かせてある。

243 花すすきというものは、秋の野の草の袂《たもと》なのだろうか。穂が出ると、それが、懸想《けそう》の色をあらわして恋しい人を招く、袖のように見える。
◇穂に出でて すすきの穂が出る意と、顔色にあらわして、態度に出して、の意とを掛けた。

香《か》ににほひつつ

藤袴をよめる　素性

241 主《ぬし》知らぬ　香こそにほへれ　秋の野に　誰《た》がぬぎかけし　ふぢばかまぞも

題しらず　平貞文

242 今よりは　植ゑてだに見じ　花すすき　穂にいづる秋は　わびしかりけり

寛平御時《くわんびやうのおほんとき》の后宮《きさいのみや》の歌合の歌　在《あり》原《はらの》棟《むね》梁《やな》

243 秋の野の　草のたもとか　花すすき　穂に出でてまねく　袖《そで》と見ゆらむ

素性法師

244 我《われ》のみや　あはれと思はむ　きりぎりす　鳴く夕かげの
やまとなでしこ

題しらず　よみ人しらず

245 みどりなる　ひとつ草とぞ　春は見し　秋はいろいろの
花にぞありける

246 もも草の　花のひもとく　秋の野に　思ひたはれむ　人な
とがめそ

247 月草に　衣《ころも》は摺《す》らむ　朝露に　ぬれてののちは　うつろひ
ぬとも

244 私ひとりが、このいじらしさを賞《め》でるだけでいいものだろうか。いやいやそれでは惜しい、こおろぎが鳴く夕影にひっそりと咲く大和撫子《やまとなでしこ》は。

人目につかぬ大和撫子、その寂しくも可憐な風情。◇きりぎりす　今の蟋蟀《こおろぎ》。

245 緑一色《ひといろ》の、ただ一種類の草だと春には思っていたが、なんと秋になると、種々様々の色に花が咲きはじめた。

いわゆる春秋優劣論的な歌。春・秋いずれを趣深い季節とするかの議論は『萬葉集』以来のことで、天智天皇が「春山万花之艶、秋山千葉之彩」を競わしめ、額《ぬか》田王《たのおおきみ》が答えて、秋を勝とした歌が見える（一六）。

246 いろいろの草が、いっせいに紐《ひも》を解いて花ひらく秋の野で、心ゆくまで遊んでいたいと思う。誰もとがめてくれるなよ。

秋の野を楽しみたい、の意であるが、「花が開く」の意で用いられた「ひもとく」は、元来、下紐《したひも》を解く意で、『萬葉集』に例が多い（二四〇五、二四〇六、三二一九、四三一二など）。また「たはれむ」も『萬葉集』一七三八など、男女間に使う語。秋草の野をなまめかしい用語で讃美したところが、この歌の眼目。◇もも草　百草《ももくさ》。いろいろな草、の意。◇たはれむ　「たはる」は、たわむれる、なまめかしくふるまう意。◇なとがめそ　「な…そ」で禁止を表す。

247 露草の花で私の着物を摺《す》って染めよう。朝露に濡れて、たちまち色がさめてしまっても。

すぐに心がわりがするのはわかっているが、あの女と一度契りをかわそう、の意が裏にある。『萬葉集』一三五一と同形歌。
◇月草　今の露草で、花としては凋《しぼ》みやすく、染料としてはすぐに色がさめるので、もっぱら、簡単に心がかわる女性にたとえられる（『萬葉集』五八三、一三三九、三九一など）。

一　光孝天皇（在位八八四～七年）。「仁和」はその時の年号。二　布留にある滝。布留は今の奈良県天理市の、石上《いそのかみ》神宮のある所。山辺《やまのべ》の道はここを通過する。布留にある良因院は、遍昭、素性が住持した（素性は遍昭在俗の折の子）。三　遍昭の母の家。奈良のあたりか。四　秋の野の様に仕立てて。五　世間話、よもやま話。天皇に主体をおいた文脈なので「御」を付した。

248　里は荒れて、そこに住んでいる人も老いてしまった、みすぼらしい家なものですから、庭も垣根も、秋の野と同じようにわびしいものです。
◇人　遍昭の母を指す。

一仁和帝《にんなのみかど》、親王《みこ》におはしましける時、二布《ふ》留《る》の滝御覧ぜむとておはしましける道に、三遍昭が母の家にやどりたまへりける時に、庭を四秋の野につくりて、五御物《おほん》語のついでによみて奉りける　　　僧正遍昭

248
里はあれて　人はふりにし　やどなれば　庭もまがきも　秋の野らなる

古今和歌集 巻第五

秋歌下

一 是貞親王《これさだのみこ》の家の歌合《うたあはせ》の歌　　二 文屋朝康《ふんやのあさやす》

249 吹くからに　秋の草木の　しをるれば　むべ山風を　嵐《あらし》と　いふらむ

250 草も木も　色かはれども　わたつ海の　波の花にぞ　秋な　かりける

一 八四頁注一参照。二 底本は「文屋やすひで」だが、高野切《こうやぎれ》、その他古写本には、その子の「あさやす」とする。康秀の年齢から考えて、是貞親王家の歌合の作者ではあり得ない。『古今和歌六帖』は、この歌を康秀作としつつも（三三〇九）、次歌を朝康作としている（三八〇九）。『余材抄』が朝康作と断じたのに従う。

249　山風が吹くとたちまちに草木が萎《しお》れてしまうから、なるほど、それで山風のことを嵐というのだな。

「嵐」に、山風が草木を萎れさせる意の「荒す」を掛け、さらに、「山」と「風」とを組み合せれば「嵐」の文字になる、と洒落《しやれ》た技巧の歌。同様の例は、三三七に、「梅」を「木毎《ごと》」ととりなした歌がある。この歌、作者を康秀として百人一首に採られている。

◇しをるれば　「しをる」は、紅葉してやがて散ってゆく意。◇むべ　なるほど、と首肯する意の副詞。

250　草も木も、秋風が吹いて色が変るけれど、海に立つ波の花は、一向に色を変えず、秋などまったく知らぬげだ。

草木と海との対比によって、それぞれの自然のリズムを強調した。

◇わたつ海　海神、または海のこと。ここでは後者。

◇波の花　波頭の白さを花にたとえた。一三参照。逆に花を波にたとえた『古今集』中の例は、八九、二七三。

秋の歌合しける時によめる　　紀《きの》淑《よし》望《もち》

251 もみぢせぬ　常盤《ときは》の山は　吹く風の　音《おと》にや秋を　聞きわたるらむ

題しらず　　よみ人しらず

252 霧たちて　雁《かり》ぞ鳴くなる　片岡《かたをか》の　朝《あした》の原は　もみぢしぬらむ

253 神無《かむな》月《づき》　時雨《しぐれ》もいまだ　降らなくに　かねてうつろふ　神《かむ》奈《な》備《び》の森《もり》

254 ちはやぶる　神奈備山の　もみぢ葉に　思ひはかけじ　うつろふものを

251　一年中紅葉しないという常盤の山は、紅葉の色から秋を知ることができない、だから風の音を聞いて、秋を知るのであろう。山を擬人化した表現。常盤山という名から常緑を連想し、山が秋を聴覚で知ると言う。秋風の音の鮮明さを巧みに詠み出した歌。
◇常盤の山　一四八参照。

252　霧がたちこめる季節になって、雁が鳴いている。片岡の朝《あした》の原では、もう草木が紅葉していることだろう。遠くにいて、片岡の朝《あした》の原に思いを馳《は》せた歌。
◇片岡の朝の原　『延喜式』（諸陵式）に「片岡葦田墓《かたをかのあしたのはか》　茅渟皇子《ちぬのみこ》。大和国葛《かつ》下郡に在り」とある。奈良県北葛《かつ》城《らぎ》郡香《か》芝《しば》町の野。

253　木々を染める十月の時雨《しぐれ》もまだ降らないというのに、ひと足早く、神奈備の森は色づいている。
◇時雨　木々を紅葉させるもの。一〇一〇参照。◇神奈備の森　神のいます森、の意。元来、普通名詞。のちに龍田《たつた》、飛鳥《あすか》など、特定の数カ所が有名になり、固有名詞的に使われるようになった。この歌の場合は、どこを指すか不明。

254　神奈備山の紅葉には、あまり執着するまい。せっかく美しいと思っても、すぐ散ってしまうにちがいないから。
◇ものを　順接・逆接どちらにも用いるが、ここは、きっと…だから、の意で順接。

[一]貞観御時《ぢやうぐわんのおほんとき》、[二]綾綺殿《りようきでん》のまへに梅の木ありけり。[三]西のかたにさせりける枝のもみぢそめたりけるを、[四]殿上《うへ》にさぶらふ男《をのこ》どものよみけるつ[五]いでによめる　藤《ふぢ》原《はらの》勝《かち》臣《おむ》

255
おなじ枝《え》を　わきて木《こ》の葉《は》の　うつろふは　西こそ秋の　はじめなりけれ

[六]石山《いしやま》にまうでける時、[七]音羽山《おとはやま》のもみぢを見てよめる　[八]紀《きの》貫《つら》之《ゆき》

256
秋風の　吹きにし日より　音羽山　峰のこずゑも　色づきにけり

是貞親王《これさだのみこ》の家の歌合《うたあはせ》によめる　敏《とし》行《ゆきの》朝《あ》臣《そむ》

257
白露《しらつゆ》の　色はひとつを　いかにして　秋の木《こ》の葉《は》を　ちぢ

一 清和天皇治世の年号。八五九〜七七年。二 内裏の殿舎。紫宸殿《ししい》の東北にある。三 西の方に張り出している枝が、ひと足早く紅葉しているのを。「さす」は、草木が芽や枝を伸ばす意。四 殿上人《てんじようびと》。七五頁注二参照。五 番外に詠《よ》んだ歌。八五頁注四参照。

255　一本の木から出た同じ枝なのに、特に西に出た枝の木の葉が色づくのは、西から秋が訪れてくるからなのだろう。

たまたま、西側の枝が色づいていたのを捉《とら》えて、それに易《えき》の五行《ごぎよう》説をあてはめて詠じた。五行説によって四季を方位にあてると、東が春、西が秋、南が夏、北が冬となる。

六 石山寺のこと。滋賀県大津市石山。聖武天皇の勅願により、良弁《ろうべん》僧正の開基。本尊は如意輪観音。真言宗。七 一四三参照。八 底本は「貫之」。高野切《こうやぎれ》、その他によって改めた。

256　秋風が吹きはじめた日から、音羽山の峰の梢《こずえ》もめっきり紅葉してきた。

◇音羽山 「音」は「秋風」の縁語。

257　白露の色は白の一色だけなのに、どのようにして秋の木の葉を、さまざまの色に染め分けるのだろうか。

白露の輝きと、千差万別の紅葉の色との、交錯した美しさ。木々の紅葉は秋の白露が染めあげるものだとす

る当時の自然観、もしくは美意識にもとづく歌。二五三参照。以下四首も同様。

258 秋の夜におく露は、紅葉を染めるのだろうが、それはそれとして、とりわけ、雁の涙が落ちて野辺を紅葉に染めるのだろう。

紅葉たけなわの時の秋の悲しさを、折しも鳴きながら空をわたる雁に託して述べた歌。

◇雁の涙や… 悲しげに鳴く雁を血の涙を流しているものと見て、その涙が野の草木を紅葉させると歌いなした。

259 木々を染める秋の露は、白一色に見えはするが、本当は各種様々の色におくからこそ、山の木の葉の紅葉の色が千差万別に彩られるのだろう。

◇いろいろことに 「ことに」は「異に」であるが、「いろいろことに」は、当時の表現としてはやや異様。伝本に若干の疑問もあるが、いちおう底本のまま解することにする。

九 滋賀県野洲《やす》郡。中山道《なかせんどう》に沿う地。現在は「もりやま」と読む。

260 白露ばかりか時雨《しぐれ》もたいへん繁く漏るという守山では、そのためか、下葉まですっかり色づいてしまった。

◇もる山 地名「守山」に、露や雨の「漏る山」の意を掛けた。

に染むらむ

壬生《みぶの》忠《ただ》岑《みね》

258 秋の夜の 露をば露と おきながら 雁《かり》の涙や 野辺を染むらむ

題しらず

よみ人しらず

259 あきの露 いろいろことに おけばこそ 山の木《こ》の葉《は》の千種《ちぐさ》なるらめ

九 守山《もるやま》のほとりにてよめる

貫之

260 白露も 時雨《しぐれ》もいたく もる山は 下葉のこらず 色づきにけり

秋の歌とてよめる　　　在《あり》原《はらの》元《もと》方《かた》

261
雨ふれど　露ももらじを　笠取《かさとり》の　山はいかでか　もみぢそめけむ

神《かみ》の社《やしろ》のあたりをまかりける時に、斎《い》[一]垣《がき》のうちのもみぢを見てよめる　　　貫　之

262
ちはやぶる　神の斎垣《いがき》に　はふ葛《くず》も　秋にはあへず　うつろひにけり

是貞親王《これさだのみこ》の家の歌合《うたあはせ》によめる　　　忠　岑

263
雨ふれば　笠取山の　もみぢ葉は　ゆきかふ人の　袖《そで》さへぞ照る

[二]寛平御時《くわんぴやうのおほんとき》の后宮《きさいのみや》の歌合の歌　　　よみ人しらず

261　雨が降っても、その名前からして、つゆほども漏れかかるまいに、その笠取山にしてからが、どういうわけで紅葉しはじめたのだろう。

紅葉は秋の時雨や露が染めつけるものとする考えを前提とする。

◇笠取の山　京都府宇治市、醍醐寺《だいごじ》東方の山。笠を手に取り持つ山の意にとりなした。

一　神社の垣をいう。「斎《い》」は「忌《い》む」の「い」と同根で、神聖の意をそえる接頭語。

262　神社の垣に這《は》いまつわっている葛《くず》でさえ、やはり、秋には堪えられないのだろうか、色が変っている。

斎垣のうちは、常磐《ときわ》で、永久不変のはずなのに、世の秋からは逃れられないのだろうか、の意。◇ちはやぶる　「神」の枕詞《まくらことば》。◇あへず　こらえきれず。◇うつろひにけり　「うつろふ」は盛から衰の方向へ変化する意。ここでは紅葉することを言っている。

263　雨が降ると、笠取山の紅葉は、雨に洗われていっそう鮮やかで、行き交う人々の袖にまで、照り映えている。

雨後の笠取山の、紅葉の鮮やかさを述べた。二六一の笠取山の歌より、秋が深まっていることに注意。

二　宇多天皇の寛平年間の末に行われた歌合。三〇頁注一参照。

264 まだ散りもしないのに、もう今から惜しまれてならない。あの紅葉は、今こそ最後の輝きだと思われるから。

◇かねて あらかじめ、前もって。

三 奈良市街北東部、佐保町のあたりの山。

265 いったい誰に見せるための錦《にしき》なのだろうか。誰でも見られるはずのものなのに、なぜ、秋霧は佐保山のあたりに立ちこめて、紅葉を隠してしまうのだろう。

紅葉を見られないことが残念だ、と表面では言いながら、実は、秋霧に隠れた紅葉を賞美しているのである。

◇誰がための錦なればか 誰のための錦だというのか、そんなことはないのに、の意。「か」は反語。

266 秋霧よ、どうか今朝は立ってくれるな。佐保山の柞《ははそ》の黄葉《もみじ》を、遠くからでも眺《なが》めたいと思っているのだから。

◇な立ちそ 「な…そ」で禁止を表す。◇ははそ 柞。楢《なら》に同じともいう。黄いろくもみじする。

267 佐保山の柞の黄葉はまだ淡いけれども、秋は、もうすっかり深まってきた。

黄葉の濃淡にかかわらず、季節の進行は迅速だ、という驚きと、秋の深くなった悲しみとが同時に表現されている。

264
散らねども かねてぞ惜しき もみぢ葉は 今は限りの
色と見つれば

大和国《やまとのくに》にまかりける時、佐保《さほ》山《やま》三に霧の
たてりけるを見てよめる　紀《きの》友《とも》則《のり》

265
誰《た》がための 錦なればか 秋霧の 佐保の山辺を 立ち隠
すらむ

是貞親王《これさだのみこ》の家の歌合の歌　よみ人しらず

266
秋霧は 今朝《けさ》はな立ちそ 佐保山の ははそのもみぢ よ
そにても見む

秋の歌とてよめる　坂《さかの》上《うへの》是《これ》則《のり》

267
佐保山の ははその色は うすけれど 秋は深くも なり

にけるかな

一 人の前栽《せんざい》に、菊に結びつけて植ゑける歌　　在原業平朝臣《ありはらのなりひらのあそむ》

268 植ゑし植ゑば　秋なき時や　咲かざらむ　花こそ散らめ　根さへ枯れめや

二 寛平御時《くわんぴやうのおほんとき》、菊の花をよませ給うける　　敏行朝臣

269 ひさかたの　雲の上にて　見る菊は　天《あま》つ星とぞ　あやまたれける

この歌は、まだ三 殿《う》上《へ》ゆるされざりける時に、召しあげられてつかうまつるとなむ。

是貞親王《これさだのみこ》の家の歌合《うたあはせ》の歌　　紀友則

一 ある人の前栽に植えるために贈った菊に、結びつけた歌、の意。「前栽」は植込み。多く殿舎の庭前にしつらえ、室内から鑑賞する。一種の花壇。

268 真心をこめて植えましたから、秋のない年は咲かないかもしれませんが、秋がめぐってくるかぎり、必ず咲きつづけるでしょう。花は散ることがあるでしょうが、根まで枯れることはありません。

言外に、私のあなたに対する真心も変ることはありません、の意を含む。『伊勢物語』五十一段にも見える。『大和物語』百六十三段では、「在中将に后《きさい》の宮より菊召しければたてまつりけるついでに」とあって、この歌が引かれている。

二 寛平末年の歌合を指す。三〇頁注一参照。

269 おそれ多い殿上《てんじょう》で拝見する菊の花は、さすがに天空の星と見誤るほどの見事さです。

◇雲の上　「殿上をば、くものうへといふ」（『能因歌枕』）。宮中のこと。その縁で「天つ星」の語が出る。

三 昇殿を許されない身分の時に、特に召し上げられて。七五頁注一、二参照。

270 露がついたまま折り取って、插頭《かざし》にしよう、この菊の花を。老いの来ない秋が、いつまでもつづくようにと念じて。

中国の南陽県に菊水という流れがあり、その辺りの人は菊の露から流れる水を飲んで長寿を保っている、という。この故事にちなんで、長寿を願ったのである。

◇露ながら　「ながら」は、…のままで、の意。三三参

270 露ながら　折りてかざさむ　菊の花　老いせぬ秋の　久しかるべく

寛平《くわんぴやうの》御時《おほんとき》の后宮《きさいのみや》の歌合の歌　　大《おほ》江《えの》千《ち》里《さと》

271 植ゑし時　花まちどほに　ありし菊　うつろふ秋に　あはむとや見し

おなじ御時せられける菊合《きくあはせ》[四]に、洲浜《すはま》[五]をつくりて菊の花植ゑたりけるにくはへたりける歌[六]

吹上《ふきあげ》[七]の浜《はま》に菊植ゑたりけるをよめる　　菅《すが》[八]原《はらの》朝臣《あそむ》

272 秋風の　吹きあげに立てる　しら菊は　花かあらぬか　波の寄するか

照。◇かざさむ　「かざす」は「髪挿《かみさ》す」の省略形。花などを折って頭に挿し、飾りにすること。もとは信仰的な意味があったらしいが、当時はほとんど装飾と意識されていた。

271 植えた時、あんなにも花の咲く時期が待ち遠しかった菊。それがどうして、萎《しお》れる秋に逢うことなど予想されただろうか。考えてもみなかった。もっぱら花の咲くことだけが気にかかっていたのである。容赦のない時間の進行に対する驚き。

[四] いわゆる「寛平御時菊合」のこと。「菊合」は、参加者を左右に分け、双方から持ち寄った菊花の優劣を競う遊び。この時は歌合が併催された。[五] 砂浜をかたどった台に、木石、花鳥をあしらった飾り物。

[六] 以下四首を総括する総題的な詞書《ことばがき》。

[七] 吹上の浜をかたどった洲浜に、菊が植えてあるのを見て詠んだ歌、の意。「吹上の浜」は、紀伊の国海《かい》草《そう》郡。和歌山市西南部から、紀ノ川河口一帯の地。当時、たいへん有名な歌枕。[八] 菅原道真《すがわらみちざね》。作者名の書式としては異例。解説四〇九頁参照。

272 秋風の吹き上げる吹上の浜に立っている白菊は、花なのかそうではないのか、はたまた、波頭が寄せてくるのだろうか。秋風に立つ白波を詠み添えて、白菊の白さを称揚した。

◇吹きあげ　地名「吹上」に、秋風が吹き上げる意を掛けた。

一 仙宮に菊をわけて人のいたれる形《かた》をよめる

素性《そせい》法師《ほふし》

273 ぬれてほす　山路《やまぢ》の菊の　つゆのまに　いつか千年《ちとせ》を　我《われ》は経《へ》にけむ

菊のもとにて人の二人待てる形《かた》をよめる

友則

274 花見つつ　人待つ時は　白妙《しろたへ》の　袖かとのみぞ　あやまたれける

三 大沢《おほさは》の池の形《かた》に菊植ゑたるをよめる

275 ひともとと　思ひし花を　大沢の　池の底にも　誰《たれ》か植ゑ

一「仙宮」は、仙人の住む宮殿。仙宮に菊を分けて人が入ってゆく形を洲浜に作ってある、それを詠んだ歌、の意。

273 山路の菊の露に濡れて乾かす、そのつゆほどの間だと思っていたのに、いつの間に自分は、千年も過してしまったのだろう。

洲浜の中の人物になって詠んでいる。仙宮でわずかな時間を過して、帰ってみると、たいへん時が経っていた、という説話は多い。神仙思想である。

◇ぬれてほす 「つゆのま」にかかる連体修飾語。

◇つゆのま わずかの時間の意の「つゆの間」に、菊の「露」が掛けてある。

二 一人の人が、別の人を待っている洲浜の形、の意。

274 菊の花を見ながら人を待っていると、ふと白い菊の花が、待ちわびる人の白い袖かと思い誤られる。

前歌同様、洲浜の中の人物になって詠んでいる。

◇白妙の 「白妙」は穀《かじ》の木の皮の繊維で織った布。その色が白いところから言う。「白妙の」は、「衣」「袖」「袂」などの枕詞として多用されるが、ここは原義どおり、白い布の、の意である。

三 京都市右京区嵯峨《さが》、大覚寺の東隣にある。もと嵯峨天皇の離宮の池であった。

275 菊は一本だけだと思っていたのに、大沢の池の底にはもう一本菊が見える、はて、誰が植えたのだろう。
水に映った菊の美しさを詠んだもの。当時、同様の発想は相当数見られ、『古今集』時代の美的嗜好《しこう》がうかがわれる。四三は梅、一二四は山吹。三九頁注五、解説四〇〇頁参照。

四 現世におけるとりとめのないこと。この場合は無常。「はかなし」は一三、五三参照。

276 秋の菊を、それが美しく咲いているかぎりは、せめて挿頭《かざし》にさして延命を祈ろう。菊の花が散るよりもさきに、空しくなってしまうかもしれないわが命だから。

◇かざしてむ 「かざす」は、頭に挿して飾りにすること。二〇〇参照。「てむ」は強い決意を表す。◇花よりさきと知らぬ 自分の命終が、花の散るより先であろうとも知らぬ、の意。◇わが身を 「を」は詠嘆。

277 もし折るのなら、よく見当を定めて折ることにしよう。初霜がおいて、どこが花のありかだか**わからなくしている白菊の花は。**

秋の朝、初霜におおわれた白菊の、爽《さわ》やかな様子を詠んだ。百人一首に採られている。

◇心あてに… 初二句難解。「折らば心あてにや折らむ」というのに同じか。

278 霜にあたって、美しく変色する秋の菊は、一年のうちに二度咲きにおう花だと思う。

◇いろかはる 菊は霜にあうと、変色して紅色を帯びてくる。これを二度めの花ざかりと考えたのである。

けむ

四世の中のはかなきことを思ひけるをりに、菊の花を見てよめる　　貫　之

276 秋の菊　にほふかぎりは　かざしてむ　花よりさきと　知らぬわが身を

白菊の花をよめる　　凡河内《おほしかふちの》躬《み》恒《つね》

277 心あてに　折らばや折らむ　はつ霜の　おきまどはせる　白菊の花

是貞親王《これさだのみこ》の家の歌合《うたあはせ》の歌　　よみ人しらず

278 いろかはる　秋の菊をば　一年《ひととせ》に　ふたたびにほふ　花とこそ見れ

一仁和寺《にんなじ》に二菊の花めしける時に、「歌そへてたてまつれ」とおほせられければ、よみて奉りける

平《たひらの》貞《さだ》文《ふみ》

279
秋をおきて　時こそありけれ　菊の花　うつろふからに
色のまされば

三人の家なりける菊の花を移し植ゑたりけるをよめる

貫　之

280
咲きそめし　やどしかはれば　菊の花　いろさへにこそ
うつろひにけれ

題しらず

よみ人しらず

281
佐保山《さほやま》の　ははそのもみぢ　散りぬべみ　夜《よる》さへ見よと

一 仁和寺は光孝天皇の勅願寺。仁和四年（八八八）、今の京都市右京区に宇多天皇が創建。落飾後、宇多法皇は仁和寺に御室《おむろ》を建てて移居、空海の法を嗣《つ》がれた。二 菊花献上を所望なさった時に。宇多法皇の命と理解される。

279 秋の花盛りはそれはそれとして、また別に盛りの時がございました。この菊の花が、色あせるとともに、かえって美しさを増してくるのを見ますと。

冬に向って、菊花の美しさがいよいよ増す、というのが表面の意。宇多法皇が、落飾の後も、御室にこもられ、いよいよめでたい御有様である、という賀の心を裏にこめる。

三 人の家にあった菊を、わが家に移し植えた、その菊を詠んだ歌、の意。

280 はじめて咲いた宿から移されたので、この菊は、色まですっかり移ろってしまった。

◇いろさへにこそ…　場所を移ったのに加えて、色までうつろってしまった。「うつろふ」は衰える意。四五参照。移動する意も匂わされている。

281 佐保山の柞《ははそ》の黄葉《もみじ》が今にも散りそうになった、今のうちに夜の間も見ておきなさいと、月の光がさしている。

月を擬人的に表現したが、これは、晩秋の月光の鮮やかさを強調する作意。

◇ははそのもみぢ　二六六参照。◇べみ　推量の助動詞

照らす月かげ

[四]宮仕へ久しうつかうまつらで、山里に[五]こもり侍りけるによめる

藤《ふぢ》原《はらの》関《せき》雄《を》

282 おく山の　岩垣《いはがき》もみぢ　散りぬべし　照る日の光　見る時なくて

題しらず

よみ人しらず

283 龍田川《たつたがは》　もみぢみだれて　流るめり　わたらば錦《にしき》　なかやたえなむ

[六]この歌は、ある人、平城帝《ならのみかど》の御歌なりとなむ申す。

284 龍田川　もみぢ葉ながる　神奈備《かむなび》の　三室《みむろ》の山に　しぐれ降るらし

「べし」の語幹「べ」に、接尾語「み」がついた形。…だろうから、の意。

四 官職に久しくつかないで。 五 作者関雄は、東山禅林寺（永観堂）にこもり、林泉を愛して「東山進士」と呼ばれた。賀茂川の東に人が住みつくのは平安末のことで、永観堂あたりは、当時、山里であった。

282 奥山の、けわしい岩膚《いわはだ》に根をおろした紅葉《もみじ》が、まさに散りそうにしている。日の光にあたる時もなくて。

奥山の紅葉によそえて、自らの境涯を詠んだ。ただし不遇を恨んだのではなく、隠逸趣味である。◇岩垣もみぢ　山里に世を避けている作者自身の比喩《ひゆ》でもある。◇照る日の光　朝廷の恩恵を寓する。

283 龍田川には、紅葉が乱れ流れて、まるで錦を見るようだ。この川を渡ったら、錦が断ち切れてしまうだろうか。

◇龍田川　紅葉の名所。生駒《いこま》山中に発して奈良県生駒郡を南流し、斑鳩《いかるが》町で大和《やまと》川に注ぐ。◇流るめり「めり」は婉曲《えんきょく》の助動詞。

六 この歌は、ある伝によれば、平城《へいぜい》天皇の御製だという、の意。平城天皇は五四頁注三参照。

284 龍田川に紅葉が流れている。きっと、神のまします上流の三室の山に、時雨《しぐれ》が降っているのだろう。

◇神奈備　神の坐《ま》す森、の意。二五三、二九六参照。◇しぐれ　紅葉を染めあげたり、散らせたりするもの。

または、一明日香川《あすかがは》　もみぢ葉ながる。

285 恋しくは　見てもしのばむ　もみぢ葉を　吹きな散らしそ　山おろしの風

286 秋風に　あへず散りぬる　もみぢ葉の　ゆくへさだめぬ　我ぞかなしき

287 秋は来ぬ　もみぢはやどに　降りしきぬ　道ふみわけて　訪《と》ふ人はなし

288 ふみわけて　さらにや訪《と》はむ　もみぢ葉の　降り隠したる　道とみながら

一 第一・二句の異伝。古くは、明日香《あすか》の神奈備のほうが有名であった。したがって本文より古い所伝か。

285 美しかった紅葉の盛りが恋しくなったときには、形見として偲《しの》ぼうと思う、その散り敷いた紅葉を、山おろしの風よ、どうか吹き散らしてしまわないでおくれ。

286 秋風に堪《こら》えきれないで、散ってしまった紅葉葉《もみじば》のように、どこへ散ってゆくかもわからない運命の、わが身が悲しい。
◇秋風に　上三句は、第四句「ゆくへさだめぬ」を起す序詞《じょことば》。紅葉の散る実景を、不安な自分の運命と重層的にとらえた、有心の序詞である。◇あへず　こらえきれない、全うしえない、の意。

287 寂しい秋がやってきた。紅葉の葉も、わが家のまわりに散り敷いた。今や、そのなかに道を踏み分けて、訪ねてくれる人とてもない。秋、紅葉、独り居、と寂しいものを三段に重ねて述べた。

288 踏み分けて、なおもその家を訪問しようか。紅葉が散り敷いて隠してしまったこの道だけれど。その家に住んでいる人は、世を避け、韜晦《とうかい》している人であろう。前歌に答えた趣である。四三四、六三一、六六〇参照。南画の風景を連想させる。

289 秋の月 山辺《やまべ》さやかに 照らせるは 落つるもみぢの 数《かず》を見よとか

290 吹く風の 色の千種《ちぐさ》に 見えつるは 秋の木《こ》の葉《は》の 散ればなりけり

291 霜のたて 露のぬきこそ よわからし 山の錦《にしき》の 織《お》ればかつ散る

関　雄

二雲林院《うりんゐん》の木のかげにたたずみてよみける

僧正遍昭《そうじやうへんぜう》

292 わび人の わきて立ち寄る 木《こ》のもとは 頼むかげなく もみぢ散りけり

289 秋の月が、山のあたりを明るく照らしているのは、散り落ちる紅葉の数を数えて見よとでもいうのであろうか。

散る紅葉葉が一枚ずつ見えるほど、秋の月が明るいことを歌った。

◇さやかに　はっきりと。一六九参照。

290 吹きわたる風が、いろいろの色に見えたのは、秋の紅葉した葉が、風にまぎれて飛んでいるからであったのだ。

類想歌、一〇二。

291 山の紅葉は、霜を縦糸、露を横糸にして織りあげた錦だが、その縦糸と横糸とが弱いのだろう、織り上がる、そのかたはしから散ってしまう。

美しい紅葉のはかなさを歌う。発想には先蹤《せんしよう》がある。『萬葉集』「経《たて》もなく緯《ぬき》もさだめずをとめらが織る黄葉《もみちば》に霜なふりそね」(一五一二)、『懐風藻《かいふうそう》』「山機霜杼、葉錦を織る」。また、白楽天に「霜を織り露を織る三秋の錦」(出典未詳)の句がある。なお、三四参照。

◇かつ　同時に、一方では、の意の副詞。

二 京都市北区。四九頁注二参照。

292 世に住みわびた人が、とりわけて頼りになる陰だと立ち寄った木の下は、頼りにする甲斐《かい》もなく紅葉が散っている。

「わび人」を作者遍昭、「木のもと」を大寺雲林院にあてて寓意の作と解する説もあるが、ここの詞書《ことばがき》からは、そのような特殊事情を推測するのは無理。

[一]二條后《にでうのきさき》の東宮《とうぐう》の御息所《みやすむどころ》と申しける時に、御屛風《びやうぶ》に龍田川《たつたがは》にもみぢ流れたる[二]形《かた》をかけりけるを題にてよめる　素性

293 もみぢ葉の　流れてとまる　みなとには　紅《くれなゐ》ふかき　波や
立つらむ

業平朝臣

294 ちはやぶる　神代《かみよ》も聞かず　龍田川　からくれなゐに　水
くくるとは

是貞親王《これさだのみこ》の家の歌合《うたあはせ》の歌　敏行朝臣

295 わが来《き》つる　方《かた》も知られず　くらぶ山　木々の木《こ》の葉《は》の
散るとまがふに

一 二条の后を、まだ「東宮の御息所」と申し上げていた時に、の意。二八頁注一および二九頁注三参照。「東宮」は、のちの陽成天皇。二 ここは、絵の意。

293 このおびただしい紅葉が、流れ流れて行きつく川尻には、深い深い紅色の波が立つことであろう。波は白いものという通念の意表をついて、紅色の鮮やかさを効果的に印象づけた。◇みなと「水《ミ》ナ門《ト》」（ナは古い連体助詞）の意で、水の出入口。河口。

294 とにかく、不思議なことの多かった神代にも、こんなことは聞いたことがない。まさに龍田川は紅鮮やかな唐錦《からにしき》そのもの、その下を水がくぐるなんて。前歌と同じく、屛風の紅葉を讃《たた》えた歌。敢《あ》えて、唐錦に水がくぐるとは奇異と言いなし、さらに神代を持ち出すことでこれを増幅、筆舌に尽しがたい美を独自の手法で歌いきった。百人一首にも採られている。◇ちはやぶる「神代」の枕詞。◇からくれなゐ　ここは織物の名。「から」（唐・韓）は当時の中国大陸諸国一般。◇くくる「括《くく》り染めにする」ととる説もあるが、それでは一首の構造上「くくる」の主語を欠くことになり、安定感に乏しい。

295 自分で自分がやってきた方角さえわからない。名前からして暗いくらぶ山では、さらに木の葉が一面に散り乱れているから。

296 神奈備《かむなび》の　三室《みむろ》の山を　秋ゆけば　錦《にしき》たちきる　心地こそすれ

忠岑

三北山《きたやま》にもみぢ折らむとてまかれりける時によめる

貫之

297 見る人も　なくて散りぬる　おく山の　もみぢは夜《よる》の　錦なりけり

秋の歌

兼覧《かねみ》王《おほきみ》

298 龍田姫　手向《たむ》くる神の　あればこそ　秋の木《こ》の葉《は》の　幣《ぬさ》と散るらめ

「くらぶ山」(三八頁注一参照)によって「暗」をひびかせ、一面に飛びから落葉のおびただしさを印象づけた。

296 神のいます三室の山を秋に行くと、紅葉に照り映えて、錦を裁って身にまとうような思いがする。

◇神奈備の三室の山　龍田にある山。二五三、二八四参照。

三 京都市北区の衣笠山の東側にある。「北山船岡と申す所」(『保元物語』)など、北山の名の用例はこの付近を中心にしてのみ見られる。したがって、京都市街北辺の山を漠然《ばくぜん》と指すとは考えないほうがよい。

297 賞翫《しょうがん》する人もないままに散ってしまう奥山の紅葉は、美しい錦を夜に着て歩くようなもの、甲斐《かい》のないことだ。前漢の朱買臣《しゅばいしん》が、富貴になっても故郷に帰らないのでは夜の錦のようだ、と言われた故事(『史記』)を採り込み、奥山の紅葉を惜しんだ。

298 秋も終りに近づき、秋の女神の龍田姫がお帰りになる。姫が道中の安全を祈って手向けをなさる神があるからこそだろう、紅葉が幣《ぬさ》のように散っている。

◇龍田姫　龍田大社の祭神。平城京の西に鎮座。易道では西を秋にあてるところから秋の神とされた。

◇手向くる神　「手向く」は、道中の安全を祈って、道々の要所で幣などを供える古い習俗。◇幣　神にささげるための絹、または紙。三九参照。

小野《をの》[一]といふ所に住み侍《はべ》りける時、もみぢを見てよめる

貫　之

299 秋の山　もみぢをぬさと　手向《たむ》くれば　住むわれさへぞ　旅心地する

神奈備山《かむなびやま》[二]を過ぎて龍田川《たつたがは》を渡りける時に、紅葉の流れけるをよめる

清原深養父《きよはらのふかやぶ》

300 神奈備の　山を過ぎゆく　秋なれば　龍田川にぞ　ぬさは手向《たむ》くる

寛平御時《くわんぴやうのおほんとき》の后宮《きさいのみや》の歌合《うたあはせ》の歌

藤原興風《ふぢはらのおきかぜ》

301 白波に　秋の木《こ》の葉《は》の　浮べるを　海人《あま》の流せる　舟かとぞ見る

一 各地にある地名だが、『古今集』の場合は愛宕《おたぎ》郡小野郷、今の京都市左京区一乗寺、修学院のあたり。

299 秋の山が紅葉を散らし、まるで旅人が道中の安全を祈って幣《ぬさ》を手向けているように見える。それを見ると、この山に住んでいる私までも、旅にあるような気がしてくる。

平安時代、五位以上の官人は勅許を得ずに京外に出ることができなかった。小野は京外で、作者貫之の住居も一時的なものであった。だからこそ、紅葉の散るのを見て、よけいに、旅心地になったのである。

二 神のいます山、の意。二五三参照。

300 西方へ帰る道中に神奈備山を通りすがる秋の女神、なるほどそれで、折から美しく色づいた山の紅葉を旅の安全を祈る幣と手向けて、龍田川に流して行かれるのだ。

詞書によれば、作者は神奈備山を通り過ぎて龍田川を渡っている。それは秋の帰り道（東から西へ。二九八参照）と同じであったから、流れる紅葉を、秋が龍田川に手向けて行った幣と考えたのである。

301 白い波に紅葉が浮び流れている、それが、海人《あま》が漁のために波にまかせている舟のように見える。

白波の白と紅葉の紅とを対比した。

◇白波　ここは紅葉が流れていると考えるべきなので、川の波である。

302 もし、そこに紅葉の葉が流れていなかったら、川の水に秋がきたと、誰に知ることができようか。

主題は水の秋。水の上に秋の象徴の紅葉が流れている、その彩りの鮮やかさ。

三 京都市左京区北白川から滋賀県に越える山道。二五参照。

303 山の中を流れる川に、風がかけたしがらみとは、流れることができないで、たまりたまった紅葉のことである。

落葉しきり。山々に残る紅葉の葉は少なくなった。冬が近い。百人一首に採られている。

◇しがらみ　水の流れをせき止めるために杭《くい》を打ち、横に木や竹を渡した柵《さく》。灌漑《かんがい》や、土砂の流出を防ぐために設けられる。

304 風が吹くと、散って浮ぶ紅葉。そのうえ水が清らかなので、枝に残った紅葉まで、水底に映って見える。

枝に残る紅葉と、水面に散った紅葉と、水に映った紅葉と、三者三様に入り乱れた美しさ。水が関与して清冽《せいれつ》な美を演出した『古今集』好みの歌。三九頁注五、解説四〇〇頁参照。

四 上皇御所。当時は宇多上皇が住まわれた。『拾芥《しゅうがい》抄《しょう》』に「七条坊門北、西洞院西二町」とある。

龍田川のほとりにてよめる　　坂上是則

302 もみぢ葉の　流れざりせば　龍田川　水の秋をば　たれか知らまし

三志賀《しが》の山越えにてよめる　　春《はる》道《みちの》列《つら》樹《き》

303 やまがはに　風のかけたる　しがらみは　流れもあへぬ　もみぢなりけり

池のほとりにてもみぢの散るをよめる　　躬恒

304 風ふけば　落つるもみぢ葉　水きよみ　散らぬかげさへ　底に見えつつ

四亭子院《ていじのゐん》の御屛風《びやうぶ》の絵に、川わたらむとする人の、もみぢの散る木のもとに馬

をひかへて立てるをよませ給ひければ、つかうまつりける

305 立ちとまり　見てを渡らむ　もみぢ葉は　雨と降るとも
水はまさらじ

是貞親王《これさだのみこ》の家の歌合《うたあはせ》の歌　　忠岑

306 山田もる　秋のかりいほに　おく露は　稲負鳥《いなおほせどり》の　涙なり
けり

題しらず　　よみ人しらず

307 穂にも出《い》でぬ　山田をもると　藤衣《ふぢごろも》　稲葉《いなば》の露に　濡れぬ
日はなし

308 刈《か》れる田に　生《お》ふるひづちの　穂に出《い》でぬは　世をいまさ

一 手綱をひいて、馬をとどめて立っている場面があったのを。二 上皇がお詠ませになったので。

305 立ちどまって、心ゆくまで見てから渡ることにしよう。紅葉《もみじ》が雨のように降っても、水かさがふえて渡れなくなる心配などないから。
画中の人物になって作った歌。画中の紅葉をひきたてる技巧がこらされている。
◇見てを渡らむ　「を」は詠嘆の意をそえる間投助詞。

306 山田の番をするために設けられた、秋の仮庵《かりいお》におく露は、きっと稲負鳥の涙なのだろう。
秋の山田の仮庵の寂しさ。稲の育つ山田から稲負鳥を思い起し、露を稲負鳥の涙だと言った。
◇山田もる　「もる」は、守る意。鳥獣の害から山田の稲を守る。◇稲負鳥　秋の鳥であるが、実体は不明。二〇八参照。

307 まだ穂も出ていない山田の番をするとて、身にまとった粗末な着物が、稲葉の露に濡れない日はない。
これからいよいよ稲が育つ。それまでの苦労が思いやられる、という気持。
◇藤衣　藤の繊維で作った粗末な着物。◇露に濡れぬ日はなし　「露に濡る」は、苦労しているさま。

308 刈った田んぼの切り株に、また伸びてくる芽からは、二度と再び穂が出てこない。それは、秋がすっかり終ってしまい、世の中にもう飽き果てた、というのであろうか。

らに　あきはてぬとか

[三]北山《きたやま》に僧正遍昭と茸狩《たけがり》にまかれりけるによめる

[四]素性法師

309 もみぢ葉は　袖《そで》にこき入れて　もて出《い》でなむ　秋はかぎりと　見む人のため

[五]寛平御時《くわんぴやうのおほんとき》、[六]「古き歌たてまつれ」とおほせられければ、[七]「龍田川もみぢ葉ながる」といふ歌を書きて、その[八]同じ心をよめりける

興風

310 深山《みやま》より　落ちくる水の　色見てぞ　秋はかぎりと　思ひ知りぬる

◇ひづち　稲の切り株から伸び出る芽。◇穂に出でぬ「稲の穂が出る」に「世の中に出る」の意を含ませている。◇あきはてぬ「秋果てぬ」と「飽き果てぬ」を掛ける。

三 広義には京都市街の北の山、狭義には衣笠山付近の山。ここは具体的な場所を詠んでいるから後者。一一七頁注三参照。四 素性は、詞書にある遍昭の、在俗の時の子。遍昭の俗名は良岑宗貞《よしみねのむねさだ》。九一、八七二、九六五参照。

309 この紅葉を、袖にそっくり入れて持って帰ろう。もう今年の秋は終りだと、都で思っている人のために。

◇こき入れて　しごき入れて、の意。

五 三〇頁注一参照。六 命令者は宇多天皇。「古き歌」は、古くから伝わっている歌。必ずしも『萬葉集』の歌ではない。もし『萬葉集』の歌を指してのことなら、ここにはっきりその名が出るはずで、当時は『萬葉集』以外の歌がかなり伝わっていたのである。七 二八四の歌を指す。八 二八四と同じ気持を詠んだ歌、の意。

310 深い山奥から流れ落ちてくる水が、紅葉を浮べて紅い色をしている、それを見て今年の秋も、もう終りだとしみじみ感じます。二八四と同様に、下流に紅葉が流れてくる頃になると、すでに上流では時雨《しぐれ》が降って、冬の近くなっていることがうかがい知られるというのである。

一「秋が終る」という趣旨を、龍田川に思いをはせて。

311 年々歳々紅葉が流れ下る龍田川。思ってみると、その河尻こそ、秋の終着の港であろう。去りゆく秋を、流れ下る紅葉の舟の形象で捉《とら》えた。

◇みなと 二九三参照。河口の意。◇とまり 舟着場、港。

二 九月末日。秋の最終の日。三 大堰《おおい》川。保津川が、京都市西京区の嵐山《あらしやま》、松尾《まつお》あたりを流れる時の名称。かつては葛野《かどの》川と称したが、嵐山に秦《はた》氏が大堰を設けて水利の便をはかったので、この名がある。下流は桂《かつら》川。

312 夕月の影がほの暗い小倉山に、鹿が寂しそうに鳴いている、その声とともに、秋が暮れてゆくのであろうか。

鹿の鳴く声とともに秋の季節が終末をとげる、と歌う。ゆく秋の寂しさを強調している。

◇夕月夜 小倉山の枕詞。「小倉」に「小暗」の意をもたせてかかる。◇小倉の山 大堰川の北側、天龍寺の背後の山で、川を隔てて嵐山と対する。

313 秋の去りゆく道がわかっているなら、訪ねてもゆきたいものだ。しかし、それもわからぬままに、秋は紅葉を幣《ぬさ》と手向けて、とうとう行ってしまった。

◇幣 神にささげるための絹、または紙。二九八〜三〇〇参照。

秋の一はつる心を龍田川に思ひやりてよめる　　貫之

311 年ごとに　もみぢ葉流る　龍田川　みなとや秋の　とまりなるらむ

九月《ながつき》二の晦日《つごもり》の日、大井三にてよめる

312 夕月夜《ゆふづくよ》　小倉《をぐら》の山に　鳴く鹿の　声のうちにや　秋は暮るらむ

おなじ晦日《つごもり》の日よめる　　躬恒

313 道知らば　たづねもゆかむ　もみぢ葉を　幣《ぬさ》と手向《たむ》けて　秋は去《い》にけり

古今和歌集 巻第六

冬歌

題しらず　　よみ人しらず

314 龍田《たつた》川《がは》 錦《にしき》織りかく 神無《かむな》月《づき》 しぐれの雨を たてぬきにして

冬の歌とてよめる　　源宗于朝臣《みなもとのむねゆきのあそむ》

315 山里は 冬ぞさびしさ まさりける 人めも草も かれぬと思へば

314 龍田川に紅葉《もみじ》が流れ、錦を織っているようだ。十月の時雨《しぐれ》を、縦糸と横糸にして……。

冬の初めの光景。山では紅葉が散って川に流れている。そして時雨が降っている。寂しい冬が始まる。

◇龍田川　生駒《いこま》山に源を発し、南流して奈良県斑鳩《いかるが》町で大和《やまと》川に注ぐ。付近は紅葉の名所。西岸に龍田大社がある。なおこの第一句を「龍田山」とする本もあるが、冬になっては山に紅葉はないのだから、「山」では理屈に合わない。◇錦織りかく　「かく」は元来「懸く」であるが、ここでは内容はない。二六の「糸よりかくる」、二七の「糸よりかけて」に同じ。◇しぐれの雨　四季の部では「秋歌下」に三例、「冬歌」ではここだけ。一〇〇三の長歌には「夏はうつせみ　鳴き暮らし　秋はしぐれに　袖をかし」とあり、『後撰集』には「神無月ふりみふらずみ定めなき時雨ぞ冬の初めなりける」（四四五）とあるから、秋の末から降る、冬を誘う雨のことである。◇たてぬき　「たて」は織物の縦糸、「ぬき」は横糸。

315 山里は、ただでさえも寂しいのに、冬はいっそう寂しさがつのる。人目もなくなり、草も枯れてしまうと思うと。

百人一首に採られている。

◇かれぬ　人目が「離《か》る」と、草が「枯る」と、二重の意味を掛けている。

題しらず　　よみ人しらず

316 大空の　月の光し　きよければ　影見し水ぞ　まづこほりける

317 夕されば　ころも手さむし　みよしのの　吉野の山に　み雪降るらし

318 今よりは　つぎて降らなむ　わがやどの　薄《すすき》おしなみ　降れる白雪《しらゆき》

319 降る雪は　かつぞ消《け》ぬらし　あしひきの　山のたきつせ　音まさるなり

316 大空の月の光が清く冴《さ》えかえっているから、その月の光を映した水が、まず凍ったのだな。
冬の月に照らされた水が、真っ先に凍った。冬の月の寒々として冴えた様子を歌う。

317 夕方になると、袖の中まで寒さが透《とお》るようだ。この様子では、吉野山では雪が降っていることだろう。
『萬葉集』「夕されば衣手寒し高松の山の木ごとに雪ぞ降りたる」（二三一九）を状況に応じて歌いかえたもの。◇夕されば　「さる」は、その時・季節になることを表す。◇みよしのの　第四句「吉野の」との同音反復の効果をねらった。「み」は接頭語。三参照。◇吉野の山　奈良県中部。「春歌上」に三、「冬歌」に三一七、三二一、三二五、三二七、三三二があり、この六例とも雪に関係して出る。一〇〇五「冬の長歌」にも「うちしぐれ　もみぢとともに　ふるさとの　吉野の山の　山あらしも　寒く日ごとに　なりゆけば」とあり、『古今集』時代の吉野山は、花よりもむしろ、雪、寒さの認識のほうが強い。花を讃《たた》えるのは、「恋歌二」の五八八の一首だけである。◇み雪　「み」は接頭語。

318 今からは、続いて降ってほしい、わが家のすすきを押し伏せて、降っている白雪よ。
厳しい冬の到来であっても、初雪には心がおどる。
◇おしなみ　おし靡《な》びかせて、の意。

319 降る雪は、かたはしから消えてゆくらしい。山の急流の音が、激しくなってきた。

◇かつ　ある事柄が行われ、もう一方で別の事柄が行われることを示す。「咲くと見しまにかつ散りにけり」(七三)。◇あしひきの　「山」の枕詞《まくらことば》。◇たきつせ　急流。

320　この川に紅葉《もみじ》が流れている。きっと、山奥に降る雪がとけて、地上に落ち残っていた紅葉を、押し流しているのだろう。

雪が降る、しかしまだ根雪となって残るほどではない。

321　この古びた里は、雪の多い吉野の山が近いから、一日とても雪の降らない日などない。

◇ふるさと　年が経って古びた里。吉野離宮の跡と見る説もあるが、その必然性はない。

322　わが家には一面雪が降り敷いて、道もないありさまだ。この雪を踏み分けてまで、訪れてくれる人はないから。

323　雪が降ると、冬ごもりをしている草にも木にも、春には内緒の花が、いっせいに咲きほころんだ。

雪が積って花のように見えるさま。◇冬ごもり　冬の間、閉じこもって、自然が営みを停止すること。◇春に知られぬ　「知る」は、この場合、関知する意。

一　京都の北白川から、大津市街北方の滋賀へ越える道。二五、三〇三参照。

320　この川に　もみぢ葉ながる　おく山の　雪げの水ぞ　いままさるらし

321　ふるさとは　吉野の山し　近ければ　ひと日《ひ》も雪　降らぬ日はなし

322　わがやどは　雪ふりしきて　道もなし　ふみわけて訪《と》ふ　人しなければ

冬の歌とてよめる　紀《きの》　貫《つら》之《ゆき》

323　雪ふれば　冬ごもりせる　草も木も　春に知られぬ　花ぞ咲きける

一志賀の山越えにてよめる　紀《きの》　秋《あき》岑《みね》

324
白雪の　所もわかず　降りしけば　巌《いはほ》にも咲く　花とこそ見れ

324　白雪が、どこという区別もなしに、一面に降り積っている、まるで巌に咲く花のように…。
雪を花にたとえる趣向は多いが、花の咲くはずのない大岩石にまで、と言って積雪の量と広がりを表現した。

奈良《なら》の京にまかれりける時に、やどりける所にてよめる　　坂《さか》上《のうへの》是《これ》則《のり》

325
み吉野の　山の白雪　つもるらし　ふるさと寒く　なりまさるなり

325　吉野山には、雪が積っているらしい。奈良の古京には、こんなに寒さがつのってくる。
◇み吉野の山の白雪　「み」は接頭語。この歌でも、吉野山は雪深い土地として扱われている。三一七参照。
◇ふるさと　この歌の場合は、詞書《ことばがき》からみて、奈良の旧都を言う。

一寛《くわん》平《ぴやう》御《のおほん》時《とき》の后宮《きさいのみや》の歌合《うたあはせ》の歌　　藤《ふぢ》原《はらの》興《おき》風《かぜ》

326
浦ちかく　降りくる雪は　しらなみの　末の松山　越すかとぞ見る

一　宇多天皇の寛平の末に行われた歌合。三〇頁注一参照。

326　海岸近くに降ってくる雪は、まるで白波が押し寄せてくるようで、絶対に波が越えることのない、末の松山をさえ越すかのように見える。
一〇九三の歌を念頭において作っている。
◇末の松山　宮城県多賀城市八幡《やわた》にあったという山。「末の松山を波が越す」とは、ありえないことの譬《たと》え。一〇九三参照。

壬《み》生《ぶの》忠《ただ》岑《みね》

327
み吉野の　山の白雪　ふみ分けて　入《い》りにし人の　おとづ

327　吉野の山の、深い白雪を踏み分けて、山奥に籠《こも》ってしまったあの人からは、その後、絶えて音沙汰《さた》もない。
一〇四九に「もろこし（唐土）の吉野の山」とあるとお

り、当時吉野は異郷だという認識があった。この歌にも、そういう認識がはたらいている。九五〇、九五一をも参照。「吉野」と「雪」とについては三一七参照。
◇入りにし人　出家のためか、隠遁《いんとん》のためか、何故に山に籠ったのかわからない。

328　白雪が降り積って静まりかえった山里では、住んでいる人まで、心細さに消え入るような思いをするのだろう。
◇消ゆらむ　「消ゆ」は「白雪」の縁語。

329　白雪が降って、誰も通わない道と一つことだというのか、そこに住む私の心が、跡かたもなく消えていってしまうのは。
◇あとはかもなく　あとかたもなく。「跡はかなし」の連用形に、間投助詞「も」が挿入された形。

330　冬だというのに、空から花が降ってくる、雲の向うは春なのだろうか。
降雪を花に見立てるのは、『萬葉集』（一六四二、一六四五等）以来の、風流な発想。次歌も同様。
◇冬ながら　「ながら」は、…の状況のままで、…なのに、の意。七五参照。

れもせぬ

328 白雪の　降りてつもれる　山里は　住む人さへや　おもひ消ゆらむ

雪の降るを見てよめる　　凡河内《おほしかふちの》躬《み》恒《つね》

329 雪ふりて　人も通《かよ》はぬ　道なれや　あとはかもなく　思ひ消ゆらむ

雪の降りけるをよみける　　清原《きよはらの》深《ふか》養《や》父《ぶ》

330 冬ながら　空より花の　散り来るは　雲のあなたは　春にやあるらむ

雪の、木に降りかかれりけるをよめる　　貫之

331 冬ごもり　おもひかけぬを　木《こ》の間《ま》より　花と見るまで
雪ぞふりける

大和国《やまとのくに》にまかれ[一]りける時に、雪の降り
けるを見てよめる　坂上是則

332 あさぼらけ　ありあけの月と　見るまでに　吉野の里に
降れる白雪

題しらず　よみ人しらず

333 消《け》ぬが上に　またも降りしけ　春がすみ　立ちなばみ雪
まれにこそ見め

334 梅の花　それとも見えず　ひさかたの　あまぎる雪の　な
べて降れれば

---

331 いまはすっかり冬ごもりの季節、ところが思いもかけず、枯れ枯れになった木々の間から、散る花のように雪が降っている。
◇冬ごもり　冬の間、閉じこもって、人間も自然も活動を停止していること。三三参照。

一「まかる」は「行く」の謙譲語。

332 夜が明けて、東の空が明るくなってきた。有明《ありあけ》の月が照っているかと見違えるほど、吉野の里には雪が一面に積っている。
◇ありあけの月　夜明け方、西の空にかかっている月。太陰暦十五日以後の下弦の月である。雪明りを月光と見た。百人一首にも採られている。

333 先に降ったのがまだ消えないうちに、その上に重ねて、降り積ってほしい。春霞《はるがすみ》が立って春がきたら、雪を見ることも稀《まれ》になってしまうから。
◇消ぬが上に　消えない、その上に。「消《け》」は、消える意の下二段活用動詞「消《く》」の未然形。「ぬ」は、打消しの助動詞「ず」の連体形。

334 梅の花がどれであるのか、まったく見分けもつかない。大空を曇らせて、雪が一面に降っているので。
◇ひさかたの　「あまぎる」の枕詞。◇あまぎる　空が霧《き》りわたる、すなわち、見通しがきかないほど曇ること。「霧る」は自動詞。名詞化して「霧」となった。◇なべて　一面に。

二この歌は、ある人のいはく、柿本人麿《かきのもとのひとまろ》がうたなり。

梅の花に雪の降れるをよめる　　小野篁朝臣《をののたかむらのあそむ》

335 花の色は　雪にまじりて　見えずとも　香《か》をだににほへ
人の知るべく

雪の中《うち》の梅の花をよめる　　紀　貫　之

336 梅の香の　降りおける雪に　まがひせば　誰《たれ》かことごと
わきて折らまし

雪の降りけるを見てよめる　　紀《きの》　友《とも》　則《のり》

337 雪ふれば　木毎《ごと》に花ぞ　咲きにける　いづれを梅と　わき
て折らまし

二 この歌は、一説では、柿本人麿の作だという、の意。『拾遺集』三に、作者「柿本人丸」として重出している。

335 花の色は、雪にまじって見分けがつかなくてもいいが、せめて、香りだけでも放ってくれ。どれが花か、人々にわかるように。

九一と類想だが、この歌のほうが簡明で古風である。

336 降り積った雪に、梅の花ばかりか香りまでまじりあってしまったら、誰が区別して、その花を折り取ることができようか。

前歌を念頭において作ったか。

◇まがひせば　入り乱れて区別がつかないならば。「まがふ」は、「眼交《まか》ふ」が原義か。◇ことごとわきて　「異々分きて」。一つずつ区別して。

337 雪が降ると、どの木もどの木も、白い花が咲いたように見える。これでは、どれを梅だと区別して折ったらよいのであろう。

第二句の「木」と「毎」とを組み合せると「梅」の字になる。文字のイメージを詠みこんだ趣向。二四九にも「山」と「風」から「嵐」を連想する歌がある。この種の技巧を用いた作品は、『古今集』中にこの二首だけである。

[一]ものへまかりける人を待ちて、[二]十二月《しはす》の晦日《つごもり》によめる　　躬恒

338 わが待たぬ　年は来ぬれど　冬草の　かれにし人は　おとづれもせず

年のはてによめる　　在《あり》原《はらの》元《もと》方《かた》

339 あらたまの　年のをはりに　なるごとに　雪もわが身も　ふりまさりつつ

寛平《くわんぴやうの》御時《おほんとき》の后宮《きさいのみや》の歌合《うたあはせ》の歌　　よみ人しらず

340 雪ふりて　としの暮れぬる　時にこそ　つひにもみぢぬ　松も見えけれ

年のはてによめる　　春《はる》道《みちの》列《つら》樹《き》

一 ある所へ出かけた人の帰るのを待って。「もの」は、指事性の乏しい形式名詞。三七参照。 二 十二月末日、つまり大晦日《おおみそか》。冬の最終の日。

338 待ちもしない新年は、明日くることになってしまったが、冬草が枯れ萎《しぼ》むように私と離《か》れ離《が》れになってしまったあの人は、何の沙汰《さた》もよこさない。◇わが待たぬ年　また一つ年をとるから、新年を厭《いと》うのである。◇冬草の　冬草は枯れているところから、第四句の「かれにし」にかかる枕詞。実景を匂わせている。◇かれにし人　離れ離れになって、心の通わぬ人。

339 年々歳々、年の終りになるごとに、雪はますます降りつのり、私もますます齢古《よわいふる》びてゆく。◇あらたまの　「年」の枕詞。◇ふりまさりつつ　「ふり」に、雪が「降る」とわが身が「古る」とを掛けた。

340 雪が降り、年も暮れる時になって初めて、風雪にも色を変えなかった松の、偉大さがわかるようになる。『論語』(子罕《しかん》篇)の「歳《とし》寒うして、然る後《のち》に松柏《しょうはく》の彫《しぼ》むに後《おく》るるを知る」をそのまま歌にしている。困難に出遭《であ》って、初めて真価があらわれる、の意。◇もみぢぬ　「もみぢ」は、動詞「もみづ」(紅葉する)の未然形、「ぬ」は打消しの助動詞「ず」の連体形。◇見えけれ　この「見ゆ」は、認識できる、理解できる、の意。

341 昨日《きのふ》といひ　今日《けふ》とくらして　明日香川《あすかがは》　流れてはやき　月日なりけり

「三 歌たてまつれ」とおほせられし時に、

よみて奉れる　紀　貫之

342 ゆく年の　惜《を》しくもあるかな　ます鏡　見るかげさへに　暮れぬと思へば

341 昨日はどう、今日はどう、とただただ思い暮して明日《あす》になる、その明日香川のように、月日のたつのは速いものだ。

心ならずもまた無為に過してしまった一年への悔恨。◇明日香川　「明日《あす》」と言い掛けて上二句を受け、同時に第四句にかかる枕詞としてはたらく。明日香川は奈良盆地東南の山中に発し、高市《たかいち》郡明日香村を流れる川。藤原京跡をかすめて大和《やまと》川にそそぐ。山間の急流で、河道も定まらず、この世の無常迅速をたとえるのにしばしば用いられる。六八七、九三三、九九〇参照。仮名序にも「飛鳥川の瀬になる恨みもきこえず」という。

三 命令者が記されていない場合は、当代の帝の命とするのが勅撰集の書式。『古今集』の場合は醍醐《だいご》天皇。

342 去ってゆく年が惜しまれてならない。澄んだ鏡に映るわがおももちにまで、老いの迫ってくるのを見ていると。

◇ます鏡　「真澄鏡」の意。よく磨かれた鏡。◇暮れぬ　年の暮れ、人生の暮れ、両様の意味をひびかせる。

古今和歌集 巻第七

賀歌[一]

題しらず　　よみ人しらず

343 わがきみは　千代にましませ　さざれ石の　巌《いはほ》となりて
苔《こけ》のむすまで

344 わたつ海《み》の　浜の真砂《まさご》を　かぞへつつ　君が千歳《ちとせ》の　あり
数《かず》にせむ

一 祝いの歌。内容に限定はないが、仮名序に「鶴亀につけて君を思ひ、人をも祝ひ」とあるように、長寿を祈念する歌が多い。

343 あなたは、千年も万年もおすこやかに長生をお保ち下さい。細かい石が大きな岩となって、苔が生えるさきざきまでも。

一層の長寿を祈った歌。真名序に「砂長じて巌となるの頌《しょう》」というのはこの歌を指している。◇わがきみは 「きみ」は、当時「主君」の意に限定されず、敬愛する相手に対して用いられている（三、三六等）。のちに『和漢朗詠集』で「君が代は」と変り、それが流布本『古今集』と混合して国歌「君が代」となり、その「君が代」（あなたが生きていらっしゃる間）を「天皇の治政」ともとりなした。◇千代にましませ 底本では「千代に八千代に」だが、これは俊成本以後の本文なので改めた。◇さざれ石の… 故事を前提とした表現らしいが、その故事は未詳。

344 大海原にのぞむ広大無限の浜の砂粒を数えて、それをそのまま、あなたのご長寿の齢《よわい》の数にいたしましょう。

◇わたつ海 海のこと。二五〇参照。◇浜の真砂 無数であるものの象徴としてしばしば用いられる。◇君が千歳 あなたの長寿。◇あり数 「あり」は存在の意。この世に生きている間の歳の数。

345 塩の山のさしでの磯に棲《す》む千鳥は、あなたのお歳が八千代までもありますようにと鳴いている。
◇しほの山さしでの磯　不詳。『八雲御抄《やくもみしよう》』等では甲《か》斐《い》とし、山梨県塩山《えんざん》市、笛吹川の岸という。◇八千代　千鳥の鳴き声が「やちよ」と聞える。それを「八千代」にとりなした。

346　私の命数を、あなたの長寿の上にさらに添えて残しておきましょう、そのぶんをお生きになる時には、どうぞ私を思い出して下さい。あなたはすでに長寿でいらっしゃるが、その上に私の寿命を、神に祈って差し上げておきます、いよいよ長生きして下さい、の意。

二　光孝天皇の御代。三　僧正遍昭のために七十歳の祝宴を、天皇が主催された時の御製、の意。仁和元年（八八五）十二月十八日のこと。

347　このように今日は祝宴を設けて、あなたの七十の賀を祝っているが、私もどうかして生きながらえて、さらにあなたの八千代の賀の宴にめぐり逢いたいものだ。

四　光孝天皇がまだ帝位におつきにならない時に。五「おば」は祖母。「をば」とする本に従えば、伯母もしくは叔母。いずれにせよ誰であるかは不明。「御」がついているのは、後に光孝天皇が帝位につかれたので尊んで言う。三五〇では単に「（貞辰親王《さだときのみこ》の）おば」とあり、区別している。六　長寿を祝って贈る。『礼記《らいき》』（王制）に「八十にして朝に杖《つゑ》つく」とある故実にもとづく。

345　しほの山　さしでの磯に　すむ千鳥　君が御代《みよ》をば　八千代とぞ鳴く

346　わが齢《よはひ》　君が八千代に　とりそへて　とどめおきてば　思ひ出《で》にせよ

[二]仁和御時《にんなのおほんとき》、[三]僧正遍昭《そうじやうへんぜう》に七十《ななそぢ》の賀たまひけるときの御歌

347　かくしつつ　とにもかくにも　永《なが》らへて　君が八千代に　逢ふよしもがな

[四]仁和帝《にんなのみかど》の親王《みこ》におはしましける時に、[五]御おばの八十《やそぢ》の賀に銀《しろがね》を[六]杖につくれりけるを見て、かの御おばにかはりてよ

める　　　　　　　　　　　　僧正遍昭《そうじやうへんぜう》

348 ちはやぶる　神や伐《き》りけむ　衝《つ》くからに　千歳《ちとせ》の坂も　越えぬべらなり

一堀河大臣《ほりかはのおほいまうちぎみ》の四十《よそぢ》の賀、九条の家にてしけるときによめる　　　　在原業平朝臣《ありはらのなりひらのあそむ》

349 桜花　散りかひくもれ　老いらくの　来むといふなる　道まがふがに

二貞辰親王《さだときのみこ》の三おばの四十の賀を、四大井にてしける日、よめる　　　　紀《きの》惟《これ》岳《をか》

350 亀《かめ》の尾《を》の　山の岩根《いはね》を　とめて落つる　滝の白玉　千代の数かも

348　この杖は、神様が伐ってお造りになったものでしょう。これをつくとてきめんに元気が出て、千年の齢の坂さえも越えられるようでございます。
◇ちはやぶる　「神」の枕詞《まくらことば》。◇神や伐りけむ　天皇から賜ったので、こう言う。◇衝くからに　「からに」は、…するとたちまちに、の意。◇べらなり　三参照。
一　太政大臣藤原基経《もとつね》。四十賀は貞観《じようがん》十七年（八七五）のこと。

349　桜の花よ、散り乱れて、ここかしこの区別もつかぬまで曇らしてくれ。老いのやってくるという道が、わからなくなるように。
◇散りかひくもれ　「かひ」は「交ひ」。◇老いらく　「老ゆらく」の転。「老ゆ」の連体形「老ゆる」に、接尾語-akuがついて名詞となったもの。◇道まがふがに　「まがふ」は区別がつかなくなる、わからなくなる、の意。「老い」を擬人化して言った。「がに」は、動詞、助動詞の連体形に付いて、…するように、の意を表す。
二　清和天皇第七皇子。三　誰を指すか不明。四　大堰《おおい》川。嵯峨《さが》、嵐山《あらしやま》付近を流れる桂川《かつらがわ》上流の称。一二二頁注三参照。

350　亀の尾の山から、岩を伝って落ちる滝は、無数の玉となって飛び散っている、その玉の数は、あなたの長寿の齢の数のようでございます。
その数ほどの年を重ねて長生きして下さい、の意。
◇亀の尾の山　天龍寺の北側、大堰川左岸にある小倉山（三三参照）の東南の峰つづき。「亀山」とも言う。

五　清和天皇第五皇子。二品《にほん》式部卿。母は二条の后（二八頁注一参照）。六　二条の后。五十賀は寛平三年（八九一）のこと。

351　無意味に過している月日は、いっこう月日のことは気にかからないが、花が咲いてみると、花を見て暮す春の月日は、いかにも少なく感じられる。桜の花の時は短い、花が惜しまれるので心理的になおさら短く感じられる、の両意がある。それほどに春を愛しているのだ、の意。祝宴の席の屏風絵《びようぶえ》の画中の人物になって詠《よ》んだ当座の歌。歌そのものに祝意はないが、祝宴の席での作なので、賀の歌として扱われている（三五七〜六三の一組と同例）。

七　仁明天皇第五皇子。八　一座の中心人物、この場合は本康親王の席の後ろに立てる屏風。

352　春がくると、皇子のこの家《や》にまっ先に咲く梅の花。それは、皇子の長寿のお祝いの、插頭《かざし》としてふさわしく思われます。

◇插頭《かざし》「髪插《かみさし》」の省略形。めでたい行事の時などに、頭に插して飾りとする、草木の花や造花をいう。三六、二七〇、二六六参照。

353　その昔に前例があるかどうかは存じませんが、千年も長寿を保った人の例は、われらが本康親王をもって初めといたしましょう。

◇ありきあらずは　あったかなかったかは、の意。

[五]貞保親王《さだやすのみこ》の、后宮《きさいのみや》[六]の五十《いそぢ》の賀たてまつりける御屏風《びやうぶ》に、桜の花の散る下《した》に人の花見たる形《かた》かけるをよめる

藤《ふぢ》原《はらの》興《おき》風《かぜ》

351　いたづらに　過ぐる月日は　おもほえで　花見てくらす　春ぞすくなき

[七]本康親王《もとやすのみこ》の七十《ななそぢ》の賀のうしろ[八]の屏風によみて書きける

紀《きの》貫《つら》之《ゆき》

352　春くれば　宿《やど》にまづ咲く　梅の花　きみが千歳《ちとせ》の　插頭《かざし》とぞ見る

素《そ》性《せい》法《ほふ》師《し》

353　古《いにしへ》に　ありきあらずは　知らねども　千歳《ちとせ》のためし　君にはじめむ

354　寝ては思い、起きては口で唱えている無事長久…、それが、ただひたすらに皇子のためであることは、きっと神様がご承知でいらっしゃいます。他の誰が知らなくても、の余意がある。この歌まで本康親王の七十賀に寄せた屏風歌。

一「藤原三善の六十の賀に」の意。三善は伝未詳。

355　鶴や亀も、千年の後はどうなっているか、本当はわかりません。けれども、あなたの寿命がいくら長くとも、それに飽き足りず、私はひたすらあなたの長寿を願っています。どうか長生きして下さい。

◇鶴亀　長寿の代表。中国の故事にもとづく。『文選《もんぜん》』劉《りゆう》孝標「弁命論」の「朝秀晨《あした》に終へて、亀鶴の千歳なるは年の殊なるなり」、白楽天「陶潜の体に效《なら》ふ詩」の「松柏《しようはく》と亀鶴と、其の寿皆千年」など、例が多い。

二　この歌は、ある伝えでは在原時春の作であるともいう、の意。時春は滋春（業平の次男）の子。

三『三代実録』貞観《じようがん》十七年（八七五）五月十九日の条に、「従四位下行丹波守良岑朝臣経也卒《しゆつ》す」と見える。

356　お父上の長寿を祈って、松と鶴につけてお祝い申し上げます。いつまでも潑剌《はつらつ》と繁っている松さながらにお元気な父上のもとで、私もその陰に棲《す》む鶴のように、元気で長生きしたいと思います。

◇万代を松　父上の長久を「待つ」と、「松」とを掛けた。◇祝ひつる　助動詞「つる」に「鶴」を掛け、娘を鶴の立場においた。

354
臥《ふ》して思ひ　起きて数《かぞ》ふる　万代《よろづよ》は　神ぞ知るらむ　わが
君のため

[一]藤原三善《ふぢはらのみよし》が六十《むそぢ》の賀によみける　在《あり》原《はらの》滋《しげ》春《はる》

355
鶴亀も　千歳《ちとせ》ののちは　知らなくに　飽《あ》かぬ心に　まかせ
はててむ

[二]この歌は、ある人、在原時春《ありはらのときはる》がともいふ。

[三]良岑経也《よしみねのつねなり》が四十《よそぢ》の賀に、女《むすめ》にかはりて
よみ侍りける　素性法師

356
万代《よろづよ》を　松にぞ君を　祝ひつる　千歳《ちとせ》のかげに　住まむと
思へば

[四]尚侍《ないしのかみ》の、[五]右大将藤原朝臣の四十《よそぢ》の賀しける時に、四季の絵かける[六]うしろの屏風に[七]かきたりける歌

357 春日野《かすがの》に　若菜つみつつ　万代《よろづよ》を　いはふ心は　神ぞ知るらむ

358 山高み　雲居に見ゆる　桜ばな　心のゆきて　折らぬ日ぞなき

[八]夏

359 めづらしき　声ならなくに　時鳥《ほととぎす》　ここらの年を　飽《あ》かずもあるかな

秋

四 女官の長で、従五位相当(後には従三位相当)。ここは内大臣藤原高藤の女《むすめ》満子を指す。賀宴の主催者。五 定国。満子の兄。四十賀は延喜五年（九〇五）二月のこと（『貫之集』『躬恒集』など）。六 一三五頁注八参照。七 書きつけた歌。書き手は、三五六からの延長で、以下七首とも素性。作者はそれぞれ別。

357 春日野で若菜を摘みながら、右大将さまのご長寿を祝っている心は、きっと春日の神もご照覧のことであろう。

『素性集』にも収められており、素性作と認められる。◇春日野　藤原氏の氏神を祀《まつ》る春日大社がある。定国・満子兄妹が藤原氏であることを配慮して詠みこんだ。若菜の名所。一八、二二参照。

358 山が高いので、はるか雲のあたりに見える桜花は、手にとることができない、けれど気持だけは、そこまで行って折りとらない日は一日もない。

作者は凡河内躬恒《おおしこうちのみつね》。元永本、建久本は作者名を記し、この歌は『躬恒集』にも見える。

八「春」の歌は三五七、三五八の二首。当時の四季の屏風歌には、冒頭の「春」の標示を欠く例が多い（『貫之集』一七三四など）。

359 毎年鳴いているので、とりわけて珍しい声でもないのに、時鳥をよくも毎年、飽きずに聞いていることだ。

作者は紀友則。基俊本、私稿本、雅俗山荘本に記され、『友則集』にも出ている。

360　住の江の松に秋風が吹くと、たちまちそれに声を合わせて、沖の白波が音を立てて寄せてくる。

作者は、元永本、『拾遺集』一一三、『躬恒集』一五三八により、凡河内躬恒《おおしこうちのみつね》と認められる。◇住の江　大阪市住吉区、住吉大社付近の入江。松が美しい。仮名序に「高砂《たかさご》、住の江の松も、相生《あひおひ》のやうにおぼえ」とある。また、九〇五、九〇六参照。◇吹くからに「からに」は、…と同時に、の意。

361　千鳥が鳴く佐保川の川霧は、今ごろきっと立ちこめていることだろう。山の木の葉が色づいてゆくのを見ていると、そう思われる。

作者は壬生忠岑《みぶのただみね》。元永本、『拾遺集』一八六などによる。◇佐保の川霧　佐保川は奈良市北郊の佐保を流れる川。二六五、二六六参照。千鳥の名所。

362　秋がきたけれど、いっこうに紅葉しない常盤の山は、あまりに秋らしくないからなのだろうか、秋風がよその紅葉を持ってきて、神にお供えしている。

作者は坂上是則。雅俗山荘本、昭和切《ぎれ》などによる。◇常盤山　京都市右京区常盤の一帯にある山。双ケ岡《ならびがおか》の西にあたる。山の名に「常緑《ときわ》」を掛けた。一四八、三五一、四九五参照。◇かしける「かす」は供える意。一八〇、九三七参照。

363　白雪の降りしきる今日このごろ、吉野山では山のふもとを吹く風に、雪が花のように散っている。

360
住の江の　松を秋風　吹くからに　こゑうちそふる　沖つ白波

361
千鳥なく　佐保《さほ》の川霧　立ちぬらし　山の木《こ》の葉も　色まさりゆく

362
秋くれど　色もかはらぬ　常盤《ときは》山　よそのもみぢを　風ぞかしける

冬

363
白雪の　降りしくときは　み吉野の　山下風《やましたかぜ》に　花ぞ散りける

一春宮《とうぐう》の生《む》まれたまへりける時に、まゐ

りてよめる

典侍藤原因香朝臣《ないしのすけふぢはらのよるかのあそむ》

364 峰高き　春日《かすが》の山に　出《い》づる日は　曇るときなく　照らすべらなり

作者は紀貫之。雅俗山荘本、『貫之集』一七二七、『拾遺集』二五三などによる。◇み吉野　「み」は接頭語。三参照。◇花　降雪を落花に見立てた。『古今集』当時の吉野は雪深い土地としての認識が強く（三一七参照）、この歌でも、「花」は「雪」を印象づけるための比喩《ひゆ》として詠まれている。

一　醍醐《だいご》天皇第一皇子、保明《やすあきら》親王。延喜三年（九〇三）十一月二十日誕生。母は太政大臣藤原基経《もとつね》の女《むすめ》、中宮穏子。

364　ひときわ秀《ひい》でたつ春日山からさしのぼる日は、曇る時もなく、天《あめ》が下を照らすにちがいございません。

われら藤原氏所生の皇子は、やがて帝位におつきになって、天下に君臨なさることでしょう、の意を寓する。

◇峰高き　藤原氏の門地の高さを寓する。◇春日の山　藤原氏の氏神を祀《まつ》る春日大社の鎮座する所。◇出づる日　藤原氏所生の皇子の誕生をたとえている。

古今和歌集　巻第八

一離別歌

題しらず　在原行平朝臣《ありはらのゆきひらのあそむ》

365 立ちわかれ　因幡《いなば》の山の　峰に生《お》ふる　まつとし聞かば　今帰り来《こ》む

よみ人しらず

366 すがる鳴く　秋の萩原《はぎはら》　朝たちて　旅ゆく人を　いつとか待たむ

一 別れの歌。親しい男女の別れ、地方官の赴任に際しての別れが多く、遊覧の折の気軽なものまでを含める。いずれも生別である。死別は「哀傷」の部に収められている。

365 お別れして、私は因幡の国に赴任して行くが、その因幡の山の峰に生えている松にちなんで、あなたが私を待っていてくれると聞きさえすれば、すぐにも帰ってこよう。

しかし、自分は公務で行くのだから、そうはいかない、それがつらい、の余意がある。作者行平が因幡に下向したのは、斉衡《さいこう》二年（八五五）、国守となった折である。百人一首に採られている。

◇因幡の山の　立ち別れ「去《い》なば」と「因幡《いなば》」とを掛けた。◇峰に生ふる　第三句まで、「松」に「待つ」を掛けて第四句以下を起す有心《うしん》の序詞《じょことば》。

366 じが蜂《ばち》の鳴いている秋の萩原を、朝早く出発して旅に出てゆく人を、いつお帰りと心に言い聞かせて待てばよいのだろう。

◇すがる鳴く　「すがる」はじが蜂。翅《はね》をこすり合せ、音をたてるのを「鳴く」と言う。

367 限りなく遙かな地の果てに旅立って別れてゆこうとも、あなたを私の心から、とり残しておくことがあろうか。

必ず面影は、どこまでもともなって行く、の意。
◇雲居のよそ　「雲居」は、雲のある所。遙かな異境の誇張表現。◇おくらさむやは　あとに残したりするものか。「やは」は反語。
二 伝未詳。三 陸奥の国（一四五頁注九参照）の次官として赴任する時に。

368　この母が、わが子の守りとして添えてやる心だけは、関所よ、どうぞとどめてくださるな。
老母が、遠国に赴任する子に与えた歌。自分は陸奥までは同道できないが、心はいつでも一緒にいたい、の意。当時、心が身体から遊離して親しい人について行く、という発想は多い。三七三、三七八など。
◇たらちねの　「親」の枕詞《まくらことば》。『萬葉集』では「母」の枕詞として用いられるが、『古今集』以後、枕詞としては「親」にかけて用いられている。◇関　関所。
◇などとめそ　「な…そ」で禁止を表す。
四 清和天皇第七皇子。一三四頁注二参照。五 伝不詳。六 送別の宴。原義は「馬の鼻向け」で、旅立つ人の馬の鼻先を、旅立つ方向に引き向けること。

369　今日お別れしても、また明日、近江へ出発なさる時にお見送りをして、もう一度逢うことができる私たちですが、夜が更けたからでしょうか、袖が露で湿って、別れの悲しさが身にしみてきました。
◇近江　「逢《あ》ふ身」を掛けた。◇袖の露けき　袖が湿ってきたのは、夜が更けて夜露に濡れたからか、と言いつつ、涙で濡れてきたことを匂わせている。

367 かぎりなき　雲居のよそに　別るとも　人を心に　おくら
さむやは

二小野千古《をののちふる》が三陸奥介《みちのくにのすけ》にまかりける時に、
母のよめる

368 たらちねの　親のまもりと　あひ添《そ》ふる　心ばかりは　関
などとめそ

四貞辰親王《さだときのみこ》の家にて、五藤原清生《ふぢはらのきよふ》が近江介《あふみのすけ》
にまかりける時に、六むまの餞《はなむけ》しける夜
よめる　紀《きの》利《とし》貞《さだ》

369 今日《けふ》別れ　明日《あす》は近江《あふみ》と　おもへども　夜《よ》や更《ふ》けぬらむ
袖《そで》の露けき

越《こし》[一]へまかりける人によみてつかはしける

370 かへる山　ありとは聞けど　春がすみ　立ち別れなば　恋しかるべし

人のむまの餞《はなむけ》にてよめる　紀《きの》貫《つら》之《ゆき》

371 惜しむから　恋しきものを　白雲の　立ちなむ後《のち》は　なに心地せむ

友達の、人の国[二]へまかりけるによめる　在《あり》原《はらの》滋《しげ》春《はる》

372 別れては　ほどをへだつと　思へばや　かつ見ながらに　かねて恋しき

一 北陸道の汎称《はんしょう》。越前、加賀、能登、越中、越後の五カ国。

370 越の国には、かえる山があると聞いています。ですからあなたはすぐにお帰りになると思うのですが、春霞《はるがすみ》が立つとともにお別れしてしまえば、そのあとは恋しくてたまらぬにちがいありません。

◇かへる山　今の福井県南条郡今庄《いまじょう》町鹿蒜《かひる》にある山。「帰る」を連想している。◇春がすみ　春霞が「立つ」ところから、「立ち別れなば」にかかる枕詞。その時の実景をも匂わせている。

371 名残りを惜しんでいる宴のさなかにすら、こんなに恋しさがつのりますのに、遠い所へ旅立たれてしまったその後は、どんな気持がするでしょう。

◇惜しむから　惜しんでいるその時から、の意。◇白雲の立ちなむ後　白雲が「立つ」と、出発の意の「立つ」とを掛けた。「白雲の」が「立つ」の枕詞の役を果し、同時に「遠い所」の意を暗示する。

二 他国。四二左注、八五六詞書《ことばがき》参照。

372 別れた後は、遠く遠く離れてしまうと思うからだろうか、こうしてお目にかかりながらも、別れぬ先から、君が恋しく思われるのは。

◇ほど　距離的もしくは空間的な間隔を言う。ここでは前者。◇かつ　一方では。◇かねて　前もって。

三 東《あづま》の方《かた》へまかりける人によみてつかはしける　　伊香子淳行《いかごのあつゆき》

373 思へども　身をし分けねば　目に見えぬ　こころを君にたぐへてぞやる

四 逢坂《あふさか》にて五 人を別れける時によめる　　難波万雄《なにはのよろづを》

374 逢坂の　関しまさしき　ものならば　あかず別るる　君をとどめよ

題しらず　　よみ人しらず

375 唐衣《からころも》　たつ日はきかじ　朝露の　おきてしゆけば　消《け》ぬべきものを

この歌は、ある人、官《つかさ》を給はりて、六 新しき妻《め》につきて、七 年へて住みける人を捨てて、ただ「明日《あす》なむ立

三 東国。『古今集』当時は東海道、東山道諸国のすべてを指している。三六九頁注六参照。

373 一緒に行こうとは思うけれど、この身を二つに分けられはしないから、せめて目に見えぬ心だけでも、あなたに連れ添わせることにします。

旅行く人に心を伴わせたいという発想は、三六八にもある。

四 逢坂の関。今の大津市にあり、平安時代、東国への門戸として重要視された。設置年代は不明。遠くへ旅立つ人はここまで送り、帰る人はここまで迎える習慣があった。著名な歌枕。五 後世なら「人に」と言うところ。同様の例は三八一、三八四の詞書にもある。

374 逢坂の関が、まさしく関所であるならば、尽きぬ名残りを惜しみつつ別れゆくあの人を、ひきとめてほしい。

◇まさしき「まさし」は、そのもののもつ機能を実際に発揮する確実さをいう形容詞。

375 私はあなたのご出立の日を聞かないでおきましょう。あなたが私を置きざりにして行ってしまわれたら、きっと私は死んでしまいますもの。

◇唐衣　衣を裁《た》つところから、第二句、出発の意の「立つ」にかかる枕詞。◇朝露の　露が置くところから、第四句、置きざりにする意の「置く」にかかる枕詞。◇消ぬべきものを「消ぬ」は朝露の縁語。

六 新妻に心を寄せて。任地に下るに際して新妻だけを伴うことを言う。七 長年連れ添ってきた妻。

つ」とばかり言へりける時に、とも[一]からもいはで、
よみてつかはしける。

常陸《ひたち》[二]へまかりける時に、藤原公利《ふぢはらのきみとし》[三]によ
みてつかはしける
寵《てう》[四]

376
朝《あさ》なけに　見《み》べき君とし　頼まねば　思ひたちぬる　草枕《くさまくら》
なり

紀のむねさだ[五]が東《あづま》[六]へまかりける時に、
人の[七]家にやどりて、暁《あかつき》出でたつとて、
まかり[八]申しければ、女のよみて出だせ
りける
よみ人しらず

377
えぞ知らぬ　いま試《こころ》みよ　命《いのち》あらば　我《われ》やわするる　人や
訪《と》はぬと

一 あれこれ多くを言わないで。
二 今の茨城県。三 延喜十年ごろ、備中介。その他の事績は不明。四 作者名。伝不明。「テフ」とも「ウツク」とも「クラ」とも訓《よ》む諸説があり、作者名が脱した本（高野切《こうやぎれ》）もある。

376 朝にも昼にも逢える人だなどと、私は公利さま、あなたを信用できなくなりましたから、とうとう思いきって出かけた、この常陸下《くんだ》りの草枕です。「見べき君とし」に「公利」を、「思ひたちぬる」に「常陸」を詠《よ》みこんだ技巧の歌。作者名を「クラ」と訓んで「草まくら」に自分の名をも詠みこんだ、とする考えもある。
◇朝なけに 「朝に日《け》に」の音転。いつも。◇草枕 草を結んで枕とし、野宿すること。転じて旅の意。
五 伝未詳。六 東国に赴任する時に。七 方違《かたたが》え（陰陽道《おんようどう》の俗信。天一神《なかがみ》などのいる方角に出向くのを避けて、前夜他の方角に泊り、方向を変えて出発すること）をして、知人の家に宿り、朝早く出発したのである。八「まかり」は名詞。別れの挨拶の意。

377 あなたと私と、どちらの思いが深いかはわかりません。さあ、試してごらんなさい。もし、私が生きながらえていたとして、その時、私のほうが忘れてしまっているか、あなたのほうが訪ねて下さらなくなっているか…。きっと、私はいつまでも忘れないのに、あなたは訪ねてくれなくなるにちがいない、の意。

あひ知りて侍りける人の、東のかたへまかりけるを送るとてよめる

深《ふか》養《や》父《ぶ》

378 雲居にも かよふ心の おくれねば 別《わか》ると人に 見ゆばかりなり

友の東へまかりける時によめる

良《よし》岑《みねの》秀《ひで》崇《をか》

379 白雲の こなたかなたに 立ち別れ 心を幣《ぬさ》と くだく旅かな

[九]陸《み》奥国《ちのくに》へまかりける人によみてつかはしける

貫之

380 白雲の 八《や》重《へ》にかさなる 遠《を》方《ち》にても おもはむ人に 心へだつな

◇えぞ知らぬ 「え…ぬ」は不可能を表す。…できない、の意。係助詞「ぞ」を承《う》け、連体形「ぬ」で結ぶ。

378 どんなに遙かな所へでも通《かよ》って行く私の心は、あなたの旅立ちに後《おく》れをとることなどありません。ですから、別れると言っても、ただよそ目にそう見えるだけのことです。

心がついてゆくという発想は、三六七、三六八にも見える。◇雲居 遠い所の誇張表現。三六七参照。◇別ると人に 我々が別れた、と他人に、の意。「人」は他人。

379 白雲が行き交《か》うように、あなたと私とは離れ離れになって、互いの心を幣のように千々《ちぢ》に砕いている、寂しい旅の空です。

◇白雲の 上二句は、第三句「立ち別れ」を起す序詞。◇心を幣と 「幣」は神への供え物の紙や布。いずれも細かく切って散らす、いわゆる「切り幣《ぬさ》」である。二九八、二九九、三〇〇も同じ。「幣と」は、幣のように、の意。

九 東山道八カ国の一。今の福島、宮城、岩手、青森の四県。国府は宮城県多賀城市にあった。

380 白雲の幾重にも重なった遠い国に身を置かれても、友を思う私に対して、心までお隔てあるな。

三七八と同様の心情がある。私の心はあなたについて行っている、だからあなたも私を疎遠にして下さるな、の意。

381
一人を別れける時によめる

別れてふ　ことは色にも　あらなくに　心にしみて　わびしかるらむ

382
あひ知れりける人の二越国《こしのくに》にまかりて、三年へて京にまうできて、四また帰りける時によめる

凡河内躬恒《おほしかふちのみつね》

かへる山　なにぞはありて　あるかひは　来てもとまらぬ　名にこそありけれ

383
越国《こしのくに》へまかりける人に、よみてつかはしける

よそにのみ　恋ひやわたらむ　白山《しらやま》の　ゆき見るべくも

一「人に」の意。古い語法。三七四詞書参照。「人」は旅立つ人。

381　別れということは色でもないのに、なぜこのように心にしみて、わびしいのであろうか。

◇別れてふ　「てふ」は「といふ」の省略形。

二 北陸道の汎称《はんしょう》。一四二頁注一参照。三 何年か経《た》って。四 また越の国へ帰って行った時に。

382　かえる山とは、いったい何なのだろう。その山のある意味は、越の国から都へすぐ帰るというはずであったのに、実は都に留まらないで、すぐ越の国へ帰る、という名であったなんて。

期待が裏切られた恨み言を、「かへる山」のせいにしてあてつけた。

◇かへる山　今の福井県南条郡今庄町《いまじょうちょう》鹿蒜《かひる》にある山。三七〇参照。◇なにぞは　いったい何だというのか。詰問の言葉。◇かひ　効用、意義。

383　これからは、よそながら、あなたを恋しく思いつづけることだろうか。越の国の有名な白山の雪を見るというのではないが、あなたのもとへ行き見る手だてもないこの私は。

◇白山　いわゆる白山《はくさん》。越前（福井県）、加賀（石川県）、飛驒《ひだ》（岐阜県）の三国の国境にある。北陸の修《しゅ》験道《げんどう》の大基地。三九一、四一四などにも歌われており、いず

れも雪と詠み合せる。「白山の」は、「雪見る」に「行き見る」を言い掛けて、第四句を導く枕詞。

五 一〇四頁注七参照。

384 音羽山の梢《こずえ》たかく鳴いて、あの時鳥も、やはり私と同じように、あなたの旅立ちを惜しんでいるようだ。

◇べらなり 三三参照。

六 光孝天皇のころの人。蔵人《くろうど》右少将。一〇八に歌がある。七 外国船が筑紫《つくし》（今の福岡県）へ渡来した時に、貨物を検査する役。八 殿上人《てんじようびと》（七五頁注二参照）たちが餞別《せんべつ》の宴を催した、その時に作者の兼茂も相伴《しようばん》したのである。「酒たうびける」の「たうび」は、終止形「たうぶ」（賜ぶ）。いただく、頂戴《ちようだい》する、の意。

385 私たちと一緒に泣いて、後蔭の出発をとどめてほしい。こおろぎよ、秋の別れは、ひとしお惜しいものではないか。

詞書に「九月の晦日《つごもり》がた」とあるから、秋の終りのことである。したがって、「秋の別れ」は、「秋との別れ」の意をも含む。秋との別れと後蔭との惜別を二重映しに詠んだ技巧的な作。

◇きりぎりす 蟋蟀《こおろぎ》の古称。

あらぬわが身は

音羽山《おとはやま》[五]のほとりにて、人を別るとてよめる

貫 之

384 おとは山 木《こ》だかく鳴きて 時鳥《ほととぎす》 きみが別れを 惜しむべらなり

藤原後蔭《ふぢはらののちかげ》[六]が、唐物使《からもののつかひ》[七]に、九月《ながつき》の晦日《つごもり》がたにまかりけるに、殿上《うへ》[八]の男《をのこ》ども、酒たうびけるついでによめる

藤《ふぢ》原《はらの》兼《かね》茂《もち》

385 もろともに 鳴きてとどめよ きりぎりす 秋の別れは 惜しくやはあらぬ

平《たひらの》 元《もと》 規《のり》

386 秋霧の　ともに立ち出《い》でて　別れなば　晴れぬおもひに　恋ひやわたらむ

一源実《みなもとのさね》が二筑紫《つくし》へ三湯浴《ゆあ》みむとてまかりける時に、四山崎にて別れ惜しみける所にてよめる

五白《しろ》女《め》

387 命《いのち》だに　心にかなふ　ものならば　何か別れの　悲しからまし

山崎より六神奈備《かむなび》の森まで送りに人々まかりて、七帰りがてにして別れ惜しみけるによめる

源《みなもとの》実《さね》

388 人やりの　道ならなくに　おほかたは　行き憂《う》しと言ひて　いざ帰りなむ

386 **秋霧が立つのと一緒にあなたも旅に立ち、別れ別れになってしまったら、私は晴れぬ思いで、あなたを恋い続けることでしょう。**

前歌と同じ時の歌。

◇立ち出でて　「立つ」に、秋霧が立つ意を響かせている。◇晴れぬ　「秋霧」の縁でこう言った。

一 嵯峨《さが》源氏。昌泰《しょうたい》三年（九〇〇）没。二 九州の総名の場合と、筑前・筑後両国を指す場合とがある。ここでは前者か。三 湯治しようとて、の意。四 山城《やましろ》と摂津との国境《くにざかい》。西国への旅人はここから船に乗って淀《よど》川を下った（『土佐日記』など参照）。五 一説に、摂津の国江口の遊女とするが、不明。

387 **命だけでも思うようになるのなら、生きながらえてお帰りを待ってもいられる。それなら、これしきの別れ、なんで悲しむことがありましょうか。**

実際はお帰りまで、生きていられるかどうかわからない、それで別れが悲しいのです、の意。

以下三首、一連の歌か。

六 神の鎮座する森。三三参照。ここは、山崎付近にあるというだけで不明。七 帰りづらそうにして。

388 **この旅は人に命じられたものではなく、自ら思いたって行くのだから、ふだんなら、行くのがつらいと言って、さあ一緒に帰りましょう、と言いたいところです。**

実際には、そうもいかない、それでつらい、の意。前歌の詞書にある、筑紫行に際しての歌と考えられる。

◇おほかたは　普通の場合は。
八 この詞書も、前々作からの続きと考えられる。「帰りね」の「ね」は完了の助動詞「ぬ」の命令形。

389 あなたのことが慕われて、やみくもにここまでついてきてしまいました、そんな心と一体の身体ですから、いざ帰ろうとしても、その道がわかりません。

それほど別れがつらいのです、の意。
◇慕はれて「れ」は自発の助動詞「る」の連用形。
九 伝不詳。一〇 武蔵の国の次官、正六位下相当。
一一 逢坂の関のこと。一四三頁注四参照。

390 こんなに引きとめている一方で、あなたは別れて行くのですか。逢坂という坂の名は、「逢う」とあてにさせるだけで、その実《じつ》まったくたよりにならない名前なのですね。

一二 大江音人《おおえのおとんど》の子、大江千里《ちさと》（一四、一五五などの作者）の弟。一三 北陸道の汎称《はんしょう》。一四二頁注一参照。一四 餞別《せんべつ》のこと。一四一頁注六参照。

391 あなたが行く越の国の、雪深い白山を、私は知らないけれども、あなたの行きのまにまに、その雪のなか、跡をたずねて参りましょう。

◇越の白山　白山《はくさん》。三八三参照。「白山しらねども」と同音反復の諧調をねらっている。◇ゆきのまにまに「行きのまにまに」。あなたの足どりのとおりに、の意。第二句「白山」との縁で、「雪のまにまに」を言い掛けている。

八「今はこれより帰りね」と、実《さね》が言ひける折によみける

藤原兼茂

389 慕《した》はれて　来《き》にし心の　身にしあれば　帰るさまには　道も知られず

九藤原惟岳《ふぢはらのこれをか》が一〇武蔵介《むさしのすけ》にまかりける時に、一一送りに逢坂《あふさか》を越ゆとてよみける

貫之

390 かつ越えて　別れもゆくか　逢坂は　人だのめなる　名にこそありけれ

一二大江千古《おほえのちふる》が一三越《こし》へまかりける一四むまの餞《はなむけ》によめる

藤原兼輔朝臣《ふぢはらのかねすけのあそむ》

391 君がゆく　越《こし》の白山《しらやま》　しらねども　ゆきのまにまに　あと

はたづねむ

人の花山《くわさん》[一]にまうできて、夕さりつかた[二]帰りなむとしける時によめる　僧正遍昭《そうじやうへんぜう》

392 夕暮れの　籬《まがき》は山と　見えななむ　夜《よる》は越えじと　やどりとるべく

山[三]にのぼりて帰りまうできて、人々別れけるついでによめる　幽仙法師《いうせんほふし》

393 別れをば　山の桜に　まかせてむ　とめむとめじは　花のまにまに

雲林院親王《うりんゐんのみこ》[四]の舎利会《さりゑ》[五]に山[六]にのぼりて帰りけるに、桜[七]の花のもとにてよめる　僧正遍昭

一　京都市山科区《やましな》花山にある元慶寺《がんぎやうじ》。作者、僧正遍昭住持の寺。六三頁注二参照。二　夕方。

392　夕暮れの薄明りのなかに立つ垣根は、山と見えてほしい。夜には山を越えまいと思って、お参りに来た人がここに泊ってくれるにちがいないから。◇籬《まがき》　竹や柴を粗く編んで造った垣根。◇見えななむ　「ななむ」は、完了の助動詞「ぬ」の未然形「な」に、希求の終助詞「なむ」がついたもの。

三　「山」は比叡《ひえい》山。「のぼりて」「帰りまうできて」の主語は作者幽仙法師。幽仙が比叡山での仕事を終えて、都に帰ってきたのである。「人々」は山から幽仙を送ってきた人々。

393　いついつまでも別れがたいが、こうなったら、引きとめるか引きとめないかは、山の桜にまかせましょう。山の桜が美しければ、それにひかれてあなた方は山へ帰ってしまわれるでしょうし、そうでなければ、都にお留まり下さるでしょう。

いくら名残りを惜しんでも、結局人々は山へ帰らねばならない。それを山の桜が美しいからだと言いなした。

四　仁明天皇皇子、常康親王。七八一に歌がある。「雲林院」は、四九頁注二参照。五　仏舎利（仏陀《ぶつだ》の遺骨）を供養する法会《ほうえ》。「舎利講会」とも言う。貞観《じようがん》時代（平安初期）、慈覚大師円仁《えんにん》に始まる。六　比叡山。七　作者遍昭は、この時比叡山に住んでいて、親王が下山されるのを途中まで見送ったのである。

394 山風に　桜吹きまき　みだれなむ　花のまぎれに　立ちとまるべく

幽仙法師

395 ことならば　君とまるべく　匂はなむ　帰すは花の　憂きにやはあらぬ

[八]仁和帝《にんなのみかど》、[九]親王《みこ》におはしましける時に、[一〇]布留《ふる》の滝《たき》、御覧じにおはしまして、帰り給ひけるによめる

兼《けん》芸《げい》法《ほふ》師《し》

396 飽《あ》かずして　わかるる涙　滝にそふ　水まさるとや　下《しも》は見ゆらむ

[一一]かむなりの壺《つぼ》に召したりける[一二]日、大御《おほみ》

394 山風に吹き散らされて、桜よ、乱れに乱れてくれ。その花びらで道の見分けがつかなくなって、親王がおとどまりになるように。

◇山風に「みだれなむ」にかかる。◇みだれなむ「なむ」は希求の終助詞。

395 どうせのことなら、親王がとどまられるように、美しく咲いていてほしい。花が散り果てて、むざむざ親王をお帰しするのでは、桜だって不本意に思うのではありませんか。

前歌と同じ時の歌だが、作意は逆。当座の巧妙な歌である。

◇ことならば　同じことなら。八二参照。◇匂はなむ「匂ふ」は、嗅覚《きゅうかく》のみではなく、視覚的にもあたりに充満する意。「なむ」は希求の終助詞。

八 光孝天皇。三三頁注一参照。九 まだ帝位におつきにならないころに。一〇 布留は、奈良県天理市の、石上《いそのかみ》神宮の鎮座地。滝は「桃尾滝」がそれであるという。

396 まだまだ満足しないうちにお別れ申さねばならない悲しみの涙が、こぼれ落ちては滝に流れこみます。下流の人々には、滝が増水したのだと見えるでしょう。

◇滝にそふ　滝の水に加わる。

一一 神鳴壺。後宮五舎の一。清涼殿の北にある襲《し》芳《ほう》舎《しゃ》。一九〇参照。一二 帝が作者らをお召しになった日。

酒《き》などたうべて、雨のいたう降りければ、夕さりまで侍《はべ》りて、まかり出《い》で侍りける折に、紀貫之が酒杯《さかづき》をとりて

397 秋萩の　花をば雨に　ぬらせども　君をばまして　をしとこそ思へ

とよめりける返し　　兼《かね》覧《みの》王《おほきみ》

398 をしむらむ　人の心を　知らぬまに　秋の時雨《しぐれ》と　身ぞふりにける

兼覧王《かねみのおほきみ》にはじめて物語して別れける時によめる　　躬恒

399 別るれど　嬉《うれ》しくもあるか　今夜《こよひ》より　あひ見ぬさきに　なにを恋ひまし

一 いただいて飲食する意。 二 夕方。 三 底本ではここに「紀貫之が」はなく、作者名掲出の欄に「貫之」と記しているが、古写本に従って改めた。この形によれば、本来三九七も、次歌三九八の詞書の一部ということになる。特異な形だが、勅撰集に例のないことではない（『拾遺集』一三五〇等）。

397 秋萩の花が、今の雨で濡れてしまって惜しいことをいたしましたが、雨があがってあなたとお別れしなければならないのは、いっそう残念なことでございます。

◇をし 「愛《を》し」と「惜《を》し」と両方の意を含ませた。

四 普通の詞書であれば、「返し」とだけあるところ。

398 私をいとおしく思ってくれているあなたの心も知らない間に、秋の時雨が降るとともに自分も年老いてしまいました。

兼覧王は、藤原氏に疎《うと》まれ不遇をかこたれた惟喬《これたか》親王（紀氏所生、一六一頁注八参照）の皇子。そこから三九七は兼覧王の沈淪《ちんりん》を同族の紀貫之がなぐさめた歌、三九八は兼覧王がそれに応えた歌、と解する説もある。しかし贈答された場が他ならぬ内裏での行事であるから、政治向きに露骨な解釈は不適当である。

◇身ぞふりにける 身が「古《ふ》る」（年老いる）に、時雨が「降る」意を響かせている。

五 兼覧王に躬恒がはじめて言葉を交《か》わす機会を得て、お別れするに際して詠んだ歌、の意。

399 さてお別れいたさねばなりませんが、今宵からはわが君さまを心に抱《いだ》いて生きられますので、別れも嬉しゅう存じます。お目にかかる以前には、いったいどなたをこんなに恋しく思ったでしょうか。別れも嬉しいほどの素晴らしい邂逅《かいこう》は初めてです、の意。◇なにを恋ひまし　何を恋しく思ったでしょうか、あなたに比べれば、何も恋しくは思わなかった、の意。

400 お名残りも尽きないうちに、お別れしなければならない私の袖の悲しみの涙を、あなたの記念として大事に包み持って、旅に出ようと思います。◇白玉　涙を貴重な玉にたとえた。

401 お別れしなければなりませんが、限りなくあなたをお慕いする私の涙に濡れた袖は、けっして乾くことなどありますまい、もう一度、お目にかかる喜びを得ますまでは。◇そぼちぬる　「そぼつ」は、濡れること。「ぬる」は完了の助動詞「ぬ」の連体形。

402 同じことなら、空を真っ暗にして大いに降ってほしい。春雨のせいにして、あなたをここにおとどめしよう。◇ことは　同じことなら。「如《ごと》」と同根。◇濡れ衣きせて　口実にすることを「春雨」の縁でこう言った。

403 無理に別れてゆこうとなさるあなたを、何とかして引きとめたい。桜の花よ、どこが道だかわからなくなるまで散り乱れておくれ。

題しらず　　よみ人しらず

400 飽かずして　別るる袖の　白玉は　君が形見と　つつみてぞゆく

401 限りなく　思ふ涙に　そぼちぬる　袖はかはかじ　逢はむ日までに

402 かき暗《くら》し　ことは降らなむ　春雨に　濡れ衣《ぎぬ》きせて　君をとどめむ

403 しひて行く　人をとどめむ　桜花　いづれを道と　まどふまで散れ

志賀《しが》[一]の山越えにて、石井《いしゐ》[二]のもとにても[三]の言ひける人の別れける折によめる　貫之

404 むすぶ手の　雫《しづく》ににごる　山の井の　飽《あ》かでも人を　別れぬるかな

道[四]にあへりける人の車にもの言ひつきて、別れける所にてよめる　友《とも》則《のり》

405 したの帯《おび》の　道はかたがた　別るとも　ゆきめぐりても　逢《あ》はむとぞ思ふ

一 六一頁注二参照。二 石で囲った泉。「山の井」に同じ。三六四参照。所在は詳《つまび》らかでない。著名な歌枕。三 少しばかり会話を交《か》わした人、の意。「人」は女性。

404 すくいあげる手から落ちる雫で、たちまち濁ってしまう、そんなささやかな山の井の水のように、満足もしないうちに、はかなくお別れしてしまうのですね。

藤原俊成は『古来風体抄』で、「大かたすべて、言葉、事のつづき、すがた、心、かぎりなく侍《はべ》るなるべし。歌の本体は、ただこの歌なるべし」と評している。王朝和歌の理想とされた歌。解説三九一頁参照。

◇むすぶ手の　第三句まで実景を踏まえた有心《うしん》の序詞。山の井は水が少なく浅いため、すくおうとすればすぐに濁る。そこから、不充分な、の意で第四句「飽かでも」を起す。

四 路上で出会った、車に乗った女性にものを言い入れて、別れる時に詠んだ歌、の意。「人」は女性。

405 下帯の先は、ぐるりとめぐって結ばれるものです。そのように、おのおのこれから行く道は別れ別れになりますが、そのうち必ずどこかでお目にかかりたいものです。

◇したの帯の　下の帯のように、の意。「したの帯」は、下着の紐《ひも》。◇ゆきめぐりても　「めぐる」は帯の縁語。

古今和歌集 巻第九

羇旅歌[五]

唐土《もろこし》[六]にて月を見てよみける　　安《あ》[七]倍《べ》仲《なか》麿《まろ》

406
天《あま》の原　ふりさけ見れば　春日《かすが》なる　三笠《みかさ》の山に　いでし月かも

この歌は、昔、仲麿を唐土《もろこし》にものならはしに[八]遣《つか》はしたりけるに、数多《あまた》の年をへて、え帰りまうで来《こ》ざりけるを、この国より、また、使《つかひ》[九]まかりいたりけるに、[一〇]たぐひてまうで来《き》なむとて出《い》でたりけるに、明州《めいしう》[一一]と

五「羇旅《きりよ》」とは旅の意。この語は『萬葉集』にもすでに見えるが、部立《ぶだて》の名としては『古今集』に始まり、以後の勅撰集に踏襲された。渡唐の旅、地方官赴任の旅、遊猟、遊覧、湯治の旅、などさまざまである。もちろん事情不明のものも多い。

六 中国の称。当時は、唐王朝の統治下にあった。

七 文人。霊亀《れいき》二年（七一六）、遣唐使について渡唐。玄宗皇帝の宮廷に出入し、李白《りはく》や王維《おうい》と交わり、文名をあげる。唐では「朝衡《ちようこう》」と称した。天平勝宝《てんぴようしようほう》四年（七五二）、一度帰国しようとしたが（四〇六の歌はこの時のもの）、果さず安南に漂着。この時遭難したと誤認した李白の詩がある（『唐詩選』）。その後、唐朝に仕え、神護景雲《じんごけいうん》四年（七七〇）客死。

406　大空はるかにふり仰ぐと、あれは、昔、春日の三笠山から出たのと、同じ月だ。

月にそそられた望郷の念。百人一首にも採られている。

◇春日なる三笠の山　奈良市東郊、春日にある御蓋《みかさ》山《やま》。麓《ふもと》に春日神社がある。遣唐使は、渡海の前に春日山の麓で天神地祇《てんしんちぎ》に無事を祈るならいであった。◇かも　詠嘆の終助詞。『古今集』では古い歌に多く用いられ、やがて「かな」が一般的になる。

八 物習わし。留学生として派遣されたことをいう。

九 天平勝宝四年、遣唐使藤原清河《きよかわ》が到ったことを指す。一〇 一緒に帰国しようと。一一 浙江省《せっこう》寧波《ねいは》。

いふ所の海辺にて、かの国の人、むまの餞《はなむけ》しけり。
夜《よる》になりて、月のいとおもしろく出《い》でたりけるを見てよめる、となむ語り伝ふる。

隠岐国《おきのくに》に流されける時に、船に乗りて出でたつとて、京なる人のもとにつかはしける　　小野篁朝臣《をののたかむらのあそむ》

407 わたの原　八十島《やそしま》かけて　漕《こ》ぎ出《い》でぬと　人にはつげよ　海人《あま》の釣り舟

題しらず　　よみ人しらず

408 みやこ出《い》でて　今日《けふ》瓶《みか》の原　泉川《いづみがは》　かは風さむし　衣《ころも》鹿背《かせ》山

一 餞別《せんべつ》の宴。一四一頁注六参照。
二 隠岐の島。伊豆《いず》・安房《あわ》・常陸《ひたち》・佐渡・土佐の五カ国とともに、流罪のうち、もっとも重い遠流《おんる》の地。
三 都にいる人のもとに。四 岑守《みねもり》の子。文人。承和二年（八三五）、遣唐副使に任じられたが、命に従わなかったため、承和五年、隠岐の国に流された。四〇七の歌はその時のもの。承和七年召還。

407 大海原に浮ぶ島々を野宿の地とめざしめざして、私は遠い隠岐の国へ漕ぎ出して行ったと、都の人々に告げてほしい、漁をしている釣舟よ。
◇わたの原　海のこと。◇八十島　たくさんの島々。百人一首に採られている。

408 都を出て、今日は三日目、瓶原《みかのはら》にやってきた。ここは泉川が流れていて、川風が寒い。重ね着をする着物を貸しておくれ、鹿背山よ。
掛詞を駆使して地名を詠《よ》みこんだ技巧の歌。
◇瓶の原　「瓶《みか》」に「三日《みか》」を掛けた。「瓶の原」は、京都府相楽《そうらく》郡賀茂町。平安京からは三日の行程。都から宇治を経由して南下、木津に至り、直角に東へ折れ、木津川に沿って八キロ遡《さかのぼ》った山間の盆地で、中央に木津川（泉川）が東西に流れ、南岸に鹿背山、北岸に聖武天皇の恭仁《くに》京の旧跡がある。『新古今集』九九六「みかの原わきて流るる泉川いつ見きとてか恋しかるらむ」（中納言兼輔）も有名。

409 ほのぼのと明けてゆく明石の浦の朝霧のなか、島陰に姿を消してゆく船を見ていると、しみじ

409
ほのぼのと　明石《あかし》の浦の　朝霧に　島隠れゆく　船をしぞ
思ふ

この歌は、ある人のいはく、柿本人麿《かきのもとのひとまろ》がなり。

東《あづま》のかたへ、友とする人、一人二人《ひとりふたり》五いざなひていきけり。六三河国八橋《みかはのくにやつはし》といふ所にいたれりけるに、その川のほとりに、杜若《かきつばた》いとおもしろく咲けりけるを見て、木の陰におりゐて、「かきつばた」といふ五文字《いつもじ》を句のかしらにすゑて、旅の心をよまむとてよめる　在原業平朝臣《ありはらのなりひらのあそむ》

410
唐衣《からころも》　着つつなれにし　つましあれば　はるばる来《き》ぬる
旅をしぞ思ふ

みと旅の心が感じられる。

左注に人麿作とあるのは伝説であるが、藤原公任《きんとう》の『和歌九品《わかくほん》』の上品上生《じようぼんじようしよう》（和歌を九等級に分けた最上位）におかれたため、種々の伝説めいた話を派生した。『柿本集』に入り、『古今和歌六帖』三六三七にも作者を「人まろ」として収められている。

◇ほのぼのと　「明かし」の意を掛けて「明石」にかかる枕詞《まくらことば》。実景でもある。◇明石の浦　兵庫県明石市。浦に面する明石海峡は、海陸の交通の要衝である。

五　主語は、作者在原業平。六　愛知県知立《ちりゆう》市。湿地帯で、河水が四方八方に乱れ流れているため、橋をいくつも架けたところから「八橋」の名がある。『古今集』『伊勢物語』以後、歌枕として著名になった。

410　唐衣を着るにつけてしなやかに身に慣れる褄《つま》、そのように長年むつみあった妻をひとり都に残している、だからひとしお、遥々やってきた旅の悲しさが、身にしみて感じられる。

各句の頭文字だけをとりだすと、詞書《ことばがき》にあるとおり「かきつはた」となる。折句《おりく》の技法。また、「唐衣」「着」「なれ」「つま」「はるばる」は衣の縁語。『伊勢物語』九段にも見え、この歌の詞書と『伊勢』の文章とは酷似している。いずれが先か諸説あるが不明。

◇唐衣着つつ　着物が古くなるとよれよれになるところから、「なれにし妻」を起す序詞《じよことば》。◇つま　着物の「褄《つま》」と「妻」とを掛ける。

[一]武蔵国《むさしのくに》と[二]下総国《しもつふさのくに》との中にある、隅田川《すみだがは》のほとりにいたりて、[三]京《みやこ》のいと恋しうおぼえければ、しばし川のほとりにおりゐて思ひやれば、限りなく遠くも来にけるかな、と思ひわびてながめをるに、渡守《わたしもり》、「[四]はや舟に乗れ、暮れぬ」と言ひければ、舟に乗りて渡らむとするに、皆人《みなひと》ものわびしくて、[五]京に思ふ人なくしもあらず。さる折に、[六]白き鳥の、嘴《はし》と脚《あし》と赤き、川のほとりにあそびけり。京には見えぬ鳥なりければ、皆人見知らず、渡守に「これはなに鳥ぞ」と問ひければ、「[七]これなむ都鳥」と言ひけるを聞きてよめる

一 今の東京都・埼玉県を中心に神奈川県の一部にも及ぶ、東海道に属する国。二 今の千葉県北部と茨城県南部に相当。東海道に属する。三 都がたいそう恋しく思われたので。四 早く船に乗れ。ぐずぐずしていると日も暮れてしまうぞ。五 京に残してきた、愛する人がいないということはない。六 「白き鳥の」の「の」は同格を示す格助詞。白い鳥で、嘴《くちばし》と脚の赤い鳥が、の意。七 これは都鳥じゃ。

411　都という名を持っているのなら、お前は必ず知っているだろう。そこでひとつ、たずねてみたい。都鳥よ、都に残してきたわが愛する人は、つつがなく暮しているだろうか、どうだろうかと。

前歌とともに『伊勢物語』九段にも見える。ここでも、長い詞書と『伊勢』の文章とは酷似する。

◇名にしおはば　都という名を負い持っている、その名が虚名でないならば、の意。「し」は強意の助詞。

◇いざ言問はむ　現在、浅草と向島の間に「言問橋《ことといばし》」がかかっている。そのあたりが、この歌を詠んだ所だという伝説がある。

◇わが思ふ人　私が愛する人。愛しているゆえに心にかかり心配になる人。自分の妻の

ことである。◇ありやなしやと　「あり」は存在の意。文字どおりにとれば、生きているのか、死んでいるのか、ということになる。表現が極端なのは、遠国に来ているからである。

412　北国へ帰って行く雁が、悲しげに鳴いている。思えば去年の秋、一緒に連れてきた家族の数が足りなくなって、そのまま帰って行くのでしょう。『土佐日記』承平五年（九三五）正月十一日の条に、「下りし時の人の数たらねば、古歌《ふるうた》に、『数は足らでぞ帰るべらなる』といふことを思ひ出でて」云々《うんぬん》とある。『土佐日記』の作者紀貫之は、京で生れた女子を土佐守在任中に任地で失ったので、この歌を印象深く感じたのであろう。

八 夫婦あい伴って。九 他国へ下った。「まかる」は、都から地方へ行く意。一〇 即刻、即座に、の意の副詞。一一「身罷る」は、死ぬこと。

413　山にかかって展望をさえぎっている春霞《はるがすみ》が、まことにうらめしい。これではいったい、どの山のむこうがあこがれの都なのか、見当もつかない。詞書に「東の国」と言わず「東のかた」と言うのは、作者が都の人で東国からの帰途にあることを示している。春霞は美しいもので恨むべきでないのを、逆に「うらめしき」と言ったのは、早く都に帰り着きたいとはやる焦燥の表現。
◇いづれ都の…　どこが他国と都との境界なのだろうか、の意。

411 名にしおはば　いざ言問《ことと》はむ　みやこ鳥　わが思ふ人は
ありやなしやと

題しらず　よみ人しらず

412 北へゆく　雁《かり》ぞ鳴くなる　連れて来《こ》し　かずは足《た》らでぞ
帰るべらなる

この歌は、ある人、男女[八]もろともに人の国[九]へまかりけり。男、まかりいたりてすなはち[一〇]身罷《みまか》り[一一]にければ、女、ひとり京へ帰る道に、雁の鳴きけるを聞きてよめる、となむいふ。

東《あづま》のかたより京へまうで来《く》とて、道によめる　乙《おと》

413 山かくす　春の霞ぞ　うらめしき　いづれ都《みやこ》の　さかひな

るらむ

[一]越国《こしのくに》へまかりける時、[二]白山《しらやま》を見てよめる　躬《み》恒《つね》

414 消えはつる　時しなければ　越路《こしぢ》なる　白山《しらやま》の名は　雪にぞありける

東《あづま》へまかりける時、道にてよめる　貫《つら》之《ゆき》

415 糸による　ものならなくに　別れ路《ぢ》の　心ぼそくも　思ほゆるかな

[三]甲《か》斐国《ひのくに》へまかりける時、道にてよめる　躬恒

416 夜を寒み　おく初霜を　払ひつつ　草の枕に　あまたたび

一　北陸道の汎称《はんしょう》。越前、加賀、能登、越中、越後の五カ国。三七〇参照。二　白山《はくさん》。三八三参照。

414　一年中、雪の消えてしまう時がないから、北陸路にある白山の名は、雪にちなんで白《しろ》とつけられたのだ。

白山を詠むことは、すでに『萬葉集』三五〇九に「白山《しらやま》風《かぜ》」の例があり、『古今集』においても珍しくはないが（三八三、三九一等）、初めて白山の壮観に接した感銘を詠じた歌と考えられる。『古今集』では、雪とともに詠まれるのが一般的で（九八〇のみ例外）、雪が絶えない山としての固定した認識があったらしい。

◇越路　越の国への路、すなわち北陸道。

415　糸に縒《よ》られるものでもないのに、都をあとにしてひとりたどるこの道は、何とも心細く思われてならない。

『徒然草』十四段に「貫之が、糸によるものならなくに、といへるは、古今集の中の歌屑とかや言ひ伝へたれど、今の世の人のよみぬべき事柄とは見えず。その世の歌には、姿・詞、この類ひのみ多し。この歌に限りてかく言ひ立てられたるも知り難し」と言う。この歌を『古今集』中の駄作とする伝えの出所は不明であるが、和歌に対する兼好の意見が窺《うかが》われる。

◇別れ路　人と別れて、ひとりで行かねばならない道。

三　今の山梨県。仮名・真名の両序に「前甲斐少目《さきのかひのさうくわん》凡河内躬恒」とあり、作者が甲斐の国に赴任した時期の

寝《ね》ぬ

四但馬国《たぢまのくに》の湯へまかりける時に、五二見《ふたみ》の浦といふ所に泊《とま》りて、夕さりの六餉《かれいひ》七たうべけるに、供《とも》にありける人々、歌よみけるついでによめる

藤《ふぢ》原《はらの》兼《かね》輔《すけ》

417 夕月夜《ゆふづくよ》　おぼつかなきを　玉櫛笥《たまくしげ》　ふたみの浦は　あけてこそ見め

八惟喬親王《これたかのみこ》の供《とも》に、狩にまかりける時に、九天《あま》の川といふ所の川のほとりにおりゐて、酒など飲みけるついでに、親王の言ひけらく、「狩して一〇天《あま》の河原《かはら》にいたる、といふ心をよみて酒杯《さかづき》はさ

あったことがわかる。

416 夜が寒いので、おきかかる初霜を払いながら、もう幾夜も旅寝を繰り返した。

◇あまたたび『延喜式』（主計式上）によれば、京から甲斐の国まで、下《くだ》り十三日の行程である。

四 兵庫県北部。「湯」は城崎《きのさき》温泉か。五 城崎郡豊岡川の河口。城崎温泉の近くにある。六 もち米を蒸して、乾《ほ》したもの。湯を加え、もどして食べる。保存用、携帯用の食料。七 食すること。

417 夕方の月が出て、あたりはぼんやり暗くなってきた。美しい櫛笥の箱は、ふたとみを開《あ》けて見るというのにちなんで、有名なふたみの浦も、夜が明けてから見物することにしよう。

◇おぼつかなきを「おぼつかなし」は、ぼんやりしてはっきりわからない状態を言う。◇玉櫛笥「玉」は美称。「櫛笥」は櫛を入れる箱。蓋《ふた》と身を開《あ》けて見るところから、下二句を導く枕詞。

八 文徳《もんとく》天皇第一皇子。母は紀名虎《きのなとら》の女《むすめ》、静子。皇位につくべき位置にあったが、藤原明子所生の惟仁《これひと》親王が即位した（清和天皇）。晩年は不遇で、貞観《じょうがん》十四年（八七二）出家、京都市北部の小野にこもられた。九七〇はその時の在原業平の歌。九 大阪府枚方《ひらかた》市を流れる。淀《よど》川左岸にあり、東の山中から、淀川に流入する。現在は「天野川」と書く。一〇 地上の「天の川」から、天上の「天の川」を連想して、詠歌を要求されたのである。それゆえ、歌は七夕《たなばた》の歌になっている。

418
せ」と言ひければよめる　　在原業平朝臣
狩り暮らし　織女《たなばたつめ》に　宿からむ　天《あま》の河原《かはら》に　われは来にけり

親王[一]、この歌を返《かへ》す返すよみつつ、返[二]しえせずなりにければ、供《とも》に侍《はべ》りてよめる　　紀《きの》有《あり》常《つね》

419
一年《ひととせ》に　ひとたび来《き》ます　君待てば　宿かす人も　あらじとぞ思ふ

朱雀院《すざくのゐん》[三]の奈良に[四]おはしましける時に、手向山《たむけ》[五]にてよめる　　菅《すが》[六]原《はらの》朝臣《あそむ》

420
このたびは　幣《ぬさ》もとりあへず　手向山《たむけやま》　もみぢの錦《にしき》　神のまにまに

418　一日中狩りをして、日も暮れてきた。今夜の宿りは織姫にたのもう。ちょうど、天の川の河原にやってきたのだから。

現実の地名「天の川」から、即座に織女星に宿をたのもうと転じた。次歌とともに『伊勢物語』八十二段にも出ており、詞書も内容的にほとんど変らない。

一　前歌の詞書にある惟喬《これたか》親王。二　業平の歌があまりによかったので、それにふさわしい歌を返すことができなかったのである。そこで供の紀有常が、親王に代って返歌を作った。

419　織姫は、一年に一度と決めて訪れてくる彦星を待っているのだから、そのほかには宿を貸す相手など、まずあるまいと思う。

三　宇多上皇のこと。本来「朱雀院」は上皇御所の名であるが（九五頁注二、三一四頁注二参照）、ここは宇多上皇その人を指している。四　昌泰《しょうたい》元年（八九八）十月のこと。五　若草山の南にある手向山神社のこととする説が多い。六　菅原道真《みちざね》のこと。作者名の書式としては異例。解説四〇九頁参照。

420　このたびの御幸《みゆき》には、幣の用意もして参りませんでした。さいわいにも紅葉《もみじ》が美しい折でございます。神様の御心にかなうといたしましたなら、この紅葉を幣として御受納下さい。

本当に幣の用意がなかったのではない。紅葉があまりにも美しいので、その美しさを強調した。百人一首に採られている。

素《そ》性《せい》法《ほふ》師《し》

421 手向《たむ》けには　つづりの袖も　裁《き》るべきに　もみぢに飽《あ》ける　神やかへさむ

◇幣　神に祈る時に供えるもの。古代では紙や布でつくることが多かった。旅行の時は、途中の要所要所で神に安全を祈り、幣を奉る。◇神のまにまに　神様の御心のままに、の意。

421　このたびの行幸には、手向けの幣の用意もして参りませんでした。私の破れ衣の袖でも切って代りにすべきですが、神様は、こんなにも美しい紅葉が幣のように散るさまを堪能《たんのう》するほど御覧になっていらっしゃいますから、そんなことをしても、きっとお返しになることでしょう。

前歌と同じ時の作。

◇つづりの袖　つぎの当った袖が原義。墨染めの僧衣を粗末なものとして、こう言った。

古今和歌集 巻第十

物名[一]

うぐひす　　　　藤原敏行朝臣《ふぢはらのとしゆきのあそむ》

422 心から　花の雫《しづく》に　そぼちつつ　憂《う》く干《ひ》ずとのみ　鳥の鳴くらむ

ほととぎす

423 来《く》べきほど　時過《ときす》ぎぬれや　待ちわびて　鳴くなる声の　人をとよむる

一 普通、「モノノナ」と読んでいる。一首のうちに、与えられた題を隠し詠《よ》んだ歌。題と歌の内容とは、必ずしも直接的に関連をもつ必要はない。語の清濁の違いも無視することを許されている。所収歌（四十七首）の前半（三十四首）は鳥・虫・植物の名を詠みこみ、後半（十三首）は地名、および人事関係の物事を詠みこんでいる。『拾遺集』巻七が「物名」の部を立て、『千載集』巻十八（雑歌下）のなかに「物名」の項が設けられているが、以後、急速に衰えた技法のようである。

422 自分から花の雫に濡れておきながら、つらいことには羽がちっとも乾かないなどと、あの鳥は何で鳴くのであろうか。

第四句に「うぐひす」を隠す。◇心から　わが心から、の意。◇そぼちつつ　「そぼつ」は、濡れる意。

423 時鳥《ほととぎす》は、約束して待っている相手が、その時刻が過ぎても来ないからなのだろうか、待ちわびて鳴いている、その声が、人々の耳にひびいてくる。

第一・二句に「ほととぎす」を隠す。◇とよむる　「とよむ」は、音や声をひびきわたらせる意。

二 ここは、「空蟬《うつせみ》」。蟬のぬけがらで、無常の象徴として扱われることが多い。

424　波のうち寄せる瀬を見ると、玉が飛び散っているかのようです。けれどもその玉を拾うと、袖の中で消えてしまわないでしょうか。

玉はこの世の華やかなものだが、それらは結局はかないものだ、の意。第一・二句に「うつせみ」を隠す。

◇瀬　川などの水流の急な所。◇玉　宝石あるいは真珠をいう。ここは水の飛沫《しぶき》の比喩《ひゆ》。◇はかなからむや　空《むな》しくならないだろうか。「や」は詠嘆的疑問。

425　消えはすまいかとおっしゃるが、袂以外のもので玉を包むことができましょうか。だからやはり、ほら、これが玉です、と袂に移してごらんなさい。私も拝見いたしましょう。

この世のことを、そう無下に否定しなくともよろしいでしょう、玉はやはり玉です、と前歌に応じた。第五句に「うつせみ」を隠す。

◇うつせ見むかし　「うつせ」は「移す」の命令形。「かし」は、語勢を強め、念を押す意の助詞。

426　ああ、情けない。梅の花は、いつまでもかわることなく人目を楽しませてくれはしないらしい。散った後に、思い出になるような、よい香りを残してはいるけれども。

第一句に「うめ」を隠す。

◇あな憂　「あな」は感動詞。「憂《う》」は、形容詞「憂し」の語幹。語幹のみ用いるのは、感嘆的用法。

三　桜の一種であろうが、不明。一説に樺桜《かばざくら》という。

二 うつせみ　　在《あり》原《はらの》滋《しげ》春《はる》

424 波の打つ　瀬見《せみ》れば玉ぞ　乱れける　拾はば袖《そで》に　はかなからむや

返し　　壬《み》生《ぶの》忠《ただ》岑《みね》

425 袂《たもと》より　はなれて玉を　包まめや　これなむそれと　うつせ見《み》むかし

うめ　　よみ人しらず

426 あな憂《う》目《め》に　常なるべくも　見えぬかな　恋しかるべき　香《か》はにほひつつ

三 かにはざくら　　貫《つら》之《ゆき》

427 潜《もぐ》ってとろうとしても、波のたつ中ではとることができず、しかし、見ていると、風が吹いてくるごとに浮いたり沈んだりする、あの美しい玉は。

第二・三句に「かにはざくら」を隠している。

◇さぐられで 「で」は、「ずて」の転。…ない状態で、の意を表す。

428 もう何日も春は残っていない、だから、鶯も、ぼんやりもの思いにふけっているようだ。

第三・四句に「すもの花」を隠す。

◇ながめて 「ながむ」は、もの思いにふけること。一一三、一四三参照。◇べらなり …するようだ。二三参照。

一 今の杏《あんず》。

429 お目にかかったその時から、なおいっそう、悲しい思いがします。お別れすることを、あらかじめ考えてしまうものですから。

第一・二句に「からももの花」を隠す。

◇からも 「からに」に同じ。…と同時に。二四九参照。

◇かねて 前もって、あらかじめ。

430 山を離れて、どこへともなく流れてゆく雲のように、さだまった宿りもない、まさにはかないこの世である。

第二句に「たちばな」を隠す。

◇あしひきの 「山」の枕詞《まくらことば》。第三句まで序詞《じょことば》。「宿りさだめぬ」を起す。

二 「古今伝授」のいわゆる「三木」の一つで、その注釈は秘伝とされた神秘的な木。他の二つは「めど

427
かづけども 波のなかには さぐられで 風ふくごとに
浮き沈む玉

すもの花

428
いま幾日《いくか》 春しなければ 鶯《うぐひす》も ものはながめて おもふ
べらなり

一 からももの花
清原深養父《きよはらのふかやぶ》

429
逢《あ》ふからも ものはなほこそ 悲しけれ 別れむことを
かねて思へば

二 たちばな
小野滋蔭《をののしげかげ》

430
あしひきの 山たち離《はな》れ 行く雲の 宿りさだめぬ 世に
こそありけれ

にけづりばな」（一七一頁注五、六参照）、「かはなぐさ」（一七二頁注二参照）。榊《さかき》に似た木で、南・西日本では神事に用いる所が多い。それで神秘化されたのであろう。平安京には比較的少ない。繁茂地の東の限界は伊勢・志摩とされる。

431 吉野川の奔流に浮び出る泡を、玉が消える、と思ったのだろうか。

第四・五句に「をがたまの木」を隠す。

◇みよしのの 三参照。◇吉野の滝 主に、吉野川が吉野町宮滝を流れるあたりを言う。ここは岩盤が露出して、特異な景観を呈する。奈良時代、この北岸に吉野離宮があった。◇泡をか 「か」は詠嘆的疑問。

432 秋がきた。今しも垣根に棲《す》む蟋蟀《こおろぎ》は、夜ごとに鳴くことであろう、風が寒くなってきたので。

第二・三句に「やまがき（山柿）の木」を隠す。

◇籬 竹や柴を粗く編んで造った垣根。◇きりぎりす 今の蟋蟀。

三 葵《あおい》、桂《かつら》。

433 これほど逢う日が稀《まれ》になってしまった人を、どうして薄情な人だと、思わずにいられようか。

第二句に「あふひ」を、第四句に「かつら」を隠す。

434 人目が多いので、一度逢うと、次に逢うまで間遠《まどお》になる、それを私の薄情さゆえだと、誤解されるのだろうか。

前歌に答えた形。二六七・二六八、六三〇・六三一、六五九・六六〇参照。第二句に「あふひ」、第四句に「かつら」を隠す。

二 をがたまの木　　友則《とものり》

431 みよしのの　吉野の滝に　浮び出《い》づる　泡《あわ》をか玉《たま》の　消ゆと見つらむ

やまがきの木　　よみ人しらず

432 秋は来《き》ぬ　今や籬《まがき》の　きりぎりす　夜《よ》な夜《よ》な鳴かむ　風の寒さに

三 あふひ　かつら

433 かくばかり　逢《あ》ふ日のまれに　なる人を　いかがつらしと　思はざるべき

434 人目ゆゑ　後《のち》に逢ふ日の　はるけくは　わがつらきにや

思ひなされむ

一 くたに　　僧正遍昭《そうじやうへんぜう》

435 散りぬれば　後《のち》は芥《あくた》に　なる花を　思ひ知らずも　まどふ蝶《てふ》かな

二 さうび　　貫之

436 われは今朝《けさ》　初《うひ》にぞ見つる　花の色を　あだなるものと　いふべかりけり

をみなへし　　友則

437 白露を　玉にぬくとや　ささがにの　花にも葉にも　糸を　みなへし

一「木丹」「苦丹」などと漢字をあてられ、牡丹《ぼたん》の類らしいが、不明。

435 いくら美しくとも、散ればごみになってしまう花なのに、そうとも知らないで、まどいたわむれている、あの蝶々は。

人の世の美しいものは結局空《むな》しい。それをもてはやす人の心の浅はかさに対する、仏教的な感懐。第二句に「くたに」を隠す。

二 薔薇《ばら》。ここは、野生のものではなく、当時大陸から渡来したもの。

436 私は今朝、初めて見た。人々が珍しがってもてはやす薔薇だが、私には色っぽく、派手すぎるように思われる。

第一・二句に「さうび」を隠す。

◇初《うひ》に　はじめて。◇あだ　女の容姿の艶《あて》やかなさまを言う。魏《ぎ》の曹植《そうしよく》の「洛神賦《らくしんのふ》」（『文選』）に見える漢語「婀娜」を借用したもの。薔薇が舶来のものなので、特にこの珍しい音訳語を用いた。

437 白露を、玉として緒に貫こうというのだろうか。蜘蛛《くも》が、花にも葉にも糸をかけわたした。

第五句に「をみなへし」を隠す。

◇ささがに　蜘蛛のこと。◇糸をみなへし　「糸を皆綜《へ》し」。「綜《ふ》」は下二段活用の動詞で、縦糸を織機にかけて織れるように整えること。今の整経。

438 朝露を分けて濡れながら、花を見ようと思う一心で、野山をみんな歩きつくした。
花を愛することの強さを述べた歌。第四・五句に「をみなへし」を隠す。
◇そぼちつつ 「そぼつ」は、濡れる意。◇みなへ知りぬる 「皆《みな》、経《へ》、知《し》りぬる」。
三 昌泰元年（八九八）宇多法皇御所の朱雀院で行われた女郎花合。女郎花合は花合せの一つで、左右に分れて花を出し合い優劣を競う。その時、和歌を添えた。二三〇参照。四 この技法を折句《おりく》という。四一〇参照。これも物名歌の技法の一つであったことがわかる。一七七頁注七参照。

439 小倉山の峰を歩きまわって、鹿の鳴く声が聞えるが、あの鹿は、いくたび秋をあのようにして過したのか、知っている人はない。
各句の頭文字を取り出すと、「をみなへし」となる。
◇小倉山 京都嵐山の対岸にある山。三一二参照。◇たちならし 立ち馴らし。
五 桔梗《ききよう》。

440 野には秋が近くなった。白露がおいている草葉も、色が変ってゆく。
第一・二句に「きちかうの花」を隠す。
六 紫苑《しおん》。

438 朝露を 分けそぼちつつ 花見むと 今ぞ野山を みなへ知りぬる

三 朱雀院《すざくのゐん》の女郎花合《をみなへしあはせ》の時に、「をみなへし」といふ四 五文字《いつもじ》を句のかしらにおきてよめる　貫之

439 小倉《をぐら》山 峰《みね》たちならし 鳴《な》く鹿の 経《へ》にけむ秋を 知る人ぞなき

五 きちかうの花　友則

440 秋ちかう 野はなりにけり 白露《しらつゆ》の おける草葉も 色かはりゆく

六 しをに　よみ人しらず

441　わざわざ思い立って、なつかしい里の花を見ようと出かけてきたのに、美しい色はもう衰えてしまっていた。

第四句に「しをに」を隠す。

◇ふりはへて　わざわざ。三参照。◇ふるさと　昔なじみの土地。四二参照。◇来しを　「を」は逆接。◇匂ひ　花の美しい色艶《いろつや》。

一　龍胆《りんどう》。

442　わが家《や》の庭の花を踏みしだく、鳥を打ちこらしめよう。花の咲く野がないからなのだろうか、ここにばかりやってくるのは。

第三・四句に「りうたむの花」を隠す。

二　尾花。すすきの穂。

443　現実に存在すると思って、あてにすることは、そもそもむずかしいことなのだ。この世というものは、本当は存在しないのだ、幻影にすぎないのだと、思ってしまおう。

第四句に「をばな」を隠す。

◇空蟬の　「世」の枕詞。「ウツセミ」は、「ウツシ(現)オミ(人)」がつづまって「ウツソミ」となり、さらに転じて「世」の枕詞になったのだが、早くから、「空蟬」(蟬のぬけがら)の文字をあてて用いられ、はかない、の意で「世」の枕詞とされている。七三参照。◇世をばなし　この世は本質ではなく、現象にすぎない、と考える仏教的な思想。

三「牽牛子」と書く。今の朝顔。

441
ふりはへて　いざふるさとの　花見むと　来《こ》しを匂《にほ》ひぞ
うつろひにける

一りうたむの花　友則

442
わがやどの　花踏《ふ》みしだく　鳥打《とりう》たむ　野はなければや
ここにしも来る

二をばな　よみ人しらず

443
ありと見て　たのむぞかたき　空蟬《うつせみ》の　世をばなしとや
思ひなしてむ

三けにごし　矢田部名実《やたべのなざね》

444
うちつけに　濃《こ》しとや花の　色を見む　おく白露の　染《そ》む
るばかりを

二条后《にでうのきさき》、春宮《とうぐう》の御息所《みやすむどころ》と申しける時に、めどに削《けづ》り花挿《さ》せりけるをよませ給ひける

文《ふん》屋《やの》康《やす》秀《ひで》

445 花の木に　あらざらめども　咲きにけり　ふりにし木《こ》の実《み》なる時もがな

しのぶぐさ

紀《きの》利《とし》貞《さだ》

446 山たかみ　つねに嵐《あらし》の　吹く里は　にほひもあへず　花ぞ散りける

やまし

平《たひらの》篤《あつ》行《ゆき》

447 時鳥《ほととぎす》　峰の雲にや　交《まじ》りにし　ありとは聞けど　見るよしもなき

444　ふと見ると、濃い花の色だと誰もが思うだろう。しかし、秋の野の色というものは、実は、花においた白露が、染めだしただけのものなのだ。

第一・二句に「けにごし」を隠す。

四 藤原長良《ながら》の女《むすめ》、高子。二八頁注一、二九頁注三参照。五「めど」は「馬道《めだう》」とすれば廊下のことか。諸説あり不明。六 木を削って花の形に作りなしたもの。「古今伝授」の「三木」の一。一六六頁注二参照。

445　花の咲く生きた木ではありませんが、削り花が造りつけられて、花が咲いたように見えます。古ぼけた木にも、実のなる時があってほしいものです。

言外に、どうか年老いて不遇な私に東宮の御庇護を、と訴えた歌。類歌、八〇。第二句に「めど」が隠されている。

七 のきしのぶ。

446　山が高いので、いつも嵐が吹く里では、花は美しい色に映《は》える間もなく散ってしまった。

第二・三句に「しのぶぐさ」が隠されている。

◇にほひもあへず　美しさを発揮しきれずに。八三参照。

八 不明。一説に花菅《はなすげ》の別称という。

447　時鳥は、峰にかかっている雲の中にまぎれてしまったのであろうか。いるということは声でわかるけれど、姿を見ようにも見ることができないのは。

第二・三句に「やまし」を隠す。

◇よし　手段、方法。

448
一からはぎ　　よみ人しらず

空蟬《うつせみ》の　からは木《き》ごとに　とどむれど　魂《たま》のゆくへを　見ぬぞ悲しき

449
二かはなぐさ　　深《ふか》養《や》父《ぶ》

うば玉の　夢になにかは　なぐさまむ　現《うつつ》にだにも　飽かぬ心を

450
三さがりこけ　　高《たか》向《むこの》利《とし》春《はる》

花の色は　ただひとさかり　濃《こ》けれども　返す返すぞ　露は染めける

四にがたけ　　滋　春

一 文字をあてれば「唐萩」であろうが、実体は不明。

448 蟬の抜けがらは木ごとに残っているが、抜け出して飛んで行った魂の行方はわからない、悲しいことだ。

第二句に「からはぎ」を隠す。「から」は、「抜けがら」の意と「遺体」の意とを兼ね（八三参照）、蟬に限らず、体から抜け出した魂はどこへ行くのかわからない、それが悲しい、と言う。

二「川菜草」と書くのであろうが、実体は不明。一説に、川に生える藻《も》の一種という。「古今伝授」の「三木」の一。一六六頁注二参照。

449 愛する人を夢に見るだけで、どうして心のなぐさむことがあろうか。現実に逢っていてさえ、満足もできないのに。

第二・三句に「かはなぐさ」を隠す。◇うば玉の　「夢」の枕詞。◇なにかは…　どうして…か。反語。

三「さるおがせ」の別称か。

450 花の色は、ただ一時《いっとき》濃く美しく咲くだけだが、それは、繰り返し繰り返し露が染めあげた、苦心の作なのだ。

第二・三句に「さがりこけ」を隠す。

四 不明。一説に、マダケ、メダケの別称という。

451 命をつなぐかてとして露をあてにしてみても、露はすぐに消えてしまって、頼りにならない。

それで野辺の虫は、いかにもわびしそうに鳴いているのであろう。第二・三句に「にがたけ」を隠す。◇ものわびしら 「ら」は、形容詞の語幹に接続して状態を表す体言を作る接尾語。

五 不明。一説に、コウタケの別称という。

452 夜がふけて、月はもう、半ば西の方へ傾いている、その月を吹き返してほしい、秋の山風よ。月をもっと見ていたいから、の意。第二句に「かはたけ」を隠す。◇闌けゆく 「闌く」は、盛りが過ぎる意。◇ひさかたの 「月」の枕詞。

453 煙が立って燃えるとも見えないのに、その草の名を、誰が「わら火」とつけたのであろうか。◇燃ゆ 新芽が出る意の「萌《も》ゆ」を響かせている。◇わら火 題の「蕨《わらび》」を「藁火《わらび》」に掛けている。

六 芭蕉葉。

454 ついつい時期を待ってためらっている間に、日が経《た》ってしまった。自分の気持だけは、先方に知らせてあるが。第一句に「ささ」、第二句に「まつ」、第三句に「びは」、第四句に「ばせをば」を隠す。◇いささめに よい加減に、かりそめに。◇心ばせ 気持。

451 命とて 露をたのむに かたければ ものわびしらに 鳴く野辺《のべ》の虫

かはたけ[五] 景《かげ》式《のりの》王《おほきみ》

452 小夜《さよ》ふけて なかば闌《た》けゆく ひさかたの 月ふき返せ 秋の山風

わらび 真《しん》静《せい》法《ほふ》師《し》

453 煙立ち 燃《も》ゆとも見えぬ 草の葉を たれかわら火《び》と 名づけそめけむ

ささ まつ びは ばせをば[六] 紀《きの》乳《めの》母《と》

454 いささめに 時待《ま》つまにぞ 日はへぬる 心ばせをば 人に見えつつ

455 なし　なつめ　くるみ　　兵衛《ひやうゑ》

あぢきなし　歎きなつめそ　憂《う》きことに　あひくる身《み》をば　捨てぬものから

456 唐琴《からこと》といふ所にて、春の立ちける日よめる　　安倍清行朝臣《あべのきよゆきのあそむ》

波の音の　今朝《けさ》からことに　聞ゆるは　春の調《しら》べや　あらたまるらむ

457 伊加賀崎《いかがさき》　　兼覧王《かねみのおほきみ》

かぢにあたる　波の雫《しづく》を　春なれば　いかが咲き散る　花と見ざらむ

455 意味のないことだ。そんなに思いつめて嘆きなさるな。つらいことに出遭ってきた身体は、そう簡単に捨てられるものではないのだから。

第一句に「なし」、第二句に「なつめ」、第四句に「くるみ」を隠す。

◇あぢきなし　無用だ、どうしようもない。◇歎きなつめそ　嘆きつめるな。「な…そ」で禁止を表す。

一 倉敷市児島唐琴《からこと》町。一説に、岡山県邑久《おく》郡牛窓《うしまど》町ともいう。いずれも瀬戸内海に臨む。九二一にも詠まれ、当時は内海航路の一拠点であった。

456 波の音が、今朝から、ちがった趣に聞えるが、それは春がきて、唐琴を奏でる波の調べが、春の調べに改まったからなのだろう。

◇今朝からことに　「今朝から異《こと》に」。楽器「唐琴」を掛け、ここに題を隠した。

二『和名抄』に「河内国茨田郡伊香以加加」とある。今の大阪府枚方《ひらかた》市伊加賀。淀《よど》川に丘陵が半島状に突出しており、崎と呼ばれうる地形をなす。

457 櫓《ろ》にあたる波しぶきを、今は春なのだから、咲いて散る花と、どうして見ないでいられようか。

第四句に「伊加賀崎」を隠す。

◇波の雫を　「波」は、底本「さを」。古写本によって改めた。

三 大津市街の北方四キロ。琵琶《びわ》湖に突出した半島。古代、近江京の舟着場で、『萬葉集』にも詠まれてい

る。近江八景に「唐崎夜雨」がある。

458 向う岸に、あの人たちはいつの間に、先に渡ってしまったのだろう。波の上には舟の跡も残っていないから、知る由《よし》もない。

『萬葉集』「世間《よのなか》をなににたとへむ朝びらき榜《こ》ぎ去《い》にし舟の跡なきがごと」(三五一) という沙弥満誓《さみのまんぜい》の作と同様に、仏教的無常感を述べた歌。第二句に「唐崎」を隠す。

459 波の花が、まず沖から咲いて散ってくるようだ。水の春とは、風が催すものらしい。

第二句に「唐崎」を隠す。

四 京都の鷹峰《たかがみね》の山中に発して南流し、北野神社と平野神社との中間を南へ流れ、桂《かつら》川に入る。平安時代、宮廷の料紙をこの川で漉《す》いたので、この名がある。

460 真っ黒であった私の髪も、変ったのだろうか。鏡に映すと、白雪の降っているのが見えるのは。

第二・三句に「紙屋川」を隠す。

◇うば玉の 「黒髪」の枕詞。◇白雪 白髪の比喩《ひゆ》。

五 賀茂川と桂川との合流点から下流、大阪湾に注ぐまでの称。

461 人の世を離れて山里に住んでいるのに、これ以上どうしろというのか、白雲の晴れる時がないのは。

何かの理由で、山中に隠遁《いんとん》した人の述懐に仕立てた。第四・五句に「淀川」を隠す。

◇あしひきの 「山」の枕詞。

三 唐崎《からさき》　阿保経覧《あぼのつねみ》

458 彼《か》の方《かた》に　いつから先《さき》に　渡りけむ　波路《なみぢ》は跡《あと》も　のこらざりけり

伊勢《いせ》

459 波のはな　沖《おき》から咲きて　散り来《く》めり　水の春とは　風やなるらむ

四 紙屋川《かみやがは》　貫之

460 うば玉の　わが黒髪《くろかみ》や　かはるらむ　鏡のかげに　降れる白雪

五 淀川《よどがは》

461 あしひきの　山辺にをれば　白雲の　いかにせよとか　晴《は》

るる時なき

一 交野《かたの》　　　　　　忠　岑

462 夏草の　うへはしげれる　沼水の　ゆく方《かた》のなき　わが心
かな

二 桂《かつら》の宮《みや》　　　　　源《みなもとの》　忠《ほどこす》

463 秋くれど　月のかつらの　実《み》やは成《な》る　光を花と　散らす
ばかりを

三 百和《はくわ》香《かう》　　　　　　よみ人しらず

464 花ごとに　あかず散らしし　風なれば　いくそばくわが
憂《う》しとかは思ふ

一 大阪府枚方《ひらかた》市と交野《かたの》市にまたがる台地。桓武《かんむ》天皇の離宮があり、『伊勢物語』八十二段には、惟喬《これたか》親王と在原業平《ありわらのなりひら》との遊猟の文章がある。桜の名所。

462 夏草の一面に覆《おお》った沼の水が、流れて行く先もないように、私の心は、重く淀《よど》んで遣《や》り所もない。

第四句に「交野」を隠す。

二 諸説あるが不明。

463 秋がきたけれど、はてさて、月の桂は実をつけるのだろうか。光を花のように散らしているばかりで…。

秋の月光が美しいことを歌った。第二・三句に「桂の宮」を隠す。

◇月のかつら　月には桂の木が生えているといわれていた。中国の伝説。一九四参照。

三 一説に、種々の香を練り合せて作る香というが、不明。

464 私が満足しないうちに、どの花をもみな散らした風だ、どれほど繰り返し、私はつらく思ったことだろうか。

第四・五句に「百和香」を隠す。

◇いくそばく　何度、幾度。

四 墨流し。墨（または絵具）を水に流し、紙を浮べて水面にできた模様に染める伝統的な技法。西本願寺本『三十六人集』の料紙などに好例が見られる。

465 四すみながし　　　　滋　春

春霞《はるがすみ》　なかし通《かよ》ひ路《ぢ》　なかりせば　秋くる雁《かり》は　帰らざらまし

466 五おき火　　　　都《みやこの》　良《よし》　香《か》

流れ出《い》づる　かただに見えぬ　涙川《なみだがは》　沖干《おきひ》むときや　底は知られむ

467 六ちまき　　　　大《おほ》　江《えの》　千《ち》　里《さと》

のちまきの　遅れて生《お》ふる　苗《なへ》なれど　あだにはならぬ　頼みとぞ聞く

七「は」をはじめ、「る」をはてにて、「ながめ」をかけて時の歌よめ、と人

465 春霞の中に、通い路がなかったなら、毎年秋にやってくる雁は、春になっても帰ってゆきはすまいものを。

帰雁愛惜の歌。第一・二句に「すみながし」を隠す。

◇なかし　「し」は強意の助詞。

五 激しく熾《おこ》った火。

466 流れ出してくる方角もわからないほど水かさが多い涙川は、沖が干上がる時にはじめて、悲しみの深さがわかるのだ。

自分の悲しみの深さは、無限に深い、の意。第四句に「おき火」を隠す。

◇涙川　涙が流れるのを川にたとえた表現。

六 粽《ちまき》。茅《ち》巻《ま》き。餅を笹《ささ》などの葉で巻き、藺草《いぐさ》でしばった食品。端午の節句に用いる。

467 遅く蒔《ま》き、遅く生長した苗であるけれども、決して無駄にはならず、やはり、立派に田の実となる、頼み甲斐《がい》のある苗だときいている。

大器晩成を詠んだ。第一句に「ちまき」を隠す。

◇頼み　信頼できるものの意の「頼み」と「田の実」とを掛けている。

七「は」を一首の初めに使い、「る」を末尾に使い（沓冠《くつかむり》の手法）、「ながめ」を一首の中に隠して（隠題《かくしだい》の手法）、時節の歌を詠め、の意。「はる」（春）と「ながめ」（長雨）を隠すから、「時」は春と知られる。『古今集』の物名には隠題式のものが多いが、沓冠や折句《おりく》（四三九参照）の手法も含まれている。

僧正《そうじやう》聖宝《しやうぼう》の言ひければよめる

468
花の中《なか》　目に飽くやとて　分けゆけば　心ぞともに　散りぬべらなる

468　花が咲いている中を、見飽きることがあるかと思って分けて行ったが、いっこうに飽きることはなく、それればかりか、花の見事さに目が移って、心まで散り散りになってしまいそうだ。

命令どおり、「は」で始まり「る」で終り、「ながめ」を第一・二句に隠した春の歌。

◇散りぬべらなる　花とともに心も散ってしまいそうだ。「静心《しづごころ》」もなくなってしまうの意か。八二、八四参照。「べらなり」は三三参照。

古今和歌集　巻第十一

恋[一]　歌　一

題しらず　　　　よみ人しらず

469 時鳥《ほととぎす》　鳴くや五月《さつき》の　菖蒲草《あやめぐさ》　あやめも知らぬ　恋もする
かな

素性《そ》《せい》法《ほふ》師《し》

470 音にのみ　菊の白露　夜《よる》はおきて　昼はおもひに　あへず
消《け》ぬべし

一「恋歌」の部立《ぶだて》は『古今集』から始まる。『萬葉集』でこれに相当するのは「相聞《そうもん》」であるが、「相聞」には、男女間の恋歌のほか、親子、兄弟、朋友《ほうゆう》間の歌も含まれている。『古今集』「恋歌」は計五巻（巻十一〜十五）からなり、歌は、ほぼ恋の展開に沿って配列されている。「恋歌一」「恋歌二」は萌芽《ほうが》期、「恋歌三」「恋歌四」は成就期、「恋歌五」は終末期である。

469　時鳥が鳴く五月に咲きほこる菖蒲草《あやめぐさ》、その菖蒲《あやめ》ではないが、この世の筋道《あやめ》もわからなくなるほど、私は恋に焦がれている。

◇菖蒲草　第三句まで序詞《じょことば》。同音で第四句「あやめ」を起す。夏五月の景物は、同時に恋のたかまりの気分的象徴ともなっている。◇あやめ　「文目《あやめ》」。条理、道理の意。

470　菊の白露は、夜に置き、昼には日に照らされて消えてしまう。私も、あなたの噂《うわさ》ばかりを聞く白露で、夜は起きて焦がれ明かし、昼は熱い胸の火にさいなまれて消え入ってしまいそうだ。

「白露」を中心に、掛詞を駆使した技巧。

◇菊　「聞く」を掛ける。◇夜はおきて　「おく」に白露が「置く」と、わが身が「起く」を掛ける。◇おもひ　「思ひ」に「火」を掛ける。「白露」に対しては「日」の意が響かせられている。◇あへず　堪えられず。◇消ぬべし　「消ぬ」に露が消える意と、心が消え入る意を掛ける。

471　吉野川を、岩打つ波も高く流れ下る水は速い、その水のようにずいぶん早くから、私はあなたのことを思い始めていたのだ。◇ゆく水の　第三句まで序詞。第四句「はやく」を起す。◇はやく　序詞からの続きでは「速し」の意、第四句以下の本旨では「早し」の意。第五句の「てし」は過去完了であるから、第四句を「速く」と解する説は採れない。『古今和歌六帖』三四〇四でも「年経て言ふ」の項に入れている。

472　航路にたった白波が、やがて跡もなく消えてしまう海をゆく心細げな船でさえ、風が消息を伝える役を負っている。なのに、私には、あの人に思いを伝えてくれる、よい風さえもない。◇白波の…　第三句「行く船」までは、はかない、覚《おぼ》束《つか》ないものの代表として提示した。自分の恋はその船以上だと言うため。◇たよりのしるべ　「たより」は手紙。「しるべ」は手引き、導き手。

473　音羽山といえば、逢坂の関のすぐ近くなのだが、あの人のことは音に聞くばかりで、逢える手前でどんどん年が過ぎてゆく。◇音羽山　京都市山科《やましな》区山科。七〇頁注一参照。同音の反覆で第二句にかかる枕詞。◇逢坂の関のこなた　「逢坂」に「逢ふ」の意を掛ける。逢いたいが、関を越えられずに逢えないでいる、の意。

474　返すがえす、切ない思いにとらわれる。遠くに離れていても、心はあの人に寄せている、私は

紀《きの》貫《つら》之《ゆき》

471　吉野《よしの》川《がは》　岩波たかく　ゆく水の　はやくぞ人を　思ひそめてし

藤《ふぢ》原《はらの》勝《かち》臣《おむ》

472　白波の　跡なきかたに　行く船も　風ぞたよりの　しるべなりける

在《あり》原《はらの》元《もと》方《かた》

473　音《おと》羽《は》山《やま》　音にききつつ　逢《あふ》坂《さか》の　関のこなたに　年をふるかな

474　立ちかへり　あはれとぞおもふ　よそにても　人に心を

沖つ白波

貫　之

475 世の中は　かくこそありけれ　吹く風の　目に見ぬ人も
恋しかりけり

一右近の馬場《むまば》の二ひをりの日、むかひに立
てたりける車の三下《した》すだれより、女の顔
のほのかに見えければ、よみてつかは
しける

在原業平朝臣《ありはらのなりひらのあそむ》

476 見ずもあらず　見もせぬ人の　恋しくは　あやなく今日《けふ》
や　ながめくらさむ

返し　よみ人しらず

沖の白波だ。
◇沖つ白波　「沖つ」（沖の、の意）に、人に心を「置きつ」（人に思いを寄せる意）を掛ける。同時に「沖つ白波」は、第一句「立ちかへり」とも響きあう。

475　世の中というものが、かくも不思議なものであったとは。吹く風のように姿はまだ見ぬ人なのに、恋しい思いがいちずにつのる。
◇世の中　世間一般の意であるが、恋歌では、主として男女間のことに限っていう。◇吹く風の　「の」は、…の如く、の意。

一 宮中にある右近衛府の馬場。二 五月六日、右近衛府の真手結《まてつがい》（宮中恒例の騎射試合）の日と言われるが、詳細は不明。三「下すだれ」は、牛車《ぎっしゃ》の前後に、簾《すだれ》の内側にかけて車外に垂らす布。「より」は、…をすかして、の意。

476　見ないというわけでもない、といって見たわけでもない、ただ簾をすかして、ほのかにうかがったあなたが恋しくて、むやみと今日はもの思いにふけって過すことだろうか。
『伊勢物語』九十九段、『大和物語』百六十六段にも見える。『伊勢物語』の文章は、ほとんどこの歌の詞書《ことばがき》と同じである。
◇恋しくは　恋しくて、の意で、第五句にかかる。「は」は詠嘆の助詞。◇あやなく　不合理なことに、の意。「あやなし」は四一参照。

477　知る知らぬ　なにかあやなく　わきていはむ　思ひのみこそ　しるべなりけれ

[一]春日祭《かすがのまつり》にまかれりける時に、[二]物見《ものみ》に出《い》でたりける女のもとに、[三]家をたづねてつかはしける　　壬生忠岑《みぶのただみね》

478　春日野《かすがの》の　雪間《ゆきま》をわけて　生《お》ひ出《い》でくる　草のはつかに　見えし君かも

人の[四]花摘みしける所にまかりて、[五]そこなりける人のもとに、後《のち》によみてつかはしける　　貫之

479　山桜　霞の間《ま》より　ほのかにも　見てし人こそ　恋しかりけれ

477　見知ったとか、見知らないとか、詮《せん》のないことをおっしゃいますが、そんな必要はありません。真実の思いだけが、愛のみちびきになるのです。『伊勢物語』九十九段にも、前歌と一組の贈答になって収められている。『大和物語』百六十六段では、女からの返歌は「見も見ずも誰と知りてか恋ひらるるおぼつかなさの今日《けふ》のながめや」となっている。◇あやなく　前歌の「あやなく」を用いているが、意味の上では、「むやみと」から「無理に、しいて」の意へと転換している。◇わきていはむ　第二句の「なにか」を承《う》けて、どうして区別して言うのか、その要はない、の意。「わく」は、判別する意の時は四段活用、押し分ける意の時は下二段活用であることが多い。◇思ひのみこそしるべなりけれ　「思ひ《い》」に「火」を掛ける。その火が最良のみちびきだ、の意。

一『延喜式』（四時祭式上）に「春二月、冬十一月の上申の日、これを祭る」とある。ここは春の祭り。

二 祭り見物。三 祭りが終った後、何日かたって。

478　春日野の残雪をおしわけて萌《も》え出る若草のように、わずかに垣間《かいま》見た、あの初々《ういうい》しいあなた！

◇春日野の　「春日野」は一七参照。第四句「草の」まで序詞。「はつかに見えし」を起す。◇わけて　「わく」は下二段活用で、押し分ける意。前歌の語釈参照。

四 仏に供える花。一三参照。五 そこにいた女性。

479　山桜が霞を透して見えるように、あの日ほのかにお見受けしたあなたが、恋しくてなりません。

◇山桜　第二句まで序詞。第三句以下を起すと同時に、女が花摘みをしている時の実景をも匂わせる。

480　もの思いは、言づてを運ぶ使いでもないのに、不思議なことに、私の心をあなたのもとに届けてしまった。

人に恋することを、心が先方に行ってしまった、と表現した。これは必ずしも修辞上の技巧ばかりではない。心が遊離して先方へ行くと歌う例は、三六八、三七三、三七八、九七七にもある。

◇便り　誰かに言づてをすること、また言づてを頼まれる人。ここは後者。◇つくる　到着させる意。

481　あなたの声を、初雁の鳴く声のようにわずかに聞いたその時から、心が宙に浮いたようで、何ひとつ手につきません。

◇初雁の　同音の反覆で第二句「はつか」を導く枕《まくら》詞《ことば》。その人の声を初めて聞いたのが、初雁の声の聞える頃であったことを暗示している。◇中空にのみ…　うわの空でもの思いにふけっている、の意。「中空」は、第一句「初雁」と響きあう。

482　お目にかかることは、雲のようにはるかに隔てられた毎日ではとても無理のようです。まるで雷の遠鳴りみたいに、あなたの噂《うわさ》ばかりを耳にしながら、どうすることもできず恋いつづけている私です。

◇鳴神の　「鳴神」は雷のこと。上句からは「雲居はるかになる」の掛詞でつづき、下句へは「音に聞きつつ」を導く枕詞として展開する。

題しらず　　　　元方

480　便りにも　あらぬ思ひの　あやしきは　心を人に　つくるなりけり

凡河内《おほしかふちの》躬《み》恒《つね》

481　初雁《はつかり》の　はつかに声を　聞きしより　中空《なかぞら》にのみ　ものを思ふかな

貫之

482　逢ふことは　雲居はるかに　鳴神《なるかみ》の　音に聞きつつ　恋ひわたるかな

よみ人しらず

483　二本の片糸を縒り合せて、うまく縒り合わないときは、玉を何でつなごうか。あなたに逢えないというのでは、何で命をつなごうか。
◇片糸　まだ縒り合せてない糸。第三句まで序詞。第四句「あはず」に、糸が「合はず」、恋人に「逢はず」の両意を掛けて起す。◇縒りかけて　「かけて」はほとんど意味をもたない。三四参照。◇玉の緒　命のこと。序詞の縁で言う。

484　夕暮れになると、雲の果てを眺めてはもの思いにふけっている。天上に住むような、とても手の届かぬ人を恋しているので。
◇はたて　「果て」に同じ。◇天つ空なる　「雲のはたて」の縁語。高貴な育ちの、の意を表す。

485　刈り取った菰のように、心乱れて恋していると、あの人は知っていてくれるだろうか。それは望めまい。誰かが橋渡しをして伝えてくれなければ。
◇刈菰の　枕詞。『古今集』ではここ一例。『萬葉集』に多い。◇妹　意中の女性。同じく『萬葉集』に多用。

486　情け知らずのあの人を、どうして起きては嘆き、寝ては思い出さねばならないのだろう、ほんに憎らしい。
◇つれもなき　こちらの愛慕の情に対して、相手の反応がないさま。◇白露の　枕詞。露が「置く」の意から、第四句「起く」にかかる。

487　賀茂のお社では、神官が木綿襷《ゆうだすき》をかけてお仕えしていますが、私は一日たりとも、あなたのこ

483
片糸を　こなたかなたに　縒《よ》りかけて　あはずはなにを　玉の緒《を》にせむ

484
夕ぐれは　雲のはたてに　ものぞ思ふ　天つ空なる　人を恋ふとて

485
刈菰《かりごも》の　思ひみだれて　われ恋ふと　妹《いも》知るらめや　人し告げずは

486
つれもなき　人をやねたく　白露の　おくとは歎《なげ》き　寝《ぬ》とはしのばむ

487
ちはやぶる　賀茂《かも》の社《やしろ》の　木綿襷《ゆふだすき》　一日《ひとひ》も君を　かけぬ日はなし

とを心にかけぬ日はありません。
◇ちはやぶる　「賀茂の社」の枕詞。◇賀茂の社　京都の賀茂神社。上賀茂神社と下賀茂神社とがある。◇木綿襷　第三句まで序詞。第五句「かけぬ」に、襷を「掛けぬ」、思いを「懸けぬ」、の両意を掛けて起す。

488　私の恋は、空いっぱいに満ちてしまったらしい。もはや思いを晴らそうにも、どこへも持って行く余地がない。
◇むなしき空　大空のこと。漢語「虚空」の翻訳語。

489　たとえ駿河の田子の浦に、波の立たない日があっても、私があなたを恋しく思わぬ日などない。
◇田子の浦　静岡県富士市、富士川河口一帯の地。

490　夕月がさす岡辺に立つ常緑の松の葉のように、私は、いつ果てるとも知れない恋をしている。
◇夕月夜　「夕月」に同じ。第三句まで序詞。松はいつも緑であるところから、「いつともわかぬ」を起す。

491　山陰《やまかげ》の水は木隠《こがく》れながら激しく流れる。人知れずわきたぎつ私の恋心も、堰《せ》きとめることなどできはしない。
◇あしひきの　「山下水」の枕詞。第三句まで序詞。「たぎつ」を起す。◇堰きぞかねつる　制止できない意。「山下水」の縁でこう言った。

492　吉野川は、岩を切り通し、音も激しく流れて行くが、私はけっして、そんな顕証《けしよう》なまねはするまい。たとえ、恋い死にすることがあろうとも。
◇吉野川　第三句まで序詞。「音」を起す。

488
わが恋は　むなしき空に　満《み》ちぬらし　おもひやれども
行く方もなし

489
駿河《するが》なる　田子《たご》の浦波《うらなみ》　立たぬ日は　あれどもきみを　恋
ひぬ日はなし

490
夕月夜《ゆふづくよ》　さすや岡辺《をかべ》の　松の葉の　いつともわかぬ　恋も
するかな

491
あしひきの　山下水《やましたみづ》の　木《こ》がくれて　たぎつ心を　堰《せ》きぞ
かねつる

492
吉野川　岩きりとほし　行く水の　音にはたてじ　恋ひは

493　激しい急流にも、途中には静かに流れる淀があるというのに、なぜ私の恋は、激しくたぎるばかりで、和《のど》まる時がないのだろうか。

◇淵瀬ともなき　なぜ淵と瀬と区別もなく、たぎつばかりなのか、の意。淵は深い所、すなわち静かな所。瀬は浅い所、すなわち、激しく流れる所。

494　山が高いので、山陰《やまかげ》をゆく水がどこまでも木々に隠れて流れるように、私も心のうちにだけ恋をしていよう。たとえ恋い死にすることがあろうとも。

◇山たかみ…　第四句「流れて」まで、忍んで恋をするさまの比喩《ひゆ》。

495　あなたのことを思い出す時は、常盤の山の岩つつじではないが、口に出して言わないだけで、本当は恋しくてたまらない。

◇常盤の山の岩つつじ　「思ひ出づる時は」と「言はねばこそあれ恋しきものを」とをつなぐ技巧の句。第一句からは「時は」と「常盤」の掛詞でつづき（一四八参照）、第四句へは「岩」と「言は」の同音反覆でつづく。「常盤の山」は一四八参照。

496　もう、人知れず恋い慕うのはやりきれない。この際紅花《べにばな》の色みたいに、はっきりと素振りに出してほしい。

◇紅の末摘花の　序詞。第五句「色」に、花の色、顔色の両意を掛けて起す。「末摘花」は、紅花の異名。

◇色に出でなむ　「色に出づ」は人目にたつような行

死ぬとも

493
たぎつ瀬の　なかにも淀《よど》は　ありてふを　などわが恋の　淵瀬《ふちせ》ともなき

494
山たかみ　下《した》ゆく水の　下《した》にのみ　流れて恋ひむ　恋ひは死ぬとも

495
思ひ出づる　常盤《ときは》の山の　岩つつじ　言はねばこそあれ　恋しきものを

496
人知れず　思へばくるし　紅《くれなゐ》の　末摘花《すゑつむはな》の　色に出《い》でなむ

497
秋の野の　尾花にまじり　咲く花の　色にや恋ひむ　逢ふ

為に出る意。「なむ」は希求の終助詞。

497　秋の野のすすきに混《ま》じって咲く花はよく目だつ、その花のように私も、せめてはっきり素振りに出して恋をしよう。逢うすべとてもないのだから。

◇秋の野の　第三句まで序詞。第四句「色」を起す。

◇尾花　穂が出たすすき。

498　庭の梅の木の高い枝で、鶯が鳴いた。私も声に出して泣けるほど、悲しい恋をしている。

◇わが園の　第三句まで序詞。第四句「音《ね》に泣く」を起す。思慕に沈んでいる折しも鳴いた鶯を序詞に用いたものか。◇ほつえ　秀《ほ》つ枝。高い所にある枝。

499　夜もすがら鳴く山時鳥は、私と同様、いとしい殿御《とのご》に恋い焦がれて、眠れないでいるのか。

◇あしひきの　「山時鳥」の枕詞。◇君　意中の男性。

500　夏のこととてわが家にふすべる蚊遣火《かやりび》の、その火のように、いつまで私は、恋の火を心にひそめて、思い屈していなければならないのだろう。

類想歌、『萬葉集』「あしひきの山田守《も》る翁《をぢ》置く蚊火《かひ》の下こがれのみ我《あ》が恋ひ居《を》らく」(二六四九)。

◇夏なれば　上三句は序詞。第五句「下燃え」を起す。

501　もうこんな恋など思い切ろうと、みたらし川でした禊だけれど、どうやら、神様はお受け下さらずじまいになったらしい。

◇みたらし川　神社の境内にある清浄なせせらぎ。

よしをなみ

498　わが園の　梅のほつえに　鶯《うぐひす》の　音《ね》に泣きぬべき　恋もするかな

499　あしひきの　山時鳥《やまほととぎす》　わがごとや　君に恋ひつつ　寝《い》ねがてにする

500　夏なれば　やどにふすぶる　蚊遣火《かやりび》の　いつまでわが身　下燃《したも》えにせむ

501　恋せじと　みたらし川に　せし禊《みそぎ》　神はうけずも　なりにけらしも

502 もし、「あはれ」という言葉すらなかったら、いったい何によって、恋に乱れてしまった心をとりまとめればよいのか。恋とは結局、「あはれ」と言うしかない。
◇あはれてふこと 「あはれ」という嘆息の言葉。◇束ね緒 とりまとめる紐《ひも》。

503 あの人を思う心の強さには、堪え忍ぼうとする心のほうが負けてしまった。けっして素振りに出すまいと思っていたのに。

504 私の恋をあの人は知っていてくれるだろうか。いや、知るものがあるとすれば、それは枕ばかりだろう。
◇しきたへの 「枕」の枕詞。◇枕のみこそ… 枕は恋の涙で濡れるので、作者の心を知るのである。六七〇、六七六など参照。

505 浅茅生の小野の篠原というとおり、実らぬ恋をじっと忍んでいるなどと、あの人は知ってくれているだろうか。ゆめ知りはすまい、告げ知らせてくれる人は誰もいないのだもの。
◇浅茅生の小野 丈《たけ》の低い茅《ち》の生える野、の意。◇篠原 今の滋賀県野洲《やす》郡野洲町。『枕草子』百八段（新潮日本古典集成本）に「原は…篠原」と言う。第二句まで序詞。同音反覆で第三句「忍ぶ」を起す。

506 人知れぬ思いなど何の意味があるか、といって、葦垣の目と目のようにすぐ間近に住んでいながら、逢いにゆくにはうまい手がない。

502 あはれてふ　ことだになくは　なにをかは　恋の乱れの
束《つか》ね緒《を》にせむ

503 思ふには　忍《しの》ぶることぞ　負けにける　色には出《い》でじと
思ひしものを

504 わが恋を　人知るらめや　しきたへの　枕のみこそ　知ら
ば知るらめ

505 浅茅生《あさぢふ》の　小野《をの》の篠原《しのはら》　忍《しの》ぶとも　ひと知るらめや　言ふ
人なしに

506 人知れぬ　思ひやなぞと　葦垣《あしがき》の　ま近けれども　逢ふ由《よし》
のなき

◇葦垣の　葦垣の目が密であるところから、「ま近」にかかる枕詞。

507　いかに思っても、いかに恋しても逢えるはずの人ではない。それなのに今夜は、結ぶこの手がくたびれるほど、下紐が解けて解けてしかたがない。
人に思われると下紐（下着の紐）が解けるという民間信仰を踏まえた。七三〇参照。

508　さあ、誰も私をとがめて下さるな。大船がゆらゆら揺れるように、大揺れに揺れて恋をしている最中なのだから。
◇いで　感動詞。◇ゆたのたゆたに　ゆらゆらして落ち着かぬさま。『萬葉集』「わが心ゆたにたゆたに」（一三五二）から出た言い方。

509　私は、伊勢の海で釣りをしている漁師の、浮子《うき》のようなものなのだろうか。こう思うしりからああ思って、心ひとつが定められない。

510　伊勢の海の漁師の釣縄さながらに、私も、こんな苦しい思いを、長々と続けなければならないのだろうか。
◇海人の釣縄　釣糸を枝状にとりつけて海中に仕掛けておく漁獲用の縄。第二句まで序詞。釣縄を長く張るところから、第三句「うちはへて」を起す。◇うちはへて　ひき続いて、ずっと、の意。

511　涙川の源なんか、なんで探したりしたのだろう。ほかでもない、それは、人恋うる時のわが身であったのだ。

507
思ふとも　恋ふとも逢はむ　ものなれや　結《ゆ》ふ手もたゆく　解《と》くる下紐《したひも》

508
いで我《われ》を　人なとがめそ　大船《おほふね》の　ゆたのたゆたに　もの思ふころぞ

509
伊勢の海に　釣りする海人《あま》の　浮子《うけ》なれや　心ひとつを　定めかねつる

510
伊勢の海の　海人《あま》の釣縄《つりなは》　うちはへて　くるしとのみや　思ひわたらむ

511
涙川　なに水上《みなかみ》を　たづねけむ　もの思ふときの　わが身

なりけり

512 種しあれば　岩にも松は　生《お》ひにけり　恋ひをし恋ひば　逢はざらめやも

513 朝な朝な　立つ川霧《かはぎり》の　空にのみ　浮きて思ひの　ある世なりけり

514 忘らるる　時しなければ　葦鶴《あしたづ》の　思ひ乱れて　音《ね》をのみぞ泣く

515 唐衣《からころも》　日も夕暮れに　なるときは　返す返すぞ　人は恋しき

◇涙川　涙を川にたとえた表現。四六六参照。

512　種さえあれば、固い岩にでも松は生えるものだ。私も命がけで恋をしたなら、逢えないということがあろうものか。

◇恋ひをし恋ひば　「恋ひば」を強調した表現。

513　毎朝立ちこめる川霧が、空にばかり浮いているように、落ち着くかたもなくもの思いがむらだつ、この人の世であるな。

◇朝な朝な　第三句まで序詞。第四句「浮きて」を起す。◇世　男女の仲のことを言う。四七五参照。

514　この恋しさを忘れられる時とてないから、まるで葦鶴のように、心も乱れて、声をあげて泣くばかりだ。

◇葦鶴の　鶴が乱れ鳴くところから、第四・五句を導く枕詞。「葦鶴」は葦の中に棲《す》む鶴。

515　夕暮れ時になってくると、繰り返し繰り返し、あの人のことが思われてならぬ。

夕暮れは恋人たちの逢引の時。つれない人への慕情もひとしおつのる。五四六参照。

◇唐衣　「紐結《ひもゆ》ふ」の連想から第二句「日も夕」にかかる枕詞。◇返す返す　「唐衣」の縁語。

516　毎夜毎夜、枕をどちらに向けて眠ればよいか、思案ばかりのこのごろだ。いったいどのような寝姿で寝た夜に、恋しい人を夢に見たのか。

恋人をせめて夢に見たいが、夢に見るどころか眠ることさえもできない、という気持。

517 人に恋する苦しさと、この命とを引き換えることができるものなら、死ぬことなどはまったくたやすいことだ。

死の苦しさにもまさる、かなわぬ恋のつらさ。

518 人の身だって、習慣によってどうとでもなる。逢えない苦しみをこのまま続けて、さあためしてみよう、本当に恋い死ぬものかどうか。

現在すでに、恋い死にしそうな状態である。このままでも時間がたてば、習慣になって、少しは苦しさも軽減するのではなかろうか、の主旨。

◇習はしものを　習慣でどのようにもなるものさ、の意。「を」は詠嘆の助詞。

519 恋を忍ぶということは、苦しくて仕方のないことだ。あの人には知ってもらえないまま恋していると、誰に打ち明けたらよかろうか。

打ち明ける相手がいれば、少しは気持が楽になるのだが、の意。

◇思ふてふこと　思うということを、恋い焦がれているということを、の意。

520 やがて来るべき未来に、早くなってほしい。いま目の前にいる、私の愛を受け入れてくれない人を、あっさり昔の人だと思いたいから。

◇来む世　未来。仏教でいう来世ではない。◇はや　早く。副詞。◇なりななむ　動詞「なる」の連用形に、完了の助動詞「ぬ」の未然形「な」、希求の終助詞「なむ」が接続したもの。◇つれなき　四六六参照。

516 よひよひに　枕さだめむ　かたもなし　いかに寝し夜か　夢に見えけむ

517 恋しきに　命をかふる　ものならば　死にはやすくぞ　あるべかりける

518 人の身も　習はしものを　逢はずして　いざ試《こころ》みむ　恋ひや死ぬると

519 忍ぶれば　苦しきものを　人知れず　思ふてふこと　誰に語らむ

520 来《こ》む世にも　はやなりななむ　目の前に　つれなき人を　昔と思はむ

521　私の気持に応《こた》えてもくれない人を恋して、谺《こだま》がかえってくるほど、大きな嘆きの声をあげた。

◇つれもなき　自分の慕情を知りながら相手が応えてくれぬさま。四八六参照。

522　流れゆく水に数を書く、しかし、そんないたずらごとよりもっとはかないのは、思ってもくれない人を思うことだ。

◇ゆく水に数かく　はかないことの代表として言う。『伊勢物語』五十段にも見える。先蹤《せんしょう》は『萬葉集』「水の上に数書く如きわが命を妹《いも》に逢はむとうけひつるかも」(二四三三)。『涅槃経《ねはんぎょう》』にも類似の表現が見える。

523　人を恋する心は、もう自分のものではないからだろうか。身体がこうまで戸惑っていても、それすら心にはわからない。恋に疲れた心では、まったく自分の行動を制御できないことを嘆いている。

524　あの人のことをあれこれ思いめぐらしている私の心は、あまりに遠い所まで行き過ぎたのだろうか。私の思いは夢路をさまようが、いくらさまよってみても、あの人に行き逢うこともないのは。

◇さかひ　境界、もしくはその境界によって仕切られた一定の区域の意。ここは後者。

525　夢の中でなりとも逢えることを心頼みとして一日を送った日の夜は、どうしたことか寝つかれず、かえって夢で逢うことさえできなくなった。

521
つれもなき　人を恋ふとて　山びこの　こたへするまで
歎きつるかな

522
ゆく水に　数《かず》かくよりも　はかなきは　思はぬ人を　思ふ
なりけり

523
人を思ふ　心は我《われ》に　あらねばや　身の惑《まど》ふだに　知られ
ざるらむ

524
思ひやる　さかひ遥《はる》かに　なりやする　惑《まど》ふ夢路に　逢ふ
人のなき

525
夢のうちに　逢ひ見むことを　たのみつつ　暮らせる宵《よひ》

526　これではまるで、私に恋い死にしてしまえというようなやり方だ。醒《さ》めている間はちっとも逢ってくれないのに、夜、眠っている間は、途切れることなく夢の中にあらわれてきて…。
◇むばたまの　「夜」の枕詞。◇すがらに　途切れないで、間断なく。「ぬばたまの夜はすがらに」は『萬葉集』に多い言い方。

527　恋の涙は川と流れて、枕まで流れてしまう、そんな川の上に浮んで寝たのでは、夢路にさえあの人とろくすっぽ逢うこともできない。
◇涙川　涙が流れるのを誇張して言った。四六六、五二一参照。◇浮き寝　「憂き寝」の意も匂わされている。

528　恋をしているせいで、わが身は影法師のように痩《や》せ細ってしまった。だからと言って、思う人にはちっとも添えないくせに。
影はいつも人に添っているものだが、影のようにやつれても、作者は思う人と一緒にいることはできない。
◇わが身はかげと　痩せることを影にたとえる表現は、『萬葉集』「朝影にわが身はなりぬ」（二三九四）などに例がある。◇ものゆゑ　…ものなのに、の意。三二一参照。

529　鵜飼《うかい》の篝火は、水の上であかあかと燃える。その篝火でもない私なのに、なぜこうも涙の川に浮んで、燃えてばかりいなければならないのだろう。
◇篝火　鵜飼が魚を寄せるために船上で焚《た》く火。宇治川、桂《かつら》川などで見られた。

は　寝むかたもなし

526　恋ひ死ねと　する業《わざ》ならし　むばたまの　夜《よる》はすがらに
夢に見えつつ

527　涙川　枕ながるる　浮き寝には　夢もさだかに　見えずぞ
ありける

528　恋すれば　わが身はかげと　なりにけり　さりとて人に
そはぬものゆゑ

529　篝火《かがりび》に　あらぬわが身の　なぞもかく　涙の川に　浮きて
燃ゆらむ

530 鵜飼の篝火の影同然になったわが身のわびしさは、篝火が水底《みなそこ》でゆらゆら燃えるように、心の中だけで燃えつづけねばならない、まさにそのことだ。

531 流れの速い川瀬に、もし海松布《みるめ》が生えるものなら、私の袖を流れる涙川に植えてみたい。泣く甲斐《かい》あって、思う人を一目見ることができるように。◇海松布 海底に生える海藻《かいそう》。「見る目」(逢う機会)を掛ける。◇生ひせば 第五句と呼応して反事実の仮想を表す。

532 沖にも浜辺にも寄らずにただよう玉藻が、波の上に乱れている。その玉藻のように心乱れて、私はひたすら恋しつづけるのか。◇沖辺にも 沖にも辺にも、の意。第三句まで序詞。「乱れて」を起す。◇玉藻 藻のこと。「玉」は美称。

533 葦鴨の騒ぐ入江に寄せる白波というのではないが、あなたは知らないのですか、私がこんなにも恋い慕っていることを。◇白波の 第三句まで序詞。「しら」の同音反覆で「知らず」を起す。序詞によって提示されるイメージは、同時に作者の不安感の象徴でもある。

534 誰にも知られぬ胸の火に、始終せつない思いをするのは、駿河の富士のお山ばかりだと思っていたが、実はこの自分も、そのとおりであったのだ。恋の情熱を活火山富士にたとえた。『萬葉集』二六九五、二六九七に先蹤《せんしょう》があり、『古今集』以降、ほとんど固定的な表現手法となる。一〇〇二参照。

530
篝火《かがりび》の　影《かげ》となる身の　わびしきは　流れて下に　燃ゆるなりけり

531
早き瀬に　海松布生《みるめお》ひせば　わが袖《そで》の　涙の川に　植ゑましものを

532
沖辺《おきへ》にも　寄らぬ玉藻《たまも》の　波の上に　乱れてのみや　恋ひわたりなむ

533
葦鴨《あしがも》の　さわぐ入江の　白波の　知らずや人を　かく恋ひむとは

534
人知れぬ　思ひをつねに　駿河《するが》なる　富士《ふじ》の山こそ　わが身なりけれ

◇思ひをつねに駿河　「思ひ」に「火」を掛け、さらに「つねにする」から「駿河」へと言い掛けた。◇富士の山　宝永四年（一七〇七）までたびたび噴火した。

535　飛ぶ鳥の声さえ聞えない深山のように、私が深く思いを抱いていることを、せめてあの人だけは知ってほしい。

◇飛ぶ鳥の　第三句まで序詞。「ふかき」を起す。

536　逢坂の関に棲《す》む木綿《ゆう》つけ鳥も、私のように、恋人を思うのであろうか、しきりに鳴いてばかりいる。

537　逢坂の関に流れている岩清水……。そう、私は口に出して言わないで、心に深く思っているばかりだ。

◇逢坂　逢坂の関。山城《やましろ》・近江《おうみ》国境の関所。一四三頁注四参照。◇木綿つけ鳥　不詳。六三四参照。関と鳥の取り合せは、中国の函谷関《かんこくかん》の鶏鳴の故事（『史記』孟嘗君《もうしょうくん》伝）を踏まえるか。

◇岩清水　逢坂の関の清水は著名な歌枕。第三句まで序詞。「いは」の同音反覆により、「言はで」を起す。

538　浮草が一面に繋って、底の見えない淵のようなものだからなのだろうか、私の心の深い底を、誰も知ってくれないのは。

539　苦しさのあまり、こうして呼びかける私の声には、非情の山彦でさえ応《こた》えぬ山はあるまいと思う。

この恋には必ずあの人も応えてくれるだろう、の意。

535　飛ぶ鳥の　声もきこえぬ　奥山の　ふかき心を　人は知らなむ

536　逢坂《あふさか》の　木綿《ゆふ》つけ鳥も　わがごとく　人や恋しき　音《ね》のみ鳴くらむ

537　逢坂の　関に流るる　岩清水《いはしみづ》　言はで心に　思ひこそすれ

538　浮き草の　上は茂れる　淵《ふち》なれや　ふかき心を　知る人ぞなき

539　うちわびて　呼ばはむ声に　山彦の　こたへぬ山は　あらじとぞ思ふ

540 心を取りかえることができたらよいのに…。そうして、片思いがどんなに苦しいものか、あの人に思い知らせてやりたい。

◇するものにもが　「に」は断定の助動詞「なり」の連用形。「もが」は願望の終助詞。◇片恋は　底本「片恋に」。古写本によって改めた。

541 遠く離れて恋することは、それは苦しいものだ。入《い》れ紐《ひも》のように、二人の心を一つにして、さあ、かたい契りを結ぼう。

◇入れ紐　結び玉を作った紐を、輪にした紐に入れて連結する仕組み。当時の衣裳に多く用いられる。

542 春になるととける氷のように、あなたの心も、すっかり私にうちとけてほしい。

◇消ゆる氷の　第二句まで序詞。第三句「残りなく」を起す。◇われに解けなむ　「解く」は「氷」の縁語。親しみうちとける意。「なむ」は希求の終助詞。

543 夜が明けはなたれると、蟬《せみ》のように日がな一日泣き暮し、さて、夜になると、今度は螢のように燃える思いに身を焦がすばかりだ。

◇をりはへ　長く延ばすこと。ここでは、一日中、の意。◇螢　次歌の夏虫とともに恋歌の景物。五六二参照。◇燃えこそわたれ　燃えつづける意。

544 夏の虫は、火に飛び込んでわれとわが身を焼き滅ぼしてしまう。それというのも、恋の火にわが身を焼きさいなんでいる私と、そっくりそのままの身の上だからだ。

540 心がへ　するものにもが　片恋は　くるしきものと　人に知らせむ

541 よそにして　恋ふれば苦し　入《い》れ紐《ひも》の　おなじ心に　いざ結びてむ

542 春立てば　消ゆる氷の　残りなく　君が心は　われに解《と》けなむ

543 明けたてば　蟬《せみ》のをりはへ　泣きくらし　夜《よる》は螢《ほたる》の　燃えこそわたれ

544 夏虫の　身をいたづらに　なすことも　ひとつ思ひに　よ

◇ひとつ思ひに　「思ひ」に「火」を掛ける。
545　夕暮れのさびしさゆえに、どうにも乾きにくい私の袖に、さらに秋の露までがしっとりと置いてくる。
夕暮れ時、ひとしおつのる恋の苦しさを、涙の上に冷たい秋の露が加わる寂しさと二重映しにして表現した。
546　いつといって恋しくない時などないけれど、秋の夕暮れというものは、わけても不思議に恋しさがつのる。
『萬葉集』「いつはしも恋ひぬ時とはあらねども夕かたまけて恋はすべなし」（二三七三）や『白氏文集』「大抵四時心すべて苦し、なかんづく腸《はらわた》を断つはこれ秋天」（「暮立」）などを踏まえるか。
◇恋しからずはあらねども　二重否定。恋しくなくはないけれど、すなわち、恋しいけれど、の意。
547　秋の田に出る穂のように、あなたを恋い慕う心をあらわに見せることはないけれど、だからといって、心の中でまで、あなたを忘れることなど、どうしてあろうか。
◇秋の田の　「穂」の枕詞。◇穂に　表面にあらわれるように、あらわに、の意。
548　秋の田の穂の上を照らす稲妻が、ぴかっと光るばかりのごくわずかの間でも、あなたのことを私が忘れたりするものか。
◇われや忘るる　「や」は反語。

りてなりけり

545 夕ぐれは　いとど干《ひ》がたき　我が袖に　秋の露さへ　おき
そはりつつ

546 いつとても　恋しからずは　あらねども　秋の夕べは　あ
やしかりけり

547 秋の田の　穂《ほ》にこそ人を　恋ひざらめ　などか心に　忘れ
しもせむ

548 秋の田の　穂の上をてらす　稲妻《いなづま》の　光のまにも　われや
忘るる

549 人目をはばかるような私だというのか、そんなばかなことはない。花すすきが穂に出るように、どうして公然と恋をしないでいられようか。
◇人目もる 「もる」は「守る」。窺《うかが》うの意。◇あやな 「あやなし」の語幹。不合理だ、の意。形容詞の語幹のみ用いるのは感嘆的な言い方。

550 淡雪が、充分たまる間もなく砕け散るように、私のもの思いも、このごろ、千々に砕けてとみに繁くなってきた。
◇淡雪のたまればかてに 「くだけつつ」にかかる序詞。「たまればかてに」は、たまってくると、そのまたまりきれずに、の意。

551 奥山に生えた菅を根元までおし靡《な》かせて降り積る雪さえ、やがて消えてゆくように、いっそ自分も消えて絶命したとでも言おうか、これほど激しい恋の苦しさに堪えかねて。
類歌、『萬葉集』「高山の菅の葉しのぎ降る雪の消ぬとか言はも恋のしげけく」(一六五五)。
◇奥山の 第三句まで序詞。第四句「消ぬ」を起す。◇しのぎ 「しのぐ」は、おおいかぶさって圧倒する意。

549 人目もる　我かはあやな　花すすき　などか穂《ほ》に出《い》でて　恋ひずしもあらむ

550 淡雪《あはゆき》の　たまればかてに　くだけつつ　わがもの思ひの　しげきころかな

551 奥山の　菅《すが》の根しのぎ　降る雪の　消《け》ぬとかいはむ　恋のしげきに

古今和歌集 巻第十二

恋歌 二

題しらず　　　　小《を》野《のの》小《こ》町《まち》

552 おもひつつ 寝《ぬ》ればや人の 見えつらむ 夢と知りせば 覚《さ》めざらましを

553 うたたねに 恋しき人を 見てしより 夢てふものは 頼《たの》みそめてき

552 いちずに思いながら寝たので、あの方が夢にあらわれて下さったのであろうか。もし夢とわかっていたなら、目を覚まさないでいたのに。
以下三首、夢の逢いを主題とする連作の趣をもつ。目の前の現実では逢えないが、夢では逢える。最もはかないものとされる夢を頼りにするほど、恋心がせつなくつのった嘆き。
◇覚めざらましを 「覚めずあらましを」の省略形。「まし」は第四句の仮定「…せば」と呼応して、反事実の仮想を表す助動詞。「を」は詠嘆の助詞。

553 うたた寝の夢枕に、恋しい人を見てからこのかた、はかない夢というものをさえ、頼りにするようになった。
◇頼みそめてき 「て」は完了の助動詞「つ」の連用形。「き」は過去の助動詞。第三句「見てしより」に呼応する。

554 胸がふたがるほど恋しくてならない時は、あの人を夢でなりとも見たいと願って、夜の衣を裏返しにして身をつつむ。

寝間着《ねまき》を裏に着て寝ると、恋人を夢で見られるという当時の俗信を前提にして詠《よ》んだ。

◇いとせめて　「いと」は、甚だ。「せめて」は、身に迫るほど、極度に。◇むばたまの　「夜」の枕詞《まくらことば》。

555 秋風が身にしみて寒いこのごろ、冷たかったあの人も、私のことをふと思い出して訪ねてくれるのではないか、と夜ごと心待ちにされる。

諸説あるが、さすがに冷たかった恋人も、寒いので共寝をして暖め合うために自分の所へ来るようになるのではないか、と解するのが穏当であろう。

一 所在未詳。二 ある人の追善法要。三 四五三、九二に歌がある。四 法要を中心になって勤める僧。五『法華経』五百弟子受記品《じゅきぼん》の説話にもとづく説教のことば。ある人が親友の家へ行き、酒を酌み交わしたが、親友は急用で出かけてしまった。その時、無価宝珠をその人の衣につけておいた。その人はその後生活に苦しんだが、宝珠に気づかなかった。後年、親友と再会し、初めて宝珠を持っていることを知った、という。

556 今日のお説教とはちがって、私の袖には包んでも包み隠せない白玉があります。それは、あなたにお目にかかれぬ、悲しみの涙です。

故人追慕の歌と見せつつ、贈歌の相手、小町への慕情を詠みこんだ。

554 いとせめて　恋しきときは　むばたまの　夜《よる》の衣《ころも》を　反《かへ》してぞ着る

素《そ》性《せい》法《ほふ》師《し》

555 秋風の　身に寒ければ　つれもなき　人をぞ頼む　暮るる夜《よ》ごとに

下出雲寺《しもついづもでら》[一]に人のわざ[二]しける日、真静法《しんせいほふ》[三]師《し》の導師《だうし》[四]にて言へりける言語《ことば》[五]を歌によみて、小野小町がもとにつかはしける

安倍清行朝臣《あべのきよゆきのあそむ》

556 包めども　袖にたまらぬ　白玉は　人を見ぬ目の　涙なりけり

返し　　　小町

557 おろかなる　涙ぞ袖に　玉はなす　我は堰《せ》きあへず　たぎつ瀬なれば

六 寛平御時《くわんぴやうのおほんとき》の后宮《きさいのみや》の歌合《うたあはせ》の歌　　藤原敏行朝臣《ふぢはらのとしゆきのあそむ》

558 恋ひわびて　うち寝《ぬ》るなかに　ゆきかよふ　夢の直路《ただぢ》は　現《うつつ》ならなむ

559 住《すみ》の江《え》の　岸による波　夜《よる》さへや　夢の通《かよ》ひ路《ぢ》　人目よくらむ

小《を》野《のの》美《よし》材《き》

560 わが恋は　み山隠《がく》れの　草なれや　しげさまされど　知る人のなき

557 ほんの一時の気まぐれ涙です、袖の上で玉になっているのは。私の涙は、せきとめることなどできません。悲しみのあまり、ほとばしる早瀬のように流れておりますもの。

清行の贈歌（前歌）に対して、小町は、故人をしのぶ悲しみを表とし、裏で、あなたの私に対する真情など大したことはない、と身をかわしている。法要後の宴席で交わされた戯歌であろう。◇おろかなる　真情がなく、なおざりである意。

六 三〇頁注一参照。

558 恋に悩んでまどろんだ夢の中で、恋人のもとへ往き来した、あの邪魔の入らない夢の往来が、そのまま現実であってほしい。◇直路　ひた走りできる道。◇なむ　希求の終助詞。

559 住の江の岸に寄る波、その夜《よる》の夢の中で往き来する時までも、あなたは人目を避けて、私と逢ってはくださらないのであろうか。百人一首に採られている。◇住の江の岸による波　「寄る」と「夜」との同音反覆で第三句を起す序詞《じよことば》。「住の江の岸」は大阪市住吉区住吉大社付近の海岸。◇よくらむ　「よく」は避ける意。

560 私の恋は、山陰《やまかげ》に生える草のようなものなのだろうか。うっそうと繁っていくら思いがつのっても、知る人はいない。

紀《きの》友《とも》則《のり》

561 よひのまも　はかなく見ゆる　夏虫に　まどひまされる
恋もするかな

562 夕されば　螢《ほたる》よりけに　燃ゆれども　光見ねばや　ひとの
つれなき

563 笹《ささ》の葉に　おく霜よりも　ひとり寝《ぬ》る　わが衣手《ころもで》ぞ　さえ
まさりける

564 わが宿の　菊の垣根に　おく霜の　消えかへりてぞ　恋し
かりける

561 まだ宵のうちから、ものに憑《つ》かれたように灯に飛びこみ、はかなく命を落す夏虫、その狂おしさにもまさって、私は激しい恋に身を焦がしている。
◇よひのまも　まだ宵の間にさえも、の意。

562 夕暮れになると、螢にもまさって私は恋の思いに燃えている。だけど、螢のように光を出さないせいか、あの人は一向にわかってくれない。
前歌の「夏虫」とともに、「螢」も恋歌の景物。四季の歌にはあまり詠まれていない。五六三、五六四参照。
◇けに　格別に、ひどく。

563 笹の葉に置く霜にもまして、あの人に逢えないで独り寝する私の袖は、さえざえと冷えきってしまった。
◇さえまさりける　「さえ」は下二段活用の動詞「冴《さ》ゆ」の連用形。冷たく凍る意。涙によってである。

564 わが家《や》の菊の垣根におく霜は、日にあたるとすぐに消えてしまう。そのように、私は心も消え入るばかり、恋しく思っている。
◇菊の垣根　陶淵明「菊を采《と》る東籬《とうり》の下」などの詩句を意識した表現か。第三句まで序詞。菊と霜の取り合せは二七七にも例がある。第三句まで序詞。第四句「消えかへりてぞ」を起す。◇消えかへりてぞ　「かへる」は、動作・状態の甚だしいことを示す。

565 川瀬の流れになびく玉藻が、水にかくれて見えないように、私も、思う人には知られない、ひ

565 川の瀬に　なびく玉藻《たまも》の　水隠《みがく》れて　人に知られぬ　恋もするかな

壬生忠岑《みぶのただみね》

566 かきくらし　降る白雪の　下消《したぎ》えに　消えてものおもふ　ころにもあるかな

藤原興風《ふぢはらのおきかぜ》

567 君恋ふる　涙の床《とこ》に　満ちぬれば　澪標《みをつくし》とぞ　われはなりける

568 死ぬる命　生きもやすると　こころみに　玉《たま》の緒《を》ばかり　逢はむと言はなむ

そかな恋に泣いている。
◇水隠れて　水面下にふかく隠れて。第三句まで序詞。第四句「人に知られぬ」を起す。

566　空一面を曇らせてどっさり降った白雪が、下の方から消えてゆくように、私もかなわぬ恋のつらさを胸ひとつに秘めて、消え入りそうな思いで過すこのごろだ。
◇下消えに　第三句まで序詞。やがて雪がすっかり消えるように、自分もこのままでは身まで消え入りそうだとの余意を含む。

567　あなたを恋い慕う涙が床いっぱいにあふれてしまった。私は、まるで澪標さながらに、わが身を尽して、すっかり消えはてそうになっている。
◇澪標　海中に立てて水路を示す標識。『延喜式』に「凡《およ》そ難波《なには》の津頭の海中に澪標を立てよ。若し旧標の朽ち折れたるもの有らば、捜り求めて抜き去れ」（雑式）とあり、難波津のものが特に有名。『土佐日記』承平五年二月六日の条に、「みをつくしのもとよりいでて、難波につきて川尻に入る」とある。「身を尽し」を掛ける。

568　あなたを恋して今にも死に絶えようとする私の命が、生き延びることもあるかどうか、ためしにでもいいから、玉の緒ほどのちょっとの間、逢おうと言ってもらいたい。
◇玉の緒　玉を貫く緒。短いことの譬《たと》えだが、なぜそうなるか未詳。

569 かなわぬ恋のつらさに、無理に忘れてしまおうと思いはするけれど、時々夢で見てしまうから、忘れ去ることもできはしない。夢とは、空《むな》しい期待だけを抱かせる、腹立たしいものだ。
◇人だのめ　人に期待を抱かせるもの。三九〇参照。

570 寝ても覚めても、あの人がやたら恋しくてならない。心をどこへやったら、ふっつりと忘れられるのだろうか。
◇わりなくも　道理がないほど、むやみに。◇恋しきか　「か」は第一句の「も」と呼応して詠嘆を表す。

571 あの人恋しさに、思いあまって魂が迷い出してしまったら、恋ゆえに身を抜けがらにしたという評判が、残ることだろう。
◇魂まどひなば　もの思いに沈むと魂が身から抜け出るという信仰にもとづく。◇名　評判。

572 あなたを恋い慕う私の思いは、火と燃えている。もし恋の涙を流すことがなかったら、私の着物の胸のあたりは、真っ赤に燃えあがるであろうに。
恋の涙がかろうじて胸の火を消す、という発想。泣けば、すこしは楽になるという心である。
◇唐衣　漢土渡来の衣。具体的な形態は未詳。◇色もえなまし　色に出て燃えてしまうだろうに、の意。「な」は完了の助動詞「ぬ」の未然形。「まし」は、第二句「涙しなくは」の「は」と呼応して、反事実の仮想を表す。

569 わびぬれば　しひて忘れむと　思へども　夢といふもの
ぞ　人だのめなる

570 わりなくも　寝ても覚めても　恋しきか　心をいづち　や
らば忘れむ

よみ人しらず

571 恋しきに　わびて魂《たましひ》　まどひなば　空《むな》しきからの　名にや
残らむ

紀《きの》　貫《つら》　之《ゆき》

572 きみ恋ふる　涙しなくは　唐衣《からころも》　胸のあたりは　色もえな
まし

573 夜ごと夜ごと私の流しつづける涙の川は、冬にさえ凍ることとなく、しぶきをあげる激流であった。
◇夜《よ》「よ」に普通は「世」をあてるが、底本が「夜」と解しているのに従う。◇涙川　涙を川の流れにたとえた表現。四六六、五一一、五二七参照。◇水泡　『正義』の言う「水泡といふにたぎる勢ひあるなり」に従って解する。

574 夢路にも露がおくものだろうか。一晩中、夢の中で恋人のもとへ通ったが、目が覚めてみると、袖はぐっしょりと濡れて乾きもしない。
恋人を夢に見て流した涙を、夢路の露と表現した。
◇ひちてかわかぬ　「ひつ」は濡れる意。二参照。

575 ほんの一目だけれど夢で恋人を見た、そんな夜の翌朝は、やりきれないほど床から起きづらい。
◇起き憂かりける　「憂かり」は「憂し」の連用形。動詞の連用形について、…しづらい、の意を表す。

576 もし、真心があるふりをして流した涙であるなら、あなたに見せようとこそすれ、このようにこっそり着物の袖をしぼるはずがありません。
流した涙が本物だからこそ、あなたに隠しているのです、の意。
◇唐衣　五七二参照。◇しぼらざらまし　「まし」は、第二句の「…せば」と呼応して、反事実の仮想を表す。

題しらず

573 夜《よ》とともに　流れてぞゆく　涙川　冬も凍《こほ》らぬ　水泡《みなわ》なりけり

574 夢路にも　露やおくらむ　夜もすがら　通《かよ》へる袖《そで》の　ひちてかわかぬ

素性法師

575 はかなくて　夢にも人を　見つる夜《よ》は　朝《あした》の床《とこ》ぞ　起き憂《う》かりける

藤《ふぢ》原《はらの》忠《ただ》房《ふさ》

576 いつはりの　涙なりせば　唐衣　忍びに袖は　しぼらざらまし

大《おほ》江《えの》千《ち》里《さと》

577 音《ね》に泣きて　ひちにしかども　春雨《はるさめ》に　濡《ぬ》れにし袖と　問はばこたへむ

敏行朝臣

578 わがごとく　ものや悲しき　時鳥《ほととぎす》　時ぞともなく　夜《よ》ただ鳴くらむ

貫之

579 五月山《さつきやま》　梢《こずゑ》をたかみ　時鳥　鳴く音《ね》そらなる　恋もするかな

凡河内《おほしかふちの》躬恒《みつね》

577 恋人を慕うあまり、声を立てて泣き濡れた袖だけれども、もしも他人《ひと》に問われたら、春雨に濡れたのです、とでも答えておこう。
◇ひちにしかども　「ひつ」は濡れる意。二、五七四参照。◇問はばこたへむ　問うのは第三者である他人。思う相手ともとれる。

578 私と同じように、悲しいことでもあるのだろうか。時鳥《ほととぎす》が、夜をもいとわずにひたすら鳴いている。夜になると、私は恋人に逢えない悲しみで泣いている。時鳥もそうなのだろうか、の意。
◇時ぞともなく　時を定めず。すなわち、やたら、ひっきりなしに、の意。

579 五月の山では、梢が高いので、時鳥の鳴き声が空から聞えてくる。私の心もそらになって、恋の思いにふけっている。
◇五月山　新緑のもえる五月の山。◇鳴く音そらなる　「鳴く音」まで序詞。「そら」に、「天空」「うわのそら」両意を掛けて「そらなる」を起す。

580 秋霧の　晴るるときなき　心には　立ちゐの空も　思ほえなくに

清原《きよはらの》深《ふか》養《や》父《ぶ》

581 虫のごと　声にたてては　泣かねども　涙のみこそ　下《した》に流るれ

一 是貞親王《これさだのみこ》の家の歌合《うたあはせ》の歌　よみ人しらず

582 秋なれば　山とよむまで　鳴く鹿に　我《われ》おとらめや　一人《ひとり》寝《ぬ》る夜は

題しらず　貫之

583 秋の野に　乱れて咲ける　花の色の　千《ち》種《ぐさ》にものを　思ふころかな

580 秋霧のように晴れる時もなく恋に沈んだ私には、立ち居ふるまいすらよそごとのように思われてならない。
◇秋霧の　「晴るるときなき」を導く枕詞。◇立ちゐの空　「立ちゐ」「空」ともに「秋霧」の縁語。「空」は心地の意。◇思ほえなくに　意識されない意。「なくに」は否定を詠嘆的に表す。

581 私は、虫のように声を立てて泣くことはないけれども、恋の涙が、心の中を流れている。虫の鳴き声と対比し、同じ「泣く」と言っても私は心の中で泣いているのだ、と歌うことにより、内向する悲哀を印象づけた。

一 光孝天皇第二皇子、是貞親王主催の歌合。秋の歌のみ詠まれた。八四頁注一参照。

582 秋になると、山がとどろくばかりに妻を求めて鳴き叫ぶ鹿に、私はひけをとったりするものか。寂しく独り寝をするこの夜は。
◇とよむ　ひびきわたる意。鹿の鳴き声は実際山がひびくほど激しいものである。◇我おとらめや　自分が恋人恋しさに泣くのは鹿どころではない、の意。「や」は反語。

583 秋の野に、色とりどりに乱れ咲く花のように、あれやこれやと、もの思いに心乱れている今日このごろだ。
◇秋の野に　第三句まで序詞。「千種に」を起す。

584　ただひとりで恋のもの思いにふけっていると、秋の田の稲葉はそよと風に吹かれているが、私には「そよ」と言《い》って訪ねてくれる人とてない。
◇秋の田の稲葉の　序詞。稲葉のそよぐ音「そよ」を、そうだと思い出す意の「そよ」に転じて以下を起す。

585　あの人を思う私の心は、雁と同じわけではないが、雁が雲居はるかに鳴き渡るように、私もうわのそらで泣いてばかりいる。
◇雲居にのみも…　雁が雲のなかを鳴き渡るのに託して、自分の身の上を述べている。その場合、「雲居に」は、身辺事が手につかずうわのそらで、の意。「泣きわたる」は、しじゅう泣いてばかりいる、の意。

586　秋風の吹くままかき鳴らす琴の音に、なんだって空《むな》しいことと知りつつ恋しい気持がつのるのだろう。ただでさえ寂しい秋風と、恋心をつのらせる琴の音。

587　菰を刈る淀の沢は、雨が降るとみるみる水かさが増す。私の恋も、雨が降ると、常よりもいっそうせつなくつのってくる。
◇真菰刈る　「淀」にかかる枕詞。◇淀の沢水　「淀」は今の京都市伏見区淀。当時は巨椋《おぐら》池から淀川が流れ出す所で、広大な沼沢地が広がっていた。第二句まで序詞。「雨ふればつねよりことにまさる」を起す。『枕草子』百九段（新潮日本古典集成本）に、「卯月《うづき》の晦《つごもり》がたに、泊瀬《はつせ》に詣でて、『淀の渡り』といふものをせし

584
ひとりして　ものをおもへば　秋の田の　稲葉《いなば》のそよと
いふ人のなき
躬　恒

585
人をおもふ　心は雁《かり》に　あらねども　雲居にのみも　泣き
わたるかな
深　養　父

586
秋風に　かきなす琴の　こゑにさへ　はかなく人の　恋し
かるらむ
忠　岑

貫　之

かば、船に車を舁《か》き据《す》ゑて行くに、菖蒲《さうぶ》・菰《こも》などの、末短く見えしを取らせたれば、いと長かりけり。菰積みたる船のありくこそ、いみじうをかしかりしか」云《うん》云《ぬん》と、当時の面影を伝える記事がある。

一 歌の内容から、この「人」は女性。

588 まだ大和の国へ越えないうちは、かの吉野山の桜花も、人づてに聞いているばかりです。

相手の女性を桜花に譬《たと》え、今のところは、美しいあなたのことを人の話で聞くばかりです、と言い送った。◇桜花　吉野を桜の名所として扱った『古今集』中唯一の例。三七参照。

二 この文節は、「よみてつかはしける」にかかる。

三「もの・のたまひける」の音便。何かおっしゃった人。直接会話する機会があったのだが、作者より身分の高い女性だったのでこう言った。四 別に男が訪問して、文《ふみ》を贈っていると聞いて、の意。

589 かりそめの露でもない私の心を花の上に置いてからというもの、風が吹くたびに散りはせぬかと、案じ暮すのが常のことになりました。

◇露ならぬ「露」に、わずかの意を掛ける。◇心を花におきそめて「花」は相手の女性の比喩《ひゆ》。「おく」は「露」の縁語。◇もの思ひぞつく　花が散りはしないか、つまり女性が他の男の方へ心変りしないかという心配がとりついた、の意。あるいは、花から露がこぼれ落ちはしないか、つまり自分が女性の身辺からはじき出されはしないかという心配ともとれる。

587 真菰《まこも》刈《か》る　淀《よど》の沢水　雨ふれば　つねよりことに　まさる
わが恋

大和《やまと》に侍《はべ》りける人[一]につかはしける

588 越えぬまは　吉野の山の　桜花　人づてにのみ　聞きわた
るかな

三月《やよひ》[二]ばかりに、もののたうびける人[三]のもとに、又人まかりて[四]消息《せうそこ》すとききて、よみてつかはしける

589 露ならぬ　心を花に　おきそめて　風ふくごとに　もの思
ひぞつく

題しらず

坂《さかの》上《うへの》是《これ》則《のり》

590 わが恋に　くらぶの山の　桜花　間《ま》なく散るとも　かずはまさらじ

591 冬川の　上《うへ》はこほれる　われなれや　下《した》にながれて　恋ひわたるらむ

宗《むね》岳《をかの》大《おほ》頼《より》

592 たぎつ瀬に　根ざしとどめぬ　浮き草の　うきたる恋も　我《われ》はするかな

忠岑

593 よひよひに　ぬぎてわが寝《ぬ》る　狩衣《かりごろも》　かけて思はぬ　時の間《ま》もなし

友則

590 私の恋に比べれば、くらぶ山の桜など、たとえ絶え間なく散ってはいても、尽す思いの数にまさりはすまい。
◇くらぶの山　不明。鞍馬《くらま》山（京都市左京区）のこととする説が多い。三八頁注一参照。ここは、「比《くら》ぶ」を掛けた。

591 冬の川の、表面だけ氷がはりつめているような私なのか。そんなことはなかろうに、どうして氷の下に水が流れているように、私も心の中でうち泣かれつつ、いつまでも恋しつづけるのだろう。
◇下にながれて　「下に流れて」と「下に泣かれて」を掛ける。泣く場合の「下に」とは、心中に、の意。

592 早瀬に流されて、根を張れずに漂う浮草のように、何ともおぼつかない恋を、この私はしているよ。
◇たぎつ瀬に　第三句まで序詞。「うきたる」を起す。
◇うきたる恋　不安定な恋。成就するかどうかわからない恋。

593 夜ごと夜ごと、床《とこ》につく前に脱いでは衣桁《いこう》に掛ける狩衣のように、私はあなたのことを、心にかけて思わぬ時は片時もない。
◇狩衣　「かりぎぬ」に同じ。貴族の平服。第三句まで序詞。狩衣を衣桁に掛けるところから、同音で第四句の「かけて」を起す。

594　東海道の小夜の中山でもあるまいに、なまなかなんだってこんなに冷たい人を、思いそめたりしたのだろうか。

◇小夜の中山　静岡県掛川市東部の山。日坂《にっさか》と菊川との間で、東海道の難所。『新古今集』（羇旅《きりょ》）に、西《さい》行《ぎょう》法師「年たけてまた越ゆべしと思ひきや命なりけり小夜の中山」（九八七）がある。第二句まで序詞。同音で第三句「なかなかに」を起す。◇なかなかに　後悔の気持を表す副詞。なまじっか。

595　恋人を思って泣く涙のために、枕の下には深い海があるけれど、海松布《みるめ》は一向に生えようとせず、あの人を見ることもできない。

泣いているばかりで、一向に恋人には逢えない、の意。

◇しきたへの　「枕」の枕詞。◇海松布《みるめ》　海藻《かいそう》の一種。人を「見る目」と言い掛ける。

596　いくら年月がたっても消え失《う》せない恋の火はあるけれど、独り寝を重ねる夜着の袂は、やはり涙で凍ったままだ。

◇おもひ　「思ひ」に「火」を掛けた。火があれば、凍るはずがないのに、と匂わす技巧。

597　私の恋の道は、見も知らぬ山路でもあるまいに、どうすれば恋が実《みの》るかさんざん迷うこの心は、山路に行き暮れたように心細い。

◇山路　「恋路」という言葉があるところから、「山路」と恋を対比する発想がとられたものか。

594
東路《あづまぢ》の　小夜《さや》の中山《なかやま》　なかなかに　何しか人を　思ひそめけむ

595
しきたへの　枕の下《した》に　海はあれど　人を海松布《みるめ》は　生ひずぞありける

596
年を経《へ》て　消えぬおもひは　ありながら　夜《よる》の袂《たもと》は　なほこほりけり

貫　之

597
わが恋は　知らぬ山路《やまぢ》に　あらなくに　まどふ心ぞ　わびしかりける

598 紅《くれなゐ》の　ふりいでて泣く　涙には　袂《たもと》のみこそ　いろまさりけれ

599 白玉と　見えし涙も　年ふれば　からくれなゐに　うつろひにけり

600 夏虫を　なにかいひけむ　心から　われも思ひに　燃えぬべらなり

躬恒

601 風ふけば　峰にわかるる　白雲の　たえてつれなき　君が心か

忠岑

598 紅の振り出し染めのように、鮮血をふりしぼって泣く私の涙に、袂ばかりが、ひとしお紅あざやかに染まっている。
漢語の「紅涙」「血涙」から発想された技巧の歌。◇紅の 「涙」にかかる。紅染めは布を振り動かして色目を出すところから、第二句「ふりいでて」を導く枕詞としても働く。一四八参照。

599 恋人をしのんで流す涙は、初めは白玉だと思っていたが、長年流しつづけていると、目もあざやかな紅色に変ってきた。
前歌同様、「紅涙」「血涙」によって発想しながら、「白玉」を対照的に詠みこんで印象を鮮明にしている。◇からくれなゐ 鮮紅色。一四八参照。

600 夏の虫を、どうして愚かなものだなどと言ったのだろうか。私も、自ら恋の火に飛び込んで、焦がれ死にする運命にあるようだ。
◇夏虫 自ら灯火に飛び込んで焼け死ぬ、はかなくけなげなものの象徴。五四四、五六一など参照。◇思ひ 「ひ」に「火」を掛ける。◇べらなり 三三参照。

601 風が吹くと、峰にさえぎられて飛ぶちぎれ雲のように、ふっつりと音信《おとさた》もとだえてしまって、ただただ無情なあなたのお心だ。
◇白雲の 上三句は序詞。峰のところで吹きちぎられた雲の意で、第四句の「たえて」を起す。

602 わが身を月光にかえることができるものなら、冷淡なあの人も、「あわれ」と心を動かしてくれるだろうに。
月光の情趣に寄せて、容《い》れられぬ恋の嘆きを詠んだ。

603　もしも私が恋い死にをしたら、誰の評判が立つのでもない、ほかならぬあなたが、実に冷たい人であったという評判が立つのですよ。たとえ、あなたが、世の中というものは無常なもので、人は死ぬのが定めなのだ、などと言いのがれをなさっても。
◇言ひはなすとも　「言ひ・は・なす・とも」。

604　摂津の国の難波潟《なにわがた》の葦がいっせいに芽をふき、見わたすかぎりびっしりと繁っているように、繁くもの思う私の恋を、いったいあの人は知っているだろうか。いやいや知らないにちがいない。
◇津の国の難波の葦　難波は今の大阪市一帯の地。当時は、淀川がつくる大湿地帯で、葦が一面に繁っていた。◇めもはるに　「芽も萌《は》る」と「目も遙《はる》」の両意を兼ねる。第三句まで序詞。「しげき」を起す。

605　長年手も触れないでいた白い檀《まゆみ》の弓を、ふと思いたって取り寄せて、立てたり伏せたりしてみるように、近ごろひとしお恋心がつのり、夜は起きたり伏したりして、眠ることもできない。
◇白檀　檀《まゆみ》の木で作った弓。第三句まで序詞。弓を起したり伏せたりする意から、第四句「おきふし」を起す。同時に、長年片思いを寄せている女性の比喩《ひゆ》でもある。◇いこそ寝られね　「い」は寝ることの意の名詞だが、弓の縁で「射《い》」を響かせている。

602　月かげに　わが身をかふる　ものならば　つれなき人も
あはれとや見む

603　恋ひ死なば　誰《た》が名はたたじ　世の中の　常なきものと
言ひはなすとも

深　養　父

604　津《つ》の国《くに》の　難波《なには》の葦《あし》の　めもはるに　しげきわが恋　ひと
知るらめや

貫　之

605　手もふれで　月日へにける　白檀《しらまゆみ》　おきふし夜《よる》は　いこそ
寝《ね》られね

606
人知れぬ　思ひのみこそ　わびしけれ　わがなげきをば　われのみぞ知る

607
言《こと》に出《い》でて　言はぬばかりぞ　水無瀬川《みなせがは》　下《した》にかよひて　恋しきものを　友則

608
君をのみ　思ひ寝《ね》にねし　夢なれば　わが心から　見つるなりけり　躬恒

609
命にも　まさりて惜しく　あるものは　見はてぬ夢の　覚《さ》むるなりけり　忠岑

606　思う人に知ってもらえない恋の思いこそ、本当につらいものだ。所詮《しょせん》、私の嘆きを知るのは、この私だけなのだ。「人」と「思ひ」の「ひ」に「火」を掛け、「なげき」に「木」を掛けると見る説もある。

607　言葉に出して言わないだけなのですよ。本当は、水無瀬川の水のように、人に知られぬ心の奥では、あなたのことを思いつづけているのですけれど。◇水無瀬川　元来は、雨期にのみ流れがあり、乾期には伏流になる川の意で、普通名詞。『古今集』前後から山崎（京都府乙訓《おとくに》郡）を流れる川の固有名詞となる。「寛平菊合」に「山崎皆瀬《みなせ》菊」の題があり、『伊勢物語』八十二段に、「山崎のあなたに水無瀬といふ所に宮ありけり」とある。ここでは、第四句「下にかよひて」を導く枕詞。◇下にかよひて　心の中であなたのもとへ通って。つまり、心には思いながらも身は通うことができなくて、の意。

608　あなたのことを一途《いちず》に思って寝たからあなたの夢を見たのでしょう。ですから詮ずるところ、私の思う心のせいで見た夢なのです。恋する相手が自分のことを思っているから自分の夢に現れるとも言うが、私の場合はそうではない。だから夢に見ても慰められない、と嘆きをこめている。

609　命にもまさって惜しいものは、思う人と出逢った夢がおしまいにならないうちに、はかなく覚めてしまうことだ。

610　梓弓を引けば、その両端が自分の方に寄る、その夜《よる》になるとひとしおつのる、私の恋心は。
◇梓弓　第三句まで序詞。弓を引くと両端が自分の方に寄るところから、同音の「夜」を起す。◇もとすゑ　本《もと》と末。両端のこと。

611　私の恋は、どこへ行き、どこで果てるのか、一向にあてもなく、永遠に続きそうだ。ただ、思う人に逢うことさえできれば、そこで終息するかと思ってみるばかりだ。

612　思えば世の中で、この私だけが悲しい恋に泣いている。あの七夕《たなばた》の彦星でさえ、まったく恋人に逢わないで過す年はないのだから。
年に一度しか逢うことができぬ彦星の不幸をあげて、自分の不幸はそれにもまさる、と意表をつく趣向。

613　ほんとうは今ごろもう、恋い死にをしていただろう。そのうちに逢いましょうと、頼みに思わせてくれたあの言葉だけが、私の命を生き永らえさせているのだ。
期待を抱かせるだけで、一向に逢ってくれない恋人のしうちを、皮肉をきかせて恨んだ歌。
◇頼めしこと　「頼め」は下二段活用「頼む」の連用形。頼りに思わせる意の他動詞。「こと」は「言《こと》」。言葉。

春《はる》道《みちの》列《つら》樹《き》

610　梓弓《あづさゆみ》　引けばもとすゑ　わがかたに　夜《よる》こそまされ　恋の心は

躬恒

611　わが恋は　行方《ゆくへ》もしらず　果《は》てもなし　逢ふをかぎりと　思ふばかりぞ

612　我のみぞ　悲しかりける　彦星《ひこぼし》も　逢はで過ぐせる　年しなければ

深養父

613　今ははや　恋ひ死なましを　逢ひ見むと　頼めしことぞ

命なりける

614 頼めつつ　逢はで年ふる　いつはりに　こりぬ心を　人は知らなむ

躬恒

615 命やは　なにぞは露の　あだものを　逢ふにしかへば　惜しからなくに

友則

614　そのうちに逢いましょうなどとあてにさせておきながら、歳月がたってもいっこう逢おうとしない偽りの約束にもまだ懲りないで、あなたのことを思っている、私の心のほどをわかってほしい。
◇人は知らなむ　「人」は思う相手。「なむ」は希求の終助詞。

615　命なんか、何ということもあるものか。こんなものは、露のようにはかなくたよりないものなのだ。恋しい人との逢瀬《おうせ》に取り換えられるものならば、なんで命が惜しかろう。
◇逢ふにしかへば　「し」は強意の助詞。「かへば」は、「換へば」。

古今和歌集　巻第十三

恋[一]歌　三

三月《やよひ》の一日《ついたち》より、しのびに[二]人にものを言ひて後《のち》に、雨のそぼ[三]降りけるによみてつかはしける　業平朝臣《なりひらのあそむ》

616 起きもせず　寝もせで夜《よる》を　明かしては　春のものとて　ながめくらしつ

業平朝臣《なりひらのあそむ》の家に侍《はべ》り[四]ける女のもとに、

一「恋歌一」「恋歌二」は、恋がまだ胸中にとどまって、あれこれ煩悶《はんもん》する歌で占められていた。「恋歌三」になると、ようやく会話を交わすことができた段階から、次第に親密度を増してゆく恋の展開に沿って、歌が配列される。

二 人目をしのんで恋人と会話を交わした後に。「ものを」が「ものら」となっている本もある。「ものら言ふ」は、七四五の詞書《ことばがき》に例が見える。 三「そぼ降る」はしょぼしょぼ降る意。春雨のもの憂い降り方を言う。

616 あなたのことを思い出して、昨夜は、起きているでもなし、寝るでもなし、というありさまで夜を明かしましたが、今日も日がな一日、春の長雨に降りこめられて、ただもの思いに沈んだまま、また夜になりました。

『伊勢物語』二段にも見える。『伊勢物語』では、作歌事情がより具体的に叙述されている。

◇ながめくらしつ「ながめ」に「長雨」と、もの思いにふける意の「眺《なが》め」とを掛ける。一一三参照。「くらしつ」は、第三句の「明かしては」に対応している。

四「侍り」は、庇護を受けて住んでいる、の意。

よみてつかはしける　　敏《とし》行《ゆき》朝臣《のあそむ》

617 つれづれの　ながめにまさる　涙川《なみだがは》　袖《そで》のみぬれて　逢《あ》ふよしもなし

かの女にかはりて、返しによめる　　業平朝臣

618 浅みこそ　袖はひつらめ　涙川　身さへながると　聞かばたのまむ

題しらず　　よみ人しらず

619 寄るべなみ　身をこそ遠く　へだてつれ　心は君が　かげとなりにき

620 いたづらに　行きては来《き》ぬる　ものゆゑに　見まくほしさに　誘《いざな》はれつつ

617 春の長雨によって川が増水するように、つれないあなたを思って私が流す涙の川も水かさがまさりました。その涙の川を渡ってあなたのもとへ行こうにも、袖が濡れるばかりで、これといって逢う手だてもありません。

次歌とともに『伊勢物語』百七段に見える。前歌同様、作歌事情の叙述は、『伊勢』のほうが具体的である。

◇ながめ　「眺《なが》め」と「長雨」とを掛ける。◇涙川　悲しさで涙が流れるのを強調した表現。四六六参照。

618 袖が濡れるとおっしゃるのは、涙川が浅いからでしょう。袖ばかりかわが身もろとも流れてしまうと言ってくださるのなら、あなたをたよりにもいたしましょうが。

あなたの真情はまだまだ薄いのですね、と返した。

◇浅み　浅いので。「み」は原因・理由を表す接尾語。◇ひつらめ　「ひつ」は、二参照。

619 あなたに近寄る手だてがないので、身体は遠く離れています。でも、心は影のように、いつでもあなたのお側にぴったりと添っております。

◇寄るべなみ　「寄るべ」は、身を寄せる所・手段の意。「み」は、六一八参照。

620 あなたをお訪ねしても、逢ってくださらないまま空《むな》しく帰ってくるだけなのに、それでもお目にかかりたい一心から、またふらふらと出かけてしまいます。

◇いたづらに　無駄に。期待に反した結果しか得られ

ぬことに言う。◇ものゆゑに　…にもかかわらず。

621　恋人に逢えない夜が、降る白雪のように積り重なったならば、のちははかなく消える白雪もろとも、私の命も消え絶えてしまうにちがいない。

◇降る白雪と　「と」は、…となって、…のように、の意。「逢はぬ夜」の実景をも匂わせる。

622　名残りを惜しみつつ笹をかき分けて帰った朝は、つめたい秋の野の露で袖がびっしょり濡れたけれど、訪れたのに逢えないで、空しく引き返した夜の涙のほうが、袖をよけいに濡らすものだ。

『伊勢物語』二十五段に次歌と贈答の形で見える。

623　海松布《みるめ》の生えない浦だとも知らず、愚かな漁師はしきりに足を運んで来る。あなたもまったく同じこと。あなたを見る目など持ち合わさぬ私とご存じないのか、相も変らず足しげく通っていらっしゃいます。

この歌は、前歌とは本来無関係であるが、『伊勢物語』二十五段では贈答の形に仕組まれている。『伊勢物語』が『古今集』を素材にして（たとえ一部分にせよ）作られたことの一証である。

◇海松布《みるめ》　「見る目」を掛ける。五三一参照。◇かれなで　「離《か》れなで」。敬遠しないで。◇たゆく　疲れてだるくなるほど、の意。

621
逢はぬ夜の　降る白雪と　つもりなば　われさへともに
消《け》ぬべきものを

この歌は、ある人のいはく、柿本人麿《かきのもとのひとまろ》が歌なり。

622
秋の野に　笹《ささ》わけし朝の　袖よりも　逢はで来《こ》し夜《よ》ぞ　ひ
ちまさりける

業平朝臣

623
海松布《みるめ》なき　我が身を浦と　知らねばや　かれなで海人《あま》
の　足《あし》たゆく来る

小《を》野《のの》小《こ》町《まち》

源宗于朝臣《みなもとのむねゆきのあそむ》

624 逢はずして　こよひ明けなば　春の日の　長くや人を　つらしと思はむ

壬《み》生《ぶの》忠《ただ》岑《みね》

625 有明《ありあけ》の　つれなくみえし　別れより　暁《あかつき》ばかり　憂《う》きものはなし

在《あり》原《はらの》元《もと》方《かた》

626 逢ふことの　渚《なぎさ》にし寄る　波なれば　うらみてのみぞ　たちかへりける

よみ人しらず

627 かねてより　風にさきだつ　波なれや　逢ふことなきに　まだき立つらむ

624 せっかく訪ねて来たのに、逢って下さらないまま夜が明けてしまったら、いつ暮れるとも知れない春の長日のように、いつまでもいつまでも、私はあなたを冷酷な人だと思うだろう。『古今和歌六帖』第五、「来れど逢はず」の項にも見える（三三八七）。◇春の日の　「長く」の枕詞《まくらことば》。実際の季節をも匂わせる。

625 有明の月が、夜が明けたのもそ知らぬ顔で空にかかっていた…、すげなくふられて帰ったあの別れがあってよりこのかた、私には、暁ほどつらいものはないように思われる。『古今和歌六帖』第五、「来れど逢はず」の項にも見える（三三八〇）。百人一首にも採られている。◇有明　三三参照。

626 逢うことがなきという渚に寄せる波が、ただ浦を見るだけで沖へ返ってゆくようなもので、私もせっかく訪ねて行っても逢うことができず、恨んで帰ってくるばかりだ。◇渚にし　第一句との連関では「渚」に「無き」を掛ける。「し」は強意の助詞。◇うらみて　「浦見て」と「恨みて」とを掛ける。

627 まるで風が吹く前に立つ波のようなものだというのか。そんなことはないはずなのに、私の恋は、まだ逢いもしないのに、噂《うわさ》ばかりがどうして先に立ってしまうのだろう。

◇かねてより　前もって。◇逢ふことなきに　「なき」に「凪《なぎ》」を掛ける。凪は無風状態で、上の句と呼応する。◇まだき　早くも、すでに。

628　陸奥には名取川があると聞くが、この私まで、無実の汚名を取ったりしたのではたまらない。

◇名取川　宮城県を東流し、名取市で仙台湾に注ぐ。第三句まで序詞《じよことば》。同音反覆で第四句を起す。◇なき名とりては　「なき名とる」とは、事実無根の噂を立てられることをいう。

629　わけのわからないことだが、何事もないのに早々と評判が龍田川だ。どうしても遂げないではいられない逢瀬だというのに。

◇あやなくて　四一参照。◇龍田川　二六三参照。上二句からは「立つ」を言い掛けて続き、下二句へは龍田川を渡ることを恋を成就させることの比喩《ひゆ》として展開する。◇渡らでやまむ　渡らないですませる意。◇ものならなくに　…のものではないのに。

630　あの人はどう思うか知らないが、私は、根も葉もない噂を立てられるのは残念だから、昔も今もあんな人のことなんか知りませんと言っておこう。

『後撰集』六三五に在原棟梁《むねやな》の女《むすめ》の作として重出し、元良《もとよし》親王の「大方はなぞやわが名の惜しからむ昔のつまと人に語らむ」（六三四）の返歌になっている。◇人　第三者とも相手ともとれる。『後撰集』では相手。◇いさ　さあ知らない、の意をこめた感動詞。四三参照。◇知らずとを　「を」は間投助詞。語勢を強める。

628
陸奥《みちのく》に　ありといふなる　名《な》取川《とりがは》　なき名とりては　苦しかりけり

忠　岑

629
あやなくて　まだきなき名の　龍田川《たつたがは》　渡らでやまむ　ものならなくに

御《み》春《はるの》有《あり》助《すけ》

630
人はいさ　われはなき名の　惜しければ　昔も今も　知らずとを言はむ

元　方

よみ人しらず

631
こりずまに　またもなき名は　立ちぬべし　人憎《にく》からぬ　世にし住《す》まへば

[一]東《ひむがし》の五条わたりに、[二]人を知りおきてまかり通ひけり。[三]忍びなる所なりければ、門《かど》よりしもえ入《い》らで、[四]垣《かき》のくづれより通ひけるを、度《たび》かさなりければ、[五]主人《あるじ》ききつけて、かの道に夜ごとに[六]人をふせて守らすれば、行きけれどえ逢《あ》はでのみ帰りて、よみてやりける　　業平朝臣

632
人しれぬ　わが通《かよ》ひ路《ぢ》の　関守《せきもり》は　よひよひごとに　うちも寝《ね》ななむ

題しらず　　貫《つら》之《ゆき》

631 しょうこりもなく、また、あらぬ噂《うわさ》が立ちそうだ。無理もない、もともと憎からず思っている仲なのだから。

いったんはおさまった浮名が再び立つことに困惑してみせた歌。前歌に対する答歌とも理解できる。「そんなことを言っていても、また噂は立ちますよ。あなたは私から離れられないのだから」と応じたとも読めるからである。『古今集』では、この種の配列は異例ではない。他に二八七・二八八、四三三・四三四、六五九・六六〇。

◇こりずまに　懲《こ》りもしないで、の意。◇なき名　事実無根の噂。◇世にし　「世」は「恋仲」の意でも多用される。四七五参照。「し」は強意。

一 「東の五条わたり」は、五条の后（仁明天皇の皇后、順子。二五六頁注二参照）の邸《やしき》を指す。「わたり」は、「あたり」の意。二 そこに住んでいた女性と契りを結んで、の意。三 内密に通わねばならない場所柄であったので。相手が公然とは通えぬ女性であることを示す。四 土塀《どべい》。五 この館の主人、五条の后。六 人を隠して見張らせたので。

632 人に知られたくない秘密の通い路の番人よ、宵になるごとにぐっすり眠っていてほしい。

『伊勢物語』五段にも見え、作歌事情を述べる文章もこの詞書と酷似している。

◇関守　本来は関所の番人。◇うちも寝ななむ　「うち」は接頭語。「も」は間投助詞。「な」は完了の助動詞「ぬ」の未然形。「なむ」は希求の終助詞。

633　こらえようにもとても恋しくてこらえきれない時は、山から月が出るように、ついつい家を出て来てしまうのだ。
◇あしひきの山より月の　第五句「出でて」の序詞。実景を用いている。「あしひきの」は「山」の枕詞。

634　国境《くにざかい》を隔ててひたすらに恋いつづけ、やっと、めずらしく今夜逢うことができた。どうかこの夜が明けないように、逢坂の関の木綿《ゆう》つけ鳥よ、暁の時を告げないでくれ。
◇逢坂　山城《やましろ》・近江《おうみ》の国境。関所があった。一四三頁注四参照。「逢ふ」を言い掛けている。◇木綿つけ鳥　鶏ともいうが不詳。五三六、七四〇でも、逢坂の関にいるものとして詠《よ》まれている。

635　秋の夜が長いというのも、言葉の上だけのことだった。せっかく恋人と逢う夜なのに、これということもなく、たちまち明けてしまうもの。
◇名のみなりけり　名ばかりで実質の伴わぬものだ、の意。◇逢ふといへば　恋人との逢瀬には、ことさら夜長が願われるが、いざ逢うということになると、の意。

636　私は、秋の夜が長いと思いこんでいるわけではない。昔から、逢う人によって長くもなり、短くもなる、それが秋の夜だというから。
◇逢ふ人からの　逢う人次第の、の意。「から」は原因・理由を表す格助詞。好きな人と逢う時は短いし、嫌な人と逢う時は長く感じられることをいう。

633　しのぶれど　恋しき時は　あしひきの　山より月の　出《い》でてこそ来《く》れ

よみ人しらず

634　恋ひ恋ひて　稀《まれ》にこよひぞ　逢坂《あふさか》の　木《ゆ》綿《ふ》つけ鳥は　鳴かずもあらなむ

小野小町

635　秋の夜も　名のみなりけり　逢ふといへば　ことぞともなく　明けぬるものを

凡河内《おほしかふちの》躬《み》恒《つね》

636　長しとも　思ひぞ果《は》てぬ　昔より　逢ふ人からの　秋の夜なれば

よみ人しらず

637 東雲《しののめ》の　ほがらほがらと　明けゆけば　おのがきぬぎぬ
なるぞ悲しき

藤原国経朝臣《ふじはらのくにつねのあそむ》

638 明けぬとて　いまはの心　つくからに　など言ひしらぬ
思ひそふらむ

一寛平御時《くわんぴやうのおほんとき》の后宮《きさいのみや》の歌合《うたあはせ》の歌　敏行朝臣

639 明けぬとて　かへる道には　こきたれて　雨も涙も　降り
そぼちつつ

題しらず　寵《てう》

637 東の空がしらみ、ほのぼのと一夜が明けてゆくと、それぞれ自分の着物を着て別れなければならない。何ともそれが、悲しくてならない。◇東雲　東の空が白くなってくる時刻。◇ほがらほがらと「ほがらか」と同根の副詞。こころよいさま。下句の悲嘆と対照させている。◇きぬぎぬ　それぞれが自分の着物を着ること。転じて、男女の朝の別れそのものをも意味する。「後朝《きぬぎぬ》」とも書く。

638 夜が明けてしまったので、さて帰らなければという気になったのだが、そのしりから、なぜ、言いようのない寂しい気持に襲われるのだろうか。◇いまはの心　今は帰らねばならぬ、という心。◇つくからに　萌《きざ》すとすぐに、の意。

一 寛平年間の末に行われた歌合。三〇頁注一参照。

639 夜が明けたというので、女と別れた帰り道、雨も涙も、まるでしごきかけるように激しく降りに降って…。◇こきたれて「扱《こ》き垂れて」で、しごき落して、の意か。◇降りそぼちつつ　降って袖が濡れる意と見る説もある。

640 夜明けになると別れなければならない、それがつらくて、私のほうが鶏に先立って、はやばやと泣きはじめてしまった。まだ夜深いうちから別れを思って泣く女心。

◇別れを惜しみ　別れが惜しいので。「…を…み」は、原因・理由を表す語法。

641　時鳥《ほととぎす》よ、夢のなかの出来事か現実のことか、私にはしかと覚えがない。朝露が置くとともに共寝の床《とこ》から起きて帰った、今朝の道すがら耳にしたおまえの声は。

◇朝露のおきて　朝露が「置きて」と言いつつ、下句へは「起きて別れし」と展開する。別れの刻限をも匂わせる。

642　夜が明けてからでは、あなたの噂《うわさ》が立つだろうと思って、まだ夜の暗いうちにお別れしてきたのだが、それすらも人は見たのであろうか。

◇玉匣《たまくしげ》　「匣」は櫛《くし》などを入れる箱。「玉」は美称。箱の蓋《ふた》を開《あ》ける意から、「明け」にかかる枕詞。◇立ちぬべみ　「べみ」は、「べし」に原因・理由を示す接尾語「み」がついた形。…にちがいないから、の意。

643　霜の置いていた今朝、いったいどのように起きてきたのか、わからないほどであった。日が昇って霜は消えたが、今こうして思い出すだけでも、消えてしまうばかりに悲しい。

◇今朝はしも　「しも」は強意の助詞。「霜」を掛ける。実際に霜がおいていたのである。◇おきけむ　「起き」に「置き」を掛ける。◇思ひいづる　「日出づる」を掛ける。◇消えて　「消ゆ」は「霜」の縁語。

二　恋人に逢って次の朝、別れてのちに、その恋人に詠んで贈った歌。

640 しののめの　別れを惜しみ　われぞまづ　鳥よりさきに
泣きはじめつる

よみ人しらず

641 時鳥《ほととぎす》　夢かうつつか　朝露《あさつゆ》の　おきてわかれし　暁のこゑ

642 玉匣《たまくしげ》　明けば君が名　立ちぬべみ　夜ふかく来《こ》しを　人見
けむかも

大《おほ》江《えの》千《ち》里《さと》

643 今朝《けさ》はしも　おきけむ方《かた》も　しらざりつ　思ひいづるぞ
消えてかなしき

二 人に逢ひて、あしたによみてつかはし

ける　　　　業平朝臣

644
寝ぬる夜《よ》の　夢をはかなみ　まどろめば　いやはかなにも　なりまさるかな

業平朝臣《なりひらのあそむ》の伊勢国《いせのくに》にまかりたりける時、一斎宮なりける人に、二いとみそかに逢ひて、三またの朝《あした》に、四人やるすべなくて、思ひをりけるあひだに、女のもとより五おこせたりける　　　　よみ人しらず

645
君や来《こ》し　われや行《ゆ》きけむ　おもほえず　夢かうつつか　寝てか覚めてか

返し　　　　業平朝臣

646
かきくらす　心の闇《やみ》に　まどひにき　夢うつつとは　世人《よひと》

644　あなたと一夜を共にしたゆうべの夢がはかなく覚めたのを恨みながら、うとうとしていますと、いっそうはかない思いがつのってきます。

『伊勢物語』百三段にも見える。

一　天皇即位ごとに、伊勢神宮奉斎のために卜定《ぼくじょう》される未婚の内親王、女王。または、その居所。ここは後者。『延喜式』（斎宮式）に詳細がある。所在地は三重県多気郡明和《めいわ》町。近畿日本鉄道斎宮駅東北の平原に遺跡群が散在している。「斎宮なりける人」は、「斎宮にありける人」。斎宮その人とも斎宮に仕える人ともとれる。次歌とともに『伊勢物語』六十九段にも見え、そこでは斎宮その人として語られている。二　きわめて内密に。三　翌朝。四　人を遣わして後朝《きぬぎぬ》の歌を届ける手段。五「おこす」は、よこす意。

645　昨夜はあなたが来て下さったのか、私がうかがったのか、よくわかりません。あれは夢だったのでしょうか、実際のことだったのでしょうか。眠っているうちのことでしょうか、覚めている間のことでしょうか。

646　真っ暗な心の闇に、あなたもろとも私もまどってしまいました。夢かまことの出来事か、定めよというなら誰か他人に定めてもらいましょう。

私は、昨夜とにかくお逢いできたということだけ覚えています、の意。前歌とともに『伊勢物語』六十九段にも見える。作歌事情の叙述は、『伊勢』のほうがやや具体的。

647 実際に逢えたというのに、昨夜の闇の中での逢瀬はまったくはかなくて、ありありと見る逢瀬の夢にくらべて、何ほどの甲斐《かい》もないものであった。◇むばたまの 「闇」の枕詞。◇闇の現 暗闇の中での現実。◇さだかなる はっきりしている、の意。

648 夜が更《ふ》けて空をわたる月の光で、ほんのわずかの間、あなたと逢うことができた。◇天のと渡る… 空を海に、月を舟にたとえた。三三参照。◇飽かずも 充分満足できない状態で、の意。

649 あなたの名も私の名も、噂《うわさ》には立てまいと思う。あなたは、私を「見た」とも言うな。私もあなたに「逢った」とは、けっして言うまい。◇難波なる 難波の港「御津《みつ》」を連想させながら、同音の「見つ」を導く。難波（六〇四、九七三参照）の港は古代朝廷の最も重要な港であったため「御津」という。◇逢ひき 「網引《あび》き」を掛けて「難波」と縁をもたせている。『萬葉集』に「網引《あび》きする難波《なには》をとこ」（五七七）の歌句が見える。

650 名取川の浅瀬ごとに姿をさらす埋れ木のように、二人の仲が世間にあらわれ浮名が立ってしまったら、その時はいったいどうするつもりで、あなたに逢い初《そ》めたのであろうか。◇名取川 宮城県を東流し、名取市で仙台湾に注ぐ川。六二八参照。「名を取る」（人の噂にのぼる）の意が託されている。◇埋れ木 名取川は埋れ木の名所か。上二句は序詞。第三句「あらはれば」を起す。

さだめよ

題しらず　　よみ人しらず

647 むばたまの　闇《やみ》の現《うつつ》は　さだかなる　夢にいくらも　まさらざりけり

648 さ夜《よ》ふけて　天《あま》のと渡る　月かげに　飽《あ》かずも君を　あひ見つるかな

649 君が名も　わが名もたてじ　難波《なには》なる　見つとも言ふな　逢ひきとも言はじ

650 名取川《なとりがは》　瀬々《せぜ》の埋《むも》れ木《ぎ》　あらはれば　いかにせむとか　あひ見そめけむ

651 吉野《よしの》川《がは》 水の心は はやくとも 滝の音には 立てじとぞ思ふ

652 恋しくは したにを思へ 紫の ねずりの衣《ころも》 色に出《い》づなゆめ

小《を》野《のの》春《はる》風《かぜ》

653 花薄《はなすすき》 穂《ほ》に出《い》でて恋ひば 名を惜しみ 下《した》ゆふ紐《ひも》の 結ぼほれつつ

よみ人しらず

一橘清樹《たちばなのきよき》が忍《しの》びにあひ知れりける女の
もとよりおこせたりける

654 思ふどち ひとりひとりが 恋ひ死なば 誰によそへて

651 吉野川の、行く水のように私の心ははやるけれども、けっして、そのたぎつ急流のようには、音を立てて人に気取《けど》られたりしないつもりだ。◇吉野川 六四頁注一参照。この語だけ独立的におかれ、下の「水」と「滝」の語を導く。◇水の 「心はやし」の比喩《ひゆ》。◇滝の 「音に立つ」の比喩。

652 恋しい時には、心の中だけで思っていなさい。けっして、紫の根摺《ねず》りの衣のように、人目につくような真似をしてはいけません。◇したにを思へ 「した」は心中の意。「を」は語勢を強める間投助詞。◇紫のねずりの衣 紫草の根の色素を摺りつけて染めた衣。「色に出づ」の序詞。紫は最もあざやかな色の一つである。◇色に出づなゆめ 「色に出づ」は表情や態度に現す意。「な」は禁止。「ゆめ」はけっして、の意で、禁止の表現とともに用いられる。

653 薄がはなやかに穂をさしのばすように人目をはばからぬ恋をすると、あれこれ人が取り沙汰《ざた》をする、その無念さに、しっかと結んで解く相手もない下紐さながら、心も晴れやらぬ日々である。◇花薄 「穂に出でて」の枕詞。◇穂に出でて 「穂に出づ」は人目につくこと。◇下ゆふ紐の 「結ぼほれつつ」の枕詞。◇結ぼほれつつ 「結ぼほる」は、結ばれて解けにくくなる意。転じて、心が晴れない意。

一 橘清樹が、世間に内証で仲よくしていた女。

654 人知れず思い合う私たちふたり、もしどちらかが恋い死にでもしようものなら、誰のためだと言って喪服を着たらよいのでしょうか。
◇ひとりひとりが　どちらか一人が、の意。◇誰によそへて藤衣きむ　「よそふ」は、かこつける、その人のせいにする、の意。「藤衣」は喪服。忍びあう間柄なのでおおっぴらには喪に服せないのである。

655 はかなくなった人を慕って泣く涙で、袖が濡れてしまったならば、着替えがてらに、人目まれな夜をえらんで藤衣を着ればよいでしょう。
おおげさに死をもちだして男の愛情をためした前歌に対して、夜の間だけこっそり喪服を着て弔えば大事ない、とはぐらかした。どちらも、秘密の恋を楽しんでいるのである。

656 目がさめている間なら、それもしかたがないけれど、夢にまで、人目をはばかって逢いに来て下さらないと見るのは、悲しくてならない。
◇さもこそあらめ　それももっともだが、の意。「さ」は「人目を守る」を指す。◇守る　警戒する意。

657 かぎりなく恋しさがつのるままに、せめて夜の夢でなりと、あなたの所へ足繁く通おう。夢の中の通い路までは、人もとがめだてをするまいから。

658 夢の中の通い路は、足を休めることもなくせっせと通うことができるけれども、実際にその姿を一目なりと見る喜びには、とうていかなわない。
◇見しごとはあらず　「ごと」は、如く、の意。

藤衣《ふぢごろも》きむ

返し　　橘《たちばなの》清《きよ》樹《き》

655 泣き恋ふる　涙に袖の　そぼちなば　ぬぎかへがてら　夜《よる》
こそは着《き》め

題しらず　　小町

656 現《うつつ》には　さもこそあらめ　夢にさへ　人目を守《も》ると　見る
がわびしさ

657 かぎりなき　おもひのままに　夜《よる》も来《こ》む　夢路をさへに
人はとがめじ

658 夢路には　足もやすめず　通へども　現《うつつ》に一目《ひとめ》　見しごと

はあらず

よみ人しらず

659 思へども　ひとめ堤《づつみ》の　高ければ　川と見ながら　えこそ
渡らね

660 たぎつ瀬の　はやき心を　なにしかも　ひとめ堤の　堰《せ》き
とどむらむ

寛平御時《くわんぴやうのおほんとき》の后宮《きさいのみや》の歌合《うたあはせ》の歌　紀《きの》友《とも》則《のり》

661 紅《くれなゐ》の　色には出《い》でじ　かくれ沼《ぬ》の　下に通《かよ》ひて　恋ひは
死ぬとも

題しらず　躬恒

659 あなたのことを恋い慕ってはいますが、人目慎《つつ》みの堤《つつみ》が高いので、ふたりを隔てるのはこの川一つと思っていても、渡って逢いに行けはしません。
◇ひとめ堤　「人目慎み」の意を掛けた。その堤が高いとは、人目が厳重に逢瀬をはばむことをいう。◇えこそ渡らね　どうにも渡ることができない、の意。思い切って恋の成就をはかることを渡河にたとえた。

660 急流のようにはやる心を、人目慎みの堤などが、何でまた堰《せ》き止めるのでしょうか。
そんな口実は意味がありませんよ、と前歌に答えたもの。このような贈答歌的配列は、二六七・二六八、四三三・四三四、六三〇・六三一にも例がある。前歌とは独立させて「(自分が)人目堤のために動きがとれず、堪えていなければならないのはつらい」の意とする解もある。
◇なにしかも　どうしてまあ。詰問の意を表す。

661 紅色のように人目に立つことはするまい。たとえ草に隠れた沼のように、ひそかに思いを胸に隠して恋い死にするようなことがあろうとも。
◇紅の　「色に出づ」の枕詞。◇かくれ沼　草などに隠れて見えない沼。「下に通ひて」の枕詞。

662 冬の池に棲《す》む鳰鳥が、平気で水底《みなそこ》にもぐるように、私はそしらぬ顔を装って、あなたの其処《そこ》へ通《かよ》っています。けっして口外して下さるな。
◇鳰鳥　水鳥の一種。かいつぶり。第二句まで序詞。

「つれもなくそこに通ふ」を起す。◇つれもなく　ここは、平然としているさま。◇そこ　相手の女性のもとを指す。序詞との関連では、水底の意を掛けている。

663　笹の葉においた初霜は、夜の寒さに凍《し》みついてしまっても、笹の葉をもみじさせることはない。私も、あなたのことが心に奥深くしみこんでも、そんな気色をあらわすことなどありはしない。

◇夜をさむみ　夜が寒いので。◇しみはつくとも　「凍みつく」に、心に離れない意の「染《し》みつく」を掛ける。◇色に出でめや　植物が紅葉する意と、人に気取《けど》られるようなふるまいをする意とを掛ける。「や」は反語。

664　山科の音羽の山は、音などとさわがしい名をもっていますが、私は、人の噂《うわさ》に言い立てられるような、へまな恋などいたしません。

◇音羽の山　京都市山科区、逢坂の関の南にある山。七〇頁注一参照。上二句は序詞。「音」の同音で第三句を起す。

一　近江の国から奉られた釆女。釆女は宮中の雑事をする女官。「後宮職員令」に「郡の少領以上の姉妹及び女の形容端正なる者」から貢上せよとある。

665　満ちていた潮が干《ひ》る、その昼間はなかなか逢いにくいので、ふたたび潮が満ちて海松布が浜辺に寄る、その夜の逢瀬を待ちわびている。

◇ひるま　「昼間」を掛ける。五三一参照。◇よる　「夜」を掛ける。◇海松布　「見る目」を掛ける。

662　冬の池に　住む鳰鳥《にほどり》の　つれもなく　そこに通ふと　人に知らすな

663　ささの葉に　おく初霜の　夜《よ》をさむみ　しみはつくとも　色に出《い》でめや

よみ人しらず

664　山科《やましな》の　音羽《おとは》の山の　音にだに　人の知るべく　わが恋ひめかも

この歌は、ある人、一近江《あふみ》の釆女《うねめ》のとなむ申す。

清原深養父《きよはらのふかやぶ》

665　満つ潮の　流れひるまを　逢ひがたみ　海松布《みる め》の浦《うら》に　よるをこそ待て

666 平《たひらの》貞《さだ》文《ふみ》
白川《しらかは》の　知らずとも言はじ　そこ清《きよ》み　ながれて世々《よよ》に
すまむと思へば

667 友　則
下《した》にのみ　恋ふれば苦し　玉の緒《を》の　絶《た》えて乱れむ　人な
とがめそ

668
わが恋を　忍びかねては　あしひきの　山橘《やまたちばな》の　色に出《い》で
ぬべし

669 よみ人しらず
おほかたは　わが名も湊《みなと》　漕《こ》ぎ出《い》でなむ　世を海《うみ》べたに

666　白川の名はあるが、私はあなたを知らぬとは言うまい。白川の流れが清らかで、いつの世までも澄みつづけるように、私も幾久しくあなたと一緒に住みつづける決意を固めたから。
以下、人目を忍ぶ恋の苦しみが極限に達し、噂《うわさ》を覚悟してから世間に知られてしまうまでの歌。
◇白川の　同音で「知らず」にかかる枕詞。第三句以下に対しても響いている。白川は比叡《ひえい》山の南斜面に発し、東山の山麓《さんろく》を南下して賀茂川に入る。良質な花崗《かこう》岩を産するところから「白川」の名があり、その花崗岩は白川石と呼ばれる。◇すまむ　「澄まむ」と「住まむ」とを掛ける。男が女のもとへ通って共寝することを「住む」という。

667　心の中だけで恋い慕っているのは苦しい。玉を連ねた紐《ひも》が切れて、玉が散り乱れるように、ひたすら恋に身をゆだねよう。誰もとがめてくれるな。
◇玉の緒の絶えて　「乱れむ」の序詞。

668　もはやこの恋を心ひとつに秘めていられなくなったからには、きっと山橘のあかい実のように、人に知られてしまうにちがいない。
◇あしひきの山橘の　第五句「色に出でぬ」を起す序詞。「あしひきの」は、「山」の枕詞。

669　このうえは、舟が港を出て沖へ漕いでゆくように、いっそ私の噂も世間にひろまってしまえばよい。海辺にいたのでは海松布《みるめ》が少ない。私もこのまま世間ばかり気にしていたのでは、逢うことができないのだから。
◇おほかたは　総じては、の意。断案を下す時に言う。「漕ぎ出でなむ」にかかる。◇わが名も湊漕ぎ出でなむ　「湊漕ぎ出づ」に、噂が世間に広まる意を託している。◇世を海べたに海松布すくなし　「海」に「憂《う》み」を掛け、「海松布」に「見る目」を掛ける。海辺には海松布が少ない（それで舟は沖へ行く）意に、世間に気がねしていたら思う人に逢えない（だから噂などもう気にしない）の意をこめている。

670　枕よりほかには知る人もなかった恋なのに、せつなさについ涙をこらえきれず、不覚にも他人《ひと》に知られてしまった。
◇枕　恋の秘密を知るものとされた。五〇四、六七六参照。◇もらしつるかな　涙をもらす、秘密をもらす、の両意を掛けた。

671　私は、風が吹くと波に打たれる岸の松だとでもいうのか、波に根まで洗われるように、音《ね》をあげて泣きそうだ。
◇ねにあらはれて　「根に洗はれて」と「音《ね》に現れて」とを掛ける。◇べらなり　推量の助動詞。二三参照。

672　池に棲《す》むおしどりは、浮名が立つのを惜しむという名をもっていながら、隠れようにも水が浅くて、つがいでいるところを人に知られてしまった。
「鴛鴦」の名と生態に興味を覚え、人間男女の逢瀬の秘めがたさを裏にこめて詠んでいる。
◇名を鴛鴦　「名を惜し」を言い掛ける。

海松布《みるめ》すくなし

平　貞文

670　枕より　また知る人も　なき恋を　涙せきあへず　もらしつるかな

よみ人しらず

671　風ふけば　波うつ岸の　松なれや　ねにあらはれて　泣きぬべらなり

この歌は、ある人のいはく、柿本人麿《かきのもとのひとまろ》がなり。

672　池にすむ　名を鴛鴦《をしどり》の　水を浅み　隠るとすれど　顕《あら》はれにけり

673 逢ふことは　玉の緒《を》ばかり　名のたつは　吉野の川の　たぎつ瀬のごと

674 むら鳥の　立ちにしわが名　今さらに　ことなしぶとも　しるしあらめや

675 君により　わが名は花に　春霞《はるがすみ》　野にも山にも　立ちみちにけり

伊《い》勢《せ》

676 知るといへば　枕だにせで　寝しものを　塵《ちり》ならぬ名の　空に立つらむ

673 逢った時間は、ほんのちょっぴりなのに、噂《うわさ》の広がることといったら、まるで吉野川の急流のように、ごうごうたるありさまだ。
◇玉の緒　ごく短い間の譬《たと》え。五六八参照。

674 群鳥《むらどり》がいっせいに飛び立つように、私の噂は世間に派手に広がってしまった。今さら何もなかったふりをしてみても、もうどうにもできはしない。
◇むら鳥の　鳥の群れがぱっと飛び立つところから、第二句の「立ちにし」にかかる枕詞。◇ことなしぶ　何事もないようにふるまう。「ぶ」は形容詞について、…の状態にする、…のようにふるまう、の意の動詞をつくる接尾語。◇しるしあらめや　「しるし」は効果の意。「や」は反語。

675 あなたのせいで、私の噂ははなばなしく、春の霞が野にも山にも一面に立つように、世間いたる所に広がってしまった。
◇わが名は花に　「花に」は、派手に、の意。上二句は第五句にかかる。◇春霞野にも山にも　春霞が山野一面に立つところから、第五句「立ちみちにけり」を起す序詞。

676 恋の秘密を知ってしまうものだというから、枕さえしないで寝たのに、どうして、塵でもない私の噂が、空いっぱいに立ちのぼるほど広がったのだろう。
◇枕　恋の秘密を知るものとされた。五〇四、六七〇参照。

古今和歌集　巻第十四

恋歌　四[一]

題しらず　　よみ人しらず

677 陸奥《みちのく》の　安積《あさか》の沼の　花かつみ　かつ見る人に　恋ひやわたらむ

678 逢《あ》ひ見ずは　恋しきことも　なからまし　おとにぞ人を　聞くべかりける

一「恋歌四」では、恋が頂点に達し、そして次第に下降線をたどる、ほぼその経過を追って歌が配列されている。

677　陸奥の安積の沼に咲くという花かつみ、そのかつみということばのように、かつがつは相見ることのできる人を、かえって恋い慕いつづけることであろう。

◇安積の沼　福島県郡山市日和田《ひわだ》の安積山公園がその故地とされている。◇花かつみ　不明。花菖蒲《しょうぶ》の一種ともいう。第三句まで序詞《じょことば》。同音で第四句「かつ見」を起す。同時に、「花かつみ」は、相手が可憐《かれん》な女性であることをも匂わしている。◇かつ見る人　ある時は逢い、ある時はそうでない人、の意。結果において、時々、稀《まれ》に逢う人。

678　あの人を知りさえしなかったなら、こんなに激しく恋することもなかっただろう。ただ噂《うわさ》にだけ、あの人のことを聞いておればよかった。『拾遺集』所収の、著名な権中納言藤原敦忠《あつただ》の歌、「逢《あ》ひ見てののちの心にくらぶれば昔はものを思はざりけり」（七一〇）などと同じ心。

◇おと　噂、評判。

貫《つら》之《ゆき》

679 石《いそ》の上《かみ》 布《ふ》留《る》の中道《なかみち》 なかなかに 見ずは恋しと 思はましやは

藤《ふぢ》原《はらの》忠《ただ》行《ゆき》

680 君といへば 見まれ見ずまれ 富士《ふじ》の嶺《ね》の めづらしげなく 燃ゆるわが恋

伊《い》勢《せ》

681 夢にだに 見ゆとはみえじ あさなあさな わが面影《おもかげ》に 恥づる身なれば

よみ人しらず

682 石間《いしま》ゆく 水の白波 立ち返り かくこそは見め 飽《あ》かず

679 石《いそ》の上《かみ》の布留の中道ではないが、なまなか逢ったりしなかったら、こんなに恋しく思い焦がれることなどあったろうか。

◇石の上 「布留」の枕詞。一四参照。◇布留の中道 石上神宮のある今の奈良県天理市布留を通る道らしいが、不明。第二句まで序詞。同音で第三句「なかなかに」を起す。◇なかなかに なまじっか、の意。◇思はましやは 「まし」は反事実の仮想。「やは」は反語。

680 あなたのこととなると、お目にかかっている時であれ離れている時であれ、火煙をあげる富士の高嶺《たかね》のように、いつでも激しく恋心が燃えさかる。

恋の思いを富士山の噴火にたとえた歌。五三四、一〇二八とともに、仮名序に「富士の煙《けぶり》によそへて人を恋ひ」というのにあたる。

◇見まれ見ずまれ 「見もあれ見ずもあれ」の省略形。逢うことがあろうとなかろうと、の意。◇富士の嶺の 「めづらしげなく燃ゆる」にかかる枕詞《まくらことば》。◇めづらしげなく 常時不変に、の意。

681 夢の中でまでも私に逢った、とあの人に思われたくない。毎朝鏡に向って、わが面影のやつれてきたことを恥ずかしく思っている私だから。

男は夜に通って来ては、朝になると帰っていく。昼間の男のまどろみの夢の中に現れることができれば、二人は常時逢っていられることになる。しかし、夜ごとの逢瀬《おうせ》にやつれる自分だから、夢に現れてそんな姿をさらしたら、男に嫌われるにちがいない。女の恋のせつなさがうたわれている。

682 岩間を走る流れに白波が繰り返し繰り返し立つように、こうしていついつまでも逢瀬を重ねよう。あなたとなら、どれほど一緒にいても、飽くということなどけっしてありはしない。

◇水の白波　第二句まで序詞。第三句「立ち返り」を起す。

683 伊勢の漁師が朝も夕も水に潜《もぐ》ってどっさり採るという海松布《みるめ》。私にも、あの人を見る目に堪能《たんのう》する手だてはないものか。

◇かづくてふ　「かづく」は水に潜って漁をする意。「てふ」は、「といふ」の約。第三句まで序詞。「海松布」(五三一参照)に「見る目」を掛けて第四句を起す。

◇飽くよしもがな　「もがな」は願望の終助詞。直訳すれば、飽きる手段があってほしい。

684 春霞のたなびいている山に咲く桜花の美しさ…、ほんにあなたも、いくら逢っていても見飽きることなどない人ですね。

◇桜花　第三句まで序詞。「見れども飽かぬ」を起す。

685 心というものは、理屈にあわないものだと思い知った。こうして直接逢っているのだから、恋しいなどということがあってよいものか。

◇ものからや　「ものから」は、接続助詞。順接にも逆接にも用いられる。ここは順接で、…のだから、の意。「や」は反語。

もあるかな

683 伊勢の海人《あま》の　朝な夕なに　かづくてふ　みるめに人を　飽くよしもがな

友《とも》則《のり》

684 春霞《はるがすみ》　たなびく山の　桜花　見れども飽かぬ　君にもあるかな

深《ふか》養《や》父《ぶ》

685 心をぞ　わりなきものと　思ひぬる　見るものからや　恋しかるべき

凡《おほし》河内《かふちの》躬《み》恒《つね》

686 枯れ果ててしまう後のことなど、まるで知らないでふかぶかと繁る夏草のように、いつかは離《か》れ離《が》れになるかも知れないのに、深くあの人のことが思われてならない。

◇かれはてむ　夏草が冬になって枯れ果てる意だが、下句に対しては男女の別離を意味する「離《か》れ果てむ」を言い掛けている。◇夏草の　第三句まで序詞。夏草がうっそうと繁るところから、「ふかくも」を起す。

687 飛鳥川の淵がきょうは瀬と変る、無常なこの世であろうとも、私は、いったん愛した人をけっして忘れはすまい。

◇飛鳥川…　飛鳥川の流路の変化は甚だしく、この世の無常の象徴とされる。三四一、九三三参照。

一 宇多天皇の寛平末年の歌合。三〇頁注一参照。

688 あなたを愛する、と言った私の言葉だけが、紅葉《もみじ》の秋になっても、けっして色を変えないものなのだろうか。

689 茣蓙《ござ》一枚の床《ゆか》の上で、冷えびえと衣にくるまって、今夜も私を待っているだろうか、あの宇治の橋姫は。

◇さむしろ　筵《むしろ》。「さ」は接頭語。◇衣かたしき　独り寝をいう。共寝のときは、互いの衣を敷き交わすが、独り寝のときは片方の衣しかないのである。◇宇治の橋姫　宇治橋の守護神。「橋姫」は橋を守る女神。自分を待つ女性をたとえている。原拠となる説話があったかもしれないが、不明。

686 かれはてむ　後《のち》をば知らで　夏草の　ふかくも人の　思ほゆるかな

よみ人しらず

687 飛鳥川《あすかがは》　淵《ふち》は瀬になる　世なりとも　思ひそめてむ　人は忘れじ

[一]寛平御時《くわんぴやうのおほんとき》の后宮《きさいのみや》の歌合《うたあはせ》の歌

688 思ふてふ　言《こと》の葉《は》のみや　秋をへて　色もかはらぬ　ものにはあるらむ

題しらず

689 さむしろに　衣《ころも》かたしき　こよひもや　われを待つらむ　宇治の橋姫

二 または、宇治の玉姫。

690 君や来《こ》む　われや行《ゆ》かむの　いさよひに　真木《まき》の板戸も　ささず寝《ね》にけり

691 いま来《こ》むと　言ひしばかりに　九月《ながつき》の　有明《ありあけ》の月を　待ち出《い》でつるかな

素性《そせい》法《ほふ》師《し》

692 月夜よし　夜《よ》よしと人に　告げやらば　来《こ》てふに似たり　待たずしもあらず

よみ人しらず

693 君来《こ》ずは　閨《ねや》へも入《い》らじ　濃紫《こむらさき》　わがもとゆひに　霜はお

二 第五句に対する異伝。

690 あなたが来て下さるかしら、それとも私のほうから出かけて行こうかしら、と躊躇《ちゅうちょ》しているうちに十六夜《いざよい》の月も出て、とうとう戸閉りもしないままに眠ってしまった。

◇いさよひ　ためらいの意の「いさよひ」に、十六夜《いざよひ》の月の意を掛ける。十六夜の月の出は遅い。◇真木　杉・檜《ひのき》の類。「真」は立派な、の意の接頭語。

691 すぐに行くよとあなたがおっしゃったばっかりに、秋九月の夜長を、とうとう有明の月が出るまで待っていました。

百人一首にも採られている。

◇いま　今すぐ、の意。◇有明の月　三三参照。

692 月も美しいよい夜です、とあの人のもとに告げにやったら、まるで来て下さいと催促しているようで癪《しゃく》にさわる。と言って、こんな夜には、あの人の訪れを待っていないわけでもないのだが。

本歌、『萬葉集』「わがやどの梅咲きたりと告げやらば来《こ》といふに似たり散りぬともよし」(一〇一一)。

◇来てふに　「来《こ》」は命令。「てふ」は「といふ」の約。

693 あなたが来て下さらないうちは、寝室にも入りますまい。たとえ、私の濃紫の元結《もとゆい》に霜のおくことがあっても、戸外に立ち尽して待っています。

類想歌、『萬葉集』「ありつつも君をば待たむ打ち靡《なび》くわが黒髪に霜の置くまでに」(八七)。

くとも

694 宮城野《みやぎの》の　もとあらの小萩《こはぎ》　露をおもみ　風を待つごと　君をこそ待て

695 あな恋し　いまも見てしが　山賤《やまがつ》の　垣《かき》ほに咲ける　大和《やまと》撫子《なでしこ》

696 津《つ》の国の　なには思はず　山城《やましろ》の　とばに逢ひ見む　ことをのみこそ

貫之

697 敷島《しきしま》の　大和《やまと》にはあらぬ　唐衣《からころも》　ころも経《へ》ずして　逢ふよしもがな

694 宮城野の、下葉もまばらになった萩《はぎ》は、露が重いので吹き払う風を待っています。この私も、あなたのおいでをいちずに待っています。

◇宮城野　仙台市東郊の原野。一〇九一参照。萩と露の著名な歌枕。◇もとあら　「下疎《もとあら》」の意。◇露をおもみ　「…を…み」は、二三参照。

695 ああ恋しい。今すぐにも逢いたい。山住み人の家の垣根に咲いていた、あの美しい大和撫子に。

女性を大和撫子にたとえた。山人の娘であろう。

◇あな　感動詞。◇いまも見てしが　「しが」は願望の終助詞。◇垣ほ　垣。

696 摂津《つ》の国の難波《なにわ》、その何《なに》のもの思いに乱れることもなく、山城の国の鳥羽《とば》、その永遠《とわ》に逢い続けることだけを、ひとすじに願っている。

◇津の国の　「難波」と続くところから、「何《なに》は」を導く枕詞。◇山城の　地名「鳥羽」から「永遠《とは》」に言い掛けた枕詞。鳥羽は平安京南郊。賀茂川が淀《よど》川に合流するあたり。一時、平安京の外港の役割を果した。難波と鳥羽と、二つの離れた地名を併記したのは、いずれも大水路淀川の流域で、淀川は鳥羽を出て難波に至り、地理的に連絡が密であることによる。

697 わが国日本にはない唐衣、その、頃も隔てず、始終逢える手だてがほしい。

◇敷島の　「大和」の枕詞。◇唐衣　五七三参照。第三句まで序詞。同音で第四句「ころも」を起す。◇ころも経ずして　時間も隔てず、の意。

698　「恋し」とは、誰が名づけた言葉なのだろう。むしろ、ずばり「死ぬ」と言うべきであった。「恋し」というのでは生ぬるく感じるほどの恋心。

699　吉野の大川のほとりに咲き乱れる藤波の、そのなみひととおりの思いであったら、私は決してこんな激しい恋などするものか。
◇大川　ここでは吉野川。◇藤波の　「藤波」は藤のこと。ゆれる花房に焦点をおいた歌語。一三〇参照。第三句まで序詞。同音で第四句「なみに」を起す。『萬葉集』「若鮎《わかゆ》釣る松浦《まつら》の川の川なみの並みにし思はばわれ恋ひめやも」（八五八）に先蹤《せんしよう》がある。◇なみに　なみなみに、よい加減に。◇わが恋ひめやは　「やは」は反語。

700　こんなにも深く恋い焦がれてしまうだろうとは、私も初めから思っていた。心の中で占った結果は、まさに的中していたのだ。
◇うら　占い。◇まさしかりける　「まさし」は卜占《ぼくせん》の結果の正しさを言うことが多い。

701　広大な天空を踏みとどろかせる雷神でも、われら二人の仲を、引き裂くことなどできようか。
◇さくるものかは　「さくる」は下二段活用の他動詞「離《さ》く」の連体形。引き離す意。「ものかは」は反語。

深　養　父

698 恋しとは　誰《た》がなづけけむ　言《こと》ならむ　死ぬとぞただに
言ふべかりける

よみ人しらず

699 み吉野の　大川《おほかは》のへの　藤波《ふぢなみ》の　なみに思はば　わが恋ひ
めやは

700 かく恋ひむ　ものとはわれも　思ひにき　心のうらぞ　ま
さしかりける

701 天《あま》の原　ふみとどろかし　鳴《な》る神《かみ》も　思ふなかをば　さく
るものかは

702 日置野《ひきの》の蔓草《つるくさ》が伸びて、やがて先が繁るように、先々、私の思っている人にも、他人の口がうるさくなるのであろう。

◇梓弓　「ひき」の枕詞。◇ひきのの葛　第二句まで序詞。蔓草がさかんに蔓を伸ばし繁茂するところから、本旨の比喩《ひゆ》となって第三句以下を起す。「ひきの」は不明。今の堺市日置荘《ひきしょう》かともいう。

一 天皇。何天皇かは不明。二 一三二頁注一参照。

703 夏に引いた葛《くず》から採った手びきの糸を、繰っては返し繰っては返しするように、たとえ噂《うわさ》が繰り返しうるさく申し立てましても、私と縁が切れればいいなどとは、どうぞおぼしめしては下さいますな。

◇夏引の手びきの糸を　「夏引」は、夏に繁茂している葛の蔓を引き抜くこと。『萬葉集』三七三参照。その蔓から手で引き出した糸が「手びきの糸」。第二句まで序詞。引き出した糸を糸車にかけて繰り返すところから、第三句「繰り返し」を起す。

三 この歌は、前歌への返しとして、近江の采女《うねめ》が天皇に奉ったものという、の意。

704 世間の噂は、たとえ、夏の野原のように繁くても、それしきのことで遠ざかって行こうとするあなたに、逢わないでいられる私であるものですか。

上三句は『萬葉集』「人言《ひとごと》は夏野の草の繁くとも妹《いも》と我とし携《たづさ》はり寝ば」(一九八三)と同趣。

◇夏野の　第三句「しげくとも」に対する比喩。◇かれゆく君に　疎遠になってゆくあなたに、の意。「夏

702 梓弓《あづさゆみ》　ひきのの葛《つづら》　末つひに　わが思ふ人に　言《こと》のしげけむ

この歌は、ある人、一あめのみかどの近江《あふみ》の采女《うねめ》にたまひける、となむ申す。

703 夏引の　手びきの糸を　繰り返し　言《こと》しげくとも　絶えむと思ふな

三この歌は、返しによみて奉りけるとなむ。

704 里人《さとびと》の　言《こと》は夏野の　しげくとも　かれゆく君に　逢はざらめやは

四藤原敏行朝臣《ふぢはらのとしゆきのあそむ》の、業平《なりひら》朝臣の家なりけ

る女をあひしりて、文《ふみ》つかはせりける
言葉《ことば》に、「五今まうで来《く》、六雨の降りける
をなむ、見煩《みわづら》ひ侍《はべ》る」と言へりけるを
聞きて、かの女にかはりてよめりける　在原業平朝臣《ありはらのなりひらのあそむ》

705 かずかずに　おもひ思はず　問ひがたみ　身をしる雨は
降りぞまされる

ある女の、業平朝臣を七所定めず歩《あり》きす
と思ひて、よみてつかはしける　よみ人しらず

706 大幣《おほぬさ》の　引くてあまたに　なりぬれば　おもへどえこそ
頼まざりけれ

返し　業平朝臣

707 大幣と　名にこそ立てれ　流れても　つひに寄る瀬は　あ

野の」との縁で、「離《か》れゆく」に「枯れゆく」が言い掛けられている。

四 一六九、一九七ほか、『古今集』に十九首の歌が採られている。五 もうすぐお訪ねします。六 この雨の様子を見ると、出かけづらくて困っています、の意。

705 あなたが私を思って下さっているのかいないのか、あれこれ問いただしたいとは思うのですが、お訪ねがなくてはそれもできず、私の身のほどを知っている涙の雨が、ますます降ってきます。
◇問ひがたみ　問いにくいので。◇身をしる雨　あなたに愛されていない身を知って降る雨。涙の雨。
六一七・六一八の贈答とともに『伊勢物語』百七段に見える。

七 所を定めずに、方々の女性のもとへ出歩く。

706 大幣が大勢の人の手に引かれるように、あちらこちらの女性からあなたは誘われていらっしゃいます。ですから、私はあなたを愛してはいますけれど、信用することはとてもできません。
次歌とともに『伊勢物語』四十七段にも見える。
◇大幣の　「引くてあまた」の枕詞。祓《はらえ》のときに、人々が大幣を引き寄せて祈願するところからかかる。
◇えこそ　「え」は、下に否定の語を伴って不可能の意を表す。「こそ」は強意の係助詞。

707 まるであいつは大幣だと評判は立っていますが、川へ流された幣はあちらこちらへ漂いはしても、最後には流れ着く瀬があるといいますよ。
私が本当に思っているのはあなた一人、と答えた。

りてふものを

題しらず　　よみ人しらず

708 須磨《すま》の海人《あま》の　塩やく煙《けぶり》　風をいたみ　おもはぬかたに　たなびきにけり

709 玉葛《たまかづら》　這《は》ふ木あまたに　なりぬれば　絶えぬ心の　うれしげもなし

710 誰《た》が里《さと》に　夜離《よが》れをしてか　時鳥《ほととぎす》　ただここにしも　寝たる声する

711 いで人は　言《こと》のみぞよき　月草の　うつし心は　色ことにして

708　須磨の漁師が塩を焼く煙は、とても風が激しいので、思いもかけぬ方向になびいてしまった。女の心変りを嘆く歌。『伊勢物語』百十二段にも見え、「むかし、男、ねむごろにいひ契《ちぎ》りける女の、ことざまになりにければ」と、歌作の事情が語られている。◇風をいたみ　風がひどいので。「…を…み」は、三参照。「いたし」は、程度が甚だしい意。

709　玉葛があちらこちらと這《は》いかかる木をどんどんふやすように、あなたも大勢の女性のもとに通《かよ》っていらっしゃる。ですから、玉葛の蔓《つる》がどこまでも続くように私を思い続けると、そのお心のほどをうかがいましても、一向にうれしくなどありません。男の移り気をなじる女の歌。『伊勢物語』百十八段にも見え、「むかし、男、久しく音もせで、忘るる心もなし、まゐりこむといへりければ」とある。◇玉葛　蔓草《つるくさ》。「玉」は美称。第三句まで、男が大勢の女性に手を出していることの比喩《ひゆ》。◇絶えぬ心の『伊勢物語』でいえば「忘るる心もなし」ということ。第一句の「玉葛」にひびきあう。

710　どなたの里に不義理をしているのでしょうか、時鳥が、ただ私の所だけが塒《ねぐら》であるとでも言いたげに、わが家の近くでしきりに鳴いています。男の久しぶりの来訪を、時鳥に寄せて皮肉っている。

711　いかにもあなたは、言葉ばかりがご立派です。すぐに移ろう露草のような、移り気の多さは人一倍なのに。

◇いで　いやもう。五〇八参照。◇月草の「うつし心」の枕詞。「月草」は露草。二四七参照。色があせやすいところからかかる。◇うつし心　「移し心」で、多情なことをいう。◇色ことにして　格別で、の意。「月草」の縁で「色ことに」と言った。

712　偽りというものが存在しない世の中であったら、優しげに言ってくれるあの人の言葉も、どれほどかうれしいことだろう。

しかし、世の中には「偽り」が確かにある、あなたの言葉など、とても信用できない、だからうれしくも思わない、の意。

713　あの人の言葉など、偽りだとは思いながらも、今さら、誰の真実を頼りにできようか。

偽りの言葉と知りつつ、そこに慰めを見出すしかない女心のせつなさ、いじらしさ。前歌に対する自答の歌とも読むことができる。

◇思ふものから　思いはするものの。一四七参照。

714　秋風が吹くと、いっせいに山の木の葉が色を変えて散ってゆく。それを見るにつけ、一見頼りになる人の心も、本当はどんなものかと心細くなる。

715　蟬の声を聞くと悲しくてたまらない。やがて秋がきて、夏衣がうす寒く感じられるように、あの人の熱い心も、やがて冷たくなりはしないかと思って。

◇聞けばかなしな　「な」は詠嘆の終助詞。◇夏衣　「うすく」にかかる枕詞。

712
いつはりの　なき世なりせば　いかばかり　人の言《こと》の葉《は》
嬉《うれ》しからまし

713
いつはりと　思ふものから　今さらに　誰《た》がまことをか
われは頼まむ

素性法師

714
秋風に　山の木《こ》の葉の　うつろへば　人の心も　いかがと
ぞおもふ

寛平御時《くわんぴやうのおほんとき》の后宮《きさいのみや》の歌合の歌　友則

715
蟬《せみ》の声　聞けばかなしな　夏衣《なつごろも》　うすくや人の　ならむと
思へば

題しらず　　　　　　　　　　よみ人しらず

716 空蟬《うつせみ》の　世の人言《ひとごと》の　しげければ　忘れぬものの　かれぬべらなり

717 飽《あ》かでこそ　思はむなかは　はなれなめ　そをだに後《のち》の　忘《わす》れ形見《がたみ》に

718 忘れなむと　おもふ心の　つくからに　ありしよりけに　まづぞ恋しき

719 忘れなむ　われをうらむな　時鳥《ほととぎす》　人の秋には　あはむともせず

716 世間の噂《うわさ》がこれほどまでに繁くては、たとえ忘れはしなくても、足は自然に遠のいてゆくというものだ。
◇空蟬の　「世」の枕詞。七三、四四三参照。◇かれぬべらなり　「離《か》れぬ」に、第三句「しげければ」との縁で「枯れぬ」を響かせる。「べらなり」は二三参照。

717 愛し合う二人は、別れるならば飽きのこないうちに別れてしまったほうがよい。せめてその名残り惜しさを、後々の思い出にすることができるから。
前後の歌の配列から推《お》すと、恋人と別れる恰好の口実を発見した、というのがこの歌の真意であろう。
◇なめ　「な」は完了の助動詞「ぬ」の未然形。「め」は意志の助動詞「む」の已然形。

718 あんな人はもう忘れてしまおう、と思いきる気持になるしりから、あれほど恋しく思っていた昔よりも、いっそう恋しい気持が先に立ってくる。
◇つくからに　おこるとすぐに。六二八参照。◇ありしよりけに　以前より一段と。「けに」は、五六三参照。

719 あなたのことなど、忘れてしまおう。どうか恨んで下さるな。時鳥は初夏に鳴いて、秋が来るまでにはもうどこかへ行ってしまう。私も、あなたに飽きがくるのを、目《ま》のあたりにしたくはありません。
◇秋　「飽き」を掛ける。

720 途絶えることなく流れる飛鳥川が、もしも淀《よど》むようなことがあったら、それには何かわけがあると、人は思う。ほんに、いつも通って行く自分が急に訪ねなくなると、これで終りにしようという気持があるのだ、とあの人は思うだろう。

一　中臣東人は萬葉歌人。この左注は信憑《しんぴょう》性に乏しいが、『萬葉集』に「絶えず行く明日香《あすか》の川の淀《よど》めらば故《ゆゑ》しもあるごと人の見まくに」(一三七九)の類歌がある。

721　淀川のどんより淀んだ流れのように、通う足が途絶えがちだとあの人は思っているようだけれど、あの淀川も底の流れはめっぽう速い。私だって、心のなかではあなたにばかり思いをはせているのだ。
◇淀川の　「よどむ」にかかる枕詞。第四句「流れて深き」にも響いている。◇よどむ　物事が滞りがちになる意。

722　底も知れないほど深い淵が、やたら水音を立てたりするものか。山中の浅い川こそ、かえってざわざわ波を立てるものだが。
私が口に出してあれこれ慰め言を言わないのは、それこそ深い愛情のしるしなのだ、の意。
◇底ひ　きわみ、果て、の意。

723　初咲きの紅花《べにばな》で染めた色は深い。それと同じように、深くあなたを思い初《そ》めたころの気持を、なんで私が忘れようか。
◇紅のはつ花ぞめの　序詞。紅の初花で染めるとことに色が濃いところから、「色ふかく」を起す。◇色ふかく　心に深く、の意だが、初二句の縁で「色ふかく」と言った。七二一、七三五参照。

720　たえずゆく　飛鳥《あすか》の川の　よどみなば　心あるとや　人のおもはむ

この歌、ある人のいはく、一中臣東人《なかとみのあつまひと》が歌なり。

721　淀川《よどがは》の　よどむと人は　見るらめど　流れて深き　心あるものを

722　底ひなき　淵《ふち》やはさわぐ　山川《やまがは》の　あさき瀬にこそ　あだ波はたて

素性法師

723　紅《くれなゐ》の　はつ花ぞめの　色ふかく　おもひし心　われ忘れめや

よみ人しらず

724　陸奥のしのぶもじずりの乱れ模様のように、あなたならぬ誰かの求めのままに身も心もゆだねてしまう、そんな私ではありません。
『伊勢物語』初段に、下の句「乱れそめにし我ならなくに」として見え、その形で百人一首にも採られている。それだと「私の心が乱れ初めたのは、まったくあなたの故にです。私からすすんでのことではありません」となり、やや意味が異なる。
◇陸奥のしのぶもぢずり　陸奥の国信夫《しのぶ》郡（今の福島市内）から産出した染物。「もぢずり」は「捩摺《もぢず》り」の意か。詳細は不明。おそらく乱れ模様で有名だったのであろう。「乱れ」を起す序詞として用いられている。◇われならなくに　「なくに」は、上の事柄を詠嘆的に打ち消す語法。逆接的に下へ続く用法もある。七三七参照。

725　心から愛しているのに、これ以上どうせよというつもりか、あの人の心は、秋風になびく浅茅が色を変えてゆくように、変ってゆく。
◇秋風になびく浅茅の　第五句を起す序詞。「浅茅」は背の低い茅萱《ちがや》。◇色ことになる　心変りすることだが、序詞の縁で「色ことになる」と言った。

726　あの人の心は、いろいろに移り変っているようだけれど、私にはわからない。心というものは、秋の紅葉《もみじ》のように、色を変えるものではないから。
◇知らなくに　「なくに」は七三四参照。

724　陸奥《みちのく》の　しのぶもぢずり　誰《たれ》ゆゑに　乱れむと思ふ　われならなくに
河原左大臣《かはらのひだりのおほいまうちぎみ》

725　おもふより　いかにせよとか　秋風に　なびく浅茅《あさぢ》の　色ことになる
よみ人しらず

726　ちぢの色に　移ろふらめど　知らなくに　こころし秋の　もみぢならねば
小《を》野《の》小《こ》町《まち》

727　海《あ》人《ま》のすむ　里のしるべに　あらなくに　浦見《うらみ》むとのみ

人の言ふらむ

下《しも》野《つけの》雄《を》宗《むね》

728 曇り日の　影としなれる　われなれば　目にこそ見えね　身をばはなれず

貫　之

729 色もなき　心を人に　そめしより　うつろはむとは　思ほえなくに

よみ人しらず

730 めづらしき　人を見むとや　しかもせぬ　わが下紐《したひも》の　解《と》けわたるらむ

727　私は、漁夫の里の案内人でもないのに、どうしてあの人は、浦見む、恨みむ、とばかり言ってくるのだろう。

恨まれる理由がわからないと言いつつ、実はよくわかっていて、相手の気をそらしたのである。

◇あらなくに　七二四参照。◇浦見む　「恨みむ」を掛ける。当時「恨む」は上二段活用。したがって、未然形は「恨み」である。

728　消え入るばかりの恋をして、曇り日の影のようになった私ですから、それと目には見えないでしょうけれど、いつもあなたのそばを離れはいたしません。

◇目にこそ見えね　「こそ…已然形」は、逆接的に下へ続くことが多い。ここもその例。

729　純真無垢《むく》な私の心を、あなたという色で染めつけてからというもの、その色がさめようなどとは、思えないのだけれど…。

◇思ほえなくに　五六〇参照。

730　久しく逢っていない人に、逢えるということなのだろうか。解こうとも思わないうちから、私の下紐が解けて解けてしようがないのは。

下紐が解けると思う人に逢える、という俗信を踏まえた歌。五〇七参照。

◇しかもせぬ　そうもしない。解こうともしないことを指す。◇下紐　下着の紐。◇解けわたる　何度も解ける意か。「わたる」は継続の意の補助動詞。

731 陽炎《かげろふ》の　それかあらぬか　春雨《はるさめ》の　ふるひとなれば　袖《そで》ぞぬれける

732 堀江《ほりえ》こぐ　棚《たな》なし小舟《をぶね》　こぎかへり　おなじ人にや　恋ひわたりなむ

伊勢

733 わたつ海《み》と　荒れにし床《とこ》を　今さらに　はらはば袖《そで》や　泡《あわ》と浮きなむ

貫之

734 古《いにしへ》に　なほたち帰る　心かな　恋しきことに　もの忘れせで

731 あの人だったのか、そうでないのか、陽炎《かげろふ》のようにおぼろになって今はわからない。あれは春雨の降る日というせいもあって、古人《ふるひと》との再会に、袖がしとしと濡れてしまった。
◇陽炎《かげろふ》の　「それかあらぬか」の枕詞。◇春雨のふるひとなれば　「降る日と」と「古人《ふるひと》」を掛ける。「古人」は昔親しくした人。◇袖ぞぬれける　涙で濡れたのを、春雨で濡れたように言いなしている。

732 堀江を漕いでいる小さな舟が、漕ぎ出してはまた帰って来るように、私も同じ人を、いつまでも慕いつづけるであろう。
◇堀江　難波《なにわ》堀江のこと。『源氏物語』（澪標《みおつくし》）にも出ており、歌枕として著名。位置については諸説あるが、今の大阪市内、堂島川あたりと推定される。◇棚なし小舟　船棚のない小舟。◇こぎかへり　第三句まで、下の句に対する比喩《ひゆ》。

733 恋しい人に捨てられて、涙で海のように荒れた私の床を、いま改めてその人を迎えようと袖で払うと、海に泡が浮ぶように、袖が涙の海に浮ぶことであろう。
『後撰集』七五六に再出。「宮づかへし侍りける女、ほど久しくありて物いはむといひ侍りけるに遅くまかりければ　枇杷《びわ》左大臣　宵《よひ》のまにはや慰めよ石の上ふりにし床も打ち払ふべく」（七五七）の答歌となっている。◇はらはば袖や　床を袖で払うのは、男の来訪を祈る行為。『萬葉集』二六六七、三二八〇参照。

734　あの、恋に燃えた昔の日に、やはり心は還ってゆく。つらい記憶はどこへやら、恋しさだけをもの忘れしないで…。

疎遠になったかつての恋人と再会しての感慨。美しい思い出だけがいつまでも残るという、人の心の妙。

一　ある女性と秘《ひそ》かに親しくなって。

735　あなたを思い出して恋しい時は、まるで初雁が鳴きながら空を渡るように、あなたの家のまわりを泣き濡れつつ歩いています。そうとはご存じでしょうか。

◇初雁の　雁が鳴いて渡るところから、第四句「泣きてわたる」を導く枕詞。◇泣きてわたる「わたる」は、通り過ぎる、の意。◇人知るらめや「人」は、相手の女性。「や」は反語。

二　次歌七三七の作者、近院右大臣。文徳《もんとく》天皇の皇子、源能有《よしあり》を指す。三「すむ」は、女の家に通って、夫婦生活をすること。

736　私が心の支えとするようにお与え下さったあなたのお手紙を、今はもうそっくりお返ししましょう。私がこのように古いものにされてしまうようでは、置いておく値うちもございません。

◇頼めこし　頼りにさせてきた、の意。◇ふるれば「古《ふる》す」（古いもの扱いにする。八二四、九六六参照）の受身形「古さるれば」と同意か。

一人をしのびにあひしりて、逢《あ》ひがたくありければ、その家のあたりをまかり歩《あり》きける折に、雁《かり》の鳴くを聞きてよみてつかはしける

大伴黒主《おほとものくろぬし》

735　思ひ出《い》でて　恋しきときは　初雁《はつかり》の　泣きてわたると　人知るらめや

二右大臣《みぎのおほいまうちぎみ》すまずなりにければ、かの昔おこせたりける文《ふみ》どもをとり集めて、返すとてよみておくりける

典侍藤原因香朝臣《ないしのすけふぢはらのよるかのあそむ》

736　頼めこし　言《こと》の葉《は》いまは　かへしてむ　わが身ふるれば　おきどころなし

返し　近院右大臣《こんゐんのみぎのおほいまうちぎみ》

737 いまはとて　かへす言の葉　拾《ひろ》ひおきて　おのがものから　形見《かたみ》とやみむ

題しらず　因香朝臣

738 玉桙《たまぼこ》の　道はつねにも　まどはなむ　人を訪《と》ふとも　われかと思はむ

よみ人しらず

739 待てといはば　寝てもゆかなむ　しひてゆく　駒《こま》のあし折れ　前の棚橋《たなはし》

中納言源昇朝臣《みなもとののぼるのあそむ》の[一]近江介《あふみのすけ》に侍《はべ》りける時に、よみてやれりける　閑《かん》院《ゐん》

737 もうこれまで、と返してこられた手紙を大切にとっておいて、私が書いたものではありますが、あなたとの愛の記念としてでも、見かえすことにいたしましょうか。

◇おのがものから　自分のものながら、自分のものではあるが、の意。◇形見　記念になる品物。

738 あなたがお目あての所へお通いになる道は、いつも間違えてほしいと思います。そうすれば、よそへいらっしゃるおつもりでも、私の所へ来て下さったものだと思いましょう。たまたま訪ねてきた男に対する皮肉。

◇玉桙の　「道」の枕詞。◇まどはなむ　「なむ」は希求の終助詞。

739 待って下さいと私が言う時くらい、せめて寝て行って下さいませ。それでも無理に帰ろうとされるのなら、家の前の棚橋よ、踏みかぶらせて馬の脚を折ってしまいなさい。

◇寝てもゆかなむ　「も」は、せめて…でも、の意を添える。「なむ」は希求の終助詞。◇棚橋　板を棚のように架けた仮の橋。

一　近江介在任中の時、の意。その時、源昇は時々都と近江《おうみ》（滋賀県）を往復したのである。

740 私が逢坂の関に棲《す》む木綿つけ鳥であったならば、泣き泣きながらも、あなたの往来《ゆきき》を見ていられるでしょうのに…。木綿つけ鳥でない私は、家にこもってふさぎこんでい

るばかりです、の意をこめている。
◇逢坂の木綿つけ鳥　逢坂は、山城《やましろ》（京都府南部）と近江との境で、関所が置かれた。「木綿つけ鳥」は、一説に鶏ともいうが不詳。逢坂に棲息《せいそく》するものとして詠まれることが多い。五三六、六三四参照。

741　あの人の心は古里でもないのに、どうして私の目には、荒れ果てたものに見えるのだろうか。
◇古里　荒廃したところ（九〇、二〇〇等参照）、昔に別れを告げたところ（一四六参照）として歌われる。◇ものから　…ものの。逆接の意。一四七参照。◇わがために　私にとっては、の意。

742　山住み人の垣根にまつわりつく青つづら、それを採ろうと人が繰る。私の里へも、人は来る。さりとて、あの人からの言づては、片言隻句《へんげんせっく》もありません。
◇山賤の「山賤」は、木樵《きこ》りなど山中に住む身分の賤《いや》しい者。この初句は序詞の一部だが、作者の侘《わ》び住いをも匂わせている。◇垣ほ　六九五参照。◇青つづら　蔓《つる》草《くさ》の一種。第三句まで序詞。青つづらは繰って採るところから、同音で第四句「人は来れども」を起す。

743　大空は、恋しい人の形見なのだろうか。そうでもないのになぜ、ものを思うごとにしげしげと眺められるのであろう。
この歌以下四首、いずれも「形見」を詠んだ作。
◇かたみかは　「かは」は反語。◇眺めらるらむ　「らる」は自発の助動詞。

740 逢坂《あふさか》の　木綿《ゆふ》つけ鳥に　あらばこそ　君がゆききを　なく
なくも見め

題しらず　伊勢

741 古里《ふるさと》に　あらぬものから　わがために　人の心の　荒れて
見ゆらむ

寵《てう》

742 山賤《やまがつ》の　垣《かき》ほに這《は》へる　青つづら　人は来《く》れども　言伝《ことづ》て
もなし

酒《さか》井《ゐ》人《ひと》真《ざね》

743 大空《おほぞら》は　恋しき人の　かたみかは　もの思ふごとに　眺め
らるらむ

744　こんど逢う時までの形見として残されたものも、何の意味があろうか。それを見たところで、心が慰むものではないのに。

自分を思い出すよすがにせよ、と恋人が残しておいた形見であるが、それを見てもいっこうに心が晴れない、やはり、直接逢わなければ意味がない、の意。◇なにせむに　何をしようために、が原義。何になろう、何の役にも立たない、の意で慣用される。

一「人の」にはあまり意味がない。単に、「女《むすめ》」というのに同じ。二　あれこれものを言い交わしていたところ。三　古代、女性が腰から下にまとった衣服。

745　この裳は、次に逢うまでの形見にと残してくれたものでしょう。しかし、この裳を見ると、あなたを思い出して涙がこぼれ、涙の海に浮ぶ藻屑《もくず》のように思えます。

「裳」を「藻」と言いなしたのが趣向。

よみ人しらず

744 逢《あ》ふまでの　かたみもわれは　なにせむに　見ても心の
なぐさまなくに

親の守りける[一]人の女《むすめ》に、いと忍びに逢ひて[二]ものら言ひける間《あひだ》に、「親の呼ぶ」と言ひければ、急ぎ帰るとて、[三]裳《も》をなむ脱《ぬ》ぎおきて入りにける、その後《のち》、裳を返すとてよめる

興《おき》風《かぜ》

745 逢ふまでの　かたみとてこそ　とどめけめ　涙にうかぶ
藻《も》くづなりけり

題しらず

よみ人しらず

746 かたみこそ　今はあたなれ　これなくは　忘るるときも
あらましものを

746　あの人が残してくれた形見だけれど、今となっては、悲嘆の種になるばかり…。むしろこれさえなかったら、寂しさがまぎれる時もあろうのに。『伊勢物語』百十九段にも見え、「昔、女の、あだなる男の形見とて置きたるものどもを見て」とある。
◇あた　苦しみの種となる仇敵《きゅうてき》。

古今和歌集 巻第十五

恋[一]歌五

[二]五條后宮《ごでうのきさいのみや》の[三]西の対《たい》に住みける人に、[四][五]ほにはあらでもの言ひわたりけるを、正月《むつき》の十日《とをか》あまりになむ、他所《ほか》へかくれにける。あり所は聞きけれど、え[六]ものも言はで、[七]またの年の春、梅《むめ》の花さかりに、月のおもしろかりける夜、[八]去《こ》年《ぞ》を恋ひて、かの西の対に行きて、月

一 この巻は、恋愛の高潮期を過ぎて、いわば懐疑、断念、回想に向う時期の歌を収める。二『伊勢物語』四段には、この詞書《ことばがき》よりやや詳しい作歌事情の叙述とともに、七四七の歌を収めている。「五條后宮」は、左大臣藤原冬嗣《ふゆつぐ》の女《むすめ》、諱《いみな》は順子。仁明《にんみょう》天皇皇后、文徳《もんとく》天皇母。貞観《じょうがん》十三年（八七一）九月崩《ほう》、六十一歳。三 寝殿の西にある建物。別棟になる。四『伊勢物語』の場合は、五条の后の姪《めい》の高子、後の二条の后（二八頁注一参照）とする解釈がある。五 底本、「ほい（本意）にあらで」。古写本によって改訂を加えた。公然とではなく、内密に、の意。六 うまく便りも出せないで。「え」は、「得」または「能」の意。下に打消し（ここは「で」）を伴って、動作・行為が不可能に終ったことを示す。七 翌年の春。八 去年、その人がまだ西の対に住んでいた頃のことを恋しく思って。九 荒れて、こわれた板敷。

747 この月は、去年の月とちがうのだろうか。今年の春は、去年の春と同じではないのだろうか。

月も春もいっこうに変りはないけれど、この邸は、すっかり荒れ果ててしまっている。ただ私だけが、もとのままで、ここにやって来た。月も春も去年のままだ。それと同様、変らないのはわが身一つで、あの人はすっかり別世界の人になってしまった、というのである。

748 あの花薄を、自分こそ妻にしようと心の中で決めていた。ところが、それを言い出せぬうちに、あの人は公然と他人と結ばれてしまった。

「花薄」は相手の女性の比喩《ひゆ》。『伊勢集』一六二三では、詳細な詞書によって、作歌の事情が説明されている。その終りの部分に、女が里に帰り、前栽《せんざい》の尾花を手すさびに結んでいたのを、かつての夫藤原仲平が見て詠《よ》んだ歌だという。

◇穂に出でて　表立って、の意。「花薄」の縁で「穂」と言った。

749 よそながら聞くだけにしておけばよかった。音に聞く音羽川をじっさい渡るというでもなく、ただ見るばかりのならいが身に染《し》みたのは、いったいどうしたことだろう。

「音羽川」は評判の高い女性の比喩。自分のものにするでもなく、なぜ見慣れそめたりしたのか、これなら評判だけ聞いて思いとどまっておけばよかった、の意。

◇音羽川　京都市左京区一乗寺。三一五頁注四参照。

◇わたる　渡河を恋の成就にたとえている。

のかたぶくまで、[九]あばらなる板じきに
ふせりてよめる
在原業平朝臣《ありはらのなりひらのあそむ》

747 月やあらぬ　春やむかしの　春ならぬ　わが身ひとつは
もとの身にして

題しらず
藤原仲平朝臣《ふぢはらのなかひらのあそむ》

748 花薄《はなすすき》　われこそ下に　思ひしか　穂に出《い》でて人に　結ばれ
にけり

藤原兼輔朝臣《ふぢはらのかねすけのあそむ》

749 よそにのみ　聞かましものを　音羽《おとは》川《がは》　わたるとなしに
見なれそめけむ

凡河内《おほしかふちの》躬《み》恒《つね》

750 私が思うのと同じほど、私を思ってくれる人があるとよいのに。そのように思われていても、やはりつらいものかどうか、恋の世間を試してみよう。
反応のない片思いのつらさ。立場が逆でも、あるいは相思相愛の仲でもつらいものか、という問いに託して、忍耐の極限にあることを示した。
◇人もがな 「もがな」は、上の語（ここは「人」）を承《う》けて、それが希望の対象であることを表す。◇さてもや憂き そうであってもつらいか、の意。「や」は疑問。◇世 男女の仲を主に意識している。

751 天上に住んでいるわけでもないのに、私のことをあの人は、まったく無縁のものであるかのように、よそよそしく思っているようだ。
なぜこんなに疎《うと》まれるのか自分にはわからない、の意。
◇ひさかたの 「天つ空」の枕詞《まくらことば》。◇天つ空にも住まなくに かけはなれた境涯でもないのに、の意。四〇四参照。◇思ふべらなる 「べらなる」は、三三参照。

752 一度逢うことができても、また続いて逢いたくなるものだから、あの人は、私と親しくするのをいやがっているようだ。
せめてそう思って嘆くまいとする、悲しい慰め。
◇見まく 「まく」は、助動詞「む」のク語法。九〇〇参照。…しようとすること。

753 私は、雲もなくおだやかな朝のようなものなのか。いと晴れてばかり、愛する人には厭《いと》われて

750 わがごとく　われを思はむ　人もがな　さてもや憂《う》きと
世をこころみむ
元《もと》　方《かた》

751 ひさかたの　天《あま》つ空にも　住まなくに　人はよそにぞ　思
ふべらなる

752 見てもまた　またも見まくの　欲《ほ》しければ　馴《な》るるを人
は　いとふべらなり
よみ人しらず

753 雲もなく　なぎたる朝の　われなれや　いとはれてのみ
世をば経《へ》ぬらむ
紀《きの》　友《とも》　則《のり》

ばかりで、この世を生きているというのは。
◇いとはれて　「いと」は、たいそう、の意。「いと晴れて」と「厭《いと》はれて」を掛けている。◇世　七五〇参照。

754　あの人には、花籠《はなかご》の竹の目数のようにたくさんの美しい女性が取り巻いている。だから、きっと忘れられているのだろう、物の数にも入らぬ私などは。
◇花筐　花を入れる籠。編目が細かくならんでいるところから、「目ならぶ」の枕詞となる。◇目ならぶ　見まわすとずらりと並んでいる意か。

755　ここは、浮和布《うきめ》ばかりが生えて流れる浦だから、漁師はそれを刈りにだけ来るようだ。私は憂《う》き目ばかり多くて嘆き暮しているから、人が寄ってはくるけれど、それはかりそめに来るだけだ。本当に私と一緒に暮そうとする人はいない、の意。
◇浮和布《うきめ》　海藻《かいそう》の名。「憂《う》き目」を掛ける。◇流るる　「泣かるる」を掛ける。◇刈りにのみこそ　「仮りにのみこそ」を掛ける。

756　よくもぴったり符合したもので、もの思いに沈んでいる今宵、涙に濡れた私の袖に映っている月までが、涙に濡れたような顔をしている。
◇あひにあひて　「合《あ》ひて」を強調した。

757　秋でもないのに置く白露は、うたた寝から覚めた手枕に落ちる、私の涙の雫であった。
◇手枕　転寝《うたたね》などで、腕を枕にすること。

よみ人しらず

754　花筐《はながたみ》　目ならぶ人の　あまたあれば　忘られぬらむ　数《かず》ならぬ身は

755　浮和布《うきめ》のみ　生《お》ひて流るる　浦なれば　刈りにのみこそ　海人《あま》は寄るらめ

伊《い》勢《せ》

756　あひにあひて　もの思ふ頃の　わが袖《そで》に　やどる月さへ　濡《ぬ》るる顔なる

よみ人しらず

757　秋ならで　おく白露は　寝ざめする　わが手枕《たまくら》の　雫《しづく》なり

758 須磨の漁師が塩を焼く着物は、おさが粗《あら》いので織目がまばらだ。私たちも、てんでに離れてたいそう遠いからであろうか、少しも来て下さらぬのは。
◇筬 機《はた》織りで、横糸の織目を詰めるための器具。第三句まで序詞《じょことば》。「筬をあらみ」は織目があらく粗末なさまで、そこから第四句「間遠に」を起す。

759 山城の淀の若菰《わかごも》を刈りに来る、そのかりそめにでも来てくれないような人をたよりにしている私は、はかないものだ。
◇山城の淀のわか菰 淀は、今の京都市伏見区。菰刈りで有名であった。五八七参照。上二句は序詞。若菰を「刈りに」の意と、「仮りに」の意とを掛けて、第三句を起す。

760 逢わずにいると恋しさがつのってくる。水無瀬川のように真実のないあの人を、なぜに私は深く愛してしまったのであろうか。
◇水無瀬川 六〇七参照。ここは、真実のない恋人の比喩《ひゆ》。第四句「なににふかめて」の枕詞ともとれる。

761 朝早く、鴫《しぎ》があわただしく羽をかきあおっている。あの人が来てくれない夜には夜で、この私が繰り返し数を書いている。
◇羽掻き 鳥が羽ばたくことをいう。◇百羽掻き 羽掻きの回数の多いことを言った。◇かずかく 「数書く」であろうが、動作も意味も不明。

762 今はもう縁が絶えたと思って、あの人は、風のたよりにつけても、まったく消息してくれない

けり

758 須磨《すま》の海人《あま》の 塩《しほ》やき衣《ごろも》 筬《をさ》をあらみ 間遠《まどほ》にあれや 君が来まさぬ

759 山城《やましろ》の 淀《よど》のわか菰《ごも》 かりにだに 来《こ》ぬ人たのむ われぞはかなき

760 あひ見ねば 恋こそまされ 水無瀬《みなせ》川 なににふかめて 思ひそめけむ

761 暁の 鴫《しぎ》の羽掻《はねが》き 百羽掻《ももはが》き 君が来《こ》ぬ夜《よ》は われぞかずかく

のだろうか。
◇玉葛　枕詞。蔓《つる》がどこまでも延びるところから、「絶えず」にかかるのが普通。『萬葉集』「玉葛絶えぬものから」（三〇七八）等。ここでは「絶ゆ」の枕詞として用いられており、『萬葉集』にはない新しい用法。

763　私の袖に、その季節でもないのにもう時雨が降ったのは、あの人の心に、秋がきたからなのだろう。
◇時雨　自分の涙をたとえている。時雨は秋のもの。第五句「秋」に「飽き」を掛け、あの人の心に飽きがきたのだろう、と言う。

764　私は、山のわき水のように浅い心であの人を思ったのではないけれど、なぜにあの人は、水面にちらっと映る影くらいにしか姿を見せてくれないのだろう。
◇山の井の　「浅き」の枕詞。◇影　「山の井」の縁語。四〇四、および、『萬葉集』「安積香《あさか》山影さへ見ゆる山の井の浅き心をわが思はなくに」（三八〇七）を踏まえる。

765　忘れ草の種を採っておいたらよかった。あの人と逢うことが、こんなにもむずかしいことだと、初めからわかっていたなら。
◇忘れ草　萱草《かんぞう》。これが身近にあると、悲しいことを忘れるという俗信があった。

766　これほどまでに恋しているのに、夜の夢でさえ逢えない。夢路にまで忘れ草が生い繁って、あの人が私のことを忘れてしまったからなのだろうか。

762
玉葛《たまかづら》　いまは絶《た》ゆとや　吹く風の　音《おと》にも人の　聞えざるらむ

763
わが袖に　まだき時雨《しぐれ》の　降りぬるは　君が心に　秋や来《き》ぬらむ

764
山の井の　浅き心も　思はぬに　影ばかりのみ　人の見ゆらむ

765
忘《わす》れ草《ぐさ》　種《たね》とらましを　逢ふことの　いとかく難《かた》き　ものと知りせば

766
恋ふれども　逢ふ夜のなきは　忘れ草　夢路《ゆめぢ》にさへや　生《お》ひしげるらむ

767 夢にだに　逢ふこと難《かた》く　なりゆくは　われやいを寝《ね》ぬ　人や忘るる

767 夢の中でまで逢うことがむずかしくなってゆくのは、私が眠れないからなのだろうか、それとも、あの人が私を忘れてしまって、心が通じないからなのだろうか。
◇いを寝ぬ　「い」は名詞で、眠ること。「いを寝《ぬ》」で、眠る意。「ぬ」は否定の助動詞「ず」の連体形。

768 唐《もろこし》も　夢に見しかば　近かりき　思はぬなかぞ　はるけかりける

兼《けん》芸《げい》法《ほふ》師《し》

768 遠いと言われる中国も、夢に見えたのだから近いものだ。それに比べると、心がかよわない仲というものは、はるかに遠いものだ、夢にも見えないのだから。
◇唐《もろこし》　中国のこと。遠いものの代表として言っている。

769 ひとりのみ　ながめ古屋《ふるや》の　端《つま》なれば　人を忍ぶの　草ぞ生《お》ひける

貞《さだの》登《のぼる》

769 長雨に降りこめられた、古屋の端《つま》さながらの私です。ただひとりもの思いをして日を送り、いつか年とってしまった妻なのです。軒には忍《しの》ぶ草が生えますが、とうとう私はあの人を、遠く偲んでいるだけの身になりました。古屋の端に忍ぶ草が生えたという現象と、夫の愛情が得られぬ妻の心情を重ねて詠んだ技巧の歌。
◇ながめ古屋の端《つま》なれば　「詠《なが》め経る」(もの思いをして過す)と「長雨降る」とを掛け、さらに、その「ふる」に「古《ふる》屋」を、「端《つま》」(軒の端)に「妻」を掛ける。◇人を忍ぶの…　「忍ぶの草」に、人を「偲ぶ」意を掛ける。忍ぶ草は、湿気の多いところに育つ。

770 わがやどは　道もなきまで　荒れにけり　つれなき人を

僧《そう》正《じやう》遍《へん》昭《ぜう》

770 私の家は、道もないほど荒れてしまった。つれない人の訪れを待っている間に。

◇道もなきまで　「まで」は程度の極限を示す。ついに…の状態になるまで、の意。

771　あの人が、すぐに来るよ、と言って別れた朝から、私はあの人を思い続け、日がな一日、蜩《ひぐらし》のように泣いて暮した。

『拾遺集』物名、「ひぐらし」に再出している（三七〇）。◇思ひくらしの　「蜩《ひぐらし》」を物名式に詠みこんでいる。その「ひぐらしの」は、第五句の枕詞となっている。

772　来てくれるだろうか、いや来はしない、と思うけれども、蜩の鳴く夕暮れになると、とても坐ってはいられない気持で待っている。

◇思ふものから　「ものから」は逆接。

773　今となってはもうだめ、とあきらめてはみたけれど、あの人が来るというしるしのように、私の着物に蜘蛛《くも》が這《は》いかかって、何だかまだ頼みがいのあるような気がする。

蜘蛛が現れると待ち人が来る、という俗信があった。二一〇参照。

◇今しは　「し」は強意の助詞。今はもう来まい、の意。

774　もう来てはくれまいと思うのだけれど、ついそのことを忘れて、あの人が待たれてしまう、そんな習い性《しょう》は、いまだにやむことがない。

◇待たるる　「るる」は自発の助動詞「る」の連体形。

◇まだもやまぬか　「…も…か」は詠嘆を表す語法。

待つとせしまに

771 いま来《こ》むと　言ひて別れし　朝《あした》より　思ひくらしの　音《ね》をのみぞ泣く

よみ人しらず

772 来《こ》めやとは　思ふものから　蜩《ひぐらし》の　鳴く夕暮れは　立ち待たれつつ

773 今しはと　わびにしものを　蜘蛛《ささがに》の　衣《ころも》にかかり　われをたのむる

774 今は来《こ》じと　思ふものから　忘れつつ　待たるることの　まだもやまぬか

775　こんなに美しい月夜には、来てくれるはずのない人も、来てくれそうな気がして、つい待つ心が起きてしまう。いっそ、曇って雨でも降ってくれればよい。そうすれば諦《あきら》めもついて、わびしいながらも寝ることができよう。◇降らなむ　「なむ」は、希求の終助詞。

776　あの人は、早苗《さなえ》を植えて帰って行ったきり、実った秋の田をそろそろ刈り入れる時季になっても来てくれない、だから今朝《けさ》の初雁のように、私もひとり初刈《はつかり》の鎌を手にして涙にくれてしまった。◇植ゑていにし…　古代、男は恋人のために田植えや刈り入れを助ける習いであった。『萬葉集』一三七五、三四六参照。◇けさ初雁の　「音に泣く」の枕詞。上句からの連想で、「初雁」は「初刈」を響かせる。

777　来てくれない人を待っている夕暮れの秋風は、いったいどんな吹き方をするから、そんなにわびしく思えるのだろうか。特に変った吹き方をしているからではなく、やはり、あの人のことが気になるからだ、の余意がある。

778　あの人が来なくなってから、ずいぶん久しくなったものだ。住の江の松のように長年月、ずっと待つということはほんとうに苦しいことだ。◇住の江　住の江（三六〇参照）には、仮名序にもふれる著名な老松があったところから、同音の「待つ」にかかる枕詞。初句「久し」とも縁をもつ。

775
月夜には　来《こ》ぬひと待たる　かきくもり　雨も降らなむ
わびつつも寝む

776
植ゑていにし　秋田刈るまで　見え来《こ》ねば　けさ初雁《はつかり》の
音《ね》にぞ泣きぬる

777
来《こ》ぬ人を　待つ夕暮れの　秋風は　いかに吹けばか　わび
しかるらむ

778
久しくも　なりにけるかな　住《すみ》の江《え》の　待つはくるしき
ものにぞありける

兼覧王《かねみのおほきみ》

779
住の江の　待つほど久《ひさ》に　なりぬれば　葦鶴《あしたづ》の音《ね》に　泣か

ぬ日はなし

仲平朝臣《なかひらのあそむ》[一]あひしりて[二]侍《はべ》りけるを、離《か》[三]れがたになりにければ、父[四]が大和守《やまとのかみ》に侍りけるもとへ[五]まかるとて、よみてつかはしける　伊勢

780 三輪《みわ》の山　いかに待ちみむ　年経《としふ》とも　たづぬるひとも　あらじと思へば

題しらず　雲林院親王《うりんゐんのみこ》

781 吹きまよふ　野風を寒み　秋萩《あきはぎ》の　うつりもゆくか　人の心の　小野小町《をののこまち》

779　住の江の松というのではないが、あの人の訪れを待つことが、もうずいぶん久しくなっている。そして毎日、葦鶴のように泣いてばかりいる。

◇住の江の　前歌に同じ。◇葦鶴の　「音に泣く」にかかる枕詞。「葦鶴」は葦の中に棲《す》む鶴。「松」とともに住の江の景物。

一 藤原基経《もとつね》の子。正二位左大臣に至る。枇杷《びわ》殿と号した。天慶《てんぎょう》八年（九四五）薨《こう》、七十一歳。伊勢が仕えた宇多天皇中宮、温子の弟。二 親しくしていましたが。三 疎遠になってきたので。四 「父」は藤原継蔭《つぎかげ》。大和の国府は、今の奈良県高市郡高取町。伊勢がそこへ移った時期は、寛平五、六年（八九三、四）頃と推定される。五 京から地方へ下る意。

780　三輪の山は、どれほどあなたのおいでをお待ちしていることでしょう。何年たっても、大和まで訪ねてくれる人はあるまいと思いますが、あなただけはどうか訪ねて下さい。

自分を三輪山に託して詠んだ。三輪山は大和の国府から近く、全容が望まれる。九八二を念頭においており、「三輪の山もととぶらひ来ませ」がこの歌の主旨。

781　吹き乱れる秋風が寒く、萩は色が衰えてゆく。そしてまたあの人の心も…。

◇野風を寒み　野を吹く風が寒いので。◇うつりもゆくか　「…も…か」は詠嘆の語法。

782 いまはとて　わが身時雨《しぐれ》に　ふりぬれば　言《こと》の葉《は》さへに　うつろひにけり

返し　小《を》野《のの》貞《さだ》樹《き》

783 人を思ふ　こころ木《こ》の葉《は》に　あらばこそ　風のまにまに　散りも乱れめ

業平朝臣《なりひらのあそむ》、[一]紀有常《きのありつね》が女《むすめ》に[二]住みけるを、[三]恨むることありて、しばしの間《あひだ》、昼は来て[四]夕さりは帰りのみしければ、[五]よみてつかはしける

784 天雲《あまぐも》の　よそにも人の　なりゆくか　さすがに目には　見ゆるものから

782 今はもう、秋の時雨が降るとともに、私も古びてしまった。だから野山の木の葉ばかりか、あなたの言葉まで、すっかり衰えて頼み甲斐《がい》がなくなってしまいました。

◇わが身時雨にふりぬれば　わが身が時雨とともに古くなった、すなわち過去の女になったから。「降り」に「古《ふ》り」を掛ける。◇言の葉さへにうつろひにけり　時雨は木の葉を紅葉に染め、やがて散らせて冬がくる。『後撰集』「神無月降りみ降らずみさだめなき時雨ぞ冬のはじめなりける」(四四五)。木の葉ばかりか、言葉までも生気を失って衰えた、の意。

783 人を思う気持が、木の葉のようなものであったなら、風のまにまに散り乱れて、ほかの所へ飛んでもゆくでしょうが…。言外に、しかし、私の心は木の葉のようなものではないから、私はあなただけを大事に思っているのです、の意をこめる。

一 紀有常の娘に。四一九に有常の歌がある。二 「住む」は、女の所へ行って、夫婦の生活をすること。三 業平が女に対して面白くないことがあって。四 夕方。五 作者名の記載がないが、有常の娘の作と見るのが順当。ただし、有常が詠んだとも考えられる。

784 大空の雲が風に乗って動くように、あなたは私によそよそしくなっていらっしゃいました。もっとも、私の目に見える所にいては下さいますが。雲は少し移動しても目には見える。男も昼は来ている

のだから目に見える。しかし、どちらも心のままに手に取ることはできない。そのもどかしさを訴えた。次歌とともに『伊勢物語』十九段にも見えるが、作歌の事情に相異がある。

785　私が、雲のように行ったり来たりして、空にばかり過しているのは、泊るはずの山の風が、激しいからです。

風が激しいので泊るに泊れない、すなわち、あなたがやさしくないので居つけない、と返した。◇風はやみなり「風、早み、なり」で、風が激しいからだ、の意。

786　唐衣は、着なれてはじめて身にまといやすくもなろうものだ。なのに、ほんのちょっと肩に掛けて、しっくりなじみもしないままに恋心をつのらせることになろうなどとは、どうして思い設けたことか。

◇掛けてのみやは…　第三句まで、もっぱら「唐衣」に焦点をあてて歌い、第四句「掛けて」に、唐衣を肩にちょっと掛ける意と、相手にうちとけられぬ意を掛けて、本旨へ展開をはかっている。「やは」は反語。

787　秋風は、人それぞれを吹き分けたりしないはずなのに、どうしてあの人の心は上の空になり、よそよそしくなってしまったのだろう。

自分の方には秋風（飽き風）が吹かない、つまり自分はまだ愛しているのに、という気持。

788　つれなくなってゆく人の言葉こそ、秋の草木に先がけて色変りする紅葉だ。

返し　　業平朝臣

785
ゆきかへり　空にのみして　経《ふ》ることは　わがゐる山の
風はやみなり

題しらず　　景《かげ》式《のりの》王《おほきみ》

786
唐衣《からころも》　なれば身にこそ　纏《まつ》はれめ　掛けてのみやは　恋ひ
むと思ひし

友則

787
秋風は　身をわけてしも　吹かなくに　人の心の　空にな
るらむ

源宗于朝臣《みなもとのむねゆきのあそむ》

788
つれもなく　なりゆく人の　言《こと》の葉《は》ぞ　秋よりさきの　も

みぢなりける

一心地《ここち》そこなへりけるころ、あひ知りて侍《はべ》りける人の訪《と》はで、二心地おこたりてのち、訪《とぶら》へりければ、よみてつかはしける　　兵衛《ひやうゑ》

789 死出《しで》の山　ふもとを見てぞ　かへりにし　つらき人より
まづ越えじとて

小《こ》町《まちが》姉《あね》

あひ知れりける人の三漸《やうや》く離《か》れがたになりける間に、焼けたる四茅《ち》の葉に文《ふみ》を挿《さ》してつかはせりける

790 時すぎて　かれゆく小野《をの》の　浅茅《あさぢ》には　いまはおもひぞ
たえず燃えける

一 病気になって伏せっていたころ。二 病気が本復してから訪ねて来たので。

789 私は、死出の山の麓《ふもと》を見ただけで帰って来ました。死にかけている時は見舞ってもくれず、よくなってから訪ねて来るような薄情者より先に、あの世へ行くのはごめんですから。

死にかけている時、すぐに訪ねてくれるほどの情ある人であったら安らかに死ねるが、そうでない以上はとても死ぬわけにはゆかぬ、と皮肉った。

◇死出の山　この世とあの世との境の山。

三 だんだん疎遠になっていった折に。四 茅萱《ちがや》。背丈は低く、歌では「浅茅」と言っている。

790 盛りの時が過ぎて枯れてゆく野辺の茅萱には、いまは野焼きの火が燃えているばかりです。身の盛りが過ぎた私から遠ざかってゆくあなたの後ろ姿を追い、私にも思いの火がたえず燃えています。

枯れて焼かれた茅の葉に自分を託した。

◇かれゆく　「枯れゆく」「離《か》れゆく」の両意を響かせている。◇小野の浅茅　作者の姓「小野」を詠みこんでいる。◇おもひ　「思ひ」に「火」を掛ける。

五 ここでは恋のもの思い。六 ある所へ行った途中に。七 冬、枯草を除いて、春の耕作の準備をするために放たれる火。

791 もし、わが身を冬枯れの野辺と思えるなら、あの野火のように情熱を燃やして、溌剌《はつらつ》とした春を待ちもしようものを。

再び戻ることのない恋への悔恨。もはや情熱をさえ燃えたたしえない。

792 水の泡が、なんとか消えないで流れに浮んでいるような、実にはかなくつらいわが身の上ではあるけれど、それでもなお、命あるかぎり、あの人と添える幸せを心頼みにしている。

◇水の泡の消えで　「浮き」に言い掛けて「憂《う》き身」を起す序詞。◇流れて　生き永らえての意を、上句の序詞の縁でこう言いなした。

793 地中をたしかに流れてゆく水無瀬川の水、それがもし、ほんとうに水などないというのなら、ついに私の一すじの水脈《みお》のような望みも絶え、この身も捨てられたと思いましょう。

自分の恋は、一見、絶えたように見えるが、決してそうではない、と気を取りなおした歌。

◇水無瀬川　六〇七参照。ここでは固有名詞ではなく、原義で用いられている。すなわち、乾期に水はないが、雨期には水の流れる川、の意。◇わが身を　水無瀬川の縁で、「身を」に「水脈《みを》」を掛ける。

[五]ものおもひける頃、[六]ものへまかりける
道に、[七]野火の燃えけるを見てよめる　伊勢

791 冬枯れの　野辺とわが身を　おもひせば　燃えても春を
待たましものを

題しらず　友則

792 水の泡《あわ》の　消えで憂《う》き身と　いひながら　流れてなほも
頼まるるかな

よみ人しらず

793 水無瀬《みなせ》川　ありてゆく水　なくはこそ　つひにわが身を
絶えぬと思はめ

躬　恒

794 吉野川　よしや人こそ　つらからめ　早く言ひてし　言《こと》は忘れじ

よみ人しらず

795 世の中の　人の心は　花染めの　うつろひやすき　色にぞありける

796 心こそ　うたてにくけれ　染めざらば　うつろふことも　惜しからましや

小　町

797 色みえで　うつろふものは　世の中の　人の心の　花にぞありける

794 たとえ、あの人が私に薄情にあたろうとも、昔、二人で言い交わした言葉は、けっして忘れまい。

交わした約束を反古《ほご》にしようとしたことをなじった。◇吉野川「よしや」の枕詞。八二八も同じ使用例。◇人こそつらからめ「め」は推量の助動詞「む」の已然形。「こそ…已然形」は、逆接の意を表す。…であろうとも。◇早く言ひてし「早く」は、以前に、の意。「速く」の意を連想させ、第一句「吉野川」と縁語をなす。

795 世の中の人の心などというものは、花で染めた染物のように、すぐにさめる軽薄なものだ。

◇花染め　花で布を染める、古い染め方。諸注は、多く、月草（露草）で染めることと言うが（二四七参照）、なお不明。

796 心というものは、まったく憎らしいものだ。もし愛する人に心が染められさえしなかったら、その色があせてゆく無念さもあるまいに。

それなのに、思い初《そ》めてしまうとは、心は憎いものだと言うのである。◇うたて　副詞。物事に対する不満を表す。いやはや、まったくどうも、の意。

797 しかと色には現れないままに、移りかわり衰えてゆくものは、世の中の人の心という名の花であったのだ。

798 私一人が、世の中を憂きものと悲しんで、鶯のように泣いていることだろうか。あの人の心が、花が散るように離れていったら。◇世を鶯と　世を「憂《う》く」と鶯の「うく」とを掛けた。「世」は男女の仲。「鶯と」は、鶯のように、の意。◇花と散りなば　相手が心変りすることを、「鶯」の縁によって落花にたとえた。

799 私が思っていても、離れてゆく人を、どうしたらよいのだろう。充分堪能《たんのう》もしないうちに散ってゆく、花と思おう。上三句と下二句とで、自問自答した形の歌。

800 もうこれっきりだと、あなたが離れていったなら、わが家《や》の花をひとり見ながら、あなたをなつかしく偲《しの》ぶことにしようか。

よみ人しらず

798 われのみや　世を鶯《うぐひす》と　なきわびむ　人の心の　花と散りなば

素《そ》性《せい》法《ほふ》師《し》

799 思ふとも　離《か》れなむ人を　いかがせむ　飽《あ》かず散りぬる　花とこそ見め

よみ人しらず

800 今はとて　君が離《か》れなば　わがやどの　花をばひとり　見てやしのばむ

宗　于　朝　臣

801 忘《わす》れ草《ぐさ》　枯れもやすると　つれもなき　人の心に　霜はおかなむ

一寛平御時《くわんぴやうのおほんとき》、二御屏風《びやうぶ》に歌かかせ給ひける時、よみて書きける

素性法師

802 忘れ草　なにをか種《たね》と　思ひしは　つれなき人の　心なりけり

題しらず

803 秋の田の　稲《いね》てふことも　かけなくに　なにを憂しとか　人のかるらむ

紀《きの》貫《つら》之《ゆき》

804 初雁《はつかり》の　泣きこそ渡れ　世の中の　人の心の　秋し憂《う》けれ

801　あの人の心の中に生えた忘れ草が、枯れてしまいもするように、つれないあの人の心に、霜よ、おいておくれ。

恋人が自分を忘れて離れていった、それは恋人の心中に忘れ草が生えたからだ。霜でその忘れ草を枯れさせて、二人の仲を元どおりにしたい、の意。

◇おかなむ　「なむ」は希求の終助詞。

一　宇多天皇治世の寛平年間（八八九～九八年）。

二　屏風《びやうぶ》に和歌を書けとお命じになったので、歌を自分で作って自分で書いた、の意。

802　忘れ草という草の種は、何であろうかと思っておりましたが、実はつれない人の心なのでございました。

◇つれなき人　おそらく屏風には絵があり、その絵に描かれている人物を、自分に「つれなき人」と見てこう言った。世間一般の人ではない。

803　秋の田の稲なら、刈って乾し木に掛けもするが、私は別段、飽きがきたから去《い》ね、などという言葉も口にかけはしないのに、何が気にいらなくて、あの人は遠ざかってゆくのだろう。

作者を兼芸法師とする本もある。

◇秋の田の稲　「秋」に「飽き」を響かせ、「稲」に「去《い》ね」を掛ける。◇かけなくに　「かける」に稲を乾し場にかける意と、言葉を口にかける意とを掛ける。

◇人のかるらむ　「かる」に、「刈る」と「離《か》る」とを掛ける。

ば

よみ人しらず

805 あはれとも　憂しとももの を　思ふ時　などか涙の　いと
なかるらむ

806 身を憂しと　思ふに消えぬ　ものなれば　かくても経《へ》ぬ
る　世にこそありけれ

典侍藤原直子朝臣《ないしのすけふぢはらのなほいこのあそむ》

807 海人《あま》の刈《か》る　藻《も》にすむ虫の　われからと　音《ね》をこそ泣か
め　世をばうらみじ

因《いな》幡《ば》

804 初雁が、鳴き鳴き秋の空を飛んでいる。そして私も泣き暮している。世の中の人の心にくる、飽きというものが悲しいから。

◇初雁の　「泣きこそ渡れ」の枕詞。実景でもある。◇人の心の秋　「秋」に「飽き」の意を響かせている。

805 あの人が優しいと、ああうれしいと思い、あの人が冷たいと、ああつらいと思う。あれこれものを思うにつけて、なぜに頬をつたって涙が絶え間なく流れるのであろう。

◇いとなかるらむ　「いとなし」は絶え間がないこと、せわしいこと。『後撰集』に「春の池の玉藻《たまも》にあそぶ鳰鳥《にほどり》の脚《あし》のいとなき恋もするかな」(七二) がある。「涙の糸流る」(糸を引くような涙が流れる) を掛けている。

806 恋人に捨てられたわが身を、悲しい運命だと思ってはみても、しょせん消えてしまえるものではないから、こんなぶざまな有様でも、生きれば生きていられるこの世であった。

807 漁師の刈る藻に棲《す》んでいる虫に、われからというのがあるが、わが身の不幸は、すべて、自分から招いたことだと声をあげて泣くことこそあれ、けっして世間を恨みはすまい。

『伊勢物語』六十五段にも見える。

◇われから　海藻《かいそう》につく貝の一種。第一・二句は第三句の序詞。虫の名に、自分から、の意を掛けて起す。◇音をこそ泣かめ　「こそ…已然形」で、逆接の意。

808 あひ見ぬも 憂《う》きもわが身の 唐衣《からころも》 思ひしらずも 解《と》くる紐《ひも》かな

一 寛平《くわんぴやう》御時《おほんとき》の后宮《きさいのみや》の歌合《うたあはせ》の歌　菅《すが》野《のの》忠《ただ》臣《おむ》

809 つれなきを 今は恋ひじと 思へども 心弱くも 落つる涙か

題しらず　伊勢

810 人しれず 絶えなましかば わびつつも なき名ぞとだに 言はましものを

よみ人しらず

811 それをだに 思ふこととて わが宿を 見きとな言ひそ 人の聞かくに

808 思う人に逢えないのも、逢えないで悲しいと思うのも、みな、自分のいたらなさから出たことであるが、その私の反省を知らないのか、唐衣の下紐が自然に解けてゆく。

下紐を擬人化して詠んでいる。下紐が解けるのは人に思われているしるし、という俗信があった（五〇七、七三〇参照）。逢うに逢えない現実を悲しみつつ、なお恋人の来訪を待っていることを下紐に託して述べたもの。◇唐衣　五七二参照。第二句からの続きでは「わが身のから」（自分自身のせいである、の意）を言い掛けている。◇紐　下紐。下着の紐。

一 宇多天皇の寛平末年の歌合。三〇頁注一参照。

809 私につれないあの人なんか、もう金輪際《こんりんざい》恋い慕うまいと思うのだけれど、心弱くも涙が落ちる。

810 二人の仲が、世間の人に知られないまま切れてしまうなら、つらいことだと嘆きながらも、なかったことだと、すませてしまいたいのですが…。

しかし、すでに世間の人が知ってしまっているので、恋人とのきずなが切れたうえに浮き名まで立って、より一層つらくてならない、との意。

811 せめて、私を思って下さるしるしとして、わが家を見たとは言って下さいますな。人が聞いて、噂《うわさ》の種にすることですから。

恋人に飽かれてしまったのはつらいことだが、せめて、噂の立たないように配慮してほしい、それを、自分を少しは思っていてくれるしるしと受け取り、慰めにしたい、の意。
◇それをだに　「それ」は、第三・四句「わが宿を見きとな言ひそ」という作者の願いを、相手が聞き届けてくれることを指す。◇見きとな言ひそ　「な…そ」で禁止を表す。◇人の聞かくに　人が聞くことだから。「く」は、動詞や形容詞に付いてそれを名詞化する語。類例、「言はく」など。「…くに」の形で詠嘆の語気をもつことが多い。

812　逢うということが、まったく絶え果ててしまった時になってこそ、人恋しいという気持が、本当にわかるように思われる。
◇もはら　もっぱら、完全に。

813　あの人と別れたわびしさが、行き着く所まで行き着いた今となってさえ、悲しみはやむことがない。いったい、あの人のどこに未練を残す涙なのだろう。
『後撰集』九三七に再出、詞書に「をとこの忘れ侍りにければ　伊勢」とある。

814　恨んでも、泣いても、どこにも訴える所がない、鏡に映る自分の姿以外には。

815　逢瀬《おうせ》もまったく絶え果てて、夕方になると誰も訪れてはくれない床をきれいに払い、一人さびしく嘆くだけの、みじめなわが身となってしまった。
◇床をうちはらひ　床を払うのは、本来、男の来訪を祈る行為。七三三参照。

812
逢《あ》ふことの　もはら絶えぬる　ときにこそ　人の恋しき
ことも知りけれ

813
わびはつる　時さへものの　悲しきは　いづこをしのぶ
涙なるらむ

藤《ふぢ》原《はらの》興《おき》風《かぜ》

814
うらみても　泣きても言はむ　かたぞなき　鏡に見ゆる
影《かげ》ならずして

よみ人しらず

815
夕されば　人なき床《とこ》を　うちはらひ　歎かむためと　なれ
るわが身か

816　わたつ海《み》の　わが身こす波　たちかへり　海人《あま》の住むてふ　浦見《うらみ》つるかな

816　私の身の丈《たけ》を凌《しの》いで大海原にたちさわぐ波が、寄せては返して漁師の住む浦を見舞っている。私も、無情なあの人を、繰り返してはひたすら恨みに思っている。
◇わが身こす波　第二句まで、「たちかへり」を起す序詞。恨みの念の激しさをも匂わせている。◇海人の住むてふ「浦見」と言い掛けて「恨み」を起す序詞。

817　新小田《あらをだ》を　あら鋤《す》き返し　返しても　人の心を　見てこそやまめ

817　新たに開墾した田を力いっぱい鋤《す》き返すように、繰り返し繰り返しあの人の本心を見定めて、それから私は、諦めることにしよう。
◇あら鋤き返し　粗《あら》く鋤《すき》を入れて、土を掘り返す意。第二句まで序詞。同音で第三句を起す。

818　荒磯海《ありそうみ》の　浜の真砂《まさご》と　たのめしは　忘るることの　かずにぞありける

818　岩の多い浜の真砂の数によせて、尽きることない二人の愛だと私をあてにさせたあの人の言葉は、実は、そうではなかった。浜の真砂とは、忘れる誓いの数であったのだ。
◇浜の真砂　数の多いものの代表。三四四参照。

819　葦辺《あしべ》より　雲居をさして　ゆく雁《かり》の　いや遠ざかる　わが身悲《かな》しも

819　葦の生えている水辺から、大空さして飛ぶ雁のように、ますますあの人から遠ざかってゆくこの身が、とても悲しい。
◇葦辺より…　第三句まで序詞。第四句「いや遠ざかる」を起す。

820　時《し》雨《ぐ》れつつ　もみづるよりも　言《こと》の葉《は》の　心の秋に　あふ

820　時雨《しぐれ》が降って、木々が紅葉《もみじ》に染められる秋も悲しいが、あの人の心に秋がきて、言葉に生気がなくなってゆくのに出会うのは、もっともっと悲しいことだ。

◇時雨れつつもみづる　紅葉は時雨が染めるもの。一〇一〇参照。「もみづ」は、紅葉する意の動詞。◇言の葉　「木の葉」の縁でこう言った。◇秋　「飽き」を響かせる。

821　秋風が吹きに吹いている武蔵野は、すべての草葉が色変りしてしまった。

叙景歌とほとんど区別がつかないが、「秋風」に「飽き風」を響かせ、やはり、あなたの心も例外ではない、の意をこめている。諸注、八六七と対照させるが、それほどの関連はない。

822　秋の大風に吹きまくられる田の実は悲しい。頼みにしていた恋人に飽きられ、空《むな》しい身そらとなってしまったわが身のことを思い合せると。

◇秋風　ここは、主に野分の風（台風）を意識している。第四・五句へは「飽き風」の意をきかせている。「飽き風」に遭って、恋が結実しないのである。◇田の実　米のこと。「頼《たの》み」を掛ける。

823　私に飽きて離れていった恋人のことは、秋風に吹かれる葛の葉の裏見というが、いくら恨んでみてもうらめしい。

◇葛の葉の　第三句まで序詞。葛の葉は裏が白く、風に吹かれるとよく目立つところから、「うらみて」に「裏見て」「恨みて」を掛けて第四句を起す。

ぞわびしき

821
秋風の　吹きとふきぬる　武蔵野《むさしの》は　なべて草葉《くさば》の　いろ
かはりけり

小　町

822
秋風に　あふ田《た》の実《み》こそ　悲しけれ　わが身空《むな》しく　なり
ぬと思へば

平《たひらの》貞《さだ》文《ふみ》

823
秋風の　吹き裏がへす　葛《くず》の葉の　うらみてもなほ　恨《うら》め
しきかな

よみ人しらず

824　秋というものは、今まで、よそごととして聞いていた、けれどそれは、私に飽きて見捨てた、浮気者の名であった。

◇秋　「飽き」の意をこめる。◇あだ人　不実な仕打ちをした人。

825　恋人に忘れられたこの身を、憂《う》いものと思っているが、途中で切れた宇治橋を誰も渡らないように、二人の仲も絶え、久しく通《かよ》ってもくれぬまま年がたってしまった。

◇宇治橋　上からは「宇治」に「憂し」を掛けて続き、下へは「なか絶えて人も通はぬ」を導く修辞として展開する。今の京都府宇治市。宇治川にかかり、京都・奈良間の大和《やまと》街道の要所。後世、著名な歌枕として人口に膾炙《かいしゃ》され、また軍事的要衝で、『平家物語』など軍記物にしばしば登場する。

一　第四・五句を「こなたかなたに人も通はず」とする伝えもある、の意。

826　あの人と逢うことを、長柄《ながら》の橋のように長く延ばし延ばしにして恋い続けているうちに、年がたってしまった。

◇長柄の橋の　「橋の」の「の」は「の如く」の意。長柄橋は大阪市大淀《おおよど》区にあり、淀川本流にかかる。著名な歌枕で、能因法師が長柄橋の鉋《かんな》くずを大切にした話（『袋草子』）、後鳥羽院がその橋柱で文台を作られた話（『古今著聞集』）などが有名。◇恋ひわたる　恋い続ける意だが、「わたる」は、「橋」の縁語でもある。

824
秋といへば　よそにぞ聞きし　あだ人の　われを古《ふる》せる
名にこそありけれ

825
忘らるる　身を宇治橋《うぢばし》の　なか絶えて　人も通《かよ》はぬ　年ぞ
経《へ》にける

一 または、こなたかなたに　人も通《かよ》はず。

坂上《さかのうへの》是則《これのり》

826
逢ふことを　長柄《ながら》の橋の　ながらへて　恋ひわたるまに
年ぞ経にける

友則

827
浮きながら　消《け》ぬる泡とも　なりななむ　流れてとだに
たのまれぬ身は

827　流れのままに浮きながら、つらい思いで消えてゆく水の泡とも私はなってしまいたい。このまま生き永らえて…などと、とても望みをつなげるはずのないこの私は。
◇浮きながら　「憂《う》きながら」を掛ける。◇流れてとだに　せめてこのまま生き永らえていればどうにかなるとさえ、の意。生き永らえることを「流れて」と言うのは、上句との縁による。

828　人の世に永らえて暮していると、妹山と背山の間を音も高く流れ下る吉野川ではないが、二人の間に何かと騒がしい中傷が割ってはいる。ああ、どうしようもない、それが世の中というものだ。
◇吉野の川　大台ヶ原に源を発し、奈良県吉野郡を流れる。妹背山の真ん中を流れるので、比喩《ひゆ》的に妹背の仲に水をさす川と受け取られる。なお第四句まで、同音で第五句の「よしや」を起す序詞の役割も果している。◇よしや　断念して、ある事態を許容する意を表す副詞。

よみ人しらず

828
流れては　妹背《いもせ》の山の　中に落つる　吉野の川の　よしや
世の中

古今和歌集　巻第十六

哀[一]　傷　歌

妹《いもうと》の身罷《みまか》り[二]ける時よみける　　小野篁朝臣《をののたかむらのあそむ》

829 泣く涙　雨と降らなむ　渡り川　水まさりなば　帰りくるがに

前太政大臣《さきのおほきおほいまうちぎみ》[三]を、白川[四]のあたりに送り[五]ける夜、よめる　　素性法師《そせいほふし》

830 血の涙　落ちてぞたぎつ　白川は　きみが代までの　名に

一 人の死を悲しむ歌や故人を偲《しの》ぶ歌、遺言の歌を収める。『萬葉集』における「挽歌《ばんか》」の部立《ぶだて》に相当する。

二 亡くなった時に。「身罷る」は、死ぬ意。

829 悲しみにたえきれず泣く私の涙よ、雨となって降っておくれ。あの世との境の渡り川の水かさが増したら、妹は渡ることができなくなる、そして再び、この世に帰ってくるように。

◇降らなむ　降ってほしい。「なむ」は希求の終助詞。◇渡り川　「みつせ川」とも。三途《さんず》の川のこと。死者はこれを渡ってあの世に行くという。◇帰りくるがに　「がに」は助詞。意志・命令などの表現を承《う》けてその目的を表す。…するように、の意。

三 藤原良房《よしふさ》。貞観《じょうがん》十四年（八七二）九月二日薨《こう》。

四 川の名としては六六参照。ここは、今の京都市左京区、百万遍知恩寺東北方一帯の地で、平安時代にはこの付近に多数の陵墓が営まれた。良房の墓は、『延喜式』（諸陵式）に「後愛宕墓」とあるのがそれである。

五 野辺の送りをした夜に。

830 悲しみのあまり、血の涙が激しく流れおち、白川は真っ赤に染まって逆巻いている。白川という名は、良房公ご在世の時までの名であった。

六 藤原基経《もとつね》。貞観十四年摂政、元慶《がんぎょう》八年（八八四）関白。寛平三年（八九一）正月薨。五十六歳。

七 埋葬の意。『栄華物語』その他によれば、基経の墓は今

の京都府宇治市木幡《こはた》にあったよしで、ここで深草山(京都市伏見区深草)というのは不審。

831　蟬ははかなく世を終えるものとして知られるが、残されたぬけがらを見ていると、盛時のおもかげがよみがえり、短命を惜しむ心を慰められもする。人は、埋葬されれば、もう何も残らない。深草の山よ、基経公をしのぶよすがに、せめて煙なりと立ててはくれまいか。

◇空蟬　蟬のぬけがら。はかないもの、また、この世の無常の象徴として古典文学に多く現れる。◇煙　火葬の煙。亡くなった人をしのぶ最後のかたみ。埋葬では、その煙さえも立たない。

832　深草の野辺に咲く桜よ、もし、おまえに心があるならば、せめて今年だけは、墨染めの色に咲いてほしい。

前歌と同じく、藤原基経薨去《こうきよ》に際しての作。

◇墨染め　喪服の色。八四三、八四四参照。

八　一六九など、『古今集』に十九首の歌がある。延喜元年(九〇一)没とも同七年没とも言われる。

833　亡くなられたご主人のお姿が、寝ていると夢に見え、覚めていると幻に浮んできます。考えてみれば、そもそも、この世というものは空しい夢だったのです。

◇おほかたは　総じて、だいたい。六六九参照。◇空蟬の世　「空蟬の」は、「世」の枕詞《まくらことば》。七三、四四三参照。「はかない」の意を添える。

こそありけれ

六 堀河の太政大臣《おほきおほいまうちぎみ》身罷りにける時に、深草《ふかくさ》の山に七をさめて後によみける

僧都《そうづ》勝延《しようえん》

831 空蟬《うつせみ》は　殻《から》を見つつも　なぐさめつ　深草のやま　煙《けぶり》だに立て

832 深草の　野辺の桜し　心あらば　今年《ことし》ばかりは　墨染《すみぞ》めに咲け

上《かむ》野《つけの》岑《みね》雄《を》

八 藤原敏行朝臣《ふぢはらのとしゆきのあそむ》の身罷りにける時に、よみてかの家につかはしける

紀《きの》友《とも》則《のり》

833 寝ても見ゆ　寝でも見えけり　おほかたは　空蟬《うつせみ》の世ぞ

夢にはありける

一あひ知れりける人の身《み》罷《まか》りにければよ
める　紀《きの》貫《つら》之《ゆき》

834 夢とこそ　言ふべかりけれ　世の中に　うつつあるもの
と　思ひけるかな

あひ知れりける人の身罷りにける時に
よめる　壬《み》生《ぶの》忠《ただ》岑《みね》

835 寝《ぬ》るがうちに　見るをのみやは　夢と言はむ　はかなき世
をも　現《うつつ》とは見ず

姉の身罷りにける時によめる

836 瀬《せ》を堰けば　淵《ふち》となりても　淀《よど》みけり　別れをとむる

一 親しくしていた人。

834 夢幻《ゆめまぼろし》のようにはかないものとこそ言うべきであったのに、今までうかつにも、この世の中に、れっきとした現実が存在すると思いこんでいた。
◇うつつあるものと　現実というものがあるのだと。「うつつ」は「夢」の対立概念。

835 寝ているうちに見るものだけを、夢だと言ってよいのだろうか。このはかない世もまた、私は、現実だとは思っていない、すべてが夢なのだ。
◇見るをのみやは　「やは」は反語。

836 どんなに流れの早い瀬でも、堰《せ》きとめれば、ふかぶかと淵をなして水は淀《よど》むものだ。けれども、死にゆく人との別れを、堰きとめ得る柵《しがらみ》はない。人の死を川の流れにたとえ、それを堰きとめるすべがないと歌う発想は、『萬葉集』に先蹤《せんしょう》がある。明日香《あすか》皇女《ひめみこ》の薨去《こうきょ》を悼《いた》む人麿の挽歌、「明日香川しがらみ渡し堰かませば流るる水ものどにかあらまし」(一九七)。
◇柵　水流を堰きとめるために、杭《くい》を打って竹や木を横にからませたもの。三〇三参照。

二 藤原忠房の昔親しくしていた人が死んだ時に、の意。忠房は、一九六、五七六、九一四、九九三の作者。

837 先立って死ぬことのできなかった無念が、繰り返し繰り返し悲しく思い起されますのは、流れる水が帰ってこないように、二度と、あの方が生き返らないからです。

藤原忠房に弔意を表した歌。忠房の気持を忖度《そんたく》して詠《よ》んでいる。

◇先立たぬ…　上三句を、「後悔さきに立たずというとおり、あの方の亡くなった今ごろになってはじめて悔まれてならないのは」と解する立場もある。

三 紀友則は『古今集』撰者の一人で、同じ撰者の貫之にはいとこにあたり、特に親しい友人。友則は『古今集』の完成を待たずに死んだらしい。延喜七年（九〇七）没とする説もある。

838 明日はどうなるともわからない、はかないわが身とは知っているけれども、まだ命のある今日のうちは、亡くなった友のことが、ただただ悲しく思われる。

◇暮れぬ間の今日　古代人には、日が暮れるまでが「今日」で、それからは明日だという認識があった。たとえば、『萬葉集』三五六の「明日《あす》の夜《よ》」は、現代人の言う今夜のことである。

839 一年の間に季節はいくつもあるのに、よりによって、ただでさえ悲しみのつのる秋に死に別れてよいものだろうか。それはあまりにも残酷だ。生きている友達を見ているだけでも、恋しく思われるのに。前歌と同じく、紀友則逝去《せいきょ》に際しての歌。作者忠岑も『古今集』撰者の一人である。

◇時しもあれ　時はいつでもあるのに、の意。不慮の出来事を嘆くときに慣用的に用いられる言い方。◇秋やは「や」は反語。

柵《しがらみ》ぞなき

二 藤原忠房《ふぢはらのただふさ》が昔あひ知りて侍《はべ》りける人の
身罷りける時に、弔問《とぶらひ》につかはすとて
よめる　閑《かん》院《ゐん》

837 先立たぬ　悔《く》いの八千《やち》たび　悲しきは　流るる水の　返り来《こ》ぬなり

三 紀友則《きのとものり》が身罷りにける時よめる　貫之

838 明日《あす》知らぬ　わが身と思へど　暮れぬ間《ま》の　今日《けふ》は人こそ　悲しかりけれ

忠《ただ》岑《みね》

839 時しもあれ　秋やは人の　別るべき　あるを見るだに　恋

しきものを

一
母が喪《おも》ひにてよめる　　凡河内躬恒《おほしかふちのみつね》

840 神無月《かむなづき》　時雨《しぐれ》にぬるる　もみぢ葉は　ただわび人の　袂《たもと》なりけり

父が喪《おも》ひにてよめる　　忠岑

841 藤衣《ふぢごろも》　はつるる糸は　わびひとの　涙の玉の　緒《を》とぞなりける

喪《おも》ひに侍《はべ》りける年の秋、山寺へまかりける道にてよめる　　貫之

842 朝露《あさつゆ》の　晩稲《おくて》の山田　かりそめに　憂《う》き世の中を　おもひぬるかな

一 母の服喪期間中に詠んだ、の意。「喪ひ」は服喪《ふくも》。

840 十月の時雨に濡れている紅葉は、母を失って悲しみに沈んでいる私の、血の涙で濡れた袂そのままだ。

◇ただ　そっくりそのまま、とりもなおさず、の意。◇わび人　悲しみに沈んでいる人。作者自身を指す。

841 父の喪に服してずっと着ている喪服の糸もほつれてきた。そしていま、そのほつれた糸は、悲しみにくれている私の、涙の玉をつなぐ緒になっている。

◇藤衣　原義は、藤などの繊維で織った粗末な衣。転じて、喪服。◇はつるる　ほつれる。◇わびひと　八四〇参照。ここも作者自身のこと。

842 道ばたの田では、朝露の置く晩稲《おくて》を刈り初《そ》めている。人を失った悲しみに、私はこのつらい世の中を、かりそめのものだと思うようになった。

◇朝露の晩稲の山田　「晩稲《おくて》」の「おく」に、朝露の「置く」を掛けている。第一・二句は序詞《じょことば》。第三句の「かりそめ」に、晩稲の田を刈り初める意と、「仮りそめ」の意とを掛けて起す。山寺へ行く途上の実景でもある。「晩稲」は遅く実る稲。早く実る早稲《わせ》に対する。◇おもひぬるかな　「ぬる」は完了の助動詞「ぬ」の連体形。…するようになった、…という事態が発生した、の意を表す。

843 墨染めの喪服を着ていらっしゃるあなたの袂は、雨雲だとでもいうのでしょうか。それで、私の袖にも、絶え間なく涙が雨のように降りかかるのでしょうね。

自分ももらい泣きをしていると歌って、喪に服する相手の悲嘆を慰めようとしている。

◇すみぞめの君が袂は… 墨染めの袂の色と形から、雨雲を連想した。涙の雨を降らせる雲である。

二 妻の親の喪に服して。三 おりましたが、の意。主語を欠くが、こういう場合、作者が主語であるのが『古今集』の通例。四 ある人が弔問の使いをよこしてくれたので。

844 悲しみにくれながら、今は山の中に住んでいます。私の墨染めの喪服は、涙で濡れて乾く間もありません。

服喪の山籠《ごも》りであるが、歌は世を捨てた出家人のおもかげを漂わせ、わびしさを強調している。

◇あしひきの 「山辺」の枕詞。◇山辺にいまは墨染めの 「墨染め」の「すみ」に、山辺に「住む」意を掛けた。◇衣 墨染めの衣で喪服だが、山に住むと言った縁で、僧衣をも連想させる。◇干る かわく。

五 「諒闇」は、天皇が崩御《ほうぎょ》され、その喪に服する期間。一年間と定められ、国中が服喪した。ここはいつのことか不明。ラウアンと読むのは、本来日本語には拗音《ようおん》がなかったので、リヤウアンを直音化して発音していたことの反映である。

喪《おも》ひに侍りける人を弔問《とぶらひ》にまかりて、よめる　　忠岑

843 すみぞめの　君が袂《たもと》は　雲なれや　たえず涙の　雨とのみ降る

[二]女《め》の親の喪《おも》ひにて山寺に侍りける[三]を、[四]ある人の弔問《とぶらひ》つかはせりければ、返事《かへりごと》によめる　　よみ人しらず

844 あしひきの　山辺《やまべ》にいまは　墨染《すみぞ》めの　衣《ころも》の袖《そで》の　干《ひ》る時もなし

[五]諒闇《らうあん》の年、池のほとりの花を見てよめる　　篁朝臣

845 水の面《おも》に　しづく花の色　さやかにも　君が御影《みかげ》の　思ほゆるかな

[一]深草帝《ふかくさのみかど》の御国忌《こき》の日よめる　　文《ふん》屋《やの》康《やす》秀《ひで》

846 草ふかき　霞《かすみ》の谷に　かげかくし　照る日の暮れし　今日《けふ》にやはあらぬ

深草帝《ふかくさのみかど》の御時に、蔵人頭《くらうどのとう》[二]にて夜昼《よるひる》なれつかうまつりけるを、諒闇《らうあむ》[三]になりにければさらに世にもまじらずして、比叡《ひえ》の山に登りて頭《かしら》[四]おろしてけり。その[五]またの年、みな人御服《おほんぶく》[六]ぬぎて、あるは[七]冠《かうぶり》賜《たま》はりなど、喜びけるを聞きてよめる　　僧《そう》正《じやう》遍《へん》昭《ぜう》

847 みな人は　花の衣に　なりぬなり　苔《こけ》の袂《たもと》よ　かわきだにせよ

845　水の面に影を落している花の色は、鮮やかではっきりしている。私には、お隠れになった天皇の御麗色も、鮮やかにはっきりと思い出されるのだ。
◇水の面に　第一・二句は序詞。属目《しよくもく》の光景を用いて第三句を起す。◇しづく　「しづむ」の古語。◇思ほゆるかな　「思ほゆ」は自然に心に浮んでくる意。
一「深草帝」は仁明《にんみやう》天皇。『延喜式』「諸陵式」に「深草陵」が見え、「治部式」国忌の条に「仁明天皇、三月廿一日忌、東寺」とある。「国忌」は天皇の命日で、国家的忌日。法要を営み、政務は休む。

846　草も深く、霞も深い谷に影を隠して、照り輝いた太陽が暮れるように深草帝がお隠れになったのは、今日という日ではなかったか。
◇草ふかき　仁明陵のある深草（今の京都市伏見区）を暗示する。◇霞の谷　折から春霞が立ちこめる深草の山の谷。『山州名跡志』によれば、「霞の谷」は「宝塔寺の南より、真宗院及び谷口《たにぐち》に至りて、総名なりと。此所に仁明帝を葬二火葬一由、載レ記」と言う。しかし、『余材抄』は「今深草に霞の谷と聞ゆる所あれど、それは今の歌にて後の人の名付たりと知るべ」し、と注している。◇照る日の暮れし　天皇崩御の比喩《ひゆ》。
二　蔵人所《くろうどどころ》の長官。二人いた。蔵人所は、殿上《てんじよう》に侍して機密の文書を掌《つかさど》り、殿上の雑務に従事したり、詔勅の伝宣を掌ったりする役所。三　二八五頁注五参照。
四　剃髪《ていはつ》出家した。五　その翌年。六　喪が明けて、喪服を脱いで。七　あるいは官位を賜ったりなどして。

847　世間の人は、喪服を脱いで、華やかな着物に着がえたようだ。涙に濡れた私の僧衣の袂よ、せめて乾くだけでもしておくれ。
世の移り変りにひきかえ、自分の悲嘆はいささかも薄らがないと、帝への哀惜の情のあつさを歌った。
◇苔の袂　僧の衣を「苔の衣」と言う。その袖のこと。
八　源融《みなもとのとおる》。嵯峨《さが》天皇皇子。貞観《じょうがん》十四年（八七二）左大臣。寛平七年（八九五）薨《こう》。七十四歳。九　源融の家。有名な河原院。二八八頁注三参照。

848　にわかに寂しくなりましたね。秋になるとひときわ美しく色づくお宅の紅葉も、とりはやす御主人のないお庭に、しょんぼりと色も燃えずに立っております。
◇うちつけに　予期せぬ事態にばったり遭遇した時に言う。
一〇　藤原基経《もとつね》（二八〇頁注六参照）の弟。寛平五年（八九三）五月十九日没。

849　時鳥が朝早く鳴く声に、驚いて目が覚めた。ふと気がつくと、今日は、一年前、高経卿がお亡くなりになった日であった。
時鳥は、現世と冥途《めいど》との間を往復する鳥（『十王経』）と考えられていた。八五五参照。この歌も、その考えを踏まえている。
◇おどろけば　「おどろく」は、はっと目を覚ます意。

せよ

八河原大臣《かはらのおほいまうちぎみ》の身罷《みまか》りての秋、九かの家のほとりをまかりけるに、もみぢの色まだ深くもならざりけるを見て、かの家によみていれたりける　　近院右大臣《こんゐんのみぎのおほいまうちぎみ》

848 うちつけに　寂《さび》しくもあるか　もみぢ葉も　ぬしなき宿は　色なかりけり

一〇藤原高経朝臣《ふぢはらのたかつねのあそむ》の身罷りてのまたの年の夏、時鳥の鳴きけるを聞きてよめる　　貫之

849 時鳥《ほととぎす》　今朝《けさ》なく声に　おどろけば　君に別れし　ときにぞ　ありける

桜を植ゑてありけるに、[一]漸《やうや》く花咲きぬべき時に、かの植ゑける人身罷《みまか》りにければ、その花を見てよめる　紀《きの》茂《もち》行《ゆき》

850 花よりも　人こそあだに　なりにけれ　いづれをさきに
恋ひむとか見し

あるじ身罷りにける人の家の、梅の花を見てよめる　貫之

851 色も香《か》も　昔の濃《こ》さに　匂《にほ》へども　植ゑけむ人の　かげぞ
恋しき

[二]河原左大臣《かはらのひだりのおほいまうちぎみ》の身罷りて後《のち》、[三]かの家にまかりてありけるに、[四]塩釜《しほがま》といふ所のさまをつくれりけるを見てよめる

一　そろそろ花が咲こうかという時に。

850　桜の花は、もろくはかなく散ってしまうものだが、その花より先に、植えた人がはかなくなってしまった。花と人と、どちらが先に逝《ゆ》き、恋い慕われるかなどと、かねて思案してみたことがあっただろうか。

それは予期もせぬことであった、の意。花よりもはかない人の命に、無常を嘆いた歌。

◇あだ　はかないさま。

851　この家の梅の花は、色も香りも、御主人が生きておられた時と同じように、濃く美しく匂っているが、今、この花を見ていると、植えた人の面影が、しきりに恋しく思われる。

二　源　融《みなもとのとおる》。二八七頁注八参照。三　融の邸、河原院。『伊勢物語』八十一段に「むかし、左のおほいまうちぎみいまそかりけり。賀茂川のほとりに、六條わたりに、家をいとおもしろくつくりて、住み給ひけり」とあり、『今昔物語』、『本朝文粋』に、「於河原院賦山晴秋望多詩序　藤惟成」「宇多院河原左大臣没後修諷誦文　紀在昌」がある。今の東本願寺別邸、枳殻《きこく》邸《てい》渉成園が、その後身と伝えられる。『源氏物語』（夕顔）の「なにがしの院」のモデルになった。四　河原院では、藻塩《もしお》を焼く景を再現しようとして、潮を運ばせ、焼かせたという。この話は、『今昔物語』巻二十四、第四十六話に見え、また藤原顕昭（平安末鎌倉初頭の歌人・歌学者）の『古今集註』にも詳しい。

852　ご主人がお亡くなりになり、塩を焼く煙も絶えた塩釜は、本当にうらさびしく眺めわたされる。
豪奢《ごうしゃ》の跡であるがゆえに、寂寥《せきりょう》感もひとしおである。
◇まさで　いらっしゃらなくて。◇うらさびしくも　「塩釜の浦」と「うらさびし」とを掛けた。

五 藤原兼輔《かねすけ》（三九一参照）の父。六 右近中将として。七 まだ一戸を構えない貴族が、親の邸内に住んでいる場合の、その居住する区画。八 主語は作者御春有助。所用で出かけた帰途。なお、「まうで」は底本にはない。古写本によって補った。九「早く」は、以前、昔、の意。「侍りければ」は、そこに住んでお仕えしていたので。

853　亡きあの方の植えられた一群《ひとむら》の薄《すすき》が、今はもう、虫の音がいっぱいにすだく、野原のようになってしまった。
住む人が亡くなって手入れが行きとどかず、荒れ果ててしまった庭に無常を思う。

一〇 文徳《もんとく》天皇の第一皇子。貞観《じょうがん》十四年（八七二）七月出家、今の京都市北部の小野に隠棲《いんせい》され、不遇の生涯を送られた。一六一頁注八参照。一一 あなたの父上がご在世中に詠まれた歌を読みたいから、と依頼されたので。依頼者は惟喬親王。「父」は、紀有朋《きのありとも》。六六、一〇三九の作者。

852
君まさで　煙《けぶり》たえにし　塩釜《しほがま》の　うらさびしくも　見え渡るかな

五藤原利基朝臣《ふぢはらのとしもとのあそむ》の六右近《うこんの》中将にて住み侍《はべ》りける七曹司《ざうし》の、身罷りてのち、人も住まずなりにけるに、秋の夜更《ふ》けて、八ものよりまうで来《き》けるついでに見いれければ、もとありし前栽《せんざい》いとしげく荒れたりけるを見て、九早くそこに侍りければ、昔を思ひやりてよみける

御《み》春《はるの》有《あり》助《すけ》

853
きみが植ゑし　ひとむら薄《すすき》　虫の音《ね》の　しげき野辺とも　なりにけるかな

一〇惟喬親王《これたかのみこ》の「一一父の侍りけむ時によめり

けむ歌ども」と請《こ》ひければ、[一]書きて送りける奥[二]によみてかけりける

友　則

854 ことならば　言《こと》の葉《は》さへも　消えななむ　見れば涙の　滝まさりけり

題しらず　　よみ人しらず

855 なき人の　宿にかよはば　時鳥《ほととぎす》　かけて音《ね》にのみ　泣くと告げなむ

856 誰見よと　花咲けるらむ　白雲の　立つ野とはやく　なりにしものを

[三]式部卿親王《しきぶきやうのみこ》、[四]閑院《かんゐん》の五のみこに[五]住みわたりけるを、いくばくもあらで女のみ

一 主語は作者の友則。二 末尾に。

854 どうせのことなら、父が亡くなるのと一緒に、残した詠草まで消え失《う》せてほしゅうございました。いまこれを見ますと、滝のような悲しみの涙が、ますますあふれて参ります。

◇ことならば　同じ消えるならば、の意。八二参照。◇消えななむ　「ななむ」は、完了の助動詞「ぬ」の未然形に、希求の終助詞「なむ」が接したもの。

855 もし、時鳥よ、亡くなった私の親しい人の、冥《めい》途《ど》の住処《すみか》まで往き来するのなら、私はあなたのことを思い出して泣いてばかりいる、と告げておくれ。

時鳥が現世と冥途とを往復するという、『十王経』の考え方を踏まえる。

◇かけて　心にかけて、の意。

856 誰に見よと言うので、主《あるじ》の亡くなったこの家の花は咲いているのだろうか。ここはもはや、白雲が飛ぶだけの野辺となってしまったのに。

三 敦慶《あつよし》親王。宇多天皇皇子、醍醐《だいご》天皇と同母の弟。二品式部卿《にほんしきぶきやう》。三一二頁注一参照。四 閑院(七四〇、八三七に歌がある)の五番目の内親王。誰のことか不明。五「住みわたる」は、女の所へ通って、夫婦生活をすること。「わたる」は、それがある程度の期間存続することをいう

この身罷《みまか》りにける時に、かのみこの住みける帳[六]のかたびらの紐《ひも》に、文《ふみ》をゆひつけたりけるを取りて見れば、昔[七]の手にてこの歌をなむ書きつけたりける

857 かずかずに　我を忘れぬ　ものならば　山の霞《かすみ》を　あはれとは見よ

[八]男の、人の国にまかりける間《ま》に、女[九]、俄《には》かに病《やまひ》をして、いと弱くなりにける時、よみおきて身罷りにける

よみ人しらず

858 声をだに　聞かで別るる　魂《たま》よりも　なき床《とこ》に寝む　君ぞ悲しき

病にわづらひ侍《はべ》りける秋、心地《ここち》[一〇]の頼も

語。六「帳」は、この場合、寝所を囲うもの。「かたびら」は帳にかける布。七 生前の手跡で。

857 私の死後、私のことを忘れないで、あれこれ思い出していただけるようでしたら、山に立つ霞を、いとおしいと思って眺めて下さい。霞は、私が煙になって天に昇った、その名残りなのですから。

辞世の歌。以下、辞世歌が並ぶ。

◇かずかずに　七五参照。◇山の霞　霞を火葬の煙になぞらえた。雲や霞を火葬の煙になぞらえることは『萬葉集』にすでに見られ、土形娘子《ひじかたのおとめ》を泊瀬《はつせ》山に火葬した時の柿本人麿の歌に「こもりくの泊瀬の山の山の際《ま》にいさよふ雲は妹《いも》にかもあらむ」(四二八)、大伴家持《おおとものやかもち》の亡妻挽歌《ばんか》に「佐保山にたなびく霞見るごとに妹を思ひ出で泣かぬ日はなし」(四七三) などと歌われている。

八 夫が他国に下向している間に。九 都に残された妻。

858 私は、あなたの声さえも聞かずに死んでゆきますが、その悲しい私よりも、帰ってきて私のいない床で、ひとりおやすみになるあなたが、おいたわしくてなりません。

◇魂　死んでゆく自分の魂。『古今和歌六帖』には、第三句「我よりも」とあるが (三三四三)、「魂よりも」のほうに、死の床の凄絶《せいぜつ》な悲しみがより深くこもっている(なお、『古今和歌六帖』では、第五句「人ぞ悲しき」)。

一〇 余命もはかりがたい気がしたので。

しげなくおぼえければ、よみて人のもとにつかはしける　大《おほ》江《えの》千《ち》里《さと》

859 もみぢ葉を　風にまかせて　見るよりも　はかなきものは　命なりけり

一身《み》罷《まか》りなむとてよめる　藤《ふぢ》原《はらの》惟《これ》幹《もと》

860 露をなど　あだなるものと　おもひけむ　わが身も草に　おかぬばかりを

病《やまひ》して弱くなりにける時によめる　業《なり》平《ひらの》朝《あそ》臣《む》

861 つひにゆく　道とはかねて　聞きしかど　昨日今日《きのふけふ》とは　思はざりしを

二甲斐国《かひのくに》にあひ知りて侍《はべ》りける人訪《とぶら》はむ

859 風のまにまに所さだめず飛び散ってゆくもみじ葉を見るのは、はかないことであるが、それよりもっとはかないものは、人間の命である。

一 もうじきあの世へ行ってしまいそうだと感じて詠んだ歌、の意。

860 今まで、なぜ露をはかないものだと思っていたのだろう。わが身も、ただ草の葉に置かないというだけで、そのはかなさでは、露と少しも異ならないのに。

◇など　なぜ、どうして。◇おかぬばかりを　「を」は、逆接の意を含みつつ詠嘆的に言いさす終助詞。

861 最後には誰もみな行かなければならない道だとは前々から聞いていたが、わが身自身がそうなるのは、昨日今日というほど差し迫ったことだとは、思ってみもしなかったのに。

『伊勢物語』の最終百二十五段にも見え、在原業平の辞世の歌として物語が構成されている。

◇かねて　前もって、以前から。◇思はざりしを　「を」は八六〇参照。

二 甲斐の国（今の山梨県）の知人を訪問しようとし

て、出かけた途中で。三 命が今は終るという時になった、すなわち臨終が近くなったので。四 使いの者に託した歌。

862 甲斐の国への今度の旅は、ちょっとした仮りの往き交《か》いだと思ってやって来ましたが、今はもうこの世の最後、あの世へ旅立つ門出となってしまいました。
◇行き甲斐路《かひぢ》 「行き交《か》ひ路《ぢ》」と「甲斐路《かひぢ》」とを掛けた。

とて罷《まか》りける道中《みちなか》にて、俄《には》かに病をして三今《いま》いまとなりにければ、よみて「京にもてまかりて母に見せよ」と言ひて、四人につけ侍りける歌

在《あり》原《はらの》滋《しげ》春《はる》

862 かりそめの　行き甲斐路《かひぢ》とぞ　思ひ来《こ》し　今はかぎりの　門出《かどで》なりけり

古今和歌集　巻第十七

雑《ざふの》[一]歌《うた》　上

題しらず　　　よみ人しらず

863 わが上《うへ》に　露ぞおくなる　天《あま》の川　とわたる舟の　かいの雫《しづく》か

864 おもふどち　円居《まとゐ》せる夜《よ》は　唐錦《からにしき》　立たまく惜しき　ものにぞありける

一「雑歌」の概念について、仮名序に「春夏秋冬にも入《い》らぬくさぐさの歌」とある。四季、その他の分類基準にあてはまらない種々の歌を集めた部。『萬葉集』にも「雑歌」の部立《ぶだて》があるが、収録する歌の範囲が『古今集』よりも広い。

863　私の上に、何やら露がおいている。それは、天の川を渡る舟の櫂《かい》が散らした、雫なのだろうか。

七夕《たなばた》の歌。七夕伝説を直接に歌ったものは「秋歌上」に収められている(一七三〜八三)。『萬葉集』に、類想歌「此の夕へ降りくる雨は彦星の早こぐ舟の櫂の散りかも」(二〇五二)がある。『伊勢物語』五十九段では、七夕と関係のない物語の中に採られている。

◇おくなる　「なる」は婉曲《えんきょく》の助動詞「なり」の連体形。どうも露がおいているみたいだ、の意。◇と　海や川の狭くなった所。「みなと」「せと」などの「と」と同じ。三二、六四八参照。

864　気の合う同志が膝《ひざ》ちかづけて酒をくみかわす今夜は、むざむざ唐錦を裁つことなどできぬように、座を立って帰るのが何とも惜しくてたまらない。

◇おもふどち　仲のよい者同志。◇円居　車座のこと。◇唐錦　中国から舶来の高級な織物。裁つのがこわいところから、第四句「立たまく惜しき」を導く枕《まくら》詞《ことば》として働く。◇立たまく　「立たむこと」の意。

865　このうれしさを、何に包めばよいのだろうか。袂をもっと大きめに裁ってくれ、と言っておく

865 嬉《うれ》しきを　なにに包まむ　唐衣《からころも》　袂《たもと》ゆたかに　裁《た》てと言はましを

866 かぎりなき　君がためにと　折る花は　ときしも分かぬ　ものにぞありける

ある人のいはく、この歌は、二前太政大臣《さきのおほきおほいまうちぎみ》のなり。

867 むらさきの　一本《ひともと》ゆゑに　武蔵野《むさしの》の　草はみながら　あはれとぞ見る

三妻《め》のおとうとをもて侍《はべ》りける人に、袍《うへのきぬ》を贈るとて、よみてやりける

業《なり》平《ひらの》朝臣《あそむ》

868 むらさきの　色濃《こ》きときは　目もはるに　野なる草木ぞ　わかれざりける

のだった。

包みきれぬ喜びの大きさ。前歌同様、親友交歓の喜びと解される。

866 限りない長寿を保っていらっしゃるあなたをお祝い申し上げようと折りとってきた花は、このとおり季節の分ちなく咲く花です。

長寿を祝う歌。『伊勢物語』九十八段にも見える。

◇ときしも分かぬ　季節を区別せずに咲く、の意。造花をめでたく言いなした。

二 不明。『伊勢物語』では、藤原良房《よしふさ》である。

867 一本の美しい紫草《むらさき》がある、ただそれだけのことで、武蔵野の草すべてがいとおしく思われる。

紫草を女性にたとえる例は『萬葉集』にも多く、これも女性の比喩《ひゆ》と解して、恋人の縁続きの者皆がなつかしく思われる、の意と解される。次歌も同様。

◇みながら　「皆ながら」の意。

三 「妻のおとうと」は、妻の妹。「もて侍りける人」は、妻としている人。すなわち、妻の妹の夫。

868 紫草は、干せばひときわ鮮やかな染料になるものですが、いきいきと立ちさかえている時には、見はるかす限りの野の草木と、いっこう区別がありません。

妻だけというのではなく、私には、妻の縁につながるみんなが、隔てなく大切に思われる、の意。『伊勢物語』四十一段にも見え、「武蔵野の心なるべし」と注がつけられている。

一大納言藤原国経朝臣《ふぢはらのくにつねのあそむ》、二宰相より三中納言になりける時に、染《そ》めぬ四袍《うへのきぬ》の綾《あや》を贈るとてよめる　　近院右大臣《こんゐんのみぎのおほいまうちぎみ》

869
色なしと　人や見るらむ　昔より　ふかき心に　染めてしものを

石上並松《いそのかみのなむまつ》が五宮仕へもせで、六石上《いそのかみ》といふ所にこもり侍《はべ》りけるを、俄《には》かに七冠《かうぶり》賜はれりければ、悦《よろこ》び言ひつかはすとてよみてつかはしける　　布《ふ》留《るの》今《いま》道《みち》

870
日の光　藪《やぶ》し分《わ》かねば　いそのかみ　古《ふ》りにし里に　花も咲きけり

一 六三八に歌がある。大納言は正三位相当。二「宰相」は参議の唐名。正四位下相当。三 従三位相当。四 袍（束帯用の上衣）にする材料の綾絹。

869 染めてない絹を贈るのでは、風情《ふぜい》がないと思われるでしょうか。実はこの絹は、昔からあなたのことを思っている、深い心で染められているのです。

昇任を祝った歌。

◇ふかき心に　底本「ふかき心は」。古写本によって改訂。

五 宮仕えもしないで。六 今の天理市内。一四参照。七 五位に叙されたことを言う。『三代実録』仁和二年（八八六）正月七日の条に、従七位上、石上朝臣並松に、従五位下を授けたと見える。その時の祝い歌。

870 日の光は、たとえ藪でも分けへだてなく照らします。帝の恩寵《おんちょう》もあまねく行きわたっていますから、石上という古い土地にも花が咲いたように、あなたも晴れて、官途につかれましたね。

◇日の光　帝の恩寵の比喩《ひゆ》。◇いそのかみ　「古りにし里」にかかる。一四参照。相手の並松がわび住いする土地の名を、枕詞としてたくみに詠《よ》みこんだ。

八 二八頁注一参照。九 まだ「東宮の御息所」とお呼びしていた時に。「東宮の御息所」は、皇太子を産み奉った妃、の意。一〇 大原野神社のこと。京都市西京区大原野、西山山麓《さんろく》にある。嘉祥《かしょう》三年（八五〇）、藤原冬嗣《ふゆつぐ》が春日《かすが》明神を勧請《かんじょう》して大原野神社とした。歴

代、后妃、貴紳の参詣が多い。『源氏物語』（行幸《みゆき》）にも華やかな描写がある。

871　大原野の小塩山も、今日の盛儀に接して、神代の昔の出来事を思い出すことであろう。

『伊勢物語』七十六段、『大和物語』百六十一段にも見える。

◇小塩の山　大原野神社の西方の峰。◇神代のこと　二条の后の祖神、天児屋根命《あめのこやねのみこと》（大原野神社の祭神）の活躍された頃のことを特に指している。

一一「五節の舞」は、新嘗祭《しんじようさい》、大嘗祭《だいじようさい》にあたって行われた少女楽の公事《くじ》。十一月の中の丑《うし》・寅《とら》・卯《う》・辰《たつ》の四日間、行われた。新嘗の時は舞姫四人、大嘗には五人。

872　天の風よ、雲の往来《ゆきき》する道を吹き閉じてくれ。美しく舞う天女たちを、しばらくでも、ここにとどめておこう。

百人一首にも採られている。

◇をとめのすがた　舞姫を、やがて天へ帰ってゆく天女に見立てて歌っている。

一二 五節の舞の翌朝。一三 五節の舞姫がつけていた簪《かんざし》の飾り玉。一四 尋ねて。

873　とりわけ美しい娘子《むすめご》であろうが、お前の持主は誰なんだと尋ねても、白玉は知らぬ顔を決めこんで、いっこうに答えてくれない。そんなら夕べの舞姫たちを、ひとしなみにいとしいものと思っておこうか。

◇問へどしら玉　「しら玉」に「知らず」を掛ける。

八二条后《にでうのきさき》の、まだ九東宮《とうぐう》の御息所《みやすむどころ》と申しける時に、一〇大原野《おほはらの》に詣《まう》で給ひける日よめる

業平朝臣

871 大原や　小塩《をしほ》の山も　今日《けふ》こそは　神代のことも　おもひ出《い》づらめ

一一五節《ごせち》の舞姫《まひめ》を見てよめる

良岑宗貞《よしみねのむねさだ》

872 天《あま》つ風　雲の通《かよ》ひ路《ぢ》　吹きとぢよ　をとめのすがた　しばし止《とど》めむ

一二五節のあしたに、一三簪《かむざし》の玉の落ちたりけるを見て、誰《た》がならむと一四とぶらひてよめる

河原左大臣《かはらのひだりのおほいまうちぎみ》

873 ぬしや誰《たれ》　問《と》へどしら玉　言はなくに　さらばなべてや

あはれと思はむ

[一]寛平御時《くわんぴやうのおほんとき》に、[二]殿上《うへ》のさぶらひに侍《はべ》りける男《をのこ》ども、瓶《かめ》を[三]持たせて、[四]后宮《きさいのみや》の御かたに、[五]「大御酒《おほみき》のおろし」と聞えに奉りたりけるを、[六]蔵人《くらうど》ども笑ひて、瓶を[七]御前《おまへ》にもて出でて、[八]ともかくも言はずなりにければ、使ひの帰り来て、[九]「さなむありつる」と言ひければ、[一〇]蔵《くら》人《うど》の中に贈りける

敏行朝臣《としゆきのあそむ》

874 玉だれの　小瓶《こがめ》やいづら　こよろぎの　磯の波わけ　沖に出《い》でにけり

女どもの見て笑ひければよめる

兼芸法師《けんげいほふし》

一「寛平」は、宇多・醍醐《だいご》天皇朝の年号。八八九～九八年。ここは宇多朝。二 宮中清涼殿の、殿上の間《てんじよう》に伺候《しこう》する殿上人たち。作者敏行もそのうちの一人。三 使いの者に。四 宇多天皇の御生母、班子女王。五 皇太后様御用の御酒のおさがりを頂戴《ちようだい》したい、と、申し上げに遣わしたところ。六 后宮側近の女蔵人《にようくろうど》。七 后宮の御前。八 女蔵人は笑ってしまって、返事ができなかったのである。九 かくかくしかじかでした。一〇 これも女蔵人。

874 小瓶はどこへ行ったのでしょう。小亀がこよろぎの磯の波を分けて、沖の方へ出てゆくように、奥の方へ行っているのにちがいありません。

小瓶を小亀にとりなし、どこやら手の届かぬ所へ行ってしまった、と洒落《しやれ》っ気たっぷりに抗議した。◇玉だれの 「小瓶」の枕詞。元来は「玉だれの緒」から「を」にかかるのが普通であるが、ここでは「小《こ》」にかけた。風俗歌には「玉だれの小瓶《をかめ》」の例がある。◇いづら 所在を尋ねる語。◇こよろぎの磯 今の小田原市国府津《こうづ》から大磯にかけての海岸。「相模《さがみ》歌」(一〇九四)、および風俗歌にも歌われ、『萬葉集』には「相模道《さがむぢ》のよろぎの浜の」(三三七二)と言う。『和名抄』に相模国余綾郡「余綾与呂木」とある。◇沖 后宮の御前をたとえる。

875 身なりこそ出家姿で、奥山に隠れた朽木のような私ですが、心は、花を咲かせようとすれば、咲かせられるのですよ。

875 かたちこそ　み山がくれの　朽木《くちき》なれ　心は花に　なさば なりなむ

方違《かたたが》へ一一 に人一二の家にまかれりける時に、あるじの衣《きぬ》を着せたりけるを、あした一三に返すとてよみける　紀《きの》友《とも》則《のり》

876 蟬《せみ》の羽《は》の　夜《よる》の衣は　うすけれど　うつり香《が》濃くも　匂ひぬるかな

題しらず　よみ人しらず

877 おそく出《い》づる　月にもあるかな　あしひきの　山のあなたも　惜しむべらなり

878 わが心　慰めかねつ　更級《さらしな》や　姨捨山《をばすてやま》に　照る月を見て

一一 陰陽道《おんみようどう》の用語。自分の行く方向に天一神《なかがみ》がいる場合は、その方角が塞がっていると考えて一旦別の所へ泊り、方向を変えて出発した。古代の習俗。一二 方違えのために出向いて泊った知人の家。一三 翌朝。

876 蟬の羽のように、お借りした衣は薄うございましたが、焚《た》きしめられたゆかしい香りが、まことに芳《かんば》しく残っていました。

質素な暮し向きに反して濃《こま》やかな心を持った主人を、感謝しつつ讃《たた》えた。

◇蟬の羽の　「うすけれど」にかかる枕詞。◇うつり香　物に移り残っている香り。

877 たいそう遅く出る月だな。こちらは待ちくたびれてしまったが、それというのも山の向う側の人が、月の隠れるのを惜しんでいるからであろう。

◇あしひきの　「山」の枕詞。◇べらなり　二三参照。

878 悲しみにうち沈む心は、どうしても慰めることができなかった。更級の姨捨山に照る、ひときわ冴《さ》えた月を見ていると……。

『大和物語』百五十六段にも見え、更級に住む男が親代りの姨を山に捨てたが、折からの明月に後悔甚だしく、翌朝連れ帰ったという棄老伝説とともに、男の述懐歌として記されている。しかし、この歌と棄老伝説との結びつきは必ずしもはっきりしない。自然を詠んだ歌としても充分に成り立つ。

◇姨捨山　長野県戸倉町と上山田町の境にあり、古来この地方を更級という。

業平朝臣

879 おほかたは　月をも賞《め》でじ　これぞこの　つもれば人の
老いとなるもの

月おもしろしとて、一凡河内躬恒《おほしかふちのみつね》がまう
で来たりけるによめる　紀《きの》　貫《つら》　之《ゆき》

880 かつ見れど　うとくもあるかな　月影の　いたらぬ里も
あらじと思へば

池に月の見えけるをよめる

881 ふたつなき　ものとおもひしを　水底《みなそこ》に　山の端《は》ならで
出《い》づる月影

879 まあ、たいがいの折には、月を賞《め》でるなどということはしないにかぎる。この月こそは、何度も眺めているうちにだんだん積って、人間の老いにつながるものだから。

毎月、あるいは毎年、月を賞美しているうちに時間は確実に推移して、人間は老いへと近づく。同時に、月はもの思いにふけらせるもの（一九三参照）。身体ばかりか、心まで生気を失ってゆくのである。『伊勢物語』八十八段にも見える。

◇これぞこの　これこそまさに。

一『古今集』撰者の一人。同じ撰者である作者貫之には、特に親しい友人。

880 月を賞でながらも、どうも私にはうとましく感じられる。月はここだけを選んで照らしているのではなく、どんな所でも美しく照らしているのだから。

よく考えてみれば、あなたは、どこもかしこも訪れている、この自分を特に選んだわけではない。そう思うと、一方でうとましくも思われる、の意が裏にある。皮肉っぽく言い掛けることで親愛の情を表し、躬恒の来訪を歓迎した歌。

◇かつ　一方では。

881 まさか二つはないものだと思っていたが、いまこの池の水底に、山の端からではなくて見事な月が昇ってきた。

池に映った月の美しさを詠じた歌。

題しらず　　　よみ人しらず

882 天《あま》の川　雲の水脈《みを》にて　はやければ　光とどめず　月ぞ流るる

883 飽《あ》かずして　月の隠るる　山もとは　あなたおもてぞ　恋しかりける

[二]惟喬親王《これたかのみこ》の、狩しける供にまかりて、[三]やどりに帰りて、夜《よ》ひとよ酒を飲み[四]物語をしけるに、十一日の月もかくれなむとしける折に、親王《みこ》酔《ゑ》ひて[五]うちへ入《い》りなむとしければ、よみ侍《はべ》りける　　業平朝臣

884 飽かなくに　まだきも月の　かくるるか　山の端《は》にげて　入れずもあらなむ

882 天の川は、雲が流れて、めっぽう速い。だから、いつまでも輝いていてほしいのに、月は流されてたちまち没してしまう。◇水脈　川や海で、水が流れる道筋。

883 充分堪能《たんのう》もしないうちに、はやばやと月が没してしまう山のふもとにいると、山の向う側におれば、続いて月を眺められるのに、の意。◇山もと　山のふもとは、月が山に隠れて見えなくなる時刻が、平野部より早い。◇あなたおもて　向うがわの山面。

二 一六一頁注八参照。三 宿。四 世間話。五 寝所。

884 充分堪能していないのに、もう月は西の山に入ってしまう、早すぎるではないか。山の端よ、逃げて、月を入れないようにしておくれ。折からの景色をとらえ、親王を月になぞらえて、まだ充分歓を尽していないのだから、お入りになるのは早すぎます、と引き留めた歌。『伊勢物語』八十二段にも見える。◇飽かなくに　飽きもしないのに。◇まだきも　早くも。「も」は、第三句「かくるるか」の「か」と呼応して、詠嘆の意を表す。◇入れずもあらなむ　「なむ」は希求の終助詞。

一田村帝《たむらのみかど》の御時に、二斎院《さいゐん》に侍《はべ》りける
三慧子内親王《あきらけいこのみこ》を、四母過《あやま》ちありといひて、
斎院を替へられむとしけるを、五その事
やみにければよめる
尼《あま》　敬《きやう》　信《しん》

885 おほ空を　照りゆく月し　きよければ　雲かくせども　光
消《け》なくに

題しらず
よみ人しらず

886 石《いそ》の上《かみ》　ふるから小野の　本柏《もとかしは》　もとの心は　わすられな
くに

887 いにしへの　野中の清水《しみづ》　ぬるけれど　もとの心を　知る
人ぞ汲む

一 文徳天皇《もんとく》。三一五頁注五参照。二 賀茂神社に奉仕する未婚の内親王、あるいは女王。天皇即位ごとに卜定《ぼくじやう》された。三 文徳天皇皇女。四 母に過失があったという理由で。五 母の無実が判明したためである。

885 大空を照らす月は、まことに清く明るいものですから、一時《いつとき》、雲が隠すことがありましても、けっしてその光は消え果てはいたしません。あなたさまも、何事にも災いされぬ、きよらかなお育ちのお方でいらっしゃいます。

◇消なくに 「消《け》」は終止形「消《く》」。消える意。「なくに」は詠嘆的否定。

886 冬枯れで幹だけ残った野原の本柏、その元の、あなたのやさしいお心が忘れられないのです。

◇石《いそ》の上《かみ》 枕詞。地名「布留《ふる》」を連想させつつ、「古《ふる》」を導く。一四参照。◇ふるから小野 「古幹小野《ふるからをの》」。冬枯れで、幹だけが残った草木がたくさん生えている野、の意。◇本柏 葉が落ちて幹だけ残った柏。第三句まで序詞《じよことば》。同音で第四句「もと」を起す。

887 昔は冷たくてよい水が出た野中の清水も、古くなって今はぬるい水になったけれど、昔のことを覚えている人は、いつまでも汲《く》みにくる。今は衰えたこの身だが、昔の盛りを知っていてくれる人は、やはり訪ねてきてくれる、の意を寓している。

◇野中の清水 諸説あるが、文字どおり、野中にある清水の意の普通名詞である。

888　賤《いや》しいものにも、身分の高いものにも、盛りというものは、かならず一度はあったはずだ。
身分賤しく老齢だと言って、あなどり給うな、の意。◇いにしへの倭文《しづ》のをだまき　第二句まで序詞。「いにしへの倭文」は、昔ながらの本土産出の織物。「をだまき」は、機織《はたおり》の道具の一つで、つむいだ糸を巻きとる。舶来の絹・綾《あや》に比べて、質素な実生活に属するものであるところから、第三句「賤しき」を起す。

889　今はしわくちゃじじいの私だが、昔は男山の坂行くほどに、男盛りの栄えゆく時もあったのだ。
◇をとこ山　九四頁注一参照。「坂行く」に「栄えゆく」意を連想させて第四句を起す枕詞。同時に、「荘夫《をとこ》」の意をひびかせている。

890　世の中で、古びて使いものにならなくなってゆくものは、津の国の長柄橋と、この私とだ。
◇長柄の橋　八二六参照。

891　笹の葉に降り積る雪、その葉先の重さに堪えかねて、ずっしり根元までおしひしがれる。わが身の盛りもおんなじよ。
◇末《うれ》を重み　末が重いので。◇本くたちゆく　「本」まで序詞。笹が傾きぺしゃんこになる意と、人生が下り坂に向う意を掛けて、「くたちゆく」を起す。

892　大荒木の森の下草は、成長しすぎてしまったから、馬も寄りつかないし、刈る人もいない。
闌《た》けすぎた草に寄せる老いの嘆き。
◇大荒木の森　諸説あるが不詳。◇すさめず　「すさ

888
いにしへの　倭文《しづ》のをだまき　賤《いや》しきも　よきも盛《さか》りは
ありしものなり

889
今こそあれ　われも昔は　をとこ山　さかゆく時も　あり
来《こ》しものを

890
世の中に　古《ふ》りぬるものは　津《つ》の国《くに》の　長柄《ながら》の橋と　われ
となりけり

891
笹《ささ》の葉に　降りつむ雪の　末《うれ》を重み　本《もと》くたちゆく　わが
盛りはも

892
大荒木《おほあらき》の　森の下草　老いぬれば　駒《こま》もすさめず　刈《か》る人

む」は、親しく愛《め》でる。五〇参照。
一『萬葉集』にも「桜麻の苧原《をふ》の下草」（三六八七）があるが不詳。
893　「疾《と》し」というくらいで、停ることのないのが年だ。数えてみると、今年はまたいっそう老いてしまった。
◇数ふれば　「いたく老いぞしにける」にかかる。◇とし　「年」「疾《と》し」（速い）両意をひびかせる。◇今年《いい》はいたく　第三句で用いた「とし」の語を、「ことし」と反覆することによって諧調を狙《ねら》っている。
894　難波津で焼く塩が辛《から》いように、まことにつらいことに自分は年老いてしまった。
◇おしてるや　「難波」の枕詞。◇難波の三津　六〇四、六四九参照。◇焼く塩の　第三句まで序詞。塩が辛い意の「からし」を、「つらい」の意の「からし」に転じて第四句を起す。
二　初二句の異伝。「大伴」は、三津あたりの古名。
895　老いが来るとわかっていたなら、門を閉ざして「留守だ」と答え、会わずにいたであろうのに。
実際は迎え入れてしまったのが悲しい、の意。「老い」を擬人的に表現している。
◇老いらく　三四九参照。◇あはざらましを　第二句と呼応し、「…せば…まし」で、反事実の仮想を表す。「を」は詠嘆を表す。
三　以上八九三～五の三首は、昔いた三人の老人が詠んだ歌だという伝えがある、の意。

もなし
　　または、さくらあさの　をふの下草　おいぬれば。

893　数ふれば　停《とま》らぬものを　としといひて　今年はいたく
老いぞしにける

894　おしてるや　難波《なには》の三津《みつ》に　焼く塩の　からくもわれは
老いにけるかな
　　または、大伴《おほとも》の　三津《みつ》の浜辺に。

895　老いらくの　来《こ》むと知りせば　門《かど》さして　なしと答《こた》へて
あはざらましを
　　この三つの歌は、昔ありける三人《みたり》の翁《おきな》のよめるとな
む。

896 さかさまに　年もゆかなむ　取りもあへず　過ぐる齢《よはひ》や
ともにかへると

897 とりとむる　ものにしあらねば　年月《としつき》を　あはれあな憂《う》
と　過ぐしつるかな

898 とどめあへず　むべも年とは　言はれけり　しかもつれな
く　過ぐる齢《よはひ》か

899 鏡山《かがみやま》　いざ立ち寄りて　見てゆかむ　年へぬる身は　老い
やしぬると

この歌は、ある人のいはく、大伴黒主《おほとものくろぬし》がなり。

896 さかさまに年月が流れてほしいものだ。つかまえるにいとまもないまま過ぎ去ってしまった私の年齢《とし》が、それとともに戻ってくるように。
◇取りもあへず　手に取ることもできず、の意。

897 手にとって停めることのできるものではないから、今まで生きてきた年月は、つまらないことに一喜一憂するだけで、うかうか過してしまった。
◇あはれあな憂　「あはれ」は、ああ楽しい。「あな憂」は、ああつらい、の意。ともに感動の言葉。

898 何としても留《とど》めることができない。年を「疾《と》し」とは、なるほどうまく言ったものだ。そのとおりそ知らぬ顔で、私の年齢《とし》は過ぎてゆく。
◇むべ　副詞。肯定する意に言う。二四九参照。◇しかも　そのように。「も」は第五句の「か」と呼応して詠嘆を表す。◇つれなく　無情に。年齢が、作者の思惑など一切無視して、やってきては過ぎ去る様子。

899 鏡山に、さあ、立ち寄って見てゆこう。ずいぶん長く生きてきたわが身は、老い朽ちてしまったかどうか…。
◇鏡山　滋賀県蒲生《がもう》郡竜王町鏡。北に、古代の東国路の宿駅鏡宿《かがみのしゅく》がある。鏡山という名の山は山城《やましろ》(京都府南部)、豊前《ぶぜん》(福岡県東部)、肥前(九州西北の半島部)にもあるが、この歌の場合、左注に作者を大伴黒主とする伝えを記しており、黒主は近江《おうみ》(滋賀県)の出身と考えられるから(『大和物語』百七十二段)、近江の鏡山ととるのが妥当。

業平朝臣《なりひらのあそん》の母の内親王《みこ》[一]、長岡[二]に住み
待《はべ》りける時に、業平、宮仕へすとて、
[三]時々もえまかり訪《とぶら》はず侍りければ、師《し》
走《はす》ばかりに母の内親王のもとより、頓《とみ》[四]
の事とて文《ふみ》をもてまうで来たり。あ
けて見れば、言葉はなくてありける
歌

900 老いぬれば　さらぬ別れの　ありといへば　いよいよ見まく　ほしき君かな

返し　業平朝臣

901 世の中に　さらぬ別れの　なくもがな　千代もとなげく人の子のため

一 伊登《いと》内親王。桓武《かんむ》天皇皇女。貞観《じょうがん》三年（八六一）没。二 京都府長岡京市。桓武天皇の延暦三年（七八四）から同十三年まで、都があった。『伊勢物語』五十八段にも、長岡の話が見える。三 たまにでも母を訪ねる余裕がなかったので。四 緊急の用件。

900 人の世の常として、年をとれば、いやおうなしに永久の別れが来ると言います。それにつけ、このごろますます、あなたに逢いたくてなりません。◇さらぬ別れ　避けられない別れ。死別のこと。◇見まく「見むこと」の意。七五三参照。

901 世の中に、どうにも避けられない別れなどなければよいと思います。母上に千年も長生きしてほしいとひたすら祈っている私のために。前歌に答えたもの。この贈答は『伊勢物語』八十四段にも見える。◇なくもがな「もがな」は助詞。上にある内容が話し手の希望の対象であることを示す。◇なげく　嘆願する意。◇人の子　子のこと。親に対して言う。

五 宇多天皇の寛平末年に催された歌合。三〇頁注一参照。

902 私の頭は、あの、白雪が幾重にも降り敷いたかえる山だ。幾返りも幾返りも年月を経て、老い

さらばえてしまった。

作者の棟梁は当時まださほどの年齢ではないので、『正義』は比喩《ひゆ》を用いた叙景歌と考えたが、この前後の歌はいずれも老いの嘆きであるから、虚構ないし誇張を伴う述懐歌ととるのが適切。
◇かへる山　福井県南条郡今庄《いまじょう》町鹿蒜《かひる》にある山。三七〇参照。第三句まで序詞。同音で「かへるがへるも」を起す。同時に、白雪の積った山容を、白髪頭にとりなしている。◇かへるがへるも…　老いたうえにさらに老いが重なることを言う。
六 宮中清涼殿の殿上《てんじょう》の間で、殿上人たちに。七 詩歌管絃の遊び。「大御」がつくのは、主催者が天皇であるゆえ。

903　年をとったといって、なぜ自分自身を責めさいなんだりしたのでありましょう。年をとらなかったら、今日のような栄《は》えある機会にめぐり会うことなど、かなわぬことでございました。
今日の御遊は本当にすばらしい、の意。
◇あはましものか　会えようものか。反語である。

904　宇治の橋守よ、お前を、とりわけ哀れと思う。私がお前を知ってからでも、ずいぶん年がたっている。もう、ひどく年老いたであろうから。
自分も老い、橋守も老いた。相身互いの感慨。
◇ちはやぶる　「宇治」の枕詞。◇宇治の橋守　宇治橋は八三五参照。橋守がいたことは「天武紀」に見える。
◇汝をしぞ　「し」「ぞ」ともに強意の助詞。

五 寛平御時《くわんぴやうのおほんとき》の后宮《きさいのみや》の歌合《うたあはせ》の歌　　在《あり》原《はらの》棟《むね》梁《やな》

902 白雪の　八重《やへ》降りしける　かへる山　かへるがへるも　老いにけるかな

おなじ御時、殿上《うへ》六のさぶらひにて男《をのこ》どもに大御《おほみ》酒《き》賜ひて、七大御遊《おほみあそび》ありけるついでにつかうまつれる　　敏行朝臣

903 老いぬとて　などかわが身を　せめぎけむ　老いずは今日《けふ》に　あはましものか

題しらず　　よみ人しらず

904 ちはやぶる　宇《う》治《ぢ》の橋守　汝《なれ》をしぞ　あはれとはおもふ　年の経《へ》ぬれば

905 われ見ても　久しくなりぬ　住《すみ》の江《え》の　岸の姫松　いく世
経《へ》ぬらむ

906 住吉《すみよし》の　岸の姫松　人ならば　いく世か経《へ》しと　問はまし
ものを

907 あづさ弓　磯辺《いそべ》の小松　誰《た》が世にか　万代《よろづよ》かねて　たねを
播《ま》きけむ

この歌は、ある人のいはく、柿本人麿《かきのもとのひとまろ》がなり。

908 かくしつつ　世をや尽くさむ　高砂《たかさご》の　尾《を》の上《へ》にたてる
松ならなくに

藤《ふぢ》原《はらの》興《おき》風《かぜ》

905　私が初めて見てからでも、ずいぶん久しく年がたった。いったい、あの住の江の岸の姫松は、いかほどの星霜を堪えぬいてきたのであろうか。

◇住の江　三六〇、および七七八、七七九参照。◇姫松　背の低い松に対する愛称。古木でありながら、いつまでも「姫松」であることに興味を覚えたのである。

906　住吉の岸の姫松よ、お前がもし口のきける人であったならば、いったいいくつになったのか、問うてみたいものだね。

◇住吉の岸の姫松　前歌参照。「すみよし」と言う時は郡名か郷名。「すみのえ」と言う時は入江を指す。

907　磯辺にある小松は、いったい誰がいつの世に、万世の寿を保てと祈って、種を蒔《ま》いたのであろうか。

◇あづさ弓　「磯辺」の枕詞。「射《い》」の縁で「磯辺」の「い」に続く。◇小松　背丈の高くならぬ松。「姫松」とも言う。九〇五、九〇六参照。◇万代かねて　「かぬ」は、将来を予祝する意。松の繁栄について言う。

908　自分も年老いてしまったが、このまま気持を張って世を終えることにしよう。高砂の尾根の上の松ではないけれども。

いたずらに年を経た高砂の松でもないのに、自分も無為に老い果てるのか、とする解があるが、仮名序に「高砂、住の江の松も、相生《あひおひ》のやうにおぼえ」と肯定的に言及されており、松を無用の長物とする解は不成立。

◇高砂　仮名序で住の江と対にされているので、固有名詞。今の兵庫県高砂市で、古来、播磨《はりま》の国の重要な港。高砂神社にある相生の松は有名。二一八参照。

909 老残のこの身は、いったい誰を友にしたらよいのであろうか。友とできるのはあの高砂の松くらいのものだが、しょせん昔からの友だというわけにゆかないのに。

百人一首に採られている。

910 大海の潮流が出会う沖に浮んでいる泡は、消えはせぬものの、寄りつく岸とてない。私も命の消えがたになって、頼りに思う寄る辺がない。

911 海の神が頭の飾りにしている白い波で、結《ゆ》いめぐらしたように見える、あの淡路島は。

◇插頭　頭の飾り、髪簪《かんざし》。

912 大海原《おおうなばら》から寄せては返す波のように、何度でも繰り返し見たいものだ、この玉津島の美しい景色は。

◇寄せくる波の　初二句は、「しばしばも」を起す序詞。◇見まく　九〇〇参照。◇玉津島　和歌山市和歌浦、玉津島神社付近の山。このあたりの丘陵は、当時は島であった。『萬葉集』「玉津島見れども飽かずいかにしてつつみ持ちいなむ見ぬ人のため」(一二二二)。

913 難波潟に潮が満ちてきたらしい。田蓑の島をめざして、鶴が鳴きながら飛んでゆく。

◇雨ごろも　「田蓑」の枕詞。◇田蓑の島　大阪市西淀川区佃町にある田蓑神社(『住吉大社神代記』に記す古社)のこと。九一八参照。

909 誰《たれ》をかも　知る人にせむ　高砂《たかさご》の　松もむかしの　友ならなくに

よみ人しらず

910 わたつ海《み》の　沖つ潮会《しほあひ》に　浮ぶ泡《あわ》の　消えぬものから　寄るかたもなし

911 わたつ海の　插頭《かざし》にさせる　白妙《しろたへ》の　波もてゆへる　淡路《あはぢ》島山

912 わたの原　寄せくる波の　しばしばも　見まくの欲《ほ》しき　玉津島《たまつしま》かも

913 難波潟《なにはがた》　潮満《み》ちくらし　雨《あま》ごろも　田蓑《たみの》の島に　鶴《たづ》鳴きわ

一 今の大阪府南部。貫之が和泉の国にいた理由は不明。

914 私はあなたのことを心に置いて思い続け、興津の浜で鳴く鶴《たず》ではありませんが、今こうして訪《たず》ねてきてはじめて、あなたがつつがなくいらっしゃるということだけ、やっとわかりました。

相手の無沙汰をとがめた歌。親愛の情がこもる皮肉。◇興津の浜に鳴く鶴の　序詞。「鶴《たづ》の」の同音で第四句の「たづね」を起す。第一句に対しては、「興津《おきつ》」に「思ひ置きつ」を言い掛けている。興津の浜は、今の泉大津市の海岸。◇ありとだに聞く　生きているとだけ聞いた、の意。

915 有名な高師の浜の松のように、その「待つ」という心で、私はずっとあなたを待ち続けていたのですが…。

前歌と同じく和泉の国内の地名、高師浜を詠みこんで、忠房の皮肉に応じた。◇沖つ波　沖の波が高いところから「高師の浜」にかかる枕詞。◇高師の浜　堺市南部浜寺から高石市へかけての海岸。今も「高師浜」の名を残す。◇浜松の名　「松」という名を「待つ」に通わせている。

916 難波にやってきてみると、ここは大変よい所だ。名産の玉藻を初めて刈る、そのかりそめの漁師となって、私は長居をしてしまいそうだ。

◇玉藻　「玉」は美称で、美しい藻の意。難波の名物。第二句まで序詞。玉藻を「刈り初《そ》め」るに「仮りそ

たる

貫之《つらゆき》が和泉国《いづみのくに》に侍《はべ》りける時、大和《やまと》より越えまうで来て、よみてつかはしける　　藤《ふぢ》原《はらの》忠《ただ》房《ふさ》

914 君を思ひ　興津《おきつ》の浜に　鳴く鶴《たづ》の　たづね来《く》ればぞ　ありとだに聞く

返し　　貫之

915 沖つ波　高師《たかし》の浜の　浜松の　名にこそ君を　待ちわたりつれ

難波《なには》にまかれりける時によめる

916 なには潟　生《お》ふる玉藻《たまも》を　かりそめの　海人《あま》とぞわれは　なりぬべらなる

[二]あひ知れりける人の[三]住吉《すみよし》に詣《まう》でける
に、よみてつかはしける　　壬《み》生《ぶの》忠《ただ》岑《みね》

917 住吉と　海人は告ぐとも　長居《ながゐ》すな　人忘れ草　生ふといふなり

難波へまかりける時、田蓑《たみの》の島《しま》にて雨
にあひてよめる　　貫　之

918 雨により　田蓑の島を　今日《けふ》ゆけば　名には隠れぬ　ものにぞありける

[四]法皇、[五]西川におはしましたりける日、
「鶴《つる》、洲《す》にたてり」といふことを題に
て、よませ給ひける

め」（ここは俄《にわ》か仕込みの意）を掛けて起す。

二 歌の内容から、恋人のことと思われる。三 住吉大社に参詣した時に。住吉大社の参詣は『源氏物語』（澪標《みおつくし》）、『栄華物語』などに詳しい描写がある。

917 「住吉は住みよい所です」と漁師が言っても、決して長居をしてはいけません。そこには、愛する人をさえ忘れるという、忘れ草が生えていると言いますから。

住吉の「人忘れ草」を詠んだ歌としては最初の作。一一一一にもある。『萬葉集』では「暇《いとま》あらば拾ひに行かむ住吉の岸に寄るといふ恋忘れ貝」（一一四七）がある。◇住吉と　地名の住吉を「住みよい」という意にとりなした。

918 雨に降られ、すがる思いで今日は田蓑の島へ渡ったが、そんな「蓑」という名前くらいでは、雨をしのげるものではなかった。

◇雨により　雨のために。◇田蓑の島　九一三参照。「祓《はらえ》」の場所でもあった。『源氏物語』（澪標）では、明石の上が上陸して祓をすることが記されている。◇名には隠れぬ　「名には」に「難波《なには》」を響かせている。

四 宇多法皇。五 この場合、大堰川《おおいがわ》。大堰川と下流の桂《かつら》川とを合わせて「西川」と称した。宇多法皇の大堰川行幸は、延喜七年（九〇七）九月のことである。同じ時の歌が一〇六七にもある。なお、この時に詠まれた和歌に対して、貫之は序文を草している（「大堰川行幸和歌序」、『古今著聞集』所載）。

919 あちこちに白い鶴が立っている大堰《おおい》川《がわ》の岸は、吹く風に打ち寄せられた白波が、そのまま返らないで停っているのか、と眺められます。

◇葦鶴　鶴のこと。葦の生えた水辺にいることが多いので言う。

一 敦慶《あつよし》親王。はじめ中務卿。のち式部卿に転任されたので、式部卿親王とも呼ばれる。二九〇頁注三参照。

二 宇多法皇。親王の父である。 三 夕方。 四 伊勢は宇多天皇の更衣《こうい》であった。後に、敦慶親王に愛されて、女子中務《なかつかさ》（歌人）を産む。ただし、これらの事実とこの歌とをあまり関連づけて考えないほうがよかろう。

920 水面に浮ぶお舟が、もし法皇さま御自身であられるなら、この邸が港です、どこへもおいで遊ばさず、心やすらかに御逗留《とうりゅう》下さいと申し上げましょうに。

還御を惜しむ歌。

◇水のうへに浮べる舟の君ならば　宇多法皇は舟に乗っておられる。その眼前の事実の上に、君主を舟にたとえる故事を踏んだ表現。「君は舟なり、庶人は水なり。水は則《すなは》ち舟を載せ、水は則ち舟を覆す」（『荀子《じゆんし》』王制）。君主への戒めである。◇泊　港のこと。

五 今の岡山県倉敷市児島唐琴町（一説に邑久《おく》郡牛窓町）。瀬戸内海に臨み、当時は内海航路の一拠点であった。四五六参照。

919 葦鶴《あしたづ》の　立てる川辺《かはべ》を　吹く風に　寄せて返らぬ　波かとぞ見る

一中務親王《なかつかさのみこ》の家の池に、舟を作りて、おろしはじめて遊びける日、二法皇御覧じにおはしましたりけり。三夕さりつかた、帰りおはしまさむとしける折に、よみて奉《たてまつ》りける　四伊《い》勢《せ》

920 水のうへに　浮べる舟の　君ならば　ここぞ泊《とまり》と　言はましものを

五唐琴《からこと》といふ所にてよめる　真《しん》静《せい》法《ほふ》師《し》

921 みやこまで　ひびきかよへる　唐琴《からこと》は　波の絃《を》すげて　風ぞひきける

921　都まで音に聞える、この名所唐琴は、どうしてそれほどに名声が立ったのか。波の絃《げん》を張って、風が弾いているからだ。
地名を楽器の唐琴になぞらえた技巧の歌。
六 神戸市葺合《ふきあい》区布引町。生田川上流にある。『伊勢物語』八十七段に、「ながさ二十丈、ひろさ五丈ばかりなる石のおもて、白絹《しらぎぬ》に岩を包めらむやうになむありける。さる滝の上《かみ》に、わらうだの大きさして、さしいでたる石あり。その石のうへに走りかかる水は、小《せう》柑子《かうじ》、栗の大きさにてこぼれ落つ」と描写されている。

922　あたり一面、しごき散らすように飛ぶ滝の水玉を拾っておいて、世の中がうとましくなった時、私は涙として借りることにしよう。
九六二に、行平が須磨に閉居していた時の歌がある。あるいは、この歌もその閉居時代の作かもしれない。
◇こきちらす　緒につないだ玉をしごいて散らす意。

923　緒を引き抜いて散らしている人があるらしい、布引の滝では、白玉が絶え間なく飛び散っている。それを受けようとする、私の袖はせまいのに。
『伊勢物語』八十七段にも見える。
七 四三一参照。

924　いったい誰のために、張って晒《さら》している布なのだろうか。私は久しぶりにまた見たけれども、まだ取り込む人もいないのは。
滝の白い水の流れを布にたとえたもの。年月を経て訪れても、昔と変らず美しいことを讃《たた》えている。

六布引《ぬのびき》の滝にてよめる　　在原行平朝臣《ありはらのゆきひらのあそむ》

922　こきちらす　滝の白玉《しらたま》　ひろひおきて　世の憂《う》きときの　涙にぞ借る

布引の滝のもとにて、人々あつまりて歌よみける時によめる　　業平朝臣

923　ぬきみだる　人こそあるらし　白玉の　間《ま》なくも散るか　袖《そで》のせばきに

七吉野《よしの》の滝を見てよめる　　承均法師《そうくほふし》

924　誰《た》がために　引きて曝《さら》せる　布《ぬの》なれや　世を経《へ》て見れど　とる人のなき

925 清滝川の瀬の、そこにもここにもかかっている清らかな白糸を繰りためておいて、入山修行の時に着る着物を織りたいものだ。

◇清滝　京都市右京区嵯峨《さが》清滝町。清滝川が深い峡谷を刻んで流れる。近くにそびえる愛宕《あたご》山は古い山岳信仰の拠点。「山分け衣」が歌われるゆえんである。◇しら糸　水の白い流れを見立てた。◇山分け衣　修行僧が山路を分けて行く時に着用する衣。

一 奈良県吉野郡吉野町竜門の龍門寺。寺の名は龍門滝から起ったものか。『懐風藻《かいふうそう》』にも見える古い名所。『今昔物語』巻十一、第二十四話「久米の仙人、始めて久米寺を造る語《こと》」など、この寺に仙人が住んだ説話がある。寺は今はない。

926 裁ったり縫ったりしない着物を着たという仙人も、今はもういないのに、なぜ山姫は、相変らず布を晒《さら》し続けているのであろうか。

龍門寺の伝説を素材にした。『伊勢集』にも収められ(一八二二)、作歌事情を叙述する長い詞書が付されている。

二 宇多天皇。「朱雀院」は、天皇が譲位後に住まわれた御所の一つ。『古今集』時代は宇多上皇の御所であったところから、宇多上皇その人の呼び名としても用いられる(三三〇、四二〇、四三九参照)。三 三一三頁注六参照。

927 ここ布引の滝では、持主もいないままに布を晒しています。今夜はちょうど七夕《たなばた》です、私の心

題しらず　　神《しん》退《たい》法《ほふ》師《し》

925 清滝の　瀬々《せぜ》のしら糸　繰りためて　山分け衣《やまわけごろも》　織りて着ましを

一龍門にまうでて、滝のもとにてよめる　　伊勢

926 裁《た》ち縫《ぬ》はぬ　きぬ着し人も　なきものを　なに山姫の　布《ぬの》曝《さら》すらむ

二朱雀院帝《すざくゐんのみかど》、三布引《ぬのびき》の滝御覧ぜむとて、七月《ふづき》の七日の日おはしましてありける時に、さぶらふ人々に歌よませ給ひけるによめる　　橘《たちばなの》長《なが》盛《もり》

927 ぬしなくて　さらせる布を　七夕《たなばた》に　わが心とや　今日《けふ》はかさまし

づくしとして、この布をお供えしましょうか。◇かさまし「かす」は、供える意。一八〇、三六二参照。
四 京都市左京区一乗寺。山科《やましな》の音羽の滝（一一〇九）とは別のもの。『山州名跡志』に雲母《きらら》坂登り口の南を東に入った所と記し、「上古滝あり、音羽の滝と号《なつ》く。今滅して水所々に流る」と言う。
928 激しい勢いで落ちてくる滝も、上流の方は年をとって老人になったらしいよ。白いばかりで、黒い筋が一本もない。
滝を擬人化して、年とって白髪ばかりだ、と歌った。
929 風が吹いても、いっこうに居場所を変えない白雲と見ていたのは、実は昔から同じ姿で落ちている滝の水であったのだ。
五 文徳《もんとく》天皇の御代。文徳天皇は、八五〇～五八年の八年間在位。御陵が山城の国葛野《かどの》郡田村（今の京都市右京区）にあるところから、「田村帝」と呼ぶ。八六五参照。六 女房の控所。清涼殿の台盤所。

比叡《ひえ》の山なる音羽《おとは》の滝を見てよめる　忠岑

928 落ちたぎつ　滝の水上《みなかみ》　年つもり　老いにけらしな　黒き筋《すぢ》なし

同じ滝をよめる　躬《み》恒《つね》

929 風吹けど　所も去らぬ　白雲は　世をへて落つる　水にぞありける

田村御時《たむらのおほんとき》に、女房のさぶらひにて御屏風《びやうぶ》の絵御覧じけるに、「滝落ちたりける所おもしろし。これを題にて歌よめ」とさぶらふ人におほせられければよめる

三《さん》條《でうの》町《まち》

930 思ひ堰《せ》く　心のうちの　滝なれや　落つとは見れど　音の
きこえぬ

屏風《びやうぶ》の絵なる花をよめる　　　貫　之

931 咲きそめし　ときより後《のち》は　うちはへて　世は春なれや
色のつねなる

一 屏風の絵によみあはせて書きける　　坂上是則《さかのうへのこれのり》

932 刈《か》りて干《ほ》す　山田の稲の　こきたれて　なきこそわたれ
秋の憂《う》ければ

930 この絵の滝は、必死で思いを堪《こら》えている人の、心の中の滝なのでしょうか。落ちていると目には見えるのですが、いっこうに音は聞えてまいりません。

◇思ひ堰く　思いを胸の中にのみおさめている意。滝の縁で「堰く」と言った。

931 咲き初めてよりこのかた、ずっと春なのであろうか。この花の色が少しも変らないのは。

◇うちはへて　長く引き続いて。

一 絵の趣に合わせて歌を詠み、それをその屏風《びようぶ》に書きつけた。すなわち画讃《がさん》の歌。

932 雁《かり》が鳴くとともに刈って干した山田の稲が、稲をこく手にぱらぱら落ちる。私も涙をぽろぽろこぼして、雁でもないのに泣き暮す。秋の悲しさに堪《た》えかねて。

屏風の絵は、晩秋の田園風景と想像される。雁が空をわたり、家々では稲こきが始まっている。

◇刈りて干す　第二句まで序詞。収穫した稲を稲こき作業によってしごきおとすところから、第三句「こきたれて」を起す。同時に「刈りて」には「雁」が物名《もののな》式（一六四頁注一参照）に詠みいれられている。

◇こきたれて　涙が激しくこぼれるさま。六三九参照。

◇なきこそわたれ　画中に、夫の留守宅でもの思いに沈む女が描かれていたものか。その女の立場にたつ表現らしい。第一句によみこまれた「雁」とも響きあう。七三五参照。

古今和歌集　巻第十八

二雑《ざふの》歌《うた》　下

題しらず　　　　　　　　よみ人しらず

933 世の中は　なにか常《つね》なる　明日香川《あすかがは》　昨日の淵ぞ　今日は瀬となる

934 いく世しも　あらじわが身を　なぞもかく　海人《あま》の刈《か》る藻《も》に　思ひ乱るる

二「雑歌下」は、「無常」という主題で一貫し、厭《えん》世《せい》、遁世《とんせい》、あるいは失意、憂愁の歌まで含まれている。『萬葉集』には見られなかった編集様式である。

933　世の中は、いったい何を不変のものとして頼りにできるのか。名前ばかりはたのもしい明日香川も、昨日ふかく淀《よど》んでいたところが、今日はもう浅瀬になっている。

◇明日香川　河道が不安定なところから、無常の象徴としてよく歌われる。三四一、六八七など。仮名序で「明日香川の瀬になる恨み」というのも、これらの歌を踏まえ、和歌がはかなくすたれる憂いをいう。この歌は、「明日香川」という名に着目して、「昨日」と「今日」のうちにさえ変転ははなはだしく、「明日」など到底あてにできぬと歌いなしたところがみそ。

934　どれほどの命もあるまいこのわが身であるのに、どうしてまた、漁師の刈る藻のようにこれほど心が乱れるのか。無常の世を達観できぬ心の悩み。

◇あらじわが身を　「あらじ」は連体形。「を」は、…なのに、の意。◇海人《あま》の刈る藻に　「思ひ乱るる」の比喩《ひゆ》。「に」は、…のような状態で、の意。

935 雁《かり》の来る　峰の朝霧　晴れずのみ　思ひつきせぬ　世の中の憂《う》さ

936 しかりとて　背《そむ》かれなくに　事しあれば　まづ歎《なげ》かれぬ　あな憂《う》世の中

小野篁朝臣《をののたかむらのあそむ》

[一]甲斐守《かひのかみ》にて侍《はべ》りける時、京へまかり上《のぼ》りける人につかはしける

937 都人　いかにと問はば　山たかみ　晴れぬ雲居に　わぶと答へよ

小野貞樹《をののさだき》

文屋康秀《ふんやのやすひで》が、[二]参河掾《みかはのぞう》になりて、「[三]県見《あがたみ》にはえ出《い》で立たじや」と言ひやれりけ

935 雁が飛び越えてくる峰の朝霧は、晴れることがない。私の心も少しも晴れず、もの思いは尽きない。そんなこの世がいやになった。◇雁の来る　第一・二句は序詞《じょことば》。第三句「晴れずのみ」を起す。◇憂さ　いとわしさ、つらさ。

936 だからと言って、世を捨てるわけにはゆかないのに、何か事があるたびに、ひとたまりもなく嘆息されてしまう。ああつらい、この世の中は、と。◇しかりとて　そうであるからといって。「しかり」は、事あるごとに嘆かれることを指す。◇背かれなくに「背く」は出家すること。◇あな憂　「あな」は嘆息の言葉。「憂」は、形容詞「憂し」の語幹。語幹のみ用いるのは、感嘆的用法。

一 甲斐（今の山梨県）の国守として任国にいた時。甲斐守は従五位下相当。

937 都の人々が、あいつはどうしているか、と聞いたなら、山が高いので、晴れない雲の中でうっとうしく暮している、と答えて下さい。

二 三河の国（愛知県）の三等官。従七位上相当。

三 地方見物にお出かけにはなれませんか。「県」は地方の国（京以外）を言う。『土佐日記』に「ある人、県の四とせ五とせ果てて」、『伊勢物語』四十四段に

「むかし、県へ行く人に馬のはなむけせむとて」など例がある。

938　心楽しまぬこのごろ、つくづくこの境涯がいやになりました。いっそ浮き草のようにふつりと根を絶ち切って、誘う水があればいずこへでも参ろうと思います。

◇身を浮き草の　「浮き」に「憂き」を掛けている。「浮き草の」以下第五句までは、現在の係累《けいるい》を絶ち切って、どこかへ行きたいことの寓喩《ぐうゆ》。◇誘ふ水　文屋康秀からの誘いをたとえた。◇いなむ　「いぬ」は、行く意。

939　ほんの一言にすぎないくせに、「あはれ」という言葉こそが、もの思いの多いこの世の中を捨てられぬ、手かせ足かせなのである。

◇あはれてふ言　「あはれ」という言葉。何事につけ肯定的な感動を催したときに発することば。「てふ」は「といふ」の約。◇うたて　心外なことには、の意の副詞。◇ほだし　牛馬をつなぎとめるもの。転じて自由を奪うもの。束縛、桎梏《しっこく》。

940　「あはれ」と言うたびに、その言の葉に置く露、それは、昔を恋しく思い出す涙なのだ。

◇言の葉　「葉」に木の葉の意がきかせてある。

941　この世の憂《う》いことがあってもつらいことがあっても、いっさい告げはしないのに、真っ先にそれと知ってくれるもの、それが涙であった。

涙を擬人化して、心あるものとして歌った。

る返事《かへりごと》によめる

小《を》野《のの》小《こ》町《まち》

938 わびぬれば　身を浮き草の　根をたえて　誘ふ水あらば
いなむとぞ思ふ

題しらず

よみ人しらず

939 あはれてふ　言《こと》こそうたて　世の中を　おもひはなれぬ
ほだしなりけれ

940 あはれてふ　言の葉ごとに　おく露は　昔を恋ふる　涙な
りけり

941 世の中の　憂《う》きも辛《つら》きも　告げなくに　まづ知るものは
涙なりけり

942 世のなかは　夢かうつつか　うつつとも　夢とも知らず　ありてなければ

943 世の中に　いづらわが身の　ありてなし　あはれとや言はむ　あな憂《う》とや言はむ

944 山里は　ものの寂しき　ことこそあれ　世の憂《う》きよりは　住みよかりけり

惟《これ》喬《たかのみ》親王《こ》

945 白雲の　たえずたなびく　峰にだに　住めば住みぬる　世にこそありけれ

942 世の中というものは、いったい夢なのだろうか、現実なのだろうか。それは、現実とも夢ともわからない。あってないようなものだから。

上二句と下三句とで、自問自答した形の歌。天台宗にいう「三諦《さんたい》」にもとづく思想歌と見る説もある。しかしこれは天台宗に限らず、真言宗にも老荘思想にもあることで、一つに限定しないほうがよかろう。

943 世の中のいったいどこに、とたずねても、わが身は、あるようでいて実はありはしないのだ。ああおもしろいと言おうか、それとも、ああせつないと言おうか。

◇いづら　ものの所在を問う疑問代名詞。◇あはれ　八九七、九三九参照。◇あな憂　八九七、九三六参照。

944 この山里は、心細いことひとしおであるが、それでも、世の中のせつなさに比べれば、よほどのこと住みやすい。

◇ことこそあれ　…ことはあるが、の意。「こそ…已然形」で逆接的に下文へ続く。

945 白雲が絶えずたなびいている、そんな深山にでも、住もうと思えばけっこう住んでいられる世の中なのだ。

作者惟喬親王は、出家して、今の京都市左京区一乗寺付近、小野に住まわれた。三二八頁注一参照。『伊勢物語』八十三段にも、「小野にまうでたるに、比叡《ひえ》の山のふもとなれば、雪いと高し。(中略)つれづれと、いとものがなしくておはしましければ」云々《うんぬん》とある。

布《ふ》留《るの》今《いま》道《みち》

946 知りにけむ　聞きてもいとへ　世の中は　波のさわぎに　風ぞしくめる

素《そ》性《せい》

947 いづくにか　世をばいとはむ　心こそ　野にもやまにも　まどふべらなれ

よみ人しらず

948 世の中は　昔よりやは　憂《う》かりけむ　我が身ひとつの　ためになれるか

949 世の中を　いとふ山辺《やまべ》の　草木とや　あなうの花の　色に出《い》でにけむ

946 人々よ、もう知っているだろう。もし知らないなら、私の言うことをよく聞いて、嫌なところと思い捨てなさい。この世というものは、波が騒いでいるうえに、風が吹きしきるような、そんなところなのだよ。

◇しくめる 「しく」は頻《しき》る意。「める」は助動詞「めり」の連体形。断定を婉曲《えんきょく》に表す。

947 いったいどこで、世を捨てて住めばよいのか。この身はともかく、かんじんの心が、たいがいの野や山には住みつかず、あちこちさ迷い出しそうで…。

◇野にもやまにも… 真実に世を厭《いと》う心には、野や山も「世の中」の一部と思えるからである。「べらなれ」は二三参照。

948 世の中は、昔から、つらい苦しい所だったのだろうか。それとも、私一人にだけ、つらいものになっているのだろうか。

自分一人苦しい世ということはあり得ない。あえてそう言って、この世の苦しさを強調した。

◇我が身ひとつの… ただ私一個に対して、そうなっているのか、の意。

949 世の中を厭《いと》って暮している、そんな山辺の草木だとでもいうのか。この山の中に、あれ卯《う》の花が咲き出したのは。

◇あなうの花 「あな憂《う》」(ああ、つらい。九三六参照)と、「卯の花」とを掛けた。

950　山深い吉野の、その山の向うに、宿る所がほしいものだ。世の中がいやになった時の隠れ家にしたいから。
吉野山は、当時、異郷もしくは仙郷と考えられていた。三七、一〇四九参照。特に一〇四九では「もろこしの吉野の山」と、枕詞《まくらことば》に「唐土《もろこし》」を用いている。◇み吉野　「み」は接頭語。幽邃《ゆうすい》な感じを表す。◇宿もがな　「もがな」は助詞。上にある事物が話し手の希望の対象であることを示す。

951　この世に長く生きていると、憂きことのみがつのってくる。そんな時には、吉野山の桟道《さんどう》がへこむのもいとわず、奥山に分け入って心を晴らそう。
前歌と同じく、吉野山を仙郷と見ている。◇かけ道　山の斜面を行く便宜のために、棚《たな》のように設けた道。◇踏みならしてむ　踏んで平らにしてしまおう。何度も何度も往来《ゆきき》しよう、の意。

952　いったい、どれほどの岩の中に分け入って住んだら、この世の憂きことが耳に届かないまま生きてゆけるのであろうか。
◇住まばかは　「か」は疑問の、「は」は強意の、いずれも助詞。

953　山の深さにまかせてずんずんと分け入り、世を遁《のが》れてしまおう。憂きことばかり多い世の中では、生きている甲斐《かい》などありはしない。
◇あしひきの　「山」の枕詞。◇隠れなむ　「なむ」は完了の助動詞「ぬ」の未然形に、意志を示す助動詞

950
み吉野《よしの》の　山のあなたに　宿もがな　世の憂《う》き時の　隠《かく》れ
家《が》にせむ

951
世に経《ふ》れば　憂《う》さこそまされ　み吉野の　岩のかけ道《みち》　踏
みならしてむ

952
いかならむ　巌《いはほ》のなかに　住まばかは　世の憂《う》きことの
聞えこざらむ

953
あしひきの　山のまにまに　隠れなむ　憂《う》き世の中は　あ
るかひもなし

954
世の中の　憂《う》けくに飽《あ》きぬ　奥山の　木《こ》の葉《は》に降れる　雪

「む」が接したもの。

954 世の中のつらさは、充分知り尽した。奥山の木の葉に積った雪が消えるように、私も奥山に行って、この世から姿を消してしまいたい。

◇憂けく 「憂し」のク語法。名詞化して、憂いこと、の意。◇雪や消なまし 「雪」に「行き」を掛け、「消」に、雪が消える意と、自分が姿を消す意を掛けて、隠遁《いんとん》してしまおうという本旨を導いている。

一 一首三十一文字のなかに、同字がない歌、の意。

955 世の中のつらいめに遇わないですむ山へ入ってしまうには、愛する人が気がかりになる。

◇おもふ人 家族や恋人を指す。◇ほだし 自由を束縛するもの。九三九参照。

956 世を捨てて、山に入る人は、その山でもなおつらい時には、いったいどこへ行くのでしょう。

安易に出家する人に対する皮肉。

◇世を捨てて山に入る人 出家入山した「山の法師」を指す。◇いづち 「どこ」の意の疑問代名詞。

二 心配事に沈んでいる時、幼い児を見て詠《よ》んだ歌。

957 今さらまた、なんの因果で生れてなどきたのだろう。竹の子のぎっしりつまった節のように、つらい折節が頻々《ひんぴん》とある、そんな世の中だということを、いったいお前は知らないのか。

◇竹の子の 節が多いところから、第四句「憂き節しげき」にかけた枕詞。同時に、「竹の子」は「いとけなき子」を暗示する。

や消《け》なまし

一 おなじ文字なき歌　　　物部《もののべの》良名《よしな》

955 世の憂《う》きめ　見えぬ山路《やまぢ》へ　入《い》らむには　おもふ人こそ
ほだしなりけれ

山の法師のもとへつかはしける　　　凡河内躬恒《おほしかふちのみつね》

956 世を捨てて　山に入る人　山にても　なほ憂《う》き時は　いづ
ち行くらむ

二 もの思ひける時、いときなき子を見て
よめる

957 今さらに　なに生《お》ひ出《い》づらむ　竹の子の　憂《う》き節《ふし》しげき
世とは知らずや

題しらず　　　　よみ人しらず

958 世に経《ふ》れば　言の葉しげき　呉竹《くれたけ》の　憂《う》き節《ふし》ごとに　鶯《うぐひす》ぞ鳴く

959 木にもあらず　草にもあらぬ　竹のよの　はしに我が身は　なりぬべらなり

ある人のいはく、一高津内親王《たかつのみこ》の歌なり。

960 我が身から　憂《う》き世の中と　なげきつつ　人のためさへ　悲しかるらむ

二隠岐国《おきのくに》に流されて侍《はべ》りける時によめる　　篁朝臣

961 おもひきや　ひなの別れに　おとろへて　海人《あま》の縄たき

958 密生した葉がさやさやとさわぐ呉竹の節にとまって、しきりに鶯が鳴く。この世に生きていると、中傷する人の言葉がさわがしくて、私もつらい折節は、いつも泣いて暮している。

◇世　第三句「呉竹」との縁で、竹の節と節の間の意の「よ」を連想させる。◇言の葉しげき　とかく風評が絶えない、の意。「葉しげき」は「呉竹」の形容でもある。◇呉竹　淡竹《はちく》の一種。◇憂き節ごとに　「節」に、竹の節《ふし》の意と折節《おりふし》の意を掛けている。◇鶯ぞ鳴く　鶯は作者自身の比喩《ひゆ》。

959 木でもなければ草でもない竹の、そのまた節と節にはさまれたうつろな中空《ちゅうくう》、そんな半端ものに、この身はなってしまいそうだ。

◇木にもあらず…　戴凱之《たいがいし》の「竹譜」に「植物の中に名づけて竹といふ有り、（中略）草にあらず木にあらず」とあるのによる。◇竹のよのはしに　竹の節の間《よ》の間《はし》のように、の意。◇べらなり　三参照。

一 桓武《かんむ》天皇第十二皇女。嵯峨《さが》天皇妃。承和八年（八四一）四月薨《こう》。

960 何も人のせいではない、ほかならぬ自分のせいで、つらい世の中だと嘆いていながら、なぜに人のためにまで心が痛むのであろうか。

人は人で、その人自身のせいで嘆いている。だが、あまりのつらさに、人の分まで嘆かれるのをいぶかっている。

二 一五六頁注二および注四参照。

いさりせむとは

三田村御時《たむらのおほんとき》に、四事にあたりて、摂津国《つのくに》の須磨《すま》といふ所に五こもり侍りけるに、六宮の内に侍りける人につかはしける　在原行平朝臣《ありはらのゆきひらのあそむ》

962 わくらばに　問ふ人あらば　須磨の浦に　藻塩《もしほ》たれつつ
わぶと答へよ

七左近将監《さこんのしやうげん》解けて侍りける時に、八女《め》の訪《とぶら》ひにおこせたりける返事《かへりごと》によみてつかはしける　小《を》野《のの》春《はる》風《かぜ》

963 天彦《あまびこ》の　おとづれじとぞ　いまはおもふ　われか人かと
身をたどる世に

961 かねて思いもしたことか。都を別れた田舎住いにやつれ果て、漁師にまじって網の縄を手ずからたくし寄せ、漁をして暮すことになろうとは。◇おもひきや　思ったであろうか、いや思いはしなかった。反語。◇ひな　田舎。◇海人の縄たき　海人のしかけた網の縄を操って、の意。魚貝を獲ること。

三 文徳《もんとく》天皇の御代。三一五頁注五参照。四 ある事件にかかわりあって。事件の内容は不明だが、前歌の場合のように「流され」（流刑）ではなく、「こもり侍りける」であるから、自ら都を避けていたのであろう。五 籠居《ろうきよ》していた時。六 宮中に伺候していた人。

962 ひょっとして、あの人はどうしているか、と尋ねる人があったなら、藻塩が垂れる須磨の浦で、しおたれてわびしく暮している、とお答え下さい。◇わくらばに　たまさかに、稀《まれ》に。◇藻塩たれつつ　採集した藻に海水をかけ、それを焼いて塩をとるのが、当時の代表的な製塩法。その際、藻にかけられた海水がしたたりおちるのを、「藻塩たる」と言う。嘆きに沈む意の「しほたる」を掛けている。

七 左近将監が解任になった時に。「左近将監」は左近衛府の三等官。讒言《ざんげん》による。八 妻が見舞に。

963 山彦のように、折返し訪れたいのはやまやまだが、それはいたしますまい。今は、我か人かの区別さえつかないほど、気が転倒している時ですから。◇天彦の　「おと」（音）の枕詞。「天彦」は山彦のこと。一〇〇二に「あまびこの音羽《おとは》の山」とある。

一官解《つかさ》けて侍《はべ》りける時よめる　平《たひらの》貞《さだ》文《ふみ》

964 うき世には　門《かど》させりとも　見えなくに　などか我が身
の　出《い》でがてにする

965 ありはてぬ　命《いのち》待つ間《ま》の　ほどばかり　憂きことしげく
思はずもがな

二親王宮《みこのみや》の帯刀《たちはき》に侍りけるを、三宮仕《みやづか》へつ
かうまつらずとて、解けて侍りける時
によめる　宮《みや》道《ぢの》潔《きよ》興《き》

966 筑波嶺《つくはね》の　木《こ》の下《もと》ごとに　立ちぞ寄る　春のみ山の　陰《かげ》を
恋ひつつ

四時なりける人の、俄《には》かに五時なくなりて

一 官を免ぜられた時に。

964 この世には門があって、それが閉ざされているとも思えないのに、なぜ自分は世の中に出て、才幹を発揮することができないのであろうか。

◇出でがてにする 「がてに」は動詞の連用形に付いて、…しにくい、の意を表す。

965 所詮《しよせん》まっとうできないこの命の、やがて尽きるのを待っている名残りの数時《すうとき》の間だけでも、あれこれとつらいことを思わずにすませたいものだ。

前歌と一対の作。

◇ありはてぬ 「ありはつ」は、寿命のかぎり生きて存在する意。

二「親王宮」は皇太子の宮、東宮《とうぐう》のこと。「帯刀」は東宮の警衛にあたる舎人《とねり》。三 出仕怠慢である、と言って解任された時に。

966 慈悲ぶかいことで知られる筑波《つくば》の山の、木陰に立ち寄り立ち寄りして、今は雨風をしのいでいます。かつて安堵《あんど》の場と頼んだ、あの春の山ふところへ、すぐにも飛んで帰りたい気持をおさえながら。

本歌、「筑波嶺のこのもかのもに陰はあれど君がみかげにますかげはなし」(一〇九五)。

◇筑波嶺の… 自分に庇護の手をさしのべてくれる人々の世話になって毎日を過していることをたとえた。筑波山は、冷酷な富士山に対して、慈愛に満ちた山として知られる。『常陸国風土記』参照。◇春のみ山 皇太子の比喩《ひゆ》。「東宮」を「春宮」とも書くこと

歎くを見て、自《みづか》らの歎きもなくよろこびもなきことを思ひてよめる

清原深養父《きよはらのふかやぶ》

967 光なき　谷には春も　よそなれば　咲きてとく散る　もの思ひもなし

[六]桂《かつら》に侍りける時に、[七]七條中宮のとはせ[八]給へりける御返事《おほんかへりごと》に奉りける

伊勢《いせ》

968 ひさかたの　中におひたる　里なれば　光をのみぞ　たのむべらなる

[九]紀利貞《きのとしさだ》が、[一〇]阿波介《あはのすけ》にまかりける[一一]時、[一二]むまの餞《はなむけ》せむとて、[一三]「今日」と言ひおくれりける時に、[一四]ここかしこにまかり歩《あり》きて、夜ふくるまで見えざりけれ

による。◇陰　山の木陰。皇太子の庇護の比喩。
四 時勢にあって栄えている人が。五 時勢に適合できなくなって、栄えを失って。

967 日の光が届かない谷間には春など知らぬよそごとなので、咲いたかと思う花がつかのまに散り失《う》せる、そんな心配はいささかもない。
自分を「光なき谷」にたとえて、一陽来復の歓喜もなければ、落花無残の悲哀もない諦観《ていかん》の境地を述べた。
六 桂にいた時に。桂は京都市西京区、桂川西岸の地。七 宇多天皇の中宮、温子。八 便りをよこされた意。

968 私が住んでおりますのは、月の中に育つという桂の里、ですから桂の木が月の光で引き立てられますように、ただひたすら、中宮様の御恵愛を心の頼りにいたしております。
◇ひさかた　月のこと。「ひさかたの」が月の枕詞になるところから転用した。◇中におひたる里　月の中には桂がはえていると信じられていた。一九四参照。地名「桂」を言いこめている。◇光　中宮の庇護の比喩。
九 紀貞守の子。元慶《がんぎやう》五年（八八一）阿波介。一三六、三六九、三七〇、四四六に歌がある。一〇 阿波の国（徳島県）の次官。従六位上相当。一一 赴任した時。一二 送別の宴。一三 今日、宴を開きます、と連絡しておいた時に。一四 主語は紀利貞。

業《なり》平《ひらの》朝臣《あそむ》

ば、つかはしける

969 いまぞ知る　くるしきものと　人待たむ　里をば離《か》れず
訪《と》ふべかりけり

一 惟喬親王《これたかのみこ》のもとにまかり通《かよ》ひけるを、頭《かしら》おろして二 小野といふ所に侍《はべ》りけるに、正月《むつき》に訪《とぶら》はむとてまかりたりけるに、比叡《ひえ》の山の麓《ふもと》なりければ、雪いと深かりけり。三 しひてかの室《むろ》四 にまかりいたりて拝みけるに、五 つれづれとしていともの悲しくて、帰りまうで来てよみておくりける

970 忘れては　夢かとぞ思ふ　思ひきや　雪ふみわけて　君を
見むとは

969 今こそ思い知りました、人を待つのは苦しいものだと。ほんに、夫のおとずれを待つ妻の里へは、足を絶やさずに訪ねてゆくのが、ものの道理なのですね。

下三句、一般的道理として歌いつつ、利貞は、その道理を心得て、旅立ちに先だって女を訪ねているのだろうと推しあてた。讃嘆と同時に、待ちぼうけをくったことへの軽い皮肉。『伊勢物語』四十八段にも見える。

一 八四四、八九五に歌がある。貞観《じょうがん》十四年（八七二）出家して、小野に隠棲《いんせい》した。皇位への望みを失ったのが原因、と言われている。二 京都市左京区一乗寺付近。三 雪が深かったのを押して。四 元来は洞穴の意であるが、ここではわびしい住いのこと。五 なすことがなく手持ち無沙汰《ぶさた》であるさま。

970 親王様が、このような山里にわび住いをされているとは、いかなること信じられないで、今だに夢かと思うほどです。かつて思ってみたことがあるでしょうか、ふかい雪を踏みわけて、やっと親王様の御尊顔を拝し奉ることができるなどということを。

『伊勢物語』八十三段にも見え、詞書《ことばがき》の内容も酷似している。『新古今集』一七二八には惟喬親王の返歌が収められており、「夢かとも何か思はむうき世をば背《そむ》かざりけむ程ぞくやしき」とある。

◇忘れては　親王の隠棲《いんせい》を、ふと忘れては、の意。

六 京都市伏見区。平安京郊外。七 京へ行くというので。作者はこの時、任官したのであろう。官人の

うち、京官は京内に住むことを義務づけられていた。
八 深草に住んでいる、親しくしていた女性。
971 ずいぶん長いこと住み慣れた、ここ深草の里を見捨てて行ってしまったならば、きっとその名のとおりいかにも草深い、荒野の原になってしまうにちがいない。
長い間おつきあいをしてきたが、自分が去った後、あなたの心はどう変るか、見当もつかない、の意。『伊勢物語』百二十三段にも、次歌とともに見える。
972 ここが荒れ野になってしまったら、私は鶉《うずら》となり、年月を泣いて暮しましょう。あなたは鶉狩りかたがた、仮りにでも来て下さりはしないでしょうか。
◇かりにだにやは 「鶉」との縁で、「仮り」に「狩り」を掛ける。「やは」は反語。
973 難波の浦で知られたものは、浮和布《うきめ》に三津に海《あ》人《ま》ですが、わが身の上を託して言えば、憂き目を見つの尼ですわ。あれこれあなたが何かにつけて、つらい仕打ちをなさったからに、三津の寺にて髪そぎおろし、哀れな尼をきめこみました。
薄情な恋人への怨歌だが、かなりふざけた調子がある。
◇われをきみ 私をあなたが、の意。◇難波の浦 「難波」に「何は」(あれこれ、何かにつけて)を掛け、「浦」に「憂《う》」を言いこめている。◇浮和布を三津 「浮和布」に「憂き目」を、「三津」に「見つ」を掛けた。
◇海人 「尼」の意を持たせた。

[六]深草《ふかくさ》の里に住み侍りて、京[七]へまうで来《く》とて、そこ[八]なりける人によみておくりける

971 年を経《へ》て　住みこし里を　出《い》でて去《い》なば　いとど深草　野とやなりなむ

返し　　よみ人しらず

972 野とならば　鶉《うづら》となきて　年は経《へ》む　かりにだにやは　君は来《こ》ざらむ

題しらず

973 われをきみ　難波《なには》の浦に　ありしかば　浮和布《うきめ》を三津《みつ》の　海人《あま》となりにき

一この歌は、ある人、昔、男ありける女《をうな》の、男訪《と》はず
なりにければ、二難波の三津の寺にまかりて尼になり
て、よみて男につかはせりける、となむいへる。

返し

974 難波潟《なにはがた》　恨むべき間《ま》も　思《おも》ほえず　いづこを三津の　海人《あま》
とかはなる

三題しらず

975 いまさらに　訪《と》ふべき人も　思ほえず　八重葎《やへむぐら》して　門《かど》さ
せりてへ

友達の久しうまうで来《こ》ざりけるもと
へ、よみてつかはしける　　躬恒

一「この歌は、ある人」は、最後の「となむいへる」に続く。二「難波の御津」「大伴の御津」「御津の泊《とまり》」などの名で、『萬葉集』にしばしば出ている。「三津」は「御津」で、難波の港の意。古代朝廷の最も重要な港であったので「御津」と言う。今も、大阪市南区の町名に「三津寺町」があり、「三津寺」の名の寺もある。あるいはそのあたりか。

974 難波の名産お返ししよう。何はと言って恨まれる、そんな無沙汰《ぶさた》の覚えはないわ。いったいどこを見とがめて、三津の尼御となり果てたやら。

◇難波潟　「何は」を言い掛けつつ、「浦」の連想で第二句「恨むべき間も」を導いている。◇思ほえず　思われない。

三「題しらず」は、定家本以降の諸本にはない。高《こう》野切《やぎれ》、元永本《げんえい》、清輔本などによって補う。

975 今さら、私を訪ねて来てくれる人があるとも思われません。あそこの家は生い繁る八重葎で門を鎖《とざ》してある、と言って下さい。

◇八重葎　葎は蔓《つる》草の類。家が荒れた形容によく使われる。『萬葉集』「思ふ人来むと知りせば八重葎おほへる庭に玉敷かましを」(二八二四)など。◇てへ　「と言へ」の省略形。

976
水の面《おも》に　生《お》ふる五月《さつき》の　浮き草の　憂《う》きことあれや　根をたえて来《こ》ぬ

人を訪《と》はで久しうありける折に、[四]あひ恨みければよめる

977
身をすてて　行きやしにけむ　おもふより　ほかなるものは　心なりけり

[五]宗岳大頼《むねをかのおほより》が越《こし》[六]よりまうで来たりける時に、雪の降りけるを見て「[七]己《おの》が思ひは、この雪のごとくなむつもれる」と言ひける折によめる

978
君がおもひ　雪とつもらば　たのまれず　春よりのちは　あらじとおもへば

976　水面に生い繁る五月の浮き草でもあるまいに、憂きことがなにかあるとでもいうのか。このごろ、根を絶つようにふっつり訪ねてくれないのは。◇浮き草の　第三句まで序詞。同音で第四句「憂きこと」を起す。◇根をたえて　ふっつりととだえて、の意。浮き草の縁で言う。九三八参照。

四　相手が私を。

977　それというのも心が私の身体を離れてどこかへ行ってしまったからでしょうか。まことに思案のほかのものは、心というものです。
無沙汰の責任を、心に転嫁した。心が自分の身体から遊離して勝手に行動するという主旨の歌は、「離別歌」「恋歌」の部に多い。

五　伝未詳。五九一、九七九に歌がある。六　北陸道諸国、越前、加賀、能登、越中、越後の旧称。七　私のあなたを思う思いは、この雪のように積っています。

978　あなたの思いが雪のように積っているとすれば、それは頼りにできません。なぜなら、雪は春から先はむなしく消えてなくなってしまうと思いますから。
相手の言葉じりをとらえた諧謔《かいぎゃく》。類想の歌は多い。『後撰集』「白雪の積る思ひもたのまれず春より後はあらじと思へば」(一〇七二) など。

979 何をおっしゃいますやら。あなたのことをのみ思ってはるばる帰ってきたのです、あの越路の白山は、いったいいつ雪の消える時があるでしょうか。春から先も消えない越《こし》の白山をもちだして、相手をへこませた。もちろん、旧交を温め合っているのである。◇思ひ越路の　「思ひ来《こ》し」を、「越路《こしぢ》」に言い掛けた。◇白山　いわゆる白山《はくさん》。越前（今の福井県）、加賀（石川県）、飛騨《ひだ》（岐阜県）の三国の国境にある。三八三参照。◇いつかは　「かは」は反語。

980 あなたのことを思いやるたびに、きっと思い起される越の白山を、私はまだ知りません。でも、夜の夢では、一夜といえども越えないことはありません。◇白山　次句の「知らねども」と同音を重ねて諧調《かいちよう》を意識している。

981 さあ、ここで、生涯を過すことにしよう。この菅原の伏見の里は、私がいなくなると荒れてしまうに違いない、それが惜しいから。◇菅原や伏見の里　奈良市菅原町（旧、生駒《いこま》郡伏見町菅原）付近。「菅原の」ではなく、「菅原や」と言うのは、「伏見の里」の枕詞として用いられているからである。◇荒れまく　荒れむこと、の意。「まく」は、未来の意を表す助動詞「む」のク語法。

982 私の庵《いおり》は、三輪山の麓《ふもと》にあります。恋しくなった時には、どうぞ訪ねてきて下さい。杉の木が立っている、この門口へ。

返し　宗《むね》岳《をかの》大《おほ》頼《より》

979
きみをのみ　思ひ越路《こしぢ》の　白山《しらやま》は　いつかは雪の　消ゆる
ときある

越《こし》なりける人につかはしける　紀《きの》貫《つら》之《ゆき》

980
思ひやる　越《こし》の白山　知らねども　ひと夜《よ》も夢に　越えぬ
夜《よ》ぞなき

題しらず　よみ人しらず

981
いざここに　わが世は経《へ》なむ　菅原《すがはら》や　伏見《ふしみ》の里の　荒れ
まくも惜し

982
わが庵《いほ》は　三輪《みわ》の山もと　恋しくは　とぶらひ来《き》ませ　杉

立てる門《かど》

喜《き》撰《せん》法《ほふ》師《し》

983 わがいほは　京《みやこ》の辰巳《たつみ》　しかぞ住む　世を宇《う》治《ぢ》山《やま》と　人は
いふなり

よみ人しらず

984 荒れにけり　あはれいく世の　宿なれや　住みけむ人の
訪《おと》づれもせぬ

奈良へまかりける時に、荒れたる家に
女の琴ひきけるを聞きて、よみていれ
たりける

良《よし》岑《みねの》宗《むね》貞《さだ》

985 わび人の　住むべき宿と　見るなべに　なげきくははる

◇三輪　奈良県桜井市の北部にある三輪山。大神《おおみわ》神社の神体山とされている。

983　私の庵《いおり》は京の東南にあって、このように住んでいる。世を憂きものとして逃れ住む宇治山と、人の言うところである。

世間の風評はどうあれ、自分は心安らかに暮している、の意。百人一首に採られている。

◇しかぞ住む　かくの如く住む、の意。◇世を宇治山「世を憂し」を言い掛ける。京都府宇治市笠取。現在は喜撰山と呼ぶ。鴨長明《かものちょうめい》『無名抄』「喜撰ガアトノ事」に「ミムロド（宇治市東宇治）ノオクニ二十余町バカリ山中ヘ入テウヂヤマノ喜撰ガスミケルアトアリ。家ハナケレド堂ノ石ズヱナドサダカニアリ」と言う。現在、喜撰が住んだという洞穴がある。

984　荒れてしまったものだ。ああ、いったいどれほどの年を経た家なのだろうか。昔住んでいた人さえ、もう訪れようともしない。

荒廃した家を見ての感慨。『伊勢物語』五十八段にも見えるが、『伊勢』では、ある家に男が逃げ込んだので、女が悪態をついた歌になっている。

985　世をいとう人が住むような、いかにもしのびやかな家だと見ていると、悲しさをいっそう添えるように、琴の音が聞えてきました。

悲しみを添える琴の音という発想は、『萬葉集』にすでにある（一一二九、四一三五）。

◇なべに　…とともに、…にあわせて。

琴の音《ね》ぞする

一 初瀬に詣《まう》づる道に、平城京《ならのみやこ》にやどれりける時よめる　二《に》條《でう》

986 人ふるす　里をいとひて　来《こ》しかども　平城《なら》の京《みやこ》も　憂《う》き名なりけり

題しらず　よみ人しらず

987 世の中は　いづれかさして　わがならむ　行き止まるをぞ　宿と定むる

988 逢坂《あふさか》の　嵐《あらし》の風は　寒けれど　ゆくへ知らねば　わびつつぞ寝《ね》る

一 長谷寺《はせでら》のこと。奈良県桜井市初瀬《はせ》にある。三九頁注三参照。

986 私など飽きられてしまった京を、いやになって出てきたけれど、奈良の都も古里と言われるようでは、自分には好ましい所ではなさそうです。◇人ふるす「ふるす」は「古す」で、古物扱いをする意。八二四参照。◇平城の京も憂き名なりけり　平城京は、平安時代には「ふるさと」と呼ばれていた。それを踏まえて言う。九〇参照。

987 無常のこの世においては、いったい、どんな所がわが家なのだろうか。たとえ、野であれ山であれ、行きとまる所を、わが住む家だと定めよう。
上三句と下二句とで自問自答した形の歌。
◇さして　指定して、の意。占有しての意と見る説もある。◇わがならむ「わが宿ならむ」の意。

988 逢坂に吹きすさぶ嵐の風は寒いけれど、私はこれから、どこへ行くあてもないので、わびしく思いながらも、ここに泊っている。
都を住みづらくて旅には出たが、さて行くところも思いあたらない。異郷への入口、逢坂に宿りをとり、思案に沈む寂寥《せきりょう》の作。
◇逢坂　山城《やましろ》（京都府南部）と近江《おうみ》（滋賀県）の境にある山。

989 風に吹き上げられて、どこといってありかを定めぬ塵、そんなこの身は、行きつくさきもわか

らぬ運命になってしまうのだろう。
◇べらなり　…ようだ、…しそうだ、の意。三三参照。

990　明日香川の淵でもないはずのわが家も、淵がたちまち瀬に変るように、他人の手に買われてゆく、やはり定めないものなのです。

「明日香川昨日の淵ぞ今日は瀬となる」と歌う九三を下敷きにして作られている。
◇淵にもあらぬ　「淵」に「扶持《ふち》」（身の助け）を掛けたと見る説もある。◇瀬にかはりゆく　「銭代はりゆく」を掛ける。家が売られたことを暗示している。

二 今の福岡県。

991　久しぶりに帰った故郷は、昔とはすっかり変ってしまっていました。今となっては、あの斧の柄の朽ちるのも知らず、碁を打って楽しんだ御身《おんみ》のもとがむしょうに恋しく思われます。

晋《しん》の王質の故事による。王質が木を伐りつつ仙郷に至り、数人の童子が碁を打つのを見ていた。与えられた棗《なつめ》の核のようなものを口に含んでいると、いっこうに腹もすかない。碁の勝負がつかぬ間に、ふと気づくと、手にしていた斧の柄が朽ちている。驚いて家へ帰ってみると、すっかり時世が移っていた、という（『述異記』）。
◇ふるさとは…　京へ帰っての感慨を述べつつ、王質が家へ帰って有為転変に驚いたことを匂わせている。
◇斧の柄の朽ちしところ　筑紫で碁を楽しんだ人の住いを、王質の至りついた仙郷になぞらえた。

989 風の上《うへ》に　ありかさだめぬ　塵《ちり》の身は　ゆくへも知らず
なりぬべらなり

家を売りてよめる　伊勢

990 明日香川《あすかがは》　淵《ふち》にもあらぬ　わがやども　瀬にかはりゆく
ものにぞありける

二 筑紫《つくし》に侍《はべ》りける時に、まかり通ひつつ
碁うちける人のもとに、京に帰りまう
で来《き》てつかはしける　紀《きの》友《とも》則《のり》

991 ふるさとは　見しごともあらず　斧《をの》の柄《え》の　朽ちしところ
ぞ　恋しかりける

女友達と物語して、別れてのちにつか

はしける　　　陸《みちの》奥《く》

992 飽《あ》かざりし　袖《そで》のなかにや　入《い》りにけむ　わが魂《たましひ》の　なき
心地する

寛平御時《くわんぴやうのおほんとき》に、一唐《もろこし》の判官《はうぐわん》に召されて
侍《はべ》りける時に、二東宮《とうぐう》のさぶらひにて、
男《をのこ》ども酒三たうべけるついでによみ侍り
ける　　　藤《ふぢ》原《はらの》忠《ただ》房《ふさ》

993 なよ竹の　よ長きうへに　初霜の　おきゐてものを　思ふ
ころかな

題しらず　　　よみ人しらず

994 風ふけば　沖つ白波　たつた山　夜半《よは》にや君が　一人《ひとり》越ゆ
らむ

992　ずいぶんおしゃべりしましたが、まだもの足りません。あのまま私の魂は、あなたの袖の中に入ってきてしまったのでしょうか。帰宅してからも、ぼんやりとして何も手につきません。
◇袖のなかにや…　袖は玉を包み隠すもの。五五六、九二三参照。「わが魂」を「玉」に見立ててこう詠んだ。
一 遣唐使の三等官。寛平の遣唐使は、寛平六年（八九四）八月二十一日に任命された。ただし、派遣に至らず、中止された。二 東宮坊の侍所《さぶらいどころ》。東宮坊は、皇太子に奉仕し、その内政を掌《つかさど》る官司。三 いただいて飲食する意。

993　なよ竹の長い節《よ》ごとに初霜が置く、そんな今日このごろ、夜長の一晩中、私はまんじりともせずに起きたまま、あれこれ考えごとにふけっている毎日です。
◇なよ竹の　第三句まで序詞。なよ竹に初霜が置くところから、同音で第四句「おきゐて」を起す。「なよ竹」はよく撓《しな》う竹。「よ長き」は、竹の節間が長い意と秋の夜長の意を掛ける。「夜長き」は、「初霜」とともに、作歌の時季を暗示する。任命された八月は仲秋、時節は晩秋から初冬へ移りゆくのである。

994　風が吹くと、沖の白波が立つというが、その龍田山を、寂しいこの夜更《よふ》け、あなたは一人で越えて行かれるのでしょうか。
『伊勢物語』二十三段にも見え、その文章もここの左注と酷似している。また『大和物語』百四十九段にもある人、この歌は、昔大和国《やまとのくに》なりける人の女《むすめ》に、ある人住[四]みわたりけり。この女、親もなくなりて、家もわろくなりゆく間《あひだ》に、[五]この男、河内国《かはちのくに》に人をあひ知りて通ひつつ、離《か》れやうにのみなりゆきけり。さりけれども、[六]つらげなる気色《けしき》も見えで、河内へ行くごとに、男の心のごとくにしつつ出《い》だしやりければ、[七]あやしと思ひて、もし[八]なき間《ま》に[九]こと心もやあると疑ひて、月のおもしろかりける夜、河内へ行くまねにて、[一〇]前栽《せんざい》の中にかくれて見ければ、[一一]夜ふくるまで琴をかきならしつつ[一二]うち歎きて、この歌をよみて寝にければ、これを聞きて、[一三]それよりまたほかへもまからずなりにけり、となむ言ひ伝へたる。

995
誰《た》がみそぎ　木綿《ゆふ》つけ鳥《どり》か　唐衣《からころも》　龍田《たつた》の山に　をりはへ

見える。『古今和歌六帖』には三一三四、三一七三四と重出し、作者は両方とも「かく山の花の子」とする。もと、独立した一つの説話があったのであろう。なお『萬葉集』に、「わたの底沖つ白波龍田山いつか越えなむ妹《いも》があたり見む」(八三) の類想歌がある。

◇風ふけば沖つ白波　上二句は序詞。白波が「立つ」ところから、同音で第三句「たつた山」を起す。◇たつた山　龍田山。生駒《いこま》山脈の南部、信貴《しぎ》山の南に続き、大和（奈良県）から河内（大阪府）へ越える龍田越えが通じる。

四 久しく通い、夫婦生活を営んでいた。五 男は別の女性と親しくなって河内の国に通《かよ》い、もとの女とは疎遠になっていった。六 もとの女はつらそうな様子も見せないで。七 不思議だと思って。主語は男。八 自分の留守の間に。九 浮気心でもあるのでは、と疑って。一〇 庭の植込み。一一 もとの女は。一二 ため息をついて。一三 もとの女のところに留まって、他所の女の所へは行かなくなった。

995 誰が禊《みそぎ》をしてつけたのか、木綿が目にすがすがしい。そんな折も折、あれは木綿つけ鳥であろうか、龍田山でしきりにさえずっているのは。

◇誰がみそぎ　禊に際して木綿を用いるところから、「木綿つけ鳥」に言い掛ける枕詞。「みそぎ」は、神事を行うために身体を清める儀式。◇木綿つけ鳥　五三六参照。◇唐衣　「裁つ」の連想により「龍田山」にかかる枕詞。

て鳴く

996 忘られむ　時しのべとぞ　浜千鳥　ゆくへも知らぬ　跡《あと》を
とどむる

一 貞観御時《ぢやうぐわんのおほんとき》、「萬葉集はいつばかりつくれるぞ」と二 問はせ給ひければ、よみて奉りける

文屋《ふんや》有《あり》季《すゑ》

997 神無月《かむなづき》　時雨《しぐれ》ふりおける　楢《なら》の葉の　名におふ宮の　古言《ふるごと》
ぞこれ

三 寛平御時《くわんぴやうのおほんとき》、四 歌奉りけるついでに奉りける

大江《おほえの》千《ち》里《さと》

998 葦鶴《あしたづ》の　ひとりおくれて　鳴く声は　雲の上まで　きこえ

996 忘れ去られようとするその時に、なお思い出して下さることを願って、飛び去ってゆく千鳥が浜に点々と足跡を残すように、私も行く末を案じながら、この筆跡をとどめておくのです。

◇忘られむ　「忘れられむ」の古い形。「れ」は、自発の助動詞「る」の未然形。◇浜千鳥…　漢字が鳥の足跡を見て作られたという故事を踏まえ、自分も形見としてものを書きとどめる意を匂わせている。◇跡　浜千鳥の足跡の意と筆跡の意とをこめる。

一 「貞観」は、清和・陽成天皇の御代の年号。八五九～七七年。二 主語は、この場合は清和天皇。

997 十月の時雨が降って染めた楢の葉の、その名も高い平城《なら》の宮の時代に作られた古歌集こそ、この『萬葉集』でございます。

『萬葉集』の成立についての最古の記録。平城に都がおかれた時代に編纂《へんさん》された古い歌集が『萬葉集』だ、と述べたもの。仮名序の叙述とも符合する（一九～二〇頁参照）。

◇楢の葉の名におふ宮　楢と同じ「なら」という名をもつ、かの有名な宮都、の意。

三 三〇頁注一参照。四 奉った対象は宇多天皇。

998 一羽の鶴が群れに取り残されて鳴く声は、この先も雲の上まで聞えてほしゅうございます。

さしたる歌巻ではありませんが、いつまでも御叡《えい》覧《らん》のほどをと願った。

◇葦鶴の…　上三句、自分の歌々の比喩《ひゆ》。謙遜《けんそん》をこめ

て言ふ。◇雲の上　帝のことをたとえる。

999　折にふれて、人知れず去来しました私の心は、歌を献上する今こそ、春霞のように立ち現れ、帝の御目にとまってほしいものでございます。

前歌と同じ折の作。

◇人知れず思ふ心　披露するあてもなく和歌に託しておいた自分の心。◇春霞　霞が「たつ」から転じて「たち出でて」にかかる枕詞。◇君　宇多天皇を指す。

五 主格を欠く場合は、常に当代の帝、すなわち醍醐《だいご》天皇。六 末尾に。

1000　山中を流れる急流の音さながらに、今はよそながらうかがうばかりの禁中の御ありさまでございますが、いつの折にか、昔のままの身の上で、また親しく拝し奉る手だてがほしいものでございます。

作者伊勢は、宇多天皇ゆかりの人で（三一二頁注四参照）、七条の后の庇護下にあったため（九六八、一〇〇六参照）、醍醐天皇の御代には宮中から退いた。その後に醍醐天皇が歌を召されたので、率直に希望を述べたのがこの作である。七条の后薨去《こうきょ》（延喜七年）以降の作ととる説もあるが、そう解する必要はない。

◇山川の　「音にのみ聞く」の枕詞。◇百敷　「ももしきの」が「大宮」の枕詞となるところから、皇居の意に転用された。類例、九六八。◇身をはやながら　この身を以前のままの状態で、の意。第一句「山川の」との縁で、「水脈速《みをはや》」を響かせている。

つがなむ

藤《ふぢ》原《はらの》勝《かち》臣《おむ》

999 人知れず　思ふ心は　春霞《はるがすみ》　たち出《い》でて君が　目にも見えなむ

五歌召しける時に奉るとて、よみて六奥に書きつけて奉りける

伊勢

1000 山川《やまがは》の　音にのみ聞く　百敷《ももしき》を　身をはやながら　見る由《よし》もがな

古今和歌集 巻第十九

雑《ざっ》一体《てい》

短二歌

題しらず　　　　　　　　　　よみ人しらず

1001 逢ふことの　まれなる色に　おもひそめ　わが身は常に
天雲の　晴るるときなく　富士の嶺《ね》の　燃えつつ永久《とは》に
思へども　逢ふことかたし　なにしかも　人をうらみむ
わたつ海《み》の　沖を深めて　おもひてし　おもひはいまは

一 ここでは、「短歌」「旋頭歌《せどうか》」「誹諧歌《はいかいか》」の総括的名称。
二 実際には長歌を収める。「短歌」と記す理由は、平安末期以来諸説あるが、真に納得できる説はない。

1001 めったには逢えぬ深窓の麗人に恋心を抱きそめてからというもの、私の心は、天の群雲《むらくも》のように晴れる時もなく、かの富士のお山さながらにいつを限りともなく燃えて焦がれているのだが、所詮《しょせん》逢瀬《おうせ》はかなわない。といって、どうしてあの人を恨んだりできようか。大海の底に届くほど、心に深く思いこんだ私の恋は、このまま甲斐《かい》もなく終ってしまいそうだ。流れ行く水のように止《や》む時もなく、結び菓子みたいに思い乱れて、いっそ降る雪とともにこの世から消えてしまいたいとさえ思いはするものの、煩悩《ぼんのう》多き人間界に住むこの身だから、依然として恋心は尽きず、もの思いは深まるばかり。山陰《やまかげ》を流れる水が木々に隠れてほとばしる、そんな私のこの心を、いったい誰に語って慰めればよいのか。そぶりに現せば世間が知ってしまうから、墨に染めたような夕闇がせまるころを待って部屋でひとり、ああつらいああせつないと嘆いても嘆いても思いは尽きず、もはやどうする手だてもなく、人目もかまわず庭に出てあてもなくたたずんでいると、着物の袖に置きかかる露の身の上、このままはかなく消えてしまいたいと思うのだけれど、やっぱり未練に嘆かれてしまう。はるかに見える春霞《はるがすみ》ではないが、ほんのよそながらでもいい、あの人に一目逢いたいと思うから。

◇まれなる色におもひそめ　「色」は麗人の比喩《ひゆ》。「おもひそめ」は思い初めの意だが、「染《そ》め」の意もきかせている。◇かくなわに　「かくなわ」は紐《ひも》を結んだような形の餅菓子。「に」は、…のように、の意。◇閻浮の身　閻浮提《えんぶだい》（仏教で言う人間界）に住む身。

三『古今集』の編纂《へんさん》作業は少なくとも二度にわたって行われたらしい（三八三頁注一二三参照）。「古歌奉りし時」は、真名序に「各《おのおの》、家集并《なら》びに古来の旧歌を献ぜしめ、続萬葉集と曰《い》ふ」と記す最初の編纂作業を指し、「目録のその長歌」とは、その『続萬葉集』（原古今集）の、目録の役目を果すべき長歌、の意。

1002 歌は神代の昔から、代々絶えず歌われた。音羽の山の春霞のように、思い乱れて過すうち、五月雨《さみだれ》の空もひびくばかり、夜更けて山時鳥《ほととぎす》の鳴くごとに、誰も眠りを覚まされて、龍田の山の紅葉を賞《め》で、冬の訪れを知る十月は、時雨《しぐれ》が日に日に降り継いで、冬の夜ごとの庭の上、まだらに降り敷く雪もまた、消えて年々折にふれ、あわれあわれと言いながら、大事な人の長命を、千年までも世の人の、祝う思いは駿河《するが》にある、富士のお山の火のように、燃える思いともなるけれど、尽さぬうちにそれもまた、別れの涙となりはてて、喪服を織りゆく心の声は、言葉さまざまに歌われた。恐れ多くも天皇の、仰せを承《う》けて巻々の、なかにもらさず集めんと、伊勢の浦の貝のように、拾い集め採り集めようと、苦心努力はしてみたが、浅学非才の悲しさで、思いどおりに運ばない。し

いたづらに　なりぬべらなり　行く水の　絶ゆる時なく
かくなわに　思ひみだれて　降る雪の　消《け》なば消《け》ぬべく
思へども　閻浮《えぶ》の身《み》なれば　なほやまず　思ひはふかし
あしひきの　山した水の　木《こ》がくれて　たぎつこころを
誰《たれ》にかも　あひ語らはむ　色に出《い》でば　ひと知りぬべみ
墨染《すみぞ》めの　夕べになれば　ひとりゐて　あはれあはれと
歎《なげ》き余り　せむ術《すべ》なみに　庭に出《い》でて　たちやすらへば
しろたへの　ころもの袖《そで》に　おく露の　消《け》なば消《け》ぬべく
おもへども　なほなげかれぬ　春がすみ　よそにも人に
逢はむと思へば

三 古歌《ふるうた》奉りし時の目録のその長歌　　貫之《つらゆき》

1002 ちはやぶる　神の御代より　くれ竹の　世々《よよ》にも絶えず
あまびこの　音羽《おとは》の山の　はるがすみ　おもひみだれて

かも幾年昼となく、夜となくただただひたすらに、職務に励み一向に、顧みもせぬわが家《いえ》は、屋根にしのぶが生い繁り、板はあちこち隙間だらけ、降る春雨が漏りはしないか、漏らした秀歌もどれほどか、心配することしきりである。

春、夏、秋、冬、賀、恋、離別、哀傷、と、歌の部類を列挙し、次いで勅命を奉じて苦心の末編纂《へんさん》したことを述べた。この目録歌に言う組織と現存『古今集』の部立《ぶだて》とでは小異がある。

◇くれ竹の　「世々」の枕詞《まくらことば》。◇あまびこの　「音羽の山」の枕詞。以下四句、「春」。◇五月雨《さみだれ》の　以下六句、「夏」。◇からにしき　「龍田のやま」の枕詞。以下四句、「秋」。◇神無月　以下六句、「冬」。◇年ごとに　以下六句、「賀」。◇世のひとの　以下四句、「恋」。◇駿河の　思いを「する」と「駿河」とを掛けた。◇飽かずしてわかるる涙　「離別」。◇ふぢ衣織れるこころも　「哀傷」。「ふぢ衣」は喪服。◇伊勢の海の…　『催馬楽《さいばら》』「伊勢の海」の「伊勢の海のきよき渚《なぎさ》に潮間《しほかひ》になのりそや摘まむ貝や拾はむや玉や拾はむや」をふまえた表現。「潮間」を「潮貝」に転換した。◇玉の緒の　「みじかき」の枕詞。◇みじかきこころ　短才。◇思ひあへず　志が充分行き届かない。◇おほ宮　宮中のこと。◇板間あらみ　板の間が粗《あら》いので。◇降る春雨の…　わが家が荒廃したため春雨が漏る意と、苦心収集したがなお秀歌を採り漏らしたのではないかと心配である、の意を掛ける。

五月雨《さみだれ》の　空もとどろに　さ夜《よ》ふけて　やまほととぎす
鳴くごとに　誰《たれ》も寝覚《ねさ》めて　からにしき　龍田《たつた》のやまの
もみぢ葉を　見てのみしのぶ　神無月《かむなづき》　しぐれしぐれて
冬の夜の　庭もはだれに　降るゆきの　なほ消えかへり
年ごとに　時につけつつ　あはれてふ　ことを言ひつつ
君をのみ　千代にといはふ　世のひとの　おもひ駿河《するが》の
富士《ふじ》の嶺《ね》の　燃ゆるおもひも　飽《あ》かずして　わかるる涙
ふぢ衣《ごろも》　織れるこころも　やちぐさの　ことの葉ごとに
すべらぎの　おほせかしこみ　巻《まき》まきの　中につくすと
伊勢《いせ》の海の　浦の潮貝《しほがひ》　ひろひあつめ　採《と》れりとすれど
玉の緒の　みじかきこころ　思ひあへず　なほあら玉の
年を経《へ》て　おほ宮にのみ　ひさかたの　昼よるわかず
仕《つか》ふとて　かへりみもせぬ　わが宿の　しのぶ草おふる
板間《いたま》あらみ　降る春雨の　漏りやしぬらむ

一　前歌の詞書《ことばがき》に言う「古歌」と同じ意。

1003　幾代も経つつ伝わった、古い和歌がなかったならば、伊香保の沼といういかにして、思いのたけを述べられようか。ああ、その昔いたという、人麿こそはありがたい。彼の身分は低かった、けれども和歌を天皇の、お耳にまでもお届けし、後世までの模範とした。今また和歌集勅撰の、勅旨《ちよくし》がこうして下るのは、遺業を継げとのお心か、ものの数にも入らない、私ごときに学びえた、和歌をいろいろ問われるらしい。これを思えばその昔、仙薬を舐《な》め昇天し、雲の中で鳴いたという、鶏と犬との心地がして、この和歌以外の雑念に、気を散らしている暇はない。和歌ひとすじに打ちこめる、今日このごろの誇らしさ。とは言うものの以前には、帝の親兵であったのに、右衛門府《うえもんふ》の府生《ふしよう》に転じてからは、御門を守る御垣守、栄転したとは言いながら、外の守りに廻されて、重い職務の自覚がない。宮中にいて近衛府で、お側近くを守った日には、嵐《あらし》の風も聞かなかったが、外の守りについて以後、世間の風も強く吹き、春は霞とたなびきまどい、夏には蟬《せみ》と泣き暮し、秋は時雨《しぐれ》に袖濡らし、冬には霜に責められる。こんなにつらい勤めであるが、低い身分で出仕して、以来の年を数えれば、三十年にもなっている。出仕以前の年までも、加えてみればなおさらだ。身分は低くて年だけ高い、その苦しさは堪《た》えられぬ。こうして長柄の橋と生き長らえ、難波の浦に立つ波の、しわで顔中いっぱいだ。それでも命は惜しいから、越に名

一古歌に加へて奉れる長歌　　壬《み》生《ぶの》忠《ただ》岑《みね》

1003
くれたけの　世々《よよ》のふる言《ごと》　なかりせば　伊香保《いかほ》の沼の
いかにして　おもふ心を　のばへまし　あはれ昔べ
ありきてふ　人麿《ひとまろ》こそは　うれしけれ　身はしもながら
ことの葉を　あまつ空まで　きこえあげ　末の世までの
あととなし　今もおほせの　くだれるは　塵《ちり》につげとや
ちりの身に　つもれる言《こと》を　問《と》はるらむ　これを思へば
いにしへに　薬《くすり》けがせる　けだものの　くもにほえけむ
ここちして　ちぢの情《なさけ》も　おもほえず　ひとつこころぞ
誇《ほこ》らしき　かくはあれども　照るひかり　近きまもりの
身なりしを　誰《たれ》かは秋の　来るかたに　あざむき出でて
みかきより　とのへ守《も》る身の　御垣守《みかきもり》　をさをさしくも
おもほえず　九《ここ》の重《かさ》ねの　なかにては　あらしのかぜも

だたる白山《しらやま》さながら、頭は白くなろうとも、音羽の滝という音に聞く、不老不死の薬が欲しい。畏《かしこ》き帝《みかど》のご長寿を、若返りつつ拝見したいものです。

『古今集』撰定を拝命した喜びと決意とを述懐した歌。◇くれたけの　「世々」の枕詞。◇伊香保《いかほ》の沼　榛名《はるな》湖。同音で「いかにして」にかかる枕詞。◇塵につげ　先人（ここは人麿）の遺業を継げ。◇いにしへに薬けがせる　『忠岑集』『古今和歌六帖』により補う。仙薬を舐《な》めた鶏と犬とが、昇天して雲の中で鳴いたという、『神仙伝』所載の故事にもとづく。和歌集勅撰に従事できる光栄をたとえた。「けがす」は口にする意。◇照るひかり　天皇の比喩《ひゆ》。◇近きまもりの身　近衛府（皇居を警衛した役所）の番長であったことを言う。◇秋の来るかたに…　五行説で、西を秋にあてるところから、西にある右衛門府の府生に転じたことを言う。衛門府は、内裏諸門の護衛にあたった。◇をさをさしくも…　主《おも》だった者であるという自覚がない。◇九《ここ》の重《かさ》ねのなか…　「九の重ね」は禁中。近衛府にいたことを指す。◇野山しちかければ　禁中の外という勤務位置とともに、社会的に風当りの強いことを言う。◇五つの六つ　五六の三十年。◇やよければ　いよいよ数多いので。◇なみのしわにやおぼほれむ　波のような皺《しわ》に顔が溺《おぼ》れよう、の意。◇若え　下二段活用の動詞「若ゆ」（若返る意）の連用形。

1004　逢坂山の石清水は、木陰《こかげ》に隠れて見えません。私も、日の目を見ぬままになるのかと思ってお

聞かざりき　いまは野山し　ちかければ　春はかすみに
たなびかれ　夏はうつせみ　鳴き暮らし　秋はしぐれに
袖をかし　冬は霜にぞ　責めらるる　かかるわびしき
身ながらに　つもれる年を　しるせれば　五《いつ》つの六《む》つに
なりにけり　これに添《そ》はれる　私《わたくし》の　老いのかずさへ
やよければ　身はいやしくて　年たかき　ことの苦しさ
かくしつつ　長柄《ながら》の橋の　ながらへて　難波《なには》のうらに
立つなみの　なみのしわにや　おぼほれむ　さすがに命
惜しければ　越《こし》の国なる　しらやまの　かしらはしろく
なりぬとも　音羽《おとは》の滝の　おとにきく　老いず死なずの
薬《くすり》もが　君が八千代を　若《わか》えつつ見む

1004
君が代に　逢坂山《あふさかやま》の　岩清水《いはしみづ》　木《こ》がくれたりと　思ひける
かな

りました。幸い帝の御代に逢い、このたびのお引き立て、まことに光栄に存じます。
◇逢坂山の岩清水…　五三七参照。不遇であった自分の比喩。第一句とのかかわりで、「逢坂山」に「逢う」を言い掛けている。

1005　十月になったというからなのか、今朝からは曇りきりもしないうちに、はやくも時雨《しぐれ》がわたり、もみじ葉と一緒に降ってきた。その古里の吉野では、山風も日ごとに寒さを加えるので、貫く緒が解けほどけて一面に散る玉のように、霰は乱れ霜はこおり、いてついてしまった庭の面に、あちらこちらと残って見える冬草の上に降り敷く白雪が、みるみる積っていくように、積り積って多くの年を、私もつらく過してきた。厳しさを増してゆく冬の自然に託し、自分もつらい生涯を送りながら年をとった感慨を述べた。
◇ちはやぶる　本来「神」の枕詞。「神無月」の枕詞として転用している。◇ふるさと　古い里。上からは「降る」を言い掛ける。◇こきちらし　一面にまきちらし。◇あらたまの　「年」の枕詞。
一　三二七頁注七参照。薨去《こうきよ》は延喜七年（九〇七）。この歌は仮名序・真名序が『古今集』撰定の年とする延喜五年以後の作。

1006　沖の荒波同然に、日ごと殺風景になりゆくこの宮では、長年にわたってお仕えしたこの伊勢の漁師めも、波に大事の船をさらわれたような気持で、何とも慰めようなく悲しみのかぎりを尽しています。

冬の長歌　凡河内躬恒《おほしかふちのみつね》

1005
ちはやぶる　神無月《かむなづき》とや　今朝よりは　くもりもあへず
うちしぐれ　もみぢとともに　ふるさとの　吉野《よしの》の山の
山あらしも　寒く日ごとに　なりゆけば　玉の緒とけて
こきちらし　霰《あられ》みだれて　霜こほり　いやかたまれる
庭のおもに　むらむら見ゆる　冬くさの　上に降りしく
しら雪の　つもりつもりて　あらたまの　年をあまたも
すぐしつるかな

一七条后《しちでうのきさき》、失《う》せ給ひにける後によみける　伊勢《いせ》

1006
おきつ波　荒れのみまさる　宮のうちは　年へて住みし
伊勢《いせ》の海人《あま》も　舟ながしたる　心地《ここち》して　寄らむ方《かた》なく
かなしきに　涙のいろの　くれなゐは　われらがなかの

つけても、つたう涙が紅色となって落ちるのは、悲嘆に明け暮れする私ども一同が降らせる時雨、濡れわびて人々は、秋の紅葉さながらに、めいめい散り散りに別れてしまいますので、いよいよ頼りにできる陰《かげ》もすっかりなくなり、ただ宮に残るものといえば花すすきが、主人のいない庭に群れ立つばかり、風のまにまに天上を招いて靡《なび》くと、折しも初雁が鳴き渡って行きます。私も、泣き暮しつつ、これからはよそながらもこの宮をお偲《しの》びいたしましょう。

◇おきつ波　「荒れのみまさる」の枕詞。◇伊勢の海人　作者伊勢の比喩《ひゆ》。初句「おきつ波」の縁でこう言いなした。◇涙のいろのくれなゐは　漢語「紅涙」「血涙」にもとづく表現。五九八参照。◇秋のもみぢと　秋の紅葉は時雨が染めるもの（一〇一〇参照）。ここは血涙の時雨によって染められたと見た。「と」は、…となって、…のように、の意。◇鳴きわたりつつ　「泣きわたりつつ」を掛ける。◇よそにこそ見め　退出したのちも、せめてこの宮をよそながら見よう、の意。

一　五七七、五七七の六句形式の歌。五七七の片歌《かたうた》形式の唱和から起ったと言われている。民衆的謡物《うたいもの》に多く見られる形式で、『萬葉集』にも比較的多く採られ、平安時代の歌謡にも見られたが、以後衰えた。

1007　見わたすはるかかなたの人にお尋ねしたい。その、そこに白く咲いているのは、何の花でしょうか、と。

しぐれにて　秋のもみぢと　人びとは　おのがちりぢり
別れなば　頼むかげなく　なりはてて　とまるものとは
花すすき　君なき庭に　群れたちて　そらをまねかば
初雁《はつかり》の　鳴きわたりつつ　よそにこそ見め

旋《せー》頭《どう》歌《か》

題しらず　よみ人しらず

1007 うちわたす　遠方《をちかた》人に　もの申すわれ　そのそこに　白く
咲けるは　何の花ぞも

返し

1008 春されば　野辺にまづ咲く　見れど飽《あ》かぬ花　まひなし
に　ただ名のるべき　花の名なれや

二　誹《はい》諧《かい》歌《か》

題しらず　　　　　　　　　　　　　　　　　　　　　　　　　　　　　　　素《そ》性《せい》法《ほふ》師《し》

1009 初瀬川《はつせがは》　古川のへに　二本《ふたもと》ある杉　年をへて　またもあひ見む　二本ある杉

貫　之

1010 君がさす　三笠《みかさ》の山の　もみぢ葉の色　神無月《かむなづき》　しぐれの雨の　染めるなりけり

題しらず　　　　　　　　　　　　　　　　　　　　　　　　　　　　　　　よみ人しらず

1011 梅の花　見にこそ来《き》つれ　鶯《うぐひす》の　ひとくひとくと　いとひしもをる

1008 春になると、野辺に真っ先に咲く、見飽きると いうことのない花とでも言いましょう。お礼も なしに、気安くお教えできる名前ではありません。 ◇春されば… 「花魁《かかい》」（百花の先がけ）の異名をもつ 梅を暗示する。◇まひ　礼物として贈るもの。

1009 初瀬川の、古びた流れのほとりに、二本の杉が 立っている。歳月を隔てた後も、またお目にか かりたいものです、あの二本の杉のように。 二本並んだ杉によせて、恋の心を詠《よ》んだ歌。 ◇初瀬川　奈良県桜井市初瀬を流れる。◇古川　古色 蒼然《そうぜん》たる川。初瀬川は萬葉以来の名所なので言う。

1010 あなたのさす御笠、そんな名をもつ三笠の山の 紅葉の色。十月の時雨の雨が、しみこんで色づ いたのですね。 類想歌、「大君の御笠の山のもみぢ葉は今日のしぐれ に散りかすぎなむ」（『萬葉集』一五五四）。 ◇君がさす　「三笠」の枕詞。◇三笠の山　四〇六参照。 二 「誹諧」は滑稽《こつけい》の意で、中国の詩論に見える語。 正格をはずしたもので、普通の古典和歌には用いられ ない表現を含む。この部を立てたのは、紀貫之が『土 佐日記』でみせた嗜好《しこう》と共通する。

1011 私は、梅の花を見に来ただけで、他意はないの だが、鶯が人来人来《ひとくひとく》と鳴いて、嫌がっているよ うに思われる。 鶯の声を「人来人来《ひとくひとく》」と聞いたところに誹諧がある。 以下一〇二二まで、春夏秋冬の順に歌が配列されている。

1012 山吹に脱ぎかけられた、照り映えるような黄色い衣《ころも》、お前の持ち主はいったい誰かと尋ねても、だんまりを決めこんで何も答えてくれない。なるほど、梔子《くちなし》で染めた黄色だからね。

咲き誇る山吹を衣に見立てた。その色を染めたのは梔子（口無し）だから、誰の衣かつきとめられない、という趣向。梔子の実は黄色の染料として用いられる。

1013 どれほどの田を作っているというのか、時鳥が毎朝忙しそうに、田長を呼んでいる。

◇しでの田長　時鳥の鳴くのが田植えの季節でもあるところから、その声を、田植えをとりしきる「田長」を呼ぶものととりなした。「しでの」を「死出の」と解する説もあるが、確かでない。

1014 いつか早くと、はやる気持で着物の裾を脛《すね》までまくりあげ、一日はやいが天の川を今日渡って逢いに行こうか。

牽牛《けんぎゆう》の立場で詠んだ歌。天下晴れて逢える前日こそ、慕情・焦燥は最高潮に達するのである。

◇またぐ　はやりたつ。『類聚名義抄《るいじゆうみようぎしよう》』には「驀」の字の訓にあてている。◇はぎ　脛のこと。

1015 寝物語もまだ尽きないというのに、もう夜が明けてしまった。いったいどこへ行ったのか、長い長いと言う秋の夜は。

1012
山吹《やまぶき》の　花色衣　ぬしやたれ　問へどこたへず　口なしにして

藤原敏行朝臣《ふぢはらのとしゆきのあそむ》

1013
いくばくの　田をつくればか　時鳥《ほととぎす》　しでの田《た》長《をさ》を　朝な朝なよぶ

七月六日《ふみづきのむいか》、七夕《たなばた》の心をよめる

藤原兼輔朝臣《ふぢはらのかねすけのあそむ》

1014
いつしかと　またぐ心を　はぎにあげて　天《あま》の河《か》原《はら》を　今《け》日《ふ》や渡らむ

題しらず

凡河内躬恒

1015
睦言《むつごと》も　まだ尽きなくに　明けにけり　いづらは秋の　長《なが》してふ夜は

この歌も七夕《たなばた》の心である。
◇睦言　男女共寝の際の語らい。◇いづら　所在を問う語。◇長してふ夜は　「てふ」は「と言ふ」の省略形。

1016　秋の野に、美しい姿をきそってしゃなりと立つ女郎花。ああ騒がしいことだ。花期はほんの一時だというのに。
◇女郎花　女性を匂わせるものとして詠まれている。続く三首も同様。三六参照。◇あなかしがまし　女郎花が美しさを競っているさまに対して言った。

1017　秋になると、野辺に色っぽく咲き乱れる女郎花。誰がこの花を摘まないで、ただ見るだけでいられようか。
◇たはるる　嬌態《きようたい》を示すことを言う。◇いづれの人か…　どの人が…できようか。反語。

1018　秋霧が、晴れたり曇ったりすると、それに応じて、女郎花の美しい姿が、見えたり隠れたりする。
◇見えかくれする　見えたかと思えば隠れ、隠れたかと思えば見える。そのことによっていっそう花の媚態《びたい》に心がひかれる。

1019　美しい花だと思って手折《たお》ろうとしたところ、実はその名も女郎花。どうもひとくせありそうで、出したその手がすくんでしまった。
◇うたたある　普通でない、異様な、の意。折るととんでもないいきがかりが生じそうな名なので言う。

僧《そう》正《じやう》遍《へん》昭《ぜう》

1016　秋の野に　なまめきたてる　女郎花《をみなへし》　あなかしがまし　花もひと時

よみ人しらず

1017　秋来れば　野辺にたはるる　をみなへし　いづれの人か　摘《つ》まで見るべき

1018　秋霧の　晴れてくもれば　女郎花　花の姿ぞ　見えかくれする

1019　花と見て　折らむとすれば　女郎花　うたたあるさまの　名にこそありけれ

一　寛平末年に行われた歌合。三〇頁注一参照。

1020　秋風に吹かれて、藤袴が綻《ほころ》びたらしい。こおろぎが、ツヅリサセ、ツヅリサセと鳴いている。
◇藤袴　秋の七草の一つ。三九参照。花が咲きほころんだことを、花の名からの連想により、袴が綻びたように言いなした。◇つづりさせ　蟋蟀《こおろぎ》の鳴き声をこのように聞き、綻びを綴り刺せ、の意にとりなした。◇きりぎりす　今の蟋蟀。

1021　まだ冬だというのに、春がすぐお隣りのお宅《や》まで来ているので、垣根を越えてわが家の方へ、はらはらと花が散ってまいります。
◇春のとなり　春である隣家。明日立春というのを、飛んできた雪を花びらに見立てた。同じ作者の三三〇も同様の趣向。

1022　石《いそ》の上布留《かみふる》の社ではないけれど、古い昔の恋が、今さらのように威力を顕《あらわ》して祟《たた》りをなすので、私は寝ることもできない始末だ。
◇石の上　布留《ふる》を連想させつつ「古りにし」を導く枕詞。一四四参照。◇神さびて　「神さぶ」は古びて貴く見える意。◇いぞ寝かねつる　八九七参照。

1023　枕の方からも、足元の方からも、恋の奴《やっこ》が私を攻めてくる、どうする手だてもないので、寝床の真ん中で小さくなっている。

恋の思いに責められて、眠れない、ということ。

一寛平御時《くわんぴやうのおほんとき》の后宮《きさいのみや》の歌合《うたあはせ》の歌　　在原《ありはらの》棟梁《むねやな》

1020
秋風に　綻《ほころ》びぬらし　藤袴《ふぢばかま》　つづりさせてふ　きりぎりす
鳴く

明日《あす》春立たむとしける日、隣の家の方《かた》
より、風の、雪を吹き越しけるを見て、
その隣へよみてつかはしける　　清原深養父《きよはらのふかやぶ》

1021
冬ながら　春のとなりの　ちかければ　中垣《なかがき》よりぞ　花は
散りける

題しらず　　よみ人しらず

1022
石《いそ》の上《かみ》　古《ふ》りにし恋の　神さびて　たたるにわれは　いぞ
寝《ね》かねつる

1024 恋しいということには、それなりに一定の恰好があると聞いている。ところが自分の場合は、立っていても坐っていても心は空《そら》になって、まったく何がどうなのか、おさまりもつかない。
◇恋しきが… 上三句難解。一応、「かた」を「形」と見て解しておく。◇立てれ居れども 「立てれども居れども」の略。

1025 あの人に逢わないでどのくらいいられるか、試しがてら逢わないでいたら、冗談《じようだん》もできないほど恋しかった。
◇ありぬやと ずっとそのままあり通せるかと。

1026 耳成山にある梔子《くちなし》を手に入れたいものだ。燃える恋心の緋色《ひいろ》の下染めにしよう。耳無しで人に聞かれず、口無しで噂《うわさ》を立てられず、何の邪魔も入れられずに恋ができるように。
◇耳成の山 大和《やまと》三山の一。奈良県橿原《かしはら》市。◇くちなし 実を黄色の染料として用いる。一〇一二参照。◇得てしがな 得たいものだ。◇思ひの色 「緋《ひ》の色」を掛けた。◇下染めにせむ 緋色の下染めに梔子の黄色を用いよう、の意。そのような染色法があったものか。

1027 山田のなかの足跛《ひ》き案山子《かかし》、お前までが私を欲しいと言うてくる。まあ、心外な。
◇あしひきの山田の案山子 「あしひきの」は「山田」の枕詞。「足跛き」の意をこめる。上二句、つまらぬ男の比喩《ひゆ》。男としての機能が不完全な男を暗示するか。◇おのれ 相手をさげすんで呼ぶ代名詞。

1023
枕より 後《あと》より恋の せめくれば せむかたなみぞ 床中《とこなか》にをる

1024
恋しきが かたもかたこそ ありと聞け 立てれ居《を》れども なき心地する

1025
ありぬやと こころみがてら あひ見ねば たはぶれにくき までぞ恋しき

1026
耳成《みみなし》の 山のくちなし 得てしがな 思ひの色の 下染《したぞ》めにせむ

1027
あしひきの 山田の案山子《そほづ》 おのれさへ われを欲《ほ》しとい

1028　かなわぬ恋の思いが、富士山の煙のように、いたずらに燃えあがるならそれもいい。あの煙を神様でさえ消さないでいらっしゃるように、私の恋の思いも、成就せぬことがわかっていても、消しようがないのだから。

恋の情熱を富士山の噴煙にたとえた歌。五三四参照。◇ならぬ思ひ　「思ひ」の「ひ」に「火」を掛け、空《むな》しく燃えあがる火の意と、相手を思っても成就しない恋の意とをこめる。◇燃えば燃え　燃えるならば燃えろ。

1029　逢いたい心は星の数ほどあるけれど、思う人に近づく便宜がないので、星はあっても月明りがなくて迷うように、思案にくれてばかりいる。

◇あひ見まく星　「あひ見まく」は、「あひ見むこと」の意。「星」に「欲し」を掛ける。◇つきなみ　「便宜《つき》無み」と「月無み」とを掛け、月がないので闇夜に迷う意と、便宜がないから迷う意とをこめている。「月」をもちだしたのは、第二句の「星」と呼応させるためである

1030　恋人に逢う手だてもなく、月も出ぬ闇夜には、恋心が燃えさかり、胸の中をぱちぱち飛び走る、その火に心を焼きながら、私は騒ぐ思いでひとり起きている。

◇月のなきには　「月」に便宜・手段の意の「つき」を掛ける。◇思ひおきて　「思ひ」の「ひ」に「火」を掛け、「おき」に「起き」と「熾《お》き」とを掛ける。◇胸

ふ　られはしきこと

紀《きの》乳《めの》母《と》

1028　富士《ふじ》の嶺《ね》の　ならぬ思ひに　燃えば燃え　神だに消《け》たぬ　むなし煙《けぶり》を

紀《きの》有《あり》朋《とも》

1029　あひ見まく　星はかずなく　ありながら　人につきなみ　惑《まど》ひこそすれ

小《を》野《のの》小《こ》町《まち》

1030　人に逢はむ　月のなきには　思ひおきて　胸はしり火に　心焼けけり

はしり火に「胸はしり」は心が騒いで、の意。「はしり火」は、熾火《おきび》からはね飛ぶ火の粉。「走り火」からの連想で第五句に「焼け」が出る。

1031　春霞《はるがすみ》がたなびく野辺の若菜にでも、なってみたいものですわ。こんな私でも、誰かよい人が来て、摘みとってくれはしないかと願って。

女性の立場で作った歌。若菜を摘むことは「春歌上」に出ている。一八〜二一参照。

1032　私はあの人を愛しているが、それでもつい疎《うと》ましく思われてしまう。春霞のかからぬ山がないように、あの人が、手あたり次第の女性に浮気して歩くことを思うと。

◇うとまれぬ　「れ」は自発の助動詞「る」の連用形。「ぬ」は完了の助動詞で、つい…してしまう、の意。

1033　春の野原の草葉さながら、めっきりつのった妻への恋に堪えかねて、飛び立つとんまな雉のように、私はほろろと泣いている。人に知られて後悔ばかり、それでほろろと泣いている。

雉の妻恋いは、あらわなことで有名。「春の野にあさる雉《きぎし》の妻恋ひにおのがあたりを人に知れつつ」(『萬葉集』一四四六)。恋しさのあまり、かえって人に見とがめられた嘆きを託した。

1034　秋の野で、妻を求めえぬ鹿が、去年も今年も切なく鳴いている。これといって、何か俺の恋の甲《か》斐《い》はあったろうかと、カイヨカイヨと鳴いている。

◇かひよ　鹿の鳴き声。「甲斐」の意にとりなした。

寛平御時《くわんびやうのおほんとき》の后宮《きさいのみや》の歌合《うたあはせ》の歌　　藤原《ふぢはらの》興《おき》風《かぜ》

1031　春霞　たなびく野辺の　若菜にも　なり見てしがな　人も摘むやと

題しらず　　よみ人しらず

1032　思へども　なほうとまれぬ　春霞　かからぬ山の　あらじとおもへば

平《たひらの》貞《さだ》文《ふみ》

1033　春の野の　繁き草葉の　妻恋《つまご》ひに　飛びたつ雉《きじ》の　ほろろとぞ鳴く

紀《きの》淑《よし》人《ひと》

1034　秋の野に　妻なき鹿の　年を経《へ》て　なぞわが恋の　かひよ

とぞ鳴く

躬恒

1035 蟬《せみ》の羽《は》の　ひとへに薄き　夏衣《なつごろも》　なればよりなむ　ものにやはあらぬ

忠岑

1036 隠《かく》れ沼《ぬ》の　下より生《お》ふる　ね蓴《ぬなは》の　寝ぬ名はたてじ　来るないとひそ

よみ人しらず

1037 ことならば　思はずとやは　言ひはてぬ　なぞ世の中の　玉襷《たまだすき》なる

1035 蟬の羽のように、単衣《ひとえ》で薄い夏の衣は、着馴《な》れればしわがよるじゃないか。あの人も同様、ひとえに薄情者であるけれど、それでも馴れ親しんだなら、自然に寄り添ってくるものではないのか。◇蟬の羽の　第二・三句に対する、比喩《ひゆ》の枕詞。◇ひとへに　単衣と、ひたすらの意とを掛ける。◇なればよりなむ　着物は着馴れれば萎《な》えばんで縒《よ》ってくる（皺《しわ》づいてくる）の意と、親しくなれば寄り添ってくる、の意を掛ける。

1036 草に隠れた沼の底から生《は》えるねぬなわではありませんが、私はけっして、共に寝てもいないのに寝たという浮き名を立てておきはしません。この上は名実ともに共寝をしていただきたく、どうぞ来訪を嫌がらないで下さい。甚だ図々しい求愛。◇隠《かく》れ沼《ぬ》　六六一参照。◇ね蓴《ぬなは》の　第三句まで序詞《じょことば》。同音の反覆で第四句「寝《ね》ぬ名」を起す。「ね蓴」は「蓴」のこと。蓴菜《じゅんさい》。◇来るないとひそ　私が通って来るのを嫌がるな。「な…そ」で禁止を表す。「ねぬなは」の縁で、「来る」に「繰る」をきかせた。

1037 同じことなら、愛していないと言いきってはくれないか。どうして我々の仲は、こうも襷のように食い違ってばかりいるのであろう。相手が自分を嫌いだと言いさえすれば、それで、あっさり別れられるのだが、そう言ってくれない。◇世の中　男女の仲。◇玉襷　「玉」は美称。襷を交差させてかけるところから、食い違う意をこめている。

1038 私を愛していると言う人の、心の陰にそっと隠れてこっそり本心を見抜く、そんなよい方法はないものだろうか。

◇くま 人に見えない、隠れた部分。

1039 私は相手のことを思っているのだが、相手は私のことを、思っていないとばかり言っている。こんなことなら、もう思わないことにしよう。いくら思ってみても、思う甲斐《かい》がないから。

「思ふ」という語を意識的に重ねて詠んだ歌。

◇いなや いやもう。

1040 私だけを愛していると言ってくれたら、それで充分なのだが、あの人の心は、大幣のようなもので、あっちの人にもこっちの人にも、はてさて引かれてばかりいる。

◇いでや さてもう。◇大幣 七〇六、七〇七参照。

1041 私を思ってくれる人を、私のほうからは思ってあげない報いなのだろうか。私が思っている人が、いっこうに私を思ってくれないのは。

一〇三九同様、「思ふ」を意識的に繰り返した。

1042 私を愛していたであろう人を、あの時私も愛していればよかった。本当に、その報いがなかった、と言えようか。たしかに報いがあって、いま私が愛する人は私を愛してくれない。

◇まさしや 「まさし」は、確実である、明瞭《めいりよう》である、の意。「や」は感動を表す助詞。

1038
おもふてふ 人の心の くまごとに 立ち隠れつつ 見る
よしもがな

1039
おもへども 思はずとのみ 言ふなれば いなや思はじ
思ふかひなし

1040
われをのみ おもふと言はば あるべきを いでや心は
大幣《おほぬさ》にして

1041
われを思ふ 人をおもはぬ むくいにや わが思ふ人の
我《われ》を思はぬ

深　養　父

1042
おもひけむ 人をぞともに 思はまし まさしやむくい

なかりけりやは

よみ人しらず

1043 出《い》でてゆかむ　人を停《とど》めむ　よしなきに　隣の方《かた》に　鼻も
嚔《ひ》ぬかな

1044 紅《くれなゐ》に　染《そ》めし心も　たのまれず　人をあくには　うつる
てふなり

1045 いとはるる　わが身は春の　駒《こま》なれや　野飼《のが》ひがてらに
放ち捨てたる

1046 鶯《うぐひす》の　去年《こぞ》のやどりの　古巣《ふるす》とや　われには人の　つれ
なかるらむ

1043　もうこれっきりだ、と言って出て行こうとする人を引きとめる手段もないのに、せめて隣りの方で、くしゃみでもしてくれないかしら。

ひきとめる口実が何もない。こんな時には、隣人のくしゃみにすらかこつけてひきとめたくなる。しかし、それもかなわず、万事休す。あるいは、くしゃみを、出かけるとよくないことがおこる前兆とするような俗信が、当時あったのかもしれない。

◇鼻も嚔《ひ》ぬかな　「鼻を嚔《ひ》る」「嚔《はなひ》る」は、くしゃみをすること。「ぬかな」は、希求の意。

1044　紅に染めた真実の心でも、なお頼りにはならないものだ。灰汁《あく》で洗うと色がさめてしまうように、飽きてくるとさめるというではないか。

◇紅に染めし心　真心の意の漢語「赤心」にもとづく表現。◇あく　「飽《あ》く」と「灰汁」とを掛けた。紅色は灰汁で洗うと色がさめる。◇てふ　「といふ」の約。

1045　厭《いと》われたこの私は、春を迎えた馬だというのか、放牧がてらに、そのまま、あの人は捨ててしまうなんて。

◇野飼ひがてらに　「野飼ひ」は放牧する意。敬遠する意の「のかひ」を言いこめている。

1046　鶯が去年宿った古巣…、いったい古すおつもりか、あの人が私に、このように冷たいのは。

◇古巣　古物扱いをする意の動詞「古す」を掛けた。

1047　利巧ぶって人真似をし、夏は独り寝のほうが具合がいいなどと、恋人を近づけずにがんばっていたが、笹の葉が冷たい風にさわさわ鳴る、寒い霜の夜になっても、私はわびしく独りで寝ている。さかしらぶって恋人を拒絶してみた、その報い。
◇さかしらに　自嘲《じちょう》の語気を帯びる言葉。◇笹の葉の……　『萬葉集』に類句がある。「笹が葉のさやく霜夜に」（四四三一）など。

1048　今は、あの人に逢う機会もわずかになり、折しも二十日《はつか》の月は、夜更けにならなければ出てこない。思いおこせば、あの人に逢う便宜《つき》もまた、夜更けでなければ作ることはできなかったな。
◇はつかになりぬれば　「はつか」は、わずかの意。二十日の意を掛けた。◇月　手段の意の「つき」を掛けた。

1049　たとえはるかな唐土《もろこし》の国の吉野山に、あなたがおこもりになろうとも、そのまま諦《あきら》めて後に残るような私ではありません。
女の立場の歌であろう。
◇もろこしの　「吉野」の枕詞。吉野山が険阻な山であることと、当時、人外の仙郷という認識があったことにもとづくが、大海を隔てた唐土《もろこし》の山と大げさに言いなしている。

1050　雲晴れぬ浅間の山というが、あなたの仕打ちは、ほんとにあさましいこと。手を引くなら、私の心をよく見極めたうえで引けばよいのに。
◇浅間の山の　第二句まで序詞。同音反覆で第三句「あさましや」を起す。◇あさましや　「や」は詠嘆。

1047　さかしらに　夏は人まね　笹《ささ》の葉の　さやぐ霜夜を　わが
一人寝《ひとりぬ》る

平《たひらの》中《なか》興《き》

1048　逢ふことの　今ははつかに　なりぬれば　夜深《よふか》からでは
月なかりけり

左大臣《ひだりのおほいまうちぎみ》

1049　もろこしの　吉野の山に　こもるとも　おくれむと思ふ
我《われ》ならなくに

中　興

1050　雲晴れぬ　浅間の山の　あさましや　人の心を　見てこそ

1051 古いものの代表のように世間で言っている難波の長柄の橋でさえ、作り替えると聞いている。さてそうなると、盛りを過ぎた私など、何にたとえたらよいのでしょう。◇長柄の橋　大阪市大淀《おおよど》区にあり、淀川本流にかかる。古びたものの代表としての取り扱いが多い。仮名序一八頁、および八二六、八九〇参照。

1052 真面目にしているからと言って、何のよい報いがあろうか。刈萱《かるかや》のように乱れていても、特に思わしくない結果がくるわけでもない。◇何ぞはよけく「いったい何であるか、よいことは」の意。「よけく」は「よし」のク語法。◇刈萱の「乱れてあれど」の枕詞。たばねてもたばねても、刈りとった茅萱《ちがや》がすぐ乱雑になるところからかかる。

1053 浮き名の立つことが、なんで惜しく思われよう。そのことを知って惑うのは、自分だけであろうか。そんなことがあるはずはない。自暴自棄の趣の歌。

一「いと」という名前を持っている男に、何か関係があるかのように他人が噂《うわさ》をしたので詠んだ、の意。底本は「いとこなりける男」。古写本によって改める。

やまめ

伊勢

1051 難波《なには》なる　長柄《ながら》の橋も　つくるなり　今はわが身を　何に
たとへむ

よみ人しらず

1052 まめなれど　何ぞはよけく　刈萱《かるかや》の　乱れてあれど　悪《あ》し
けくもなし

興風

1053 なにかその　名の立つことの　惜しからむ　知りてまどふ
は　われ一人《ひとり》かは

「いと」と名ありける男によそへて、人の言ひければ　くそ

1054 よそながら　わが身に糸の　縒《よ》るといへば　ただいつはりに　過ぐばかりなり

題しらず　讃《さぬ》岐《き》

1055 祈《ね》ぎ言《ごと》を　さのみ聞きけむ　社《やしろ》こそ　果《は》てはなげきの　森となるらめ

大《おほ》輔《すけ》

1056 なげきこる　山としたかく　なりぬれば　つら杖《づゑ》のみぞ　まづつかれける

よみ人しらず

1054 何の関係もないのに、世間では、私にいとが言い寄ると噂するから、ただ、そんなことはいつわりですよと言って、聞き流しているだけのことです。

男の名の「いと」を「糸」にとりなし、その縁で「縒《よ》る」(四一五、一〇三五参照) と言い、「いつはり」に糸の縁語「はり」(針)、「過ぐばかり」に糸を通す意の「挿《す》ぐ」(九二一参照) を取り合せて仕立てた技巧の歌。

1055 お参りに来た人の願いごとを、あっさり聞きとどけたお社は、その人々の嘆きが積って、しまいには、なげ木の森になってしまうでしょう。

◇さのみ　そうばかり。そう簡単に、の意。◇なげきの森　願いをかなえられずに、かえって人の嘆きを生む神社のことを、「嘆き」を「木」にとりなして、それがいっぱいはえる森と言った。古来、神社は森でもある。なお、『八雲御抄《やくもみしょう》』には、「なげきの森」は名所として見えている。この歌では、鹿児島県始良《あいら》郡の姪《えひ》子《す》神社が念頭に置かれている。

1056 ため息が凝《こ》って、木を樵《こ》る山のように高くなってしまったので、山登りの杖ならぬ頬杖ばかり、何かにつけてつくようになった。

いろいろ嘆くことが多く、頬杖をついてばかりの日々を送っている、の意。

◇なげきこる　「嘆きという木を樵《こ》る」の意と、「長息《なげき》凝る」の意を兼ねる。◇山とし　山のように。「し」は強意の助詞。◇つら杖　頬杖。

1057　あまりにもなげ木を樵《こ》ってばかりいるので、樵ったなげ木が積り積って、山の峡《かい》も埋まってなくなり、私の嘆く甲斐《かい》もなくなりそうだ。自分は恋の嘆きばかりで、いっこうに嘆き甲斐もなく、恋人に逢うことはない、の意。◇なげきをばこりのみ積みて　悲嘆にくれている様子を、なげ木を樵《こ》って積み上げると言いなした。◇あしひきの　「山」の枕詞。◇かひ　「峡《かひ》」と「甲斐《かひ》」を掛ける。

1058　人を恋する重荷をにないながら、荷を運ぶ朸《おうご》がないように、逢う期《ご》がないのはつらいことだ。◇あふこ　にない棒の意の「朸《あふご》」（天秤棒《てんびんぼう》）と、「逢ふ期」とを掛けた。

1059　宵の間にちょっと姿を見せて、すぐに隠れてしまう三日月は片割月であるが、私の心も割れてしまって、恋に悩むこのごろだ。◇三日月の　第三句まで序詞。三日月は弦月で、これを「片割月」と言うところから第四句「われて」を起す。

1060　だからと言って、ああすればこうなり、こうすればああなる。ああ、何と言えばいいのだろう、世の中というものは、何もかもが食い違っていて…。◇そゑに　「そのゆゑに」の略された形。◇かくすれば　下に「とあり」が省略されている。◇あな　感動詞。◇あふさきるさ　「合ふさ切るさ」で、一方がよ

1057
なげきをば　こりのみ積みて　あしひきの　山のかひなく　なりぬべらなり

1058
人恋ふる　ことを重荷と　になひもて　あふこなきこそわびしかりけれ

1059
よひのまに　出《い》でて入りぬる　三日月の　われてものおもふ　頃にもあるかな

1060
そゑにとて　とすればかかり　かくすれば　あな言ひ知らず　あふさきるさに

1061
世の中の　憂《う》きたびごとに　身を投げば　ふかき谷こそ浅くなりなめ

ければ他方が悪く、物事が行き違ってうまく運ばぬことを言う。

1061　世の中がつらく思われるたびに、人々が身投げをしていたら、深い谷もじきに埋まって、浅くなってしまうだろう。

1062　世の中は、どれほど苦しく思っていることであろう。多くの人々に、恨みに思われているのだから。

世の中が嫌になった、という類の嘆息を逆手にとり、「世の中」を擬人化してその気持を忖度《そんたく》してみせた。

◇ここら　こんなにたくさん、の意。◇恨みらるれば　恨まれているので。当時「恨む」は上二段活用。

1063　私は、何をして空しく老いこんでしまったのだろう。私と一緒に今日まで過した年月が、いったいどう思っているか、何とも肩身のせまい気がしてならない。

「年」を擬人化して詠んだ。

◇やさし　肩身がせまい、恥ずかしい。

1064　この身は、もう思いきって捨てた。しかし、せめて心だけは、捨てないで大事にしておこう。捨て去ったわが身がどうなるのか、見とどけられるように。

身のなれのはてを見るために心だけは捨てまい、と悟りの境地を装ってみせた。

◇はふらさじ　「はふらす」は、打ち捨ててしまうこと。

在《あり》原元《はらのもと》方《かた》

1062
世の中は　いかに苦しと　思ふらむ　ここらの人に　恨み
らるれば

よみ人しらず

1063
なにをして　身のいたづらに　老いぬらむ　年の思はむ
ことぞやさしき

興　風

1064
身は捨てつ　心をだにも　はふらさじ　つひにはいかが
なると知るべく

千《ち》　里《さと》

1065 白雪の　ともにわが身は　ふりぬれど　心は消えぬ　もの
にぞありける

題しらず　よみ人しらず

1066 梅の花　咲きてののちの　身なればや　すきもののみ
人の言ふらむ

一法皇、西川におはしましたりける日、
「猿、山の峡《かひ》に叫ぶ」といふことを題
にて、よませ給うける　躬恒

1067 わびしらに　ましらな鳴きそ　あしひきの　山の峡《かひ》ある
今日にやはあらぬ

題しらず　よみ人しらず

1065 白雪が降るとともに、わが身は年をとってしまったが、心だけは、雪が消えるようには消えないで、昔と同じに若い気分でいる。
◇ふりぬれど　「ふり」に、白雪が降る意と、わが身が古くなる意とを掛ける。

1066 わが身は、梅の花が咲いた、その後になる実だからなのか。酸《す》きもの、好色者《すきもの》とばかり、人が噂《うわさ》しているのは。
◇身なればや　「身」に「実」を掛けた。◇すきもの「酸《す》き物」と「好色者《すきもの》」とを掛けた。

一「法皇」は宇多法皇、「西川」は大堰川《おおい》。九一九と同じ延喜七年（九〇七）九月のことだが、与えられた題と作者が異なっている。

1067 そんなに心細げに、猿よ鳴くな。法皇様をお迎えして、まことに光栄ある今日ではないか。
◇わびしらに　「ら」は状態を表す接尾語。◇ましらな鳴きそ　「ましら」は猿のこと。俗語を用いた。「な…そ」で禁止を表す。◇あしひきの　「山」の枕詞。◇山の峡《かひ》　「峡」に「甲斐《かひ》」を掛けた。◇今日にやはあらぬ　「やは」は反語。

1068 世をいとひ　木《こ》の本《もと》ごとに　立ちよりて　空五倍子《うつぶし》染《ぞ》め　の　麻《あさ》の衣《きぬ》なり

1068 この衣は、世を厭《いと》って所定めず行脚《あんぎや》する僧が、どこでも行きかかり次第、木陰《こかげ》に立ち寄ってうつぶす、その空五倍子《うつぶし》染《ぞ》めの麻衣である。
◇空五倍子《うつぶし》染《ぞ》め　「五倍子《ふし》」はぬるでの木に寄生する虫によってできる瘤《こぶ》。中空になっているので「空五倍子」と言う。薄墨色、特に喪服や僧衣の染料になり、うつぶし色に染めることを「空五倍子染め」と言う。ここは「俯臥《うつふ》し」を掛けた。◇麻の衣　粗末な衣。僧衣。

古今和歌集　巻第二十

一 大歌所御歌

二 おほなほびの歌

1069 新《あたら》しき　年の始めに　かくしこそ　千歳《ちとせ》をかねて　楽しき
をつめ

三 日本紀には、つかへまつらめ　よろづよまでに。

四 古き大和舞《やまとまひ》の歌

1070 しもと結《ゆ》ふ　葛城《かづらき》山に　降る雪の　間《ま》なく時なく　思ほゆ

一　大歌所《おおうたどころ》に伝承・保存されている御歌の意。「大歌所」は、外来の楽曲を管掌する雅楽寮に対して、五節《ごせち》舞《まい》・神楽《かぐら》・催馬楽《さいばら》・風俗など、日本古来の歌を管掌する。図書寮《ずしょりょう》の東に置かれた。「御歌」というのは、公儀に用いられる歌であることによる。一定の舞や曲を伴う古歌謡で、民謡的色彩が濃いが、民謡そのものではなく、宮廷に入って醇化《じゅんか》を遂げている。ただし、おおむね古樸《こぼく》な技巧をとどめ、他の巻の歌々にはない味わいをもつ。

二　大直日神《おおなおびのかみ》を祭る歌。この神は、伊弉諾尊《いざなきのみこと》が黄泉国《よみのくに》から帰り、身についた穢《けが》れを祓《はら》われた時に生れたと伝えられる（「神代紀」上）。

1069　新しい年の初めに、このように御竈木《みかまぎ》を献上するとともに千年の寿福を祝って、楽しいことを積み重ねましょう。

◇楽しき　毎年正月十五日に百官が宮中に献上した御竈木にちなんで、「楽しき」に「木」をきかせている。

三『日本紀』には、第四・五句が「つかへまつらめよろづよまでに」と記されている、の意。『続日本紀』天平十四年（七四二）正月十六日の記事を指す。『続日本紀』のことを『日本紀』と言ったと解される。

四「古き」は、「歌」の修飾。「大和舞」は大和の国（奈良県）を中心に発達した儀礼的な舞楽。

1070　葛城山に絶え間なく降っている雪のように、私も恋人のことが、しじゅう思われる。

◇しもと結ふ　しもと（薪《たきぎ》などにする小枝）を束ねる

のに葛《かずら》の蔓《つる》を用いるところから、「葛城山」にかかる枕詞《まくらことば》。◇葛城山　大和と河内《かわち》（大阪府東南部）との境にある山。◇降る雪の　第三句まで序詞《じょことば》。「間なく時なく」を起す。

五 曲の名。歌の初句に現れた言葉によって命名している。記紀歌謡にも見える命名法で以下二首も同様。

1071　近江を朝早く発《た》ってくると、うねの野には鶴の鳴くのが聞える。ああ、明けた、この夜は。

◇あさ立ち来れば　早朝、まだ暗いうちに出発して来ると。◇うねの野　滋賀県近江八幡市・八日市市・安《あ》土《づち》町にわたる蒲生野《がもうの》の別称。

1072　草に埋もれた岡の館で、妻と自分とが肌寄せあって共寝をした、あの夜の明けがたの霜の降っていたこと、寒々と。

◇水茎の　草木が瑞々《みずみず》しく繁る意で、「岡」の枕詞と解する。◇岡　今の福岡県遠賀《おんが》郡芦屋《あしや》町（遠賀川の河口）。普通名詞と解する説が多いが、この前後の歌はすべて固有名詞を含んでいるので、これも同様に解する。

1073　四極山《しはつやま》を越えて見はるかすと、笠ゆいの島に漕《こ》ぎ隠れてゆく、小さな舟が見える。

『萬葉集』「四極山打ち越え見れば笠縫《かさぬひ》の島漕ぎ隠る棚なし小船《をぶね》」（三七二）が伝誦《でんしょう》されたもの。

◇四極山　大阪市東住吉区長居付近の丘陵。◇かさゆひの島　東成区深江付近と推定されているが、実際はその南方の、当時、海上に露出していた部分。◇棚なし小舟　船棚のない小舟。

るかな

[五] 近江曲《あふみぶり》

1071 近江より　あさ立ち来れば　うねの野に　鶴《たづ》ぞ鳴くなる
明けぬこの夜《よ》は

水茎曲《みづぐきぶり》

1072 水茎《みづぐき》の　岡《をか》のやかたに　妹とあれと　寝ての朝明《あさけ》の　霜の
降りはも

四極山曲《しはつやまぶり》

1073 四極山《しはつやま》　うち出《い》でて見れば　かさゆひの　島漕《こ》ぎかくる
棚《たな》なし小舟《をぶね》

神遊びの歌[一]

採《と》り物の歌[二]

1074 神垣《かみがき》の　御室《みむろ》の山の　榊葉《さかきば》は　神の御前《みまへ》に　しげりあひにけり

1075 霜八度《しもやたび》　おけど枯《か》れせぬ　榊葉の　たち栄《さか》ゆべき　神のきねかも

1076 纏向《まきもく》の　穴師《あなし》の山の　山人《やまひと》と　ひとも見るがに　山かづらせよ

1077 み山には　霰《あられ》降るらし　外山《とやま》なる　まさきの葛《かづら》　色づきに

一 神楽歌《かぐらうた》の古称。神慮を慰めるために神前で奏される歌舞を神楽といい、その時に歌われるのが神楽歌である。ここには大嘗祭《だいじようさい》の歌をも含めている。

二 神楽を舞う時、手に持つものを採り物と言う。榊《さかき》、幣《みてぐら》、杖《つえ》、篠《ささ》、弓、剣《たち》、鉾《ほこ》、杓《ひさご》、葛《かずら》の九種。以下六首には、これら採り物の名が詠みこまれている。

1074 神垣に取り囲まれた、神様のいらっしゃる山の榊の葉は、神の御前に豊かに繁り栄えている。

◇御室の山 「御室」は、もとは神の坐《ま》す所の意。普通名詞。二八四の場合は龍田山であるが、『萬葉集』では三輪山（一五六など）を指す場合が多い。

1075 霜が何度おいても枯れない榊の葉のように、いよいよ栄えてゆく神の使徒である。

◇榊葉の 第三句まで序詞。「たち栄ゆべき」を起す。◇神のきね 不明。一応巫女《みこ》のこととする説に従う。

1076 纏向《まきむく》の穴師の山の山人と人が見まちがえるくらい、山の葛《かずら》を頭にたくさんおつけなさい。

◇纏向の穴師の山 奈良県桜井市穴師。旧、纏向村《まきむくむら》のうち。三輪山の北。◇山かづら 野生の蔓草《つるくさ》で作った頭の飾り。

1077 奥山には、霰が降っているらしい。里近い山では、まさきの葛が色づいてきた。

◇み山 深山。◇外山 「み山」に対して里に近い山をいう。

1078 陸奥《みちのく》の安達の郡《こおり》に産する良い弓ではないが、私が誘ったら、弓の末が寄るように、末々ずっと将来まで、私に寄り添っていらっしゃい。人に知られないようにして。
◇安達の真弓　安達は福島県二本松市付近。良弓の産地であった。第二句まで序詞。「引く」に、弓を引く、誘うの両意を掛けて第三句を起す。◇するさへより来　今はもちろん、行く末までも寄って来なさい。「すへ」「より」は、ともに弓の縁語。

1079　わが家《や》の門前の、板で囲った井戸の水は、人里が遠いので汲みにくる人もなく、いつか水草が繁ってしまった。
本来は恋の歌であろう。里遠くて、誰も寄ってこないことを嘆いたもの。採り物は杓《ひさご》。

三　天照大神を祭る歌。「ひるめ」は天照大神の別名。

1080　檜隈《ひのくま》川のほとりに馬をとめて、しばらく水を飲ませてやって下さい。その間私は、せめてあなたのお姿だけでも見ていましょう。
『萬葉集』「さひのくま檜隈川に馬とどめ馬に水かへ我よそに見む」(三〇九七)が伝誦されたもの。◇ささのくま　『萬葉集』の「さひのくま」(「檜隈川」の枕詞)が転訛《てんか》したもの。◇檜隈川　奈良県高市郡明《あ》日香《すか》村檜前《ひのくま》を流れる川。

四　催馬楽《さいばら》の呂《りよ》(陰の音律)から律(本調子)に転じる歌の意らしい。

1081　青柳を片糸として縒《よ》った糸で、鶯が縫うという笠、それが梅の花笠なのだろう。
◇かた糸によりて　四八三参照。

けり

1078
みちのくの　安達《あだち》の真弓《まゆみ》　わが引かば　するさへより来《こ》
しのびしのびに

1079
わがかどの　板井《いたゐ》の清水《しみづ》　さと遠み　人し汲《く》まねば　水草《みくさ》
生《お》ひにけり

三 ひるめの歌

1080
ささのくま　檜隈《ひのくま》川に　駒《こま》とめて　しばし水かへ　かげを
だに見む

四 返し物の歌

1081
青柳《あをやぎ》を　かた糸によりて　鶯《うぐひす》の　縫《ぬ》ふてふ笠《かさ》は　梅のはな

がさ

1082 真金《まがね》ふく　吉備《きび》の中山　帯《おび》にせる　細谷川《ほそたにがは》の　おとのさやけさ

一この歌は、承和《じようわ》の御嘗《おほんべ》の吉備国《きびのくに》の歌。

1083 美作《みまさか》や　久米《くめ》の皿山《さらやま》　さらさらに　わが名は立てじ　万代《よろづよ》までに

これは、二水尾《みづのを》の御嘗の美作国《みまさかのくに》の歌。

1084 美濃《みの》の国　関《せき》の藤川《ふぢかは》　たえずして　君につかへむ　万代までに

これは、三元慶《がんぎやう》の御嘗の美濃《みの》の歌。

1082 鉄を産する吉備の中山が、帯のようにめぐらしている細谷川の音は、何と清らかであることか。

『萬葉集』「大王《おほきみ》の御笠《みかさ》の山の帯にせる細谷川《ほそたにがは》の音のさやけさ」(一一〇二)を転じたもの。

◇真金ふく「真金」は鉄。「ふく」は精錬する意。吉備は鉄の産地であるから、「吉備」の枕詞とした。◇吉備　備前、備中、備後《びんご》、美作《みまさか》を併せた旧称。今の岡山県と広島県東部。◇中山　岡山市高松、吉備津神社背後の山とするのが通説。◇細谷川　吉備津神社境内を流れる川。

一 この歌は、仁明《にんみよう》天皇の大嘗祭《だいじようさい》に際して奉られた吉備の国の歌、の意。「承和」は仁明天皇治世の年号(八三四〜四八)。

1083 美作にある久米の皿山ではないが、もはやさらさら浮き名を立てたりはするまい、ずっと将来まで。

◇美作や　枕詞。美作の国にある、の意。◇久米の皿山　岡山県津山市。旧久米郡佐良山村。第二句まで序詞。同音で第三句を起す。◇さらさらに　決して。

二 清和天皇の大嘗祭。「水尾」は、御陵のある地名にもとづく呼びかた。

1084 美濃の国の、関の藤川の流れが絶えないように、我々も絶えることなく大君にお仕えしよう、永劫《えいごう》の未来まで。

◇関の藤川　岐阜県不破郡の不破の関を流れる川。第二句まで序詞。「たえず」を起す。

1085 君が代は　かぎりもあらじ　長浜《ながはま》の　真砂《まさご》のかずは　よみつくすとも

これは、四仁和《にんな》の御嘗の伊勢国《いせのくに》の歌。

大《おほ》伴《ともの》黒《くろ》主《ぬし》

1086 近江《あふみ》のや　鏡《かがみ》の山を　立てたれば　かねてぞ見ゆる　君が千歳《ちとせ》は

これは、五今上《きんじやう》の御嘗の近江の歌。

六東《あづま》歌《うた》

陸奥歌《みちのくうた》

1087 阿武隈《あぶくま》に　霧《きり》たちくもり　明けぬとも　君をばやらじ　待てばすべなし

三 陽成天皇の大嘗祭。「元慶」は陽成天皇治世の年号（八七七〜八八五）。

1085 帝のご治世は限りなく続くことでしょう。たとえ、長浜の砂を数え尽すことがございましても。

◇君が代　「君」は、当時必ずしも「主君」を意味しないが、この前後三首は献呈の対象が天皇であるため、帝の意となる。三四三参照。◇長浜　伊勢の国員弁《いなべ》郡にあるというが、詳細不明。

四 光孝天皇の大嘗祭。「仁和」は光孝天皇治世の年号（八八五〜九）。

1086 わたくしども近江の国には、くもりなく人の世を映しだすという鏡山を立てておりますので、御即位早々、もはや明らかでございます、帝の御代が長久であらせられますことは。

◇鏡の山　滋賀県蒲生《がもう》郡竜王町鏡にある。八九九参照。

五 醍醐《だいご》天皇の大嘗祭。寛平九年（八九七）。「今上《きんじやう》」は当代の天皇をいう。

六 東国の歌。陸奥《みちのく》・相模《さがみ》・常陸《ひたち》・甲斐《かい》・伊勢の歌を収める。『萬葉集』巻十四の「東歌」とは、採録された国の範囲に小異がある。

1087 阿武隈川に朝霧がたちこめ、夜が明けてもあなたを帰らせはしません。おいでになるのを待つのは、とてもつらいことですから。

◇阿武隈　阿武隈川を言う。福島県西白河郡の山中に発し、宮城県に入り、太平洋に注ぐ。

1088　陸奥に名所はたくさんあるが、ほかの所はさておいて、塩釜の浦で漕ぐ舟を、引き綱で引いている様子が心にしみる。
◇塩釜　宮城県塩竈《しおがま》市。松島湾に臨む。

1089　愛する夫を都へやって、ここ塩釜の籬《まがき》の島で、帰りを待つ身は恋しくつらい。
◇背子　夫、または恋人。◇塩釜の籬の島　作者の居住地。籬島は塩竈港の東。第三・四句は序詞。「松」を連想させながら第五句「待つ」を起す。

1090　小黒崎のみつの小島は、実に美しいものだ。もしそれが人であるなら、京へ帰るのに、さあ、一緒に行こう、と誘って行きたいところだ。
『伊勢物語』十四段に第一・二句「栗原《くりはら》のあねはの松の」として見える。「あねは」は宮城県栗原郡。◇小黒崎美豆《みつ》の小島　前後の配列から宮城県内と考えられるが、未詳。◇都の苞《つと》に　京への土産《みやげ》として。

1091　お供の人よ、御笠をお召し下さい、と申し上げなさい。宮城野の木《こ》の下露《したつゆ》は、雨よりしとどに濡らすから。
国司の巡行に際しての作か。
◇宮城野　仙台市東郊。六九四参照。

1092　最上川を上ったり下ったりしている稲舟の、その否ではありません。この月ばかりは、都合が悪くてお逢いできないのです。
◇最上川上れば下る稲舟の　作者の居住地の実景を転じて、同音で第四句「いな」を起す序詞。◇いな　拒

1088
陸奥《みちのく》は　いづくはあれど　塩釜《しほがま》の　浦漕《うらこ》ぐ舟の　綱手《つなで》かなしも

1089
わが背子《せこ》を　みやこにやりて　塩釜の　籬《まがき》の島の　待つぞ恋しき

1090
小黒崎《をぐろざき》　美豆《みつ》の小島の　人ならば　都の苞《つと》に　いざと言はましを

1091
みさぶらひ　御笠《みかさ》とまをせ　宮城野《みやぎの》の　木《こ》の下露は　雨にまされり

1092
最上川《もがみがは》　上れば下る　稲舟《いなふね》の　いなにはあらず　この月ば

絶の言葉。
1093　あなたをさしおいて、他の人に心を移すようなことがもしあったとしたら、末の松山をさえ波が越すでしょう。
◇あだし心　異心《ことごころ》、浮気心。◇末の松山　宮城県多賀城市。三二六参照。この山を波はけっして越えないもの、という前提で詠《よ》まれている。
1094　こよろぎの磯をあちこちしながら、磯に生えている藻《も》を摘んでいるかわいい少女を、濡らしてはいけない。波よ、沖にじっとしていなさい。
◇こよろぎの磯　八七四参照。◇立ちならし　四三九参照。◇めざし　子供の額髪が垂れ下がり、目を刺すほどの状態。ここはその年ごろの子供の称。
1095　筑波山のあちらこちらに、快適な木陰はいくらもあるが、あなたの影に寄り添っているのが最高です。
元来は恋歌。第三句の「陰」は、筑波山の「嬥歌会《かがひ》」（男女が集まって歌を詠み、舞踏して遊ぶ一種の求婚行事）を思わせる（特に『萬葉集』一七五九参照）。真名序には「恵は、筑波山の陰よりも茂し」と言い、帝の盛徳を称《たた》えた歌と解されている。
1096　筑波山の峰から散り落ちるもみじ葉が、幾重にも幾重にも積るように、すでに知っている女性も、まだ知らぬ女性も、皆一様にいとしく思われる。
前歌と同様、やはりもとは「嬥歌会《かがひ》」の歌であろう。
◇筑波嶺の　上三句序詞。「なべてかなしも」を起す。

かり

1093　きみをおきて　あだし心を　わがもたば　末の松山　波も
越えなむ

相模歌《さがみうた》

1094　こよろぎの　磯立ちならし　磯菜《いそな》つむ　めざしぬらすな
沖にをれ波

常陸歌《ひたちうた》

1095　筑波《つくは》嶺《ね》の　このもかのもに　陰《かげ》はあれど　君がみかげに
ますかげはなし

1096　筑波嶺の　峰のもみぢ葉　落ちつもり　知るも知らぬも

1097　故郷の甲斐の山々を、はっきり見たいものだ。なのに、ここと甲斐との間には、心ない小夜の中山が横たわっていて、まるで見ることができない。
甲斐の人が遠江《とおとうみ》（静岡県西部）あたりまで来て詠んだ望郷歌。
◇さやにも見しが　はっきりと見たいものだ。「しが」は願望の助詞。一三六参照。◇けけれ　心。東国地方の方言。◇横をりふせる　横たわり伏している。◇小夜の中山　静岡県掛川市と金谷町とを結ぶ、日坂《につさか》から菊川までの坂道。五九四参照。

1098　甲斐の山の峰を越し、山を越して吹く風が、人であってほしいものだ。便りを託して送ろうものを。
風に便りを託すという発想は一三、四七二にも例がある。◇もがもや　…であればなあ。願望の助詞「もが」に、詠嘆・強意の助詞「も」「や」が付いた形。

1099　麻生《おう》の浦に、片方の枝をさし出してなる梨ではないが、二人の仲が成るにしろ成らぬにしろ、ともかくはまず、一緒に寝て話をしよう。
◇麻生の浦　三重県鳥羽市。ここは元来伊勢の国であったが、のち、志摩の国として分立された。詞書に「伊勢歌」と言うのは古い呼称を用いたものか。あるいはむしろ、「伊勢歌」は曲の名として理解すべきか。「陸奥《みちのく》歌《うた》」の中に収められた一〇九二の最上川も、厳密には出羽《でわ》の国である。◇なる梨の　第三句まで序詞。「なり」に、実がなる意と、成就する意とを掛けて第四句を起

なべてかなしも

甲斐《かひ》歌《うた》

1097 甲斐《かひ》が嶺《ね》を　さやにも見しが　けけれなく　横をりふせる　小夜《さや》の中山

1098 甲斐が嶺を　嶺越《ねこ》し山越し　吹く風を　人にもがもや　言《こと》伝《づ》てやらむ

伊勢《いせ》歌《うた》

1099 麻《を》生《ふ》の浦《うら》に　片枝《かたえ》さしおほひ　なる梨《なし》の　なりもならず　寝《ね》てかたらはむ

[一]冬の賀茂《かも》の祭の歌

藤原敏行朝臣《ふぢはらのとしゆきのあそむ》

1100 ちはやぶる　賀茂《かも》の社《やしろ》の　姫小《ひめこ》松《まつ》　万代《よろづよ》経《ふ》とも　色はかはらじ

す。

一「冬の賀茂の祭」は臨時の祭のこと。寛平元年（八八九）十一月二十一日、勅旨をもって始められた。例祭の葵祭《あおいまつり》は四月。それに対して言う。神事に行われる「東遊び」（民謡をもととした古い舞踊）にちなんだ歌として、「東歌」の末尾に収録したものらしい。

1100 賀茂の社にある姫小松は、賀茂の神威が永遠である証《あかし》として、永い年月を経ても、色が変ることはあるまい。

◇ちはやぶる　「賀茂の社」の枕詞。◇姫小松　九〇五参照。◇経《ふ》とも　経《へ》るとても、経ても。

一 家々称二証本一之本乍二書入一以レ墨滅歌　今別書レ之

巻第十　物名部

ひぐらし　　貫《つら》之《ゆき》

1101 杣人《そまひと》は　宮木ひくらし　あしひきの　山の山彦《やまびこ》　呼びとよむなり

二 在二時鳥《ほととぎす》下、空蝉《うつせみ》上一。

勝《かち》臣《おむ》

1102 かけりても　なにをか魂《たま》の　来ても見む　殻《から》は炎《ほのほ》と　なり

一 以下、定家本『古今集』に付されている。家々の証本にはありながら墨をもって消された歌を、今、別に書き記す、と言う。「証本」とは、この場合、信用すべき正しい本、の意。「以レ墨滅歌」とは、藤原定家が専ら依拠した俊成本『古今集』に「見せ消ち」（二重の傍点を打って消した印としてあるが、元の文字は見ることができる）となっているもので、定家はそれを本文から削り、巻末にまとめて記したのである。

1101 木樵《きこ》りが宮殿を造る材木を切っているらしい。山には山彦の声が鳴り響いている。

第二句に「ひぐらし」を隠す。
◇杣人 「杣」は材木で、山からそれを伐《き》り出す人。
◇あしひきの 「山」の枕詞《まくらことば》。

二 「時鳥」は四二三、「空蝉」は四二四、その間にこの歌がある、の意。

1102 空を飛んで魂が帰って来ても、何を見ることができようか。屍《しかばね》は火葬にして、すでに炎になってしまっているのに。

第二・三句に「をがたまのき」を隠す。題詞にその旨の記載がないのは、本来、四三一の詞書《ことばがき》「をがたまの木」を承《う》けるものだからである。前歌は、巻第十「物名」の部にない標目なので、詞書にその旨の記載がある。以下同様。

にしものを
[三]をがたまの木　友則《とものり》 下。

1103 来《こ》し時と　恋ひつつをれば　夕暮れの　面影《おもかげ》にのみ　見えわたるかな
[四]くれのおも　貫之
[五]しのぶぐさ　利貞《としさだ》 下。

1104 熾火《おき》のゐて　身を焼くよりも　かなしきは　都島べの　別れなりけり
[六]おきのゐ　都島《みやこしま》　小野小町《をののこまち》
[七]唐琴《からこと》　清行《きよゆき》 下。
[八]染殿《そめどの》　[九]粟田《あはた》　あやもち

三「をがたまの木　友則」の下、すなわち四三一の次にある、の意。

四 香りの高い薬草。

1103 あの人が来てくれた時刻だな、と思って恋しく思っていると、夕暮れの中に、あの人の面影ばかりが浮んで見える。
第三・四句に「くれのおも」を隠す。

五 四四六の次にある、の意。

六「おきのゐ」「都島」ともに地名らしいが、未詳。『伊勢物語』百十五段によれば陸奥《みちのく》か。

1104 真っ赤に燃える火を置いて身を焼くよりもせつないことは、都と遠い島との間に、引き離されてしまうことだ。
第一句に「おきのゐ」、第四句に「都島」を隠す。『伊勢物語』百十五段にも見え、男が「都へ去《い》なむ」というので、女が「おきのゐで都島」という所で別れを惜しみ詠《よ》んだ歌となっている。
◇熾火《おき》のゐて　情熱で身を焦がして、の意。「熾火」は赤く熾《おこ》った炭火。『寛平御時后宮歌合』に「人を思ふ心のおきは身をぞ焼く煙たつとは見えぬものから」がある（三五〇五）。

七 四五六の次にある、の意。

八 藤原良房《よしふさ》の邸。四二頁注二一参照。九 藤原基経《もとつね》の邸、粟田院。今の京都市左京区にあった。

1105 憂《う》きめをば　余所目《よそめ》とのみぞ　逃《のが》れゆく　雲のあはたつ
山の麓《ふもと》に

この歌は、一水尾帝《みづのをのみかど》の、二染殿より粟田へうつり給うける時によめる。

三桂《かつら》の宮《みや》下。

巻第十一

四奥山の　菅《すが》の根しのぎ　降る雪　下

1106 今日《けふ》人を　恋ふる心は　大堰川《おほゐがは》　流るる水に　おとらざり
けり

1107 わぎもこに　逢坂山《あふさかやま》の　篠薄《しのすすき》　ほには出《い》でずも　恋ひわた
るかな

1105 世の中のつらいめをよそめに見ようと、私は逃れてゆく。雲がわきあがる山の麓《ふもと》を目ざして。

第二句に「そめどの」、第四句に「あはた」を隠す。

◇あはたつ　語義不詳。むくむくとわきあがる意か。

一 清和天皇。御陵が水尾にあるところから呼ぶ。

二 元慶《がんぎょう》三年(八七九)五月四日のことである。

三 四六三の次にある、の意。

四 五三一の次にある、の意。

1106 今日、この私が人を恋しく思う心は、大堰川を流れる水の勢いに、けっして劣るものではない。

◇大堰川　桂川の上流。一一二頁注三参照。

1107 恋しい女《ひと》に逢うという名の逢坂山では、まだ薄は穂にならない。私も同様、そぶりにこそ出さないが、ずっと恋しつづけている。

『萬葉集』「吾妹子《わぎもこ》に逢坂山のはだすすき穂には咲き出ず恋ひわたるかも」(二二八三)から転じたもの。

◇逢坂山　山城《やましろ》(今の京都府南部)と近江《おうみ》(滋賀県)の境にある山。恋人に「逢ふ」を言い掛けている。

◇篠薄　まだ穂の出ない薄。第三句まで序詞《じょことば》。第四句「ほには出でず」を起す。◇ほには出でず　はっきりと人に示さず、の意。二四三等参照。

五 六五三の次にある、の意。

巻第十三

五恋しくは　したにを思へ　紫の　下

1108 犬上《いぬがみ》の　鳥籠《とこ》の山なる　名取川《なとりがは》　いさとこたへよ　わが名
もらすな

この歌は、ある人、六あめのみかど近江《あふみ》の采女《うねめ》にたま
へると。

返し　　　　　　　　采女《うねめ》の奉《たてまつ》れる

1109 山科《やましな》の　音羽《おとは》の滝の　音にだに　人の知るべく　わが恋ひ
めやも

巻第十四

1108 犬上の鳥籠の山にある名取川ではありませんが、浮き名をとってはたいへんです。誰に聞かれても、さあよくわからない、と答えておいて下さい。けっして私の名を口外してはいけませんよ。

『萬葉集』「犬上の鳥籠《とこ》の山なる不知也河《いさやがは》いさとをきこせわが名のらすな」(二七一〇)の転じたもの。◇犬上　近江の国犬上郡。◇鳥籠の山　この名、今はない。滋賀県彦根市正法寺《しょうぼうじ》町の正法寺山がそれであると言う。◇名取川　所在未詳。同名の川は陸奥《みちのく》にもある。六六八参照。上三句は、油断すると浮き名を取る(あらぬ噂《うわさ》を立てられる)ことを匂わせる。ただし、元永本『古今集』では「いさら川」とある。それだと『萬葉集』の「いさや川」の転訛《てんか》したもので、彦根市西部を流れて琵琶《びわ》湖に入る大堀川(芹川《せり》)を指し、上三句は「いさ」の同音で第四句を起す序詞となる。◇いさ　さあどうだろうか、よくわからない、の意。四三参照。

六「あめのみかど」は天皇、「近江の采女」は近江の国から奉られた采女。二三一頁注一参照。

1109 山科の音羽の滝は音の高さで知られていますが、私は他人に気取《けど》られるような恋は、けっしていたしませんわ。

六六四の異伝か。

◇山科の音羽の滝　京都市山科区の音羽山にある滝。第二句まで序詞。同音で第三句「音」を起す。◇音　噂、評判。

一 思ふてふ　言の葉のみや　秋をへて　下

二 衣通姫《そとほりひめ》のひとりゐて、三 帝《みかど》を恋ひ奉りて

1110 わが背子《せこ》が　来《く》べきよひなり　ささがにの　蜘蛛《くも》の振舞《ふるま》ひ　かねてしるしも

四 深養父《ふかやぶ》　恋しとは　誰《た》がなづけけむ　言《こと》ならむ　下

貫　之

1111 みち知らば　摘《つ》みにも往《ゆ》かむ　住の江の　岸に生《お》ふてふ　恋忘れ草

一 六八八の次にある、の意。

二 允恭《いんぎよう》天皇の妃。皇后忍坂大中姫《おしさかのおおなかつひめ》の妹。皇后の嫉《ねた》みをはばかって河内《かわち》の国に身を隠した。和歌に長じ、容姿秀《ひい》で、麗色が衣を通して照り輝いたという。仮名序二三頁参照。 三 允恭天皇。

1110 今夜はいとしい夫が訪ねてきてくれそうに思われます。なぜなら、蜘蛛が、こんなにいそいそと立ち働いているのですもの。

「允恭紀」八年の条に見える。蜘蛛の活動を、待ち人が来ることの前兆と解する俗信があり、それを踏まえたもの。

◇ささがにの　「蜘蛛」の枕詞。◇しるしも　「しるし」は形容詞。きわだっている、いちじるしい。「も」は詠嘆。

四 六九八の次にある、の意。

1111 道がわかりさえすれば、摘みに行きたいと思う。住の江の岸に生えているという、恋忘れ草を。

『萬葉集』「暇《いとま》あらば拾ひに行かむ住吉《すみのえ》の岸に寄るといふ恋忘れ貝」（二四七）の「貝」を「草」に変えて、当世風の歌に転じたもの。

◇住の江　大阪市住吉区から堺市北部にかけての地。三六〇、九〇六参照。◇生ふてふ　「生ふといふ」のつづまった形。◇恋忘れ草　身につけると恋の苦しさを忘れると信じられた。「忘れ草」（七六五など）、「人忘れ草」（九一七）と同じ。

古今和歌集序[五]

紀《きの》[六] 淑《よし》望《もち》

それ和歌は、其の根を心地に託け《いったい和歌とは心という大地に根を下ろしつつ》、其の花を詞林に《言葉の林に一際鮮やかな花を》発《ひら》くものなり《開くものである》。人の世に在《あ》るや、無為なること《無為に過すことは》能《あた》はず《できない》。思慮遷《うつ》り易《やす》く、哀楽相変ず。感は志に生じ、詠は言に形《あら》はる《[七]感動が心に生じ歌が言葉になって》。ここを以ちて《そのため》、逸せる者は《安逸に暮している人は》其の声楽しく、怨ぜる者は《怨根を抱いている人は》其の吟悲し。以ちて懐《おもひ》を述べ、以ちて憤《いきどほり》を発すべし。天地を動かし、鬼神を感ぜしめ、人倫を化し《人々を教化し》、夫婦を和《やはら》ぐるは、和歌より宜《よろ》しきはなし。

和歌に六義《りくぎ》[八]あり。一に曰《いは》く、風。二に曰く、賦《ふ》。三に曰く、比。四に曰く、興。五に曰く、雅。六に曰く、頌《しよう》。

もしそれ《一方》春の鶯《うぐひす》の花中に囀《さへづ》り、秋の蟬《せみ》の樹上に吟ずる、曲折無しといへども《〔その鳴き声には〕特別のあやはないが》、おのおの歌謡を発す。物皆これ有るは、自然の理《ことわり》な

五　漢文で記されているので、仮名文で記された「仮名序」に対して、「真名《まな》序」と呼び慣わしている。伝本によって、あるいは真名序の置かれる位置に相違があり、あるいはまったく真名序をもたぬ本もあって、『古今集』撰定当時の形態はかならずしも明らかでないが、これをもとにして仮名序が述作されたことはほぼ確実とされている。

六　漢学者紀長谷雄《きのはせお》の男。寛平八年(八九六)、文章生《もんじようしよう》。大学頭《だいがくのかみ》、東宮学士などを歴任。延喜十九年(九一九)没。この署名のない伝本もあるが、古来、真名序の述作者と認められている。ただし、末尾を「臣貫之等、謹みて序す」と結んでいるとおり(三八四頁)、あくまで撰者の立場で記している。なお、淑望の和歌は、『古今集』には一首入集するのみである(三五二)。

七　以下、六義《りくぎ》の提示まで、主として卜子夏《ぼくしか》「毛詩大序」にもとづく論述。『毛詩(詩経)』は五経の一。勅撰集の序文の典拠としてふさわしい。

八　六つの趣意・方法。以下の「風」「賦」「比」「興」「雅」「頌」を指す。仮名序では、風を「そへ歌」、賦を「かぞへ歌」、比を「なずらへ歌」、興を「たとへ歌」、雅を「ただごと歌」、頌を「いはひ歌」と称して、それぞれ例歌をあげている。一三〜七頁参照。

り。

然而《しかるに》、[一]神世七代、時質《すなほ》にして〔質実で〕人淳《あつ》く〔淳朴で〕、情欲分るる無く〔感情が分化しておらず〕、和歌いまだ作《おこ》らず。[二]素戔嗚尊《すさのをのみこと》の、出雲《いづも》の国に到るに逮《およ》びて、始めて三十一字の詠有り。今の[三]反歌の作《おこり》なり。其の後、[四]天神《あまつかみ》の孫、海童《わたつみ》の女といへども、和歌を以ちて情を通ぜざるはなし〔すべて和歌によって思いを伝達するにいたった〕。

ここに人代に及びて、此の風大きに興る〔歌で思いを伝える風潮が盛んになった〕。長歌、[五]短歌、旋頭、[六]混本の類《たぐひ》、雑体一にあらず〔その詩形はさまざまで〕、源流漸《やうや》く繁し。譬《たと》へばなほ、雲を払ふ樹〔雲にまでそびえる〕、寸苗の煙より生じ〔大木も塵ほどの苗から生長し〕、天を浮ぶる浪〔天を映す大海原も〕、一滴の露より起るがごとし〔元をただせばわずか一滴の露であるようなものだ〕。[七]難波津《なにはづ》の什《じふ》を天皇に献じ、[八]富緒川《とみのをがは》の篇を太子に報ぜしが如きに至りては、或は事《こと》[九]神異に関《あづか》り、或は興《おもむき》[一〇]幽玄に入る。但し、上古の歌を見るに、多く古質の語を存す〔古風で質実な語を〕。いまだ耳目の翫《もてあそび》となさず、徒《ただ》に教戒の端となせるのみ〔教化の一便法としているだけだ〕。古《いにしへ》の天子、良辰美景ごとに〔よい時節や美しい景色につけては〕、侍臣の宴莚に預る者に〔宴席にはべる臣下たちに〕詔《みことのり》して〔命じて〕、和歌を献ぜしむ。君臣の情〔天子と臣下の交情は〕、これによりて見るべく、賢愚の性〔臣の賢愚の程は〕、ここにおきて相分る。民の〔臣民の〕欲《ねがひ》に随ひ〔希望を聞き〕、士の才を択ぶ〔人材を抜擢する〕

一 『日本書紀』によると、天地開闢《かいびやく》の後、はじめて出現した国常立尊《くにのとこたちのみこと》から、造物主伊奘諾尊《いざなきのみこと》・伊奘冉尊《いざなみのみこと》までを「神世七代」と称する。『古事記』は、神世七代の前に別天神《ことあまつかみ》五柱をたてており、真名序の典拠とは認められない。『日本書紀』は、正史である六国史《りつこくし》第一の書で、当時、たびたび講書が行われたのに対して、『古事記』はほとんど享受史をもたなかったらしい。

二 伊奘諾尊・伊奘冉尊の子。仮名序一二頁参照。

三 短歌のこと。

四 天照大神《あまてらすおおみかみ》の曾孫、彦火火出見尊《ひこほほでみのみこと》（またの名は山《やま》幸彦《さちびこ》）と、海神の娘、豊玉姫《とよたまびめ》。山幸彦は、兄の海幸彦《うみさちびこ》に借りた釣針を探して海神の宮に赴き、豊玉姫をめとる。三年の後、釣針を求め得た山幸彦は、身ごもった姫を残して帰還。両者の歌の贈答は、『日本書紀』神代下、第十段の一書第三に見える。なお、姫が生み落したのは彦波瀲武鸕鷀草葺不合尊《ひこなぎさたけうがやふきあえずのみこと》。

五 前文で「反歌」と称したものとの関係不明。

六 実体について諸説があるが、不明。

七 仮名序一三〜四頁参照。「什《じふ》」は詩篇、歌の意。

八 路傍の乞食に身をやつした聖人が、通りすがった聖徳太子の慈愛に感じて「いかるがの富《とみ》の小川《をがは》の絶えばこそ我が大君の御名《みな》を忘れめ」と詠《よ》んだという伝説。『霊異記』や『拾遺集』（一三五一）などにも見える。

九 人間わざでない神秘に属し、の意。「富緒川の篇」について言う。

所以《ゆゑん》なり《手段であった》。

[一一]大津皇子の初めて詩賦を作りてより、詞人才子《詩人や才学ある人は》、風を慕ひ塵に継ぐ《皇子の遺風後塵を継承した》。彼《か》の漢家の字《中国の文字》を移して《文章を移植して》、我が日域の俗と化す《日本の国ぶりとしたのである》。民業ひとたび改まりて《国民の営みはすっかり変化して》、和歌漸《やうや》く衰ふ《しだいに衰えた》。

然《しか》れども、なほ[一二]先師柿本大夫といふ者有り。高く神妙の思ひを振ひ《すぐれた歌をたからかにうたいあげ》、古今の間を独歩す《前にも後にも並ぶ者がない》。[一三]山辺赤人といふ者有り。並《とも》に和歌の仙《ひじり》なり。其の余《そのほかにも》、和歌を業とする者《作歌にはげむ人々は》、綿々として絶えず。彼《か》の、時[一四]浇漓《げうり》に変じ、人奢淫を貴ぶに及びて《派手さばかりを好むようになって》、[一五]浮詞雲と興り《雲のようにおこり》、艶流泉と涌き《泉のように現れ》、其の実皆落ち《実をなす心の誠が失せ》、其の花孤《ひと》り栄ゆ。好色の家《色好みの人々は》、これを以ちて[一六]花鳥の使となし、[一七]乞食の客《かく》、これを以ちて活計の媒《なかだち》《和歌を世わたりの手段と》となすこと有るに至る《するようにさえなった》。故に半ばは婦人《たわやめ》の右《たすけ》となり、[一八]大夫の前に進め難し《しかるべき場所には持ち出せなくなった》。

近代《さきごろ》、古風を存する者《昔のよい歌風を伝える人は》、纔《わづ》かに二三人《わずかに六人のみ》。然れども長短同じからず《だが長所短所はまちまちである》。[一九]論じて以ちて弁ずべし《ひとつ弁別してみたい》。[二〇]花山の僧正、尤《もっと》も歌の体を得たり《最も歌の体裁がととのっている》。然れども、其の詞《ことば》花にして実《み》少なし。図画の好女の《絵に描かれた美女が》、徒《いたづ》らに人の情を動か《やたら人の心を刺激する》

一〇 常人には窺《うかが》い知ることのできない、奥ふかい境地に達している、の意。「難波津の什」について言う。
一一 天武天皇第三皇子。朱鳥《あかみとり》元年（六八六）、謀叛《むほん》のかどで刑死。二十四歳。『萬葉集』に歌四首、『懐風藻』に詩四首を伝える。「初めて詩賦を作りてより」云々《うんぬん》とは、『日本書紀』が皇子を称揚して「詩賦の興《おこり》、大津より始まるぞ」と記しているのにもとづく（朱鳥元年十月三日条）。
一二 柿本人麿。仮名序一九～二〇頁参照。「先師」とは、先人のうち師とすべき人。「大夫」は尊称。真名序では、前代の伝説的歌人にも「猿丸大夫」と言い、「大夫」を尊称として用いている。三八二頁注五参照。
一三 仮名序一九～二〇頁参照。
一四 軽薄なさま。「浇」も「漓」も、うすい意。
一五「浮詞」「艶流」ともに、実質がなく見た目だけがはなやかな歌を指す。「浮詞」に対応して「雲と興り」と言い、「艶流」に対応して「泉と湧き」と言う。
一六 唐の玄宗皇帝が、後宮《こうきゅう》に入るべき美人を求めて年々派遣した使者。転じて、恋のなかだちの意。
一七「乞食」は僧尼の生活形態で、「托鉢《たくはつ》」と同じ。真剣な修道の生活を言う（「僧尼令」）。それを忘れ、和歌を生活の手段とする者が出現した風潮を非難する。
一八 律令官人として中流以上の人々。「公式令」（集解）に「一位以下五位以上、惣じて大夫と称す」とある。
一九 以下、六歌仙評。仮名序二一～四頁参照。
二〇 花山寺の住持、僧正遍昭。二九、三九三参照。

すが如し《のに似ている》。在原中将[一]の歌、其の情《こころ》余り有りて、其の詞《ことば》足らず。萎《しぼ》める花の、彩色少なしといへども薫香有るが如し《香りばかりあるのに似る》。文琳《ぶんりん》[二]は巧《たく》みに物を詠ず。然れども、其の体《その詠みぶりが》、俗に近し《卑近である》。賈人《あきひと》の鮮衣を著《き》たるが如し。宇治山の僧喜撰[三]、其の詞《ことば》華麗にして首尾停滞す《首尾がすらりと一貫しない》。秋の月を望みて、暁の雲に遇《あ》へるが如し。小野小町の歌は、古《いにしへ》の衣通姫《そとほりひめ》[四]の流《りう》なり。然れども、艶にして気力無し《なよなよとするばかりである》。病婦の花粉《おしろいを》を著《つ》けたるが如し。大友黒主の歌は、古の猿丸大夫[五]の次《つぎて》なり《系統だ》。頗《すこぶ》る逸興有りて《ひょうきんさがあって》、体甚だ鄙《いや》し。田夫《でんぶ》の花前に息《いこ》ふが如し。

此の外、氏姓流れ聞ゆる者《その名を知られた人々は》、勝《あ》げて数ふべからず《無数である》。〔だが〕其の大底《おほむね》は、皆艶を以ちて基となし《表面のはなやかさを重んじており》、歌の趣を知らざる者なり《本当の歌のおもしろさを解さぬものばかりである》。俗人《世人は》、争ひて栄利を事とし《栄達や利益ばかりにうき身をやつし》、和歌を詠ずるを用ゐず《和歌を詠もうとしない》。悲しき哉《かな》、貴きことは相将を兼ね《大臣と大将を兼任するほどに身分が高く》、富めることは金銭を余すといへども《お金がありあまるほどに富裕であっても》、骨いまだ土中に腐ちざるに《埋葬された骨がまだ土にならないのに》、名は先づ世上に滅す《その名は早々と忘れ去られてしまう》。適《たまたま》、後世《後世の》のために知らるる者は《人にその名を知られるのは》、唯《ただ》和歌の人のみ《歌に生きた人だけだ》。何《いかに》となれば《なぜならば》、語《ことば》は人の耳《和歌は人》

一　在原業平《ありわらのなりひら》。
二　文屋康秀のこと。「文」は姓「文屋」の略。「琳」は字《あざな》という。唐風にしゃれた呼称。
三　仮名序には「ことばかすかにして」とあり、評語に相違が見られる。
四　仮名序二三頁注一二、一九参照。
五　伝不明。後世の『三十六人集（歌仙家集）』中に『猿丸（大夫）集』一巻を伝えるが、実作と認められる歌はなさそうである。なお、二五参照。
六　第五一代平城天皇。在位八〇六～九年。
七　平城朝は『萬葉集』形成史が終結する時期と見られ、真名序のこの記述は、だいたい正確に史実を反映したものと見ることができる。
八　『古今集』の撰進は、第六〇代醍醐《だいご》天皇の治世、延喜五年（九〇五）のことであり、上に言う「平城天子」の治世からは、天皇代にして「十代」、年数にしておよそ「百年」である。
九　いわゆる国風暗黒時代のことを言う。『凌雲新集』《りょううん》『文華秀麗集』『経国集』など、勅撰漢詩集があいついで編纂《へんさん》され、和歌が晴れの場からはほとんど姿を消した時代である。
一〇　参議小野篁《おののたかむら》を唐風に呼んだもの。「野」は姓「小野」の略、「宰相」は参議の唐名。「凡そ当時の文章、天下に双《なら》ぶもの無し」（『文徳実録』仁寿《にんじゅ》二年十二月二十二日条）、「詩家の宗匠」（『三代実録』元慶《がんぎょう》四年八月三十日条）などと称せられている。

に近く《に記憶されやすく》、義は神明に慣へばなり《神の心にかなうものだからである》。

昔、[六]平城天子《へいぜいのてんし》、侍臣に詔して《臣下に命じて》[七]萬葉集を撰ばしむ《撰進させられた》。それより以来《このかた》、[八]時は十代を歴《へ》、数は百年を過ぐ。[九]其の後、和歌、棄てて採られず《人の顧みぬものとなった》。風流、[一〇]野宰相《やさいしやう》の如く、軽情《超俗の心は》、[一一]在納言《ざいなごん》の如くなりといへども、皆他才《和歌以外の才能で一家をなし》を以ちて聞え、斯《こ》の道を以ちて《和歌によって》顕《あらは》れず《知られたのではない》。

伏して惟《おも》ひみるに、陛下の[一二]御宇《ぎよう》《御治世は》、今に九載《数えて九年》。仁は、[一三]秋津洲《あきつしま》の外に流れ、恵は、[一四]筑波山の陰よりも茂し《あの筑波の山陰よりあつい》。[一五]淵変じて瀬となるの声、寂々《ひつそりととだえてしまい》として口を閉ぢ、[一六]砂長じて巌《いはほ》となるの頌、洋々として耳に満てり《いたるところで聞くことができる》。既絶の風を継がむと思ひ、久廃の道を興さむと欲す《いったんは滅び以来ひさしくすたれていた和歌の道を再興しようと畏くも思し召された》。

ここに、[一七]大内記《だいないき》紀友則《きのとものり》、[一八]御書所預《ごしよのところのあづかり》紀貫之《きのつらゆき》、[一九]前甲斐少目《さきのかひのさうくわん》凡河内《おほしかふちの》躬恒《みつね》、[二〇]右衛門府生《うゑもんのふしやう》壬生忠岑《みぶのただみね》等に詔して、おのおの、[二一]家集幷《なら》びに[二二]古来の旧歌を献ぜしめ、[二三]続萬葉集と曰《い》ふ。ここにおきて、重ねて詔有り《さらに御命令が下った》。[二四]奉る所の歌を部類して《部立により類別し》、勒して二十巻となし《二十巻に編集して》、名づけて古今和歌集と曰ふ。

一一 中納言在原行平《ありわらのゆきひら》のこと。業平の兄。「在」は姓「在原」の略。
一二 当代の帝、醍醐天皇を指す。
一三 日本国の古称。荘重な語感をもつ。
一四 慈悲ぶかいものの代表。一〇九五をふまえる。
一五 「昨日の淵ぞ今日は瀬となる」という、無常を嘆く声。九三三をふまえる。
一六 上の無常の嘆声に対して、長久をことほぐ頌詞《しようし》を言う。三四三をふまえる。「恵は」云々以下ここまで、古歌を典拠とする表現手法を用い、後代に発達をみる引き歌の技法の濫觴《らんしよう》と見られる。
一七 仮名序二四頁注一〇、一一参照。
一八 仮名序二四頁注一二、二五頁注一三参照。
一九 仮名序二五頁注一四、一五参照。
二〇 仮名序二五頁注一六、一七参照。
二一 個人の歌の集。私家集。友則以下、上記四人のものに限らず、六歌仙、その他の歌人の集も含めて言う。
二二 特定の個人の集ではない古い歌巻《うたまき》。仮名序に言う「萬葉集に入らぬ古き歌」に相当する。「よみ人しらず」の歌々の多くは、これを資料とするのであろう。
二三 最初『続萬葉集』と命名されたことは仮名序の記述には見えないが、『古今集』の編纂が少なくとも二次にわたる作業を経ていることを示す貴重な叙述。この文脈によると、部立《ぶだて》など、あまり整理のゆきとどいたものではなかったらしい。
二四 前文の「家集幷びに古来の旧歌」を指す。

臣等《私共は》、詞は春花の艶少なく《作歌の拙さにひきかえ》、名は秋夜の長きを《撰者として名を末代に残すことに》竊《ぬす》めり《心が痛む》。況《いはむ》や、進《世間》みては時俗の《に向っては人々の》嘲《あざけ》りを恐れ《嘲笑を恐れ》、退きては《身を顧みては》才芸の拙《つたな》きを慙《は》づ。適《たまたま》、[一]和歌の中興に遇《あ》ひ、以ちて吾が道[二]の再び昌《さか》りなることを楽しむ。嗟呼《ああ》、人[三]麿既に没したれども、和歌ここに在らずや《ここにしかとあるではないか》。時に延喜五年[四]、歳の乙《きのと》丑《うし》に次《やど》る四月十八日、臣《しん》貫之等、謹みて序す。

一 いったん衰えた和歌がふたたび盛んになった好時機。ひさびさの勅撰和歌集撰進の勅命が下された醍醐天皇の治世を指す。

二 和歌の道。孔子がみずからの理想と仰ぐところを「吾が道」と称していることをふまえるか(『論語』里仁篇)。

三 『論語』(子罕《しかん》篇)に「子、匡《きやう》に畏《おそ》る。曰く、文王《ぶんわう》既に没したれども、文ここに在らずや」云々とあるのを典拠とする。「文王」は、周王朝を興《おこ》した武王の父で、儒家の理想とする聖人の一。「文《ぶん》」は、その文王が残した精神的遺産、文化のこと。格調たかく真名序を結んでいる。

四 真名序を記した日付。ただし、定家本、俊成本、雅経本、本朝文粋本など、信頼すべき古写本にはほとんど「四月十五日」とあり、それが原本の形と考えられる。底本は、仮名序に合わせて「十八日」と改めたものか。両序の日付の相異から、これを『古今集』奏覧の日付とする説もあるが、序文の日付の通例から推して、仮名・真名両序それぞれの成稿の日付と解するのが妥当。

古今和歌集序

紀　淑　望

夫和歌者。託ニ其根於心地一。発ニ其花於詞林一者也。人之在レ世。不レ能ニ無為一。思慮易レ遷。哀楽相変。感生ニ於志一。詠形ニ於言一。是以逸者其声楽。怨者其吟悲。可ニ以述レ懐。可ニ以発レ憤。動ニ天地一。感ニ鬼神一。化ニ人倫一。和ニ夫婦一。莫レ宜ニ於和歌一。

和歌有ニ六義一。一曰風。二曰賦。三曰比。四曰興。五曰雅。六曰頌。

若夫春鶯之囀ニ花中一。秋蟬之吟ニ樹上一。雖レ無ニ曲折一。各発ニ歌謡一。物皆有レ之。自然之理也。

然而神世七代。時質人淳。情欲無レ分。和歌未レ作。逮三于素戔嗚尊。到二出雲国一。始有三三十一字之詠一。今反歌之作也。其後雖二天神之孫。海童之女一。莫乙不下以二和歌一通上情者甲。

爰及二人代一。此風大興。長歌短歌旋頭混本之類。雑体非レ一。源流漸繁。譬猶下払レ雲樹。生レ自二寸苗之煙一。浮レ天浪。起中於一滴之露上。

至レ如下難波津之什献二天皇一。富緒川之篇報中太子上。或事関二神異一。或興入二幽玄一。但見二上古之歌一。多存二古質之語一。未レ為二耳目之翫一。徒為二教戒之端一。古天子。毎二良辰美景一。詔下侍臣。預二宴莚一者上献二和歌一。君臣之情。由レ斯可レ見。賢愚之性。於レ是相分。所下以随二民之欲一。択中士之才上也。

自三大津皇子之。初作二詩賦一。詞人才子。慕レ風継レ塵。移二彼漢家之字一。化二我日域之俗一。民業一改。和歌漸衰。

然猶有二先師柿本大夫者一。高振二神妙之思一。独二歩古今之間一。有二山辺赤人者一。並和歌仙也。其余業二和歌一者。綿々不レ絶。及下彼時変二澆漓一。人貴中奢淫上。浮詞雲興。艶流泉涌。其実皆落。其花孤栄。至レ有下好色之家。以レ之為二花鳥之使一。乞食之客。以レ之為中活計之媒上。故半為二婦人之右一。難レ進二大夫之前一。

近代存二古風一者。纔二三人。然長短不レ同。論以可レ弁。花山僧正。尤得二歌体一。然其詞花而少レ実。如三図画好女徒動二人情一。在原中将之歌。其情有レ余。其詞不レ足。如下萎花雖レ少二彩色一。而有中薫香上。文琳巧詠レ物。然其体近レ俗。如三賈人之著二鮮衣一。宇治山僧喜撰。其詞花麗。而首尾停滞。如下望二秋月一遇中暁雲上。小野小町之歌。古衣通姫之流也。然艶而無二気力一。如三病婦之著二花粉一。大友黒主之歌。古猿丸大夫之次也。頗有二逸興一。而体甚鄙。如三田夫之息二花前一也。

此外氏姓流聞者。不レ可二勝数一。其大底皆以レ艶為レ基。不レ知二歌之趣一者也。

俗人争事二栄利一。不レ用レ詠二和歌一。悲哉悲哉。雖下貴兼二相将一。富余中金銭上。而骨未レ腐二土中一。名先滅二於世上一。適為二後世一被レ知者。唯和歌之人而已。何者。語近二人耳一。義慣二神明一也。

昔平城天子。詔二侍臣一。令レ撰二萬葉集一。自レ爾以来。時歴二十代一。数過二百年一。其後和歌。棄不レ被レ採。雖下風流如二野宰相一。軽情如中在納言上。而皆以二他才一聞。不下以二斯道一顕上。

伏惟陛下御宇。于レ今九載。仁流二秋津洲之外一。恵茂二筑波山之陰一。淵変為レ瀬之声。寂々閉レ口。砂長為レ巌之頌。洋々満レ耳。思レ継二既絶之風一。欲レ興二久廃之道一。

爰詔二大内記紀友則。御書所預紀貫之。前甲斐少目凡河内躬恒。右衛門府生壬生忠岑等一。各献二家集。幷古来旧歌一。曰二続萬葉集一。於レ是重有レ詔。部二類所レ奉之歌一。勒而為二二十巻一。名曰二古今和歌集一。

臣等詞少二春花之艶一。名竊二秋夜之長一。況乎進恐二時俗之嘲一。退慙二才芸之拙一。適遇二和歌之中興一。以楽二吾道之再昌一。嗟呼人麿既没。和歌不レ在レ斯哉。于レ時延喜五年歳次乙丑四月十八日。臣貫之等謹序。

解説

古今集のめざしたもの

奥村恆哉

『古今和歌集』千百十一首。さてそのうちから、最も古今集的な作品を撰ぶとすれば、どの歌になるだろうか。『古今集』は何を目指していたのか、という考察は、『古今集』とほぼ同時代に、すでに評価を得ていた歌を手掛りとして始めるのが、筋道であろう。

巻八、「離別歌」の四〇四番に、次の歌がある。

志賀《しが》の山越えにて、石井《いしゐ》のもとにてもの言ひける人の別れける折によめる　　貫　之

むすぶ手の雫《しづく》ににごる山の井の飽《あ》かでも人を別れぬるかな

この紀貫之《きのつらゆき》の歌は、『古今集』より約百年後《おく》れて編纂《へんさん》されたと見られる『拾遺集』の、巻十九、一三八にも再出している。歌そのものに異同はなく、詞書《ことばがき》だけが、

志賀の山越えにて、女の、山の井に手あらひ、むすびて飲むを見て

と変っている。

そして『拾遺集』は、すぐ続けて一三三九に、

三条の尚侍、方違《かたたが》へにわたりて帰るあしたに、しづくに濁るばかりの歌、今はえ詠《よ》まじと侍《はべ》りければ、車に乗らむとしけるほどに

と詞書を添え、

家ながら別るる時は山の井のにごりしよりもわびしかりけり

の一首を収めている。詞書に言う「しづくに濁るばかりの歌」とは、言うまでもなく「むすぶ手の雫ににごる」の歌である。貫之が志賀の山越えで詠んだこの歌が、すでに世上流布してもおり、またきわめて好評を博してもいたことは、ここに見られる『拾遺集』での扱われ方によっても察しがつこう。

平安時代末期から鎌倉前期にかけての大歌人藤原俊成は、この歌を評して、その歌論書『古来風体抄』にこう言っている。

この歌「むすぶ手の」とおけるより、「雫ににごる山の井の」と言ひて、「あかでも」など言へる、大かたすべて、言葉、事のつづき、すがた、心、かぎりなく侍《はべ》るなるべし。歌の本体は、ただこの歌なるべし。

この歌には、手のこんだ技巧、特殊な言葉、わかりにくい言い廻しなどは全くない、すべては明快だと俊成は言うのである。これ以上ほめようがないほどの讃辞を、俊成は贈った。

もっとも現代の私たちにしてみれば、「むすぶ手」とは誰の手か、とだけは問われなければならないかも知れない。しかしそれも、「飽《あ》かでも人を別れぬるかな」となっている第四・五句をよく吟味すれば、少しも曖昧《あいまい》ではないのである。この、やや古風な「を」は、別れに臨んで、相手が立ち去る場合に多く用いられた。その点、「人に」とあれば、立ち去るのは話し手の方であった。「人を」と言う限り、詠まれた情景の主眼は相手にある。「むすぶ手」は、別れて行った女性の手なのである。

しかし、作者とその女性との関係について、詞書には何も言われていない。歌を鑑賞するのに、そういう余計なことを言う必要はないはずだと、作者も編者も考えていたからである。そのことを、読者は知らなければならない。『古今集』に比べれば、『拾遺集』の詞書は、不必要に饒舌《じょうぜつ》と見えるであろう。

出来事としては、いわば日常的な出来事である。作者は感情を激発させていない。写生しようともしていない。にもかかわらず、水を飲んで別れて行った女と、それを見送った貫之の心情は、歌を詠むだけで鮮明に浮び上がる。読者には、透明な水と、女の手とが、はっきり見えるのである。

これが「歌の本体」だ、と俊成は言うのだ。その眼目は、まず、言葉の配列の順序である。言葉と事柄の続き方である。姿である。この時、俊成が「心」(意味)を最後に挙げたことの含みを見逃すまい。この逆説に、『古今集』の重大な意味があったからである。

歌は「意味」から離れて、「言葉」と「事柄」の配列において、一つの天地を構成する——。これが、『古今集』が意図して求めた世界であった。しばらく、俊成の観察を手掛りとして見てゆこう。

巻一、「春歌上」の七番歌、

題しらず　　よみ人しらず

こころざし深くそめてしをりければ消えあへぬ雪の花と見ゆらむ

を評して、

これは前太政大臣《さきのおほきおほいまうちぎみ》の歌なりと書けり。この集の歌には、心ことばいみじくをかし。

と俊成は言う。

同じく三二、

題しらず　　よみ人しらず

折りつれば袖《そで》こそ匂へ梅《むめ》の花ありとやここに鶯《うぐひす》の鳴く

を挙げた後に、

已上《いじやう》（筆者注、一より三まで）この歌ども、何れも姿心いみじくをかしく侍《はべ》り。そのうち、この歌、梅を折りける袖の深く匂ひけるを、ここには花はなけれども、鶯の香をたづねて来て鳴くらむ心めでたく侍るなり。

と記している。

『古今集』における「心」は、決して激情ではない。常に安定した心情である。俊成が『古今集』において見たものは、その安定した心情と一体化した言葉の調和であって、「心」の内容如何《いかん》ではないのである。少なくとも、『古今集』の言葉に、現実還元的な、言い換えれば、歌人の実生活が問われなければならないような方向はない。言葉は自律的に働き、いわゆる、詩的言語が自覚的に成り立ってくるのである。

表現の明晰《めいせき》を得ようとして、作者も撰者も、あらゆる努力を傾けた。そしてそれは、相当な程度に成功していると思われる。どの歌もみな、主語・述語、修飾・被修飾の関係がはっきりしていて、飛躍がない。後代の『源氏物語』の文章や、『新古今集』の歌に比べても、さらにその後の諸作品に比べても、およそ比類のないことのように思われる。『古今集』が、古典語として長く後世の規範となり得た、理由の一つであろう。

しかしこの明晰さへの努力は、後世、必ずしもよき後継者を得なかった。およそぼんやりとした、暗示的な表現をとることが日本文の特色である、などと一般に考えられているのは、一種の錯誤である。しかも『古今集』そのものまで、何か模糊とした霧の中に包んで理解するような予断があるのは、『古今集』以後の、千年の時間の靄《もや》をすかして見るからだ。藤原俊成、同定家による新古今風の発揚や、さらに能楽、蕉風《しようふう》の努力は、語と文の、いわば眩暈《げんうん》を強調することになった。それは、日本語の軟質な面を深化させたが、『古今集』が意図した、日本語の硬質な面を発揚させることはなかった。

藤原定家は、『近代秀歌』にこう言っている。

むかし貫之、歌の心たくみに、たけおよびがたく、ことばつよく、すがたおもしろき様をこのみて、余情妖艶《えうえん》の体をよまず。

「ことばつよく」とは、文法的構造が堅固で、表現の輪郭がはっきりしていることを意味している。なるほど『古今集』の明晰表現は、明らかに余情妖艶の体ではない。

ところが近世になって、これを真向から覆す意見が提出された。それは荷田在満《かだのありまろ》、田安宗武《たやす》あたりから始まり、賀茂真淵《かものまぶち》で旗色鮮明になった。

いにしへは、ますらをは猛くをゝしきをむねとすれば、歌もしかり。さるを古今和歌集のころとなりては、男も女ぶりに詠みしかば、男女《をとこをみな》のわかちもなくなりぬ。

と、真淵は『歌意考』に述べている。『萬葉集』を「ますらをぶり」、『古今集』を「たをやめぶり」と両者を対比する考え方である。そしてこの考え方は、現在ではもはや教科書的見解として定着した観さえある。しかし、この見解は粗雑なのではあるまいか。もちろん、「古今集たをやめぶり」論も、個々の論者によってわずかな相違があるし、また、全体としても相応の理由はある。しかしこれが、『萬葉集』が少なくとも用語において俗語日常語と交流することが多く、そういう言葉によって対象の描写、心情の吐露を旨とするのに対し、『古今集』がその用語において現実還元を必ずしも目標とせず、私的抒情の吐露を、むしろ避ける方向にあることを指してする議論であるとすれば、見方としては偏っていると言わざるを得まい。特に、語法的整斉への努力という方向から見れば、明らかに

『古今集』の方が強勁《きようけい》である。「ますらをぶり」「たをやめぶり」という、いわば聞きあきた議論は、このあたりで出直さねばなるまい。疑いもなく結果は、従来言われてきたことの逆である。

表現の明晰を期する努力は、語法には限らなかった。編纂《へんさん》の方針においても、それを充分見てとることができる。

近世の古典研究に大きな足跡を残した僧契沖《けいちゆう》は、その注釈書『古今余材抄』で注目すべき分析を試みた。巻一、「春歌上」四九の詞書《ことばがき》、

人の家に植ゑたりける桜の、花咲きはじめたりけるを見てよめる

に注して、契沖は次のように言う。

この歌より、次の巻に貫之の「水なき空に波ぞ立ちける」(八九)といふ歌までは、桜の歌なり。よりて歌に桜とよめり。桜とよまぬ歌は、詞書に桜といへり。その中に、この巻には桜の咲けるほどをいひ、次の巻は散るをよめり。平城《へいぜい》天皇の御歌(九〇)より後、貫之の「深山《みやま》がくれの花を見ましや」(一一八)といふまでは、詞書にも桜といはず、歌にもただ花とのみよみたれば、よろづの花(花一般)をよめり。後に、花といひては桜ぞと心得るには、かはれり。

後世、「花」と言うだけで「桜」を意味するという観念が行われているが、『古今集』ではまだその観念はない、歌の中に「桜」という語のない作では、必ず詞書で「桜」と断っている、と言うのである。

例えば五二、

年ふればよはひは老いぬしかはあれど花をし見ればもの思ひもなし

という歌の場合、「花」は何の花かわからない。ところが詞書には、
染殿后《そめどののきさき》の御前《おまへ》に、花がめに桜の花を插《さ》させたまへるを見てよめる
と断ってあり、「花」の内容が桜であることがわかるのである。すべて歌の中に示されぬ時は、詞書にしっかり断ってあって例外はない。巻一、「春歌上」の六七、

桜の花の咲けりけるを見にまうで来たりける人に、よみておくりける　　躬恒
わがやどの花見がてらに来る人は散りなむのちぞ恋しかるべき

は、同様である。「春歌下」七六、

桜の花の散り侍《はべ》りけるを見てよみける　　素性法師
花ちらす風のやどりは誰か知る我にをしへよ行きてうらみむ

も同じである。
それゆえ、「春歌下」の九一、

春の歌とてよめる　　良岑宗貞
花のいろは霞にこめて見せずとも香《か》をだにぬすめ春の山風

とか、「春歌下」一〇四、

うつろへる花を見てよめる　　躬恒
花見れば心さへにぞうつりける色にはいでじ人もこそ知れ

とかは、まさしく「詞書にも桜といはず、歌にもただ花とのみよみたれば、よろづの花をよめり」である。

契沖の炯眼《けいがん》もさることながら、『古今集』撰者の、用意の周到さに刮目《かつもく》せねばなるまい。こういう周到な配慮に貫かれた編纂の姿勢は、言葉を丁寧に、論理的に運ぶという「歌の本体」を承《う》けて、当然詞書の文体にも及んでいるはずである。

詞書の文体そのもの、詞書と歌とのかかわりあいの論理的精密さについては、江戸後期の歌人でもあり歌学者でもあった香川景樹《かげき》が、『古今和歌集正義』でしばしば指摘力説した。例えば、巻十七、「雑歌上」八八四の注に、

この集の詞書、言はではその志、いかにとも聞えざる所に、歌とてらして書ける格なり。

と言う。そのまま歌だけを読んだのでは、歌意が充分に伝わりにくいと思われる時、その歌を理解するために必要な、最少限度の説明を補うのが、『古今集』詞書の性質だと言うのである。あの貫之の、「むすぶ手の」の歌に添えられた詞書をもう一度思い起してもらってもよい。巻十八、九七〇の注には、文体を評してこうも言っている。

竹を裂くが如く、末を待たずしてわかれゆくぞ、この撰者の妙文なる。

冗語《じょうご》を排し、誤解を許さない、それが、『古今集』詞書の文体なのである。

歌の素材選択においても、より明晰であろうとする志向は顕著であった。諸作品みな、輪郭がはっきりした対象以外、つかもうとしない。「余情妖艶の体」は、誰も詠まなかったのである。たとえ詠んだとしても、それが『古今集』二十巻のうちに採られることはなかった。

例えば、『源氏物語』花宴《はなのえん》の巻に、朧月夜尚侍《おぼろづきよのないしのかみ》という女性が登場する。その「朧月夜」という呼び名が、『新古今集』巻一、五五に収められている大江《おおえ》千里《ちさと》の歌、

照りもせず曇りもはてぬ春の夜の朧月夜にしくものぞなき

から来ていることは、『源氏物語』の本文で明らかにされている。もちろん『源氏物語』が、はるかに時代の下る『新古今集』から引用できるはずはない。この歌の作者大江千里は、寛平（八八九〜九八年）の頃の人、『古今集』の編纂にあたった貫之らより、さらに一世代前の先輩歌人である。つまり、『古今集』の編纂当時、「照りもせず」の歌はすでに存在していた。しかも『源氏物語』に引かれたと言うことは、すでに相当有名な歌であったと考えてよい。まして大江千里は、『古今集』に計十首の歌を撰ばれているのである。この作も、当然撰入されていてもよいのではあるまいか。しかし、実際には入っていない。このことは、「照りもせず曇りもはてぬ」情緒というものが、『古今集』の嗜《し》好《こう》にはまるで合わなかったからだと考えるほかあるまい。たしかにこれは『源氏物語』の好みであり、『新古今集』の好みではあった。また、おそらく中世文学一般の好みでもあった。しかし、『古今集』の好みではなかったのである。

念のため、詳しく見てみよう。『古今集』にも月を詠ずることは多いが、春の部に月はない。巻三、「夏歌」一六六のほかは、ほとんどすべてが巻四「秋歌上」、一九一から一九五にまとめられている。本文の一首一首について、よく味わってほしい。それらはいずれも、「月が明るい」ことを詠んでいるであろう。一九一、

題しらず　　よみ人しらず

白雲に羽《はね》うちかはし飛ぶ雁《かり》のかずさへ見ゆる秋の夜の月

など、皆そうである。月のグループ以外でも、巻五、「秋歌下」二八九、

題しらず　　よみ人しらず

　秋の月山辺《やまべ》さやかに照らせるは落つるもみぢの数《かず》を見よとか

などは、ひとり『古今集』に限っての佳作であるばかりか、古来、月を詠んだ歌の白眉《はくび》であるが、作者は、その身体いっぱいに、煌々《こうこう》たる月の光を受けている。

　繰り返すまでもあるまい、『古今集』に、朧月夜を詠んだ歌は一首として見当らぬ。ところが『新古今集』になれば、「春歌上」、五五～八に、春の朧月を詠んだ歌が並ぶようになる。いわゆる構造論（後出）的な意味で、「朧月夜」に一つの項目（あるいは枠《わく》と言ってもよい）が設けられたということであるが、『古今集』には、「朧月夜」という単語さえないのである。朧月夜とは、『新古今集』以降、中世文学の嗜好にちがいない。

　嗜好を言うなら、『古今集』の特別な嗜好として、例えば紀貫之の詠歌に、水に映ったものの影がしばしば登場する。それらに得がたい佳品も多いことは、大岡信氏『紀貫之』（筑摩書房）に種々の分析があるが、言うまでもなくこの好みは、貫之ばかりでなく、『古今集』全体の好みであったらしい。

　　水のほとりに梅の花の咲けりけるをよめる　伊勢

　年を経て花の鏡となる水は散りかかるをやくもるといふらむ　（四四）

　　大沢《おほさは》の池の形《かた》に菊植ゑたるをよめる　友則

　ひともとと思ひし花を大沢の池の底にも誰《たれ》か植ゑけむ　（二七五）

など、いずれも水あるがゆえの好もしい作品である。

水は、梅や菊を映すことによって、直接それらに相対《あいたい》する以上の、鮮明な印象を与える役割を果している。梅や菊を媒介する水は、媒介することによって、対象を朧化《ろうか》する働きはしていないのである。

その時、当時の庭園の池は、中世後半以降のいわゆる日本庭園から連想されるような、黒い泥が底に見える水面ではないことを注意しておく必要があろう。当時の池や遣水《やりみず》は、底一面に白砂を敷くことが常であり、澄みきった水をすかして、白い砂が鮮やかに見える仕組みになっていた。梅や菊は、その白砂の上に映るのである。

さて、前述の「ますらをぶり」「たをやめぶり」の論にしてもそうであるが、『古今集』の特色を言うにあたって、しばしば『萬葉集』との対比が持ち出されてきた。『萬葉集』が天平宝字三年（七五九）、大伴家持《おおとものやかもち》の歌をもって終結し、その後に約百五十年の隔りをおいたとは言え、『古今集』は、歴史的には『萬葉集』に直結する形で誕生した。その経緯《いきさつ》が、両者の対比を、むしろ必要とする理由でもある。しかし、恣意《しい》的に二、三の作品を取り上げ、その細部を比較検討するなどというのは、あまり意味のある作業とも思えない。『萬葉集』の最盛期は、柿本人麿《かきのもとのひとまろ》が活躍したいわゆる萬葉第二期、山部赤人《やまべのあかひと》、山上憶良《やまのうえのおくら》らが活躍した第三期で、面目はむろんそのあたりにあるのだが、『古今集』との対比を言う時、一番の問題は大伴家持の時代、『萬葉集』の時代としては末期と言われる第四期に潜んでいる。

家持の、その繊細な歌風は、『古今集』時代への傾斜と一般にいわれているが、果してそうなのか。この一般的見解を、そのまま受け取ってよいのかどうか。『萬葉集』末期の、晩年は平安時代にかかっていた大伴家持という人の、『古今集』における待遇、それこそが問題を提起しているように思われる。

『古今集』の両序において、柿本人麿、山部赤人を並称した見識、これは『萬葉集』に対する秀抜な見識であった。『萬葉集』二十巻を、突然何の予備知識もなく開いたとしたら、まず圧倒的な歌数を誇る大伴家持が目につくであろう。人麿はともかく、赤人などその名を探し出すことさえ困難である。そういう状況の下で、時代的にも最も近い家持については、両序は一言も触れることがなかったのである。これは、なかなかのことと言わねばなるまい。

　大伴家持は自らの歌歴を顧みて、幼にして「山柿之門」に入ったと記している。「柿」は柿本人麿と受け取ってまぎれることはない。しかし、「山」には、山部赤人と山上憶良の二人がいる、軽々《けいけい》には決しがたい。長い間、この家持の披瀝《ひれき》は、歌を人麿と赤人に学んだことを述べたと解釈してきた。この解釈は、『古今集』の仮名序にひかれて、「山」を赤人と速断したことに基因するらしい。「山」は山上憶良だ、との説が現れたのは、僅々《きんきん》十数年前のことである。家持の父、大伴旅人《たびと》の交友関係とか、類句のあり方とかから推《お》して、おそらく家持は、「山」と言って山上憶良を意識していた、というのである。

　貫之がもし、「山柿の門」を人麿、赤人の門と解して仮名序に引いたとすれば、この点に関する限り、貫之の誤解は免れがたい。しかし、そういう誤解が背後にあったと論《あげつら》ってみたところで、貫之の堅固な批評眼を疑うことはできまい。大伴家持を拒否したというところが、肝要なのである。

　家持の代表作として、人口に膾炙《かいしゃ》している歌を見てみよう。たいていの文学史には、『萬葉集』巻十九から、次の三首があげられている。

　春の野に霞たなびきうら悲しこの夕かげに鶯鳴くも　（四二九〇）
　我がやどのい小竹《ささ》群竹《むらたけ》吹く風の音のかそけきこの夕《ゆふべ》かも　（四二九一）
　うらうらに照れる春日《はるひ》にひばり上り情《こころ》悲しも独《ひと》りし思へば　（四二九二）

美しい歌であるにはちがいない。家持の本領を伝える歌と言って何の差支えもないが、ただしこういう感傷は、『古今集』には殆んどない、というところを見落すと誤るのである。これら三首は、私的抒情の吐露といえる歌であるが、撰者、特に貫之の歌には、まるで見当らない種類の感傷なのである。

ちなみにこの家持の三首は、貫之の歌を絶讃した藤原俊成『古来風体抄』の、『萬葉集』抄出の部分にも出ていない。中世の歌論はおびただしいし、近世期の歌論も多いが、この三首を称揚はおろか、論評したものさえもない。家持の代表作が、代表作として称揚されるのは、はるかに、明治、あるいは大正期になってからのことである。

これは単に、家持歌の本領を見抜く伯楽がいなかった、などという偶然の問題ではあるまい。古典和歌の世界におけるこの家持冷遇は、何よりも先陣をきった貫之の、家持拒否によったのである。貫之に拒否されている以上、少なくとも家持を、『古今集』傾斜の歌人だなどとは言いきれまい。

では何故に貫之は、家持を、ひいては私的抒情を拒絶したのか。こういう問い方をする限り、ことは文学史内の問いに留まる。『古今集』は、なるほど文学史上の大事件であったが、と同時に、いやそれ以上に、国家的大事業であったのである。このあたりで、『古今集』の仮名、真名両序について見てみるのが適当であろう。両序は、『古今集』の経緯《いきさつ》と姿勢とをうかがうことのできる、唯一の記録だからである。

仮名序の記すところによれば、延喜五年（九〇五）四月十八日、醍醐《だいご》天皇の英断によって歌集撰進の命が下り、紀友則、紀貫之、凡河内躬恒、壬生忠岑の四人が撰者を拝命して編纂にあたった。その職責が、彼ら撰者たちに、どれほどの光栄と緊張とをもたらしたかは、巻十九、一〇〇三に収められた、忠岑の長歌によっても窺《うかが》い知ることができる。少なくとも前後二度にわたる慎重な編纂作業を経て、『古今和歌集』全二十巻は、わが国最初の勅撰和歌集として偉容を整えたのである。

もちろん両序は、単なる記録ではない。和歌の本質、起源、理想、歴史にまで説き及んだ、密度の高い大文章である。

多くの評家は、その内容が中国詩論の引用で埋められていることを指摘する。それはそのとおりである。理論的なことは、高度に発達した中国の詩論から借りてきたとしても、不思議ではない。しかしそれが真名序なら、中国の詩論をそのまま援用もできようが、仮名文となれば、翻訳という、一筋縄ではいかない作業を避けては通れぬ。したがってそこには、奇妙な陰影を帯びてくる。中国詩論は、生《なま》でそのまま仮名序に引かれたのではない。ひとたび貫之の体内に取り込まれた後は、わが国古来の思想と、分ち難く結びついて断然別種の風貌を呈した。これをどちらか一方からのみ見るならば、所《しょ》詮《せん》理解は浅薄にならざるを得ないであろう。

冒頭の部分から見てゆくことにする。

> やまと歌は、人の心を種《たね》として、よろづの言《こと》の葉《は》とぞなれりける。世の中にある人、ことわざ繁きものなれば、心に思ふことを、見るもの聞くものにつけて、言《い》ひ出だせるなり。花に鳴く鶯《うぐひす》、水にすむ蛙《かはづ》の声を聞けば、生きとし生けるもの、いづれか歌をよまざりける。力をも入れずして天地《あめつち》を動かし、目に見えぬ鬼神《おにがみ》をもあはれと思はせ、男女《をとこをむな》の中をもやはらげ、猛《たけ》きもののふの心をも慰むるは歌なり。

これは一口で言うなら、和歌が人間の心を核にして発現するという、人間主義の宣言である。「生きとし生けるもの、いづれか歌をよまざりける」とは、歌は他の何物にも従属するものではなく、また何かの手段でもなく、人間の純粋な行為だ、という意味である。これについて、次にあげるドナルド・キーン氏の文章が、筆者を驚かせた（『日本の文学』、吉田健一訳、筑摩書房）。

これは一見、詩というものの効力について月並みなことを言っているだけのことのように思われて、また事実、この貫之の文章には支那の文学からの借用と認められる箇所が少なくないが、その流暢《りゅうちょう》な文体で言われていること、或はまた、言われていないことの中には、欧米の読者の興味を惹《ひ》かずにはおかないことが幾つかある。第一に、貫之は詩には超自然的な存在を動かす力があると説いていて、これは欧米で超自然的な存在が、その霊感に動かされた詩人を通して語るのだと信じられて来たこととの反対である。日本人は、その国にある他のすべてのものと同様に、詩も神々から生れたものだと初めは考えていたかも知れないが、日本の詩人はかつてその仕事の上で、神々に助けを求めなかった。詩にどれだけ不思議な力があることになっていても、詩を書くのは人間の力だけで出来ることと考えられていたのである。

超自然の助けを借りずに、詩は全く人間の創るものだ、とキーン氏は貫之の言葉を聞いた。長く、仮名序のこの部分は、文字どおり「月並みなこと」と思われて、まず、研究者の興味をひかなかった部分である。キーン氏の意見は、ここに重大な問題のあることを知らしめた。もう少し詳しく見てみようと思う。

先にふれた契沖の『古今余材抄』にも、この部分に相当する真名序の注には、出典となった中国の古典が、丁寧に列挙されている。『詩序』『文撰』などである。しかし、契沖の探しあてた中国古典がいくつ下敷にされていようとも、ほかならぬ『古今集』仮名序は、日本の歌人、紀貫之の言葉であるというところが肝心なのだ。貫之の思想を、単純に中国思想に還元し、それで万事畢《おわ》ったと考えては、重大な見落しが出ることになるだろう。キーン氏の興味深い着眼も、『古今集』というより、むしろ中国詩にあてはまることになってしまうだろう。

仮名序の書出しは、和歌の本質にかかわった重要な箇所であるが、細かく見ると、「花に鳴く鶯」「水にすむ蛙」という言い方には、的確な出典は見当らない。それどころか、ここには明らかに、古い日本の汎神《はんしん》論的思考を読みとることができる。キーン氏が、「貫之は詩には超自然的な存在を動かす力があると説いていて、これは欧米で超自然的な存在が、その霊感に動かされた詩人を通して語るのだと信じられて来たことの反対である」と言われたのは、

　　力をも入れずして天地を動かし、目に見えぬ鬼神《おにがみ》をもあはれと思はせ、男女の中をもやはらげ、猛きもののふの心をも慰むるは歌なり。

をとらえての発言であろうが、この条《くだり》、真名序には、原文、

　　動二天地一。感二鬼神一。化二人倫一。和二夫婦一。莫レ宜二於和歌一。

となっている。近代の諸注は、仮名序に見える「おにがみ」を、真名序に見える漢語「鬼神」の訳語だと言い、『余材抄』もこの部分に、

　　詩序《ノ》曰《ニいはク》、正《シ》二得失《ヲ》一動《カシ》二天地《ヲ》一。感《ゼシムルハ》二鬼神《ヲ》一莫《なシ》レ近《すぎタルハ》二於詩《ヨリ》一。先王以レ是経《ヲつねニシ》二夫婦《ヲ》一。成《シ》二孝敬《ヲ》一厚《クシ》二人倫《ヲ》一、美《クシ》二教化《ヲ》一移《ス》二風俗《ヲ》一。

と、貫之が踏まえたと見られる『詩序』の一節を紹介している。出典として無論疑いの余地はない。また、語としては、「鬼神」の訳語であるとする最近の諸注も誤りではない。注意を要するのは、「おにがみ」の語意は、一神教の神ではない、という一点である。漢語「鬼神」と、大和《やまと》言葉「おにがみ」とが、中身まで同じだと考えては性急にすぎるのだ。前者は死者の霊であり、後者は記紀の神話

に出てくる、名も記されなかった諸々《もろもろ》の「かみ」である。漢語「鬼神」を、「おにがみ」と訓《よ》むところで、意味深長な日本化が行われたのである。キーン氏の「超自然的な存在」という解釈は、漠然《ばくぜん》としているようで、実は精密な解だ、と言えるであろう。ここでは、中国文明の影響下にある人間主義ということよりも、神話的な古い日本の、日本人が元来持っていた人間主義というものが感じられる。とは言え、仮名序を起草しつつあった貫之自身の意識としては、かなりの力業《ちからわざ》であったには違いないが、殆ど自覚的な日本化操作ではなかったと考えられる。自覚的であったのは、やはり出典の『詩序』に示されたように、「和歌は先王の道である」という、はるかに大がかりな理想であったろう。ここではひとまず、今、仮名序を読む私たちが、結果において現れた日本化の手ざわりを、しっかり感じとっておこうと努めたまでだ。「経二夫婦一。成二孝敬一厚二人倫一、美二教化一移二風俗一」とされた先王の道もまた、貫之を通過することによって、血肉豊かな日本の思想へと生れ変ったのである。

　仮名序で、あえて「やまと歌」と言い、また、「そもそも歌のさま、六《む》つなり。漢詩《からのうた》にも、かくぞあるべき」などと言う彼のものの言い方に、漢詩に対する和歌の自覚とか、大陸文化に対する国風文化の自信とかを読みとるのは、浅はかな読みというものだ。これらは、貫之が、一種のナショナリズムを宣言したものだというふうに考えての発言であるらしいが、これはあたるまい。さような対抗意識を、和歌は天地初発とともにあり、歴史を通じて限りなく尊重されてきた、それと同時に、先王の道――普遍的原理にもかなうものだ、と力説する貫之が、持つわけがないからである。先王の道とは、海を隔てた一国にのみおける規範であるはずがない、普遍的な、全人間世界で踏み行われるべき規範だというところで、貫之の眼は光っていたのだ。中国文化において果す詩の重要な役割を、当然和歌もわが国において果さねばならないとの主張なのだ。

いまの世の中、色につき、人の心、花になりにけるより、あだなる歌、はかなき言《こと》のみ出《い》でくれば、色ごのみの家に埋《むも》れ木の人知れぬこととなりて、まめなる所には、花すすきほに出《い》だすべきことにもあらずなりにたり。

という、歌道低迷に向けた有名な嘆息も、その底には、先王の道を確立しようとする貫之の、毅然《きぜん》たる理念の燃えているさまが、明らかに読みとれるのである。

もはや念を押すまでもあるまいが、貫之にとって価値があったのは、人間と自然の、あるべきありようだけである。そういう、一貫した貫之の思想に支えられた『古今集』の世界では、私的抒情の割り込む余地はない。貫之の家持拒絶も、真意をたどってみれば、ついにはここに行きあたるのである。『古今集』を覆うある種の雰囲気《ふんいき》、それは、編纂方針にも、歌の配列にも、素材の採り方にも、すでに見てきたとおりはっきりと現れている。それを一言でくくれば、合理性への志向とでも言えようか。それは、『古今集』が編まれた時代の律令《りつりよう》制社会、律令的秩序――、換言すれば、先王の道の具現を明確に指し示していた。この、実に緻密《ちみつ》に組織だてられた『古今集』二十巻の精神は、平安初期、律令制社会の緻密な組織を、そのままに映していたのである。

二十巻という巻数は、おそらく『萬葉集』の二十巻にならったものであろうが、その歌の配列には、まず『萬葉集』とは趣を異にする法則が導入された。四季の部は季節の推移にしたがい、恋の部は恋愛の展開にしたがい、順序正しく、機械的とも言えるほど正確に配列されている。この世の有様、人間の有様を、自然の鼓動、人の呼吸に沿って写し取ろうとしたからだ。取り上げられた同一の素材、桜ならば桜、月ならば月は、一群にまとめておかれ、この配列基準は厳格であった。すでに『余材抄』において、注釈の微妙な手掛り、決定的な切り札として利用されたが、最近、「構造論」の名において行われる研究は、いずれもこの線に沿ってのことである。

作者名の記し方にもまた、一定の法則が立っていた。ある作者の名が、同一の巻で初めて出る時は氏名を記し、再度以上に出る時は名のみを記す。そして、当の作者が四位以上であれば、氏名の下に「朝臣《あそむ》」をつけて区別をする。例えば巻一、「春歌上」一では単に「在原元方」とあるのに対し、元慶《がんぎよう》八年（八八四）正三位に叙された在原行平の場合は、三など、「在原行平朝臣」と記す、といった塩梅《あんばい》である。こういう「朝臣」の使い方は、勅撰集のみの書式であった。

ただ、そういう作者名の記し方は、本来きわめて厳格であったが、今回底本とした八代集抄本では、必ずしもそうはなっていない。八代集抄本の祖本である定家本にも、すでにして不正確であり、今回の翻刻では、あえて底本のままにして改めなかった。その理由は、実際問題として、現存の諸本で正確なものは、実は一つもないのである。古写諸本の複雑な対校作業を経てはじめて見出される秩序なのであるが、その対校過程を個々に注記することは紙幅上不可能であるし、秩序・原則が存在していたことを心得てさえいれば、『古今集』を読むに際して特に支障はないと考えたためである。対校作業の詳細は、機会があれば、久曾神昇氏『古今和歌集成立論』（風間書房）を参照されたい。

また、詞書は、作者が皇族である場合を除き、原則として一人称で書かれている。換言すれば、詞書の話者が作者である、という形で一貫している。例外がないということはないが、撰者の立場としては一貫させたもので、編集態度が曖昧《あいまい》なのでは決してない。

本書の本文は、北村季吟『八代集抄』の『古今集』によった。これは、藤原定家の、奥書に貞応《じようおう》二年（一二二三）とある校訂本の系統に属する本であり、定家の校訂が、決して凡なものではないからである。

中世以降広く世上に流布し、和歌、連歌、誹諧《はいかい》、謡曲その他、文学一般に計り知れない影響を与えたのは、みな、この定家本であった。さらに江戸期に入り、『八代集抄』の形をとってからは、賀茂真淵、本居宣長《もとおりのりなが》等、国学者たちの『古今集』研究の、例外のない底本となった。この事情は、明治・大正期に及んでも、変ることがなかった。それゆえ、その間の諸研究をうかがうのにも、『八代集抄』の『古今集』は最も便宜が多い。

昭和になってから、『古今集』の貴重な古写本が多く発見され、その恩恵に浴して研究は長足の進歩を遂げたが、最も多くの読者に親しまれた流布本の入手は、今日かえって難しい状態になっている。これもまた、八代集抄本を底本にした理由のひとつである。

付録

校訂付記

一、本書は北村季吟『八代集抄』の『古今集』を底本とし、諸本をもって校訂したが、八代集抄本の性格と、その『古今集』継承史上の意義（「解説」四〇九～一〇頁参照）とを尊重し、改訂は最少限度にとどめた。

一、底本の本文が、文意・歌意、および文法上の脈絡に著しい破綻を生じている場合と、古写諸本の一般的傾向から極端に逸脱している場合とに限って改訂を加え、古写諸本との間に異同を見ながらも、当面の理解・鑑賞に支障をきたさないと判断される場合は底本のままとした。

一、ここには、底本を改訂した個所の一切と、改訂はしなかったものの、古写諸本に照らして、編纂当時の形態により近いと思われる主要な校異とを列挙した。前者は「改訂一覧」として一括し、それぞれ、歌番号（もしくは頁数）・該当部分・改訂本文・底本本文の順に、後者は「参考校異」として掲げ、歌番号（もしくは頁数）・該当部分・底本本文・古写本本文の順に記してある。原則として、表記は底本・古写本とも本書の本文表記に準じた。

〔改訂一覧〕

二〇頁五行　一夜寝にける——一夜寝にけり
二五頁五行　古き——ナシ
二五頁一二行　浜の真砂の数多く——浜の真砂数多く
二六頁一行　ことば、春の——ことばは春の
二六頁四行　この世に同じく生まれて——この世に生まれて
三　一句　山風に——谷風に
一六　二句　家居しせれば——家居しをれば
九九　作者　清原深養父——ナシ
一一八　詞書　歌合の時によめる——歌合の歌
一二六　四句　そこともしらぬ——そこともいはぬ
一八一　五句　あえもこそすれ——まちもこそすれ
二一八　作者　藤原敏行朝臣——ナシ

二四九　作者　文屋朝康——文屋康秀
二五六　作者　紀貫之——貫之
二九四　五句　水くくるとは——水くくれとは
三〇七　一句　穂にも出でぬ——穂に出でぬ
三四三　二句　千代にましませ——千代に八千代に
三九七　題詞　紀貫之が——ナシ
三九七　作者　ナシ——貫之
四〇四　四句　飽かでも人を——飽かでも人に
四二九　作者　清原深養父——ナシ
四五七　二句　波の雫を——さをの雫を
五四〇　三句　片恋は——片恋に
七四七　詞書　ほにはあらで——ほいにあらで
七七六　一句　植ゑていにし——植ゑていねし
八四二　二句　晩稲の山田——晩稲の稲葉
八五三　詞書　ものよりまうで来ける——ものより来ける
八六九　四句　ふかき心に——ふかき心は
九〇〇　詞書　住み侍りける時に——住み侍りけるに
九〇七　四句　万代《よろづよ》かねて——よろづかねて
九六五　五句　思はずもがな——歎かずもがな
九七三　左注　ある人、昔、男ありける——ある人、男ありける
九七三　左注　まかりて尼に——まかり尼に
九七五　詞書　題しらず——ナシ
九九四　左注　住みわたりけり——住みわたりける
九九四　左注　家もわろくなりゆく間に、——家もわろくなりゆく間、
九九六　二句　時しのべとぞ——時しのべとか
一〇〇二　詞書　奉りし時の目録——奉りし時目録
一〇〇二　三六句　わかるる涙——わかる涙
一〇〇三　二〇句　塵につげとや——塵につげとか
一〇〇三　二五・二六句　いにしへに薬けがせる——ナシ
一〇五四　詞書　「いと」と名ありける——いとこなりける
一〇七三　四句　島漕ぎかくる——島漕ぎかへる
三八五頁一七行　大夫之前——丈夫之前
三八六頁一四行　棄不被採——棄不被採用

なお、助動詞「む」「らむ」、助詞「なむ」の「む」「ん」は「む」に統一し、「寛平御時后宮歌合」は、「寛平御時の后宮の歌合」に統一した。

〔参考校異〕

一八頁一行　見給ひ、賢し——見給ひて、賢し
一八頁三行　たのしみ——たのしび
二一頁三行　その名きこゆる人は——その名きこえたる人は
二四頁一〇行　ごとく多かれど——ごとくに多かれど
三五　五句　香にぞしみける——香にぞしみぬる
四八　五句　思《おも》ひ出《で》に——思《おも》ひ出《いで》に
五九　二句　咲きにけらしな——咲きにけらしも
七六　詞書　散り侍りけるを見て——散りけるを見て
一一四　詞書　歌合せむとてしける——歌合せむとしける
一一九　四句　山にも春は——山には春も
一六三　詞書　鳴きけるを聞きて——鳴きけるを聞きてよめる

一六六　四句　雲のいづこに——雲のいづくに
二一九　詞書　秋の野にてあひて——秋の野にあひて
二三三　四句　枝もたわわに——枝もとををに
二四八　三句　やどなれば——やどなれや
二五五　詞書　もみぢそめたりける——もみぢはじめたりける
二五九　二句　いろいろことに——いろことごとに
二七三　詞書　吹上の浜に——吹上の浜の形に
二八八　四句　降り隠したる——降り隠してし
二九八　詞書　秋の歌——秋の歌とてよめる
三〇〇　詞書　神奈備山——神奈備の山
三一一　二句　もみぢ葉流る——もみぢ葉流す
三二五　詞書　やどりける——やどれりける
三四八　詞書　御おば——御をば（二カ所とも）
三五〇　詞書　おば——をば
三五一　二句　過ぐる月日は——過ぐす月日は
三五六　詞書　よみ侍りける——よめる
三五八　作者　ナシ——躬恒
三五九　作者　ナシ——友則
三六〇　作者　ナシ——躬恒
三六一　作者　ナシ——忠岑
三六二　作者　ナシ——是則
三六三　作者　ナシ——貫之
三九七　詞書　まかり出で侍りける——まかり出でける
四〇〇　三句　白玉は——白玉を
四〇五　詞書　もの言ひつきて——ものを言ひつきて
四〇六　左注　出でたりけるに——出でたちけるに

四〇六　左注　出でたりけるを見て——さし出でたりけるを見て
四一一　詞書　暮れぬ——日暮れぬ
四一三　左注　帰る道に、雁の——帰りける道に、帰る雁の
四七八　詞書　つかはしける——つかはせりける
五〇〇　五句　下燃えにせむ——下燃えをせむ
五〇一　四句　神はうけずも——神はうけずぞ
五三八　五句　知る人ぞなき——知る人のなき
五四五　一句　夕ぐれは——夕されば
五八九　詞書　まかりて——まかりつつ
五九八　二句　ふりいでて泣く——ふりいでつつ泣く
六六四　左注　この歌は、ある人——この歌、ある人
七六四　三句　思はぬに——思はぬを
八〇三　作者　ナシ——兼芸法師
八二九　詞書　身罷りける時——身罷りにける時
八三一　詞書　をさめて後に——をさめてける後に
八三七　詞書　身罷りける時に——身罷りにける時に
八五三　詞書　前栽いとしげく——前栽もいとしげく
八五七　詞書　女のみこ——女みこ
八六二　詞書　罷りける道中にて——罷りけるを、道中にて
八六六　左注　前太政大臣——前大臣
九〇三　詞書　おなじ御時、殿上の——おなじ御時の殿上の
九一四　詞書　侍りける時、——侍りける時に、
九一八　三句　今日ゆけば——今日ゆけど
九二〇　一句　水のうへに——水のおもに
九二四　五句　とる人のなき——とる人もなき
九三三　五句　瀬となる——瀬になる

九四四　二句　ものの寂しき——もののわびしき
九六〇　三句　なげきつつ——なづけつつ
九七三　左注　難波の三津の寺——難波なる三津の寺
九八六　詞書　もとへ——もとに
九九二　三句　入りにけむ——とめてけむ
一〇二四　五句　なき心地する——なき心地かな
一〇三〇　五句　心焼けけり——心焼けをり
一一〇八　左注　この歌は、ある人——この歌、ある人
一一〇八　左注　あめのみかど——あめのみかどの
三八五頁六行　払雲樹——払雲之樹
三八五頁六行　浮天浪——浮天之波
三八五頁八行　見上古之歌——見上古歌
三八五頁一六行　以之——以此（二カ所とも）
三八五頁一六行　活計之媒——活計之謀
三八六頁八行　不知歌之趣——不知和歌之趣
三八六頁一一行　骨未腐土中——骨未腐於土中
三八六頁一一行　名先滅於世上——名先滅世上
三八六頁一四行　軽情——雅情
三八六頁一六行　伏惟——ナシ
三八七頁五行　況乎——況哉
三八七頁六行　嗟呼人麿既没——嗟乎人丸既没
三八七頁七行　四月十八日——四月十五日

作者別索引

一、この索引は、『古今和歌集』に作品を収められた歌人について、おのおのの作品を歌番号によって検索できるように作成したものである。

一、作者名の標示は原則として本文記載の姓名、もしくは官職名等によるが、利用する際の便宜を考慮し、検索しやすい標示法とした。このため、本文には見られない姓名を見出しとして標示した場合がある（例、藤原良房）。

一、作者名は、歴史的かなづかいによる五十音順に配列し、「よみ人しらず」は末尾に一括した。

一、作者に関して問題のある場合は、歌番号に＊印を付した。それぞれの歌の頭注、および「校訂付記」を参照されたい。

一、〔　〕に入れた歌番号は、左注に伝承作者として記されているものである。

あ　行

近江《あふみ》の采女《うねめ》　〔六六四・七〇三・一一〇九〕
安倍清行《あべのきよゆき》　四五六・五五六
安倍仲麿《あべのなかまろ》　四〇六
阿保経覧《あぼのつねみ》　四五八
尼敬信《あまきやうしん》　八八五
洽子《あまねいこ》　一〇七
あめのみかど（何天皇か不明）　〔七〇三・一一〇八〕
あやもち　一一〇五
在原滋春《ありはらのしげはる》　三五五・三七二・四二四・四五一・四六五・八六二
在原時春《ありはらのときはる》　〔三五五〕
在原業平《ありはらのなりひら》　五三・六三・一三三・二六八・二九四・三四九・四一〇・四一一・四一八・四七六・六一六・六一八・六二三・六三三・六四四・六四六・七〇五・七〇七・七四七・七八五・八六一・八六八・八七一・八七九・八八四・九〇一・九二三・九六九・九七〇・九七一
在原業平朝臣母《ありはらのなりひらのあそむのはは》　→業平朝臣母
在原棟梁《ありはらのむねやな》　一五・二四三・九〇二・一〇二〇
在原元方《ありはらのもとかた》　一・一〇三・一三〇・一九五・二〇六・二六一・三三九・四七三・四七四・四八〇・六二六・六三〇・七五一・一〇六二
在原行平《ありはらのゆきひら》　二二・三六五・九二二・九六二
幽仙法師《いうせんほふし》　三九三・三九五
伊香子淳行《いかごのあつゆき》　三七三
伊《い》勢《せ》　三一・四三・四四・六一・六八・一三八・四五九・六七六・六八一・七三三・七四一・七五六・七八〇・七九一・八一〇・九二〇・九二六・九六八・九九〇・一〇〇〇・一〇〇六・一〇五一
伊《い》登《と》（伊豆）内親王　→業平朝臣母《なりひらのあそむのはは》
因《いな》幡《ば》　八〇八
雲林院親王《うりんゐんのみこ》（常康親王）　七八一
乙《おと》　四一三

大江千里《おほえのちさと》　一四・一五五・一九三・二七一・四六七・五七七・六四三・八五九・九九八・一〇六五
凡河内躬恒《おほしかふちのみつね》　三〇・四〇・四一・六七・八六・一〇四・一一〇・一二〇・一二七・一三二・一三四・一六一・一六四・一六七・一六八・一七九・一八〇・一九〇・二一三・二一九・二三三・二三四・二七七・三〇四・三〇五・三一三・三二九・三三八・*三五八・*三六〇・三八二・三八三・三九九・四一四・四一六・四八一・五八〇・五八四・六〇〇・六〇八・六一一・六一二・六一四・六三六・六六二・六六三・六八六・七五〇・七九四・八四〇・九二九・九五六・九五七・九七六・九七七・九七八・一〇〇五・一〇一五・一〇三五・一〇六七
大《おほ》輔《すけ》　一〇五六
大伴黒主《おほとものくろぬし》　八八・七三五・一〇八六・〔八九九〕

か　行

柿本人麿《かきのもとのひとまろ》　〔一三五・二二一・三三四・四〇九・六二一・六七一・九〇七〕
景式王《かげのりのおほきみ》　四五二・七八六
兼覧王《かねみのおほきみ》　二三七・二九八・三九八・四五七・七七九
河原左大臣《かはらのひだりのおほいまうちぎみ》（源融）　七二四・八七三
上野岑雄《かむつけのみねを》　八三二
閑院《かんゐん》　七四〇・八三七
閑院《かんゐん》の五のみこ　八五七
喜撰法師《きせんほふし》　九八三
紀《きの》秋岑《あきみね》　一五八・三二四
紀《きの》有常《ありつね》　四一九
紀有常女《きのありつねがむすめ》　七八四
紀《きの》有朋《ありとも》　六六・一〇二九
紀《きの》惟岳《これをか》　三五〇
紀《きの》貫之《つらゆき》　二・九・二二・二五・二六・三九・四二・四五・四九・五八・五九・七八・八二・八三・八七・八九・九四・一一五・一一六・一一七・一一八・一二四・一二八・一五六・一六〇・一六二・一七〇・二三二・二四〇・二五六・二六〇・二六二・二七六・二八〇・二九七・二九九・三一一・三一二・三二三・三三一・三三六・三四二・三五二・*三六三・三七一・三八〇・三八一・三八四・三九〇・三九七・四〇四・四一五・四二七・四二八・四三六・四三九・四六〇・四六一・四七一・四七五・四七九・四八二・五七二・五七三・五七四・五七九・五八三・五八七・五八八・五八九・五九七・五九八・五九九・六〇四・六〇五・六〇六・六三三・六七九・六九七・七二九・七三四・八〇四・八三四・八三八・八四二・八四九・八五一・八五二・八六〇・八八一・九一五・九一六・九一八・九一九・九三二・九八〇・一〇〇二・一〇一〇・一一〇一・一一〇三・一一一一
紀《きの》利貞《としさだ》　一三六・三六九・三七〇・四四六
紀《きの》友則《とものり》　一三・三八・五七・六〇・八四・一四二・一五三・一五四・一七七・二〇七・二六五・二七〇・二七四・二七五・三三七・*三五九・四〇五・四三二・四三七・四三八・四四〇・四四二・五六一・五六二・五六三・五六四・五六五・五九三・五九四・五九五・五九六・六〇七・六一五・六六一・六六七・六六八・六八四・七一五・七五三・七八七・七九二・八二七・八三三・八五四・八七六・九九一
紀乳母《きのめのと》　四五四・一〇二八
紀《きの》茂行《もちゆき》　八五〇
紀《きの》淑人《よしひと》　一〇三四
紀《きの》淑望《よしもち》　三五一
敬信《きやうしん》　→尼敬信《あまきやうしん》
清原深養父《きよはらのふかやぶ》　七九・一二九・一六六・三〇〇・三三〇・三七八・四二九・四四九・五八一・五八五・六〇三・六一三・六六五・六八五・六九八・九六七・一〇二二・一〇四二
くそ　一〇五四
光孝天皇《くわうかうてんわう》　→仁和帝《にんなのみかど》
兼芸法師《けんげいほふし》　三九六・七六八・*八〇三・八七五
小町姉《こまちがあね》　七九〇
惟喬親王《これたかのみこ》　七四・九四五
近院右大臣《こんゐんのみぎのおほいまうちぎみ》（源能有）　七三七・八四八・八六九

さ　行

坂上是則《さかのうへのこれのり》　二六七・三〇二・三二五・三三二・*三六二・五九〇・八二六・九二三
酒井人真《さかゐのひとざね》　七四三
前太政大臣《さきのおほきおほいまうちぎみ》（藤原良房）　五二・〔七・八六六〕
貞《さだの》登《のぼる》　七六九
讃岐《さぬき》　一〇五五
三條町《さんでうのまち》　九三〇
下野雄宗《しもつけのをむね》　七二八
聖宝《しやうほう》　→僧正聖宝《そうじやうしやうほう》
勝延《しようえん》　→僧都勝延《そうづしようえん》
白女《しろめ》　三八七
真静法師《しんせいほふし》　四五三・九二二
神退法師《しんたいほふし》　九二五
菅野高世《すがののたかよ》　八一
菅野忠臣《すがののただおむ》　八〇九
菅原朝臣《すがはらのあそむ》（菅原道真）　二七二・

四二〇
承均法師《そうくほふし》　七五・七七・九二四
僧正聖宝《そうじやうしやうほう》　四六八
僧正遍昭《そうじやうへんぜう》（良岑宗貞）　二七・一一九・一六五・二二六・二四八・二九二・三四八・三九二・三九四・四三五・七七〇・七七一・八四七・一〇一六
僧都勝延《そうづしようえん》　八三一
素性法師《そせいほふし》　六・三七・四七・五五・五六・七六・九二・九五・九六・一〇九・一一四・一二六・一四三・一四四・一八一・二四一・二四四・二七三・二九三・三〇九・三一三・三五四・三五六・三五七・四二一・四七〇・五五五・五七五・六九一・七一四・七二三・七九九・八〇二・*八〇三・八三〇・九四七・一〇二二
衣通姫《そとほりひめ》　一一一〇

た　行

高津内親王《たかつのみこ》　〔九五九〕
高向利春《たかむこのとしはる》　四五〇
橘清樹《たちばなのきよき》　六五五
橘清友《たちばなのきよとも》　〔一一二五〕
橘長盛《たちばなのながもり》　九二七
平篤行《たひらのあつゆき》　四四七
平貞文《たひらのさだふみ》　二三八・二四二・二七九・六六六・六七〇・八二三・九六四・九六五・一〇三三
平中興《たひらのなかき》　一〇四八・一〇五〇
平元規《たひらのもとのり》　三八六
常康親王《つねやすしんわう》　→雲林院親王《うりんゐんのみこ》
寵《てう》　三七六・六四〇・七四二
東三條左大臣《とうさんでうのひだりのおほいまうちぎみ》（源《みなもとのときは》　常）　三六

な　行

典侍洽子朝臣《ないしのすけあまねいこのあそむ》　→洽子
典侍藤原直子朝臣《ないしのすけふぢはらのなほいこのあそむ》　→藤原直子
典侍藤原因香朝臣《ないしのすけふぢはらのよるかのあそむ》　→藤原因香
中臣東人《なかとみのあづまひと》　〔七二〇〕
難波万雄《なにはのよろづを》　三七四
平城帝《ならのみかど》（平城天皇）　九〇・〔二二・二八三〕
業平朝臣母《なりひらのあそむのはは》（伊登内親王）　九〇〇
二　條《にでう》　九八六
二條后《にでうのきさき》（藤原高子）　四
仁和帝《にんなのみかど》（光孝天皇）　二一・三四七

は　行

春道列樹《はるみちのつらき》　三〇三・三四一・六一〇
左大臣《ひだりのおほいまうちぎみ》（藤原時平）　二三〇・一〇四九
兵衛《ひやうゑ》　四五五・七八九
藤原興風《ふぢはらのおきかぜ》　一〇一・一〇二・一三一・一七八・三〇一・三一〇・三三六・三五一・五六七・五六八・五六九・七四五・八一四・九〇九・一〇三一・一〇五三・一〇六四
藤原勝臣《ふぢはらのかちおむ》　二五五・四七三・九九九・一一〇二
藤原兼輔《ふぢはらのかねすけ》　三九一・四一七・七四九・一〇一四
藤原兼茂《ふぢはらのかねもち》　三八五・三八九
藤原国経《ふぢはらのくにつね》　六三八
藤原言直《ふぢはらのことなほ》　一〇
藤原惟幹《ふぢはらのこれもと》　八六〇
藤原定方《ふぢはらのさだかた》　二三一
藤原菅根《ふぢはらのすがね》　二一二
藤原関雄《ふぢはらのせきを》　二八二・二九一
藤原高子《ふぢはらのたかいこ》　→二條后《にでうのきさき》
藤原忠房《ふぢはらのただふさ》　一九六・五七六・九一四・九九三
藤原忠行《ふぢはらのただゆき》　六八〇
藤原時平《ふぢはらのときひら》　→左大臣《ひだりのおほいまうちぎみ》
藤原敏行《ふぢはらのとしゆき》　一六九・一九七・二一八・二三八・二三九・二五七・二六九・二九五・四二二・四二三・五五八・五五九・五七八・六一七・六三九・八七四・九〇三・一〇一三・一一〇〇
藤原仲平《ふぢはらのなかひら》　七四八
藤原直子《ふぢはらのなほいこ》　八〇七
藤原後蔭《ふぢはらののちかげ》　一〇八
藤原好風《ふぢはらのよしかぜ》　八五
藤原良房《ふぢはらのよしふさ》　→前太政大臣《さきのおほきおほいまうちぎみ》
藤原因香《ふぢはらのよるか》　八〇・三六四・七三六・七三八
布留今道《ふるのいまみち》　二二七・八七〇・九四六
文屋朝康《ふんやのあさやす》　二二五・*二四九・*二五〇
文屋有季《ふんやのありすゑ》　九九七
文屋康秀《ふんやのやすひで》　八・四四五・八四六
平城天皇《へいぜいてんわう》　→平城帝《ならのみかど》
遍　昭　→僧正遍昭《そうじやうへんぜう》

ま　行

三国町《みくにのまち》　一五二
陸奥《みちのく》　九九二
源実《みなもとのさね》　三八八
源常《みなもとのときは》　→東三條左大臣《とうさんでうのひだりのおほいまうちぎみ》
源融《みなもとのとほる》　→河原左大臣《かはらのひだりのおほいまうちぎみ》
源忠《みなもとのほどこす》　四六三
源当純《みなもとのまさずみ》　一二
源宗于《みなもとのむねゆき》　二四・一八二・三一五・六二四・七八八・八〇一

八九一・八九二・八九三・八九四・八九五・
八九六・八九七・八九八・八九九・九〇四・
九〇五・九〇六・九〇七・九〇八・九一〇・
九一一・九一二・九一三・九三三・九三四・
九三五・九四〇・九四一・九四二・九四三・
九四四・九四八・九四九・九五〇・九五一・
九五二・九五三・九五四・九五八・九五九・
九六〇・九七二・九七三・九七四・九七五・
九八一・九八二・九八四・九八七・九八八・
九八九・九九四・九九五・九九六・一〇〇一・
一〇〇七・一〇〇八・一〇〇九・一〇一一・
一〇一七・一〇一八・一〇一九・一〇二二・
一〇二三・一〇二四・一〇二五・一〇二六・
一〇二七・一〇三二・一〇三七・一〇三八・
一〇三九・一〇四〇・一〇四一・一〇四三・
一〇四四・一〇四五・一〇四六・一〇四七・
一〇五二・一〇五七・一〇五八・一〇五九・
一〇六〇・一〇六一・一〇六三・一〇六六・
一〇六八・一〇六九・一〇七〇・一〇七一・
一〇七二・一〇七三・一〇七四・一〇七五・
一〇七六・一〇七七・一〇七八・一〇七九・
一〇八〇・一〇八一・一〇八二・一〇八三・
一〇八四・一〇八五・一〇八七・一〇八八・
一〇八九・一〇九〇・一〇九一・一〇九二・
一〇九三・一〇九四・一〇九五・一〇九六・
一〇九七・一〇九八・一〇九九・一一〇六・
一一〇七・一一〇八・一一〇九

初句索引

一、この索引は、本書の収録歌一一一一首を、初句（第一句）によって検索する便宜のために作成したものである。
一、本文の表記にかかわらず、すべて歴史的仮名づかい平仮名表記で五十音順に配列した。
一、初句を同じくする歌が二首以上ある場合は、まず初句を掲げ、次に第二句を掲げて区別した。一字分下げて、―を付した見出しが第二句である。
一、各行行末の漢数字は『国歌大観』の歌番号であり、本文各歌頭の歌番号と一致する。

あ

か

き

く

け

こ

せ

せみのこゑ 七一五
せみのはの
—ひとへにうすき 一〇三五
—よるのころもは 八七六
せをせけば 八三六

そ

そこひなき 七二二
そでひちて 二
そまひとは 一一〇一
それをだに 八二一
そゑにとて 一〇六〇

た

たえずゆく 七二〇
たがあきに 二三三
たがさとに 七一〇
たがために 九二四
たがための 二六五
たがみそぎ 九九五
たぎつせに 五九二
たぎつせの
—なかにもよどは 四九三
—はやきこころを 六六〇
たちかへり 四七四
たちとまり 三〇五
たちぬはぬ 九二六
たちわかれ 三六五
たつたがは
—にしきおりかく 三一四
—もみぢばながる 二八四
—もみぢみだれて 二八三
たつたひめ 二九八
たなばたに 一八〇
たねしあれば 五一二
たのめこし 七三六
たのめつつ 六一四
たまかづら
—いまはたゆとや 七六二
—はふきあまたに 七〇九
たまくしげ 六四二
たまだれの 八七四
たまぼこの 七三八
たむけには 四二一
たもとより 四二五
たよりにも 四八〇
たらちねの 三六八
たれこめて 八〇
たれしかも 五八
たれみよと 八五六
たれをかも 九〇九

ち

ちぎりけむ 一七八
ちぢのいろに 七二六
ちどりなく 三六一
ちのなみだ 八三〇
ちはやぶる
—うぢのはしもり 九〇四
—かみのいがきに 二六二
—かみのみよより 一〇〇二
—かみやきりけむ 三四八
—かみよもきかず 二九四
—かむなづきとや 一〇〇五
—かむなびやまの 二五四
—かものやしろの 四八七
—かものやしろの 一二〇〇
ちらねども 二六四
ちりぬとも 四八
ちりぬれば
—こふれどしるし 六四
—のちはあくたに 四三五
ちりをだに 一六七
ちるとみて 四七
ちるはなの 一〇七
ちるはなを 一一三

つ

つきかげに 六〇二
つきくさに 二四七
つきみれば 一九三
つきやあらぬ 七四七
つきよには
—こぬひとまたる 七七五
—それともみえず 四〇
つきよよし 六九二
つくはねの
—このもかのもに 一〇九五
—このもとごとに 九六六
—みねのもみぢば 一〇九六
つつめども 五五六
つのくにの
—なにはおもはず 六九六
—なにはのあしの 六〇四
つひにゆく 八六一
つまこふる 二三三
つゆながら 二七〇
つゆならぬ 五八九
つゆをなど 八六〇
つるかめも 三五五
つれづれの 六一七
つれなきを 八〇九

ひ

ふ

よ

わ

を

新潮日本古典集成〈新装版〉

古《こ》今《きん》和《わ》歌《か》集《しゅう》

平成二十九年十二月二十五日 発行
令和 六 年 六 月 二 十 日 二 刷

校注者 奥《おく》村《むら》恆《つね》哉《や》

発行者 佐藤隆信

発行所 株式会社 新潮社
〒一六二―八七一一 東京都新宿区矢来町七一
電話 〇三―三二六六―五四一一（編集部）
〇三―三二六六―五一一一（読者係）
http://www.shinchosha.co.jp

印刷所 大日本印刷株式会社
製本所 加藤製本株式会社

装画 佐多芳郎／装幀 新潮社装幀室
組版 株式会社DNPメディア・アート

乱丁・落丁本は、ご面倒ですが小社読者係宛お送り下さい。
送料小社負担にてお取替えいたします。
価格はカバーに表示してあります。

ISBN978-4-10-620810-2 C0392

萬葉集（全五巻）　青木・井手・伊藤
清水・橋本　校注

名歌の神髄を平明に解き明す。一巻・巻第一～巻第四　二巻・巻第五～巻第九　三巻・巻第十～巻第十二　四巻・巻第十三～巻第十六　五巻・巻第十七～巻第二十

伊勢物語　渡辺　実　校注

引きさかれた恋の絶唱、流浪の空の望郷の思い――奔放な愛に生きた在原業平をめぐる珠玉の歌物語。磨きぬかれた表現に託された「みやび」の美意識を読み解く注釈。

土佐日記 貫之集　木村正中　校注

女人に仮託して綴り、仮名日記の先駆をなした土佐日記。屏風歌を中心に、華麗で雅びな王朝世界を詠出して、大和歌の真髄を示す貫之集。豊穣な文学の世界への誘い！

和泉式部日記 和泉式部集　野村精一　校注

恋の刹那に身をまかせ、あふれる情念を歌に結実させた和泉式部――敦道親王との愛のプロセスをこまやかに綴った「日記」と珠玉の歌百五十首を収める。

紫式部日記 紫式部集　山本利達　校注

摂関政治隆盛期の善美を、その細緻な筆に誌した日記は、宮仕えの厳しさ、女の世界の確執をも冷徹に映し出す。源氏物語の筆者の人となりを知る日記と歌集。

和漢朗詠集　大曽根章介
堀内秀晃　校注

漢詩と和歌の織りなす典雅な交響楽――藤原文化最盛期の平安京で編まれ、物語や軍記をはじめとする日本文学の発想の泉として生き続けた珠玉のアンソロジー。

梁塵秘抄 榎克朗 校注

山家集 後藤重郎 校注

無名草子 桑原博史 校注

新古今和歌集（上・下） 久保田淳 校注

金槐和歌集 樋口芳麻呂 校注

建礼門院右京大夫集 糸賀きみ江 校注

遊びをせんとや生まれけん、戯れせんとや生まれけん……源平の争乱に明け暮れた平安後期の民衆の息吹きが聞こえてくる流行歌謡集。編者後白河院の「口伝」も収録。

月と花を友としてひとり山河をさすらう人生詩人、西行――深い内省にささえられたその歌は祈りにも似た魂の表白。千五百首に平明な訳注を付した待望の書。

『源氏物語』ほか、様々の物語や、小野小町・和泉式部などを論評しつつ、女の生き方を探る。批評文学の萌芽として特筆される、女流歌人による中世初期の異色評論。

美しく響きあう言葉のなかに人生への深い観照が流露する、藤原定家・式子内親王・後鳥羽院などによる和歌の精華二千首。作者略伝をはじめ充実した付録。

血煙の中に産声をあげ、政権争覇の余震が続く鎌倉で、修羅の中をひたむきに疾走した青年将軍、源実朝。『金槐和歌集』は、不吉なまでに澄みきった詩魂の書。

壇の浦の浪深く沈んだ最愛の人。その人への思慕と追憶を、命の証しとしてうたいあげた才女。平家の最盛時、建礼門院に仕えた後宮女房右京大夫の、日記ふう歌集。

歎異抄　三帖和讃　伊藤博之 校注

善人なほもつて往生を遂ぐ、いはんや悪人をや——罪深く迷い多き凡夫であることの自覚に立つ親鸞の言葉は現代人の魂の糧。書簡二一通を併録し、恵信尼文書も収める。

謡曲集（全三冊）　伊藤正義 校注

謡曲は、能楽堂での陶酔に留まらず、自ら読んで謡う文学。あでやかな言葉の錦を頭注で味わい、舞台の動きを傍注で追う立体的に楽しむ謡いの本。

連歌集　島津忠夫 校注

心と心が通い合う愉しさ……五七五と七七の句による連鎖発展の妙を詳細な注釈が解明する。漂泊の詩人宗祇を中心とした「水無瀬三吟」「湯山三吟」など十巻を収録。

竹馬狂吟集・新撰犬筑波集　木村三四吾・井口壽 校注

苦々しいつまで嵐ふきのたう——言葉遊びと洒落の宝庫である俳諧連歌は、明るく開放的な笑いに満ちた庶民の文学。室町ごころを生き生きと伝える初の本格的注釈！

閑吟集　宗安小歌集　北川忠彦 校注

恋の焦り、労働の喜び、死への嘆き——時代を問わぬ人の世の喜怒哀楽を歌いあげた室町時代の歌謡集。なめらかな口語訳を仲立ちに、民衆の息吹きを現代に再現。

芭蕉句集　今栄蔵 校注

旅路の果てに辿りついた枯淡風雅の芸境。俳諧を通して人生を極めた芭蕉の発句の全容を、なめらかな口語訳を介して紹介。ファン必携の「俳書一覧」をも付す。

芭蕉文集　富山奏 校注

松尾芭蕉が描いた、ひたぶるな、凜冽な生の軌跡。全紀行文をはじめ、日記、書簡などを年代順に配列し、精緻明快な注釈を付して、孤絶の大詩人の肉声を聞く！

近松門左衛門集　信多純一 校注

義理人情の柵を、美しい詞章と巧妙な作劇で織り上げ、人間の愛憎をより深い処で捉えて感動を呼ぶ『曾根崎心中』『国性爺合戦』『心中天の網島』等、代表的傑作五編を収録。

浄瑠璃集　土田衞 校注

義理を重んじ、情に絆され、恋に溺れる人間の、哀れにいとしい心情を、美しい詞章にうたいあげて、庶民の涙を絞った浄瑠璃。『仮名手本忠臣蔵』等四編を収録。

與謝蕪村集　清水孝之 校注

美酒に宝玉をひたしたような、蕪村の詩の世界を味わい楽しむ――『蕪村句集』の全評釈、『春風馬堤ノ曲』『新花つみ』・洒脱な俳文等の、個性あふれる清新な解釈。

誹風柳多留　宮田正信 校注

柳の枝に江戸の風、誹風狂句の校注は、酸いも甘いもかみわけた碩学ならではの斬新無類・機智縦横。全句に句移りを実証してみせた読書界学界への衝撃。

三人吉三廓初買　今尾哲也 校注

封建社会の間隙をぬって、颯爽と立ち廻る三人の盗賊。詩情あふれる名せりふ、緊密に絡み合う人と人の絆。江戸の世紀末を彩る河竹黙阿弥の代表作。

■新潮日本古典集成

古事記　西宮一民
萬葉集　一～五　青木生子　井手至　伊藤博　清水克彦　橋本四郎
日本霊異記　小泉道
竹取物語　野口元大
伊勢物語　渡辺実
古今和歌集　奥村恆哉
土佐日記　貫之集　木村正中
蜻蛉日記　犬養廉
落窪物語　稲賀敬二
枕草子　上・下　萩谷朴
和泉式部日記　和泉式部集　野村精一
紫式部日記　紫式部集　山本利達
源氏物語　一～八　石田穣二　清水好子
和漢朗詠集　大曽根章介　堀内秀晃
更級日記　秋山虔
狭衣物語　上・下　鈴木一雄
堤中納言物語　塚原鉄雄
大鏡　石川徹
今昔物語集　本朝世俗部　一～四　阪倉篤義　本田義憲　川端善明
梁塵秘抄　榎克朗
山家集　後藤重郎
無名草子　桑原博史
宇治拾遺物語　大島建彦
新古今和歌集　上・下　久保田淳
方丈記　発心集　三木紀人
平家物語　上・中・下　水原一
金槐和歌集　樋口芳麻呂
建礼門院右京大夫集　糸賀きみ江
古今著聞集　上・下　西尾光一　小林保治
歎異抄　三帖和讃　伊藤博之
とはずがたり　福田秀一
徒然草　木藤才蔵
太平記　一～五　山下宏明
謡曲集　上・中・下　伊藤正義
世阿弥芸術論集　田中裕
連歌集　島津忠夫
竹馬狂吟集　新撰犬筑波集　木村三四吾　井口壽
閑吟集　宗安小歌集　北川忠彦
御伽草子集　松本隆信
説経集　室木弥太郎
好色一代男　松田修
好色一代女　村田穆
日本永代蔵　村田穆
世間胸算用　金井寅之助　松原秀江
芭蕉句集　今栄蔵
芭蕉文集　富山奏
近松門左衛門集　信多純一
浄瑠璃集　土田衞
雨月物語　癇癖談　浅野三平
春雨物語　書初機嫌海　美山靖
與謝蕪村集　清水孝之
本居宣長集　日野龍夫
誹風柳多留　宮田正信
浮世床　四十八癖　本田康雄
東海道四谷怪談　郡司正勝
三人吉三廓初買　今尾哲也